Lara Greystone

Voller Misstrauen geliebt

Eisermann Verlag

Voller Misstrauen geliebt

Taschenbuchausgabe 1. Auflage 07/2017

Printed in Poland 2017
Umschlaggestaltung: Legendary Fangirl Design
Satz: André Piotrowski
Lektorat: Mona Gabriel
Korrektur: André Piotrowski

http://www.Eisermann-Verlag.de
ISBN: 978-3-946172-66-6

Kapitel 1

Quint war gerade erst wieder ins Hauptquartier der Wächtervampire zurückgekommen und lief durch die langen Flure des uralten, aber perfekt renovierten Klostergebäudes zu seinem Quartier.

Er war einen Tag zu spät. Eigentlich hätte er schon gestern eintreffen und Johns Position als Sicherheitsbeauftragter des Hauptquartiers einnehmen sollen, doch die Mission hatte länger gedauert.

Er war als Wächter ausgesandt worden, um ein paar Hundert Kilometer entfernt einen Gesetzlosen aufzuspüren, der seine Gier nach Blut nicht mehr zügeln konnte oder wollte und eine Spur von Leichen hinterlassen hatte.

Jeder Vampir, er selbst eingeschlossen, musste sich an die Gesetze des Tribunals halten.

Ihre Existenz musste um jeden Preis geheim bleiben.

Morde, auffällige Verbrechen oder ungelöschte Erinnerungen von Menschen, deren Blut sie zum Überleben getrunken hatten, brachten ihre ganze Art in Gefahr, denn durch die modernen Waffen und die weltweite Vernetzung waren ihnen die Menschen in diesem neuen Zeitalter nicht mehr unterlegen. Und wer sich nicht an die eisernen Regeln hielt, bekam es mit ihnen – den Wächtern – zu tun.

Auch dieses Mal war der Kampf bis zum Äußersten gegangen und das war Quint ganz recht.

Er wollte keine Gefangenen machen, sie verdienten den Tod.

Vor über zwei Jahrzehnten hatte eine Horde Gesetzloser seinen Bruder Samuel umgebracht – wobei eigentlich eine Frau die Schuld daran trug. Eine Frau, die seinem Bruder erst den Kopf verdreht und ihn dann den Kopf gekostet hatte. Der tragische Tod von Samuel hatte schließlich auch seinen Vater ins Grab gebracht und seine Mutter bis heute in tiefe Trauer gestürzt.

Sie waren eine glückliche Familie gewesen, jahrhundertelang. Aber eine einzige Frau hatte innerhalb kürzester Zeit seine ganze Familie zerstört.

Frauen gaben sich hilflos und schwach, aber sie hatten die Macht, Vampire in den Tod zu treiben.

Man durfte ihnen nicht trauen. Niemals.

Quint drehte sich im Gehen um.

Wieder einmal hatte er geglaubt, den Nachhall der Schritte und das ausgelassene Lachen seines Bruders zu hören.

Wieder einmal war es nur eine Täuschung, eine Erinnerung an fast vergessene, glückliche Tage.

Samuel war gestorben und mit ihm jedes Lachen und alle Unbeschwertheit.

Samuel, du fehlst mir. Es gibt keinen Tag, an dem ich dich nicht vermisse.

Quint atmete tief durch und marschierte weiter.

In seiner Wohnung angekommen, ließ er völlig erledigt seinen Seesack neben das Bett fallen.

Den Brief mit der wunderschön geschwungenen Handschrift, der auf dem Kopfkissen lag, warf er mit zusammengebissenen Zähnen in die Kiste unter seinem Bett – zu den vielen anderen seiner Mutter. Er würde ihn nicht öffnen, würde sie nicht anrufen und auch nicht besuchen.

Kurz nach dem Tod seines Bruders war er ausgezogen, weil er die Trauer seiner Eltern nicht mehr ertragen konnte, ebenso wenig wie die wehmütigen Geschichten über die schöne Zeit mit Samuel. Sein Vater hatte kaum noch gesprochen, sich ins Kellergewölbe der Villa zurückgezogen, und seine Mutter hatte ihn immer wieder mit ihren verweinten Augen angesehen, so als ob er …

Für all das war er nicht hart genug gewesen.

Er zog nach England, in die Burg des Duke. Der Duke war das Oberhaupt des örtlichen Vampirclans sowie Vampirfürst aller Inseln – sowohl der irischen als auch der britischen und der Kanalinseln. Dort durchlief er eine harte Ausbildung.

Und hart hatte er auch werden wollen, hart genug, um den Schmerz nicht mehr zu spüren. Außerdem war er fest entschlossen gewesen, ein perfekter Kämpfer zu werden. Er würde nicht wie Samuel das Opfer von Gesetzlosen werden oder zulassen, dass diese Mörder noch jemanden umbrachten, der ihm nahestand. Nein, er würde sie jagen und zur Strecke bringen – jeden einzelnen von ihnen.

Nach Jahren der Ausbildung war er zurückgekehrt und den Wächtern beigetreten.

Es würde seinen Bruder zwar nicht wieder lebendig machen, aber er hatte gehofft, es gäbe ihm wenigstens Genugtuung, alle Mörderischen seiner Art ihrer gerechten Strafe – vorzugsweise dem Tod – zuzuführen.

Doch die Genugtuung war nie groß genug und der Schmerz wurde auch nicht weniger.

Sein Magen krampfte sich schon wieder zusammen. Seinen quälenden Hunger würde er dennoch ignorieren, ebenso wie sein Bedürfnis, sich wenigstens für eine Stunde aufs Ohr zu legen. Nach drei durchwachten Tagen, dem letzten davon in einem Abwasserkanal, sehnte er sich nach Schlaf, aber die Sicherheit des Hauptquartiers hatte Vorrang.

Vermutlich wollte ihn Agnus, sein Anführer, zuerst sehen, aber vorher würde er noch schnell das riesige, parkähnliche Gelände des ehemaligen Klosters von innen und außen ablaufen.

In den vergangenen Wochen hatten gleich zwei Blutfürsten – jene selbst ernannten Regenten der Gesetzlosen – versucht, das Hauptquartier mitsamt allen Wächtern dem Erdboden gleichzumachen. Dann hätte sie nämlich niemand mehr für ihr blutrünstiges Treiben, ihren Menschen- und Drogenhandel zur Rechenschaft ziehen können. Den Blutfürsten war jedes Mittel recht. Sie benutzten sogar menschliche Kriminelle als Handlanger bei Tageslicht. Sie hatten bereits die erste Frau ihres Wächters John auf dem Gewissen. Als wäre das nicht schlimm genug, hatten sie auch John und seine neue Frau, mit der er gerade in den Flitterwochen auf einem seiner Landsitze in Großbritannien oder Irland war, vor Kurzem entführt und gefoltert.

Nicht erst seit diesen Ereignissen galt für Quint: Sicher ist sicher. Und Sicherheit ging immer vor.

Wenn er jetzt auf Patrouille ging, würde er auch gleich Wildheart aus dem Gehege lassen, sein Pumaweibchen, das er mit der Flasche großgezogen hatte. Direkt im Anschluss würde er am Computer Johns Sicherheitscheck von diesem Landschaftsgärtner – Jo irgendwas – wiederholen und ihn, sowie sein Umfeld auch persönlich unter die Lupe nehmen.

Gegen Quints ausdrückliche Bedenken hatte Agnus diesem Gärtner die Erlaubnis gegeben, ab morgen das Grundstück zu betreten.

Ein Mensch auf dem Gelände der Wächtervampire – dieses Risiko würde er mit allen Mitteln verhindern!

Er würde schon einen Grund finden, seinen Anführer davon abzubringen.

Außer den menschlichen Gefährtinnen der Wächter und der Sirene Amalia, die ab und zu vorbeikam und seinem Anführer Agnus die Hölle heißmachte, war Walter der einzige Mensch, der auf dem Gelände wohnte und ihr Geheimnis kannte. Und das sollte auch so bleiben!

Die Frauen, die gejammert hatten, das weitläufige Außengelände bräuchte dringend einen Gärtner, konnten ihm mal den Buckel herunterrutschen.

Gerade als er Wildheart aus dem Gehege ließ, hörte er die Stimme einer fremden Frau.

Ein Eindringling, kaum dass er hier war!

In einer Geschwindigkeit, die nur Vampire erreichten und bei der sie vom menschlichen Auge kaum noch zu erfassen waren, rannte er los.

Das Bild, das sich ihm Sekunden später bot, ließ Adrenalin in sein Blut schießen und alte Wut hochkochen.

Eine Unbekannte richtete eine sonderbare Waffe mit Laserzielvorrichtung auf Rose' Oberkörper und hatte die fünfjährige Alice an sich gefesselt, die versuchte, sich mit aller Kraft von ihr zu befreien.

Das war ganz die Masche der Blutfürsten: die Frauen der Wächter als Geiseln nehmen, sie foltern und mit den sicherheitsrelevanten Informationen anschließend die Wächter selbst zu Fall bringen.

Die Fremde schien ihn nicht bemerkt zu haben und angesichts der eindeutigen Situation verschwendete er weder einen weiteren Gedanken noch den Bruchteil einer Sekunde.

Ohne seinen Lauf zu unterbrechen, stürmte er auf den Feind zu. Er riss die Frau mit einem gewaltigen Sprung und ihrem Gesicht voran zu Boden, während er gleichzeitig ihre Hand mitsamt der Waffe eisern umklammerte.

Sein Zorn verlangte danach, ihr sofort die Kehle durchzuschneiden. Ein letzter Funken Verstand bremste seine scharfe Klinge an ihrer Haut.

Erst befragen.

»Wer hat Sie geschickt? Reden Sie!«

Die Frau antwortete nicht.

Dann würde er eben nachhelfen!

Auf einmal war um ihn herum Geschrei.

Noch mehr Adrenalin rauschte durch seine Adern.

Gab es weitere Eindringlinge?

Waren Rose oder Alice verletzt?

Oder war er wieder nicht schnell genug gewesen – so wie damals, bei seinem Bruder?

Die Frau, die er zwischen sich und den Boden eingequetscht hatte, regte sich nicht. Sie war durch den Aufprall wohl ohnmächtig geworden. Umso besser, dann stellte sie für den Augenblick wenigstens keine Gefahr dar und er konnte es wagen, seine Aufmerksamkeit kurz auf Rose und Alice zu richten.

Das kleine Mädchen zerrte in einer Mischung aus Wut und Angst mit ihren Händchen an seinem Arm, mit dem er das Messer hielt, und Rose schrie ihn an.

Beide schienen unverletzt zu sein.

Niemand sonst war in der Nähe.

Was zum Henker war mit den beiden los?

Er versuchte, seinen adrenalingetränkten Kampfmodus zu unterdrücken und sich auf die Worte der beiden zu konzentrieren, die in seinen empfindlichen Vampirohren als purer Lärm gellten.

»Tu ihr nicht weh!«, schrie die Kleine, »Tu ihr nicht weh! Sie ist meine Freundin!«

»Carajo! Quint! Steck um Himmels willen dein Messer ein und lass sie los! Das ist unsere neue Landschaftsgärtnerin!«

Was?

»Nein, erst morgen. Außerdem hat sie eine Waffe und ist eine Frau. Kommen sollte ein Mann mit Namen Joe.«

»Nicht morgen, heute, Quint! Du bist einen Tag zu spät. Ihr Name ist Jo, wie Josephine, und von welcher Waffe redest du eigentlich?«

»Welche Waffe denn?«, fragte die Frau benommen, die sich nun unter ihm regte.

Er betrachtete das Ding mit der Laserzielvorrichtung.

»Was ist das?«

Als Jo zu sich kam, fühlte sie sich etwas benebelt, konnte kaum atmen und ihr Brustkorb brannte wie Feuer.

Sie musste wohl ohnmächtig geworden sein, als etwas mit dem Gewicht eines Felsbrockens sie im Rücken getroffen und unter sich begraben hatte.

Ihre Hand befand sich in einer stählernen Schraubzwinge.

Felsbrocken? Schraubzwinge?

Nein, da stimmte etwas nicht.

Irgendjemand sprach von einer Waffe.

»Welche Waffe denn?«, fragte sie.

Jemand riss sie hoch auf die Beine, so schnell, dass ihr schwarz vor Augen wurde und sie umgekippt wäre, hätte sich nicht eine zweite Schraubzwinge um ihren Oberarm gelegt.

Ihr war immer noch ein wenig schwarz vor Augen, aber diese feuerroten Locken würde sie in jedem Zustand wiedererkennen.

Es lag ihr auf der Zunge, *seinen* Namen zu flüstern.

War *er* endlich zu ihr zurückgekehrt?

Sie streckte ihre freie Hand nach den vertrauten Locken aus.

Ehe sie sie erreichte, sah sie ein Messer aufblitzen und verschwinden. Ein Messer dieser Größe hatte sie bisher nur in einem Rambofilm gesehen. Dann wurde ihr Handgelenk so fest gepackt, dass sie glaubte, es würde zersplittern.

Nein, das war nie und nimmer *er*!

Er hätte ihr nie wehgetan, war immer nur sanft und liebenswürdig gewesen, hatte sie nach dem plötzlichen Tod ihrer Eltern getröstet und ihr sein Geheimnis anvertraut.

Langsam wurde ihr Sichtfeld wieder schärfer.

Ja, tatsächlich, die Locken waren dieselben. Aber *er* hätte sie nie so verwahrlosen lassen. Und das Gesicht passte auch nicht: Harte Züge, aus denen ihr purer Hass entgegenschlug.

Sie schluckte und drängte die schmerzliche Enttäuschung zurück in den Winkel ihres Herzens, wo sie die Erinnerung an seine Liebe und sein Geheimnis für immer bewahren würde.

Bis heute fragte sie sich, ob er irgendwo lebte und verzweifelt versuchte, zu ihr zurückzukommen, oder ob er gestorben war. Sie hatte keine Erinnerung mehr an das letzte halbe Jahr mit ihm.

Genau 183 Tage, die wie ausradiert waren oder besser gesagt: um die sie beraubt worden war.

Kapitel 2

Jo blickte zu der rauen, ungepflegten Männerhand, die sie mit brutalem Griff hielt. Der Letzte, der sie gehalten hatte, war ihr erster und einziger Mann gewesen. Liebevoll und sanft hatte er sie in seine Arme geschlossen und er hätte niemals zugelassen, dass ein anderer Mann so über sie herfiel – niemals!

»Antworten Sie endlich! Was ist das für eine Waffe?«, brüllte der Kerl sie an.

Ein Kübel Eiswasser, den jemand über ihrem Kopf ausgießt, hätte sie nicht effektiver ins Hier und Jetzt befördert. Ihre schönen Erinnerungen verschwanden blitzartig und sie wurde stinksauer. Der Ärger klärte ihren Kopf, der sich nach dem heftigen Aufprall leer und schwindlig angefühlt hatte.

»Ein Lasermessgerät! Ich messe hier den Garten aus, das ist mein Job! Was dachten Sie denn? Sie dämliches Arschloch!«

»Quint, reiß dich zusammen und lass sie endlich los!«, forderte Rose. »Es ist in Ordnung, dass sie hier ist, Agnus hat es erlaubt.«

Der harte Blick des eiskalten Mannes durchbohrte Jo.

»Nichts ist in Ordnung. Sie gefährdet unsere Sicherheit.«

»Etwa indem ich heimlich Disteln und stachlige Büsche pflanze?«

»Und warum haben Sie Alice gefesselt?«

»Gefesselt? Was für einen Blödsinn erzählen Sie da! Sie hat an dem selbstaufrollenden Maßband an meinem Gürtel gezogen, aber es hakte. Und jetzt lassen Sie mich endlich los oder ich hetze die Polizei auf Sie!«

Als der Typ keine Anstalten machte, seine beiden Schraubzwingen zu lockern, starrte sie wutentbrannt und mit gleicher Härte zurück. Sie war nicht mehr das zarte, sanfte Pflänzchen Josephine. Als *er* damals aus ihrem Leben gerissen worden war, hatte sie sich ganz allein und schwanger durchkämpfen müssen, Einsamkeit und tiefen Schmerz in ihrem Herzen ertragen – und obendrein noch ein Geheimnis bewahrt und das Leben um ihres Sohnes willen gemeistert. Dafür hatte sie hart werden müssen. Aus der behüteten Josephine war Jo geworden, eine Frau, die im männerdominierten Beruf des Landschaftsgärtners schwere Arbeiten verrichtete, bei Kälte und strömendem Regen Pflastersteine verlegte und niemand an sich heranließ. Nicht, dass es an männlichen Annäherungsversuchen gemangelt hätte, aber ihre Seele trauerte um den einen und sie musste in erster Linie an ihren Sohn denken, ihn großziehen, beschützen und verhindern, dass irgendjemand ...

Ruckartig ließ der brutale Kerl sie los, bedachte sie aber mit einem Blick der Verwirrung, als ob er es selbst gar nicht glauben konnte, dass er seinen Griff gelöst hatte.

Ohne Grund streckte der Kerl mit den feuerroten, langen Locken seine Hand nach ihrer Stirn aus. Sie sah die Hand auf sich zukommen und wich sofort zwei Schritte zurück.

»Fassen Sie mich nicht an!«

Ihr wurde eiskalt, als die Hand wie in Zeitlupe dennoch näher kam, gleich hätte die sie erreicht. Und dabei hatte sie keine Angst, dass er sie schlagen würde, nein, sie fürchtete etwas anderes, viel Schlimmeres. Es gab draußen in der Nacht Wesen, die so vorgingen, wenn sie Erinnerungen aus dem Gedächtnis von Menschen löschten.

Abgrundtiefe Panik erfasste sie.

»Nein, bitte, tun Sie das nicht«, hörte sie sich selbst leise wimmern. Ihre Stimme erinnerte sie an die junge Josephine, die sich in Paris ängstlich zusammengekauert hatte und von einem Unbekannten gerettet worden war – aber seit damals war sie schon viele Jahre auf sich allein gestellt.

Aus den Augenwinkeln registrierte sie, dass die etwa fünfjährige Alice mit ihrem rotblonden Lockenkopf sie voller Mitleid ansah und sich dann zwischen sie und den etwa eins neunzig großen und ziemlich wild wirkenden Mann stellte. Mit all ihrer Kraft trat die Kleine dem muskelbepackten, aggressiven Kerl auf den Fuß. Sie legte ihre Stirn in Falten und sah ihn so böse an, wie es einem kindlichen Gesicht nur möglich war.

»Sie ist meine Freundin! Geh weg von ihr oder ich sage meinem Papa, er soll dich beim nächsten Training ganz doll verhauen!«

Jo bemerkte, wie das Verhalten der kleinen Alice den Kerl aus dem Konzept brachte. Er hielt inne und schaute ernst zu dem Mädchen herunter.

»Alice, das verstehst du nicht.«

»Oh, doch!«, stieß sie energisch hervor und stampfte mit ihrem Füßchen auf. »Und ich will das nicht! Wir haben uns gerade erst kennengelernt und sie ist sehr nett! Sie pflanzt mir einen Garten, in dem ich Beeren pflücken kann, und ein richtiges Indianerzelt kann sie mir auch bauen, nicht wahr?«

»Ein echtes Tipi?«, fragte Jo perplex, als sie große Kinderaugen erwartungsvoll anschauten. In dem Gefühl, hier einen Deal mit einem äußerst wichtigen Verbündeten eingehen zu können, nickte sie. »Ähm, ja, das kann ich gerne machen. Aber das würde Extrakosten verursachen, da musst du schon vorher deine Mutter ...«

Abrupt wandte sich die Kleine an die Frau, die sich mit Rose bei ihr vorgestellt hatte. »Bitte, Mami, bitte, bitte, bitte ...«

»Schon gut Alice. Wenn es zu teuer wird ...«

»Dann zahlt dir das dein Großonkel«, wurde Rose von dem älteren Mann unterbrochen, der gerade zu ihnen getreten war und sich ihr zuvor beim Einlass auf das Grundstück als Walter vorgestellt hatte. Der hatte sie auch vor dem Betreten des Geländes auf Waffen abgetastet und wirkte trotz seines Alters sehr fit.

Dieses Abtasten hätte sie gleich stutzig machen sollen!

Wo gab es denn so was?

Waren die hier denn alle paranoid?

Wenn sie diesen Auftrag nur nicht so dringend bräuchte!

Nein, es reichte! Sie würde nicht alles mit sich machen lassen.

»Ich glaube, es ist besser, wenn Sie sich jemand anderen suchen. Ich werde Ihnen für die Anfahrt und die Zeit hier nichts in Rechnung stellen.«

Jo drehte sich um, doch die kleine Alice zog sie an der Hand zurück.

»Nein, bitte! Bitte, geh nicht!«

Im gleichen Moment stellte sich auch dieser Walter zwischen sie und den aggressiven Kerl und sagte: »Anordnung vom Chef, Quint. Du sollst in sein Büro, und zwar sofort.«

»Ich wollte hier gerade noch etwas Wichtiges erledigen«, wies dieser Quint ihn zurecht.

»Ja, das ist mir klar. Genau deshalb will Agnus dich sofort sehen.«

Der ein ganzes Stück kleinere, aber drahtige und leicht grauhaarige Walter blieb wie eine deutsche Eiche vor Quint stehen.

Wutschnaubend rief der Typ mit den wilden, feuerroten Locken ihr über Walter hinweg zu: »Denken Sie ja nicht, Sie könnten sich hier einnisten! Ich bin noch nicht fertig mit Ihnen! Wehe Sie machen hier Fotos oder nehmen Ihr Handy mit auf unser Gelände! Und Fingerabdrücke will ich auch von Ihnen!«

»Haben Sie eigentlich einen Knall oder nur Verfolgungswahn? Meine Fingerabdrücke werden Sie nicht bekommen, ich bin doch keine Straftäterin! Und mein Handy habe ich selbstverständlich dabei. Ich führe ein Geschäft. Ich muss für meine Kunden erreichbar sein.«

»Quint, du bist fertig hier. Setz deinen Hintern in Bewegung, Agnus wartet«, sagte Walter in einem kompromisslosen Befehlston und einer Art, die Jo an das Militär erinnerte.

Wo war sie hier nur hineingeraten?

Sie musste hier weg, schleunigst.

Mit geballten Fäusten rückte dieser Quint ab, rief ihr aber noch zu: »Seien Sie sich sicher, dass ich jederzeit ein wachsames Auge auf Sie habe!«

Sein zorniges Knurren hätte einem wütenden Grizzly alle Ehre gemacht.

So viel Geld könnte man ihr gar nicht bieten, dass sie hier auch nur eine Minute länger bleiben würde.

Oh doch, sagte ihr Verstand. *Dir steht das Wasser bis zum Hals. Wenn einer Geld braucht, dann du!*

Doch ihr Zorn war größer, und ehe sie es sich anders überlegen konnte, erklärte sie: »Dieser Mann ist ja irre! Hören Sie, unter diesen Umständen ...«

»Bevor Sie einen Entschluss fassen, lassen Sie mich etwas erklären«, bat Walter.

Kaum hatte er seinen Satz beendet, rief ihm Rose etwas in einem unverständlichen Stakkato in einer Sprache zu, die für Jo wie Spanisch klang, was zu Rose' südländischem Äußeren mit dem dunklen Teint und den langen, rabenschwarzen Locken passte.

Dann wandte sich Rose an das Mädchen: »Alice, du darfst dir ein zweites Eis aus unserem Kühlschrank holen.«

Das ließ sich die Kleine nicht zweimal sagen und rannte voller Begeisterung in Richtung des alten Anwesens.

Als Alice außer Hörweite war, erklärte Walter: »Wie Sie auf unserem Schild gelesen haben, sind wir eine Bodyguardagentur, und dass Alice hier wohnt, hat mehrere Gründe. Einer davon ist, dass sie hier in Sicherheit sein soll. Alice kann sich auf Grund eines Gedächtnisverlustes zwar nicht mehr daran erinnern, aber sie wurde entführt und war viele Tage in den Händen eines Menschenhändlers. Dass wir sie lebend und unversehrt wiederhaben, grenzt an ein Wunder. Quint dachte vorhin, Alice würde wieder entführt. Er hat die Situation falsch eingeschätzt und überreagiert, das will ich gar nicht bestreiten. Aber ich hoffe, dass Sie in Anbetracht der Umstände darüber hinwegsehen können.«

Angesichts dieser Offenbarung wich ein Großteil der angestauten Wut aus Jo. Sprachlos blickte sie dem Mädchen nach, wie sie über eine der steinernen Terrassen ins Gebäudeinnere verschwand.

»Wer tut so etwas einem Kind an?«, murmelte Jo gedankenverloren.

»Auch die Frauen, die hier wohnen, wurden schon bedroht«, erklärte Walter. »Es ist deshalb wichtig, dass Sie keine Fotos machen, weder vom Gelände noch von den Bewohnern, und geben Sie auf keinen Fall Namen oder andere Informationen an Dritte weiter. Haben Sie das verstanden?«

Im letzten Satz schwang wieder dieser unmissverständliche Befehlston mit und das ließ ihre Gedanken von Alice wieder zu ihrer momentanen Situation zurückkehren.

»Ja, aber Sie müssen mit diesem Kerl reden, denn so ein Verhalten ...«

»Verlassen Sie sich darauf, sein Chef wird ihn sich noch in dieser Minute zur Brust nehmen.«

Das war ihr nicht genug.

»Wenn er oder einer ihrer anderen Bodyguards nochmal so eine Rambonummer mit mir abzieht, dann bin ich weg und schreibe ihnen eine saftige Rechnung. Haben *wir* uns verstanden?«

Den letzten Teil ließ sie nun ebenfalls wie ein Kommando klingen. Die Männer hier mochten hart drauf sein, aber sie konnte das genauso gut. Denn das Leben war ihr Lehrmeister gewesen und die letzten zwanzig Jahre davon ziemlich hart.

Walter quittierte ihren Kommentar mit einem knappen Nicken und verschwand in Richtung des großen, altehrwürdigen Gebäudes.

Im Gegensatz zu ihren starken Worten gerade eben fühlte sie sich hundeelend. Ihr Brustkorb brannte wie Feuer, sobald sie etwas tiefer Luft holte, ihr Handgelenk schmerzte und ihr Schädel dröhnte höllisch, seit dieser Quint wie ein Felsbrocken auf ihr gelandet war. Und genau das war er: ein steinharter Kerl, der ihr das Leben erklärtermaßen schwer machen würde.

Als wäre es für sie im Moment nicht schwer genug!

Quint – abgesehen von Obdachlosen hatte sie noch nie jemanden gesehen, der sein Äußeres so vernachlässigte, ansonsten hätte er in der Frauenwelt vermutlich Erfolg. Den 10-bis-20-Tage-Bart konnte man ja noch als verwegen durchgehen lassen, aber seine wilden, feuerroten Locken, in denen Frauen vermutlich gern ihre Finger vergraben würden, waren am Rande der Verfilzung. Sein markant männliches Gesicht war von purem Hass oder Verbitterung völlig verhärtet. Falls seine Lippen jemals ein Lächeln zustande brachten, sahen sie vermutlich zum Dahinschmelzen aus. Doch sie waren aufeinandergepresst und wirkten wie eine unausgesprochene Drohung, ebenso wie seine muskulöse Statur. Die starken Hände dieses Quint hatten ihr nur wehgetan, zudem waren sie ungepflegt und starrten vor Dreck, ebenso wie seine ganze Kleidung. – Aber durfte ausgerechnet sie sich ein Urteil über sein Äußeres anmaßen?

Ihr Blick glitt zu ihren eigenen Fingernägeln, kurz und fast immer mit Erde darunter. Ihre Jeans, das Tanktop und das meist offene Flanellhemd blieben durch ihre Arbeit auch nicht lange sauber. Aber wenigstens zog sie jeden Tag frische Sachen an und duschte, was – dem Gestank nach zu urteilen – bei diesem Quint wohl jeder bezweifeln würde.

Sie atmete tief durch und wurde sofort mit einem unbarmherzigen Brennen bestraft. Am liebsten hätte sie sich ins Bett gelegt und dort jammernd zusammengerollt, aber das Leben war schließlich kein Ponyhof und sie brauchte diesen Auftrag dringend. Also biss sie die Zähne zusammen – wie so oft.

»Hier wäre ein guter Standort für den Pflückgarten«, erklärte sie Rose und versuchte dabei, nicht zu tief zu atmen. »Aber ich werde das erst entscheiden, wenn ich den Rest ihres Außengeländes gesehen habe. Als Pflanzen für ihre kleine Alice schlage ich dornenlose Brombeeren vor und natürlich Himbeeren. Ich kenne eine leckere Sorte Stachelbeeren, deren Haut nicht pelzig ist, und wenn es etwas herber sein darf, kommen auch Johannisbeeren oder Sauerampfer in Betracht. Erdbeeren dürfen auf keinen Fall fehlen und ich würde eine Sorte wählen, die den ganzen Sommer über Früchte trägt. Für Heidelbeeren ist die Erde hier allerdings nicht ideal. Am Rand des Pflückgartens kann ich Gänseblümchen und eine Veilchenart pflanzen, die ebenfalls essbar sind.«

»Das hört sich gut an.«

»Darf ich darüber hinaus einen Vorschlag machen?«

»Natürlich, gern.«

»Ich könnte die Anpflanzung unter Berücksichtigung der Lichtbedürfnisse der Pflanzen, auch in einer Art Schnecke oder Labyrinth vornehmen. In deren Mitte kann Alice an einer wetterfesten Sitzgruppe für Kinder mit ihren Freundinnen naschen, was sie zuvor gesammelt hat. Das muss nicht viel kosten ...«

»Das hört sich traumhaft an und Alice hat ein bisschen glückliche Kindheit verdient, nachdem ihre Eltern ermordet worden sind.«

»Was? Aber sie sagte doch Mama zu Ihnen, ich dachte Sie wären ...«

»Nein, aber ihre Mutter war meine Schwester«, stammelte Rose. »Ich ...« Dann brach sie ab und die bisher so taff wirkende Südländerin blinzelte energisch, als wolle sie Tränen unterdrücken.

»Alice wirkt trotz allem sehr fröhlich«, meinte Jo und versuchte damit, die Situation zu überbrücken.

Rose schluckte, wich ihrem Blick aus, sagte aber mit fester Stimme: »Alice erinnert sich nicht an den Tod ihrer Eltern und weiß nur aus Erzählungen, dass sie entführt wurde, was eine logische Folge ihrer traumatischen Erfahrungen ist.«

Diese Erklärung klang einstudiert und außerdem wandte Rose den Blick ab. Jo hielt das Ganze deswegen eigentlich für eine Lüge, aber bei so einem tragischen Ereignis ...

»Vergessen kann wohl auch ein Segen sein«, murmelte Jo daher nur.

Ob ihre vergessenen 183 Tage vielleicht so traumatisch gewesen waren, dass sie sich selbst gewünscht hatte, sich nie mehr daran erinnern zu müssen? – Nein, die Ungewissheit, was aus *ihm* geworden war, ließ ihr seit über zwanzig Jahren keine Ruhe. Jahrelang hatten sie eine heimliche Beziehung mit falscher Identität geführt. Was allerdings im letzten halben Jahr – ihren vergessenen 183 Tagen – passiert war, bis zu dem Tag, an dem er spurlos verschwand, war in ihrem Gedächtnis wie ausradiert. War er ermordet worden? Oder hatte man ihn entführt? Saß er irgendwo in einem dunklen Kerker ohne Hoffnung? Dachte er jeden Tag an sie und versuchte auszubrechen? Oder lag er längst tot in der kalten Erde?

Jo wurde aus ihren Gedanken gerissen, als eine Frau mit einem schwarzen Koffer zielstrebig und energischen Schrittes auf sie zukam.

»Das ist Alva, unsere Ärztin und die Ehefrau unseres Chefs«, stellte Rose die Frau vor.

Die typisch nordischen Wangenknochen unterstützten den charakterstarken Ausdruck von Alvas Gesicht. Im Gegensatz dazu umspielten es die dunkelbraunen Haare geradezu, die wild stufig geschnitten waren und ihr bis auf die Schulter reichten.

»Richtig, ich bin die Ärztin hier und ich habe mitbekommen, dass Sie einen Zusammenstoß mit unserem Quintus hatten.«

»Er hat mich über den Haufen gerannt und mir ein Rambomesser an die Kehle gehalten, weil er dachte, ich bringe Leute um und entführe kleine Mädchen!«, berichtigte Jo die Ärztin energisch.

»Ich bin nicht für die Erziehung zuständig, ich bin Ärztin«, sagte Alva, setzte ihren Koffer auf der Wiese ab und öffnete ihn. »Also: Haben Sie Schmerzen? Wenn ja, wo?«

Noch so eine von der taffen Sorte, dachte Jo im Stillen, verbiss sich jedoch einen weiteren Kommentar, denn Extrakosten für Medikamente konnte sie sich im Moment wirklich nicht leisten.

»Das Atmen tut mir höllisch weh, ebenso wie mein Kopf. Und ach ja, mein linkes Handgelenk schmerzt auch.«

Alva holte eine kleine Lampe aus der Tasche, leuchtete in ihre Augen, danach musste sie den Anweisungen der Ärztin folgen und tausend Fragen beantworten.

»Hinsetzen und das Shirt etwas hochziehen.«

»Was? Hier im Gras?«

»Sie sind Gärtnerin, das sollte Ihnen doch nichts ausmachen. Und glauben Sie mir, Sie sind nicht die Erste, die ich auf einer Wiese unter freiem Himmel behandle.«

Jo fügte sich der resoluten Forderung und auch allen weiteren. Die Ärztin holte zunächst ein Stethoskop hervor, dann eine Blutdruckmanschette, anschließend musste sie sich sogar hinlegen und wurde penibel abgetastet. Aber diese Alva machte ihren Job wenigstens gründlich, was Jo beruhigte, denn sie befürchtete tatsächlich, sich mindestens eine Rippe angeknackst zu haben.

Kapitel 3

»Und, hat die Spritze gewirkt?«, fragte Rose sie, nachdem die Ärztin gegangen war.

»Ja. Mir geht's gut und ich fühle mich überhaupt nicht betäubt von diesem Schmerzmittel«, erwiderte sie.

»Hat dieser Quint vorhin beim Weggehen tatsächlich geknurrt? Haben Sie das auch gehört, Rose?«

»Sein Pumaweibchen hat wohl auf ihn abgefärbt«, meinte Rose mit einem schiefen Grinsen. »Und was sein Verhalten angeht, muss ich mich entschuldigen, aber es hat nichts mit Ihnen persönlich zu tun. Wildheart ist das einzige weibliche Wesen, mit dem er auskommt, und wer weiß, ob sie nicht weglaufen würde, wenn sie könnte?«

»Ein Pumaweibchen? Wo ist sie denn? Hat er denn ein Gehege für sie?«

»Na ja, so was in der Art, aber nicht besonders groß, deshalb lässt er sie jeden Tag raus. Er spielt sogar mit ihr.«

»Ich liebe Raubtiere.« Und auf Raubtiere hatte sie eine seltsame, aber positive Ausstrahlung – warum, konnte sie auch nicht erklären. »Ich könnte Wildheart ein artgerechtes Gehege anlegen. Sie wissen ja, im Zoo …«

»Ja, das war eine fantastische Arbeit. Dadurch sind wir auch auf Sie aufmerksam geworden. Ich rede mal mit Quint, aber ich glaube, er wird sich sträuben.«

»Warum? Wegen der Kosten? Wie gesagt, mir liegen Wildtiere am Herzen, ich würde beim Preis …«

»Nein, glauben Sie mir, am Geld liegt es nicht, aber Sie sind eine Frau, mit denen kommt er einfach nicht klar.«

»War das schon immer so?«, fragte Jo und wunderte sich selbst darüber, dass sie an diesen brutalen Kerl überhaupt einen weiteren Gedanken verschwendete.

»Nein, aber das ist eine lange Geschichte, belassen wir es lieber dabei.« Rose seufzte. »Lassen Sie uns lieber mit der Bestandsaufnahme weitermachen und zum Rosengarten gehen. Die Wege sind nach langem Regen leider immer matschig und müssten befestigt werden.«

»Dafür würde ich Ihnen Bruch-Granitplatten vorschlagen, die sehen ursprünglich aus und passen damit wunderbar in das natürliche Gesamtkonzept, das mir vorschwebt.«

»Bitte, hören wir doch mit den Förmlichkeiten auf und sagen einfach du, ja?«

»Gern.«

Kurz darauf erreichten sie einen verwilderten Rosengarten. In seiner Mitte befand sich ein eingefallenes Teehäuschen im englischen Stil, dessen Reste erkennen ließen, dass es einmal von einer Kletterrose erobert worden war.

»Der Rosengarten ist nach französischem Vorbild angelegt worden und der Pavillon war ein englisches Teehäuschen, nicht wahr?«

Rose' Gesicht hellte sich auf. »Ja, da hast du recht. Es ist der Lieblingsplatz unserer Sarah für den Nachmittagstee und der Ort, an dem unsere Ärztin gern ihre Staffelei aufstellt und sich entspannt.«

»Das kann ich mir gut vorstellen. Hoffentlich war keiner drin, als das Dach eingestürzt ist.«

»Doch, und um ehrlich zu sein, ist er bei einem Streit unter Liebenden zusammengebrochen.«

Rose lächelte.

»Na ja, so morsch wie das Holz ist, war dazu nicht viel Kraft nötig. Hoffentlich ist keiner verletzt worden.«

»Nichts, was nicht innerhalb von ein paar Minuten ... Ich meine nein, nicht ernsthaft.«

Rose klang, als hätte sie beinahe ein Geheimnis verraten. Jo kannte sich mit so etwas aus, aber sie wandte ihre Gedanken schnell wieder dem Teehäuschen zu. In seiner Glanzzeit musste das ein herrlicher und sehr romantischer Ort gewesen sein. Obwohl verwildert, dufteten die Rosen wunderbar. Nachher würde sie über die alten schmalen Wege schlendern und ihre Nase mit dem Duft der verschiedenen Blüten verwöhnen. Ein kleiner Ausgleich für den schmerzhaften Anfang ihres Auftrags.

»Ich kann schon jetzt einige alte Sorten identifizieren, die man heute als wahre Schätze bezeichnet und kaum noch zu sehen bekommt. Dieser Garten muss sehr alt sein.«

»Ja, den Rosengarten gab es schon hier, als das Gelände noch als Kloster genutzt wurde.«

»Wie wäre es, wenn ich den alten Stil beibehalte? Ich liebe diese alten Dinge.«

»Davon gibt es hier mehr, als du denkst«, murmelte Rose schmunzelnd und sagte dann lauter: »Ich glaube, das wäre den Bewohnern hier sehr recht.«

»Ein neues Teehäuschen im originalen, englischen Stil würde perfekt hier hineinpassen und ich habe auch einen entsprechenden Händler an er Hand. Morgen schicke ich dir die ersten Vorschläge.«

»Ich muss mal kurz rein und nach Alice sehen, sonst holt sie sich ein Eis nach dem anderen aus dem Gefrierfach. Ich bin in ein paar Minuten wieder da, einverstanden?«

»Kein Problem. Ich messe hier inzwischen das Fundament für die richtige Größe des Teehäuschens aus.«

»Gut, wenn du damit fertig bist, bevor ich zurück bin, dann geh ruhig schon mal vor zu unserem Teich. Der ist völlig – na ja, schau ihn dir einfach an. Siehst du, er liegt da hinten?«

»Ja, ich kann ihn sehen.«

Rose joggte schon beinahe zum alten Klostergebäude zurück. Kein Wunder, denn Alice wirkte vorhin wie ein cleveres Mädchen und hatte inzwischen vielleicht schon das dritte Eis im Mund. Jo musste schmunzeln.

Um in das Büro seines Anführers zu kommen, musste Quint durch »Elias Reich«, so stand es auf dem Schild ihres Computerfreaks.

»Hey, Quint, wie ich höre, hast du eine neue Waffengattung entdeckt«, nervte ihn der stets gut gelaunte Elia mit einem Grinsen. »Und deine Begrüßung war *umwerfend*. Agnus und Alva haben durch die Außenkamera alles live und in Farbe mitbekommen, mach dich auf was gefasst.«

»Mir doch egal!«, rief er mies gelaunt und stieß die Glastür zu seinem Chef auf. Alva, die Frau von Agnus, hatte sich auf die Kante von dessen Schreibtisch gesetzt und blickte ihn scharf an. Dann stand sie auf und wandte sich an ihren Mann.

»Kümmerst du dich um Quint? Ich kümmere mich um den Schaden, den er angerichtet hat.«

Sie schnappte sich ihren Arztkoffer vom Boden und verließ mit grimmiger Miene das Büro.

Wie üblich wartete Agnus, bis seine Frau außer Sicht- und Hörweite war, dann stand er auf und meinte: »Alva ist stinksauer.«

»Mir doch egal.«

Die Faust seines Anführers traf ihn wie aus dem Nichts. Er hörte das Knacken seiner Kinnlade, während er durch den Raum flog und so heftig an die Wand krachte, dass der Putz bröckelte. Damit hatte Quint schon gerechnet, rieb eher beiläufig sein Kinn und rappelte sich wieder auf.

Zwei von Agnus' Wänden waren nicht aus Glas und der nun fehlende Putz passte gut zu den anderen Löchern, die von ähnlichen Vorfällen herrührten. Sein Chef war nicht von der geduldigen, nachsichtigen Sorte. Aber als Anführer aller Wächter – und das seit mehr als sieben Jahrhunderten – durfte Agnus das auch nicht sein. Quint hätte sich keinen Geeigneteren für das Amt vorstellen können.

»Was ist nur in dich gefahren, Quint? Hast du endgültig die Kontrolle verloren?«

»Diese Frau ist ein Sicherheitsrisiko, Agnus!«

»Ich frage mich inzwischen, ob du eines bist, Quint!«

»Im Ernstfall wärt ihr alle froh über meine Reaktion gewesen! Und ich würde jederzeit wieder so handeln.«

»John hat zu unserer eigenen Sicherheit hier eine perfekte Tarnung für uns aufgebaut. Wir sind offiziell eine Agentur für Bodyguards. Und du veranstaltest so einen Scheiß hier! Was hast du dir nur dabei gedacht?«

»Ich wollte ja ihre Erinnerung daran löschen, aber Alice ...«

»Red dich nicht raus, Quint! Ich habe schon öfter gehört, dass du Frauen hasst, aber das schlägt dem Fass den Boden aus.«

»Diese Frau ist ein untragbares Risiko, Agnus! Zahl ihr eine Abfindung und schmeiß sie sofort raus. Wenn's sein muss, mäh ich auch mal den Rasen und stutz mit 'ner Axt das Grünzeug.«

Agnus setzte sich wieder und atmete tief durch.

»Du bist ein prima Wächter, Quint. Und ich weiß, dass du im 18. Jahrhundert Fallensteller und Pelzjäger in Kanada warst und später mit deiner Mutter Pferde gezüchtet hast, aber einen grünen Daumen hast du ganz sicher nicht.« Sein Chef musterte ihn von oben bis unten und schüttelte den Kopf. »Deine Daumen sind eher dreckbraun, genau wie der Rest von dir. Du stinkst, dass ich fast kotzen muss.«

»Ich hatte ...«

»Hör schon auf, Quint. Dass du dich so gehen lässt – wir wissen beide, seit wann das so ist. Aber wie auch immer: Du bist für unsere Sicherheit verantwortlich, solange John weg ist. Du wirst diese Frau im Auge behalten. Und ich meine im Auge und nicht in den Händen, klar?«

»Aber sie ist ...«

»John und Elia haben sie überprüft, zum Donnerwetter! Sie wird hier arbeiten und du wirst sie ihre Arbeit in Ruhe machen lassen, geht das in deinen Schädel? Keine Verzögerungen. Je schneller sie hier fertig ist, desto lieber ist es mir.«

Quint wollte erneut protestieren, doch Agnus stoppte ihn schon im Ansatz: »Nur wenn du tatsächlich beweisen kannst, dass sie ein Sicherheitsrisiko ist, werde ich meine Meinung ändern. Bis dahin hat sie Zugang zum Außengelände und zum offiziellen Teil der Agentur. Falls sie jemand ausfragen sollte, wird sie unsere Tarnung sogar noch bestätigen. Und wie ich den anderen auch schon sagte: Diese Gärtnerin braucht ihre Kraft zum Arbeiten und ist kein Snack für zwischendurch, sucht dir dein Blut also woanders. Da das sicher nicht deine ganze Zeit in Anspruch nehmen wird, hab ich noch eine zweite Aufgabe für dich.«

Und ob das seine ganze Zeit in Anspruch nehmen würde! Er würde sie keinen Moment aus den Augen lassen und so lange herumschnüffeln, bis er ...

»Elia hat bei Routinesuchläufen in den Polizeicomputern was gefunden und nachgeforscht. In den letzten Wochen geht bei den Obdachlosen das Gerücht um, ein Mann würde nachts herumschleichen und ihresgleichen aussaugen. Sie sind sogar zur Polizei gegangen, konnten aber keine brauchbare Täterbeschreibung abgeben. Und da niemand eine Bisswunde vorzeigen konnte, ist die Polizei dem nicht weiter nachgegangen. Mittlerweile rotten sie sich zusammen und halten nachts abwechselnd

Wache. Jetzt gibt es zwar bei den Obdachlosen keine Zwischenfälle mehr, dafür aber in den billigen Discos, in denen sich die jungen Leute gern für wenig Geld volllaufen lassen. Junge Frauen werden bewusstlos und mit K.-o.-Tropfen im Blut an Taxiständen aufgefunden. Sie wirken blass und geschwächt, können ebenfalls keine Beschreibung des Täters abgeben.«

»Gab es Tote?«

»Nein und das ist das Seltsame dabei. Wäre es einer von Raúls Leuten, die hiergeblieben sind, nachdem wir diesen Mörder aus dem Land geworfen haben, würde der nicht zu Drogen greifen. Er würde einfach die Erinnerung der Menschen löschen, so wie das jeder Vampir macht.«

»Und wäre es ein Gesetzloser, der seiner Blutgier verfallen ist, wären sie tot oder zumindest vergewaltigt worden.«

»Ganz genau. Die Opfer wiesen aber keine Verletzungen auf«, meinte Agnus nachdenklich. »Außerdem hätte weder ein Handlanger von Raúl noch ein blutgieriger Vampir seine Beute anschließend an einem Taxistand abgelegt. Es wirkt fast so, als wollte derjenige dafür sorgen, dass die Frauen heil nach Hause kommen.«

»Vielleicht ist es nur ein abgedrehter Spinner aus der Gothic-Szene, ein Möchtegernvampir.«

»Was auch immer. Du wirst der Sache auf den Grund gehen und diese Vorfälle auf die ein oder andere Art beenden. Falls es ein Mensch ist, weißt du Bescheid.«

»Ja, ich muss ihn am Leben lassen, außer es ist Notwehr, sonst hab ich selbst das Tribunal am Hals. Ich kenn die Gesetze, Agnus.«

»Und jetzt verschwinde aus meinem Büro, hier stinkt es deinetwegen schon wie in einer Kloake. Wir treffen uns in zwanzig Minuten zum Training – draußen am Teich.«

Quint verließ Agnus' Büro und stand damit automatisch in Elias Reich.

»Gib mir alles, was du und John über diese Landschaftsgärtnerin recherchiert habt. Ich will alles noch mal genau unter die Lupe nehmen. Ihre Adresse ist auch dabei, oder?«

»Klar. Die Liste der Fahrzeuge, die auf sie zugelassen sind, hat sich jedoch verkürzt. Sie besitzt nur noch einen alten VW-Bus.«

»Ich will alles über sie wissen, besonders über ihre Finanzen, etwaige Kredite und so weiter.«

»Sie ist alleinstehend, hat keine Kinder und ist wirklich eine Landschaftsgärtnerin, sogar eine viel gelobte. Ihre Firma floriert und sie beschäftigt einige Leute. Die Tiergehege des städtischen Zoos hat sie in monatelanger Arbeit naturnah umgestaltet und dafür sogar einen Preis bekommen. Die Stadtzeitung hat einen dreiseitigen Bericht darüber gebracht. Mensch, Quint, lass es doch einfach mal gut sein.«

»Nein. Besorg mir die Unterlagen. Sicher ist sicher. Mit der stimmt was nicht, das rieche ich.«

»Ach ja? Ich rieche nur stinkendes Abwasser. Bitte mach einen Abgang, bevor mir Sarahs leckeres Essen wieder hochkommt.«

»Leck mich«, brummte Quint und verschwand.

Duschen machte keinen Sinn, denn nach dem Training mit Agnus wäre er sowieso wieder verschwitzt. Außerdem wollte er gleich anschließend noch mit Wildheart spielen, danach würde er sowieso nach Puma riechen. Nein, in der Zwischenzeit würde er lieber anfangen, die Informationen über diese Jo Buchstabe für Buchstabe durchzugehen und nachzuprüfen ...

Am Teich wartete Agnus schon auf ihn: barfuß, nur mit der üblichen, schwarzen Drillichhose bekleidet, wie sie auch von Spezialeinheiten verwendet wurde.

»Zieh dir Socken, Schuhe und Shirt aus.«

Quint tat es, ohne nachzufragen. Klamotten störten eh nur beim Training. Als sie sich kampfbereit gegenüberstanden, entdeckte er diese Jo von Weitem.

»Wir haben Zuschauer, Agnus.«

»Ich weiß, aber sie kann uns von hier aus nicht hören, nur sehen.«

»Ja, aber ...«

Ehe er reagieren konnte, hatte ihm Agnus einen Schlag in die Rippen gedonnert, der einen Menschen ins Krankenhaus befördert hätte, und kaum dass er sich aufgerappelt hatte, landete Agnus' Fuß in einer Art Roundhouse-Kick an seinem Schädel, sodass er Sternchen sah. Aber damit nicht genug: Agnus packte ihn und warf ihn kopfüber in den Teich.

Als er aus dem Teich klettern wollte, stellte sich sein Anführer mit überkreuzten Armen an den Rand und schüttelte den Kopf.

Was? Sollte er jetzt etwa schwimmen?

»Alva war gerade bei mir«, erklärte Agnus und es klang nicht so, als bekäme er jetzt eine Einladung zum Tee. »Sie hat mit ihrer Gabe zwei Rippenbrüche und ein angeknackstes Handgelenk dieser Gärtnerin geheilt und musste ihr zur Tarnung eine Spritze geben. Außerdem hat die Frau noch eine leichte Gehirnerschütterung wegen dir, die Alvas Gabe nicht heilen kann.«

»Hey, ich dachte ...«

»Ist mir scheißegal, was du dachtest!«, rief Agnus stinksauer. »Ich toleriere keine Gewalt gegen Frauen unter diesem Dach, verstanden? Falls diese Jo auch nur noch einen einzigen blauen Fleck von dir bekommt, bist du fällig, dann kümmert sich Raven um dich.«

Raven hasste Gewalt gegen Frauen. Selbst damals, als er noch gezwungen war, einem Blutfürsten zu dienen, war das nicht anders gewesen. Wenn Raven davon erfuhr, hätte Quint mehr als zwei gebrochene Rippen und könnte sich vor Schmerzen nicht mehr aufrecht halten.

»Kann ich jetzt wieder raus aus dem Wasser?«, fragte er genervt. Seine Rippen würden in den nächsten Minuten heilen, doch jetzt schmerzten sie, als wäre ein Baumstamm auf sie gefallen, und sein Schädel brummte, als würde der härteste Bass darin gespielt.

»Nein.«

Agnus zog etwas aus seiner Hosentasche und warf es ihm zu.

Quint fing es ohne Probleme auf – Vampirreflexe eben – und starrte perplex auf den weißen Block.

»Das ist eine Seife, falls du nicht mehr weißt, was das ist. Du wirst im Teich bleiben und dich von oben bis unten schrubben oder wir machen morgen die gleiche Übung, verstanden?«

»Du ...«

»Ja, du mich auch«, erwiderte Agnus, »aber du wirst dich jetzt gefälligst waschen. Elia behält dich im Auge.«

Klar, Elia hatte überall diese Kameras. Vermutlich lachte er sich gerade schlapp und schickte per WhatsApp ein Video davon an alle im Haus.

Sein Chef hatte sich längst abgewandt und er meinte, diese Gärtnerin kichern zu hören. Aber der würde das Lachen noch vergehen, dafür würde er sorgen ...

Kapitel 4

Jo hatte sich sofort an die Arbeit gemacht, nachdem Rose weg war. Kurz darauf bemerkte sie aus den Augenwinkeln eine Bewegung und sah in Richtung Teich.

Dort standen zwei Männer mit freiem Oberkörper: Ein fast zwei Meter großer Mann, der sie an den Wickingervater der Comicfigur Wickie erinnerte – allerdings hatte er statt Bauch nur reine Muskelmasse –, und dieser Quint.

Wäre er nicht von der aggressiven Sorte, hätte Quint ihr gut gefallen. Ein Waschbrettbauch vom Feinsten, breite Schultern und sehr ausgeprägte, aber natürlich wirkende Muskeln am gesamten Oberkörper. Und sie hätte wetten können, dass der Rest unter der verdreckten Jeans ebenso beeindruckend ausfiel.

Sie war so weit weg, dass sie das Spiel der Muskeln nur erahnen konnte, als die beiden sich in Kampfhaltung gegenüber stellten und aufeinander losgingen. Wobei es eher so wirkte, als bekäme Quint eine ordentliche Abreibung, und kaum dass es begonnen hatte, flog er im hohen Bogen in den Teich.

Jo konnte sich ein Lachen nicht verkneifen. Der Zweimetermann drehte seinen Kopf kurz zu ihr und nickte ihr zu.

Unwillkürlich musste sie an Walters Worte denken: *Verlassen sie sich darauf, sein Chef wird ihn sich noch in dieser Minute zur Brust nehmen.* Diese Aktion gerade sah ganz danach aus.

Das dort drüben war dann vermutlich Agnus, der Chef dieser Bodyguardagentur. Sie schmunzelte, was der bestimmt nicht sehen konnte, und hob den Daumen, um sich zu bedanken.

Die Abreibung hatte Quint sich wirklich verdient.

Dann sah sie, dass Agnus etwas zu Quint in den Teich warf, und sie hätte schwören können, dass es ein Stück Kernseife war. Sie konnte nicht anders, als zu kichern, und war froh, dass auch das nicht bis dorthin zu hören war. Sonst würde dieser Quint es ihr bestimmt heimzahlen.

Sie begann mit ihren Messungen, und ohne es bewusst zu steuern, sah sie ein paarmal auf. Quint wusch sich tatsächlich. Ob das auch bei den halb verfilzten Haaren helfen würde, bezweifelte sie allerdings. Schade, dass seinem Hass mit dieser Seife nicht auch beizukommen war. So jemand Starken hätte sie gern auf ihrer Seite gehabt, um es mit denen aufzunehmen, vor denen sie davongelaufen war. Oder zum Anlehnen, auf dem Sofa, für ihre einsamen Abende.

Schnell verwarf sie den Gedanken wieder. Wenn jemand zu ihr nach Hause käme, liefe sie Gefahr, dass ihr Geheimnis entdeckt würde. Das war auch der Grund, warum sie keine Beziehung hatte – seit über zwanzig Jahren. Über ihre Einsamkeit hatte nur ihr Sohn sie hinweggetröstet, etwas zumindest, doch inzwischen ging auch er seine eigenen Wege.

Etwas später schwang sich Quint mit der Geschmeidigkeit einer Raubkatze aus dem Teich. Das Wasser tropfte an seiner nackten Haut herunter und seine Jeans lag hauteng an. Und, oh ja: Man konnte gut erahnen, dass alles unterhalb der Gürtellinie ebenso sehenswert wie das darüber war – wirklich alles.

Sie schaute schnell weg, denn sein Anblick war so heiß, wie ihre Wangen jetzt gerade wurden.

»Vergiss es, Jo«, schimpfte sie sich murmelnd. »Der hasst dich, ist brutal und will dir das Leben zur Hölle machen. Das genaue Gegenteil von dem, was du suchst.« – Wenn sie denn jemand suchen würde.

Ihr war, als spürte sie selbst aus der Ferne seinen bohrenden Blick auf sich, deshalb schaute sie lieber nicht auf.

»So, da bin ich wieder«, meldete sich Rose zurück. »Dann gehen wir mal zum Teich.«

»Vielleicht sollten wir damit morgen weitermachen. Es ist schon recht dunkel.«

»Kein Problem, einen Moment.«

Rose rief mit dem Handy jemanden an und einen Augenblick später erhellte grelles Flutlicht das ganze Gelände.

Auf Jos Überraschung hin meinte Rose nur lapidar: »Sicherheitsmaßnahme gegen Eindringlinge.«

Der Teich war eigentlich wunderschön, sehr groß, mit Steg und blühenden Seerosen, die den Rand säumten.

»Alice ist sehr gern im Wasser, aber vor diesem Teich fürchtet sie sich leider. Sie ist das Hallenbad gewohnt, mit dem klaren Wasser, wo man bis auf den Grund sehen kann.«

»Na ja, ein kristallklares Becken wird das nie, aber wir könnten das Wasser ablassen, den ganzen Schlamm entsorgen und einen Schwimmteich mit natürlichem Filterbecken daraus machen. Vielleicht würde es Alice helfen, wenn ich am Boden zusätzlich Lichtquellen anbringe. Den Steg müsste ich auf jeden Fall erneuern, das Holz ist morsch. Billig wird das leider nicht.«

»Das spielt keine Rolle.«

Das sagten die Leute selten und es machte sie stutzig. Waren das vielleicht Drogenbarone? Oder Waffenhändler? Und diese Bodyguardgeschichte nur eine Tarnung?

»Jo? Alles in Ordnung?«

»Ähm – ja, war nur gerade in Gedanken. Der Platz unter der großen Weide wäre ideal für ein Tipi, da drunter wächst sowieso kaum etwas und wenn ich auf der anderen Seite Äste finde, die stark genug sind, können wir eine Schaukel für Alice anbringen. Eine Feuerstelle mit Steinen neben dem Zelt würde ihr sicher auch gefallen. Sie könnten mit ihr Marshmallows übers Feuer halten und ihr Indianergeschichten erzählen.«

»Dafür wäre Quint besser geeignet«, murmelte Rose.

Jo wunderte sich über diesen Kommentar, sagte aber nichts dazu.

»Du hast großartige Ideen, Jo. Ich bin froh, dass du hier bist. Ich denke einfach noch zu wenig wie eine echte Mutter.« Sie seufzte. »Manchmal frage ich mich ...«

»Führ diesen Gedanken nicht weiter«, platzte es unvermittelt aus Jo heraus. »Auch Mütter von leiblichen Kindern fragen sich ständig, ob sie das Richtige tun und sagen. Du liebst die Kleine ganz offensichtlich und das ist das Wichtigste. Und wenn dein Mann sie auch mag ...«

»Und ob! Ein Kind großzuziehen, war zwar eine völlig neue Welt für ihn, aber er macht es prima und Alice tut ihm gut. Sie hat sein Leben verändert – ihn vielleicht sogar gerettet.«

Rose hörte auf zu reden, doch Jo spürte, dass sie gern weitererzählt hätte. Es gab hier wohl definitiv Dinge, die sie nicht erfahren sollte. Doch diese Rose war nett, ebenso wie die kleine Alice. Und wenn sie an die Ärztin oder den Zweimeterchef dachte, hatte sie das Gefühl, dass man sich in gewisser Weise sogar um sie, die Landschaftsgärtnerin, kümmerte. Diese Leute hier wirkten wie eine große Familie und es war, als würde sie etwas von dieser Wärme abbekommen.

Aber wer weiß? Waffenhändler waren ja vielleicht auch liebevoll zu ihren Kindern und freundlich zu ihren Gärtnern, oder?

Am Ende der Begehung schätzte Jo auf Rose' Wunsch hin grob die Kosten für die einzelnen Arbeiten.

»Das Material müsstet ihr mir im Voraus bezahlen und für meine eigene Arbeit hätte ich auch gern eine Anzahlung. Für diesen Auftrag muss ich in der nächsten Zeit alle anderen Kundenanfragen ablehnen, und falls ihr es euch doch anders überlegt oder dieser Quint mich vom Gelände wirft ...«

»Das wird hoffentlich nicht passieren.«

Hoffentlich? Oje, das klang gar nicht gut.

»Wir werden das Geld dafür noch heute überweisen und du kannst gleich morgen anfangen.«

»Ähm – ich hätte lieber Bargeld, wenn das kein Problem ist.«

Rose runzelte die Stirn. Jo rechnete schon mit einem Nein und griff, um gegen ihre Nervosität anzukämpfen, in ihre Hosentasche und umklammerte – wie so oft – den kleinen Grizzlybären aus Holz. Den trug sie immer bei sich, denn *er* hatte ihr den Bären vor so langer Zeit geschenkt.

In Gedanken schickte sie aus purer Verzweiflung ein Stoßgebet zum Himmel.

Lieber Gott, bitte! Ich muss dringend was zu essen kaufen!

Selbst ihrem Sohn war nicht bewusst, wie schlimm es finanziell um sie stand. Aber diese Sorgen wollte sie ihm nicht aufbürden, schließlich war sie die Mutter, sie hatte diese Last zu tragen, oder nicht?

Jo öffnete den Mund und wollte ihre Forderung schon herunterschrauben, aber da antwortete Rose: »Gib mir fünf Minuten. Ich bringe das Geld.«

Fünf Minuten? War der nächste Bargeldautomat so nah?

Oder waren das doch Waffenhändler mit einem Tresor voller Bargeld im Keller?

»Klar«, erwiderte sie mit plötzlich trockener Kehle. »Ich hole inzwischen mein Messrad und messe schon mal die Wege aus, damit ich morgen früh gleich die Bruch-Granitplatten ordern kann.«

Während sie das tat, rechnete sie damit, dass dieser Quint wieder über sie herfallen würde, in der Annahme, es wäre eine Waffe. Wobei die Konstruktion mit dem kleinen Rad und dem langen Stiel ziemlich simpel war. Quint ließ sich wider Erwarten nicht mehr blicken. Doch das ungute Gefühl, den ganzen Abend von ihm beobachtet zu werden, konnte sie nicht abschütteln.

Erst spätabends kehrte Jo zu ihrem hübschen Einfamilienhaus im grünen Villenviertel zurück. Es war schon älter und nicht luxuriös wie die anderen in der Straße. Aber sie war darin aufgewachsen und es wärmte ihre Seele mit den Erinnerungen an Geborgenheit und Liebe.

An der Auffahrt hielt sie kurz an und stieg aus, um voller Wut mit dem Fuß gegen das Zu-verkaufen-Schild zu treten, sodass es im Gras landete. Erst dann fuhr sie erleichtert weiter und betrat kurz darauf mit drei vollen Einkaufstüten ihr Haus.

»Warum hast du das Schild umgetreten, Mama?«

»Ich wollte das Haus meiner Eltern nie verkaufen.«

»Aber du sagtest, wir müssten es dringend verkaufen, bevor die Bank es zwangsversteigert und es dann einen schlechteren Preis erzielt. Wobei du wochenlang alle Interessenten hingehalten und ihnen dann abgesagt hast.«

»Ich habe den Auftrag bekommen, von dem ich dir gestern erzählt habe. Jetzt kann ich zumindest zwei Raten bezahlen und hoffen, dass die Bank mir den Rest erst mal stundet.«

Während sie die Taschen ausräumte, erzählte sie ihrem Sohn die Details.

»... Und sie haben mir tatsächlich alles in bar gegeben, hier siehst du?« Sie zeigte ihm das edle Kuvert mit den Fünfhunderterscheinen, dazu ein paar Hunderter.

»Zeig mal, ich hab noch nie einen Fünfhunderter gesehen.«

»Vielleicht sind es ja doch Waffenhändler«, murmelte sie gedankenverloren, während ihr Sohn in das Kuvert lugte, das ein eingeprägtes Wappen mit einem A trug.

Ehe sie es verhindern konnte, hatte er sich blitzschnell einen Hunderter herausgezogen.

»Hey! Davon muss ich noch Unmengen an Material kaufen. Du kannst doch nicht einfach ...«, protestierte sie.

»Wie du siehst, kann ich doch«, gab er zurück und grinste schelmisch. Dann wechselte er in diesen charmant bittenden Gesichtsausdruck, den schon sein Vater so gut draufhatte und dem sie dann auch nie etwas abschlagen konnte. »Mensch, Mama, komm schon. Du hast mir schon ewig kein Taschengeld mehr gegeben. Ich brauch auch mal neue Klamotten.«

Jo atmete tief durch. »Na, gut.«

»Heute dachte ich, man würde mir wieder das Gedächtnis löschen«, vertraute sie ihrem Sohn an. »Dein Vater hat mir ja damals erzählt, wie sie das machen, und ich hatte den Eindruck ...«

»Du bist paranoid, Mama! Siehst überall nur Vampire oder neuerdings Waffenhändler. Hast du überhaupt je einen von denen getroffen?«

»Ich weiß es doch nicht, aber ich vermute, sonst würden mir doch nicht 183 Tage fehlen.«

Vom letzten Tag, an den sie sich mit ihrem Mann erinnerte, bis zum Aufwachen im Krankenhaus ohne ihn, waren es genau 183 Tage, die ihrem Gedächtnis fehlten. Das hatte sie damals nach langem Überlegen und logischen Schlussfolgerungen herausgefunden.

»Ich kann's nicht mehr hören Mama! Ewig erzählst du nur davon. Vielleicht war es auch einfach nur ein Raubüberfall und du hast einen Schlag auf den Kopf bekommen. Außerdem machst du ein absolutes Drama draus. Es war doch nur ein halbes Jahr und das Leben geht weiter.«

»Das verstehst du nicht.«

»Das sagst du immer, aber ich bin kein kleiner Junge mehr! Ich mag zwar aussehen, wie ein 15-Jähriger, aber ich bin schon 22! Wäre mein Pass nicht gefälscht, dürfte ich sogar vom Gesetz her schon wählen, Alkohol trinken und Auto fahren!«

»Dann hör auch auf zu jammern wie ein kleiner Junge!«

Oh, oh! Sie sah an seiner Miene, dass sie ihn gekränkt hatte. Gleich würde sie eine Retourkutsche bekommen.

»Und du hast Schiss ohne Ende, Mama! Bei jedem Fremden, der dir begegnet, denkst du, es könnte ein Vampir sein! Ich frage mich, warum du dann von den Kanalinseln überhaupt zurückgekommen bist, wenn du so Angst vor ihnen hast.«

Leider wusste ihr Sohn ganz genau, wie er sie am besten verletzen konnte, und es tat wie immer verdammt weh, aber leider hatte er in diesem Punkt recht.

Ging es anderen Müttern eigentlich auch so?

Sie wusste es nicht, hatte nie engeren Kontakt mit anderen gehabt, aus Angst, ihr Geheimnis könnte entdeckt werden.

»Ja, verflixt, ich habe Angst! Und nicht zu Unrecht.« Und dann erzählte sie ihm die Wahrheit. »Ich bin nur zurückgekommen, um ...«, sie zögerte, denn es widersprach jeder Logik. Doch dann brach es doch aus ihr heraus: »Um deinen Vater zu suchen, falls er noch lebt.«

»Was?« Ihr Sohn sah sie entgeistert an. »Du hast mir immer erzählt, er wäre tot, nur dass sie seine Leiche nach dem Überfall eben nicht gefunden hätten.«

»Vermutlich ist er auch tot«, ihre Stimme wurde leiser, »bestimmt sogar, aber ich habe keinen Beweis, kann es nicht mit Sicherheit sagen – und ich will endlich Gewissheit.«

Für einen langen Moment stand ihr Sohn einfach nur da und starrte sie fassungslos an.

»Mama, ich glaube, du drehst durch. Wenn er leben würde, würde er dich doch suchen und mich auch. Oder gibt es da noch mehr, was du mir verschwiegen hast? Will mein Vater vielleicht gar nichts mit mir zu tun haben? Ist er meinetwegen abgehauen und hat dich sitzen lassen?«

»Nein, ganz sicher nicht!«

»Aber du weißt es nicht, oder? Du hast deine Erinnerung verloren.« Ihr Sohn sah auf einmal völlig verunsichert aus.

»Er hat mich geliebt und dich hätte er genauso geliebt, da bin ich mir ganz sicher.«

Die Miene ihres Sohnes spiegelte ein Wechselbad an Gefühlen wider. Was hatte sie nur angerichtet?

»Lass uns in Ruhe darüber reden, okay?«

»Nein, Mama. Ich kann nicht, das war einfach zu viel. Ich muss hier raus. Ich hau ab in die Stadt und ...«

»Nein, nicht! Das ist gefährlich!«

»Das ist mir egal! Ich fühl mich hier sowieso eingesperrt! Ständig soll ich immer nur vorsichtig sein. Ich hab die Nase gestrichen voll davon.«

»Bitte! Ich habe doch nur noch dich!«

»Ich will aber nicht dein Ein und Alles sein, Mama! Warum ziehst du es nicht durch? Warum machst du dich nicht auf die Suche nach ihm? Hast du Schiss? Oder jagst du doch nur in Gedanken einer Illusion nach, weil du in Wirklichkeit genau weißt, dass er tot ist?«

»Ich, ich …«

»Mir reicht's für heute. Mach das mit dir ab. Ich bin raus.«

Er stürmte aus dem Haus, die Tür knallte ins Schloss und Stille eroberte das Haus. Stille, die ganz im Gegensatz zu ihrem inneren Aufruhr stand.

Jage ich tatsächlich nur einer Illusion nach?

Oder habe ich einfach nur Angst, mich mit den Mächten einzulassen, die damals vielleicht im Hintergrund die Fäden gezogen haben und es immer noch tun?

Wie gefährlich wird diese Suche werden?

Riskiere ich damit möglicherweise nicht nur mein Leben, sondern auch noch das meines Sohnes?

Die Aufgabe einer Mutter war es doch, ihr Kind zu beschützen. Bisher war ihr das auch gelungen, aber nun?

Es wurde sowieso immer schwerer, je älter er wurde. Er schlug seine eigenen Wege ein, nahm Risiken in Kauf und sie war meist nicht mehr in der Lage das zu verhindern.

Ging es anderen Müttern eigentlich auch so?

Vielleicht, aber normale Mütter hatten es zumindest nicht mit diesen Wesen zu tun …

Ihr Magen knurrte, doch der Appetit war ihr vergangen. Und die Aussicht, mal wieder ganz allein am Tisch zu sitzen und zu essen, war auch frustrierend. Zudem fühlte sie sich bleischwer und hundemüde. Alle Kraft wich aus ihr wie die Luft aus einem offenen Luftballon, den man nicht mehr mit den Fingern zuhält.

Sie schob sich ein paar Stücke Schokolade in den Mund und zwang sich noch zu einer Dusche, danach fiel sie wie ein Stein ins Bett.

Die Sorge, ob ihr Sohn heil zurückkommen würde, hielt sie noch eine Zeit lang wach, dann eroberte der Schlaf ihren erschöpften Körper.

Kapitel 5

Quint stapfte tropfnass durch die Gänge zu seinem Quartier.

Diese Jo hatte ihn doch tatsächlich ausgelacht! Am liebsten hätte er den Rest der Kernseife nach ihr geworfen!

Aber bei seiner Wut hätte das mit Sicherheit einen blauen Fleck hinterlassen und leider durfte er sie gemäß Agnus' Befehl ja nur noch mit Samthandschuhen anfassen.

Er gab sich keine Mühe, sein zorniges Knurren zu unterdrücken.

Ausgerechnet jetzt liefen ihm auf dem Flur auch noch Arabella, das flippige Ex-Model, und Ambrosius, ihr Biochemiker, über den Weg, für den das ganze Leben nur aus Spaß bestand und der eine Wette nach der anderen abschloss. Im Gegensatz zu ihm waren die beiden in sichtlicher Hochstimmung und hatten Golfschläger dabei.

Er biss die Zähne zusammen, denn er kannte die beiden gut genug, um zu wissen, dass es schier unmöglich war, an ihnen vorbeizukommen, ohne zusätzlichen Spott zu ernten.

»Hey!«, fing Ambi sofort an, »Wenn das nicht unser *umwerfender* Begrüßungsservice ist!« Ara brach in schallendes Gelächter aus und Ambi fuhr fort: »Hey, wenn du willst, dass Frauen dich umwerfend finden, dann lass dir lieber von mir ein paar Tipps geben. Zumindest hast du schon zweimal vollen Körpereinsatz gezeigt.«

»Ja«, presste Ara mühsam hervor und versuchte, dem Lachanfall Herr zu werden. »Halb nackt vor ihren Augen zu baden, war schon mal nicht verkehrt. Das sollte dir ein paar Punkte bei ihr einbringen.«

Als Quint verwirrt die Stirn runzelte, nahm Ara einen Schritt Abstand, bedachte ihn mit einem musternden Blick und erklärte: »Eins a Proportionen, super Muskelmasse – du wärst ein erstklassiges Körpermodel für Duschgels!« Dann kniff sie ihn spielerisch in die Wange und meinte: »Nur dein grimmiges Gesicht müsste man weglassen, damit könntest du höchstens für die Neuauflage von Conan der Barbar ein Casting gewinnen.«

Ambi krümmte sich vor Lachen und Ara konnte sich auch nicht mehr beherrschen.

»Ha, ha, echt lustig. Ich bin hier für die Sicherheit zuständig! Kapiert ihr das nicht?«

»Echt prima, dass du uns gleichzeitig so glänzend unterhältst, während du für die Sicherheit sorgst«, meinte Ambi prustend.

»Seid ihr zwei auf Drogen, oder was?«, murrte Quint.

»Nein, wir haben nur irre gute Laune, das, was dir dringend fehlt. Wir sind nämlich auf dem Weg in die Stadt und probieren Streetgolf aus. Hat Elia auf Youtube entdeckt, der kommt auch mit.«

»Der Höhepunkt am Ende ist die stillgelegte Fabrik, die abgerissen werden soll«, erklärte Ambi. »Ich hab mit den anderen Wetten abgeschlossen, wie viele Fenster wir treffen. Wobei unsere Ara einen Nichtvampirbonus bekommt.«

»Mensch, Quint«, sagte Ara nun ernster und sah ihn für einen Moment bedrückt an. »Komm doch einfach mit und hab mal ein bisschen Spaß mit uns – so wie früher.«

Seine angestaute Wut verflog, als er daran dachte, wie er vor vielen Jahren zusammen mit seinem Bruder Samuel für ihre kleine Tochter auf allen vieren Löwe gespielt und sie auf sich hatte reiten lassen – zwei Löwen mit echten Fangzähnen wohlgemerkt. Bilder einer schönen Vergangenheit.

»Susi, die Löwenkönigin«, sagte er in Gedanken versunken. »Wir hatten eine schöne Zeit mit deiner kleinen Susi.« Er zupfte an einem von Aras unzähligen blonden Zöpfchen, die sie derzeit trug. »Diese Woche mal deine Naturfarbe, hm? Aber du hast da was im Haar, eine Feder, warte ...«

Er wollte sie gerade herausziehen, da schlug ihm Ara spielerisch auf die Hand. »Nix da, lass die ja drin! Das ist der letzte Schrei: ganz schmale Naturfedern, die man sich als Extensions reinmacht. Und die passen farblich auch super zu meinem natürlichen Haarton.«

Die Federn waren wirklich schön. Ganz schmal in goldenen und hellbraunen Nuancen und mit den für so viele Federn typischen, schwarzen Linienmustern. Zuletzt hatte er Federn in der Haartracht von Indianern gesehen, als er Lebensmittel gegen Felle tauschte. Dass das bei Weißen in dieser Art einmal in Mode kommen würde, hätte er auch nie gedacht. In den vergangenen Zeiten hatte er Federn nur in Hüten, als Boas oder Fächer gesehen.

»Danke für deine Einladung, Ara. Habt ihr ruhig Spaß und vergnügt euch. Ich muss ein Auge auf diese Jo werfen. Sicher ist sicher. Geh schon voraus, Ara, ich muss mit unserem Biochemiker noch was bereden.«

»Verstehe, Wächterkram. Na dann, wir treffen uns gleich in der Tiefgarage, Ambi.«

Leichtfüßig ging sie davon.

»Was gibt's denn, Quint?«, fragte Ambi.

»Diese Frau. Sie hat mir in die Augen gesehen und mich irgendwie manipuliert. Ich war auf einmal ganz – weichgespült.«

»Du und weichgespült?«, meinte Ambi mit einem amüsiertem Stirnrunzeln.

»Ja, kurz vorher hatte ich noch mein Messer an ihrer Kehle, dann schaute sie mir in die Augen und ...«

»Schau mir in die Augen, Kleines«, unterbrach ihn Ambrosius und vollführte eine filmreife Geste.

»Hör auf mit dem Quatsch! Ich mein es ernst. Mit ihren Augen ist irgendwas passiert und ich hatte das Gefühl, sie beschützen zu müssen.«

»Ich wette, du spinnst nur, Quint, aber hey, du hast meine Neugier geweckt. Lass uns mal für einen Moment sachlich bleiben und beschreib exakt, wie ihre Augen aussehen und was mit ihnen passiert ist.«

»Also, ihre Augen sind hellbraun – nein, warte, es ist eher so ein Orangerot, das ins Braun spielt, so wie der rotorangefarbene Hessonit aus Sri Lanka in dem Collier, das du meiner Mutter zum Geburtstag geschenkt hast.«

»Dieser Granat? Das ist gut dreißig Jahre her, aber ja, ich erinnere mich an diesen hübschen Edelstein, sprich weiter.«

»Das ist auf alle Fälle die Grundfarbe ihrer Iris, aber darin hat sie diese goldenen, sagen wir mal, Strahlen und die haben aufgeleuchtet, als sie mich angesehen hat.«

»Hm – rein biologisch geht das nicht, würde ich sagen, von so was habe ich auch noch nie gehört. Bist du dir da ganz sicher?«

»Ja!«

Ambi zuckte mit den Schultern.

»Eine Hypnose kann es eigentlich nicht sein, dafür hat die Zeit nicht gereicht, außerdem bist du als Vampir in dieser Art kaum von Menschen zu beeinflussen. Aber du hast sie angefasst, möglicherweise sondert ihre Haut Botenstoffe ab. Du kannst ja unauffällig einen Abstrich machen. Eine visuelle Beeinflussung halte ich für unwahrscheinlich. Aber frag doch Amalia, die ist steinalt, oder Elia, unseren Schreiber, vielleicht findet er auch was in unseren Aufzeichnungen oder weiß was aus den Legenden. Ich muss jetzt los.« Ambi ließ seine Fangzähne aufblitzen und zwinkerte ihm zu. »Die Nacht dauert schließlich nicht ewig.«

Mit diesem Kommentar ließ Ambi ihn einfach stehen – in der Pfütze, die sich mittlerweile zu seinen Füßen gebildet hatte.

Schnurstracks ging Quint zu Elia, der offiziell den Titel Schreiber trug, in der Neuzeit den Wächtern aber mehr in seiner Eigenschaft als Computergenie diente.

Er beschrieb Elia, was zwischen Jo und ihm vorgefallen war.

»Du und eine Frau beschützen?«, fragte Elia verblüfft, »Das klingt in der Tat untypisch für dich und gehört habe ich davon auch noch nie. Klar, kann ich für dich in den alten Pergamenten nachforschen. Ich werd einen Suchlauf starten.«

»Einen Suchlauf? Ich dachte, du gehst ins Archiv und ...«

Elia schüttelte spöttisch den Kopf.

»Du denkst doch nicht, ich gehe in irgendeinen Keller und rolle stundenlang Hunderte von Pergamenten auf?«

Ja, das hatte er eigentlich gedacht, hielt aber lieber den Mund. Für heute hatte er sich schon genug blamiert.

»Ich hab schon vor langer Zeit alles eingescannt und digitalisiert«, erklärte Elia. »Die alten Handschriften mit selbst erstellter Texterkennung in Dateien umgewandelt. Du solltest aber wissen, dass unsere ältesten Pergamente bei dem Brand der Wächterburg im Mittelalter ein Raub der Flammen geworden sind. Aber zum Glück kennen wir beide ja eine uralte Sirene, die bei einem Großteil unserer Geschichte live dabei war.«

»Und Männer in den Wahnsinn getrieben hat«, ergänzte Quint.

Elia grinste. »Na ja, diese Eigenschaft würde wohl so mancher Mann seiner Frau zuschreiben, oder nicht?«

»Ich bin nicht zu Scherzen aufgelegt, Elia«, murrte Quint.

»Schade, das wär nach über zwanzig Jahren eine echte Abwechslung. Und wenn du mich fragst: Ich glaube, du verlierst nicht deinen Verstand, sondern nur dein Herz, falls du überhaupt noch eins hast.«

»Sehe ich für dich etwa liebeskrank aus?«

Elia verzog sein Gesicht zu einem freudlosen Grinsen.

»Nein, ganz sicher nicht. Du hast recht, wenn unsere Sirene durch ihren Gesang Männer beeinflussen kann, warum soll es nicht eine Frau geben, die das mit ihren Augen fertigbringt. Geh und frag Amalia danach. Hier sind übrigens die Ausdrucke der Bankdaten und Vermögenswerte unserer Gärtnerin«, erklärte Elia und hielt ihm einen Stapel Papiere hin. Quint wollte sie schon greifen, da zog Elia sie wieder weg. »Wie heißt das?«

»Danke, Elia – und ja, ohne dich wären wir alle aufgeschmissen«, ratterte Quint gelangweilt das Lob herunter. Und während er schon begann, die Blätter durchzusehen und Elias Büro zu verlassen, murmelte er: »Komm endlich drüber hinweg, Elia. Vergiss ein für alle Mal die Zeiten, wo wir dich im Schwertkampf immer geschlagen haben, weil du der Kleinste von uns warst. Heute kann dir in Sachen Computer und Internet keiner mehr das Wasser reichen. – Die anderen warten übrigens schon auf dich, Streetgolf oder so.«

»Stimmt, hätte ich beinahe vergessen! Also bis zum Sonnenaufgang«, rief Elia und drängelte sich noch vor ihm durch die Bürotür.

Kurz darauf stand Quint vor Amalias Quartier. Ursprünglich lautete ihr Name einmal Lorelei, aber das war lange her. Er klopfte und kurz darauf öffnete Amalia die Tür. Ihre langen, grauen Wellen trug sie offen und hatte sie nur mit wertvollen Kämmen nach hinten gesteckt.

»Quintus«, grüßte ihn die Frau mit einem knappen Nicken und einer Haltung, die immer noch der einer Königin entsprach, die sie einst war. Ihr edles, mittelalterliches Kleid, das bis auf den Boden reichte, unterstrich ihr Auftreten.

Ob sie je den Weg in die Neuzeit finden würde?

Er hatte den Gedanken noch nicht zu Ende gedacht, da war ihm klar, dass er einen Fehler begangen hatte. Doch es war zu spät, Amalia musterte ihn bereits von oben bis unten.

»Ich weiß nicht, ob das den modernen Sitten entspricht, Quintus, aber ich dulde so etwas nicht.« Dabei hob sie das Kinn in einer anmutigen Weise und gleichzeitig wie eine Gouvernante, die ihren Schützling maßregelte. »Du wirst dich sittlich kleiden, wenn du von mir empfangen werden willst, und einen Leibeigenen anweisen, die Pfützen aufzuwischen, die du hinterlassen hast.«

Er zog den Kopf ein, drehte sich wortlos um und murmelte: »Wir haben keine Leibeigenen mehr. Obwohl das vieles einfacher machen würde.«

Leibeigene würden sich auch um den Garten kümmern und nicht eine Fremde, die ein erhebliches Sicherheitsrisiko darstellte.

Leibeigene, die einen Blutschwur der Verschwiegenheit geleistet hatten, waren die einzige Ausnahme: Ihnen durfte das Geheimnis ihrer Art anvertraut werden.

Später in dieser Nacht kehrte Quint zurück – sittlich angezogen – und Amalia ließ ihn mit einer wohlwollenden Geste eintreten.

Sie setzte sich auf einen verzierten Holzstuhl, als wäre er ein Thron, und bedeutete ihm, Platz zu nehmen.

»Was ist dein Anliegen, Quintus?«

Er erzählte von Jo und ihren Augen, beschrieb seine seltsame Reaktion darauf. Leider hatte selbst Amalia noch nie etwas von so einer Gabe gehört. Als er aufstand, ging sie zu ihrem antiken Eichensekretär, den sie selbst jedoch nie als antik einstufen würde, ebenso wie ihr Kleid. Vielleicht deshalb, weil die uralte Sirene dies bewusst als ihre Normalität gewählt hatte und die nachfolgenden Zeitepochen eher als Zuschauer betrachtete.

»Bitte warte einen Moment, Quintus und bring dieses Schreiben zu Elia.«

Sie tauchte die Feder ein letztes Mal in das Tintenfässchen und unterzeichnete das Pergament. Dann ließ sie Wachs darauf tröpfeln, siegelte es mit ihrem Ring und übergab es ihm.

Er räusperte sich. »Du weißt aber schon, dass wir keine berittenen Boten mehr haben wie früher?«

Ihr Rücken wurde noch gerader, als er eh schon war, und mit empörtem Ausdruck meinte sie: »Nur weil ich die Sitten dieser Zeit nicht annehme, heißt das nicht, dass ich meinen Verstand verloren habe, Quintus, Sohn des William! Elia wird dieses Schriftstück einscannen und dem

Duke mit diesem unsichtbaren Netz durch die Luft übermitteln. Er hat mich zu einer Jagdgesellschaft eingeladen und will mir für die Reise sein Luftschiff senden. Für eine Brieftaube wäre das Pergament doch zu groß, Quintus, und der Weg nach England zu weit.«

Und wieder war er in einem Fettnäpfchen gelandet!

Für heute hatte er die Nase gestrichen voll und wollte nur noch weg.

»Verzeih, Amalia«, sagte er schnell und beugte demütig seinen Kopf. Dann nahm er den Brief entgegen und verschwand.

Kapitel 6

Quint gönnte sich noch keinen Schlaf und machte auch nur einen kurzen Abstecher in die Stadt, um seinen Hunger nach Blut zu stillen. Als er anschließend zur Adresse der Landschaftsgärtnerin fuhr, neigte sich die Nacht schon dem Ende zu. Um jede Vorwarnung zu vermeiden, parkte er sein Motorrad ein gutes Stück entfernt. Zu dieser Zeit waren keine Passanten unterwegs. Dennoch mied er die Lichtkegel, verschmolz mit der Dunkelheit und schlich sich, seiner Natur entsprechend, beinahe lautlos und unsichtbar zum Grundstück der Gärtnerin.

Im Haus waren alle Lichter gelöscht.

Ohne den kleinsten Laut zu verursachen, trat er näher.

Keine Geräusche von innen, bis auf die üblichen Haushaltsgeräte.

Ein gerade mal hüfthoher, schön gearbeiteter Holzzaun umgab das Grundstück, Sicherheitsfaktor: null. Auf dem emaillierten Schild an der auch noch offen stehenden Zufahrt stand: *Willkommen bei Josephine von der Linde.*

War das etwa ihr echter Name?

»Klar, und ich heiße Nosferatu«, murmelte er mürrisch.

»Ich sollte mir auch ein Schild schnitzen: *Quintus Reißzahn, Blutspender willkommen.*«

Er verengte seine Augen zu Schlitzen und ließ seinen Blick über das Grundstück gleiten.

Ein Schild, das im Gras lag, weckte als Erstes sein Interesse und er nahm es genau unter die Lupe. *Haus zu verkaufen, frisch renoviert, Garten fachmännisch und liebevoll angelegt*, stand darauf, dazu eine Handynummer.

Dieses Schild war nicht von allein umgefallen, jemand hatte es herausgerissen – kürzlich, denn die Erde im leeren Loch war noch feucht.

Zusammen mit den Finanzunterlagen ergab das ein stimmiges Bild: Dieser Frau stand, finanziell gesehen, das Wasser bis zum Hals. Das

Sicherheitsrisiko, das sie darstellte, hatte sich soeben verdoppelt, denn Leute, die Geld brauchten, waren bestechlich oder erpressbar.

Er ging um das Haus herum und lauschte unter einem offenen, bodentiefen Fenster im ersten Stock, dessen hüfthohes, verziertes Eisengitter nur verhinderte, dass jemand aus Versehen hinunterstürzte. Er schüttelte den Kopf. Dieser Frau fehlte anscheinend jeder Sinn für Sicherheit.

Ein einziger, ruhiger und gleichmäßiger Herzschlag war zu hören. Sie war also allein und schlief – Zeit einzubrechen.

Um das Fenster mit einen Sprung zu erreichen, musste er nur in die Hocke gehen und sich kräftig abstoßen. Beinahe lautlos landete er auf dem Gitter, dessen Verankerung sich unter seinem Gewicht allerdings bedrohlich von der Wand löste. Damit das Geländer nicht geräuschvoll aus der Wand brach, sprang er schnell ins Zimmer. Aus diesem Grund bemerkte er den Laserstrahl erst, als der Alarm ertönte.

Wie in Zeitlupe sah er, dass Jo aus dem Schlaf hochschreckte, ohne zu zögern unter ihr Kissen griff, eine Pistole hervorzog und schoss – dem Winkel nach zu urteilen, direkt auf sein Herz.

Gott sei Dank waren seine Reflexe übernatürlich.

Es war knapp, aber es gelang ihm, der Kugel gerade noch auszuweichen und sie flog durch das offene Fenster, wo er eben gestanden hatte.

Zielen konnte diese Frau, das musste er ihr lassen!

Bei den Lichtverhältnissen bezweifelte er, dass sie ihn überhaupt erkannt hatte. Es macht eher den Eindruck, als ob sie permanent mit einem Angriff rechnete und daher bereit war, selbst aus dem Schlaf heraus sofort richtig zu reagieren – wie ein ausgebildeter, wachsamer Kämpfer.

Bevor sie die Möglichkeit hatte, einen zweiten Schuss auf ihn abzufeuern, war er allerdings bei ihr und berührte sie an der Stirn. Bevor sie in den erzwungenen Tiefschlaf fiel und ihre Lider sich schlossen, leuchteten erneut diese goldenen Strahlen in ihren Augen auf. Unwillkürlich fing er ihren Kopf sanft ab, damit der nicht auf das Bambusgestell des Bettes knallte. Vorsichtig, als könnte er sie zerbrechen – wozu seine Hände ohne Weiteres in der Lage wären –, ließ er ihren Oberkörper auf die Matratze sinken.

Selbst im Schlaf hielt sie krampfhaft ihre Waffe fest. Für einen Moment überlegte er, ihre Finger zu lösen, ihr die Pistole zu entwenden, doch dann entschied er sich dagegen. Er hatte ihr schon die Rippen gebrochen und hatte Angst, ihr nun auch noch die Finger zu brechen.

Quint schüttelte den Kopf, als könnte er diese Gedanken und sein fürsorgliches Verhalten dadurch vertreiben. Doch das innere Drängen, sie zu beschützen, verblasste langsamer als beim letzten Mal.

Stand er etwa unter ihrem Bann?

Ein Knurren löste sich aus seiner Kehle, doch es war mehr die Unsicherheit, ob diese Frau ihn manipuliert hatte, denn Wut. Um ehrlich zu sein, war er nicht wütend wegen ihrer Reaktion, nein, er bewunderte sie sogar dafür. Immerhin lebte sie hier ganz allein und schutzlos. Während Vampire nachts durch die Gegend schlichen, um sich am Blut ahnungsloser Menschen satt zu trinken. Diese raubtierhaften Jäger würde nur ein gezielter Schuss ins Herz oder in den Kopf aufhalten.

Wusste sie das etwa?

Der schrille Alarm schmerzte wie Nadelstiche in seinen Ohren, deshalb schob er diese Frage beiseite und wandte sich der dringenderen Angelegenheit zu.

Ein aufmerksamer Blick über die Schulter und er hatte das kleine Ding mit dem simplen Ein-und-aus-Schalter entdeckt, lief hin und machte es aus. Der Lärm hörte sofort auf und der denkbar einfachen Konstruktion nach zu urteilen, gab das Teil lediglich einen schrillen Ton ab, keine Verbindung zur Polizei oder einem Wachunternehmen. Sicherheitsfaktor: unterirdisch, aber für ihn ein Problem weniger. Wobei ein Vampir sowieso längst sein Mahl bei Jo beendet hätte, bevor irgendwelche Hilfe bei ihr eingetroffen wäre.

Er spürte, dass seine Hände sich bei diesem Gedanken zu Fäusten ballten. Wenn er schon per Befehl vom Chef nicht von ihr trinken durfte, dann auch kein anderer!

Sein Blick glitt zu ihrem Hals und ein besitzergreifendes Knurren drang aus seiner Kehle. Unwillkürlich näherte er sich mit ausgefahrenen Fangzähnen der puren Versuchung, schwebte nur Zentimeter über dem verführerischen Pochen ihrer Halsschlagader.

Erneut schüttelte er den Kopf.

Was war nur mit ihm los?

Er hatte sich doch gerade erst satt getrunken!

Und sie war doch das Sicherheitsrisiko, gegen das er vorgehen wollte – oder nicht?

Er legte den Kopf schief und betrachtete Jo nachdenklich in ihrem Bett. Friedlich schlafend wirkte sie nicht gerade wie ein eiskalter Spion von Raúl, der einen Überfall der Gesetzlosen vorbereitete oder bei erster Gelegenheit Sprengsätze versteckte, um das ganze Hauptquartier in die Luft zu jagen.

Er hatte unzählige Szenarien im Kopf gehabt, seit er wusste, dass ein Gärtner das Grundstück betreten würde.

Aber in diesem Moment fiel sein Blick auf Jos Haar und er wollte sich nur noch daran erinnern, wie es sich vorhin angefühlt hatte.

Ihr langes, welliges Haar lag ausgebreitet auf dem Kissen. Es war blond, wobei es von hell- bis dunkelblond alle Farbvarianten aufwies. Er fragte sich, ob es schimmerte und glänzte, wenn die Sonne darauf schien, was er nie sehen würde, außer während er neben ihr im Sonnenschein qualvoll verkohlte.

Ihre langen, geschwungenen Wimpern waren ebenfalls blond, also war das ihr Naturton. Ihr Gesicht wirkte im Schlaf so unschuldig und harmlos, wie das eines Mädchens, das gerade erst zur Frau wird – hätten die Jahre keine Spuren hinterlassen. Obwohl ihn der Einfluss ihres Blickes innerlich völlig aus der Bahn warf, vermisste er ihre faszinierenden Augen, die im Schlaf unter den Lidern verborgen waren. Ihr strahlendes Orangebraun, das diesem Granat aus Sri Lanka ähnelte, mit den goldenen Strahlen in der Iris, war wunderschön.

Jos Gesicht war sonnengebräunt und ihre im Schlaf sanften Züge passten für ihn gar nicht zu der harten Arbeit, der sie nachging, ebenso wie ihre langen, schlanken Finger, die er sich eher an einem Klavier vorstellen konnte.

Er holte das Set aus seiner Jackentasche, um Fingerabdrücke zu nehmen, und ignorierte das angenehme Gefühl, als er ihre Hand in seine nahm. Aus Neugier drehte er sie anschließend um, sodass er die Handinnenfläche betrachten konnte.

Ihre Fingernägel waren ganz kurz, was gar nicht zu ihren feingliedrigen Fingern passte, ebenso wie die ungewöhnlich festen Fingerkuppen – vermutlich Hornhaut, die sich bei der Arbeit gebildet hatte. Zwei kleine Schnittwunden heilten gerade und er musste dem Impuls widerstehen, seine Zunge darüberzustreichen, um ihre Haut durch seinen Vampirspeichel wieder makellos werden zu lassen.

Warum suchte sich eine so zarte Person einen so harten Job?

Die Antwort darauf wollte er unbedingt wissen. Vielleicht würde er sie fragen, wenn seine Recherche dazu nichts ergab.

Er zog eine Tüte mit Wattestäbchen heraus, um einige Proben von ihrer Hautoberfläche zu nehmen, damit Ambi sie auf Botenstoffe und ungewöhnliche Substanzen untersuchen konnte.

Für einen Moment zögerte er über ihrer Wange. Vermutlich würde sie ihm die Augen auskratzen, wenn sie mitbekäme, was er gerade tat. Nach den Hautproben wollte er auch eine Speichelprobe nehmen und hob dazu mit seinem Daumen ihre Unterlippe an. Sie fühlte sich wunderbar weich an, und nachdem das Wattestäbchen getränkt war, strich er mit seinem Daumen – ganz unnötigerweise – noch einmal über ihre Lippe.

Man kann eine Erinnerung löschen, aber nicht ein schlechtes Gewissen!, hallte der Appell seines Vaters in seinem Kopf. Sein Vater hatte ihn mit diesem Spruch stets ermahnt, wenn er ihn die besondere Gabe lehrte, Erinnerungen kunstvoll und auszugsweise zu verbergen, anstatt sie radikal auszuradieren. Und seine Mutter würde ihm die Hölle heißmachen und mit dem Besen auf ihn losgehen, wüsste sie, dass er sich in das Schlafzimmer einer hilflosen Frau geschlichen hatte.

Ruckartig zog er seinen Daumen von Jos samtweicher Lippe weg. Er bedauerte sogleich den Verlust der Empfindung, doch er riss sich zusammen und nahm sich vor, wie ein Gentleman zu handeln, hob – entgegen seiner Neugier – auch nicht die Bettdecke, um den Rest von Jo zu erkunden. Diese Versuchung war immer größer geworden, je länger er auf ihrer Bettkante gesessen hatte.

Sein Blick fiel auf die Pistole – ein leichtes Modell der Walter PPK, Kaliber .22, ideal für zarte Frauenhände.

Während er seine Hand auf ihre Stirn legte und die Erinnerung an sein Eindringen und den Schuss vor ihrem Bewusstsein verbarg, fragte er sich, was der Grund dafür war, dass Jo mit einer Waffe unterm Kopfkissen schlief. Sie war verteidigungsbereit aufgewacht, hatte ohne zu zögern geschossen, dazu noch direkt auf sein Herz.

Ihre Reaktion zeigte, dass sie weit weniger hilflos war, als es im Schlaf den Anschein erweckte. Vielleicht hätte sie sogar gegen einen überraschten Vampir eine Chance, wobei die sich in den letzten Jahrzehnten nachts kaum noch in anderer Leute Häuser, sondern ihre Beute eher in Diskotheken und verruchten Bars suchten.

»Sie ist ein Sicherheitsrisiko«, ermahnte Quint sich entschlossen. »Ich bin nicht hier, um sie vor meinesgleichen zu schützen, sondern uns vor der Gefahr, die hinter ihrer unschuldigen Fassade lauert.«

Alle im Hauptquartier verließen sich darauf, dass er jede Gefahr für sie entdeckte und eliminierte. Aus diesem Grund würde er auch gleich das ganze Haus durchsuchen.

Er bückte sich und hob die leere Patronenhülse auf. Bevor er nachher ging, würde er Jo vorsichtig die Waffe aus der Hand nehmen – hoffentlich hatte sich ihr Griff bis dahin gelockert. Dann würde er die fehlende Patrone ersetzen und die Pistole zurück unter ihr Kopfkissen legen. Die Alarmanlage würde er auch wieder einschalten, sofern sie keinen Ton mehr von sich gab. Danach gäbe es keine Spuren von seinem Eindringen mehr und nur er wüsste, was in dieser Nacht vorgefallen war. Die Details würde er Agnus lieber nicht berichten.

Als er von der Bettkante aufstand, vernahm er ein Knirschen in der Kieseinfahrt, das ein menschliches Gehör sicher nicht wahrgenommen hätte. Laut seiner Information lebte Jo allein hier, wer sollte also kurz vor Morgengrauen hier auftauchen?

In Sekunden war er unten am Eingang, seine Pistole mit dem Schalldämpfer in der Hand, und riss die Haustür auf.

Zum Glück war es kein Frührentner, der Zeitungen austrug, und dem er damit sicher einen Herzinfarkt beschert hätte. Das erschrockene und bestimmt unabsichtliche Fauchen von einem der drei Männer identifizierte das Besuchertrio sofort als Vampire.

Quint ließ seine Fangzähne ausfahren und aufblitzen, damit sie gleich wussten, mit wem sie sich anlegten. Daraufhin traten zwei sofort einen Schritt zurück. Einer blieb ungerührt stehen: ein kleiner, aber durchtrainierter Typ, kahl rasiert, bis auf einen geflochtenen Zopf am Hinterkopf.

Quint ging vor die Haustür und zog sie hinter sich zu. Dann verschränkte er demonstrativ die Arme vor der Brust, die Pistole in seiner Hand gut sichtbar.

»Es scheint, als wäre ich nicht schnell genug gewesen«, meinte der Kahlrasierte.

»Richtig. Hier gibt es kein Abendessen für euch. Heute nicht und auch an keinem anderen Tag. Verstanden?«

Der Vampir legte den Kopf etwas schief und verengte die Augen zu Schlitzen. »Und wer will uns das verbieten?«

Quint bemerkte ein fast unauffälliges Zeichen seines Gegenübers und schon stürzten sich die zwei anderen auf ihn.

Da hier kein Gesetzesbruch gemäß dem Tribunal vorlag, durfte er das unverschämte Vampirpack leider nicht töten und so schoss er dem ersten nur in den Bauch und verpasste dem anderen einen Kinnhaken, sodass der durch die Luft flog. Leider nutzte der Anführer der drei die Zeit, um ihm blitzschnell von hinten ein Messer in den Rücken zu stoßen.

Der Kahlrasierte musste seine Niere getroffen haben. Ein genau kalkulierter Stich, denn der Schmerz war so brutal, dass ihm die Beine wegklappten und er zu Boden ging. Für einen Moment wurde ihm schwarz vor Augen und er mutmaßte, dass ein normaler Mensch an dieser Verletzung gestorben wäre.

»Kümmert euch um ihn. Ich geh rein.«

Im Nebel des Schmerzes rasten Quints Gedanken.

Was würde dieser Typ wohl mit Jo anstellen?

Sie konnte sich nicht wehren, und zwar, weil er sie mit seinen Vampirkräften in Tiefschlaf versetzt hatte!

Wegen ihm war sie diesen Bastarden jetzt hilflos ausgeliefert! Was die mit ihr anstellen würden, war allein seine Schuld! Seine Schuld – wie damals, als er zu spät zu seinem Bruder gekommen war ...

Mit einem markerschütternden Brüllen zog er sich das Messer heraus. Gleißender Schmerz durchfuhr seinen Körper und ihm wurde erneut schwarz vor Augen. Dennoch schaffte er es, wenn auch halb blind, den beiden mit dieser Klinge die Halsschlagader aufzuschlitzen.

Selbst für einen Vampir war das tödlich, falls man nicht sofort Druck ausübte, um die Ausblutung zu verhindern. Die beiden waren schlau genug, sich sofort die Hände auf den Hals zu pressen. Und weil sie so kaum noch in der Lage waren, sich zu verteidigen, geschweige denn anzugreifen, suchten sie ihr Heil in der Flucht.

Der Kampf mit den zweien hatte den direkten Weg durch die Haustür blockiert, was auch Quints Absicht gewesen war. Aber der dritte Vampir war leider hinters Haus gelaufen und würde vermutlich auf dem gleichen Weg bei Jo einbrechen wie er zuvor.

Seine höllischen Schmerzen ignorierend taumelte er ebenfalls ums Haus herum. Der Kahlrasierte stand bereits auf der Brüstung und Quint konnte gerade noch rechtzeitig das Messer werfen, bevor der Vampir ins Schlafzimmer stieg. Am liebsten hätte er auf dessen Herz gezielt, doch der Hausbesuch schien nicht zufällig zu sein, deshalb wollte er zuerst Antworten aus dem Typ herausquetschen.

Der Kerl hielt sich noch für einen Wimpernschlag unter Schmerzen am Geländer fest. Doch anstatt dann rückwärts herunterzufallen, drehte sich der Kerl im Fallen, landete direkt auf ihm und biss ihn augenblicklich in die Schulter.

Etwas wie flüssiges Höllenfeuer flutete seinen Körper und ihm wurde schlagartig kochend heiß.

Erst jetzt wurde Quint klar, wen er da vor sich hatte: Snake, den Headhunter – doch es war zu spät.

Das Gift, das diesem außergewöhnlichen Vampir seinen Namen verliehen hatte, ließ seine Muskeln augenblicklich extrem verkrampfen und bescherte ihm irrsinnige Schmerzen, als würde er lebendig verbrennen. Zusammengekrümmt und absolut kampfunfähig lag er im Gras.

Kapitel 7

Snake zog sich das Messer heraus und spuckte Quint an.

»Der einzige Grund, warum ich dich nicht auf der Stelle töte, ist, weil das Tribunal sonst hinter mir her wäre, du Arschloch!«

Tatsächlich war das Tribunal bislang nie in der Lage gewesen, Snake zu verurteilen, denn der wanderte auf einem sehr schmalen Grat. Jemandem Informationen über eine Person zu verkaufen, war nun einmal nicht strafbar. Dass Raúl und andere Blutfürsten diese Leute anschließend entführten, weil es sich meist um Symbiontinnen handelte oder andere nützliche Spezialisten, damit hatte Snake ja offiziell nichts mehr zu tun – eine Gesetzeslücke, denn Snake war faktisch gesehen eine Art Menschenhändler.

Zum Glück schien Snake nicht zu wissen, dass er es hier mit einem Wächter zu tun hatte.

Aber was, wenn doch? Was, wenn die schwarze Liste des toten Ramón noch existierte, auf der man Quint als Wächter mit einem Kopfgeld aufgelistet hatte? Er selbst würde nichts preisgeben, aber seine Gegenwart in Jos Haus würde ausreichen, um sie in ein tödliches Fadenkreuz zu bringen! Denn Raúl würde bestimmt eine horrende Summe für eine Frau bezahlen, die mutmaßlich wusste, wo das Hauptquartier der Wächter lag. Und dieser Blutfürst würde – genau wie dessen Bruder Ramón – vor keiner Folter zurückschrecken, um an diese Information zu gelangen, auch wenn Jo gar nichts wusste und dabei elendig starb.

Unter rasenden Schmerzen und völlig machtlos musste Quint zusehen, wie Snake sich erneut dem Schlafzimmerfenster von Jo zuwandte.

Das erste Mal seit dem Tod seines Bruders, schrie er Gott nicht an und machte ihm Vorwürfe, sondern schickte wegen Jo ein Stoßgebet zum Himmel. Er hatte schon genug Schuld auf sich geladen, Jos Leben sollte nicht auch noch auf seine Kappe gehen.

Du bist ein Idiot, sagte eine gehässige Stimme in seinem Kopf. *Der hat sogar sein Seelenheil verkauft. Dem ist nichts wichtiger als Geld.*

Und in diesem Moment hatte Quint einen Geistesblitz.

»Ich kaufe sie dir ab!«, schrie er mit vor Schmerz zusammengebissenen Zähnen.

Snake drehte sich um, verengte abermals die Augen zu Schlitzen und legte den Kopf schief.

»Ist sie was Besonderes?«

Das war eine Fangfrage und zeigte zugleich, dass Snake nicht viel über Jo wusste. Der skrupellose Typ würde jedoch gegebenenfalls den Preis treiben oder Jo gar nicht an ihn verkaufen, falls sie etwas Besonderes wäre – zum Beispiel eine der extrem seltenen Symbiontinnen.

Nur mit diesen besonderen Frauen konnte ein Vampir eine tiefe Verbindung fürs Leben eingehen und Kinder zeugen. Entgegen den Mythen wurde niemand durch einen Biss zum Vampir. Auch die Gefährtin eines Vampirs blieb stets menschlich, doch das Blut, das er ihr schenkte, erneuerte immer wieder ihre Zellen – und zwar jede ihrer Zellen. Aus diesem Grund blieb die Gefährtin eines Vampirs gesund und alterte nicht, sondern durchwanderte an seiner Seite die Jahrhunderte.

Quint versuchte, sich im Inferno seiner Schmerzen zu konzentrieren.

Was sollte er Snake nur antworten?

Ein falsches Wort, und ein Deal würde nicht zustande kommen, sondern irgendein Blutfürst würde Jo entführen. Vor denen war man nur im Hauptquartier sicher und selbst das war keine Garantie mehr, was sie erst vor Kurzem schmerzlich erfahren mussten.

Sein Vater William, natürlich ebenfalls ein Vampir, hatte ihm von klein auf eingebläut, immer die Wahrheit zu sagen oder lieber zu schweigen, als zu lügen. Über die Jahrhunderte hinweg wäre das einfach der bessere Weg.

Von Krämpfen geschüttelt, stammelte Quint daher: »Sie ist nur eine ganz normale Menschenfrau, eine die mich sogar ganz schön nervt, aber ich habe in ihre Augen gesehen und – ich bin eben ein Trottel. Also: Wie viel? Wie viel, damit du sie von deiner Liste streichst und nie wiederkommst?«

Misstrauisch fragte Snake: »Sie muss irgendwas haben, wenn du so versessen auf sie bist. Was ist es?«

Nicht lügen. Nicht lügen. Nicht lügen!

»Sie hat – wunderschöne Haare«, presste er schließlich unter Schmerzen hervor und das meinte er sogar ehrlich.

»Sonst nichts? Davon werde ich mich persönlich überzeugen.«

»Rühr sie nicht an!«, stieß Quint aus.

»Und ob ich das werde. Vielleicht hast du mich ja belogen und sie trägt die Blüte der Ewigkeit«, sagte Snake, sprang auf die Brüstung und verschwand im Schlafzimmer.

Die Blüte der Ewigkeit war etwas, das jede Frau, die zu einer Symbiose mit einem Vampir fähig war, von Geburt an irgendwo auf ihrer Haut trug. Die beiden kleinen, eher unauffälligen Blättchen sahen für Menschen aus wie weiße, feine Narbenlinien, wie ein sehr filigranes Branding, doch Vampiraugen sahen darüber hinaus ein fluoreszierendes Leuchten in ihnen.

Der Gedanke, dass dieser Bastard Jo auszog und sonst was mit ihr anstellte, ließ Quint all seine Kräfte mobilisieren. Doch es gelang ihm nicht, auf die Füße zu kommen. Mehr, als sich unter den brutalen Schmerzen der Krämpfe und dem heißen Brennen in seinem Körper zu winden, war nicht drin.

Eine quälende Ewigkeit begann für Quint, in der tausend Szenarien in seinem Kopf entstanden, eines schlimmer als das andere. Am Ende hatte der Kahlköpfige wohl nur eine Minute gebraucht, dann sprang er wieder geschmeidig aus dem Fenster und landete im Gras.

»Ihre Haare sind in der Tat schön, aber sie trägt keine Blüte der Ewigkeit, ist also keine Symbiontin. Du bist wirklich ein Trottel, dich in eine gewöhnliche Frau zu verlieben«, verhöhnte ihn Snake. »Hat dein Vater dich nicht davor gewarnt, eine ernsthafte Beziehung mit einer normalen Frau einzugehen?«

Oh doch! Diese Warnung hatte sein Vater immer und immer wieder ausgesprochen, und zwar an seinen Bruder, dem genau das passiert war. So lange, bis Samuel das Haus auf Nimmerwiedersehen verlassen hatte. Die Identität seiner Freundin jedoch hatte sein Bruder nie preisgegeben und stets alle Versuche vereitelt, ihm heimlich folgen zu wollen. Er hatte Samuel geliebt und war deswegen sauer auf ihn gewesen, noch mehr aber auf dessen Freundin, die Ursache des Ganzen. Jahrelang war sein Bruder spurlos verschwunden gewesen, hatte nichts von sich hören lassen und alle hatten sich große Sorgen um ihn gemacht, wussten nicht, ob er überhaupt noch lebte. Als Samuel dann endlich wieder Kontakt zu ihm aufgenommen hatte und ihn um ein Treffen bat, war er, Quint, nicht rechtzeitig gekommen und hatte deswegen nur noch Samuels Leichnam in den Armen halten können.

Snake warf einen Blick zum heller werdenden Himmel.

»Da die Sonne gleich aufgeht, machen wir es kurz: 200 000 – kannst du dir das überhaupt leisten?«

Quint nickte.

»Bis zum Sonnenuntergang, sonst ist der Deal geplatzt, verstanden?«

Mit einer abfälligen Geste warf Snake ihm einen Zettel zu.

»Hier ist mein Nummernkonto. Und beweg deinen Hintern ins Haus, bevor du zu Grillkohle wirst.«

Snake war gegangen, und obwohl der heller werdende Himmel mit sengenden Qualen drohte, gehorchte ihm sein Körper immer noch nicht. Das Gift von Snake war berüchtigt. Mit einem normalen Gift wäre ein Vampirorganismus längst fertiggeworden.

Er sah zum Fenster im ersten Stock hinauf. Das würde er in seinem Zustand keinesfalls schaffen. Jo um Hilfe zu rufen, wäre sinnlos, weil sie ohne seine Berührung nicht aufwachen würde. Auch wenn er es wegen der brutalen Krämpfe nicht auf die Beine schaffte, wäre es möglich, mit seinem Körper die Eingangstür aufzubrechen. Aber die demolierte Tür würde womöglich Passanten und schließlich die Polizei alarmieren. Zudem war das Haus voller Fenster, durch die das tödliche Sonnenlicht drang, und ob es einen Keller gab, hatte er in der Eile vorhin nicht registriert.

Abgesehen davon hatte er gewaltig Mist gebaut und die anderen würden es erfahren, wenn er sich direkt vor Jos Haus von ihnen abholen ließ.

Um seine Anwesenheit nicht zu verraten, stand die Kawasaki, mit der er hergefahren war, ein ganzes Stück entfernt. Aber er rechnete damit, dass das Gift in seiner Wirkung schon auf dem Weg dorthin nachlassen würde und dass er sich für den Rückweg schon irgendwie auf dem Motorrad halten könnte.

Halb rollend, halb robbend und unter heftigen Krämpfen, machte er sich also auf den Weg zu seiner Maschine. Doch da irrte er sich gewaltig. Das Gift war so heftig, dass er gerade erst die Hälfte der Strecke zurückgelegt hatte, als seine Zeit ablief.

Die Sonne ließ ihm keine Gnadenfrist mehr.

»Ich soll also in der Sonne verbrennen?«, beschwerte er sich knurrend bei der höheren Macht. »Ich warte schon so lange drauf, dass du da oben den Hammer schwingst. Ist meine Schuld dann endlich getilgt? Warum hast du überhaupt so lange gewartet? Ist das Warten auch Teil deiner Strafe? Oder war erst mit meiner Gebetserhörung für Jo mein Konto bei dir überzogen?«

Als er mit Meckern fertig war, fiel ihm auf, dass Mülltonnen die Straße säumten und ein größerer Abfallcontainer in der Nähe stand. Nur Sekunden bevor die Sonnenstrahlen ihr tödliches Werk an ihm verrichten konnten, erreichte er den Container. Immer noch nicht in der Lage sich aufzurichten, kippte er das Ding vom Boden aus um, kroch hinein und schloss den Deckel.

»Dich da oben werde ich nie verstehen«, murrte er. »Und nein, ich werde mich nicht über den abartigen Gestank nach vergammeltem Fleisch beschweren.« Kaum hörbar fügte er hinzu: »Danke.«

Diese Rettung in letzter Sekunde war vorläufig, denn sich den ganzen Tag über darin zu verstecken, war nicht möglich. Der Container würde nämlich, wie in dieser Stadt üblich, frühmorgens geleert werden.

Nach einigen Minuten ließ die Wirkung des Giftes zumindest so weit nach, dass es ihm mit Mühe gelang, sein Handy aus der Tasche zu holen und auch eine Nummer zu wählen – die von Arabella. Die anderen Wächter hätten das Desaster dieser Nacht Agnus gemeldet und das wollte er um jeden Preis verhindern.

Arabella fragte auch nicht nach dem Wieso und Warum, sondern versprach einfach, so schnell wie möglich zu kommen.

Auf Ara war Verlass. Viele hatten sich schon in ihr getäuscht. Trotz ihrer vermeintlich oberflächlichen Art, nahm sie oft viel mehr von anderen wahr, so als ob sie in ihr Inneres blicken würde und sie kümmerte sich auf ihre eigene Weise um die Menschen, die ihr am Herz lagen.

Zusammengekrümmt wartete Quint zwischen gammligem Fleisch darauf, was zuerst eintreffen würde: der Müllwagen oder Arabella.

Seine feinen Ohren hörten bald den Müllwagen und dessen Mannschaft, die in fleißiger Routine die Tonnen leerte.

Schwarz verkohlt. Im Sonnenlicht wäre seine Haut binnen kürzester Zeit schwarz verkohlt. Und jeder, der ihn so sehen würde, wüsste um das Geheimnis seiner Art.

Bestimmt zehn Mal schaute er auf seine Uhr, dann näherte sich das eindeutige Fahrgeräusch.

Er hörte das Wendemanöver, es gab einen Stoß am Müllcontainer. Eine Wagentür öffnete sich.

Eine Kaugummiblase platzte, High Heels klapperten, dann ein Pochen.

»Quint, bist du da drin?«

»Ja.«

»Sorry, ging nicht schneller. Bist du okay?«

»Nicht ganz. Sag mir bitte, dass meine Ohren sich verhört haben und du nicht im Ferrari gekommen bist, Ara.«

»Was denkst du denn?«

Dass du etwas Größeres als eine Schuhschachtel von Kofferraum dabei hast?

»Mein Ferrari ist der schnellste fahrbare Untersatz in unserer Tiefgarage! Sei froh, eine Straße weiter habe ich den Müllwagen überholt. Außerdem solltest du dir mal die neue Lackierung ansehen, das Neongrün ist einfach irre.«

Neongrün? Ein Ferrari?

»Irre – ja, der Meinung bin ich auch«, murmelte er.

»Keine Angst, John hat auch in meinen Kofferraum gepasst. Du darfst dich eben nicht so breit machen.«

Ja, Arabella hatte – in genau diesem Kofferraum – John in halsbrecherischem Tempo zu seiner verunglückten Frau gefahren, damit er ihr sein heilendes Vampirblut geben konnte. Aber leider war John an diesem Tag dennoch zum Witwer geworden.

»Ich hab hier eine lichtundurchlässige Plane, Quint, die leg ich über den geöffneten Kofferraum und den Müllcontainer. Ein bisschen Sonne kommt an der Seite wahrscheinlich doch durch, also beeil dich lieber.«

»Beeilen ist gerade schwierig«, murrte Quint.

»Okay, ich bin so weit. Raus mit dir!«

So schnell es seine vom Gift beeinträchtigten Muskeln zuließen, hievte er sich in den Kofferraum. Seine beiden Hände wurden kurz vom Sonnenlicht erwischt, während er den Deckel schloss. Nun brannten sie, als stünden sie tatsächlich in Flammen.

»Geht's?«, fragte Ara besorgt.

»Ich hab einen Sonnenbrand und hier drin ist es so bequem wie in einer überfüllten Sardinenbüchse.«

Von den beiden Golfschlägern in seinem Kreuz ganz zu schweigen.

»Was hast du hier in dieser Gegend eigentlich ...«

»Danke, Arabella«, unterbrach er sie. »Auch, dass du keine Fragen stellst.«

»O-kay«, erwiderte Ara und verstand.

Während der Rückfahrt bekam er ihren temperamentvollen Fahrstil zu spüren – im wahrsten Sinne des Wortes. Wäre er ein Mensch, hätte er wohl ringsherum blaue Flecken und eine leichte Gehirnerschütterung davongetragen.

Da Arabella um sein feines Gehör wusste, plapperte sie beim Fahren munter drauflos.

»Weißt du eigentlich noch, dass ich Vinz damals in so einem Müllcontainer quer durch die ganze Stadt bis zum Hauptquartier geschoben habe, zusammen mit Obdachlosen? Nach einem hinterhältigen Angriff wäre er sonst bei Sonnenaufgang auch verbrannt.«

Ja, das wusste er noch, Vinz war bewusstlos gewesen.

»Danach musste mein schöner weißer Nerzmantel von Elisabeth in die Reinigung und meine schicken, weißen Fellboots waren völlig ruiniert.«

Richtig, deswegen hatte sie tagelang gejammert.

»Ich war damals mit Vinz' Ferrari unterwegs, um ihn zu finden, und als ich ihn dann fand, habe ich gemerkt, dass das dämliche Ding einen Kofferraum aus Glas hat. Wie blöd ist das denn, wenn man ein Vampir ist? Gleich danach hab ich ihn so lange genervt, bis er einen Ferrari mit einem Kofferraum ohne Glas gekauft hat, damit ich ihn zur Not auch da reinstecken kann. Man weiß ja nie.«

Stimmt, Vinz hatte ihr ein nagelneues Modell geschenkt, und was machte sie kurz darauf? Ließ den Ferrari in Violett lackieren. In Violett! Wie ein Mann so etwas ertragen konnte, war ihm ein Rätsel.

Kaum war Quint in der Tiefgarage mühsam aus dem Kofferraum geklettert, stand sein Chef Agnus vor ihm. Wenigstens war er inzwischen wieder in der Lage, aufrecht zu stehen – einigermaßen zumindest.

»Was ist passiert, dass du deinen Hintern erst nach Sonnenaufgang hier reinschwingst?«

Agnus bebte vor Zorn.

»Gesetzlose. Bin überrascht worden«, erklärte er knapp, das war immerhin keine Lüge.

Er lehnte sich an den Ferrari und versuchte, sich nichts anmerken zu lassen. Das Desaster mit Jo und Snake wollte er unbedingt für sich behalten.

Agnus musterte ihn von oben bis unten.

»Du siehst scheiße aus.«

»Haben mir ein Messer in die Niere gejagt.«

»Höllische Schmerzen, was? Muss Alva sich um dich kümmern?«

»Lass mal. Wird schon.«

Seine Vampirnatur würde alles heilen, auch dieses Gift würde ihn nicht umbringen.

Agnus wirkte skeptisch, sagte dann aber: »Also gut. Aber du stinkst wie verfaultes Fleisch, geh dich gefälligst waschen, sogar Ratten würden bei deinem Gestank Reißaus nehmen.«

Als Agnus außer Hörweite war, flüsterte Ara: »Er macht sich nur Sorgen um dich, deshalb ist er so wütend. Aber duschen solltest du trotzdem. Schaffst du es denn allein in dein Quartier?«

Nein.

»Willst du mich etwa tragen, Ara? Ich glaube, da würden dir deine Absätze abbrechen.«

Sie blickte sofort erschrocken auf ihre sicherlich ebenso exklusiven wie exorbitant teuren Designerschuhe. Er hätte gegrinst, wenn ihm nicht alles so wehgetan hätte.

Dann merkte sie, dass es ein Scherz war.

»Doofmann«, meinte sie wenig verärgert. »Ich hatte eher an eine Schubkarre oder eine Krankenliege gedacht.«

»Nein, lass mal.«

Er wollte auf keinen Fall noch mehr Aufmerksamkeit und neugierige Fragen.

»Ich setz mich ein paar Minuten hier hin, dann geht's schon.«

»Ehrlich?«

»Ehrlich.«

Als Arabella die Tiefgarage verlassen hatte, rutschte er an ihrem Ferrari zu Boden. Sitzend ans Auto gelehnt wartete er darauf, dass die Krämpfe und das höllische Brennen so weit nachließen, dass ihn seine Beine wieder trugen. Dann würde er zu Agnus gehen und ihn, allein schon wegen Jos horrender Schulden, davon überzeugen, ihren Auftrag zu stornieren und sie nicht mehr auf das Grundstück zu lassen.

Nach Sonnenuntergang würde er zu Jo fahren, die Dinge bei ihr alle in Ordnung bringen und ihren Körper aus dem Tiefschlaf befreien. Draußen würde er sich verstecken und warten, bis sie aufgestanden war, um dann gleich an ihrer Tür zu klingeln, um ihr mitzuteilen, dass ihr Auftrag geplatzt war.

Bis dahin würde sie sich, im Gegensatz zum ihm, so richtig ausschlafen können, wenn auch nicht freiwillig.

Quint ging im Geiste nochmal durch, was er bei Jo zu erledigen hatte und wie er bei Agnus am besten argumentieren sollte. Die drei durchwachten Tage und die Anstrengung seines Körpers, das Gift zu bekämpfen, sorgten allerdings dafür, dass ihm die Augen zufielen, sobald die Schmerzen nachließen.

Kapitel 8

»Mama! Mama, wach endlich auf!«

Als hätte jemand einen Schalter umgelegt, war Jo plötzlich hellwach. Ihr Sohn hatte beide Hände an ihren Kopf gelegt und klang ebenso energisch wie besorgt – Letzteres war eher untypisch für ihren Sohn.

Ein undefinierbares Gefühl der Panik machte sich bei ihr breit, ruckartig richtete sie sich im Bett auf.

»Was ist passiert? Geht es dir gut? Ist alles in Ordnung?«

»Das sollte ich dich fragen, Mama! Du hast deine Knarre in der Hand. Und ich habe schon ein paarmal versucht, dich zu wecken. Hättest du keinen Puls, hätt ich geglaubt, du wärst tot. Hast du was geschluckt?«

»Nein«, antwortete Jo verwirrt und betrachtete die Pistole in ihrer Hand. Einem Geistesblitz folgend schlug sie die Decke zurück und lief zum Fenster.

»Die Alarmanlage ist aus. Hast du sie ausgeschaltet und den Vorhang zugezogen?«

»Nur den Vorhang zugezogen.«

Jo hob die Waffe hoch, die sie immer noch in Händen hielt, und nahm das Magazin heraus.

»Eine Patrone fehlt. Es muss jemand hier gewesen sein, als ich geschlafen habe.«

»Ach Mama, du spinnst. Sicher hast du nur eine zu wenig ins Magazin gesteckt.«

»Sie können dich in einen tiefen Schlaf versetzen und alles vergessen lassen! Das hab ich dir doch erzählt. Ist dir heute Morgen irgendwas Besonderes aufgefallen?«

»Ne, da war nur ein Obdachloser, der in einen Müllcontainer gekrochen war, um Essen zu suchen. Aber das Fleisch da drin stank so barbarisch, dass ich mir die Nase zugehalten hab und in Lichtgeschwindigkeit ins Haus gestürmt bin.«

»Ich merke schon, du glaubst mir mal wieder nicht. Aber riech mal hier dran, Samuel«, verlangte sie zornig und hielt ihm den Lauf ihrer Pistole hin. »Du hast die bessere Nase von uns beiden.«

Normalerweise nannte sie ihn Sami, nur wenn sie sehr deutlich werden musste, sprach sie seinen Namen ganz aus.

Er tat, was sie sagte, und verzog das Gesicht.

»Hast recht, damit wurde vor Kurzem geschossen. Aber vielleicht hast du auch einfach im Schlaf das Ding genommen und aus dem Fenster geballert. Du denkst doch, sie lauern überall.«

Sie spürte, dass in ihrem Sohn Angst aufkeimte, trotz seiner lapidaren Worte. Eine Mutter sollte ihrem Sohn aber keine Angst einjagen, oder?

»Vielleicht hast du ja recht, Sami«, sagte sie schnell und ihr Sohn atmete sichtlich erleichtert auf. Das bewies, dass sie ihm wirklich Angst gemacht hatte. Das war falsch. Sie musste allein damit klarkommen. Für einen Moment schloss sie die Augen, atmete tief durch und versuchte ihm zuliebe ruhiger zu werden. Sami war zwar älter, als sein Teenageraussehen vermuten ließ, und handelte ab und zu auch schon entsprechend erwachsen, aber dennoch blinzelte gelegentlich ihr kleiner Sami durch. Ihr Sohn, den sie in besonderer Weise vor der Welt beschützen musste.

»Mach dir einfach deinen morgendlichen Kaffee, Mama und geh dann in der Erde wühlen. Du sagst doch immer, das bringt dich wieder ins Lot.«

Ja, das stimmte. Als ihr damals der Boden unter den Füßen wegbrach und sie sich nicht mehr sicher war, was real war und was nicht, tat es unendlich gut, Erde mit den bloßen Händen zu spüren. Bei der Arbeit als Gärtner stand man zwangsläufig mit beiden Beinen auf der Erde, hielt sie in Händen, arbeitete mit ihr – alles ganz real, zum Anfassen, im Tageslicht, keine Geheimnisse, keine Vampire ...

Sami hatte recht, nach der zweiten Tasse Kaffee fühlte sie sich besser. Das Gefühl hielt an, bis sie die Haustür öffnete, um zur angebauten Garage zu gehen.

Den ersten roten Spritzer beachtete sie nicht, doch dann sah sie noch mehr davon. Ihre Hände begannen zu zittern, als sie einen Finger befeuchtete und über einen der trockenen Flecke fuhr. Rot – blutrot!

In Panik lief sie wieder ins Haus, hinunter in den Keller.

»Sami, wir müssen sofort hier weg!«

Sie erzählte ihm von ihrer Entdeckung.

»Mama, jetzt hör auf, Panik zu schieben! Ja, vielleicht hat vor deiner Tür ein blutiger Kampf stattgefunden, aber es waren sicher zwei streunende Katzen oder Hunde.«

Jo war mit den Nerven völlig fertig und kochte sich einen Tee, um sich zu beruhigen, aber es half nichts. Als sie in den nostalgischen VW-Bus ihrer Eltern stieg, zitterte sie immer noch und zuckte bei jedem Geräusch zusammen. Doch leider war ein Teil des realen Lebens auch, Geld zu verdienen, und sie war bereits bezahlt worden, also riss sie sich zusammen und fuhr los.

Der penetrante Geruch von vergammeltem Fleisch weckte Quint auf. Sofort blickte er auf seine Uhr.

»Scheiße!«

Er hatte den ganzen Tag in der Tiefgarage verschlafen.

Wie vom Blitz getroffen, stand er auf und lief in sein Quartier. Wenigstens war sein Körper wieder topfit.

Als er sich zum Duschen auszog, stellte er fest, dass er den Beutel mit den Proben von Jo verloren hatte, entweder während des Kampfes oder später im Müllcontainer.

Er würde sich neue besorgen, gleich heute Nacht.

Im Anschluss an die kurze Dusche sammelte er die Unterlagen über Jo zusammen und wollte zuerst in Agnus' Büro. Dann wurde ihm bewusst, dass gleich die Sonne untergehen würde.

»Scheiße, der Deal!«

Er rannte durch die Flure und stürmte in Elias Büro. Gott sei Dank war der Schreiber auch da.

»Elia, kannst du für mich eine Überweisung machen, jetzt sofort?«

»Klar, gib mir die Daten.«

»Die Summe muss aber bis Sonnenuntergang da sein.«

»So eilig?«

»Ja.«

»Das wird knapp.«

»Dann beeil dich!«, rief er, schickte aber geistesgegenwärtig noch ein »Bitte« hinterher.

»Mann du tust ja, als ginge es um Leben und Tod.«

Wenn der wüsste!

Er hielt dem stets gut gelaunten Schreiber mit den dunkelblonden Wuschelhaaren den Zettel mit der Zahlenreihe hin und sagte: »200 000.«

Als Elia den Zettel entgegennahm und zu tippen begann, legte sich seine Stirn schnell in Falten.

»Ist dir klar, dass das ein anonymes Nummernkonto ist?«

Er nickte stumm.

»Hast du Drogen oder Waffen dafür gekauft? Was Illegales?«

Etwas Lebenswichtiges.

»Privat.«

Elia sah ihn an und merkte wohl, dass er keine ausführlichere Antwort bekommen würde.

»Gut. Es ist dein Geld. Aber ich hoffe, du hast schon, was du da bezahlst, denn da, wo das hingeht, gibt es keinen Käuferschutz, wenn du verstehst, was ich meine.«

Er nickte wieder, dann fiel ihm etwas ein.

»Kannst du das Geld ohne meinen Namen versenden?«

»Quint, in was bist du da reingeraten? Du wirst doch keine Geschäfte mit Gesetzlosen machen, oder?«

Die Türen zu Agnus waren eigentlich schalldicht, dennoch hatte Elia geflüstert.

Quint schenkte Elia einen eisigen Blick und aus seiner Kehle kam ein leises, aber mörderisches Knurren.

»Hast du etwa Zweifel daran, auf welcher Seite ich stehe?«

Elia sah ihn für einen Moment schweigend an.

»Du hast dich in den letzten Jahren sehr verändert.«

»Das tun wir alle, oder nicht?«

Der Schreiber schwieg für einen weiteren Augenblick, dann fing er an, in einer Geschwindigkeit zu tippen, die selbst Vampiraugen nur noch schwer erfassen.

»Verwendungszweck?«

»Schreib Geschäftsabkommen, Datum von heute.«

Elia schüttelte widerstrebend den Kopf.

»Quint, wenn ich dich nicht kennen würde …«

Der Schreiber brach den Satz ab, tat jedoch, was von ihm verlangt wurde.

»So, erledigt.«

»Gut, jetzt muss ich zu Agnus rein.« *Und dann zu Jo.*

Bevor Quint zum Thema Gärtnerin kommen konnte, forderte Agnus von ihm einen vollständigen Bericht über seinen letzten Einsatz. Danach brachte er ein Argument nach dem anderen vor, doch Agnus machte seine Entscheidung mit der Gärtnerin nicht rückgängig …

»Aber sieh doch: Diese Jo hat ihren ganzen Fuhrpark verkauft, alle Arbeiter entlassen und ihre Konten sind seit unserem letzten Check bis zum Limit überzogen! Dabei müsste sie durch die Arbeit im Zoo eigentlich im Geld schwimmen. Entweder gibt sie das Geld schneller aus, als es reinkommt, weil sie spiel- oder drogensüchtig ist, oder jemand erpresst sie und nimmt ihr das ganze Geld ab. So oder so, selbst wenn sie noch keine Spionin von Raúl ist, wäre sie die ideale Kandidatin dafür.«

Allein dass dieser Headhunter Snake sie auf seiner Liste hatte, sprach bereits Bände. Irgendetwas an ihr musste die Aufmerksamkeit eines Blutfürsten geweckt haben. An einen Zufall glaubte er nicht. Doch bevor er Agnus diese Information gab, würde er bei Jo erst alles in Ordnung bringen müssen. So viele Spuren nicht zu beseitigen, einen Menschen im erzwungenen Tiefschlaf zurückzulassen, das durfte einem erfahrenen Vampir nicht passieren, schon gar nicht einem Wächter.

»Agnus, in Jos Situation tun die Leute für Geld fast alles. Sie ist ein untragbares Risiko für uns!«

»Nicht alle Menschen sind bestechlich, Quint. Und wie ich schon sagte: Bei ihr habe ich ein gutes Gefühl. Hab einfach ein Auge auf sie. Mir ist übrigens zu Ohren gekommen, dass du irgendwelche Proben von ihr nehmen willst.« Agnus sah ihn durchdringend an. »Das wirst du schön bleiben lassen. Das ist ein Befehl. Verstanden? Sie ist kein Versuchskaninchen, sondern unsere Gärtnerin.«

»Agnus, das kann nicht dein Ernst sein!«

»Doch. Und mir reicht's jetzt mit dir! Raus hier!«

Quint verließ Agnus' Büro und landete damit automatisch wieder bei Elia. Als er dort durchging und die Tür zum Flur öffnete, frage Elia:

»Mich wundert, dass du heute noch keinen Blick auf die Überwachungskameras geworfen hast, um deine mutmaßliche Spionin zu beobachten.«

»Keine Sorge, die wird heute nicht kommen.«

»Und ob sie gekommen ist. Gleich morgens hat sie das Wasser im Teich abgelassen, anschließend Unrat und vergammelte Hölzer entfernt und seitdem macht sie alles von Grund auf sauber. Ganz schön schwere Arbeit für eine Frau.«

»Was? Gib mir das Kamerabild! Sofort!«

Elia schüttelte den Kopf, tippte jedoch auf seiner Tastatur herum und drehte ihm dann den Bildschirm zu.

»Hier, Kamera 21. Josephine von der Linde – im Bikini. Kein schlechter Anblick, wenn du mich fragst.«

»Das kann nicht sein.«

Quint traute seinen Augen nicht.

»Doch, glaub mir, das ist wirklich ein Bikini. Sie hatte vorher aber Arbeitshosen und Tanktop an, ist allerdings einmal in den Teich gerutscht, als noch Wasser drin war. Den Bikini hat sie wohl in weiser Voraussicht darunter getragen.«

»Ich meine nicht den Bikini! Sondern dass sie heute arbeitet.«

»Du meinst, weil du ihr gestern zwei Rippen gebrochen hast? Mann, das war echt unter der Gürtellinie, Quint, selbst für dich. Wenn sie heute nicht gekommen wäre, hätte das jeder von uns verstanden und alle wären für die nächsten zehn Jahre auf dich sauer gewesen, das sag ich dir. Aber sie ist wohl härter, als wir alle dachten. Sie schuftet schon die ganze Zeit am Teich, hat nur zum Essen kurz Pause gemacht.«

Während Elia erzählte, kniff Quint die Augen zusammen, denn er meinte, bei Jo etwas zu sehen, das ihn in höchste Alarmbereitschaft versetzte.

»Kannst du näher heranzoomen?«

»Klar. Willst du ihre BH-Größe schätzen?«, scherzte Elia, doch das verging ihm, als man Details erkannte.

Der Schreiber pfiff durch die Zähne.

»Mann, das sieht echt übel aus, Quint.«

»Scheiße! Ich muss sie deswegen zur Rede stellen«, rief Quint und rannte aus dem Büro.

»Nein! Warte!«, rief Elia ihm nach, doch er ließ sich nicht aufhalten.

Kapitel 9

Quints Kiefer mahlten, als er nach draußen lief. Die Sonne war schon untergegangen, einige Minuten früher hätte das Restlicht noch geschmerzt, jetzt ging es gerade so.

Vor dem Teich blieb er wie angewurzelt stehen.

Mit eigenen Augen sah es noch schlimmer aus als auf dem herangezoomten Kamerabild. Abgesehen von dem Schlamm auf Jos schöner, sonnengebräunter Haut waren nämlich große, blaue Flecke zu sehen: an den Handgelenken, den Oberarmen und besonders auf ihrem Brustkorb.

War das das Werk von Snake? Oder hatte der üble Kerl gleich frühmorgens Raúls Leute vorbeigeschickt, um sie zu schlagen und zu misshandeln? Damit sie etwas über die Wächter oder das Hauptquartier preisgab?

Aber warum war sie dann heute zur Arbeit erschienen? Hatte Raúl sie gezwungen? Musste sie hier etwas für ihn erledigen?

War das Ganze seine Schuld?

Hatte Snake ihn doch als Wächter identifiziert?

War Jo deshalb zur Zielscheibe geworden?

Man kann eine Erinnerung löschen, aber nicht ein schlechtes Gewissen!, hallte der Appell seines Vaters in seinem Kopf wider.

Für einen langen Moment stand Quint einfach nur da, und als er Jo schließlich ansprach, kam ihm seine eigene Stimme fremd vor.

»Was ist passiert? Wer war das?«

Sie blickte von ihrer Arbeit hoch und die goldenen Strahlen in ihren Augen leuchteten auf wie in der Nacht zuvor. Plötzlich stieg in ihm der Drang auf, den Übeltätern jeden einzelnen Knochen im Leib zu brechen. Er würde sie für das leiden lassen, was sie Jo angetan hatten!

Jo sah ihn verwirrt an, deshalb deutete er auf ihre blauen Flecke und wiederholte: »Wer war das? Sag es mir!«

Sie schenkte ihm einen skeptischen Blick und hob dann eine Augenbraue.

»Mich haben heute Nacht die Heinzelmännchen besucht und grün und blau geschlagen.«

»Wer sind diese Dreckskerle und wo finde ich sie?«

Von denen hatte er noch nie gehört. Vielleicht konnte Rose sie für ihn aufspüren oder Elia die Typen über das Internet finden.

Wie durch Gedankenübertragung stand der Schreiber plötzlich neben ihm, besser gesagt: auf seinem Fuß. Elia verzog sein Gesicht in merkwürdiger Weise – was Jo nicht sehen und er nicht deuten konnte – und hielt ihm ein Badetuch und einen Eimer Wasser hin.

»Das wolltest du ihr doch bringen, *oder, Quint*?«

Was sollte er denn mit einem Handtuch?

»Wie Sie zu so tollen Freunden kommen, ist mir fraglich«, sagte Jo, die offensichtlich mehr wusste als er. »Aber um Ihre Frage zu beantworten: Schauen Sie in den Spiegel, dann haben Sie den Kerl gefunden, nach dem Sie suchen. Oder erinnern Sie sich etwa nicht mehr an Ihren Stunt von gestern?«

Bevor er antworten konnte, sprang Elia ein: »Er hat sich zu lange nur unter harten Männer aufgehalten, verzeihen Sie ihm diese völlig blöde Frage.«

Die letzten Wörter betonte Elia und sah ihn dabei verärgert an.

Langsam wurde Quint das ganze Ausmaß seiner gestrigen Aktion bewusst. Alva hatte mit ihrer Gabe lediglich die Knochen heilen können. Die rotblauen Flecke bedeuteten aber, dass sie heute und noch für einige Tage Schmerzen haben würde – seinetwegen. Und damit hatte sie den ganzen Tag schwer geschuftet.

Agnus hatte in einem Punkt recht: Er hatte keine Beweise gegen Jo, nur Verdächtigungen.

Genervt sagte Jo: »Ich habe heute Morgen verschlafen und muss den Anhänger, mit dem ich den Teichschlamm und das andere Zeug abtransportiere, morgen früh wieder zurückgeben, also lassen Sie mich weiterarbeiten, ja?«

Quint warf einen Blick auf den Teich. Jo hatte noch eine Menge Arbeit vor sich. Andere Gärtner hätten bestimmt längst Feierabend gemacht, denn es war schon dunkel. Das Flutlicht hatte wohl Elia für sie eingeschaltet. Und die Wolkenberge, die der auffrischende Wind herantrug, würden sich gleich in einem Gewitter entladen.

»Machen Sie für heute Schluss«, sagte Quint und meinte es freundlich. Doch seine Stimme klang viel zu rau, er war im Umgang mit Menschen eben nicht besonders gut, seit er sich nach dem Tod seines Bruders zurückgezogen hatte.

Jo war im Begriff, zu protestieren, daher fuhr er fort: »Sagen Sie mir, was zu tun ist, dann erledige ich den Rest.«

»Soll das eine Art Entschuldigung sein oder wollen Sie nur den Preis drücken?«, fragte sie stirnrunzelnd.

Elia legte mehr Gewicht auf seinen Fuß.

»Ich hab die Situation gestern falsch eingeschätzt«, erklärte Quint.

Das Gewicht auf seinem Fuß wurde nochmal erhöht.

»Entschuldigung.«

Endlich nahm Elia den Fuß von seinem herunter.

»Darf ich Ihnen den Schlamm runterspülen?«, fragte Elia übereifrig und zog an dem Eimer, den Quint sich mittlerweile gegriffen hatte.

Quint konnte gerade noch ein Knurren unterdrücken und hielt den Eimer energisch fest.

»Ich mach das schon, Elia«, sagte er und trat dabei zur Abwechslung mal dem Schreiber auf den Fuß.

Der Wink mit dem Zaunpfahl half und Elia verabschiedete sich von Jo – während sein Blick kurz bei ihr auf Wanderschaft ging. Elia drückte ihm das Badetuch in die Hand und trottete davon. Für Jo nicht mehr hörbar, murmelte der Schreiber: »Das hat man dann davon. Keiner gönnt einem was.«

Jetzt zerrte Jo an dem Eimer.

»Ich kann das selbst.«

Aber sie hatte keine Chance, denn Quint ließ einfach nicht los und redete sich ein, dass er die Gelegenheit nur nutzen wollte, um sie – nur zur Sicherheit natürlich – einmal gründlich in Augenschein zu nehmen. Elia hatte sogar einen Waschlappen mitgebracht, den Jo sich nun mit einem verärgerten Stirnrunzeln schnappte.

Während er langsam um sie herumging und sorgsam das Wasser über sie goss, suchte er nach etwas Ungewöhnlichem bei ihr. Doch alles, was er entdeckte, war ihre überaus feminine Figur, die ihm sehr gefiel. Die weiblichen Hungerhaken aus der Werbung mochte er nicht. Er bedauerte nur, dass Jo ihre schönen, welligen Haare nicht offen trug.

Als sie mit dem Waschlappen über ihr Bikinioberteil fuhr, rückten ihre runden Brüste ins Zentrum seiner Aufmerksamkeit.

Das mit dem Waschlappen hätte ich auch gern gemacht, dachte er unvermittelt und war gleichzeitig irritiert über seinen Gedankengang.

»Ihnen fallen gleich die Augen raus«, bemerkte Jo trocken.

Stimmt, er war wie von selbst stehen geblieben und starrte sie tatsächlich gerade an – und sie hatte ihn dabei erwischt. Wie peinlich!

Seine Wangen fühlten sich mit einem Mal ziemlich heiß an. Wurde er etwa rot?

Um sich aus dem Fettnäpfchen zu manövrieren, fragte er schnell: »Woher stammt denn diese große Narbe an Ihrem Oberschenkel?«

»Da hat ein Rottweiler zugebissen, als ich meinen Ball aus seinem Garten holen wollte. Er hat ein großes Stück Haut und sogar Muskelgewebe herausgerissen.«

»Ein Glück, dass er nur einmal zugebissen hat.«

»Ja, ich hätte mich auch kaum gegen ihn wehren können, ich war nämlich erst fünf Jahre alt. Nach dem ersten Angriff stand er mit gefletschten Zähnen und angelegten Ohren über mir und ich glaubte, er würde mir jeden Augenblick an die Kehle gehen. Aber das Tier starrte mir in die Augen und blieb dann reglos stehen. Plötzlich begann es zu winseln und leckte mir die Wunde.«

Das gab ihm zu denken. Wurden Hunde nicht aggressiver, wenn man ihnen in die Augen schaute?

»Vielleicht bist du ja ein Raubtierbändiger«, murmelte er und meinte es ernster, als sie glauben würde. Im Grunde waren Vampire ja auch eine Art Raubtier, oder nicht?

»Raubtierbändiger?«, meinte Jo sarkastisch. »Dann war das ein mieser Karrierestart. Der Hund wurde eingeschläfert. Ich bekam eine Tollwutspritze, später eine Hauttransplantation und das alles hat furchtbar wehgetan. – Darf ich?«, fragte Jo und streckte ihre Hand nach dem Badetuch aus.

Auch das ließ er nicht los, sondern wickelte die verblüffte Jo darin ein – dass es ihm gefiel, versuchte er zu ignorieren.

Jo rubbelte sich ab. Als sie sich bückte, um ihre Beine abzutrocknen, zischte sie und fasste sich mit einer Hand an den Rücken.

»Alles in Ordnung? Haben Sie das auch mir zu verdanken?«

»Nein, das ist nur das Übliche. Geben Sie mir eine Minute, bevor ich Ihnen erkläre, was am Teich noch zu tun ist, ja?«

Er ließ Jo nicht aus den Augen, als sie zu ihrem Rucksack ging, eine Flasche Wasser herausholte und noch etwas, das sie mit ihrem Rücken verdeckte. Beinahe hätte er verpasst, dass sie sich, vor seinen Blicken verborgen, etwas in den Mund stecken wollte – aber nur beinahe.

Im Bruchteil einer Sekunde war er bei Jo und hielt ihre Hand, in deren Faust sie etwas verbarg, eisern fest.

»Drogen?«, fragte er mit finsterer Stimme.

Die ersten Blitze zuckten und erhellten den schwarzen Nachthimmel.

»Langsam reicht's mir mit dieser Tour«, sagte sie anklagend und schaute ihm herausfordernd in die Augen.

Die goldenen Strahlen darin leuchteten auf. Wie von selbst ließ er ihre Hand los.

»Schon besser. Wissen Sie, die Mädchen, die als Teenies brav waren, bekommen die Drogen später auf Rezept.«

Er verstand beim besten Willen nicht, was sie damit meinte, und musste wohl ziemlich dumm aus der Wäsche schauen, denn nach einem Blick auf sein Gesicht, lachte sie. Dann wurde sie jedoch wieder ernst.

»Glauben Sie wirklich, ich nehme Drogen? Sie trauen wohl niemandem.«

»Sicher ist sicher.«

Mehr wollte nicht über seine Lippen kommen. Ihre Behauptung erinnerte ihn nämlich daran, dass er selbst Johns neuer Frau Lara anfangs nicht über den Weg getraut hatte, aber ohne sie wäre der Wächter verloren gewesen, und das auf mehr als eine Weise.

»Also gut – um Alice' willen«, sagte Jo schließlich. »Damit das Mädchen ihr Indianerzelt bekommt.« Sie öffnete ihre Hand. Zwei weiße, längliche Tabletten lagen darin. »Ibuprofen. Wollen Sie auch noch die Packung sehen?«

Als er nickte, meinte sie kopfschüttelnd: »War ja klar«, zeigte ihm jedoch die Schachtel und er prägte sich jedes Detail davon ein. Später würde er das von Alva überprüfen lassen.

»Zufrieden?«

»Ja.«

»Falls ich mal mit einer Wasserpistole hier auftauchen würde, um mit Alice zu spielen, würden Sie mich womöglich erschießen, oder?«

»Ja«, sagte er, ohne auch nur für eine Sekunde darüber nachzudenken.

Jo starrte ihn schockiert an, während der Himmel über ihnen seine Schleusen öffnete und sich ein heftiger Schauer über sie ergoss. Während sie sich gegenüberstanden und der Regen sie beide in Sekunden durchnässte, wurde ihm bewusst, was er da gerade gesagt hatte: Im Zweifelsfall hätte Jo eine Kugel von ihm zwischen den Augen, bevor er nachfragen würde, was sie in Händen hielt. Ein ausgeliehenes Badetuch und eine Entschuldigung würden dann auch nicht mehr helfen.

Als wäre die Zeit eingefroren, stand er da, sah zu, wie der Regen über Jos Gesicht lief, an ihren Wimpern hängen blieb und dann heruntertropfte.

Was war nur aus ihm geworden?

Vielleicht hatte Agnus recht und er war wirklich außer Kontrolle.

Und Vampire, die die Kontrolle verloren und Menschen töteten, mussten eliminiert werden – durch Wächter wie ihn.

Er brachte kein Wort mehr heraus.

Kapitel 10

Jo konnte zuerst gar nicht glauben, was dieser Quint da gesagt hatte. Anscheinend ging es ihm ebenso, denn wie sie war er sprachlos und starrte sie einfach nur an.

Sein Gesichtsausdruck veränderte sich.

War das Schock, Reue oder Selbstzweifel? Vielleicht alles auf einmal?

Es war ziemlich extrem, gleich auf jemanden zu schießen, ohne zu fragen ...

Aber würde ich nicht auch sofort schießen, wenn mitten in der Nacht jemand in mein Schlafzimmer einbricht?

Woher kam denn dieser Gedanke auf einmal? – Und ja, vermutlich würde sie das. Schließlich hatte sie nicht ohne Grund eine Waffe unterm Kopfkissen.

Es gab eine Zeit in ihrem Leben, da hätte sie sich nicht vorstellen können, so zu reagieren. Und Quint war vielleicht auch nicht immer so gewesen, irgendwie spürte sie das.

War sie am Ende gar nicht so viel anders als Quint?

Misstraute sie nicht auch jedem Fremden?

Und enge Freude hatte sie sowieso nicht, durfte sie nicht haben, bei dem Geheimnis, das sie verbergen musste.

Der Schauer hörte so plötzlich auf, wie er begonnen hatte.

Quint streckte seine Hand nach ihrem Gesicht aus und entgegen jeder Vernunft wich sie nicht zurück.

»Bitte«, sagte er seltsam leise und wischte mit seinem Daumen verblüffend sanft ein paar Tropfen von ihrer Wange. »Bring nie, nie eine Wasserpistole mit oder ein Messer oder sonst irgendetwas, das aussieht wie eine Waffe – nie, hörst du?«

Ihr fiel auf, dass er sie jetzt duzte. Sie ließ ihn gewähren und würde es ihm gleichtun, weil das Gefühl sie beschlich, dass es Ausdruck eines Wandels war. Womöglich sah er jetzt nicht mehr einen anonymen Feind in ihr, den man auf Abstand hielt, sondern einen Menschen mit Persönlichkeit und Gefühlen.

Um die sonderbare Stimmung zu durchbrechen, steckte sie endlich ihre Pillen in den Mund und schluckte sie mit viel Wasser hinunter.

Zum Glück war der Rucksack, in dem sich ihre von einer gewissen Sarah netterweise getrocknete Kleidung befand, so gut wie wasserdicht.

Im Stehen zwang sie ihre Füße wieder in die immer noch feuchten Arbeitsschuhe und schwankte dabei. Quint hielt ihren Ellenbogen fest, sonst wäre sie wohl hingefallen.

Dieses Mal fühlten sich seine Hände nicht mehr wie Schraubzwingen an, sondern stark und dazu berufen, jemanden zu halten, zu beschützen und für ihn zu sorgen. Ihr sorgsam unterdrückter, aber unstillbarer Wunsch flammte auf, nicht mehr allein zu sein, sondern gehalten zu werden, beschützt zu werden vor den Kreaturen, die sie am meisten fürchtete.

Um ihr hoffnungsloses Wunschdenken zu beenden, fing sie an, Quint zu erklären, welche Arbeiten noch zu erledigen waren. Er hörte aufmerksam zu und wirkte zum ersten Mal nicht mehr wie eine Handgranate, die in ihrer Gegenwart jeden Augenblick explodieren könnte.

Vielleicht würde ihr Quint diesen Auftrag von nun an auch nicht mehr zur Hölle machen. Mit diesem Gedanken fuhr sie nach Hause.

Daheim angekommen, hätte sie gern die Blutspuren vor ihrem Haus genauer untersucht und auch ihren Sohn um seine Meinung gebeten, doch der heftige Regenschauer hatte jeden Hinweis fortgeschwemmt.

Während Quint schlammbeschmiert die Arbeit von Jo verrichtete, herrschte Chaos in seinem Kopf.

Die ganze Zeit grübelte er, wie hoch das Risiko war, das von Jo ausging, und wie groß die Gefahr war, die er selbst darstellte. Immerhin hatte sein Gespräch mit ihr gezeigt, dass er womöglich im Affekt einen Unschuldigen tötete.

Wenn er Jo nicht sehr genau im Auge behielt, wäre sie durchaus in der Lage, das Hauptquartier in die Luft zu sprengen. Alles, was dazu nötig wäre, ließ sich in ein paar Säcken Gartenerde verstecken. Andererseits bräuchte sie vermutlich nur aufmerksam alle Informationen über das Anwesen und seine Bewohner sammeln, um einem Blutfürsten entscheidende Details für einen erfolgreichen Angriff zu liefern ... Aber vielleicht war Jo ja doch einfach nur eine Landschaftsgärtnerin, die ihren Job erledigte, und er würde sie bei der ersten, zweideutigen Aktion möglicherweise über den Haufen schießen ...

Später, als er nach getaner Arbeit über den Flur zu seinem Quartier lief, war er immer noch nicht weiter: Er brauchte mehr Informationen, um Jo genauer einzuschätzen. Am besten er folgte ihr nach Feierabend. So könnte er herausfinden, was sie in ihrer Freizeit tat, und ihrem Zuhause noch mal einen Besuch abstatten. Die Fingerabdrücke hatte er ja noch und würde sie auf alle Fälle von Elia überprüfen lassen, davon brauchte Agnus ja nichts erfahren.

Als sein Anführer wie aus dem Nichts vor ihm stand, fühlte er sich regelrecht ertappt.

»Du siehst aus wie ein Schwein, dass sich gerade gesuhlt hat, Quint! Geh dich gefälligst waschen! Sogar Amalia beschwert sich bereits über dich und die sitzt mir schon genug im Nacken ...«

Agnus hatte ihm auf dem Flur noch Druck gemacht, diesen Vampir zu finden, der seinen Opfern nicht das Gedächtnis löschte – wenn es denn ein Vampir war und nicht nur ein abgedrehter Mensch. Also konnte er Jo nicht auskundschaften, sondern musste den Rest der Nacht in die Stadt. Dort durchkämmte er mehrere Diskotheken und suchte die dunklen Gassen ab, in denen üblicherweise Drogen verkauft wurden.

Leider wirkten Vampire äußerlich wie normale Menschen und waren weder an ihrem Geruch, noch an ihren Augen zu erkennen. Aus diesem Grund glich diese Aufgabe der Suche nach der Stecknadel im Heuhaufen. Um weniger aufzufallen, kleidete er sich von oben bis unten in ein schwarzes Motorradoutfit inklusive Helm mit verspiegeltem Visier, unter dem er auch seine auffälligen Haare verbarg.

Er beobachtete viele junge Männer an diesem Abend und ein paar davon, die sich Liquid Ecstasy oder K.-o.-Tropfen bei den Dealern besorgten hatten, folgte er sogar. Keinen erwischte er jedoch mit ausgefahrenen Fangzähnen oder wie er später aus der Kehle eines Menschen trank.

Kurz vor Sonnenaufgang absolvierte er noch eine letzte Runde um die bekannten, dunklen Ecken und landete doch noch einen Treffer.

In der Nähe einer beliebten Disco, draußen im Industriegebiet, stand ein junger Mann, der sich eine Kapuze über den Kopf gezogen hatte. In seinen Armen hielt er in beinahe romantischer Art eine blutjunge Frau, geradeso als wollte er sie küssen. Nur dass die Frau völlig benommen wirkte und die ausgefahrenen Fangzähne keinen Kuss verhießen.

Aber hatte er es hier auch mit dem Gesuchten zu tun?

Immerhin brauchten Vampire zum Überleben ja frisches Blut direkt aus der Quelle, da konserviertes Blut in Beuteln leider nicht funktionierte. Deswegen war seine Art nun einmal gezwungen, auf die Jagd zu gehen – wie sie es nannten – und das allein war nicht strafbar. Aber töten durften sie dabei nicht und die Erinnerung daran musste aus dem Gedächtnis der unfreiwilligen Spender gelöscht werden.

In Sekundenbruchteilen musterte er den Vampir.

Es handelte sich zweifelsohne um einen Jungen – das war ihr Begriff für Vampire unter fünfzig Jahren – und der vor ihm war vermutlich gerade erst um die Zwanzig. Die Art, wie der Vampir knurrte, zeigte auch, dass er extremen Hunger hatte, und in seiner Haltung gab es Anzeichen, dass ihn deswegen bereits Krämpfe quälten. Vermutlich befand sich der Junge gerade in der kritischen Wachstumsphase, die irgendwann zwischen fünfzehn und fünfundzwanzig Jahren stattfand. Eine Waffe konnte er an dem Vampir nicht erkennen und in Anbetracht des Alters ließ er seine Pistole und das Kampfmesser stecken.

Leider war es ihm unmöglich, das Gesicht des jungen Vampirs zu erkennen, geradeso als blicke er durch eine Milchglasscheibe. Aber er ließ sich davon nicht irritieren, denn ein paar wenige Vampire besaßen diese Gabe nun mal.

»Wir müssen uns unterhalten«, sagte Quint in unmissverständlichem Ton, wobei das geschlossene Visier seine Stimme verfremdete. »Aus welcher Familie stammst du? Wer ist dein Vater?«

In dieser heiklen Phase sollte der Vater den jungen Vampir unbedingt begleiten und ihm Hilfestellung geben.

Der Junge zuckte mit den Schultern und wirkte verblüfft. Hatte er es hier etwa mit einem Waisenkind zu tun?

»Ich bin ein Wächter. Weißt du überhaupt, was das ist?«

Ein verneinendes Kopfschütteln.

»Du darfst keine Menschen töten. Das ist dir doch klar, oder?«

Der Junge nickte.

Wenn dieser junge Vampir noch nie von den Wächtern gehört hatte, musste er eine Waise sein, anders war das nicht zu erklären. Jeder Vampirvater ermahnte seinen Sohn, dass ihn die Wächter holen würden, falls er jemals gegen die Gesetze verstieß. Das war die ultimative Drohung, mit der man ungezogenen Bengeln von klein auf einen gehörigen Schrecken einjagte.

Sollte der Hunger des jungen Vampirs übermächtig werden, könnte er die Kontrolle verlieren und zu viel Blut von einem Menschen trinken, sodass er ihn umbrachte. Den Jungen fehlte in der Regel noch die Selbstbeherrschung und Erfahrung, richtig damit umzugehen.

Ähnlich wie bei einem normalen Teenager, brauchte auch ein Vampir in der Wachstumsphase exorbitant viel Nahrung. Die Väter hatten dann immer alle Hände voll zu tun. Sie begleiteten ihre Söhne nachts in dieser Zeit, halfen ihnen und brachten ihnen bei, weder Bissspuren noch Erinnerungen zu hinterlassen. Die meisten Waisen verhungerten in dieser Phase oder begannen unter den äußerst schmerzhaften Krämpfen ihre Beute bis zum letzten Tropen auszusaugen, konnten dann sogar zu blutgierigen Bestien werden.

Gott sei Dank gab es selten Waisen, denn für Wächter war es tragisch, wenn sie wegen solcher vermeidbarer Umstände ein viel zu junges Leben beenden mussten.

Quint wollte gerade auf den Jungen zugehen, um ihm seine Hilfe anzubieten, da tauchten drei Gesetzlose mit ausgefahrenen Fangzähnen auf. Ihre gebeugte Angriffshaltung, die mörderischen Augen und der gierige Blick, mit dem sie die Frau ins Visier nahmen, verrieten sie. Man sah ihnen deutlich an, dass sie gleich wie eine Horde Hyänen über die junge Frau herfallen würden. Er musste etwas unternehmen, sonst würde es gleich ein blutiges Massaker geben.

Und dann tat der junge Vampir etwas sehr Bemerkenswertes: Er legte die Frau vorsichtig auf den Boden, stellte sich schützend vor sie und fauchte die nach Blut lechzenden Gesetzlosen mit ausgefahrenen Fangzähnen an.

Quint hätte beinahe gegrinst, denn das Fauchen des Jungen klang noch gar nicht abschreckend, sondern eher wie das eines verärgerten Kätzchens. Das müsste er ihm auch noch beibringen. Doch die Reaktion des Jungen verstärkte seine Hoffnung, ihn retten zu können, noch war es nicht zu spät. Allerdings würden diese drei hungrigen Mörder den jungen Vampir zerfleischen, wenn er sich weiter tapfer zwischen sie und ihre Aussicht auf frisches Blut stellte. Da die Sonne bald aufging, war diese Frau für die Gesetzlosen die letzte Möglichkeit, ihren Bluthunger zu stillen. Deshalb würden sie sie zu dritt auch restlos aussaugen, andernfalls müssten sie ihr quälendes Verlangen ja bis zum nächsten Sonnenuntergang aushalten. Und das war ein Merkmal der Gesetzlosen: diese Beherrschung wollten oder konnten sie nicht mehr aufbringen.

Quint pfiff ohrenbetäubend, um die Aufmerksamkeit des Trios von dem jungen Vampir abzulenken.

»Hey! Hier spielt die Musik!«, rief er ihnen zu und wies den Jungen an: »Verschwinde und bring die Frau in Sicherheit.«

Ungläubig sah der Junge von ihm zu den drei anderen.

Wie süß: Ein Kätzchen, das einem ausgewachsenen Raubtier – noch dazu einem Wächter – beistehen will.

»Keine Sorge, mit denen werd ich fertig. Und jetzt hau ab!«

Der Junge ließ sich das nicht zweimal sagen und verschwand mit der Frau in einer Geschwindigkeit, die er ihm gar nicht zugetraut hätte.

Als die drei dem Jungen folgen wollten, riss sich Quint den Helm herunter. Er zog sein Kampfmesser, denn Schüsse hätten hier zu viel Aufmerksamkeit erregt, und stürzte sich mit einem gewaltigen Sprung auf das mörderische Pack.

Dem Ersten schnitt er noch in der Luft den Hals bis zur Wirbelsäule durch, die beiden anderen riss er mit sich zu Boden.

Dass die beiden Gesetzlosen wie tollwütige Hunde ihre Fangzähne in seine Schulter und Brust schlugen, Fleisch und Muskeln aus ihm rissen, bewies, dass sie in einem Stadium waren, wo es kein Zurück mehr gab.

Unter heftigen Schmerzen trat Quint dem einen so kräftig gegen den Bauch, dass dieser ein paar Meter durch die Luft flog. Mit dem linken Arm gelang es ihm dann gerade noch, die Fangzähne des Verbliebenen zu blocken, die ihm sonst die Kehle aufgerissen hätten. Der Kiefer des Angreifers schloss sich stattdessen um seinen linken Unterarm und gleißender Schmerz jagte durch seinen Körper.

Nur das harte Training mit den wiederholten Übungsabläufen, das er in England absolviert hatte, half ihm, trotz der brutalen Schmerzen den Kampf effektiv weiterzuführen.

Während sich der Vampir unter ihm in seinen linken Arm verbiss, brachte Quint ihn unter sich und stieß ihm mit der rechten Hand sein Kampfmesser gezielt zwischen die Rippen ins Herz. Zur Sicherheit drehte er das Messer noch einmal herum. Bevor er es wieder herauszog, landete jedoch schon der weggeschleuderte Vampir auf seinem Rücken. Quints linker Arm war hoffnungslos im Kiefer des toten Vampirs gefangen und damit waren auch seine Abwehrbewegungen eingeschränkt.

Der Routine einer Kampfübung folgend, ließ er das Messer in seiner rechten Hand für den Bruchteil einer Sekunde los, um den Griff andersherum zu greifen. Jetzt war es ihm möglich, das Messer in einer fließenden Bewegung aus dem Herz des Vampirs unter ihm herauszuziehen und mit der Klinge voraus mit voller Wucht in den Schädel des Angreifers hinter ihm zu rammen.

Wie ein nasser Sack fiel der Vampir von ihm ab.

Er musste dem Toten unter ihm mit Gewalt den Kiefer aufbrechen, um seinen Arm zu befreien. Den Impuls, dabei vor Schmerz aufzubrüllen, unterdrückte er mit eiserner Beherrschung, denn sein Schrei hätte womöglich Menschen aufgeschreckt, die dann die Polizei riefen.

Der am Kopf Getroffene war nur bewusstlos und würde jeden Augenblick wieder zu sich kommen, also zögerte er keine Sekunde und gab auch ihm den Todesstoß ins Herz.

Dann saß er für ein paar Momente einfach nur blutüberströmt da, atmete heftig und wartete darauf, dass die höllischen Schmerzen erträglicher wurden.

Weil gleich die Sonne aufgehen würde, rief er Walter an, den einzig menschlichen Mann im Hauptquartier.

Als Walter kurz darauf mit dem Van kam, schüttelte der den Kopf.

»Scheiße, was haben die denn mit dir angestellt?«

»Sie haben mich angefressen, wie tollwütige Hunde.«

Gemeinsam sammelten sie erst die Leichen ein, und während Quint anschließend notgedrungen im hinteren, sonnengeschützten Teil des Vans wartete, beseitigte Walter alle Spuren des Kampfes.

Durch den hohen Blutverlust war bei Quint bereits wieder ein quälender Durst nach frischem Blut entstanden.

Walter hatte durch seine einstige Position in einer deutschen Spezialeinheit viel Erfahrung mit Krisensituationen und behielt zum einen immer den Überblick, zum anderen aber auch die Details im Auge.

Nach getaner Arbeit bot Walter sich ihm als Blutspender an, wofür ihm Quint sehr dankbar war.

Während er seinen Durst stillte, fragte er sich, ob der Junge seinen Hunger wohl auch hatte stillen können – ohne dabei zu töten – und ob er einen weiteren Tag überstehen würde.

Er musste ihn so schnell wie möglich finden, sonst wäre es zu spät.

Kapitel 11

Am nächsten Tag saß Quint in Elias Büro. Elia hatte ihm einen Schreibtisch neben seinem Arbeitsplatz mit zwei Bildschirmen aufgebaut, an denen er jeweils vier der unzähligen Kameras auf dem Grundstück anwählen konnte. So würde er ab jetzt Jo überwachen, solange es ihm die Sonne unmöglich machte, ins Freie zu gehen.

Sie arbeitete unermüdlich und wirkte während ihrer Arbeit sehr zufrieden. Nur ab und zu richtete sie sich mit schmerzverzerrtem Gesicht auf, fasste an ihren Rücken und schluckte mitunter Tabletten. Es waren die von gestern. Eine davon hatte er Jo unbemerkt gestohlen, schließlich konnte die Medikamentenschachtel ja von ihr vertauscht worden sein. Ambi hatte jedoch bestätigt, dass der Inhalt zur Aufschrift passte, und Alva, dass es ein übliches Mittel gegen Schmerzen war. Er fragte gleich noch nach der Dosierung und stellte im Laufe des Tages fest, dass Jo bereits die Höchstdosis genommen hatte, und das allein schon, während er zusah. Schluckte sie vielleicht noch mehr vor Arbeitsbeginn oder nach Feierabend?

Er suchte Alva ein zweites Mal auf und erzählte ihr von seiner Beobachtung.

»Quint, du darfst nicht vergessen, diese Gärtnerin ist ein normaler Mensch. Ihre Zellen erneuern sich nicht wie die der Frauen hier im Hauptquartier. Unsere Männer schenken uns immer wieder ihr Vampirblut, das lässt uns gesund und jung bleiben. Diese Gärtnerin hingegen hat einen schweren Job und es kann gut sein, dass die Belastung an ihren Wirbeln und Bandscheiben bereits dauerhaften Schaden hinterlassen hat.«

»Das einfache Volk im Mittelalter musste auch hart arbeiten«, widersprach er.

»Ja, das stimmt, aber sie wurden auch nicht so alt wie die Menschen von heute, deshalb sind viele der heutigen Verschleißerscheinungen gar nicht aufgetreten. Überleg mal: Sobald die Mädchen zu Frauen wurden, heirateten sie und bekamen sofort Kinder. Zwanzig Jahre später waren ihre Kinder erwachsen und sie selbst schon bald tot. – Ich gebe dir für unsere Gärtnerin stärkere Retard-Kapseln, mit einem anderen Wirkstoff, damit kann sie nachts schmerzfrei schlafen.«

Würde Jo heute Nacht sonst vor Schmerzen nicht schlafen können? So weit hatte er gar nicht gedacht.

War es möglich, dass ihm die Welt der Menschen und ihre Bedürfnisse so fremd geworden waren?

Die Ärztin warf ihm einen kurzen, einschätzenden Blick zu und erklärte ebenso emotionslos wie zuvor: »Kaum dass der menschliche Körper aufgeblüht und zu seiner vollen Reife gelangt ist, beginnt er wieder abzubauen. Das ist der Lauf des Lebens, Quint.«

Seine Hände hatten sich zu Fäusten geballt. Dass Alva diese unumstößliche Tatsache ohne jegliches Mitgefühl erzählte, störte ihn gewaltig. Warum, wusste er auch nicht. Ohne es zu steuern, drang ein dunkles Knurren aus seiner Kehle.

»Alva, du bist ganz schön ...«, begann er.

»Kalt? Nein, Quint, ich bin professionell – geworden. Kannst du dir vorstellen, wie viele Menschen ich in fast 700 Jahren sterben gesehen habe? Mütter, die sieben weinende Kinder zurückließen. Männer, durch deren Tod ihren Frauen und Kindern der Hungertod drohte. Und das immer in dem Wissen, dass Vampirblut alles heilen würde. Gerade im Moment behandle ich das Kind unseres Immobilienmaklers Manuel Sánchez. Bei einem unverschuldeten Autounfall starben seine Frau und sein acht Monate alter Sohn. Nun liegt seine überlebende Tochter mit einer unheilbaren Stoffwechselkrankheit im Sterben und sein Geschäft geht bankrott, weil er an ihrem Krankenbett sitzt, anstatt sich um seine Auslandsimmobilien zu kümmern. Vinz und Elia haben diesen Monat jeder ein Ferienhaus bei ihm gekauft, damit er finanziell über Wasser bleibt.«

»Es ist verboten, Vampirblut normalen Menschen zu schenken. Dafür steckt man den Vampir in den Turm und röstet ihn in der Sonne. Nur bei Symbiontinnen ist das erlaubt«, stellte Quint mit der gleichen Härte klar wie Alva zuvor. Er war eben ein Wächter, sie eine Ärztin – war das der Preis dafür?

Die Gesetze waren eindeutig: Symbiontinnen, die in einer Gefährtenbeziehung mit einem Vampir lebten, durften nur von ihm Blut bekommen. Ganz selten kam es vor, dass Symbiontinnen, die nicht mit einem Vampir zusammen waren, Vampirblut erhielten. Das geschah, wenn es für ihr Überleben nötig war, denn es gab viel zu wenige von ihnen und die meisten wurden sowieso nie entdeckt.

»Wag es nicht, mich zu belehren, Quint! Ich habe unsere Gesetze ständig vor Augen. Aber glaub mir, auch ich habe ein Herz in meiner Brust und manchmal …«

Sie brach ab und das war gut so. Schließlich war er ein Wächter und jemanden, der gegen das Gesetz verstieß, musste er nun mal vor das Tribunal bringen.

Das wäre seinem Bruder auch beinahe passiert. Ihr Vater William hatte Samuel davor gewarnt. Leider war William selbst Mitglied des Tribunals und ein paar Vampire hätten ihm aus Rache oder politischen Gründen nur allzu gern einen nicht angezeigten Gesetzesverstoß in der eigenen Familie zur Last gelegt.

Samuel hatte eine offizielle Verwarnung vom Tribunal erhalten, ausgehändigt von seinem eigenen Vater.

Da eines ihrer obersten Gesetze darin bestand, das Geheimnis ihrer Art zu wahren, wurden intensive Beziehungen oder gar das Zusammenleben mit einer Frau, die keine Symbiontin war, nicht toleriert.

Kam so etwas heraus, wurde in der Regel das Gedächtnis der menschlichen Partnerin radikal gelöscht und der Vampir bis zum Lebensende der Frau verbannt.

Aus diesem Grund hatte Samuel von seiner Freundin nicht das kleinste Detail preisgegeben, noch nicht mal ihren Vornamen. Sein Bruder hatte diese Frau wohl als seine Gefährtin betrachtet, obwohl sie gar keine Symbiontin war – dabei konnte ein Vampir nur mit einer Symbiontin eine wirklich tiefe Beziehung eingehen. Samuel hatte seinem Vater geschworen, ihr nichts über die Familie, irgendwelche Namen, Zusammenhänge der Vampirgesellschaft oder andere Informationen weitergegeben zu haben. Doch sein Bruder hatte durchblicken lassen, dass seine Freundin um seine Vampirnatur wusste. Das ließ sich in einer engen Beziehung auf Dauer eben nicht verheimlichen, deshalb gab es dieses eiserne Gesetz ja. Selbst John, ein Wächter aus ihren eigenen Reihen, war nicht davor verschont worden, vom Tribunal deswegen verurteilt zu werden.

Nach der Verwarnung vom Tribunal hatte Samuel heimlich all seine Konten geleert, seine Sachen gepackt und das Haus, und vermutlich sogar das Land verlassen.

In seinem Abschiedsbrief hieß es: »Sie ist ganz allein und hat nur noch mich. Ich liebe sie und werde bis zum letzten Atemzug bei ihr bleiben.«

Und genauso war es schließlich auch gekommen. Wegen dieser Frau war Samuel in jener Nacht vor so vielen Jahren nicht durch seine übermenschliche Geschwindigkeit geflohen, sondern hatte bis zu seinem letzten Atemzug gekämpft, um sie vor den mörderischen Vampiren zu verteidigen. Die blutüberströmte Leiche seines Bruders hatte er später in den Armen gehalten und hasserfüllt einen Schuldigen gesucht: sich selbst, weil er zu spät gekommen war, die Gesetzlosen und natürlich diese Frau. Sie hatte ihm seinen Bruder weggenommen, dadurch später seinen Vater in den Tod getrieben und seine Mutter in Trauer und Einsamkeit gestürzt. Er selbst hatte es schließlich auch nicht mehr zu Hause ausgehalten und war fortgegangen. Seine Mutter hatte ihn immer mit ihren verweinten Augen angesehen, so als ob sie etwas ahnte. Er war zu spät gekommen, und wenn sie ausgesprochen hätte, dass er schuld am Tod seines Bruders war ... Lieber vermied er den Kontakt mit ihr komplett, lieber las er erst gar nicht, was in ihren Briefen stand.

Eine einzige Frau hatte dieses ganze Unglück angerichtet. Seitdem hasste er Frauen.

Hätte sein Vater damals vielleicht mehr Herz zeigen, das Gesetz missachten und eine Ausnahme machen müssen? So wie es sich Alva als Ärztin anscheinend auch schon öfters gewünscht hatte?

Hätte es dann nicht einen anderen Ausweg für Samuel gegeben?

Wenn es um Ungerechtigkeit ging, war seine Mutter stets eine Rebellin gewesen und hatte mit seinem Vater deshalb in dieser Sache oft gestritten, auch noch nach dem Tod seines Bruders.

Jo arbeitete, bis es dunkel wurde, dann machte sie Feierabend und Quint gab ihr vor dem Verlassen des Geländes die Medizin von Alva.

Mit der Kawasaki folgte er ihr unauffällig, hatte extra wieder einen Helm mit verspiegeltem Visier gewählt und erneut seine verräterischen, feuerroten Locken darunter verborgen. Jo fuhr direkt nach Hause und er hatte vor abzuwarten, bis sie schlief, um dann ihr Haus zu durchsuchen. Danach würde er mit seiner Geige in den Wald gehen und seinen Bruders betrauern, denn heute war der Jahrestag seines Todes.

Durch ein gekipptes Fenster hörte er selbst von Weitem, dass die Gärtnerin duschte. Doch anstatt nach harter Arbeit müde ins Bett zu fallen, stieg sie bald darauf in ein Taxi, das vor der Einfahrt hielt.

Traf sie sich etwa mit Raúls Leuten?

Oder hatte Snake sie mit einem Trick irgendwo hingelockt?

Würde sie mit einem Mann ausgehen?

Komischerweise beunruhigte ihn das Letzte am meisten.

Das Taxi hielt vor einem Lokal, dem Scotti's, und die Erinnerung an seinen Bruder lief wie ein Film in seinem Kopf ab ...

Samuel stand vor der Tür der Kneipe und winkte ihm zu.

»Komm schon, Quint! Tun wir mal wieder so, als würden wir uns betrinken können. Oder wir suchen einen Dummen, der versucht, uns beide unter den Tisch zu trinken.«

Er hörte sich selbst lachen, während er seinem Bruder folgte ...

Anscheinend kannte Jo die Lieblingskneipe seines Bruders mit ihrem ebenso rustikalen wie gemütlichen Ambiente.

Mit der Leichtigkeit seiner Natur verbarg er sich in der Dunkelheit und beobachtete sie genau. Jo setzte sich an die Bar und bestellte einen Drink. Drinnen hatte niemand auf sie gewartet. Auch eine Stunde und zwei Drinks später war noch keiner gekommen und Jo wirkte auch nicht, als würde sie auf jemanden warten.

Suchte sie etwa nach einem One-Night-Stand?

Ein angetrunkener, älterer Kerl, der Jo schon eine Zeit lang von seinem Tisch aus angestarrt hatte, wankte nun auf den freien Barhocker neben ihr zu.

Plötzlich hatte er die Nase voll davon, draußen herumzustehen und rannte in übermenschlicher Geschwindigkeit zur Kneipentür. Vielleicht gelang es ihm ja, sie auszufragen, wenn sie genug Alkohol im Blut hatte, sagte er sich. Oder seine Gegenwart ärgerte sie genug, um nach Hause zu gehen und zu schlafen. Auch gut, dann könnte er sie nochmal in

Tiefschlaf versetzen und nach der Hausdurchsuchung doch noch in den Wald gehen und Geige spielen.

Jo saß mit dem Rücken zum Eingang. Als er eintrat, bemerkte sie weder ihn noch den Betrunkenen, der bereits seine Hand nach ihrem Po ausstreckte.

Etwas Neues, Unbekanntes regte sich in Quints Innerem.

Ohne nachzudenken, überholte er den Typ und stieß dabei absichtlich dessen Hand samt dem ganzen Kerl beiseite. Dann pflanzte er sich in aller Seelenruhe selbst auf den Hocker neben Jo. Der verschwitzte Mann taumelte, wollte aber wohl nicht so schnell aufgeben und steuerte den leeren Hocker auf der anderen Seite von Jo an.

»Der ist auch besetzt«, knurrte Quint und bedachte den Kerl mit dem Blick eines Raubtieres, das proklamiert: Das ist meine Beute, versuch es und ich reiß dich in Stücke.

Der Typ hatte wohl einen gesunden Überlebensinstinkt, denn er gab seinen Versuch auf und verließ sogar das Lokal.

Erst durch seinen Kommentar schien Jo ihn bemerkt zu haben und wandte ihm den Kopf zu. Genervt stieß sie die Luft aus.

»Das ist meine Lieblingskneipe, Quint, und ich will mich hier in Ruhe betrinken, also geh woanders hin«, sagte Jo unverblümt.

Anstatt auf sie einzugehen, rief er dem Barmann lediglich zu: »Einen Whisky.«

»Welchen?«

»Einen guten, schottischen – Auriverdes, wenn Sie haben.«

»Kommt sofort.«

»Dann werde ich eben gehen«, meinte Jo mit bitterer Stimme. »Danke, dass du mir den Abend versaut hast.«

Sie wollte gerade vom Barhocker steigen, doch er hielt sie am Oberarm fest.

»Warte!«

»Warum?«, fragte Jo verärgert.

Ja, warum wollte er sie nicht einfach gehen lassen, sondern dass sie mit ihm hier sitzen blieb?

Um sie auszufragen, sagte er sich ignorant und verleugnete den Wunsch nach ihrer Nähe. Fragend sah Jo ihn an. Vermutlich sollte er jetzt etwas sagen, aber was?

»Warum willst du dich betrinken?«

»Um das klarzustellen: Ich mache das nur einmal im Jahr, an genau diesem Tag. Er ist – ich habe«, sie stockte.

Was wollte sie ihm gerade nicht sagen? Misstrauisch musterte er sie und registrierte, dass ihre Augen zu glänzen anfingen. So hatte das neulich auch bei Alice ausgesehen, kurz bevor das Mädchen anfing zu weinen, weil es sich das Knie aufgeschlagen hatte. Würde Jo jetzt auch weinen?

Schon wieder regte sich etwas in ihm, das er nicht deuten konnte, aber gleichzeitig fühlte er sich auch hilflos. Doch anstatt zu weinen schloss Jo kurz die Augen, atmete tief durch und fuhr dann fort: »Ich wollte wie jedes Jahr in Ruhe meinen Southern-Comfort-Trip absolvieren.«

Aus irgendeinem Grund war er froh, dass sie nicht weinte, aber plötzlich war es ihm noch wichtiger, dass sie bei ihm blieb. Vermutlich müsste er jetzt etwas sagen, damit sie nicht ging, aber was?

»Was ist ein Southern-Comfort-Trip?« fragte er schnell, war aber auch neugierig.

»Ich starte mit dem Southern Trip, dann folgen die Städte: New Orleans, Florida und Manhattan. Und ich war schon bis Florida, bevor du kamst«, fügte sie genervt hinzu.

Stirnrunzelnd sah er den Barmann an, da Jo ihm keine weitere Erklärung gab.

»Das sind verschiedene Mixgetränke mit Southern Comfort«, erklärte der Mann hinter der Theke und stellte ihm den Whisky hin. »Im Southern Trip ist Orangensaft und Sekt drin, New Orleans ist mit Bourbon Whiskey, Amaretto, Zitronensaft ...«

Er hatte Jo losgelassen und die griff nun nach ihrer Handtasche auf dem Tresen und wollte schon wieder gehen.

Während der Barmann mit seiner Auflistung fortfuhr, hielt er sie erneut am Oberarm fest.

»Lass mich los, Quint«, sagte sie und murmelte dann weiter: »Sobald ich meine Handtasche aufmache, würdest du mich vermutlich erschießen, also gehe ich lieber gleich.«

Ohne zu fragen, schnappte er sich mit seiner freien Hand ihre Tasche. Er öffnete sie einhändig, lugte hinein und entdeckte neben einem Smartphone auch die Walter PPK, Kaliber .22.

»Ich habe einen Waffenschein«, verteidigte sie sich mit gedämpfter Stimme, als der Barmann mit einer Kiste leerer Flaschen im hinteren Lagerraum verschwand. »Ich fühle mich damit sicherer. Man weiß nie, was in der Dunkelheit lauert.«

»Verständlich«, meinte er trocken.

Und ich weiß sogar ganz genau, welche Kreaturen in der Dunkelheit lauern.

Er ließ sie los und nahm die Pistole heraus. Zwischen seinem Körper und der Bar konnte die Waffe sonst nur Jo sehen.

»Hey, was machst du da?«

So leise, dass ihn die anderen Gäste nicht hören konnten, sagte er: »Aha, eine Walter PPK.«

Das war die perfekte Gelegenheit um herauszubekommen, ob Jo die Spuren bemerkt hatte, die er neulich hinterlassen hatte, also fragte er: »Ist das Magazin voll?«

»Ja, wieso?«

Entweder dachte Jo nur, das Magazin war voll oder sie hatte das Fehlen einer Patrone inzwischen entdeckt und sie ersetzt. Zeit, es herauszufinden.

»Ich kenn mich damit aus und wollte sie mir mal genauer ansehen.«

Er schob den Lauf zurück, dort war eine drin, dann holte er das Magazin heraus – es war tatsächlich voll. Also hatte Jo die fehlende Patrone registriert und bereits ersetzt. Das war gar nicht gut, dennoch hatte sie an seinen Besuch selbst wohl keine Erinnerung, sonst würde sie hier nicht so ruhig mit ihm sitzen. Oder hatte sie nur ein gutes Pokerface? Wobei sie ja eigentlich schon zweimal gehen wollte. Und Jo hatte sich auch allein aus dem Tiefschlaf befreien können, das war alles sehr merkwürdig. Andererseits war ihm schon zu Ohren gekommen, dass es Menschen gab, die zu einem gewissen Grad dem Einfluss von Vampiren widerstanden, zum Beispiel seine Mutter.

»Zuverlässiges Modell«, sagte er, ohne sich seine zwiespältigen Gedanken anmerken zu lassen. »Klein und leicht, gut für Frauenhände: Kaliber .22??«, fragte er, um den Schein aufrechtzuerhalten.

»Ja. Und nur damit du's weißt, ich kann damit auch schießen. Auf ein paar Meter würde ich ohne Probleme dein Herz oder deinen Kopf treffen«, flüsterte sie gepresst.

»Das glaube ich dir.«

Ich habe dich sogar schon in Aktion gesehen und du bist schnell, das muss man dir lassen.

»Na ja, natürlich nur, solange du dich nicht bewegst«, fügte sie kleinlaut hinzu.

Ganz genau und ich bin schneller als du.

»Lachst du etwa über mich?«

Er tastete verblüfft nach seinem Mund.

»Ich grinse – tatsächlich.« – Und es fühlte sich sogar gut an. Wann war ihm das zum letzten Mal passiert?

Um sie abzulenken, bot er an: »Deine Pistole müsste mal gesäubert und geölt werden. Bring sie morgen mit und gib sie Walter, bevor du das Gelände betrittst.« Er steckte ihre Pistole zurück in die Handtasche. »Brauchst du noch Munition dafür?«

»Danke, das Reinigen wäre gut und nein, ich hab genug Patronen. Und jetzt raus mit der Sprache: Warum bist du hier, Quint? Hast du als Bodyguard nichts Besseres zu tun, als mir zu folgen? Das ist doch kein Zufall.«

Man konnte die Wahrheit sagen, ohne etwas zu verraten, das hatte ihm sein Vater beigebracht, und mit der Wahrheit lief man langfristig nicht so schnell Gefahr aufzufliegen.

Er legte seine Unterarme auf die Theke und fasste sein Whiskyglas mit beiden Händen.

»Das war die Lieblingskneipe meines Bruders und heute ist sein Todestag.«

Jo sah ihn für einen Moment skeptisch an, dann schaute sie wieder auf ihren fast leeren Florida Comfort Cocktail.

»Dann haben wir leider was gemeinsam. Ich hab meinen Mann verloren. Er kam auch gern hierher.«

Mit melancholischer Miene nahm sie ihr Glas und stieß es an seines.

»Auf den Schmerz, der nie vergeht.«

Kapitel 12

Jo wirkte bereits angetrunken, aber damit er sie unbemerkt ausfragen konnte, wollte er zur Tarnung vorher ein wenig Small Talk halten. Als ihm nichts einfiel, obwohl er krampfhaft nach Sätzen suchte, wurde ihm bewusst, dass er den Umgang mit Menschen völlig verlernt hatte.

Ich muss mich unbedingt mal mit Susi treffen und mit ihr reden, um wieder ein Gefühl dafür zu bekommen.

Susi, die Löwenkönigin, erinnerte er sich und musste unwillkürlich schmunzeln. Auf allen vieren hatte er die kleine Susi als »Königin« auf seinem Rücken getragen. Samuel und er hatten mit ausgefahrenen Fangzähnen Löwen für sie gespielt und das nicht nur einmal. Spielerisch hatte er sich mit seinem Bruder kämpfend auf dem Boden gewälzt und sie hatten sich köstlich dabei amüsiert.

»Das Lächeln steht dir, Quint. Jetzt siehst du nicht mehr so aus, als ob du mich jeden Moment um die Ecke bringst«, meinte Jo mit schwerer Zunge.

Er nippte nachdenklich an seinem Whisky.

»Komme wohl aus dem Kampfmodus nicht mehr raus.«

Jo trank den Rest ihres Glases in einem Zug aus und sagte: »Bodyguard – hm? Lass mich raten, du kommst nicht mehr aus deinem Kampfmodus heraus, seit dein Bruder tot ist? Siehst überall nur Bedrohungen.«

Abrupt drehte er sich zu ihr, fasste sie an den Schultern und rüttelte sie: »Woher weißt du das?«

»Denkst du, ich hatte immer eine Pistole bei mir?«

Sie blickte vielsagend auf seine Hände, die ihre Schultern eisern umklammerten, und ihm wurde klar, dass er gerade für neue, blaue Flecke sorgte. Sofort ließ er sie los und schüttelte den Kopf.

»Sorry.«

»Wenn du nicht lernst, dich zu entspannen, wirst du paranoid und drehst irgendwann ganz durch.«

Ihre Aussage kam ihm wie ein Echo von Agnus' Botschaft vor.

»Da könntest du recht haben«, murmelte er.

Und dann erschieße ich dich vielleicht.

Was ist nur aus mir geworden?

»Die Anspannung ist sicher auch Teil deines Jobs und damit überlebenswichtig, Quint. Aber du musst dir Orte und Menschen suchen, bei denen du loslassen kannst und runterkommst von deinem Alarmzustand.«

Jo bestellte den nächsten Drink, einen Comfort Manhatten, kein Longdrink mehr, sondern purer Southern Comfort mit Vermouth Dry auf Eis – und entsprechend hochprozentig.

Um seinem Ziel näher zu kommen und von sich selbst abzulenken, fragte er: »Seit wann, ähm ... wie, ich meine ...«

Scheiße, diesen Small Talk bekomme ich einfach nicht hin.

Jo hatte anscheinend Mitleid mit seinem Gestammel und begann: »Glaub mir, ich war auch nicht immer so. Ich hätte mir früher nie vorstellen können, eine schussbereite Pistole in der Handtasche zu haben und sie auch zu benutzen. Ich bin ganz behütet aufgewachsen, in einer heilen Welt. Meine Eltern haben mich geliebt. Ich habe Ballett getanzt, Klavier und Flöte gespielt, und als ich mein Studium anfing, schien die Welt mit blauem Himmel und Sonnenschein für mich offen zu stehen.«

Klavier, sie hatte also tatsächlich mal Klavier gespielt, so wie er sich das bei ihren Fingern vorgestellt hatte.

»Was ist passiert?«, fragte er, diesmal ehrlich interessiert.

»Das Leben – und es ist hart«, sagte sie zunächst lapidar und trank mit einem Schluck die Hälfte ihres Drinks.

»Aus heiterem Himmel verlor ich meinen Vater und meine Mutter am selben Tag. Ihre Körper wurden im Wrack ihres Autos zerquetscht. Ich musste sie identifizieren. Ihr Anblick – es war furchtbar.«

Unwillkürlich dachte Quint an den regelrecht zerfleischten Körper seines Bruders. Das hatte sein ganzes Leben verändert. Er konnte sich kaum vorstellen, was der Anblick ihrer entstellten Eltern mit Jo gemacht hatte.

»Der Fahrer eines Holztransporters hatte einen Herzanfall, geriet ins Schleudern und das Fahrzeug meiner Eltern wurde unter seiner Ladung großer Holzstämme begraben. Und der Einzige, der mich aufgefangen und mir wieder Lebensmut gegeben hat, wurde mir bald darauf auch genommen.«

»Wie?«

Sie trank das Glas in einem zweiten Zug aus.

»Darüber will ich nicht sprechen. – Wie ist dein Bruder gestorben?«

Darüber mochte er eigentlich auch nicht reden, doch er wollte das Gespräch am Laufen halten. Außerdem spürte er bei dem Gedanken an den Tod seines Bruders nicht nur einen unbezwingbaren Schmerz, sondern auch einen Druck, der drohte, ihn zur Explosion zu bringen und er brauchte ein Ventil.

»Er ist abgeschlachtet worden!«, stieß er viel zu heftig aus und bemühte sich daher, ruhiger weiterzusprechen. »Ich habe seinen blutüberströmten Körper in meinen Armen gehalten und mich und alle anderen dafür verflucht.«

»Du fühlst dich schuldig.«

Sie formulierte das nicht als Frage.

Woher wusste sie das?

Er starrte in sein Whiskyglas, ließ es aber los, als sich der erste Sprung unter seinem energischen Griff abzeichnete.

»Ich war damals kein Kämpfer wie heute, aber ich hätte ihn vielleicht retten können oder er wäre gar nicht erst in dieser Situation gewesen«, *wenn ich nicht zu spät gekommen wäre – und zwar mit Absicht.*

Das ahnte noch nicht mal seine Mutter, oder doch? Dieser Blick aus ihren verweinten Augen ...

»Ein Schmerz, der nie vergeht«, murmelte Jo.

Sie drehte sich auf dem Barhocker zu ihm und legte ihre Hände auf seine Fäuste.

»Es tut mir leid, dass dein Bruder aus deinem Leben gerissen wurde.«

Die Sanftheit in ihrer Geste und ihrer Worte hatte er nicht verdient! Und sie kollidierten mit dem brennenden Zorn, der gerade wieder in ihm aufstieg und ihn in einem Inferno zu verzehren drohte. Er spürte, wie er die Kontrolle verlor.

Außerstande sich gegen diesen Prozess zu wehren, schaute er auf. Gleich würde er Jo Gemeinheiten entgegenschleudern, sie mit einem kräftigen Schlag von sich stoßen oder ...

Als er jedoch direkt in ihre Augen blickte, leuchteten die goldenen Strahlen in ihren orangebraunen Iris wieder auf. Im selben Moment verschwand sein Zorn, wurde weggespült und ausgelöscht wie von einer großen, aber friedlichen Ozeanwelle.

Unwillkürlich atmete er tief aus. Die Anspannung, die er zuvor gar nicht wahrgenommen hatte, in seinen Kiefern, dem Nacken, den Schultern, ja, bis hinunter zu seinen verkrampfen Händen, löste sich auf.

Er bemerkte die Träne, die an Jos Wange herunterlief, und wischte sie mit seinem Daumen weg – in einer Sanftheit, zu der er vorher sicher nicht imstande gewesen wäre.

Diesmal schaute er nicht weg, aus Angst, sie würde ihn manipulieren, denn sie hatte ihn auf wundersame Weise gerade vom Abgrund weggerissen. Diesmal hielt er den Blickkontakt bewusst aufrecht, gestattete dieser geheimnisvollen Jo, ihn in ihren Bann zu ziehen. In ihre Augen zu sehen – die vergleichbar, aber weitaus schöner als der rotorange Hessonit aus Sri Lanka waren – schenkte ihm einen Frieden, von dem er jetzt erst wusste, wie sehr er ihn all die vielen Jahre vermisst hatte.

Lange Momente verstrichen.

»Wie machst du das nur, Jo? Ich seh in deine Augen und …« *Nein, das hörte sich vollkommen dämlich und unrealistisch an.* »Ach, vergiss es.«

»Vielleicht …«, begann Jo, winkte dann aber auch ab. »Ja, vergessen wir das.«

Mehr schlecht als recht wankte Jo auf die Toilette und dachte währenddessen an den aggressiven Rottweiler aus ihrer Kindheit.

Der Hund hatte nach seiner Attacke auch in ihre Augen gesehen, war ganz zahm geworden, hatte gewinselt und ihre Wunde geleckt. Trotzdem hatte man das Tier später einschläfern müssen, weil er eine Gefahr für die Allgemeinheit darstellte. Hatte Quint etwas beschreiben wollen, das dem Verhalten des Hundes damals ähnelte? Nein, das wäre doch absurd! Wahrscheinlich hatte dieser Kerl mit seiner harten Schale nur auf seine Weise versucht, ihr etwas Nettes zu sagen.

Fand Quint sie womöglich sympathisch?

Seine Motorradjacke hatte er nicht neben sich selbst, sondern auf den freien Hocker neben ihr gelegt. Erst hatte sie gedacht, er wollte einfach keine Gesellschaft haben. Vielleicht war es aber seine Absicht gewesen, andere Männer von ihr fernzuhalten, um ungestört mit ihr zu reden, wobei er diesbezüglich etwas eingerostet schien.

Irgendwie gefiel ihr dieser Gedanke, und als sie zurück zu ihrem Barhocker ging, betrachtete sie Quint genauer.

Sein verhärtetes Gesicht schien weicher geworden zu sein und wirkte nun auf ansprechende Art männlich. Die Lippen waren nicht mehr zu grimmigen Strichen zusammengepresst, sondern einladend. Seine Augen sahen sie nicht mehr hasserfüllt an. Nein, ihr wunderschönes Rotbraun, vergleichbar mit edlem, roten Jaspis, strahlte nun Wärme aus. Die glänzenden, schwarzen Sprenkel darin betonten seine Wildheit, ebenso wie die unbändigen, feuerroten Locken.

Heute roch Quint auch sehr angenehm, mit einem Hauch Moschus und wilder Minze. Er trug ein graues Rippenshirt, das seine muskulöse Brust betonte, darüber ein offenes grün kariertes Flanellhemd mit hochgekrempelten Ärmeln, genau wie sie selbst diese Hemden meist trug. Eine dunkelblaue, abgewetzte Jeans und dunkelbraune Caterpillar Boots ergänzten sein Outfit.

Insgesamt wirkte Quint fast wie ein kanadischer Holzfäller aus dem 18. Jahrhundert, es fehlte nur eine überdimensionierte Axt über seiner Schulter.

»Du siehst mich an, als wolltest du einen Steckbrief von mir erstellen«, meinte Quint und runzelte auf einmal die Stirn.

Sie streckte ihren Arm aus, berührte mit den Fingern seine Stirn und hätte schwören können, dass er beinahe ihre Hand gepackt und sie daran gehindert hätte.

»Tu das nicht, Quint. Die Falten auf deiner Stirn lassen dich brutal wirken.«

Sie hörte, wie träge ihre Zunge geworden war, und auch ihr Barhocker fühlte sich immer wackliger an. Das Ziel des heutigen Abends hatte sie demnach fast erreicht.

Ihr ausgestreckter Arm brachte sie aus dem Gleichgewicht. Zum Glück hatte Quint seine Hand so schnell an ihrem Oberarm, dass ihr die Bekanntschaft mit dem Boden erspart blieb.

»Das war knapp«, murmelte sie und rief dann dem Barmann zu: »Einen letzten! Egal was, aber mit richtig viel Umdrehungen, wenn ich bitten darf.«

»Du hast mir immer noch nicht verraten, warum du eine Pistole bei dir trägst.«

Sie starrte fasziniert auf seine Lippen und fühlte sich fast betrunken genug, um etwas zu wagen.

»Hier, ein doppelter Daiquiri«, sagte der Barmann und stellte das Glas vor ihr ab.

Da war weißer Rum drin, und nicht zu knapp, danach hätte sie genug Mut. Sie trank das Zeug ohne das Glas einmal abzusetzen, hustete kräftig und keuchte dann: »Wenn du mich küsst, verrate ich's dir.«

Er gab ihr einen flüchtigen Kuss auf die Wange und streifte dabei mit seinen Fingern ihre Haare. In Jo wurde der unvernünftige Wunsch übermächtig, er würde seine Hände in ihre Haare vergraben, während er sie ...

»Das war kein richtiger Kuss. Dafür verrate ich dir noch nicht mal, dass mir deine Locken wahnsinnig gut gefallen.«

Sein Mundwinkel hatte sich zu einem kleinen Lächeln verzogen. Das ermutigte sie, ihre Hand auszustrecken und dem Drang nachzugeben, mit ihren Fingern durch seine Locken zu fahren. Es war leider nicht das gleiche Gefühl wie vor über zwanzig Jahren mit dem einzigen Geliebten, den sie je gehabt hatte, aber es tröstete sie – für einen viel zu kurzen Moment, denn ihr Hocker kippte um.

Quint fing sie auf und sie fand sich schließlich auf seinem Schoß wieder, ein Bein rechts von ihm und eines links.

»Der Hocker hat schon die ganze Zeit gewackelt«, entschuldigte sie sich und wurde dafür mit einem Lächeln belohnt.

Weil ihr schwindelig wurde, hielt sie sich mit einer Hand an seinem beeindruckenden Bizeps fest. Er war so stark, konnte so unnachgiebig hart sein, war mit Messern und Feuerwaffen vertraut.

»Vielleicht wärst du genau der Richtige, um mich und unser Geheimnis zu beschützen«, dachte sie und merkte zu spät, dass sie es laut ausgesprochen hatte. Erschrocken legte sie ihre Hand auf den Mund.

»Vor wem soll ich dich beschützen? Und welches Geheimnis meinst du?«

»Ich muss gehen«, presste sie hervor.
Ich muss gehen, bevor ich uns verrate!

Kapitel 13

Das ist meine letzte Chance, etwas aus ihr herauszubekommen, sagte sich Quint.

»Wenn dein Preis ein richtiger Kuss ist, dann wirst du ihn auch bekommen.«

Zumindest werde ich mein Bestes geben, dachte er. Und so unangenehm war ihm der Gedanke gar nicht. Er würde dabei in ihre Haare greifen, die gefielen ihm sowieso. Und Jo so nah wie jetzt an seinem Körper und in seinen Armen zu halten, entflammte ein längst vergessenes Verlangen. Ihre Lippen wirkten von Sekunde zu Sekunde einladender. Er zögerte nicht länger.

Mit dem Arm, den er um Jo gelegt hatte, zog er sie so eng an sich, dass kein Blatt Papier mehr dazwischen gepasst hätte. Das Gefühl ihrer Hüfte an seiner, ihrer Brüste auf seiner Brust ließ sein Verlangen heiß auflodern und sein bestes Stück wurde hart. Begehrend vergrub er seine andere Hand in den welligen, wunderschönen blonden Haaren ihres Hinterkopfs.

Aus diesem Griff würde sie nicht mehr entkommen, Vampire nannten ihn auch die tödliche Umarmung. Für Außenstehende die perfekte Tarnung, denn sie wirkte wie die erotische Begegnung zweier Liebender – nur dass es dieses Mal mehr war als bloße Tarnung.

Er schwelgte in der Empfindung, sie so zu halten, spürte ihren weichen, weiblichen Körper mit seinen Rundungen, das seidige Gefühl ihrer Haare zwischen seinen Fingern. Und das Raubtier in ihm genoss es, die begehrte Beute endlich gefangen zu haben. Dem Drang, die Fangzähne auszufahren, konnte er nur mit eiserner Beherrschung widerstehen.

Nein, er würde nicht von ihrem Blut trinken dürfen, aber wenigstens von ihren Lippen.

Die Hände besitzergreifend in ihren Haaren, zog er ihren Kopf zurück und fiel mit seinem Mund wie ein plünderndes Heer auf sie herab. Ihre Lippen schmeckten nach Rum, Zitrone und Zuckersirup. Er fuhr mit seiner Zunge über die samtenen, weichen Lippen, als wollte er sie ihrer Beschaffenheit berauben. Er genoss diesen Raub, doch es war noch lange nicht genug. Männlich, fordernd setzte seine Zunge ihren Angriff fort, bis sie sich ihm öffnete. Dann drang er ein, eroberte ihr Inneres mit seiner Zunge und forderte sie zum Duell heraus.

Jo verwandelte das Duell jedoch in einen Tanz, und obwohl er ihr voll und ganz misstraute, entstand eine Intimität, der er ohne Vorwarnung machtlos ausgeliefert war. Denn wenngleich er sie gefangen im Todesgriff hielt, brachte sie gerade seine inneren Mauern zum Einsturz, überwand alle Barrieren und berührte tief im Inneren seine Seele – den empfindsamen, verletzten, trauernden Teil von ihm, den er sogar vor sich selbst so gut verbarg.

Rein körperlich hätte er sie nur loslassen und sich dem so entziehen können und dennoch war er nicht dazu fähig. Sie hatte ihn in ihren Bann gezogen, sich mit einem Teil von ihm verbunden, der sie nicht loslassen wollte.

Und nun verwandelte Jo auch den Tanz: in ein Streicheln, ein Erforschen, als wollte sie seine Seele herauslocken und kennenlernen.

Wie ein im Dunkeln Gefangener strebte seine Seele zu ihr, denn sie verhieß Licht und Freiheit. Dieser Teil von ihm sehnte sich danach, sich ihr ganz zu überlassen, ohne Mauern und Barrieren.

Nein. Nein! Ich darf ihr nicht trauen, peitschte das Dunkle in ihm seine Seele erbarmungslos zurück.

Mit einem Ruck nahm er Abstand von Jo, hielt sie jedoch an den Schultern fest. Er zwang sich, an den Grund seines Kusses zu denken und fixierte ihre glasigen Augen mit seinem Blick.

»Du hast deinen Kuss bekommen! Jetzt sag mir, warum du eine Pistole bei dir trägst? Und was ist dein Geheimnis?«

Sie machte Anstalten, es ihm ins Ohr zu flüstern, also ließ er sie los. Anscheinend hatte sie aber jegliche Spannung verloren, denn ihr Oberkörper fiel quasi gegen seinen und blieb dort liegen.

Ihr Atem und ihre weichen Haare kitzelten sein Ohr, als sie flüsterte: »Es gibt blutrünstige Monster, Quint. Nachts kommen sie heraus und lauern überall, deshalb habe ich immer eine Pistole dabei.«

Ihr Kopf wurde ihr wohl auch zu schwer, denn sie legte ihn auf seiner Schulter ab.

»Kannst du mir ein Taxi rufen, Quint?«, nuschelte sie. »Ich glaub, ich hab genug für heute.«

Quint gab den Auftrag an den Barmann weiter.

Als sie nach ihrer Handtasche greifen und bezahlen wollte, klappte das schon nicht mehr und sie bat ihn um Hilfe. Und während sie mit geschlossenen Augen an ihm hing, ihr weicher Körper sich angenehm und ohne jegliche Spannung an ihn schmiegte, schaute er sich in aller Ruhe den Inhalt ihrer Handtasche an.

Aus dem Portemonnaie holte er zunächst ihren Ausweis, musterte ihn eingehend und nahm danach auch die anderen Dokumente genau unter die Lupe. Nur das Geld ließ er drin und legte aus seiner eigenen Tasche für sie beide eine großzügige Summe auf den Tresen.

Als das Taxi vor der Tür stand, griff er nach ihrem Kinn.

»Schaffst du es allein nach Hause?«

»Klar, bin schon ein großes Mädchen«, murmelte sie und griff daneben, als er ihr die Handtasche hinhielt.

Der Barmann schüttelte den Kopf.

»Wenn Sie die Lady kennen, dann sollten Sie sie ins Bett bringen. Wer weiß, wo sie sonst landet?«

Und nachts lauerten überall – Vampire. Das hatte Jo vorhin eigentlich gemeint, da war er sich ziemlich sicher. Und wenn sie um ihre Existenz wusste, würde das ernste Folgen für sie haben.

»Dann geh'n wir mal«, sagte er und war im Begriff, sich Jo wie eine Teppichrolle über die Schultern zu legen. Der Barmann schüttelte aber warnend den Kopf und sagte: »So nicht, sonst kotzt sie dir gleich auf die Beine.«

Also schnappte er sich seine Jacke und ihre Handtasche, legte einen Arm unter ihren Po und stützte mit dem anderen ihren Rücken. So trug er sie, ihren Oberkörper an seinen gelehnt und ihren Kopf auf seiner Schulter ruhend, ins Taxi.

Da er sowieso vorhatte, ihr Haus zu durchsuchen, wäre die Begleitung nach Hause sogar praktisch, denn er dürfte gleich ganz legitim durch ihre Vordertür spazieren.

Mit geschlossenen Augen, mehr schlafend als wach, spürte Jo die Geräusche und Bewegungen des Taxis. Ihr Kopf ruhte an einer starken Schulter neben ihr.

Erinnerungen wurden wach ...

Während der Taxifahrt, damals durch Paris, hatte sie ihren Kopf auch an die starke Schulter eines Mannes gelehnt. Er war nicht nur unerhört attraktiv und sympathisch gewesen, sondern hatte sie an diesem Abend auch gerettet.

Die Lichter von Paris zogen an ihr vorbei. Sie genoss die Nähe des Mannes, den sie erst vor ein paar Stunden kennengelernt hatte und hoffte, dass der Taxifahrer alle nur möglichen Umwege fahren würde.

Zum erfolgreichen Abschluss der Schule und vor dem Start ins Studentenleben hatte sie mit ihrer Freundin diese Reise nach Paris unternommen, ein Geschenk ihrer Eltern.

Sie war für den Studiengang Kunstgeschichte eingeschrieben, deshalb hatten ihre Eltern gerne zugestimmt. Eigentlich war sie aber nicht wegen der alten Gebäude und Gemälde nach Paris gekommen, sondern wegen des Flairs, das dieser Metropole auf der ganzen Welt nachgesagt wurde: Paris, die Stadt der Liebe und der Mode.

Als krönenden Abschluss der Reise hatte sie am letzten Tag neben dem Louvre unbedingt das Künstlerviertel Montmartre und die wunderschöne Basilika Sacré-Cœur besuchen wollen. Die beeindruckende Kirche, die mit ihren Kuppeln auf dem Hügel des Viertels thront, solle bei Nacht besonders romantisch wirken und die Aussicht auf das nächtliche Paris sei unvergleichlich, hieß es.

Leider hatte ihre Freundin ihre Tage bekommen und die bei ihr üblichen, furchtbaren Krämpfe. Schweren Herzens war sie allein losgezogen, hatte den ganzen Tag im Louvre verbracht und war nach einem schnellen Imbiss ins Viertel Montmartre gefahren. Hoch oben auf dem gleichnamigen Hügel – Mont Martre – erhob sich die Basilika. Sie bot ein beeindruckendes Bild, denn über ihr leuchteten die Sterne am Himmel und aus dem Inneren der Kirche drangen die Lichter unzähliger Kerzen. Voller Begeisterung rannte sie die nicht enden wollenden, steilen Treppen hoch, bis sie schließlich völlig außer Puste oben ankam und den Anblick in sich aufsaugte. Das atemberaubende Lichtermeer der beeindruckenden Metropole breitete sich vom Fuß des Hügels bis zum Horizont aus.

Das war Paris! Das unglaubliche Paris!

Als sie später das Gotteshaus betrat, wurde sie von dessen Atmosphäre gefangen genommen. Staunen, Ehrfurcht und etwas, das sie nicht beschreiben konnte, erfasste sie. Der Anblick von dem Meer flackernder Kerzen, der Geruch von Weihrauch und die großartige Architektur zogen sie in ihren Bann. Sie zündete eine Kerze an und bewunderte dann die kunstvollen Buntglasfenster in Rosettenform und die länglichen, die im gotischen Stil nach oben wiesen und mit herrlichen Bildmotiven ausgestattet waren.

Anschließend schritt sie den Mittelgang entlang, bis sie unter der runden, galerieartigen Hauptkuppel stand. Sie schaute nach oben und war überwältigt. Die beeindruckende Kuppel wurde von vier mächtigen Säulen getragen, an deren oberen Enden vier steinerne Engel mit ausgebreiteten Flügeln herausgearbeitet waren. In der Kuppel war eine begehbare Säulengalerie und darüber Fenster, durch die die Kuppel tagsüber bestimmt herrlich mit Licht durchflutete wurde.

Dann sah sie vom Mittelgang aus nach vorn, in den Altarraum, der sich unter einer halbkreisförmigen Kuppel befand, die sich in ihre Blickrichtung öffnete. Diese Kuppel war in leuchtendem Blau gehalten, die Figuren darin überwiegend in Weiß und Gold. Das Zentrum bildete eine Jesusfigur in weißem Gewand. Auf seiner Brust strahlte ein goldenes Herz und seine Arme waren so weit ausgebreitet, als wollte er jeden einzelnen Menschen auf dieser Welt zu sich einladen.

Von der Atmosphäre und der Botschaft hinter dem Bildnis zutiefst berührt, lief ihr eine Träne die Wange herunter. Nach ein paar Augenblicken murmelte sie: »Und ich dämliche Kuh habe meinen Reiseführer in der Metro liegen lassen und kann nicht mal nachschlagen, von wem diese Wandmalerei ist.«

»Es ist eigentlich keine Malerei, sondern ein Mosaik, mit 475 Quadratmetern eines der größten der Welt und wurde von Luc-Olivier Merson im Jahr 1922 vollendet. Es stellt das heilige Herz Jesu dar, gemäß dem Namen dieser Wallfahrtskirche: Sacré-Cœur, heiliges Herz.«

Verblüfft wandte sie ihren Blick zu dem unverschämt gut aussehenden jungen Mann, der sie angesprochen hatte. Er war kein Franzose, wie sich herausstellte, sondern ein Landsmann. Wie ein vollendeter Gentleman stellte er sich bei ihr vor und bot an, ihr etwas über die Kirche zu erzählen.

Als sie ihn am Ende fragte, ob er in seinem Alter schon Professor für Kunstgeschichte sei, grinste er wie ein Schuljunge, dem ein Streich gelungen war, und beichtete, dass er den Reiseführer gelesen und einfach ein gutes Gedächtnis habe. Allerdings kenne er sich in Paris gut aus und würde sie gern durch die Stadt führen.

Er sah umwerfend aus, groß, muskulös und brachte sie zum Lachen. In seinen Augen blitzte der Schalk und das machte ihn umso sympathischer, aber sie lehnte trotzdem ab. Zum einen hatte man sie zur Vorsicht gegenüber Fremden erzogen, zum anderen befand sie sich in einer riesigen Metropole fernab der Heimat.

Obwohl es ihr sehr schwer fiel, sich später von ihm zu verabschieden, verließ sie die Kirche ohne ihn.

Der lange Tag im Museum hatte sie völlig geschafft, und was ein kurzer Rundgang im Viertel Montmartre werden sollte, wurde nun zur Odyssee, weil sie den Weg zur Metro nicht mehr fand. Es war schon spät und im Gewirr dunkler, verlassener Gassen kam ihr eine Gruppe dunkelhäutiger, junger Erwachsener entgegen. Sie umringten sie, machten erst irgendwelche Späße, die sie mit ihren bescheidenen Sprachkenntnissen nicht zu übersetzen vermochte, und zogen sie dann lachend mit sich. Sie verstand das schnell gesprochene Französisch nicht, doch ihre Bemerkungen wirkten anzüglich, ebenso wie ihre Blicke, und zusammen mit dem starken Geruch von Alkohol bekam sie furchtbare Angst. Erst versuchte sie mit gestammeltem Französisch und Gesten ihre Ablehnung zu verdeutlichen und sich zu verabschieden, doch die Gruppe ließ sie nicht gehen. Als sie schließlich in reiner Panik aus dem Kreis ausbrechen wollte, kippte die Stimmung.

Plötzlich tauchte der Mann aus der Kirche wieder auf und kam freudestrahlend auf sie zu, als wäre er ihr Liebhaber und hätte sie nur aus den Augen verloren.

»Oh, ma chérie! Tu es ici!«

Er schob sich in den Kreis der jungen Männer, legte beruhigend einen Arm um sie und küsste sie – mehr als nur flüchtig. Sie hätte es wohl genossen, wäre die Stimmung der Männer nicht auf einen Schlag aggressiv geworden. Die alkoholisierten Kerle versuchten ihn grob wegzuzerren, einer holte bereits zum Schlag aus.

Sie schrie wie ein kleines, verängstigtes Mädchen, duckte sich instinktiv und schloss die Augen. Als sie sie wieder öffnete, lagen drei der betrunkenen Männer am Boden, zwei bluteten aus der Nase, der dritte hielt sich zusammengekrümmt den Bauch. Ein weiterer Kerl wollte gerade nach ihr greifen, bekam von ihrem Landsmann aber den mächtigsten Kinnhaken, den sie je gesehen hatte.

»Verschwindet! Sie gehört zu mir!«, brüllte er auf Französisch – zumindest das gab ihr Sprachwissen noch her.

Während sich die Horde taumelnd zusammenrottete, stellte ihr Retter sich schützend vor sie und seine Haltung zeigte, dass er jeden angreifen würde, der sich ihr näherte. Als die Gruppe um die nächste Ecke verschwunden war, schloss er sie in seine Arme, streichelte beruhigend ihren Rücken und murmelte: »Sie hätten dich nur über meine Leiche gekriegt.« – Ebendas hatte sich Jahre später bewahrheitet, obwohl ihr die absolute Gewissheit darüber immer noch fehlte.

Damals in Paris war sie nach der ganzen Aufregung hellwach gewesen und nahm sein Angebot doch noch an. Der Abend verwandelte sich in einen der schönsten ihres ganzen Lebens. Kurz vor Morgengrauen setzte er sie vor ihrem Hotel ab und zum ersten Mal in ihrem Leben gab sie einem erwachsenen Mann mit eindeutiger Absicht ihre Telefonnummer und Adresse.

»Wir leben in der gleichen Stadt«, hatte er überrascht festgestellt und sie hätte vor Freude explodieren können.

Bald nach ihrer Rückkehr trafen sie sich, unternahmen verrückte Sachen, lachten und kamen sich immer näher. Unzählige schöne Abende verbrachten sie zusammen, einige waren aufregend, andere gemütlich. Ihm gingen nie die Ideen für ihre gemeinsame Zeit aus. Und obwohl es heftig zwischen ihnen knisterte, hielt er sich stets zurück. Er wartete, bis sie sich wirklich gut kannten und Jo sich ganz sicher war. Dann stattete er ihren Eltern noch in altmodischer Art einen Besuch ab, samt Blumenstrauß für die Mama, und stellte sich sozusagen offiziell vor. Erst danach flog er mit ihr ein zweites Mal nach Paris.

Im Kerzenschein zupfte er die Blütenblätter von fünfzig Rosen ab und verteilte sie auf dem Himmelbett der Hotelsuite mit Aussicht auf den Eiffelturm.

In dieser wunderbaren Nacht gaben sie sich einander ganz hin und sie war glücklich, dass es vor ihm nie einen anderen gegeben hatte. Dieser Mann schenkte ihr in so vieler Hinsicht immer mehr als er nahm. Er wurde die Liebe ihres Lebens und das Licht in ihrer dunkelsten Stunde.

Ohne zu zögern, hätte sie für ihn ihr Leben gegeben, aber am Ende opferte er seines für sie und ihren Sohn. Das nahm sie zumindest an, denn ihre Erinnerung daran war ausradiert worden. Entgegen einem kleinen Funken Hoffnung, er wäre vielleicht nur verschleppt worden, hatte ihr Herz seinen Tod irgendwie gespürt, und war in Trauer und Einsamkeit verfallen. Ihr Sohn war der einzige Grund, warum sie sich ins Leben zurückgekämpft hatte.

Kapitel 14

Quint war zufrieden, bei Jo einen Schritt weiter zu sein. Heute würde er nichts mehr aus ihr herausbekommen, denn sie war schon ziemlich weggetreten. Ihr Kopf lehnte an seiner Schulter und er musste sie in den Kurven sogar festhalten, damit sie nicht zur Seite kippte. Er verstand zwar nicht, warum, aber es gefiel ihm, so mit ihr durch die Stadt zu fahren. Und dass sie ab und zu hickste, brachte ihn zum Schmunzeln. Nie hätte er gedacht, dass der Abend so angenehm verlaufen würde, und es gefiel ihm gar nicht, dass die Fahrt so schnell zu Ende war.

Missmutig bezahlte er den Taxifahrer.

Als er Jo wieder so trug wie vorhin, sah ihn der Fahrer irritiert an. Na ja, irgendwie hing Jo an ihm wie Susi als Kind an Arabella: Oberkörper an Oberkörper, die Arme um den Hals geschlungen und die Beine rechts und links vom Körper des anderen.

Er vertuschte seine Unsicherheit und erklärte dem Mann: »So kotzt sie mir nicht auf die Beine.«

Der Taxifahrer winkte beschwichtigend ab, doch sein Gesichtsausdruck ließ vermuten, dass es eine romantischere Art gab, wie Männer Frauen trugen, aber er kannte sich mit diesem Kram einfach nicht aus. Höchste Zeit, sich mit Susi zu treffen und seine Wissenslücken – besser gesagt das große schwarze Loch – zu füllen, ohne dass jemand im Hauptquartier Wind davon bekam.

Er war als Vampir stark genug, um sie mühelos mit einem Arm unter ihrem Gesäß zu halten, während er mit ihrem Schlüssel aufschloss und sie dann in ihr Schlafzimmer im oberen Stock trug.

Die Einrichtung ihres Schlafzimmers, auf die er beim ersten Mal kein Augenmerk gelegt hatte, entsprach seinem Geschmack. Er mochte es natürlich und grün.

Die hochwertige Fototapete an Jos Wänden stellte einen Bambuswald dar, in den das Sonnenlicht schien. Hier und da standen echte Bambuspflanzen, was den Effekt verstärkte.

Um zu ihrem Bett zu gelangen, müsste er über den nachgiebigen Korkboden und die daraufliegenden, flauschigen Teppiche in Naturtönen gehen. Seine Mutter hatte ihn jedoch dazu erzogen, nicht mit Straßenschuhen auf wertvollen Teppichen herumzulaufen. Also zog er seine Schuhe – Jo auf sich balancierend – einhändig aus, was bei den Schnürschuhen gar nicht so leicht war. Beinahe wäre er mit Jo umgekippt, aber nur beinahe.

Das niedrige Bettgestell, vor dem er nun stand, war aus großen Bambusstämmen gefertigt. Ihm war schon beim letzten Mal aufgefallen, dass es ein Wasserbett war, und er fragte sich seitdem, wie es sich wohl darin schlief.

Er ging in die Hocke und zog die Bettdecke zurück, dann setzte er Jo auf das Bett und hielt sie an den Oberarmen fest, wobei ihr Kopf kraftlos nach vorn hing.

»Kannst du dich allein ausziehen, Jo?«

»Klar.«

Er ließ los und sie kippte wie in Zeitlupe seitlich auf das Bett. Es sah irgendwie süß aus und er musste grinsen. Vielleicht sollte er öfter dafür sorgen, dass sie betrunken war.

Da lag sie nun, in ihren schwarzen Stiefeletten mit den halbhohen Absätzen und der dunkelblauen Jeans, über die sich bunte, eingestickte Blumenranken wanden. Ihre Bluse mit dem Millefleursmuster war ärmellos und am unteren Ende der Knopfreihe, auf Höhe des Bauchnabels, zusammengeknotet.

Sie war nicht nur süß, nein, je länger er sie betrachtete ...

Doch er sollte sie sicher nicht so anstarren und seine Aufgabe, sie ins Bett zu bringen, war eigentlich erledigt, oder?

Aber ich kann sie ja schlecht die ganze Nacht mit ihren Schuhen da liegen lassen.

Also zog er ihr die Stiefeletten aus, machte dann aber direkt mit den Söckchen darunter weiter. Ihre langen schlanken Zehen gefielen ihm und er strich unnötigerweise mit seinen Fingern darüber und hörte erst bei ihren Knöcheln wieder auf.

Mit Hose sollte man auch nicht im Bett liegen.

»Jo, ich helf dir, die Hose auszuziehen, okay?«

Ihr unverständliches Murmeln wertete er als Zustimmung.

Während er Knopf und Reißverschluss öffnete, kam es ihm so vor, als dürfte er ein Geschenk auspacken.

Ganz langsam zog er ihr die Jeans immer weiter herunter und alles, was sie freigab, gefiel ihm ebenfalls. Die große vernarbte Fläche auf ihrem Oberschenkel störte ihn nicht. Jeder hatte Makel, manche sichtbar, andere unsichtbar, und die sichtbaren waren ihm allemal lieber.

Von der Hose entledigt, hob er ihre Beine an den Knöcheln auf das Bett und eine seiner Hände schwebte anschließend über ihrem nackten Oberschenkel. – *Verlockend.*

Aber meine Hände sind dafür sicher viel zu rau. Sie sind nur trainiert, einem Gegner größtmöglichen Schaden beizubringen und mit tödlichen Waffen umzugehen. Außerdem würde ich mich bestimmt genauso blöde dabei anstellen, wie beim Tragen.

Er zog seine Hand zurück.

Eigentlich war er jetzt hier fertig, oder?

Die Bluse mit den Knöpfen und dem Knoten ist bestimmt sehr unbequem, wenn sie sich später auf den Bauch dreht.

Verlegen rieb er sich den Nacken.

»Hör mal Jo, wäre es nicht viel bequemer, wenn ich dir auch die Bluse ausziehe?«

Diesmal murmelte sie nicht mal mehr, aber Nein sagte sie auch nicht.

Er setzte sich auf das Bambusgestell ihres Bettes.

Besser, ich wecke sie dabei nicht auf, oder?

Seine Hände schwebten so vorsichtig in Richtung des Knotens ihrer Bluse, als wenn er nicht wüsste, ob seine Finger sich einem glühend heißen Ofen näherten.

Nach einem Moment des Zögerns öffnete er langsam und sachte den Knoten. Sie schien ungestört weiterzuschlafen. Davon ermutigt wagte er es, von unten nach oben ihre Bluse aufzuknöpfen. Ein Stückchen schwarzer Spitzen-BH wurde sichtbar. Er schluckte. Vorhin hatte er extra den Blick auf ihr Höschen vermieden, denn so was gehörte sich nicht.

Wäre sicher gar nicht gut, wenn sie jetzt wach wird.

Im Schlafzimmer war es auf einmal viel zu warm. Er zog sich die Jacke aus und rieb sich verlegen den Nacken.

Wie soll ich ihr dieses Blusending jetzt nur ganz ausziehen, ohne dass sie davon wach wird? Aber wenn ich es so lasse, denkt sie, ich bin ein Spanner, der die Knöpfe bloß aufgemacht hat, um sie anzugaffen.

Er atmete tief durch und stützte sich mit der Hand auf dem Wasserbett ab, worauf sich Jos ganzer Körper in einer Welle bewegte. Das sah lustig aus und er tat es gleich nochmal, die geöffnete Bluse rutschte an den Seiten ein Stückchen herunter. Er drückte nochmal auf das Bett.

»Alles wackelt«, murmelte Jo im Halbschlaf. »Oh Mann, mir wird ganz schlecht.«

Ehe Quint begriff, was geschah, fuhr Jo hoch, taumelte ins angrenzende Badezimmer und übergab sich.

Währenddessen vibrierte sein Handy – und das nicht zum ersten Mal. Die letzten beiden Male hatte er das ignoriert. Diesmal ging er ran.

»Hast du ganz vergessen, dass Agnus dich zum Training verdonnert hat? Wenn du wieder nicht auftauchst, wird er stinksauer«, sagte Vinzenz, der die Waffenkammer und alles drumherum unter sich hatte.

Und Agnus war gerade sowieso nicht gut auf ihn zu sprechen. Er musste los, wohl oder übel.

»Bin unterwegs«, sagte er und legte auf, denn Jo torkelte gerade aus dem Bad, wo sie sich die Bluse aus- und ein übergroßes T-Shirt angezogen hatte. Er stützte sie auf dem Weg zum Bett, wo sie dann wie eine Tote auf dem Bauch liegen blieb.

Er hob ihren Kopf an und schob ihr das Kissen unter, selbst das schien sie nicht mitzubekommen.

Sie sah schön aus im Schlaf, wunderschön.

Bevor seine Fantasie mit ihm durchging und er womöglich die Beherrschung verlor, zog er ihr rasch die Decke bis zu den Schultern hoch. Es faszinierte ihn aufs Neue, dass ihre langen Wellen alle Blondtöne von hell bis dunkel aufwiesen. Außerstande zu widerstehen, strich er einmal über ihre hinreißenden Haare, die sich wie Fäden aus Seide anfühlten, und küsste sie auf die Schläfe.

Bis heute hatte er nie den Wunsch verspürt, sich in das Bett einer Frau zu legen, einfach nur um ihre Nähe zu genießen. Er atmete tief durch und zwang sich, den Blick von ihr abzuwenden.

Bevor er ging, schaltete er noch die Alarmanlage am Fenster ein und schob ihr die gesicherte Walter PPK unter das Kopfkissen.

»Da bist du ja endlich«, sagte Vinz, der neben Elia stand. »Also, schnapp dir die Übungswaffe und dann rein mit dir.«

Hier unten beim Schießstand hatten Vinz und Elia extra einen Raum eingerichtet, auf dessen Wände per Beamer ein am Computer simuliertes Szenario übertragen wurde.

»Und gib dir Mühe«, rief ihm Vinz zu. »Deine Trefferquote liegt immer noch bei neunzig Prozent.«

Damit meinte ihr Waffenexperte nicht etwa die Feinde, nein, die der Zivilpersonen, auf die er eben nicht schießen durfte. Normalerweise blieben bei ihm nur die Kinder im Kinderwagen verschont.

Nach dem Abend mit Jo fühlte sich Quint aber so entspannt wie schon lange nicht mehr und das schien sich positiv auf dieses Training auszuwirken.

Als er fertig war, meinte Vinz: »Diesmal hast du neben den zwei Teenagern nur die Mutter erschossen, die ihre Milchflasche aus dem Wickelrucksack holen wollte.«

»Sorry, sieht für mich immer aus wie eine Handgranate.«

Vinz schüttelte den Kopf.

»Du würdest noch deine eigene Mutter erschießen.«

»Sicher nicht, ihre feuerroten Locken würde ich überall erkennen.«

Elias gut gelaunte Miene wurde ernst.

»Sie hat schon seit Jahren graue Haare, Quint.«

»Scherzkeks.«

Seine Mutter war eine Symbiontin und lebte schon seit über 600 Jahren.

»Das ist kein Scherz, Quint. Da du sie nie besuchst, hat Agnus ihr schon vor Jahren sein eigenes Blut angeboten, damit sich ihre Zellen wieder regenerieren, ich übrigens auch. Sie hat jedes Mal abgelehnt.«

Wie hatte er vergessen können, dass seine Mutter regelmäßig Vampirblut brauchte, um jung zu bleiben? Er hätte sich darum kümmern müssen!

»Warum sollte sie ablehnen?«, fragte er – unsicher, ob er die Antwort überhaupt hören wollte.

»Warum? Sie hat zuerst ihren jüngsten Sohn verloren, dann ihren Mann und du, der Einzige, der noch übrig ist, will nichts mehr mit ihr zu tun haben. Sie will nicht mehr. Sie hat sich entschieden, alt zu werden und zu sterben.«

Entgeistert starrte er Elia an, doch den Blick, mit dem ihn Elia und Vinz durchbohrten, hielt er nicht aus und ging.

In seinem Quartier saß er minutenlang auf dem Bett und starrte auf das Display seines Handys.

Die Freundin seines toten Bruders würde nun auch noch seine Mutter in den Tod treiben. Aber wäre er damals nicht zu spät gekommen ... Seine Mutter hatte ihm nie die Schuld daran gegeben und vielleicht war es das, was er am meisten fürchtete.

Er konnte sich nicht dazu durchringen, sie anzurufen. Irgendwann stand er abrupt auf, warf das Handy auf die Matratze und verbrachte den Rest der Nacht damit, den jungen Vampir in den dunklen Straßen der Stadt zu suchen. Nach Sonnenaufgang fand er keinen Schlaf und trainierte schließlich mit Raven den Zweikampf. Danach duschte er, denn in seiner Stimmung wäre er bei einem neuerlichen Spruch von Agnus ausgerastet.

Frisch gewaschen setzte er sich an die beiden Bildschirme in Elias Büro.

»Haben die Fingerabdrücke von Jo eigentlich irgendetwas ergeben, Elia?«

»Nein, negativ. Aber die wären auch nur gespeichert, wenn man sie bei irgendetwas erwischt hätte oder sie aufgrund eines ernsten Verdachtes festgenommen worden wäre. Kann natürlich sein, dass sie falsche Papiere hat.«

»Möglich, aber unwahrscheinlich. Ich hab mir gestern alle Dokumente in ihrer Handtasche genau angesehen.«

Elia hörte kurz auf zu tippen und bedachte ihn mit einem abschätzenden Blick.

»Kannst es wohl nicht gut sein lassen, oder?«

»Sicher ist sicher.«

Quint hatte die verschiedenen Kameras nach Jo abgesucht, aber sie nirgends entdeckt. Vielleicht wirkte der Alkohol bei ihr immer noch nach, Kater nannten die Menschen das wohl.

»Jo ist heute nicht aufgetaucht, oder Elia?«

»Doch, sie hat die Unterwasserlichter im Teich angeschlossen und frisches Wasser läuft gerade ein. Aber sie ist wieder weg, sagte, sie müsste eine Lieferung abholen und wäre erst nach Sonnenuntergang wieder da.«

»Nach Sonnenuntergang?«

Quint hörte die eigene Skepsis in seiner Stimme.

»Ja, sie hat seltsame Arbeitszeiten, wenn du mich fragst.«

»Stimmt, da hast du recht.«

In der Neuzeit gaben Menschen auch Uhrzeiten an und nicht mehr Sonnenstände – nur Vampire, für die war es lebenswichtig. Und er war sich fast sicher, dass Jo bereits Vampiren begegnet war. Sie nannte sie nur blutrünstige Monster, was zumindest auf einige Gesetzlose zutraf. – Gesetzlose!

Jo musste mit Gesetzlosen zu tun gehabt haben!

Für einen Moment versuchte Quint, sich gegen diesen Gedanken zu wehren, doch er kam einfach nicht gegen die Flut von Worst-Case-Szenarien in seinem Kopf an. Er rief sich ein altes Kamerabild von ihrem einzigen Fahrzeug auf.

Elia warf einen Seitenblick auf seinen Bildschirm und grinste: »Hey, das ist ja ein uralter VW-Bulli! Der hat vorn noch die runden Scheinwerfer, ein echter Oldie.« Das Computergenie zwinkerte ihm zu. »Sieht aus wie ein Hippie-Bus, bestimmt war da früher mal ein Liebesnest drin.«

Da mochte Elia recht haben: Der geschlossene VW-Bus war bunt bemalt, auf der einen Seite mit einem Regenbogen über einer Blumenwiese, auf der anderen mit einer Friedenstaube und dem Spruch »make love not war«. Aber das Einzige, was er darin sah, war der hintere, geschlossene Fahrzeugraum, in dem man Vampire unbemerkt auf das Gelände bringen konnte – *nach Sonnenuntergang.*

In seinem Inneren, wo zuvor durch Jos Nähe Frieden geherrscht hatte, brannte jetzt ein Steppenfeuer des Zweifels und der Verdächtigungen ... Erst gestern hatte sie ihn gemustert, als wollte sie einen Steckbrief von ihm erstellen. War entgegen seinen Informationen doch eine Kopie von allen Steckbriefen der Wächter und ihrer Frauen an ihren Feind Raúl gegangen? Machte der Blutfürst wieder Jagd auf sie? Vielleicht hatte Raúl inzwischen sogar das Kopfgeld auf sie erhöht – und es gab immer Leute, die dringend Geld brauchten wie Jo zum Beispiel.

Die Sonne ging bereits unter.

Hektisch sah er sich alle Aufnahmen des Tages an, eine zeigte, wie Jo telefonierte.

»Kannst du den Ton hier lauter stellen, Elia, ich muss unbedingt hören, was sie sagt!«

»Nur bedingt, die Kamera war ein ganzes Stück entfernt.«

»Tu, was du kannst, und zwar schnell!«

Leider war nur ein Teil zu verstehen und auch nicht die Stimme am anderen Ende der Leitung.

»Ob es mir gefällt oder nicht, ich habe diesen Auftrag und muss ihn erledigen. Nein, ich kann das nicht allein. Jemand muss mir helfen. Nein, die sind hier alle paranoid. Wir müssen das zu zweit erledigen.«

Mit einem Ruck stand er auf und warf dabei den Bürostuhl um.

»Scheiße! Ich hab's die ganze Zeit geahnt.«

»Was denn, Quint? Jo ist übrigens gerade am Tor.«

»Lass den VW-Bus auf keinen Fall rein, hörst du, Elia! Und sag Agnus, er muss Alarm geben, Zwischenfall am Tor. Vinz soll mit seinem Scharfschützengewehr aufs Dach. Sofort!«

Quint zog seine Pistole, während er über den geheimen Weg durch die Kapelle zum Außentor rannte.

War sie gezwungen worden, Raúls Leute einzuschleusen? Oder wurde sie fürstlich dafür bezahlt und machte deshalb mit? Er tendierte zu Ersterem.

Kapitel 15

Jo hupte bereits genervt, als Quint ankam.

Er legte seinen Finger auf den Mund, zum Zeichen, dass sie keinen Laut von sich geben sollte.

Das Sichtfenster von der Fahrerkabine zum hinteren Innenraum des Busses war mit Alufolie abgeklebt, also konnte er nicht hineinsehen. Mindestens zehn von Raúls Leuten hätten bis an die Zähne bewaffnet dort hinten Platz, bereit für einen Überraschungsangriff.

Mit einer Geste gab er Jo zu verstehen, dass sie hinterm Steuer bleiben und sich ducken sollte. Er hätte es nicht ertragen, wenn sie im Feuergefecht verletzt worden wäre.

Lautlos schlich er zu dem flachen Anhänger, der hinten an den Bulli gehängt und mit einer Plane abgedeckt worden war. Keine Bewegung, kein Herzschlag, also befanden sich dort nur Sprengstoff oder Waffen.

Trotz seiner abwehrenden Bewegung kam Jo aus dem Wagen, während er zur Schiebetür des Bullis schlich, die den hinteren Fahrzeugteil öffnete. Er schob Jo hinter sich, um sie wenigstens durch seinen Körper schützen zu können, falls es gleich zum Feuergefecht käme.

Er versuchte, alle Geräusche um sich herum auszublenden, konzentrierte sich auf das Innere des VW-Busses – und hörte einen einzigen Herzschlag. Sofern dieser eine Angreifer drinnen keine Handgranate oder ein Sturmgewehr in Händen hielt, würde er schon mit ihm fertigwerden. Ein Kopfschuss wäre die sicherste Lösung, dann würde Jo nicht ins Kreuzfeuer geraten.

Er hob seine Waffe und wollte gerade nach dem Griff der hinteren Schiebetür greifen, da hörte er das Entsichern einer Pistole und spürte im gleichen Moment den Lauf an seinem Hinterkopf – Jo.

»Steck sofort deine Waffe ein, Quint!«

Wir müssen das zu zweit erledigen, hatte Jo vorhin am Telefon jemandem erklärt und dieser Jemand befand sich vermutlich genau dort im Bulli.

Ihre Stimme klang zwar tödlich entschlossen, aber ebenso verzweifelt. Er roch salzige Flüssigkeit – weinte sie etwa?

Aus dem Augenwinkel erspähte Quint den Lauf von Vinz' Scharfschützengewehr auf dem Dach. Entweder hatte er gerade Jos Kopf oder die Tür des Bullis im Visier.

Plötzlich tauchte Agnus auf. Er hatte merkwürdigerweise keine Waffe in der Hand, doch das brauchte er auch nicht. Nach über 600 Jahren als Anführer der Wächter war er selbst eine tödliche Waffe. Agnus hatte viele Facetten. Er konnte gleichermaßen tödlich wie beschützend sein, je nachdem, auf welcher Seite jemand stand. Doch anstatt nun in Angriffshaltung dazustehen, wirkte Agnus relativ entspannt, seine Arme hingen locker am Körper.

»Jo«, sagte Agnus, »du solltest wissen, dass ich zu den Guten gehöre und die Unschuldigen beschütze.«

»Dann hilf mir! Er bringt ihn sonst um!«

»Hier wird niemand sterben, es sei denn, ich gebe den Befehl dazu.«

Jo war sicher nicht bewusst, dass Agnus mit einer unauffälligen Geste gerade einen Befehl an seine Wächter gegeben hatte. Vinz nahm jetzt vermutlich den Finger vom Abzug seines Präzisionsgewehrs.

»Quint, wirf mir deine Pistole rüber.«

War Agnus verrückt geworden?

Der Blick seines Anführers durchbohrte ihn und unterband jeden Protest. Er sicherte die Pistole und widerwillig gehorchte er. Agnus fing sie auf und steckte sie hinten in den Hosenbund seiner schwarzen Kampfhose.

»So, jetzt sag mir, wer da drin ist, Jo.«

»Samuel.«

»Samuel?«

Agnus hob eine Augenbraue. Kein Wunder, dieser Name rief bei ihnen allen Erinnerungen hervor.

»Samuel von der Linde – mein Sohn«, erläuterte Jo. »Er ist heute mitgekommen, um mir zu helfen, die schweren Trittplatten aus Granit abzuladen. Gemäß eurer ausdrücklichen Forderung darf ich ja kein schweres Gerät mit auf das Gelände nehmen. Ich habe euren Walter vorher um Erlaubnis gefragt.«

»Du hast eine Waffe dabei«, sagte Agnus.

»Auch das habe ich Walter mitgeteilt! Quint hat mir doch selbst gesagt, ich sollte meine Waffe mitbringen und er würde sie für mich reinigen. Walter hat extra nochmal eine SMS an Quint geschickt, damit er Bescheid weiß.«

Agnus sah ihn fragend an.

Quint nickte und meinte entschuldigend: »Mein Akku war leer. Hab das Handy zum Aufladen im Quartier gelassen.«

Sein Anführer hob kurz die Hand und gab ein Zeichen, damit alle alarmierten Wächter sich unauffällig zurückzogen, dann wandte er sich wieder an Jo: »Sag deinem Sohn, er kann rauskommen. Du hast mein Wort, dass ihm nichts geschieht.«

Bevor Jo jedoch etwas sagen konnte, ging die alte Schiebetür schon auf und ein Teenager mit langen, braunen Locken sprang heraus.

»Mann ist das 'ne Aufregung hier. Hätte mich auch selbst vorstellen können.« Der Junge ging lockeren Schrittes auf Agnus zu. »So wie's aussieht, bist du wohl der Boss hier.«

»Das sieht nicht nur so aus«, entgegnete Agnus mit stählerner Stimme.

Völlig unbeeindruckt von dessen Worten oder Präsenz schlug der Teenager dem Anführer kumpelhaft auf die Schulter. Agnus hob verdutzt eine Augenbraue.

»Hi, ich bin Sam«, stellte er sich vor. »Wenigstens du bist cool geblieben. Meine Ma ist immer ein bisschen paranoid, weißt du, aber der da«, er zeigte auf Quint, »ist wohl ziemlich schießwütig. Erst schießen und dann fragen, was?« Samuel schaute zu seiner Mutter. »Jetzt nimm endlich die Knarre von seinem Kopf und lass uns abladen. Ich hab später noch ein Date.«

Als Agnus die Hand ausstreckte, sicherte Jo ihre Walter PPK und übergab sie ihm.

Quint konnte nicht anders, er musste einfach unter die Plane sehen: nichts als Granitplatten.

Jo warf ihm einen zutiefst verletzten Blick zu.

»Es tut mir leid, Jo.«

»Damit ist es diesmal nicht getan, Quint. Das ist mein Sohn. Du warst drauf und dran, ihn zu erschießen! Warum hast du mich nicht einfach gefragt? Gefragt, ob jemand hinten im Wagen ist?«

Sie wischte sich die Tränen weg und fuhr den Wagen rein.

Agnus sah ihn an und schüttelte den Kopf.

»Sie hat mir ihre Pistole an den Schädel gehalten, Agnus! Und woher wusstest du überhaupt, dass sie da hinten keinen Gesetzlosen versteckt hatte?«

»Quint, bist du schon mal einer Grizzlybärin begegnet, die ihre Jungen verteidigt?«

»Nein.«

Grizzlys waren sehr stark und an sich schon gefährlich, selbst für einen Vampir, aber wenn sie Junge hatten – kein Jäger mit Verstand näherte sich ihnen. Man müsste schon das Muttertier mit dem ersten Schuss töten, denn andernfalls erging es einem schlecht.

»Heute bist du einer begegnet«, meinte sein Anführer trocken. »Ich kenne den Blick von Müttern, die ihre Kinder mit dem eigenen Leben beschützen.« Agnus schüttelte erneut den Kopf. »Du hast dich heute aufgeführt wie eine Handgranate, deren Splint rausgezogen wurde.«

»Ich bin hier für die Sicherheit zuständig, Agnus!«, verteidigte er sich.

»Ist dir klar, dass du heute vielleicht Jos Jungen erschossen hättest, wenn ich nicht dazwischengegangen wäre? Ich kann keinen Wächter gebrauchen, der seine Kontrolle verliert und Unschuldige tötet, Quint. Das ist meine letzte Warnung.«

Du kommst nicht mehr aus deinem Kampfmodus heraus. Siehst überall nur eine Bedrohung, hallten Jos Worte von gestern in seinem Kopf, während er in sein Quartier ging.

In den folgenden Tagen hielt Quint sich bedeckt und sah Jo einfach nur vom Bildschirm aus beim Arbeiten zu. Er brachte es nicht fertig, ihr unter die Augen zu treten. Sein schlechtes Gewissen plagte ihn und die Erinnerung an ihren verletzten Blick aus dem tränennassen Gesicht ließ ihm keine Ruhe.

Sarah brachte Jo jeden Tag warmes Essen, Ara hin und wieder einen Latte macchiato. Immer wieder kam jemand aus dem Hauptquartier vorbei, um ein paar Worte mit ihr zu wechseln, während ihn alle links liegen ließen.

Der Teich war großartig geworden, das Wasser darin klar und nachts erhellten bunte Unterwasserlichter den Teich. Alice hatte nun keine Angst mehr, darin schwimmen zu üben.

Als Jo den Naschgarten für die Kleine gepflanzt hatte, gab es an einem Nachmittag ein Sommergewitter. Er hatte die Kamera herangezoomt, als Alice in Gummistiefeln zu ihr in den Regen gelaufen war. Jo hatte mit dem Mädchen ausgelassen im Regen getanzt. Sie hatten gelacht und so unbeschwert gewirkt, dass er wehmütig an die Zeit mit seinem Bruder hatte denken müssen. Obwohl Jos Leben hart war und sie die wichtigsten Menschen in ihrem Leben verloren hatte, war sie immer noch in der Lage, zu entspannen und fröhlich zu sein. Darum beneidete er Jo und fragte sich, wie sie das anstellte.

Gestern war sie damit fertig geworden, den verwilderten Rosengarten in Ordnung zu bringen. Der Garten nach französischem Vorbild, in kunstvollen Formen mit niedrigen Buchsbäumen eingerahmt, war wieder ein Juwel. Das verfallene, englische Teehäuschen in der Mitte des Rosengartens war bereits bis auf das Fundament abgetragen worden. Das Neue war wohl noch nicht eingetroffen, denn heute hatte sie begonnen, die Granitplatten für die schmalen Fußwege im Außengelände zu verlegen.

Diese Arbeit war seiner Meinung nach viel zu schwer für eine Frau und ihm war nicht entgangen, dass sie ihr in den letzten Stunden immer schwerer gefallen war. Außerdem arbeitete Jo heute wieder mal viel zu lange, die Sonne war längst untergegangen.

Er überlegte ernsthaft, ob er ihr mit den Granitplatten helfen sollte, denn die Tabletten, von denen sie in diesen Tagen reichlich schluckte, schienen heute auch nicht mehr richtig zu helfen: Ihr Gesichtsausdruck war verkrampft, ihre Bewegungen steif. Immer wieder fasste sie sich an den Rücken. Und nachdem die Temperatur in den letzten zwei Stunden gesunken war, hatte nun auch noch Regen eingesetzt.

»Jetzt reicht's! Sie ist schon ganz nass«, brummte Quint. Er wollte gerade aufstehen und zu ihr gehen, da sah er, wie sie eine Granitplatte fallen ließ und mit schmerzverzerrtem Gesicht auf die Erde sank.

»Scheiße! Sag Alva, wir brauchen sie dringend«, rief er Elia zu und rannte aus dem Büro.

Kaum draußen, hörte er schon, wie Jo wütend Schimpfwörter ausstieß, nur unterbrochen von unterdrückten Aufschreien. Er legte einen Zahn zu und nahm in Kauf, dass es seine Tarnung als Mensch gefährdete. Gleich darauf erblickte er Jo. Sie versuchte sich aufzurichten, sank aber mit einem Aufschrei wieder zu Boden. Vor Schmerz grub sie ihre Finger in die feuchte Erde.

Er ging in die Hocke und legte ihr seine Hand auf die Schulter.

»Jo, was ist los?«

Zornig schlug sie seine Hand weg. »Hau ab!«

Mit zusammengebissenen Zähnen versuchte sie, auf Hände und Knie zu kommen. Sie schaffte es nicht im Ansatz, schrie auf und schlug mit der Faust auf die nasse Erde. Tränen liefen ihr über die Wangen. Mittlerweile war sie völlig durchnässt, mit Erde beschmiert und litt augenscheinlich höllische Schmerzen.

Er ballte die Hände zu Fäusten, ertrug es nicht mehr, sie so zu sehen.

»Ich werde dich jetzt reinbringen, damit Alva sich um dich kümmern kann.«

»Nein! Verschwinde!«

»Versuch doch, mich daran zu hindern«, brummte er.

Mit der größtmöglichen Vorsicht schob er seine Hände unter ihren Körper und hob sie hoch, dennoch schrie sie auf und krallte die Finger in sein Flanellhemd.

Könnte er ihr doch nur die Schmerzen abnehmen!

Es wäre ihm lieber gewesen, jemand hätte ihn mit einem Baseballschläger verprügelt, anstatt dass Jo so leiden musste.

»Ich hasse dich!«, presste sie hervor, während sie offenkundig versuchte, ein Stöhnen zu unterdrücken.

»Ist mir klar. Aber auch wenn du's mir nicht glaubst, es tut mir wirklich leid, die Sache mit deinem Sohn.«

»Warum hast du mich nicht einfach gefragt, anstatt deine Waffe zu ziehen?«

»Ich dachte, wir werden überfallen.«

»Das war mein Sohn!«

»Zum Donnerwetter, das wusste ich doch nicht, Jo! Außerdem warst du auch kurz davor, mir eine Kugel in den Hinterkopf zu jagen. Beschwere ich mich etwa?«

Jo stöhnte erneut auf.

»Meinetwegen sei sauer auf mich, Jo, aber lass uns aufhören zu streiten, bis es dir wieder besser geht, okay?«

»Okay«, sagte sie gepresst und klammerte sich erneut mit schmerzverzerrter Miene an sein Hemd.

Am liebsten wäre Quint direkt in die unterirdische Krankenstation durchmarschiert, aber die gehörte zum geheimen Teil des Hauptquartiers. Also ging er außen herum, zum offiziellen Vordereingang der Bodyguardagentur, die ihnen als Tarnung diente. Er stieß die Tür des Empfangsbüros auf, dort stand ein großer Schreibtisch. Kurzerhand wischte er mit seinem Arm einfach alles herunter. Prospekte, Kugelschreiber, Aktenordner und Ablagefächer knallten zu Boden, aber das war ihm völlig egal. Sein einziges Interesse bestand darin, Jo so behutsam wie möglich hinzulegen.

Trotz seiner Bemühungen stöhnte sie erneut und es fühlte sich an, als hätte sich ein Wurfstern in seine Brust gebohrt.

Er riss sich sein Hemd vom Leib und faltete es. Mit äußerster Vorsicht hob er ihren Kopf und legte das provisorische Kissen darunter. Als er sich aufrichten wollte, hielt sie ihn am Rippenshirt fest.

»Ich kann meine Beine nicht mehr bewegen, Quint!« Tränen liefen über ihr Gesicht. »Ohne meine Beine kann ich nicht arbeiten.«

Er mochte kein Sensibelchen sein, doch selbst er hörte die Verzweiflung in ihrer Stimme. Jo hatte ihr Leben gemeistert und konnte hart sein, aber im Moment war sie ganz allein und wirkte so verwundbar und zerbrechlich. Ihr Anblick berührte etwas Unbekanntes, tief in seinem Inneren ... Sie brauchte jetzt jemanden, der sich um sie kümmerte und sie beschützte – und er würde das übernehmen, zumindest bis es ihr besser ging.

Sobald er diese Entscheidung getroffen hatte, wurde sein Inneres mit einem Mal ganz ruhig und sein Fokus richtete sich einzig auf Jo. Ihm war, als rutschte plötzlich alles an seinen vorgesehenen Platz, wie ein Haufen bunter Steine, der sich plötzlich zu einem harmonischen Mosaik zusammenfügt. Und dieses Mal lag es nicht am Effekt ihrer Augen, denn die hatte sie fast die ganze Zeit vor Schmerz zugekniffen.

Er legte seine Hand auf ihre.

»Mach dir wegen deiner Arbeit keine Sorgen, ich werde mich um dich kümmern.«

Auf seinen Bankkonten lag genug Geld, um ihre Schulden zu tilgen und sie und ihren Sohn bis an ihr Lebensende durchzufüttern.

»Es tut so verdammt weh, Quint.«

Sie drehte ihre Hand, fasste seine und drückte sie mit all ihrer schwachen, menschlichen Kraft, die ihm nichts anhaben würde. Dennoch meinte er in diesem Moment, ihren Schmerz selbst spüren zu können.

Endlich betrat Alva den Raum. Für einen Wimpernschlag lag der Blick der Ärztin auf seiner Hand, die Jos hielt, dann verfiel sie in ihre übliche Routine und begann, Jo nach den Symptomen zu befragen.

»Verdammt Alva! Gib ihr doch zuerst etwas gegen ihre Schmerzen!«

»Erst wenn ich mit der Untersuchung fertig bin.«

»Nein, jetzt!«

Quint streckte seine Hand nach Jos Stirn aus, um sie in Tiefschlaf zu versetzen.

»Warte!«, hielt ihn Alva auf und holte aus ihrer Arzttasche eine Spritze. Während Alva ihre Patientin weiter befragte, drehte sie sich weg und füllte die Spritze mit Kochsalzlösung aus einem Beutel. Er konnte das Etikett genau erkennen, aber Jo aus ihrer Position nicht.

Mit der gefüllten Spritze wandte sich die Ärztin wieder an Jo und erklärte: »Es kann sein, dass dir gleich schwarz vor Augen wird.«

»Egal, Hauptsache, der Schmerz lässt nach«, presste Jo heraus.

Alva desinfizierte die Einstichstelle an der Ellenbeuge. Als sie die Spritze ansetzte und ihm zunickte, wusste er, was zu tun war, und streckte seine Hand nach Jos Stirn aus.

Ein plötzlicher Anflug von Panik stand in Jos Augen.

»Keine Angst, alles wird gut.«

Er streichelte über ihre Stirn und versetzte sie damit in Tiefschlaf.

Kapitel 16

Alva runzelte die Stirn. »Was meinst du damit: ›Alles wird gut‹?«, sagte sie in scharfem Ton. »Ich bin nicht der liebe Gott! Ich habe zwar eine Vermutung, aber ich weiß nicht mit Sicherheit, was Jo fehlt. Dazu bräuchte ich die moderne Technik in unserer Krankenabteilung. Wie und ob ich ihr helfen kann, wissen wir erst nach einer genauen Untersuchung.«

Quint rieb sich nachdenklich den Nacken. »Du hast recht. Und Jo gehört nicht zu uns. Das Sicherheitsprotokoll verbietet es, Außenstehende in den geheimen Teil des Hauptquartiers zu bringen. Agnus darf nicht zulassen, dass wir sie dort untersuchen.«

Sein Blick glitt wieder zu Jo und sein Entschluss stand fest.

»Alva, als Ärztin unterliegst du doch der Schweigepflicht, oder?«

»Natürlich«, antwortete sie und begann Jo mit dem Stethoskop abzuhören.

Er ging zu den einzelnen Überwachungskameras im Empfangsbüro und schaltete sie von Hand aus. Dann ließ er die Jalousien an der Glasfront herunter. Als er sowohl die Vordertür absperrte als auch die Tür, die ins eigentliche Hauptquartier führte, runzelte Alva die Stirn.

Er kam auf sie zu und fuhr fort: »Und jeder weiß, dass deine Spritzen manchmal wahre Wunder bewirken.«

Während er sprach, fixierte er die Ärztin mit seinem Blick, schob den langen Ärmel seines Rippenshirts hoch und hielt ihr den Arm hin.

»Los, leg ihr einen Schlauch in den Magen und gib ihr mein Blut.«

Alva riss sich das Stethoskop aus den Ohren und funkelte ihn zornig an.

»Hast du den Verstand verloren, Quint? Wenn das herauskommt sperren sie dich dafür in den Turm und setzen dich der Sonne aus!«

»Hier drin sind nur wir beide«, sagte er grimmig entschlossen.

»Quint, überleg doch mal: Dein Blut würde einen Effekt auf ihren ganzen Körper haben. Das würde jedem hier auffallen. Die Fältchen in ihrem Gesicht würden beispielsweise verschwinden oder …«

Er unterbrach sie. »Ich werde mich um sie kümmern, entweder mit oder ohne deine Hilfe.«

Die Ärztin schwieg. Er kannte sie gut genug, um zu wissen, dass sie sich nicht zwingen lassen würde.

Also würde er genau wie sein Bruder untertauchen müssen, Orte und Methoden finden, die es den Wächtern schwer machten, sie aufzuspüren.

Er ging zum Schreibtisch, um Jo auf seine Arme zu nehmen und zu gehen. Alva stellte sich dazwischen.

»Ich helfe dir. Deine Mutter soll nicht auch noch dich verlieren.«

Kaum hatte Alva das ausgesprochen, wurde die Klinke der Tür zum Hauptquartier erfolglos heruntergedrückt, dann hämmerte jemand dagegen.

»Alva! Was ist da drin los?«

Agnus – und er war nicht in Plauderlaune. Die Tür war extra verstärkt, aber würde sie seiner Urgewalt standhalten?

»Ich untersuche eine Patientin«, erklärte Alva wahrheitsgemäß.

»Ich spüre ganz deutlich, dass mit dir etwas nicht stimmt. Also mach die Tür auf, bevor ich sie aus den Angeln trete!«

Ein Vampir, der mit seiner Gefährtin in Symbiose lebte, spürte deren Empfindungen und Schmerzen, ebenso wie die Frau seine.

Quint sah zur Tür, die nach draußen führte, fragte sich, ob er mit Jo schnell genug flüchten könnte. Alva musste seine Gedanken erraten haben.

»Mach jetzt keine Dummheiten, Quint. Ich regle das.«

Die Ärztin schloss auf, blieb jedoch im Türrahmen stehen und versperrte Agnus damit den Zutritt. Agnus war mit seinen beinahe zwei Metern allerdings größer als Alva und es dauerte nur einen Wimpernschlag, bis dessen scharfer Blick zuerst auf Jo, dann auf Quints hochgekrempelten Ärmel fiel, bevor er mit finsterer Miene seine Frau taxierte.

Aufs Äußerste angespannt betrachtete Quint das Intermezzo der Jahrhunderte alten Ärztin und dem Anführer aller Wächter. Ihre Haltung wirkte, als stünden sie sich in einem Duell gegenüber, in dem keiner zurückweichen würde.

»Du hast deine Arbeit und ich die meine«, sagte die Ärztin mit harter Stimme. »Und wir mischen uns nicht in die Arbeit des anderen ein. Jeder ist seiner Aufgabe eigener Herr – so lautete unser Pakt anno dazumal.«

»Manchmal überschreiten wir die Grenze.«

»Dann war es stets zum Guten im Angesicht Gottes.«

Quint hatte das Gefühl, die Worte trugen noch eine tiefere Botschaft, die nur die beiden verstanden.

Agnus schenkte ihm einen flüchtigen Blick und schüttelte den Kopf, dann atmete er tief durch und sagte zu Alva: »Quint ist immer noch einer meiner Wächter, also versprich mir, dass er keine Dummheit begeht.«

»Dafür werde ich sorgen.«

Kurz darauf lief Quint mit der schlafenden Jo in den Armen hinter Alva zur Krankenstation.

»Auf welcher Seite stehst du eigentlich, Alva?«

»Ich bin Ärztin. Ich stehe auf der Seite meiner Patienten – immer.«

Auf der Krankenstation angekommen, schloss er die Tür hinter ihnen und fragte: »Du wirst mir also helfen?«

»Ich werde Jo helfen, und zwar, ohne dass du deinen Kopf dafür riskieren musst.«

»Aber …«

»Es gibt nicht nur diesen einen Weg, Quint. Was denkst du denn, wie ich in all den Jahrhunderten meine Patienten behandelt habe?«

Vorsichtig legte er Jo auf die Behandlungsliege, befreite sie von ihren Arbeitsschuhen und zog dann sein großes Kampfmesser aus der Gürtelscheide.

»Stopp! Was hast du mit dem Messer vor?«

»Siehst du nicht, dass sie friert? Ich schneide ihr die nassen Klamotten vom Leib und wickle sie in eine Decke.«

Alva sah ihn verblüfft an, nickte aber.

»Du überraschst mich, Quint – schon zum zweiten Mal heute.«

Er verstand sich vielleicht nicht auf Zärtlichkeit, aber seine scharfe Klinge beherrschte er perfekt, setzte an ihrem Hosenbein an und Sekunden später lag ihre Kleidung, abgesehen von der Unterwäsche, in sauberen Teilen daneben. Die Ärztin reichte ihm eine Decke, und während er Jo darin einwickelte, warf Alva die Stoffteile in den Müll.

»Komm mit und leg sie mir auf die Liege des CT. Ich will mir ihren Rücken genau ansehen.«

Als sie etwas später vom Nebenraum durch die Scheibe zusahen, wie das CT seine Aufgabe erledigte, frage Quint: »Wie geht es Lara? Hat sie nun eigentlich einen Hirntumor oder nicht?«

»Es geht ihr sehr gut und sie ist glücklich. Ich habe neulich mit ihr telefoniert. John ist gerade mit ihr auf einer seiner Burgen in England. Du kennst sie, es ist die an der Ostküste, direkt am Meer. Sie schreibt sich die Finger wund und genießt ihre Flitterwochen. Das, was die Ärzte für einen Hirntumor hielten, war gar keiner, sondern etwas, das mit ihrer Gabe zu tun hatte. Jetzt, da sie es weiß und lernt, damit umzugehen, hat sie auch keine Blackouts mehr.«

»Und was ist mit Hassan? Wann wird er endlich hier auftauchen? Wir brauchen jeden Mann.«

»Hassan wird bald kommen. Im Moment ist er noch mit seiner Mutter Semira in Benedikts Kloster auf der Insel in der Irischen See. Semira ist in einem kritischen Zustand. Sie war jahrelang Raúls Gefangene und wurde auf brutale Weise als Druckmittel benutzt, um Hassan gefügig zu machen.«

»Aber Hassan hat ihr doch bestimmt sein Blut zur Heilung gegeben.«

»Ja, aber selbst Vampirblut kann nicht dafür sorgen, dass ihr Lebenswille zurückkehrt.«

Nach dem Tod seines Bruders Samuel hatte sein Vater innerlich auch aufgegeben und war schließlich in den Sonnenaufgang hinausgegangen. Auch das lastete als Schuld auf seiner Seele. – Wäre er damals nur nicht zu spät gekommen!

»Semira geht es sehr schlecht. Es scheint, als würde ihr Körper regelrecht aufgeben, ihre Organe den Dienst verweigern – und das, obwohl keine akute Verletzung besteht. Benedikt gibt sich alle Mühe, aber ob er sie durchbringt, ist fraglich.«

Quint musste unweigerlich an seine Mutter denken. Wenn er sich doch nur überwinden könnte, sie zu besuchen. Würde es ihr besser gehen, wenn er sich stellte und sie aufforderte, ihrem Blick endlich Worte zu verleihen und ihm die Schuld für alles zuzusprechen? ...

Nach dem CT brachte er Jo zurück in den Hauptbehandlungsraum. Als die Ärztin sich die Bilder an einem Monitor in Ruhe anschaute, strich er Jo zwei feuchte Haarsträhnen aus dem mit Erde beschmutzten Gesicht.

»Wo habt ihr die Waschlappen und Handtücher?«, fragte er.

Alva wies mit der Hand auf einen Schrank. Er ließ warmes Wasser in eine große Schüssel laufen, so wie er das bei Sarah immer gesehen hatte, und fing an, Jos Gesicht zu waschen, dann ihre Hände. Zum Schluss löste er ihren Haargummi und fragte Alva nach einem Kamm. Sichtlich verblüfft deutete sie auf eine Schublade und meinte trocken: »Deine hätten das auch mal nötig.«

Den Kommentar ignorierend begann er mit größter Sorgfalt, Jos Haare zu kämmen. Mit Frauen mochte er sich nicht auskennen, aber Haare kämmen würde er schaffen.

Er ließ sich viel Zeit damit, genoss das seidige Gefühl ihrer welligen Haare und bewunderte die faszinierenden Blondtöne, konnte sich gar nicht daran sattsehen.

Vielleicht lag es ja nur an den ruhigen, gleichmäßigen Bewegungen, aber bei jeder Strähne, die er durchkämmte, schien eine Welle des Friedens, gleich einer sanften Ozeanwelle, über sein Inneres hinwegzurollen. Er atmete tief aus und hätte sich am liebsten zu ihr gelegt, die Augen geschlossen und alle Schuld, Verantwortung und Misstrauen in einem langen Schlaf vergessen ...

Obwohl er Jos wunderschöne Haare schon zum dritten Mal durchkämmte, gefiel es ihm gar nicht, als Alva mit der Durchsicht der Bilder fertig war und er aufhören musste.

»Mein Verdacht hat sich bestätigt. Unsere Gärtnerin hat einen Bandscheibenvorfall im Lendenwirbelbereich. Das verursacht auch die Lähmungserscheinungen in ihren Beinen«, sagte sie und erklärte ihm die Details in einer Flut von Fachchinesisch, dabei interessierte ihn nur eine einzige Sache.

»Kannst du Jo mit deiner Gabe wieder hinbekommen?«

»Wenn ich meine Gabe einsetze und sie bei einem Arzt in Behandlung ist, der schon mal ein CT oder ein Röntgenbild von ihrem Rücken gemacht hat, könnte das Fragen aufwerfen, die uns in Gefahr bringen.«

»Sollte das geschehen, werde ich mich darum kümmern. Du hast mein Wort, Alva.«

»Hoffen wir, dass es nicht so weit kommt. Im Mittelalter hätten sie nur versucht, mich als Hexe zu verbrennen, aber heute würden sie mich für den Rest meines Lebens in ein Labor stecken und Experimente an mir durchführen.« Die Ärztin atmete tief durch. »Also, wir werden Folgendes tun ...«

Zuerst setzte Alva ihre Gabe ein, um Knochen, Knorpel und Sehnengewebe zu heilen – zu mehr waren ihre Kräfte nicht fähig.

Dann füllte sie eine Spritze mit Cortison und steckte eine besonders lange, spitze Nadel darauf. Als sie damit an Jo herantrat, schrie sein Inneres auf und ein mörderisches Knurren drang aus seiner Kehle. Bei jedem anderen hätte er sich dazwischengestellt und ihm das Ding sofort brutal aus der Hand geschlagen.

»Hör auf zu knurren«, tadelte ihn Alva mit scharfer Stimme. »Das Cortison ist zu ihrem Besten und muss direkt in die betroffene Region.«

Obwohl Jo nichts spürte, konnte er es kaum ertragen, als die Ärztin zweimal tief in ihren Rücken stach. Erst das metallische Quietschen ließ ihn registrieren, dass seine verkrampften Hände gerade den Metallrahmen der Behandlungsliege verbogen.

Alva desinfizierte die Stellen, klebte Pflaster darauf und zog sich dann die Latexhandschuhe herunter.

Am liebsten hätte er die Einstiche mit seinem Vampirspeichel verschlossen, doch die Ärztin hatte ihm das zuvor verboten und erklärt, dass Jos Behandlung nicht nach einem übernatürlichen Eingriff aussehen dürfte. Riskant genug, dass es jeden Orthopäden in ungläubiges Staunen versetzen würde, wenn er durch ein neuerliches CT Jos völlig gesunde Bandscheiben zu sehen bekäme.

»So, jetzt bist du dran, Quint. Das Serum in deinen Fangzähnen hat einen sehr effektiven, muskelentspannenden Effekt ohne spätere Nebenwirkungen, außerdem wirkt es schmerzstillend. Wie gut ist deine Kontrolle darüber?«

»Ausgezeichnet.« Wobei seine Reaktion auf Jo bisher immer extrem ausgefallen war – positiv wie negativ.

»Aber du musst es genau dosieren. Jo soll davon nicht ohnmächtig werden, sondern denken, meine Spritze wäre die Ursache, dass sie schläfrig und schmerzfrei ist.«

Ben, ein junger Wächter aus ihren Reihen, hatte das Serum in seinen Fangzähnen sogar kürzlich dazu genutzt, um eine Orientalin nach ihrer Zwangsheirat ohnmächtig werden zu lassen, damit ihr der Horror deswegen zunächst erspart blieb.

Quint drehte Jo behutsam auf den Rücken und wickelte sie erneut in die warme Decke. Dann richtete er ihren Oberkörper auf und steckte die Ecke der Decke wieder fest, die dabei herunterrutschte. Er setzte sich zu ihr auf die Behandlungsliege und hob sie auf seinen Schoß. Sanft strich er Jos schöne, blonde Wellen nach hinten, um ihren Hals freizulegen. Anschließend stützte er ihren Hinterkopf mit seiner Hand.

Stirnrunzelnd verfolgte die Ärztin sein Tun.

»Quint, was machst du da?«

Ein Knurren drang aus seiner Kehle und er fixierte die Ärztin mit grimmigem Blick.

»Ich bin kein wildes Tier, Alva.« Und um jeden Zweifel auszuräumen, ergänzte er: »Ich werde mich auch nicht an ihrem Blut satt trinken, wenn sie krank ist und ihre Kraft selbst braucht.«

»Dich einzuschätzen fällt mir im Moment sehr schwer«, erklärte die Ärztin und schenkte ihm einen letzten musternden Blick, bevor sie einen Vorhang vor der Krankenliege zuzog.

Er wandte sich Jo zu und sein Knurren wurde so leise, bis sein Brustkorb davon vibrierte und es eher dem Schnurren einer Raubkatze ähnelte. Angesichts der puren Versuchung ihrer pochenden Halsschlagader waren seine Fangzähne schon von selbst ausgefahren, schmerzten beinahe vor Verlangen. Seit seinem Einbruch in ihr Schlafzimmer hatte er sich nach ihrem Blut gesehnt – aber nicht als Raub, sondern als ein kostbares und freiwilliges Geschenk. Aber dieser Wunsch würde nie in Erfüllung gehen, denn er durfte sich ihr nicht offenbaren. Die Gelegenheit, sie jetzt wenigstens zu beißen, war für ihn dafür umso wertvoller. Er nahm sich Zeit, um mit seiner Zunge über die Stelle zu fahren, in die er gleich eindringen würde, kostete den Geschmack ihrer salzigen Haut und schwelgte für einen Moment darin.

Schlafend in seinen Armen wirkte sie wieder so verwundbar und zerbrechlich. In dem irrationalen Bedürfnis, sie wissen zu lassen, dass er sie beschützen würde, murmelte er: »Du bist bei mir sicher.« Natürlich konnte sie ihn nicht hören, nicht spüren, was er tat, dennoch streichelte er mit seinem Daumen über ihren Nacken und flüsterte ihr zu: »Hab keine Angst, Josephine, ich werde dir nicht wehtun.«

Josephine dieses weiche, sanfte Wort passte im Moment viel besser zu ihr als das harte, kurze Jo.

Er öffnete seinen Mund und legte seine Lippen so zart auf ihre Haut, als wäre Josephine das filigranste Geschöpf, dem er je begegnet war. Erst dann ließ er seine rasiermesserscharfen Fangzähne langsam und geradezu zärtlich in sie eindringen. Während sein Daumen weiterhin über die weiche Haut an ihrem Hals streichelte, setzte er sein Serum frei.

Ihr Blut lockte ihn jedoch mächtiger als der Gesang einer Sirene, und als etwas davon an seine Zunge drang, war er nicht stark genug, um seinem Instinkt und seinem inneren Drängen zu widerstehen. Der Griff seiner Hand wurde stärker und er stahl sich einen tiefen Schluck ihres kostbaren Blutes.

Für einen Moment sah er sich in einem blühenden Garten, erfüllt von goldenem Sonnenschein, zwitschernden Vögeln und farbenprächtigen Schmetterlingen. Ein Hauch von purer Freude und Lebenskraft flutete seinen Körper.

An diesem paradiesischen Ort hätte er ewig bleiben mögen, die Zeit dort Schluck um Schluck verlängern. Doch ihm war bewusst, dass er Josephine umbringen könnte, falls er dem Wunsch nachgab und dabei die Kontrolle verlor. Mit aller Gewalt nahm er deshalb sofort wieder die Zügel in die Hand und löste sich von ihrer verführerischen Quelle und dem Paradies, in das er für einen Augenblick hatte eintreten dürfen.

Sein Brustkorb bebte und er atmete schwer, als müsste er einen Bulldozer mit reiner Muskelkraft aufhalten.

Erst als er sich selbst wieder traute, strich er mit seiner Zunge langsam und fürsorglich über die kleinen Bisswunden, die sich daraufhin vor seinen Augen schlossen.

Als der Vorhang an der Krankenliege, auf der er saß, voll Enthusiasmus aufgezogen wurde, war er nicht überrascht. Arabellas schwungvolle Schritte hatten das Exmodel längst verraten.

»Ist Snoopy nicht süß?«, fragte sie und präsentierte ihm voller Begeisterung ein Pyjamaoberteil mit einem dämlich grinsenden Hund.

»Wenn du das sagst«, meinte er trocken und half ihr kurz danach, Jo den zweiteiligen Pyjama anzuziehen.

»Wenn du mit unserer Gärtnerin wieder nach oben in die Agentur gegangen bist, dann weck sie auf und pack sie in meinen Ferrari«, bat Arabella. »Ich werde sie nach Hause fahren.«

»Auf keinen Fall!«, protestierte er sofort. Ara würde sie mit ihrem Fahrstil womöglich noch umbringen!

Dass er außerdem jeden Moment in Jos Gegenwart genoss und die Zeit mit ihr nicht verkürzen wollte, gab er natürlich nicht zu.

Er hüllte Josephine erneut in die Decke und trug sie nach oben, ins Büro der offiziellen Bodyguardagentur. Dort angekommen, legte er sie wieder auf den Schreibtisch, wo sie von ihm in Tiefschlaf versetzt worden war. Mit einem Streicheln an ihrer Schläfe holte er Josephine zurück.

Träge öffnete sie die Lider.

»Wie fühlst du dich, Josephine?«

»Wie weiche Butter. Ist das Morphium?«, fragte sie mit schwerer Zunge.

»Hast du noch Schmerzen?«

Matt schüttelte sie den Kopf.

»Kann meine Beine wieder spüren.«

Ein Lächeln huschte über ihr Gesicht.

Er fühlte, dass etwas Nasses aus seinem Auge lief.

Jo streckte ihre Hand aus der Decke und berührte seine Wange.

»Du weinst ja, Quint.«

»Ach Quatsch«, sagte er, nahm ihre Hand und küsste ihre Finger. »Aber ich bin froh, dass es dir besser geht.«

»Was hat mir Alva denn gegeben?«

Diese Frage hatte er befürchtet und sich eine Antwort zurechtgelegt, die ihm hoffentlich eine Lüge ersparte.

»Sie hat dir Cortison gespritzt und wir haben etwas gegen deine Schmerzen und deine verkrampfte Muskulatur unternommen.«

»Eure Ärztin vollbringt wahre Wunder«, murmelte Jo und ihre Lider schlossen sich wieder.

»Da könntest du recht haben«, murmelte er schmunzelnd.

In die Decke gewickelt trug er Jo zu ihrem VW-Bulli. Die fehlende Mittelkonsole und die eng beieinanderstehenden Vordersitze des Oldtimers ermöglichten es, dass er sie für die Fahrt quer hinlegte, sodass ihr Kopf auf seinen Schoß ruhte.

Während der Fahrt machte Josephine einmal kurz die Augen auf und sah sich verwirrt um. »Ich fahr dich nach Hause«, erklärte er und sie döste wieder ein.

Jos Sohn öffnete ihm die Haustür, als er mit ihr auf den Armen aus dem Bulli stieg.

»Ich hab schon auf Mama gewartet. Was ist denn passiert?«, fragte der Teenager, als Quint im Flur die Schuhe abstreifte, ohne Josephine dabei abzulegen.

»Deine Mutter hatte Probleme mit ihrem Rücken. Sie hat eine Spritze bekommen. Es geht ihr wieder gut, aber sie wird für ein paar Stunden ziemlich müde sein.«

In Jos Schlafzimmer angekommen, zog der Junge für ihn die Decke zurück und Quint legte sie auf das Bett.

»Mama?«, sagte der Junge und wollte sie an der Schulter rütteln, doch Quint hielt seine Hand fest.

»Lass sie besser schlafen, Samuel.« – Diesen Namen auszusprechen fiel ihm immer noch schwer.

Der Teenager sah ziemlich unglücklich drein und wirkte nervös, weshalb er nachhakte.

»Was wolltest du denn von ihr?«

»Taschengeld«, antwortete der und sah ihn hoffnungsvoll an. Er zog seinen Geldbeutel aus der Hosentasche und reichte ihm einen Zwanziger.

Betreten schaute Samuel ihn an.

»Ich habe endlich eine Freundin, weißt du? Heute hatte ich eigentlich unseren großen Abend geplant. Sie ist was ganz Besonderes und ich möchte ihr mehr bieten als ein billiges Burgermenü. Da reicht ein Zwanziger nicht.«

Er hatte nur noch einen Fünfhunderter im Geldbeutel und reichte ihm den.

»Du kannst dich glücklich schätzen«, sagte Quint, doch er meinte damit nicht etwa den großen Schein, sondern die Tatsache, dass dieser Junge in der Lage war, ohne schlechte Erfahrungen und frei von Misstrauen eine Beziehung einzugehen. Etwas, um das er ihn beneidete.

»Das ist zu viel«, erklärte der Teenager verlegen. »So eine Summe kann ich dir nie zurückzahlen.«

»Kannst es behalten. Aber sei ein Gentleman und versau es nicht.« – In Letzterem war er selbst ja leider große Klasse.

Ein schelmisches Grinsen breitete sich auf dem Gesicht des Teenagers aus.

»Na ja, immerhin hättest du beinahe auf mich geschossen«, meinte Samuel und klopfte ihm freundschaftlich auf die Schulter. »Sehen wir es einfach als Wiedergutmachung an. Ich muss jetzt los, bin spät dran.«

Mit diesen Worten stürmte der Junge die Treppe hinunter.

Hatte er nicht etwas vergessen? Sagte man den Söhnen nicht, wann sie zurück sein sollten?

»Aber sei vor Sonnenaufgang wieder Zuhause!«, rief er ihm unwillkürlich hinterher, den elterlichen Spruch aus seiner eigenen Jugend wiederholend.

»Das geht in Ordnung!«, rief der Teenager und lachte schallend, während die Haustür ins Schloss fiel. Erst jetzt wurde ihm sein Fehler bewusst. Samuel war ein ganz normaler Junge, der sicher viel früher nach Hause kommen musste.

Höchste Zeit, sich mit Susi zu treffen!

Kapitel 17

Jo döste im Halbschlaf, ihr Körper zu träge, um sich zu bewegen, ihre Lider zu schwer, um sie zu öffnen.

Gedanken, die sie sonst von sich fernhielt, kreisten jetzt in ihrem Kopf ...

Sie war allein, schon seit über zwanzig Jahren und würde den Mann, der in Paris ihr Herz gewonnen hatte, nie wiedersehen. Sie musste sich endlich mit der Realität abfinden: *Er* war nicht zurückgekommen, weil er – entgegen jeder unvernünftigen Hoffnung – mit höchster Sicherheit tot war. Sie hatte schon so lange gewartet ...

War es nicht endlich an der Zeit, den letzten Hoffnungsschimmer mit ihren Erinnerungen zu begraben?

Endlich wieder wirklich leben zu wollen, anstatt nur aus Verantwortung heraus leben zu müssen?

Quint war hier und er kümmerte sich um sie.

Mach dir wegen deiner Arbeit keine Sorgen, ich werde mich um dich kümmern, hatte er gesagt und ihre Hand gehalten.

Keine Angst, alles wird gut, hatte er versprochen und sie meinte, die Wahrheit dieser Worte in seinen Augen erkannt zu haben.

All die Jahre hatte sie sich so sehr danach gesehnt, jemand an ihrer Seite zu haben und die Kämpfe des Lebens nicht allein bestreiten zu müssen. Auch mal schwach sein zu dürfen, weil ein anderer auf einen aufpasste. Nicht stets aufs Neue bangen zu müssen, ob das Geld für sie und ihren Sohn reichte. Und abends einen Menschen zu haben, in dessen liebenden Armen alles andere unwichtig wurde.

Würde *er* ihr vergeben, wenn sie nach über zwanzig Jahren Liebe und ein erfülltes Leben bei einem anderen Mann suchte?

Im Grunde ihres Herzens kannte sie die Antwort, doch die Frage war wohl eher: Würde es ihr gelingen, noch einmal neu anzufangen und jemandem genug zu vertrauen, um ihm ihre Geheimnisse zu offenbaren?

Quint war nicht wie der humorvolle, junge Gentleman aus Paris, freundlich und leicht zugänglich. Nein, Quint war hart, misstrauisch, hatte raue Hände, meist einen grimmigen Gesichtsausdruck und verstand sich offenbar mehr aufs Töten. Aber sie war ja auch nicht mehr die behütete, zartbesaitete Josephine von damals und sie brauchte jemanden, der genug Härte besaß, um den Monstern, die in der Nacht lauerten, die Stirn zu bieten. Und so eine Person war vermutlich nicht zartfühlend und unbeschwert. Man konnte wohl nicht alles haben, dennoch vermutete sie unter Quints harter Schale, die sie selbst auch oft nach außen hin hatte, einen weichen Kern – sie hoffte zumindest darauf.

Sie war zu müde, um die Augen zu öffnen, hörte jedoch eine Haustür, ihre Haustür, ins Schloss fallen, also war sie bei sich daheim.

Das nächste Mal wurde sie wach, weil ihre Kehle sich so trocken anfühlte, dass es schmerzte. Sie lag in ihrem Bett, jemand deckte sie gerade zu.

»Quint?«, krächzte sie ins Dunkel.

»Ich bin hier.«

Ja, das stimmte: Quint war da, ganz real, hier und jetzt.

Ihre Muskeln fühlten sich wie Gummi an. Sie mussten ihr ein Muskelrelaxans verabreicht haben, das der absolute Hammer war. Sie glaubte nicht, dass sie es selbst bis ins Badezimmer schaffen würde, um das leere Glas auf ihrem Nachttisch aufzufüllen.

»Kannst du mir bitte ein Glas Wasser bringen, Quint?«

Er tat es, und als sie sogar Schwierigkeiten hatte, sich aufzusetzen, spürte sie seine warme, starke Hand in ihrem Rücken, die sie aufrichtete.

Hinter ihrer extremen Müdigkeit – sie fühlte sich entspannt und gleichzeitig benommen – steckte womöglich Valium, das sie ihr zusätzlich verabreicht hatten. Von dem Zeug hatte sie mal Atemnot bekommen. Das Gefühl, nicht mehr genug Luft zu kriegen und die Angst, vielleicht qualvoll zu ersticken, war furchtbar gewesen. Das allein war aber nicht der Grund, warum sie Quint am Rippenshirt festhielt, als er sich über sie beugte, um sie nach dem Trinken wieder in eine liegende Position zu bringen.

»Bitte, geh nicht weg, Quint. Bleib hier bei mir.«

Sie wollte ihn am Shirt zu sich ins Bett ziehen, doch Quint bewegte sich keinen Millimeter. Irgendwie war das typisch für ihn: der harte, unnahbare Kerl.

Ihr Arm fühlte sich an wie Blei und mit einem Seufzen ließ sie ihn los, zu schwach, um weiterzukämpfen. Es hatte keinen Sinn, er war sowieso viel stärker als sie und würde gewinnen. Gleich wäre sie wieder allein – wie immer – und würde, mit Atemnot oder was auch geschehen mochte, ohne Hilfe klarkommen müssen.

Jetzt lief ihr deshalb auch noch eine Träne über die Wange, sie war so erbärmlich! Mit einer trägen Bewegung wischte sie sie schnell weg.

Er schien in ihren Augen eine Antwort zu suchen. Vermutlich wartete er darauf, dass sie sagte, es sei okay und er könne ruhig gehen, doch sie brachte es einfach nicht fertig. Das war so peinlich! Sie schämte sich und wollte gerade ihr Gesicht ins Kissen drehen und ihn mit einem Satz entlassen, worauf er vermutlich wartete, da meinte er: »Mein Shirt hat auch was von dem Schlamm abbekommen, ich will dein sauberes Bett nicht dreckig machen.«

Vermutlich war das nur eine Ausrede, aber sie konnte nicht anders und rief: »Zieh's doch einfach aus und komm her!« Dabei gab sie sich alle Mühe, ihre Stimme nicht so weinerlich klingen zu lassen, wie sie sich fühlte.

Und tatsächlich zog er sich in Windeseile sein Shirt aus und streifte die Socken ab, während sie schwerfällig ein Stück nach außen rückte. Ihr Bett war breit genug für sie beide, aber plötzlich zögerte er und rieb sich verlegen den Nacken. Schließlich legte er sich auf die Bettdecke.

Nun lagen sie beide auf der Seite, Gesicht an Gesicht. Und obwohl sie halb weggetreten war, wären ihre Hände beinahe auf seiner breiten maskulinen Brust, seinen muskulösen Schultern und Armen auf Wanderschaft gegangen – und anschließend noch an ganz anderen Stellen. Aber leider schaltete sich ihr dämlicher Verstand ein und versaute alles.

Jo, reiß dich zusammen! Du hast einen Sohn und weißt nicht, wen du dir da ins Bett holst. Womöglich gefährdest du Sami!

Sie wollte ihren Wunsch nicht einfach aufgeben, war aber zu müde, um diplomatisch vorzugehen, also konfrontierte sie ihn direkt: »Du hast ein Geheimnis, Quint, das spüre ich.«

»Genau wie du, Josephine.« Seine Stimme wurde hart. »Ich glaube es ist besser, wenn ich gehe.«

»Warte.«

Sie bekam ihn am Oberarm zu fassen und hielt ihn fest, was eher einer Geste glich, da sie seiner Kraft nichts entgegenzusetzen hatte, aber er verharrte dennoch.

»Quint, vielleicht müssen wir beide damit klarkommen, dass wir Geheimnisse haben, die wir dem anderen nicht offenbaren können – noch nicht. Aber wir sollten einander die Chance geben, uns das Vertrauen des anderen zu verdienen. Im Gegensatz zu dir habe ich aber einen Sohn und kann nicht riskieren, ihn in Gefahr zu bringen. Also sag mir bitte zumindest, dass ihr keine Waffenschieber oder Drogenhändler seid.«

»Wir sind weder das eine noch das andere. Wir sind die Guten, Jo. Wir beschützen Menschen.«

Diese Antwort klang plausibel, doch als sie in seine Augen sah, schien dort eine ganze Welt voller Geheimnisse zu liegen.

»Was bist du, Quint?«

Sein Ton wurde sachlich.

»Ich bin ganz offiziell als Bodyguard angestellt, Jo. Du kannst dir die Unterlagen zeigen lassen.«

Das mit den Unterlagen glaubte sie ihm aufs Wort, doch genauso sicher war sie, dass das nicht stimmte. Womöglich war diese Agentur eine Tarnung für eine geheime Regierungsbehörde und er gehörte wirklich zu den Guten, ohne es ihr sagen zu dürfen. Auf alle Fälle merkte sie, dass hier die Grenze verlief. Sie müsste diese Farce von Quint akzeptieren oder die Finger von ihm lassen – im wahrsten Sinne des Wortes, denn ihre Hand berührte gerade seine nackte Brust.

Etwas wie ein leises, sanftes Knurren drang aus Quints Kehle und er schloss für einen Moment die Augen. Doch dann schlug er sie abrupt wieder auf und fasste energisch ihr Kinn.

»Aber du verbirgst auch etwas vor mir, da bin ich mir sicher, Jo. Also: Wer bist du wirklich? Stehst du noch bei jemand anderem in Diensten? Hat dich jemand in der Hand? Wirst du erpresst?«

Bei seinen letzten beiden Fragen krümmte sie sich innerlich zusammen, aber sie versuchte, sich nichts anmerken zu lassen. Dann rutschte es ihr doch heraus: »Würdest du mich in diesem Fall denn beschützen?«

»Ja«, antwortete er ohne das kleinste Zögern.

Sie sah in sein Gesicht, seine Augen – er meinte das ernst.

»Ich glaube dir, Quint. Und zu deiner Frage: Nach meinem Schulabschluss habe ich eine Zeit lang Kunstgeschichte studiert, danach die Welt bereist und mich später im Ausland niedergelassen. Aber seit Jahren bin ich nur eines: Landschaftsgärtnerin. Das kannst du auch in meinen *offiziellen Unterlagen* lesen und im Gegensatz zu mir siehst du mich jeden Tag bei meiner Arbeit.«

Quint legte die Stirn in Falten, sein Ton war dieses Mal jedoch überraschend verständnisvoll, als er fragte: »Das ist nicht alles, oder?«

Nein. Aber ihr Geheimnis würde sie nicht preisgeben, zumindest noch nicht.

»Erzählst du's mir, wenn ich mir dein Vertrauen verdient habe, Jo?«

Sie nickte und wünschte sich, sie könnte ihm alles hier und jetzt erzählen, aber dieses Risiko durfte sie nicht eingehen.

»Gib mir einfach Zeit, ja?«

Während sie das sagte, lief schon wieder so eine blöde Träne an ihrer Wange herunter, das musste an dem Valium liegen. Er ließ ihr Kinn los und wischte ihre Träne unerwartet sanft mit seinem Daumen ab.

»Und du, Quint? Wird es mir je möglich sein, so viel Vertrauen zu verdienen, damit du dein Geheimnis lüftest?«

Seine Kiefer mahlten, während er den Kopf schüttelte.

»Ich kann dir keine Zusage geben. Es tut mir leid, Josephine.« Und in seiner Stimme lag echtes Bedauern.

Hoffentlich war es nur eine geheime Regierungsbehörde!

»Dann werde ich eben damit leben müssen«, antwortete sie entschlossen.

Quints Miene hellte sich auf.

»Das könntest du?«

Ganz wohl war ihr dabei nicht, deshalb ergänzte sie schnell: »Ich werde es versuchen, aber falls du meinen Sohn in irgendeiner Weise bedrohst oder ihn in Gefahr bringst, dann …«

»Wirst du mir eine Pistole an den Kopf halten«, beendete er ihren Satz, ohne bei ihrer Drohung auch nur mit der Wimper zu zucken. Und zu ihrer großen Überraschung blühte ein Lächeln in seinem Gesicht auf. »Du bist eine echte Grizzlybärenmutter, weißt du das?« Dabei strich er ihr eine Haarsträhne aus dem Gesicht. »Sie gefallen mir übrigens – deine Haare meine ich.«

Hatte Quint ihr gerade wirklich ein Kompliment gemacht?

Oder lag sie nur allein im Bett und hatte Halluzinationen von dem Mittel, das man ihr gespritzt hatte?

Nein, seine glatte, warme Haut unter ihren Fingern bewies das Gegenteil.

Leider waren ihre Lider schwer wie Blei und sie verlor nun endgültig den Kampf sie offen zu halten. Selbst ihre Zunge war so träge, dass ihr das Weitersprechen zu mühsam wurde. Dieses Zeug von Alva mochte ja Wunder vollbringen, für die sie mehr als dankbar war, doch es legte sie auch total lahm.

»Warum kommst du nicht zu mir unter die Decke, Quint?«, murmelte sie in einer letzten Kraftanstrengung.

»Du überschätzt meine Beherrschung, Josephine. Wenn ich zu dir unter die Decke krieche, endet das unweigerlich auf eine ganz bestimmte Weise.«

»Und?«

»Denkst du etwa, ich bin ein Tier, dem ein williger Körper reicht? Wenn wir es tun, möchte ich, dass du hellwach bist und mir dabei in die Augen siehst.«

»Das ist im Moment echt schwer.«

Aber wenn ihr Körper nicht gerade halb im Koma läge, hätte allein die Vorstellung ihr einen heißkalten Schauer beschert und dabei wäre es nicht geblieben ...

»Eben«, sagte er, küsste ihre Stirn und streichelte über ihre Haare. »Schlaf jetzt. Ich werde hierbleiben. Ich muss erst kurz vor Sonnenaufgang zurück sein.«

Quint mochte ein gefährlicher Kerl sein, der keine Hemmungen hatte, jemanden zu töten, doch heute Nacht stand er auf ihrer Seite, war für sie da. Er legte einen Arm um sie und in diesem Augenblick hatte sie das Gefühl, endlich einmal sicher zu sein. Nichts und niemand würde an ihm vorbeikommen, um ihr zu schaden. Sie legte ihren Kopf an seine Brust, und bevor sie endgültig einschlief, spürte sie noch, mit welcher Sanftheit er über ihr Haar strich.

Kapitel 18

Hätte ich mehr Pflichtbewusstsein, würde ich ihr Haus durchsuchen, anstatt in ihrem Bett zu liegen, dachte Quint.

Es war lange her, dass er sich zuletzt etwas gegönnt hatte, doch das hier mit Jo zählte eindeutig dazu und es ging sogar weit darüber hinaus. Denn wie in der Krankenstation, während er sie gekämmt hatte, fiel jede Anspannung von ihm ab. Sogar die Schuld, die ihn drückte wie ein unsäglich schwerer Rucksack, verlor kurzzeitig an Gewicht Das hier mit Jo war wie der Aufenthalt im Auge eines Sturms, eines Sturms der bereits viele Jahre in seinem Leben andauerte. Dieser Friede und die Ruhe in ihrer Gegenwart taten so unbeschreiblich gut. Wie lange hatte er sich danach gesehnt? Dafür ignorierte er sogar sein schlechtes Gewissen wegen unerledigter Pflichten.

Er dachte über vieles nach, während er Jos Haare, ihre Wange und ihren Rücken streichelte ...

Mit ihr als seiner Gefährtin könnte er sich sogar vorstellen, seiner Mutter wieder unter die Augen zu treten.

Doch das waren leider alles nur Hirngespinste, denn Josephine war keine Symbiontin. Wirklich tiefe Verbindungen zwischen normalen Frauen und Vampiren waren den Legenden zufolge nicht möglich und davon abgesehen auch nicht erlaubt. – Aber was, wenn ihm das hier mit Jo schon genügte?

Mehr und mehr erwachte sein anderer Hunger und er wurde sich sehr bewusst, was da in seinen Armen lag: die weiche Haut, diese weiblichen Rundungen ... Seine Hose wurde ihm deutlich zu eng und seine Hände waren begierig, unter die Decke und in andere Regionen zu wandern.

Rasch nahm er sich an die Zügel, schob stattdessen nur eine seidige Haarsträhne aus ihrem Gesicht und murmelte: »Wenn du halb nackt auf einem Felsen sitzen und dir die Haare kämmen würdest wie Lorelei, würde ich auch meinen Verstand verlieren. Wer weiß, ob du nicht doch eine Sirene in deinem Stammbaum hast?«

Er gab ihr einen Kuss auf die Stirn und kletterte vorsichtig aus dem Bett, um sie nicht aufzuwecken.

»Jetzt weiß ich, warum Ben keine so engen Jeans mehr trägt, seit er Jasmin kennt«, brummte er, während er versuchte, seine im Schritt eng gewordene Hose besser zurechtzurücken.

Ein Blick auf seine Uhr verriet ihm, dass viel mehr Zeit vergangen war, als er angenommen hatte. Aber bevor er wegmusste, würde er Josephine noch etwas zum Essen hinstellen.

Unten in ihrer Küche angekommen, öffnete er zuerst den Kühlschrank und dann alle anderen Schränke, um zu sehen, was vorhanden war. Er holte alles Nützliche für seine Zwecke heraus und griff dann nach einem Messer aus dem Messerblock auf der Arbeitsplatte. Als er eine Tomate damit schneiden wollte, schimpfte er, weil es so stumpf war.

Nachdem er alle anderen Messer aus dem Block auch getestet hatte, stellte er mit einem Kopfschütteln fest: »Mit denen könnte ich mich noch nicht mal rasieren.«

Schließlich griff er zu seinem eigenen Messer – das er diesem Rambo ganz sicher nicht weggenommen hatte, auch wenn Jo das wohl dachte – und schnitt die Tomaten damit. Während er sich in der Küche noch zu schaffen machte, tauchte Jos Sohn wieder auf.

»Hey. Was wird das, wenn's fertig ist?«

»Sandwiches. Das Einzige neben Eiern mit Speck, das ich hinbekomme.«

Er konnte nicht kochen, hatte früher aber das Fleisch dafür besorgt, denn durch sein Naturell war er ein perfekter Jäger. Mit seinem Vater hatte er in der neuen Welt Pelztiere gejagt, ihnen Fallen gestellt und mit ihren Fellen gehandelt. Sie hatten ihre Blockhäuser selbst gebaut, das Holz dafür eigenhändig geschlagen. Seine Mutter hatte ihren Traum verwirklicht und eine Zeit lang Pferde gezüchtet, spanische Reinblüter mit wilden Mustangs gekreuzt, deshalb kannte er sich auch damit aus. Seine Mutter oder ihre Bediensteten waren immer hinterm Herd gestanden, früher in der Burg, später in der Blockhütte und der Ranch, aber die Zeiten hatten sich geändert.

»Meine Mutter pflegte immer zu sagen: ›Jungs, wenn ihr mal eine

Frau habt, müsst ihr für sie wenigstens ein belegtes Brot machen können. Besser wäre es, ihr lernt kochen, schließlich haben sich die Zeiten geändert und die Frauen stellen sich nicht mehr selbstverständlich hinter den Herd.‹«

Er erinnerte sich daran, dass sein Bruder sich vor seinem plötzlichen Verschwinden tatsächlich noch von ihrer Mutter das Kochen hatte beibringen lassen. Im Nachhinein fragte er sich, ob sein Bruder es wegen seiner Geliebten getan hatte. Er fand damals manches an seinem Bruder sehr seltsam, aber so langsam begann er, das eine oder andere zu verstehen.

»Hast du Hunger – Junge?«

Wann würde er »Samuel« endlich aussprechen können, ohne dass es ihm einen Stich versetzte?

»Nein, ich bin ausnahmsweise mal satt und rundherum zufrieden.«

»Dein Date lief wohl gut?«

»Das kannst du laut sagen.«

Samuel grinste von einem Ohr bis zum anderen und seine Augen strahlten wie zwei Hundertwattbirnen. So sah man also aus, wenn jemand einem seine Liebe schenkte. Man befand sich wohl in einem ebenso unvernünftigen wie berauschenden Taumel aus Glück.

Genau deshalb muss ich mich streng davor hüten! Sicher ist sicher.

»Du kannst dich wirklich glücklich schätzen«, sagte Quint und spürte, dass seine Lippen gerade ein Lächeln zustande brachten.

»Ich stell die Sandwiches in den Kühlschrank. Bring sie deiner Mutter, wenn sie aufwacht, okay?« Samuel nickte. »Und richte ihr aus, sie soll sich heute ausruhen und nicht zur Arbeit kommen, sonst schmeiß ich sie wieder raus.«

»Geht klar. Sag mal, so von Mann zu Mann ...«, begann der Junge.

Quint blickte den Teenager an und versuchte nicht zu lachen, hob stattdessen nur eine Augenbraue.

»Läuft da was zwischen meiner Ma und dir?«

»Was denkst du denn?«

»Ich denke, entweder ihr erschießt euch gegenseitig oder ihr kriegt die Kurve.« Und dabei zwinkerte Samuel ihm zu, dann trat der Junge ganz nah an ihn heran. »Aber wenn du meine Mama erschießt, reiß ich dir erst die Eier ab und dann die Kehle raus. Das ist dir klar, oder?«

Mit aller Kraft unterdrückte Quint ein Grinsen und antwortete: »Klar.« Und das genügte dem Jungen anscheinend.

Auch wenn Samuel das witzig herübergebracht hatte, spürte Quint den Ernst hinter seiner Aussage. Vielleicht hatte er den Jungen unterschätzt, denn er war schwierig einzuschätzen. Sein Gesicht und ein paar andere Merkmale waren zwar die eines Teenagers, aber sein Körperbau war bereits der eines jungen Mannes, die Muskeln nicht sehr beeindruckend, aber deutlich vorhanden. Samuel war gut einen Kopf kleiner als er und hatte für seinen mutigen Spruch sogar zu ihm hochsehen müssen, aber Mut und einen ausgeprägten Beschützerinstinkt besaß der Junge jetzt schon, das musste er ihm zugestehen.

Quint ließ die Sache mit Jo keine Ruhe mehr, und als er bei Sonnenaufgang ins Hauptquartier zurückkehrte, ging er schnurstracks in Elias Büro.

»Elia, kann ich dich mal sprechen?«

»Immer doch«, sagte der, ohne seine Arbeit am PC zu unterbrechen.

»Privat – unter vier Augen.«

Elias Finger hörten abrupt auf zu tippen und er schaute zu ihm hoch. Sein Gutelaunegesicht verschwand.

»Nicht hier. Komm mit.«

Elia stand auf und er folgte ihm.

»Ich hoffe, du steckst nicht so tief in der Scheiße, wie ich befürchte, Quint.«

Elia führte ihn in sein Quartier, in einen Raum, den er zuvor noch nie betreten hatte. Er sah aus wie ein zweites Schlafzimmer. Nachdem er die Tür geschlossen hatte, erklärte Elia: »Dieser Raum ist schalldicht, keine Kameras. Niemand sieht oder hört, was hier passiert. Alles bleibt unter uns. Also pack aus, Quint. Warum hast du dich mit diesem skrupellosen Headhunter Snake eingelassen?«

»Woher weißt du …«

»Ich hab meine Methoden. Dachtest du etwa, ich finde es nicht heraus?«

»Hast du's jemandem erzählt?«

»Nein.«

»Dann behalt es auch weiterhin für dich.«

»Das kommt darauf an, wie deine Erklärung aussieht. Ich mag zwar nicht für unsere Sicherheit zuständig sein, aber wir sind hier eine große Familie, Quint. Du gehörst dazu und ich will wissen, wenn jemand aus der Familie in der Scheiße sitzt und wir seinen Arsch retten müssen.«

Familie – seine eigene war fast zerstört. Dass Elia ihn zur Wächterfamilie zählte, hätte er nicht gedacht. Er kam sich immer wie ein Außenseiter vor, weil er wahrscheinlich nur wegen seines Vaters und des Schicksals seines Bruders aufgenommen worden war.

»Ich habe Josephines Kopf aus der Schlinge gezogen.«

Er erzählte Elia von der Begegnung mit Snake vor Jos Haus.

»... Snake weiß nicht, dass ich ein Wächter bin, und Jo wurde von der Liste gestrichen. Die Sache ist damit also hoffentlich erledigt.«

»Hoffentlich«, meinte Elia. »Aber warum wolltest du mich dann sprechen?«

»Ich habe Jo auf den Zahn gefühlt. Vor vielen Jahren wurde ihr Mann unter mysteriösen Umständen getötet. Ich glaube, es waren Vampire, und Jo weiß das, aber ich bin mir nicht sicher.«

Elia trat näher an Quint heran und blickte ihm direkt in die Augen.

»Hat sie wortwörtlich ›Vampir‹ gesagt und das anderen so erzählt?«

»Nein.«

»Dann behalte das um Gottes willen für dich, Quint!« Elia drehte eine Runde in dem Zimmer und durchwühlte seine Haare. »Erzähl ja keinem, was du vermutest! Und das ist mein Rat als dein Freund, denn als Schreiber des Tribunals müsste ich das sofort melden. Ist dir überhaupt klar, was sie mit Jo machen würden?«

Wieder blieb Elia stehen und schaute ihm direkt in die Augen.

Quint ahnte bereits, worauf Elia hinaus wollte und entgegnete ihm: »Aber das ist über zwanzig Jahre her!«

»Was denkst du, warum unsere Art noch nach wie vor unerkannt unter den Menschen lebt? Weil das Tribunal da rigoros ist und auf Nummer sicher geht! Sie würden ihr Gedächtnis radikal löschen, und zwar von dem Zeitpunkt an, wo dieser Vorfall stattgefunden hat.«

»Scheiße«, Quint rieb sich seinen Nacken und sagte wie zu sich selbst: »Wenn das Tribunal mit ihr fertig ist, würde Jo sich noch nicht mal mehr daran erinnern, ihren Sohn großgezogen zu haben.«

Elia raufte sich erneut seine dunkelblonden Haare und fuhr fort: »Ganz genau. Und manche Menschen verkraften das nicht, landen in der Psychiatrie und vegetieren wie eine leere Hülle vor sich hin. Willst du das etwa?«

»Nein!«

»Wenn Jo das bisher für sich behalten hat, dann bete, dass es so bleibt und sie ihr Geheimnis nie jemandem verrät.«

Jo hatte zugegeben, ein Geheimnis zu haben, wollte es ihm aber erst erzählen, wenn er sich ihr Vertrauen verdient hätte. Wenn es mit Vampiren zu tun hatte, hoffte er, dass niemand anderer Jo so nahe stand, dass sie etwas davon preisgab. Wusste ihr Sohn auch um das Geheimnis? Und wie viel von dem Gedächtnis des Jungen würde das Tribunal wohl löschen, wenn das herauskam?

»Leibeigene«, dachte Quint laut. »Wäre es nicht eine Lösung, Jo zur Leibeigenen zu machen? Die dürfen unser Geheimnis kennen.«

»Ziehst du ernsthaft in Betracht, eine selbstständige Firmeninhaberin zur Leibeigenen zu machen? Sie wäre niemals einverstanden, selbst eine einfache Küchenmagd hätte sich früher gesträubt, eine Leibeigene zu werden.« Elia schüttelte den Kopf, seine sowieso stets wuscheligen Haare waren jetzt das reinste Chaos. »Abgesehen davon gibt es dafür strenge Regeln, Quint. Die zukünftigen Leibeigenen dürfen in der Regel keine nahen Angehörigen haben und keine intime Beziehung zu einem Vampir. Wenn sich das später ergibt, ist das etwas anderes. Denkst du nicht, dein Bruder Samuel hätte ein Schlupfloch gefunden, wenn es eines gegeben hätte? Und glaub mir, das Tribunal prüft die Leibeigenschaft sehr genau, und dass zwischen dir und Jo was läuft, bemerkt sogar ein Blinder.«

Quint rieb sich den Nacken und suchte nach Worten, doch Elia kam ihm zuvor: »Ich bin dein Freund, Quint, und deshalb glaub mir das eine: Entweder diese Frau zieht dich vom Abgrund weg oder sie katapultiert dich hinein.«

Quint stieß die Luft aus, denn genau das dachte er auch.

»Wirst du das alles für dich behalten, Elia?«

»Ja. Aber nur so lange, wie Jo das Wort Vampir nicht in den Mund nimmt und unsere Sicherheit nicht gefährdet. Sarah wohnt auch hier, und ich würde eher sterben als zuzulassen, dass unsere Feinde sie in die Finger bekommen.«

Für einen Moment bewegte sich etwas unter Elias Haut und ein animalisches Funkeln war in seinen Augen.

»Ich habe inzwischen ihr Telefon zu Hause verwanzt, Elia. Du kannst Jos Gespräche jetzt mithören. Sicher ist sicher, dachte ich mir. Und ich werde ein Auge auf sie haben.«

Jo hatte fast den ganzen Tag verschlafen, aber nun war sie topfit und ihr Rücken fühlte sich an, als wäre nie etwas gewesen. Sie konnte heute kaum mehr nachvollziehen, warum es ihr gestern so schlecht gegangen war.

Vielleicht war sie nur eine furchtbare Mimose und hatte einen üblen Muskelkrampf zu ihren heftigen Schmerzen gehabt? Quint hatte doch erwähnt, dass sie ihr etwas zur Muskellockerung gegeben hätten. Und diese Alva vollbrachte wirklich wahre Wunder, denn allein am Cortison lag das bestimmt nicht, oder doch? Aber falls in der Spritze irgendetwas Illegales war, sollte sie lieber nicht nachfragen und eigentlich wollte sie es auch gar nicht wissen. Es hatte geholfen und das war alles, was für sie zählte. Schließlich brauchte sie einen funktionierenden Körper, um als Gärtnerin ihren Lebensunterhalt zu verdienen.

Ursprünglich hatte sie aber schon geplant, sich bald aus der körperlichen Arbeit zurückzuziehen, eben wegen ihres Rückens. Auch deshalb hatte sie sich hier eine Firma mit mehreren Angestellten aufgebaut, und zwar erfolgreich. Aber dann war sie an diesen üblen und dazu noch mächtigen Kerl geraten. Der hatte ihr heftig zugesetzt und sie sogar bedroht. Wegen ihm stand ihr das Wasser nun bis zum Hals und ihre Pläne für die Zukunft waren den Bach runtergegangen …

Und dann war da noch Quint. Er hatte ihr doch tatsächlich *verboten*, heute zu arbeiten. Er war schon ein rauer Kerl. Unter seiner harten Schale war aber definitiv ein weicher Kern. Und der freie Tag kam ihr gerade recht, denn heute musste sie Oskar vom Flughafen abholen und wollte sich anschließend viel Zeit für ihn nehmen. Sie war froh, dass er endlich bei ihr sein würde, denn er hatte ihr sehr gefehlt und würde sie trösten – zumindest ein wenig.

Sie saß im Auto und war schon spät dran, denn sie hatte noch schnell Oskars Lieblingsspeisen besorgt, um ihn zu verwöhnen. Leider war der abendliche Verkehr zäh und wieder einmal musste sie vor einer roten Ampel warten.

Sie stand direkt vor dem Starbucks. Sehnsüchtig spähte sie in das Café. Wie gern hätte sie dort jetzt in Ruhe einen Latte macchiato getrunken.

Plötzlich traute sie ihren Augen kaum mehr: Quint saß dort an einem Tisch, erhob sich gerade und eine blutjunge Blondine sprang ihn wortwörtlich an, hing dann wie ein Klammeraffe an ihm und wuschelte euphorisch in seinen feuerroten Locken und Quint lachte. Ja, er lachte!

Sie zwinkerte, schaute noch mal genauer hin, aber es war weder ein Traum noch jemand, der Quint nur ähnlich sah.

Ihr war, als hätte jemand einen Kübel mit Eiswasser über ihr ausgegossen.

Ein wütendes Hupkonzert hinter ihr zwang sie weiterzufahren. Die Ampel war längst auf Grün umgesprungen und sie blockierte den Verkehr.

Nur mit Mühe konnte sie sich aufs Fahren konzentrieren.

Tausend Gedanken gingen ihr durch den Kopf.

Hatte er nicht gestern in ihrem Bett gelegen und ihr das Gefühl gegeben, etwas Besonderes zu sein?

Aber eigentlich hatte Quint nur gesagt, dass ihre Haare schön seien. Was wäre auch sonst schön an ihr? Zumindest im Gegensatz zu dieser sexy Blondine, die augenscheinlich das Alter ihres Sohnes hatte. Außerdem war Quint mit Sicherheit um einiges jünger als sie selbst, deren Rücken bereits versagte. Quint wirkte zwar in seinem Verhalten sehr reif, aber sein Körper war jung und in Bestform. Und seine Ausstrahlung würde man wohl als »Bad-Boy-Image« bezeichnen und darauf flogen die jungen Dinger von heute anscheinend. Ein Wunder, dass ihn noch kein Filmproduzent entdeckt hatte. Sie selbst würde allenfalls eine Nebenrolle als Gärtnerin oder Putzfrau bekommen.

Ihre Augen wurden nass und verärgert zwinkerte sie die Tränen weg.

Was hatte sie sich nur dabei gedacht, ihn in ihr Bett zu ziehen? Dass er nicht unter ihre Bettdecke gekommen war, leuchtete ihr jetzt ebenfalls ein. Immerhin fanden sich in ihren Haaren schon silberne Fäden und der Rest von ihr – na ja …

Später, als sie alles erledigt und Oskar zu sich nach Hause gebracht hatte, warf sie im Vorübergehen einen flüchtigen Blick in den großen Spiegel im Schlafzimmer. Gegen die Blondine hatte sie nicht die leistete Chance, doch das hatte sie auch schon vorher gewusst.

Aber warum tat es dann nur so weh?

»Ich bin, wie ich bin! Und wer mich will, muss mich eben so nehmen wie ich bin«, erklärte sie tapfer ihrem Spiegelbild.

Sie konnte keinen anderen Menschen aus sich machen und würde sich auch nicht für einen anderen verbiegen.

Aber ihr Herz brach trotzdem.

Die Aussicht, vielleicht jemanden gefunden zu haben, der abends auf einen wartete, der einen liebte und einem zur Seite stand, war einfach zu schön gewesen.

Sie stellte sich lange unter die Dusche und ließ dort ihren Tränen freien Lauf, denn sie wollte nicht, dass ihr Sohn merkte, was mit ihr los war. Sami hatte es schon schwer genug.

Kapitel 19

Kurz nach Sonnenuntergang ließ Quint sein Pumaweibchen aus dem Gehege und ging an die Stelle, wo Josephine gestern zusammengebrochen war. Er hatte immer noch das Bild vor Augen, wie sie ihre Finger vor Schmerzen in die feuchte Erde grub, und es versetzte ihm erneut einen Stich. Wütend ballte er seine Hände zu Fäusten.

»Du wirst keine dieser schweren Platten mehr anfassen, dafür werde ich sorgen!«

Er hatte Jo ständig zugesehen und wusste daher, wie diese Arbeit vonstattenging. Und wo die Wege aus Granitplatten entlangführen sollten, würde er Rose fragen. So lange Jo sich erholte und nicht auf dem Gelände war, könnte er auch seine übernatürliche Kraft als Vampir einsetzen und schneller arbeiten. Eigentlich hatte er gleich mit dem Verlegen der Platten anfangen wollen, aber ein Blick auf die Uhr hielt ihn davon ab. Er hatte sich im Starbucks verabredet und es war höchste Zeit, sich auf den Weg zu machen. Den anderen im Hauptquartier sagte er freilich nicht, was er vorhatte und wen er treffen würde.

Kaum dass sie zur Tür des Cafés hereinkam, freute er sich und die düsteren Jahre waren wie weggeblasen. Wie früher hielt er die Arme offen und wie früher strahlte sie übers ganze Gesicht, legte einen Sprint hin und sprang in seine Arme.

»Mensch, Quinni! Ist das schön, dich wiederzusehen!«

Sie wuschelte durch seine Haare, zog ihn an den Ohren und gab ihm einen Schmatzer auf die Nase.

Sein Gesicht fühlte sich an, als ob es zerspringen würde, so breit war sein Lächeln.

»Susi, meine Löwenkönigin!«, rief er und konnte gerade noch ein löwenmäßiges Gebrüll wie in alten Zeiten unterdrücken. Am liebsten hätte er die kleine Susi – die gar nicht mehr so klein war – wie damals auf die Schultern gehoben und sich mit ihr gedreht, bis sie vor Freude kreischte. Aber die Gäste im Café starrten schon in ihre Richtung, also ließ er sie lieber runter.

Es tat so gut, Susi zu treffen, denn sie sprühte genauso vor Lebensfreude und Energie wie ihre Mutter Arabella und erinnerte ihn an eine glücklichere Zeit ...

Sein Bruder und er hatten mit ihr auf dem Boden gespielt: sie, die Königin der Löwen, sein Bruder und er, auf allen vieren die Löwen, auf denen sie abwechselnd ritt. Mit ausgefahrenen Fangzähnen und Löwengebrüll kämpften sein Bruder und er spielerisch und wälzten sich am Boden. Anschließend hatte Susi mit Alvas Verbandszeug ihre nicht vorhandenen Wunden verbunden und ihre Löwenmähne – sprich ihre Locken – gekämmt.

Er hatte Susi ewig nicht gesehen, denn er war lange weg gewesen und als er wiederkam, studierte sie bereits in England. In den Ferien wohnte Susi bei seiner Mutter Therese, damit sie etwas selbstständiger sein und auch mal ihre Freundinnen einladen konnte. Letzteres war im Hauptquartier der Wächtervampire, wo ihre Eltern Vinz und Ara lebten, ja nicht möglich.

»Du hast doch keinem was von unserem Treffen verraten, oder, Susi?«

»Indianerehrenwort! Aber Mama hält mich ja sowieso auf dem Laufenden, was bei euch im Hauptquartier so abgeht, und deshalb habe ich dir schon mal ein paar Sachen mitgebracht.« Sie setzte sich wie er in einen Sessel und zog aus ihrer Umhängetasche verschiedene Behälter heraus. »Also erst mal musst du ganz dringend eine Spülung in deine Haare machen, Quint. Die sind ja struppiger als je zuvor! Oder soll ich dir coole Rastalocken machen?«

Rastalocken? Was auch immer das war, er schüttelte lieber den Kopf.

»Okay, aber weißt du was? Nimm besser gleich eine Haarpackung. Und hier sind ein anständiges Markendeo und ein Aftershave für dich ...«

Erstaunlich, was alles in so eine Tasche passte. Susi zog ein Teil nach dem anderen heraus, es nahm gar kein Ende. Dabei warf sie mit Wörtern um sich, die er noch nie gehört hatte und gab ihm Anwendungs- und Schönheitstipps – ausgerechnet ihm!

»... Außerdem habe ich in Mamas Kosmetiksalon vorsorglich einen

Termin für dich gemacht, in einer Stunde, damit sie deine Finger maniküren und – Mann, wie siehst du nur aus, Quint!«

»Mach mal langsam, Susi, und hol zwischendurch Luft, sonst erstickst du mir noch«, sagte er amüsiert. »Mir ging es eigentlich auch nicht ums Äußere, Susi, sondern ... na ja, ich ähm ...«, er wurde leiser, »war ewig nicht in Gesellschaft von Menschen. Ich bin eingerostet, hab Angst, mich zu verplappern, und ...« Mit einem tiefen Seufzer rieb er sich den Nacken.

»Okay, verstehe. Schnellkurs im Umgang mit Frauen.«

»Ähm – ich sagte Menschen, nicht Frauen.«

»Mit Frauen! Veräppel mich nicht! Mama erzählt mir immer alles brühwarm.«

Sie gingen zur Theke und er bestellte einen Espresso. Susi bekam etwas, das wie Kaffee roch, aber gemäß der langen Bestellung, die sie ohne Punkt und Komma heruntergerattert hatte, musste es etwas viel Komplizierteres sein. Vermutlich hatte der Schokokeks, den sie dazu bestellte, weniger Zutaten. Die Welt war in den letzten Jahrzehnten wirklich sehr kompliziert geworden.

Kaum dass sie wieder saßen, stellte Susi ihm Fragen und überschüttete ihn danach mit Infos und Ratschlägen, die ein ganzes Buch gefüllt hätten. Sein Kopf drohte zu platzen, aber sie machte ihre Sache gut. Am Ende wurde sie ernst, was gar nicht zu ihr passte, und meinte leise: »Diese Frau – sie ist aber keine Symbiontin, oder?«

Das war für Susi nicht schwer zu erraten, denn Symbiontinnen waren so selten, dass reiche Vampire einem Headhunter wie Snake Unsummen zahlten, um potenzielle Gefährtinnen für sie aufzuspüren. Nur mit ihr durfte und konnte ein Vampir eine tiefe Beziehung eingehen, nur ihr durfte er sein Blut schenken, damit sie nicht älter wurde und mit ihm Seite an Seite die Jahrhunderte durchwanderte.

Er starrte auf die Espressotasse, an der er mehr zur Tarnung genippt hatte, denn sein Körper konnte ohne Hautkontakt zu einer Symbiontin normale Nahrung sowieso nicht verwerten und würde auch den Kaffee nach einer gewissen Menge mehr oder weniger extrem verweigern.

»Nein, sie ist keine Symbiontin.« Weder Snake noch Alva oder er hatten die Blüte der Ewigkeit an ihr entdeckt. »Und trauen darf ich ihr eigentlich auch nicht. Im Prinzip ist sie ein hochgradiges Sicherheitsrisiko. – Aber weißt du, ich fühle mich in ihrer Nähe einfach wohl.«

Susi starrte ihn sprachlos an, Letzteres kam nicht oft vor.

»Hey, unsere Gesetze verbieten es nicht, ein bisschen Zeit mit einem Menschen zu verbringen«, verteidigte er sich.

»Wow! Quint, dich hat es erwischt!«

Sofort schüttelte er den Kopf.

»Das wäre sehr schlecht, Susi, und gefährlich. Immerhin bin ausgerechnet ich zurzeit für die Sicherheit zuständig.«

»Ich spüre das aber, leugnen hat keinen Zweck!«

»Du kommst wohl nach deiner Mutter«, murmelte Quint und rieb sich erneut den Nacken. »Aber selbst wenn es so wäre, es darf nicht sein.«

»Ja, ja, das Tribunal, ich kenne die Leier. Aber du solltest wissen, dass deine Mutter ...«

Er legte den Finger auf ihre Lippen, bevor sie weiterreden konnte, doch Susi biss einfach spielerisch hinein und zog ihren Kopf etwas zurück.

»Du weißt, deine Mutter war schon immer ein Rebell und du bist ihr mehr wert als alle Gesetze des Tribunals zusammen. Quint, du solltest sie echt besuchen, sie ...«

»Susi, bitte hör auf. Ich hab meine Gründe.« Er stieß frustriert die Luft aus. »Aber ich bin froh, dass du bei meiner Mutter wohnst, wenn du nicht studierst, dann ist sie nicht ganz allein. Und jetzt erzähl mir, wie dir das Studentenleben in England gefällt. Mich wundert ja, dass dein Vater dich überhaupt hat gehen lassen.«

»Du meinst, diesen Überübervater, der mich am liebsten in Watte packen und jeden Jungen erschießen würde, der es wagt, mich nach einem Date zu fragen?«

»Genau den«, sagte er grinsend, denn Vinz war unter anderem ein exzellenter Scharfschütze.

»Immerhin habe ich mir inzwischen einige Freiheiten bei ihm erkämpft!«, sagte sie mit erhobenem Kinn. »Ich darf endlich allein Autofahren und mit den anderen Studenten raus ins Nachtleben!«

Er hob eine Augenbraue. »Und um welchen Preis? Erst neulich hat mich dein Vater nach dem kleinsten und leistungsstärksten Peilsender gefragt, der auf dem Markt ist. Du weißt ja, dass ich Wildheart einen eingepflanzt habe, falls sie mal wieder ausrückt.«

»Und nicht nur der, oder? War da nicht was mit einem Sender im Arm dieser Lara?«

Er zuckte mit den Achseln. »Sicher ist sicher. Also, spuck's schon aus, Susi.«

»Ja, ja, du hast ja recht«, sagte sie und rollte mit den Augen. »So einfach hat Papa sich natürlich nicht breitschlagen lassen, hier.« Sie hob ihren Arm und zeigte auf die Innenseite ihres rechten Oberarms. »Eine der Bedingungen: Ich musste mir von Alva einen Peilsender unter der Haut einsetzen lassen.«

»Wusste ich's doch«, sagte er grinsend.

Eine Narbe sah man natürlich nicht, denn Vinz, ihr Vampirvater, hatte den Schnitt sicher sofort mit seinem heilenden Speichel verschlossen.

»Was noch, Susi?«

Er kannte Vinz, das war bestimmt nicht alles.

Sie druckste ein bisschen herum, erzählte dann aber doch: »Wenn ich allein Auto fahre, darf ich nur den gepanzerten Suzuki nehmen. Wenigstens hab ich ihn vom Mercedes abbringen können. Wie sieht das denn aus? Eine Studentin im Bonzenauto! Und ich muss ja schon seit Jahren eine Armbanduhr mit Alarmknopf tragen.«

»Und außerdem?«

Sie stöhnte. »Außerdem muss ich immer einen Vampir als Bodyguard dabeihaben, wenn ich ausgehe. Aber der bleibt wenigstens im Hintergrund. Bin ja Symbiontin, wie Mama; wenn mir was Ernsthaftes passiert, würde er mir sein Blut geben. Zufrieden, dass du mich erfolgreich ausgequetscht hast, Mister sicher ist sicher?«

Er grinste. »Und eine kleine Schusswaffe hast du auch am Knöchel. Die hab ich schon beim Reinkommen bemerkt.«

»Ach die. An die denke ich schon gar nicht mehr. Papa hat's eben mit Knarren, sonst wär er ja nicht euer Waffenexperte, oder?«

»So ist er eben, Susi. Und ich glaube, du bist die Einzige, die neben ihrer Schultüte auch eine Pistole zur Einschulung bekommen hat.«

Beide lachten laut.

»Ja, inklusive Schießunterricht nach dem Abschreiben vom ABC! Aber hey, es hat Spaß gemacht! Ich durfte Gummienten auf dem Teich abschießen und später ferngesteuerte Autos ...«

Sie plauderte noch ein wenig, dann fragte er: »Und kannst du mir noch erklären, wer oder was ein *Rambo* ist? Alle denken, ich hätte sein Messer: erst Lara und jetzt auch noch Jo!«

Auch das klärte Susi auf und versprach, ihm eine DVD zukommen zu lassen. Als er sich langsam verabschieden wollte, kaute sie plötzlich auf ihrer Lippe.

»Du, Quint, ich hab dir ja jetzt geholfen, kannst du mir auch helfen? Es geht um Papa. Also – ich hab da einen Jungen kennengelernt.«

»Vergiss es. Dein Vater erschießt ihn, bevor er die Eingangstür erreicht«, meinte er mit einem amüsierten Grinsen. »Frag mich, ob ich dir einen Sportwagen schenke oder dir einem Shoppingausflug nach New York oder Paris spendiere, das ist kein Problem.«

»Es ist aber was Ernstes, Quint.«

»In deinem Alter?«

»Ja! Er hat mir das Leben gerettet, Quint. Aber das darf Papa natürlich nicht wissen, sonst flippt er aus, packt mich wieder in Watte und lässt mich nicht mehr aus dem Haus.«

Das Grinsen war Quint vergangen, mit scharfem Blick fixierte er Susi.

»Was ist passiert?«

Susi zupfte verlegen an ihrem Ohrläppchen und wich seinem Blick aus.

»Ich – ich war hier –, Semesterferien, du weißt schon. Hab meinen Aufpasser abgeschüttelt. Ich wollte eben in eine voll angesagte Disco gehen, die mein Bodyguard ablehnte, weil er dachte, da wäre kein ausreichender Schutz möglich.«

Sie erzählte nur stockend, Ihre Miene wirkte ängstlich. Es musste also etwas Schlimmes passiert sein – und das seiner kleinen Susi. Er hatte Mühe, ein mörderisches Knurren zu unterdrücken.

»Und?«

»Du weißt ja wie das ist, ein irres Gedränge und so ...«

»Susi, raus mit der Sprache!«

»Also, ums kurz zu machen: Ein Typ hat mir an der Bar unbemerkt K.-o.-Tropfen in meinen Drink geschüttet. Höchstwahrscheinlich der schmierige Kerl, dem ich vorher eine Abfuhr erteilt hatte. Ich fühlte mich erst euphorisch, dann plötzlich unheimlich müde, dachte, es läge an der guten Stimmung und am Alkohol, wobei ich kaum was getrunken hatte. Ich hab nicht mal gemerkt, was mit mir los war, deshalb habe ich auch nicht den Alarmknopf an meiner Uhr gedrückt. Und als mir mit einem Mal schwarz vor Augen wurde, schaffte ich selbst das nicht mehr.

Ein echt süßer, aber wohl sehr schüchterner Typ, der zu mir an die Bar gekommen war, aber sich nicht traute, mich anzusprechen, hat mir später erzählt, was er beobachtet hat. Ganz plötzlich tauchte ein Mann auf, so als hätte er nur darauf gewartet, mich aufzufangen und rauszuschleppen. Er hatte ein komisches Gefühl dabei, ist ihm heimlich nachgeschlichen und hat beobachtet, wie der Kerl mich in einen Kofferraum gehievt hat.«

Quint sah, dass Susis Augen glänzten, als hielte sie Tränen zurück, ihre Hände zitterten. Seine ballten sich zu Fäusten. Diesem Mann würde er alle Knochen brechen!

»Ich selbst habe das Gesicht dieses Scheißkerls gar nicht gesehen, wurde nur kurz wach, als der Kofferraumdeckel über mir einrastete. Es war schrecklich, Quint, denn ich realisierte, was vor sich ging, aber war zu benommen, um irgendetwas zu unternehmen. Doch der schüchterne Typ hat wohl mit dem anderen gekämpft und mich wieder rausgeholt. Er brachte mich in ein Krankenhaus und ist bei mir geblieben. Nach einer Infusion fühlte ich mich wieder besser und wollte nicht, dass Papa Wind davon bekommt. Er hat mir geholfen, heimlich abzuhauen, und mich zum Haus deiner Mutter begleitet, wo ich ja in den Ferien wohne. Seitdem treffen wir uns heimlich, weder der Bodyguard noch Papa wissen Bescheid. Aber ich will ihn Papa vorstellen, mir ist es ernst mit ihm.«

»Susi, du musst mir sagen, wie dein Freund heißt! Wir suchen genau nach diesem Typen, der junge Frauen mit K.-o.-Tropfen ausschaltet und ihnen dann an die Gurgel geht. Wir vermuten, dass es ein Vampir ist. Aber wenn dein neuer Freund ihn in die Flucht schlagen konnte, ist er vermutlich doch nur ein Mensch oder dein neuer Freund ein Vampir. Oder dein schüchterner Typ ist der eigentliche Täter und hat dir nur ein Märchen erzählt. Hast du schon mal an diese Möglichkeit gedacht? Ich werde mir deinen Freund auf jeden Fall vorknöpfen.«

»Was? Was sagst du da?«

Susi fuhr vom Stuhl hoch, der Schock war ihr anzusehen.

»Nein, nein, das kann nicht wahr sein! Und seinen Namen werde ich dir bestimmt nicht sagen.«

»Das muss ich deinem Vater erzählen, Susi. Das ist dir doch klar, oder?«

Susi liefen Tränen über das Gesicht.

»Dann rede ich nie wieder ein Wort mit dir! Und ich tauche unter, wie dein Bruder! Das meine ich ernst!«

Susi war völlig in Panik, griff gerade nach ihrer Tasche. Die Leute tuschelten schon. Was hatte er da nur wieder angerichtet?

Ihm musste irgendetwas einfallen, und zwar sofort!

Um sie aufzuhalten, streckte er seine Hand nach ihr aus, so langsam wie ein normaler Mensch, denn Vampire durften in der Öffentlichkeit nicht auffallen und keine Aufmerksamkeit erregen. Susi wich jedoch sofort zurück.

»Wenn du mich festhältst, schreie ich um Hilfe und rufe die Polizei«, warnte sie ihn und war im Begriff zu gehen.

Susi war gewieft, wusste genau, wie sie ihn unter den Augen von so vielen Leuten im Zaum halten konnte.

»Susi, bitte!«

Wer weiß, was passierte, wenn sie jetzt mit einem Unbekannten Hals über Kopf durchbrannte! Würde er sie auch blutüberströmt auf dem Asphalt finden wie seinen Bruder?

Nein! Nicht auch noch Susi!

Er musste das um jeden Preis verhindern!

Kapitel 20

»Okay, du hast gewonnen«, versuchte Quint Susi zu beschwichtigen. »Ich sag deinem Vater nichts, unter der Bedingung, dass du mir deinen Freund vorstellst.«

»Aber zuerst rede ich mit ihm!«

»Nicht allein, Susi«, knurrte er.

Wer weiß, was dieser Kerl mit ihr anstellen würde, falls er schuldig war und sich ertappt fühlte!

»Okay. Im Haus deiner Mutter, wenn sie dabei ist.«

Seine Mutter hatte sich schon immer zu wehren gewusst, selbst damals gegen seinen Vater. Außerdem besaß Therese nach über 600 Jahren Lebenserfahrung und ihrem Ehrensitz im Tribunal eine außerordentliche Menschenkenntnis. Er hätte sich Susis Freund lieber selbst vorgenommen, aber alles war besser, als dass Susi blindlings weglief und niemand wusste, wo sie war. Denn er traute ihr durchaus zu, sich ihren Sender im Arm kurzerhand mit einem Messer herauszuschneiden.

Wenn er diesen verflixten Vampir, der hinter den Frauen her war, doch bloß schon festgenagelt hätte! Er war zu nachlässig gewesen, hätte nachts auf die Jagd nach ihm gehen sollen, anstatt bei Jo im Bett zu liegen!

Wenigstens hatte es keine Opfer und keine Anzeigen mehr gegeben. Vielleicht hatte der junge Vampir nach der Begegnung mit ihm, einem Wächter, auch Hals über Kopf die Stadt verlassen – oder war inzwischen verhungert. Wenn es überhaupt derselbe war, der Susi angegriffen hatte, was er irgendwie bezweifelte.

Er hatte es gerade geschafft, dass Susi sich einigermaßen beruhigte, da klingelte sein Handy.

»Elia, gibt's was Wichtiges?«

»Jep! Unsere Gärtnerin hat einen interessanten Anruf bekommen. Vielleicht hast du mit deinem Verdacht doch recht. Sie holt heute einen gewissen Oskar vom Flughafen ab und bringt ihn zu sich nach Hause.«

»*Den* Oskar? Ramóns Handlanger und Folterknecht? Aber hat John nicht gegen ihn gekämpft, als er Lara befreien wollte? Ist Oskar etwa lebend davongekommen?«

»Ich weiß nicht mehr als du. Ich schick dir die Audiodatei auf dein Handy.«

»Ich seh schon, die Arbeit ruft«, sagte Susi. »Dann mach ich mich vom Acker.«

»Susi.« Er hielt sie einen Moment am Arm zurück. »Was auch immer geschieht, renn nicht weg, hörst du? Meinen Bruder hat es das Leben gekostet. Wir finden eine Lösung.«

Wir finden eine Lösung – das hatte seinem Bruder niemand gesagt. Vielleicht wäre das seine Rettung gewesen ...

Susi winkte ihm von der Tür aus zu.

Hoffentlich beging sie keine Dummheit!

Er hörte den Anruf ab und zog währenddessen den Reißverschluss seiner Motorradjacke ein Stück hinab. Unter den amüsierten Blicken der anderen Cafébesucher stopfte er sich kurzerhand den Berg an Fläschchen und Behälter von Susi hinein.

»Hallo, Mom« begann die Aufzeichnung. »Ich wollte dich nur dran erinnern, dass du Oskar abholen musst. Jetzt kannst du ihn endlich wieder in die Arme nehmen und verwöhnen.« – »Geht's ihm gut?« – »Ja, hat wohl alles gut überstanden. Du musst die Papiere mitbringen, die du für ihn besorgt hast, damit er legal einreisen kann.« – »Weiß ich doch, Sami. Und danke für deinen Anruf.« – »Von mir aus könnte der bleiben, wo der Pfeffer wächst, Mama. Ich weiß ja, du willst nicht allein sein, aber muss es unbedingt der sein? Mit seinem fetten Bauch ist er echt keine Schönheit und von seinem Geruch wollen wir erst gar nicht reden. Warum du ihn in dein Bett lässt, kann ich echt nicht verstehen.« – »Hör auf, mich zu nerven, Sami. Er gehört zur Familie, basta!«

Oskar – war das jetzt ihr Mann? Ihr Freund? Einen Bruder ließ man schließlich nicht ins Bett. Oder meinte sie mit Familie die Vampirfamilie? Einer von den Gesetzlosen, den sie bei sich unterbringen musste, weil man sie unter Druck setzte? Hatte man sie gezwungen, falsche Papiere zu besorgen, um einen Killer des Blutfürsten Raúl, der immer noch auf Rache sann, ins Land zu schmuggeln?

Sein Kopf brütete ein Szenario nach dem anderen aus, während er die Maschine immer wieder aufheulen ließ und ungeachtet aller Tempolimits durch die Straßen zu Jos Haus jagte.

Gehörte Jo doch zu Raúls Leuten und hatte ihn die ganze Zeit nur an der Nase herumgeführt?

Hatte Raúl extra eine Frau geschickt, um ein schwaches Glied in der Kette zu finden, das sie manipulieren könnte?

Hatte Jo ihre Weiblichkeit und Schwäche benutzt, um ihn zu manipulieren?

Würde durch seine Schuld wieder jemand sterben?

Als er die Maschine abstellte und zu Jos Haus ging, hatte er das Gefühl, gleich zu explodieren. Erst am Klicken wurde ihm bewusst, dass er bereits seine Pistole gezogen und gerade entsichert hatte.

Verlor er wieder die Kontrolle?

Im Übungsszenario hatte er neunzig Prozent der Unschuldigen erschossen, selbst die Mutter mit der Milchflasche.

Wie weit würde er diesmal gehen?

Sein Körper zitterte, als er sich zwang, stehen zu bleiben und nicht sofort die Tür einzutreten. Er rang um Beherrschung, wollte tief durchatmen und sich sammeln, aber da wurde die Haustür auch schon aufgerissen – von Samuel.

Der Junge hatte echt Nerven, ihn so zu erschrecken!

»Ach du Scheiße! Sind wir wieder in Schießlaune?«

Quint war heilfroh, den Teenager nicht im Affekt über den Haufen geschossen zu haben, aber viel mehr Selbstbeherrschung brachte er nicht zustande.

Mit zusammengebissenen Zähnen knurrte er: »Wo ist dieser Oskar?«

Jos Sohn schaute ihn erst verdutzt an und brach dann in schallendes Gelächter aus. Hatte der Junge denn kein bisschen Selbsterhaltungstrieb?

Von oben im Haus hörte Quint seine Mutter rufen: »Was ist denn da unten los?«

»Alles okay, Mama! Ich amüsiere mich nur köstlich«, rief er hoch und flüsterte ihm dann zu: »Ich weiß nicht, was meine Mutter an dir findet, aber bis heute Nachmittag scheinst du sie glücklich gemacht zu haben. Nur aus diesem Grund werde ich deinen schießwütigen Arsch retten. Dafür bist du mir dann aber was schuldig, verstanden?«

Die letzten Sätze hatte der Junge nur noch geflüstert, vermutlich weil seine Mutter gerade herunterkam. Zwischen Samuel und ihm konnte sie seine Waffe nicht sehen – noch nicht.

»Steck das Ding jetzt ein, Quint«, sagte Jos Sohn kaum noch hörbar.

Das würde er auf keinen Fall tun!

Der Teenager hatte sogar noch den Schneid, erwartungsvoll die Augenbraue zu heben.

»Was ist hier los?«, fragte Jo und selbst der Unsensibelste hätte gemerkt, dass sie stinksauer war.

Sobald sie ihn anschaute, leuchteten die goldenen Strahlen in ihren Iris wieder auf. Merkte sie das eigentlich?

Er fragte sich, ob er die ganze Zeit bewusst von ihr manipulierte wurde oder dem lieben Gott einfach nur dankbar dafür sein sollte. Vermutlich Letzteres, denn innerhalb eines Wimpernschlages verschwand das Gefühl, gleich zu explodieren. Seine Wut verblasste, die Anspannung verließ ihn und damit kehrte auch seine Beherrschung zurück.

»Der Preis ist gerade gestiegen«, murmelte Samuel kaum hörbar und rückte so nah an ihn heran, dass er seiner Mutter die Sicht auf die Pistole verdeckte, obwohl sie inzwischen sehr nah war. Dann erklärte der Teenager seiner Mutter: »Ich wollte Quint gerade erzählen, dass du deinen fetten *Kater* Oskar mit viel zu teurem Katzenzeug fütterst. Er wird noch platzen.«

Quint versuchte, seine Überraschung nicht zu zeigen, und ließ unbemerkt die Pistole verschwinden.

»Stell dir vor«, und jetzt grinste der Junge ihn ausgesprochen hinterlistig an, »Quint hat gerade angeboten, mir das Schießen beizubringen, und lädt mich heute zum Paintball ein.«

»Ach ja?« Jos Stimme bebte vor Zorn.

Unsicher blickte Quint zu Samuel und antwortete ihr: »Ähm, ja?«

»Dann nimm deine sexy Blondine lieber nicht mit! Sie passt altersmäßig nämlich eher zu Sami und er könnte sie dir ausspannen.«

»Oh, wow!«, rief der Teenager und wedelte beschwichtigend mit den Händen. »Hier wird's mir zu heiß. Den Ärger musst du allein ausbaden, Quint.«

Und schon war der Junge verschwunden.

»Von wem redest du da, Josephine?«

Mit einem stechenden Blick verschränkte sie die Arme vor der Brust.

»Von der blonden Frau, die im Starbucks an dir klebte, als gäbe es kein Morgen.«

»Ach so das …«

War es möglich, dass Jo eifersüchtig war?

Sie verengte ihre Augen zu Schlitzen.

»Ach so? Du bist ja ziemlich abgebrüht, Quint. Aber ich nicht! Warum hast du mich überhaupt im Scotti's geküsst, wenn du …«. Sie hielt kurz inne und dann schnaubte sie zornig. »Ich blöde Kuh. Das hast du ja nur getan, um mich auszuhorchen.« Wenn Blick töten könnten, wäre er jetzt vermutlich tot umgefallen.

»Na, dann ist das ja geklärt«, stieß sie wütend aus.

Oh ja, für ihn war die Sache nun klar: Josephine war mordsmäßig eifersüchtig! Irgendwie gefiel ihm das, nur nicht, dass Jo nach der Tür griff und sie ihm vor der Nase zuknallen wollte. Aber das war ein kleines Problem, er hielt einfach die Tür fest.

»Lass mich das erklären, Jo.«

»Du brauchst mir gar nichts zu erklären! Wie konnte ich nur so blöd sein!«

»Das war Susi, die Tochter von Arabella. Ich kenne sie, seit sie klein ist, und hab mich mit ihr getroffen, weil, na ja, weil …«

Wie sollte er das nur erklären, ohne sich bis auf die Knochen zu blamieren?

Doch bevor er noch etwas sagen konnte, flitzte ein graues Fellbündel an seinen Füßen vorbei nach draußen.

»Mist! Oskar geht stiften! Wir müssen ihn einfangen! Er findet vielleicht nicht zurück.«

Quint war unglaublich schnell, das musste Jo ihm lassen. Oskar kam nur ein paar Meter weit, ein Hechtsprung von Quint und er hatte ihn. Waren das wirklich noch die Reflexe eines geübten Bodyguard oder …

Ihr Gedankengang löste sich auf, als sie zwei Dinge entdeckte. Erstens: Quint hielt ihren Kater fest, aber keineswegs rabiat in seinen Händen. Zweitens: Der Reißverschluss seiner Lederjacke hatte sich geöffnet und auf dem Boden vor Quint lagen unzählige Fläschchen und Behälter. Verblüfft trat sie auf ihn zu, bückte sich und nahm eines in die Hand.

»Spülung für widerspenstige Haare«, las sie ab und runzelte die Stirn.

Auf dem nächsten stand Pflegeshampoo, dann war da noch ein Aftershave und zig andere Kosmetikartikel. Verdutzt hielt sie ihm die Spülung unter die Nase und wollte schon fragen, was es damit auf sich hatte, aber Quint kam ihr zuvor: »Das ist alles von Susi. Sie meinte, ich sollte – na ja, du kannst es dir ja denken.«

Verlegen rieb er sich mit einer Hand den Nacken und wurde doch tatsächlich rot.

»Bitte, frag lieber nicht.«

»Okay«, erwiderte sie zögernd. »Ich werde das hier dann mal für dich aufsammeln und du bringst Oskar rein.«

Sichtlich erleichtert, nichts erklären zu müssen, verschwand Quint im Haus. Bei den Sachen, die sie auflas, war eine zierliche Polierfeile für Fingernägel dabei. Sie stellte sich vor, wie Quint mit dem kleinen Ding in seinen großen Händen versuchte, seine Nägel zu polieren. Dann war da noch eine Pflegepackung für störrische Locken. Unwillkürlich sah sie Quint vor ihrem inneren Auge, wie er mit Rambomesser und Pistole am Gürtel diese Creme in sein Haar schmierte und während der Einwirkzeit seine Waffen reinigte. Sie konnte sich ein Lachen nicht mehr verkneifen.

Kapitel 21

Bis sie alle Teile eingesammelt hatte, war ihre Stimmung umgeschlagen und sie rang mit einem Lachanfall, als sie in die Küche kam und das Potpourri auf den Tisch stellte.

»Sag nichts, ich warne dich«, meinte Quint, aber ihr standen schon die Tränen in den Augen. Sie kämpfte dagegen an, verlor aber und prustete los vor Lachen. Doch anstatt wütend zu sein, schmunzelte Quint und kraulte ihren zuvor verschreckten Kater, der sich ihm jetzt völlig entspannt und schnurrend hingab. Er schien mit solchen Tieren gut umgehen zu können. Als ob er ihren Gedanken erraten hätte, sagte er: »Mit Katzen komme ich besser klar als mit Menschen. Sie sind ehrlich, durchschaubar, unkompliziert.«

»Da hast du recht«, erwiderte sie nachdenklich.

»Ich hab mal einen Wurf Luchse großgezogen, die hätten dir gefallen.«

Sie hatte sofort ein Bild vor Augen: Quint in einem sonnendurchfluteten Wald mit einer Meute Babyluchse, die um ihn herumwuselten...

»Da wäre ich gern dabei gewesen. Ich liebe Wildtiere.«

Während ihrer Arbeit im Zoo hatte sie es besonders genossen, in den Pausen die Raubtiere zu beobachten. Hinter Gittern wirkten sie recht harmlos und entspannt, aber wehe, man betrat ihren Käfig, ihr Territorium – irgendwie erinnerte sie das ein wenig an Quint.

Der wies mit dem Kinn auf ihren Kater und meinte: »Schönes Tier und ziemlich groß. Was für eine Rasse ist das?«

»Oskar ist eine Norwegische Waldkatze, Bluesmoke, so nennt man diese rauchgraue Fellfarbe.«

Sie liebte sein flauschiges, langes Fell, seinen scharfen, Blick, wenn seine Ohren sich aufmerksamen nach vorn richteten. Saß der Kater aufrecht, wirkte er geradezu majestätisch. Sein Fell zu streicheln war schon fast ein sinnliches Vergnügen. Um seinen Hals und zum Bauch hin war das Fell eine Nuance heller und länger, als hätte er eine Löwenmähne – nur viel edler. Der Schwanz hatte geradezu verschwenderisch langes, buschiges Haar und oft erkannte man die Stimmungslage des Katers daran.

»Und du hast recht, Quint, die Norwegischen Waldkatzen sind große Vertreter unter den Hauskatzen. Oskars Körpers misst vom Kopf bis zum Schwanz ganze 53 Zentimeter, der buschige Schwanz selbst ist nochmal 39 Zentimeter lang, aber ich gebe zu, er ist ein bisschen zu fett. Ich wollte ihn schon länger aus dem Ausland nachholen, aber mit dem ganzen Papierkram hat das ewig gedauert.«

»Wirst du ihn im Haus einsperren?«, fragte Quint mit einem Anflug von Ärger.

»Nein, das ist nur für die Eingewöhnungsphase. Er muss raus in die Natur und herumstreunen, sonst würde er eingehen.«

»Gut«, sagte er sichtlich zufrieden.

»Wann lerne ich denn endlich deine Pumadame kennen, Quint?«

»Ich weiß nicht, ob das eine gute Idee ist. Ich hab Wildheart zwar mit der Flasche großgezogen, aber sie ist und bleibt ein Wildtier. Wenn sie mit dir spielt, wäre es möglich, dass sie dich kratzt, und falls du sie erschreckst, würde sie vielleicht mit der Tatze nach dir schlagen.«

»Mehr nicht?«

»Ich würde dich nie mit ihr allein lassen. Sicher ist sicher.«

Sie betrachtete Quint, der ganz entspannt hier an ihrem Küchentisch saß, als wäre es das Selbstverständlichste der Welt. Sie wünschte sich so sehr, ihn genau in dieser Stimmung für immer festhalten zu können. Doch sowohl ihr Verstand als auch ihr Gefühl sagten ihr leider, dass ein einziges, verdächtiges Geräusch ausreichen würde, um ihn wieder in einen aggressiven, schießwütigen Kerl zu verwandeln.

Aber so, wie er ihr in diesem Moment gegenübersaß, konnte sie sich eine Beziehung mit ihm vorstellen. Sie musste unbedingt mehr über ihn erfahren, ihn zum Reden bringen. Das würde bestimmt nicht so leicht werden und das Thema müsste sie mit Bedacht wählen.

Sie danke ihm zunächst für seine gestrige Hilfe und die Sandwiches, aber damit wusste er auch nicht umzugehen. Er schien wirklich nicht geübt in Konversation. Außerdem hütete er ein Geheimnis und würde sich komplett verschließen, wenn sie sofort daran rührte. »Erzähl mir von Susi«, bat sie ihn schließlich, denn in ihrer Gegenwart, dort im Café, hatte er ungezwungen, ja sogar fröhlich gewirkt.

Und tatsächlich fing Quint an zu erzählen. Dass er keine Namen und Orte erwähnte, fiel ihr sehr wohl auf, doch sie beließ es dabei. Quint kam ihr wie ein wildes, scheues Tier vor, dem man Zeit lassen musste, bis es aus seiner Ecke herauskroch, ohne aus Angst sofort anzugreifen und zuzubeißen.

Nach den kleinen Anekdoten über Susi war jegliche Eifersucht ihrerseits ausgeräumt, zwischendurch hatten sie sogar herzlich gelacht. Einmal erwähnte er seinen Bruder, auch dessen Namen sprach er nicht aus und sie registrierte, dass sein Gesicht einen Ausdruck von Wehmut, Schuld und Schmerz zeigte. Den gleichen Ausdruck, den er im Scotti's gehabt hatte, als er den Todestag seines Bruders erwähnte. Die Stimmung drohte an diesem Punkt zu kippen, deshalb hatte sie ihn schnell mit einer lustigen Begebenheit aus Samis Kindertagen abgelenkt.

War es der Tod seines Bruders, der ihn aus der Bahn geworfen und seine Persönlichkeit verändert hatte?

War das die Ursache für diese zwei ganz unterschiedlichen Seiten von Quint: die fürsorgliche, behutsame und die misstrauische, tödlich explosive?

Aber auch ihre Vergangenheit war nicht rosarot, auch sie war nicht dieselbe geblieben.

Ihr Gespräch dauerte nicht sehr lange, aber es war ein guter Anfang. Anschließend ging Quint mit Sami in den Garten. Sie sah ihnen vom Schlafzimmerfenster aus zu, während sie drinnen Wäsche zusammenlegte und ein bisschen aufräumte.

Zunächst erklärte er Sami offenbar einiges zur Funktionsweise der Pistole und zeigte ihm den richtigen Umgang mit einer Schusswaffe. Dann ließ er ihn das Laden des Magazins, das Anvisieren und die Haltung beim Schießen üben, korrigierte ihn geduldig, bis alles hundertprozentig richtig war.

Zum Glück war ihr Garten nicht von außen einsehbar!

Eine andere Mutter hätte bestimmt etwas dagegen gehabt, dass man ihrem Sohn das Schießen beibrachte, aber sie war froh darüber. Die Monster, die in der Dunkelheit lauerten, ließen sich nicht mit freundlichen Worten aufhalten. Deshalb hatte ihr Freund sie damals ebenfalls das Schießen gelehrt, und zwar so lange, bis sie aus jeder Situation heraus zielsicher Kopf oder Herz eines Angreifers treffen konnte.

Quint und Sami gingen im Garten ganz locker miteinander um, ihr Sohn kam augenscheinlich gut mit ihm klar.

Warum war das zwischen ihnen dann nur so schwierig?

Warum war er ihr gegenüber immer wieder so angespannt und misstrauisch?

Als Quint einen Schalldämpfer auf seine Pistole schraubte und die große, prächtige Linde ins Visier nahm, wurde es ihr dann doch zu viel und sie lief nach unten in den Garten.

»Hey! Ich liebe diesen Baum. Mein Vater hat diese Linde zu meiner Geburt gepflanzt und ihr werdet keine Metallgeschosse in seinen Stamm feuern!«

»Mama, du bist mal wieder voll die Spaßbremse. – Los, Quint, dann gehen wir jetzt in die Paintballarena.«

Jo fuhr mit zu dieser Paintballarena. Zum einen wollte sie ihren Sohn mit Quint noch nicht allein lassen, zum anderen war sie neugierig darauf.

»Ihr habt Glück«, sagte Thomas, der junge Mann hinter der langen Theke.

In seinem Rücken befanden sich diverse Ausrüstungsgegenstände, Gesichtsmasken und Waffen, die allesamt täuschend echt aussahen.

»Eigentlich muss man hier im voraus buchen, aber einige Teilnehmer einer angemeldeten Gruppe haben abgesagt und sie suchen noch Gegenspieler. In eineinhalb Stunden hat eine andere Gruppe unsere Halle aber schon exklusiv gebucht. Es ist besser, wenn ihr dann schon raus seid. Die sind etwas – speziell.«

»Speziell?«, fragte Quint mit erhobener Augenbraue.

»Na ja, für die ist das schon fast kein Spiel mehr. Für meinen Geschmack sind die ein bisschen zu militärisch drauf, haben wohl ihren Beruf verfehlt.«

Thomas händigte ihnen Overalls und Ausrüstung aus, erklärte ihnen, wie man die Farbkugeln nachfüllte und vieles mehr.

»Und wenn ihr nachher Durst bekommt, wir haben vom Kaffee bis zum kühlen Bier alles, was das Herz begehrt. So, jetzt lest euch bitte noch die Regeln auf dem Schild da vorn durch. Verboten sind insbesondere Schüsse auf den Kopf. Unsere Gesichtsmasken schützen nur vorn und Kopfschüsse aus nächster Nähe könnten eine Gehirnerschütterung verursachen.«

Jo hielt sich erst mal raus. Es gab eine Galerie hoch über der großen Halle, von wo aus man den Spielern unten zusehen konnte. Dort setzte sie sich an einen Bistrotisch, legte die Füße auf einen zweiten Stuhl und trank gemütlich einen Kräutertee.

In der ehemaligen Industriehalle hatte man eine Art Straßenszene nachgebaut, wobei die Häuserwände maximal zwei Meter hoch waren, meist sogar niedriger, und das Ganze hatte das Aussehen einer halb zerbombten Stadt.

Die Aufgabe der beiden Gruppen bestand darin, abwechselnd eine Fahne ins Ziel am anderen Ende der Halle zu bringen, was die Gegenpartei natürlich zu verhindern versuchte.

Im Grunde war dort unten ein großer Männerspielplatz, aber warum auch nicht? Sami hatte einen Riesenspaß und sie freute sich für ihn, denn das war in letzter Zeit selten vorgekommen.

Quint erteilte ihrem Sohn offensichtlich einige Ratschläge und sie schienen stets eine gemeinsame Taktik auszuhecken. Die beiden gaben in ihren Augen ein gutes Team ab und das gefiel ihr. Quint stieß Sami sogar zweimal zur Seite, als man auf ihn schoss, und kassierte dafür selbst einen »tödlichen« Treffer. Das beeindruckte sie am meisten.

Falls sie und Sami Schutz brauchten – und das war gar nicht so unwahrscheinlich –, wäre Quint genau der Richtige. Sie würde versuchen, mit seiner Geheimniskrämerei klarzukommen, ihr machte nur Sorgen, dass Quint so unberechenbar und explosiv war. Unwillkürlich stand ihr das Bild vor Augen, als er mit gezogener Waffe auf den Bulli zielte, in dem Sami saß, was er allerdings nicht geahnt hatte. Trotzdem lief ihr bei der Erinnerung daran ein eiskalter Schauer über den Rücken.

Sie atmete einmal tief durch.

Immerhin hatte Quint sich später dafür entschuldigt und die zwei verstanden sich inzwischen ja ganz gut. Außerdem hatte Quint sich gestern in einer Weise um sie gekümmert, die ihr Herz zutiefst berührte.

Und obwohl er sich sehr extrem verhielt, hatte sie schon an ihrem zweiten Arbeitstag auf dem Gelände der Bodyguardagentur das Bedürfnis verspürt, ihm zu helfen. Es war der Tag gewesen, als Quint im Gewitterregen vor ihr gestanden und sie gebeten hatte, nie mit einer Waffe aufzutauchen – er hatte etwas Verzweifeltes an sich gehabt.

Auch andere in dieser Agentur schienen sich Sorgen zu machen, dass Quint die Kontrolle verlor. Er war wie eine tödliche Waffe, woran im Prinzip nichts Schlimmes war – wenn man mit dieser Fähigkeit Menschen schützte und Mörder aufhielt. Doch leider reichte der Verdacht einer Bedrohung oder eine simple Wasserpistole und bei Quint brannte eine Sicherung durch und das würde Unschuldigen den Tod bringen. Genau das machte Quint so gefährlich und musste sich dringend ändern. Sie hoffte inständig, ihm helfen zu können, seine Kontrolle wiederzuerlangen.

Nachdem sie einige Zeit dem Treiben unten zugesehen hatte, verließ die kleine Gruppe, mit der Quint und Sami gespielt hatten, die Halle und die zwei waren dort nun allein. Sie hatte sich vorher nicht getraut mitzumachen, war aber immer neugieriger geworden. Jetzt wollte sie dieses Paintball auch mal ausprobieren und ging nach unten an die Theke. Wie die anderen tauschte sie ihre Klamotten gegen einen Overall.

»Ich geb Dir die für den Anfang«, sagte Thomas und reichte ihr eine Pistole.

»Die sieht aber ganz schön echt aus.«

»Ja, eine optische Nachbildung der SIG Sauer P226.«

»SIG Sauer – davon hab ich schon mal gehört.«

»Und das da hinten ist eine Nachbildung des AK47 – auch Kalaschnikow genannt.«

Er deutete auf ein martialisches Sturmgewehr im Regal hinter ihm.

»Hier, das ist deine Gesichtsmaske, und nimm besser noch diese Weste dazu. Tut ein bisschen weh, wenn man was abbekommt.«

»Ach ja?« Das konnte ja heiter werden.

Als sie umgezogen war und die Ausrüstung angelegt hatte, suchte sie Quint und ihren Sohn in der Halle. Doch kaum hatte sie die zwei gefunden, musste Quint raus, um mit seiner Bodyguardagentur zu telefonieren. Kurz darauf erklärte Sami, dass seine Waffe Ladehemmung habe und er zur Hallenaufsicht müsse. Sie solle inzwischen schon ein bisschen an den Pappsoldaten üben, die teils versteckt, teils offensichtlich in dem Straßenszenario angebracht waren. Also lief sie durch die mutmaßlichen Häusergassen und schoss auf jeden Pappkameraden, den sie entdeckte. Es war lustig und ein wenig wie in einem Actionfilm. Bis zu dem Moment, an dem sie plötzlich von acht ganz in schwarz gekleideten Männern umzingelt war, die mit ihren Möchtgern-Sturmgewehren auf sie zielten.

»Na, wen haben wir denn da?«, verkündete einer der Typen überheblich und schaute dabei mehr zu seinen Männern als zu ihr.

»Josephine von der Linde«, entgegnete sie resolut und hob das Kinn. Dass der Typ sich aufführte, als wäre er ein Kommandeur, der Elitesoldaten anführte, ging ihr gleich auf den Keks.

»Nicht hier drin, Püppchen.«

Püppchen? Sie biss die Zähne zusammen, hätte ihm das Püppchen am liebsten mit einem Schlag zwischen die Beine vergolten.

»Hier bist du rot«, fuhr er fort und deutete mit dem Lauf seiner Kalaschnikow auf das Abzeichen am Oberarm ihres Overalls. »Wir sind blau. Und wie ich sehe, hast du *unsere* Fahne im Besitz.«

Das Ding hatte Sami ihr vorhin gegeben. Sie hatte es sich in ihre Weste gesteckt und schon fast vergessen.

»Du musst dich verirrt haben. Lauf schnell wieder heim, geh kochen und putzen. Das kannst du bestimmt besser«, meinte einer der Männer und alle brachen in schallendes Gelächter aus.

»Ich kann schießen! Wahrscheinlich sogar besser als ihr!«, protestierte sie und ließ einen herausfordernden Blick über die Machos gleiten. Das war bestimmt unklug, aber sie hatte auch ihren Stolz und würde sich von diesen Typen nicht demütigen lassen. Und weil sie die spöttischen Blicke der Machos anstachelten, fügte sie hinzu: »Außerdem habe ich einen Waffenschein und statt eines Spielzeugs eine echte Pistole zu Hause.« *Im Gegensatz zu euch Blindgängern!*

»Dann lass uns doch mal sehen, was du draufhast«, meinte der Anführer bissig.

Mit ihrem Kommentar hatte sie wohl ins Schwarze getroffen und seinem Blick nach zu urteilen würde er ihr das heimzahlen.

»Wenn du es schaffst, unsere Fahne durch den Battleground zum Eingang zu bringen, ohne dass wir dich umnieten, spendier ich dir sogar ein Bier.« Er setzte ein fieses Grinsen auf und wandte sich an seine Kumpane: »Wir geben dem Püppchen einen kleinen Vorsprung, aber danebengeschossen wird nicht! Wer dieses Battlefield betritt, darf keine Pussy sein und muss was einstecken können.«

Jo erinnerte sich sofort an Thomas' Worte, diese Schüsse mit Farbkugeln würden *ein bisschen* wehtun und es hatte so geklungen, als untertreibe er.

Während die Kerle begeistert grölten, wurde ihr ganz anders, aber sie wollte sich vor diesen Machos keine Blöße geben und es wenigstens versuchen. Immerhin hatte sie vorhin auf der Galerie einen guten Überblick auf diese »Stadt« gehabt und gesehen, wie sich Quint und Sami bewegt hatten, um den anderen zu entwischen. Außerdem würde jeder Kerl ausscheiden müssen, den sie am Oberkörper traf, denn so lauteten die Regeln.

Kurz darauf pfiff der Anführer mit seiner Trillerpfeife und sie rannte los.

Leider verlor sie die Orientierung, nachdem sie zweimal ihren Weg ändern musste, um einem der Männer auszuweichen. So langsam fühlte sie sich ernsthaft gejagt. Denn diese Männer verhielten sich, als würde es tatsächlich um Leben und Tod gehen, und irgendwie schwappte das auf sie über.

Sie hetzte durch die Gassen und wurde am Bein erwischt. Das tat ganz schön weh, aber sie biss die Zähne zusammen. Diesen Typen würde sie nicht die Genugtuung geben zu jammern!

Nach rund drei Minuten war sie komplett durchgeschwitzt. Dafür hatte sie aber schon drei von den Blauen ausgeschaltet, was die zwar ziemlich sauer werden, sie selbst jedoch triumphierend lächeln ließ. Und ihr Lächeln wurde noch breiter, als sie gleich darauf durch ein Mauerloch das Knie des Anführers traf. Der fluchte erst laut und rief dann wutentbrannt: »Jetzt bist du fällig, Püppchen!«

Kapitel 22

Quint kam wieder zurück in die Halle. Das Telefonat mit Elia hatte etwas länger gedauert. Er hatte sich nicht im Hauptquartier gemeldet und Elia wollte sichergehen, dass alles in Ordnung war – wegen Oskar. Diese Sache aufzuklären, war ziemlich peinlich gewesen und vermutlich lachte sich gerade das ganze Hauptquartier über ihn schlapp. Anschließend hatte Elia noch etwas anderes mit ihm besprechen müssen.

Sami stand im Eingangsbereich der Paintballhalle vor der unbesetzten Theke.

»Was ist los?«, fragte er Sami.

»Ladehemmung, Verstopfung? Ich weiß nicht. Thomas hat gesagt, er kümmere sich darum. Aber er bekam einen Anruf und telefoniert jetzt schon ewig. Firmenevent oder so. Aber ich glaube, wir sollten Mama aufsammeln und verschwinden. Eine Gruppe durchgeknallter Typen ist inzwischen hier, sicher die, vor denen uns Thomas vorhin gewarnt hat.«

Quint beschlich sofort ein mieses Gefühl. Er ließ seinen Blick durch die Halle schweifen.

»Wo ist deine Mutter jetzt?«

Der Junge zuckte mit den Achseln.

»Keine Ahnung, irgendwo in diesem Labyrinth. Hab ihr vorher gesagt, sie soll ein bisschen an den Kameraden aus Pappe üben, bis wir zurück sind.«

In diesem Moment hörten sie beide: »Jetzt bist du fällig, Püppchen!«

»War auch eine Frau in dieser Gruppe?«, fragte er Jos Sohn.

»Nö, nur Männer.«

»Scheiße! Bleib du hier.«

Er hatte sich das Labyrinth eingeprägt und lief zunächst in die Richtung, von wo man Jo Püppchen genannt hatte.

Hoffentlich war er zuerst bei Jo!

Du wirst wie damals zu spät kommen, verspottete ihn eine hässliche Stimme in seinem Kopf.

Je mehr Pseudosoldaten ihm mit angelegter Waffe begegneten, desto mehr Wut stieg in ihm hoch. Nachdem er zwei Typen einen Herzschuss verpasst hatte, war seine Pistole leer und er warf sie beiseite.

»Jetzt hab ich dich, Püppchen! Und diesen Schuss werde ich so was von genießen«, hörte Quint und roch gleichzeitig Jos Angstschweiß.

Sein Verstand schaltete sich komplett ab.

Purer Instinkt trieb ihn an, so schnell, dass die Kulisse in seinem Gesichtsfeld verschwamm. Ein Gefühl von Todesangst streifte sein Bewusstsein und dann tauchte Jo vor ihm auf: Ein Mann stand nur einen Meter von ihr entfernt und zielte mit einem Sturmgewehr auf ihren Kopf.

Rot, Josephine sah nur noch dieses Rot: überall am Boden, an einem der Männer. Zwei kämpften direkt vor ihr ...

Ihr wurde schwindelig, die Szenerie veränderte sich. Wieder so viel Rot, wieder kämpften zwei Gestalten vor ihr – und einer um ihr Leben. Ihr Freund, in einer Lache seines eigenen Blutes, verteidigte sie mit letzter Kraft vor den Monstern.

Es waren zu viele.

Er würde es nicht schaffen.

Einer riss seinen Mund auf, lange, spitze Fangzähne blitzten im Schein der Straßenlaterne auf ...

»Mama, ist alles in Ordnung?«

Das flüchtige Bild löste sich auf.

Nein! Sie wollte mehr, wollte alles erfahren!

Ihr Herz pochte wie wild.

»Mama?«

Ihr Sohn tauchte in ihrem Gesichtsfeld auf. Sie zwinkerte, versuchte ihm zuliebe, wieder ins Hier und Jetzt zu gelangen, obwohl ihre Seele lieber in diese dunkle Gasse zurückwollte.

Sie blinzelte erneut und sah Quint schwer atmend auf dem Anführer liegen. Quint war voller roter Farbe, der durchgeknallte Typ musste sein ganzes Magazin an ihm geleert haben, während sie selbst keinen einzigen Spritzer abbekommen hatte. Quint musste sich schützend vor sie geworfen und ihn mit sich zu Boden gerissen haben.

Der zornige Anführer der Machotruppe hatte ihr einen Kopfschuss verpassen wollen und die Waffe hatte so authentisch ausgesehen!

Für einen Moment war sie wirklich in Panik geraten.

War es Quint genauso gegangen?

Hatte er tatsächlich versucht, ihr das Leben zu retten? Oder war es für ihn nur ein Spiel, bei dem er ganzen Einsatz zeigte?

Sie blinzelte erneut, blickte zu Quint.

Nein, das war ganz sicher mehr als spielerischer Einsatz: Quints Messerklinge lag an der Kehle des Anführers und sein Rambomesser war keine Attrappe wie die anderen Waffen hier. Er hielt den Messergriff so fest umklammert, dass seine Knöchel weiß hervor traten. Das Leben des Mannes hing an einem seidenen Faden – das war ihr sofort klar – und dieser Faden drohte jeden Moment zu zerreißen.

Eine falsche Bewegung, und die Kehle dieses Menschen wäre durchtrennt und Quint würde wegen Mordes hinter Gitter wandern.

»Scheiße!«, stieß Sami aus, als er die Lage nun auch erfasste.

Langsam, ohne ruckartige Bewegungen, näherte sie sich Quint und kniete sich neben ihn.

»Quint, mir ist nichts passiert.«

Vorsichtig streckte sie ihre Hand aus und berührte seine, die nach wie vor krampfhaft die scharfe Klinge an die Kehle des Mannes drückte.

»Ich bin nicht zu spät?«, sagte Quint.

Seine Aussage klang wie eine Frage, eine sehr wichtige Frage. Sein Blick wirkte abwesend. Sie bezweifelte, dass er die Situation überhaupt realistisch wahrnahm. Irgendein Film schien gerade vor seinem inneren Auge abzulaufen. Deshalb versuchte sie, auf das einzugehen, was er gesagt hatte, und zu begreifen, was er von ihr hören musste, um die Kurve zu kriegen.

»Nein, du warst rechtzeitig da, Quint. Mir geht es gut.«

Quint rührte sich nicht. Aber eine falsche Reaktion würde vermutlich reichen, und die Kehle des Mannes wäre durchtrennt. Ihr Herz raste, doch sie gab sich größte Mühe, ruhig zu bleiben, und suchte fieberhaft nach dem Code, dem Satz, was auch immer, der Quint entschärfen würde.

»Alles ist gut, Quint. Du hast den Kampf gewonnen. Die Gefahr ist vorüber. Du kannst das Messer jetzt einstecken.«

Bitte, Quint, komm zu dir, bevor es zu spät ist!

Er rührte sich immer noch nicht.

Sekunden dehnten sich zu einer Ewigkeit.

»Quint, schau mich an«, bat sie verzweifelt.

Endlich wandte er den Kopf in ihre Richtung und sah ihr in die Augen. Sein Griff um das Messer lockerte sich und einen Moment später ließ er von dem Mann ab und stand auf.

Der Anführer kam wacklig auf die Beine und taumelte hastig drei Schritte zurück, wo mittlerweile seine ganze Truppe versammelt war. Er griff sich an die Kehle und starrte dann entsetzt auf seine blutigen Finger. Eine feine Blutspur lief quer über seine Kehle, nur ein oberflächlicher Schnitt, aber viel hätte nicht mehr gefehlt.

»Das ist Körperverletzung!« schrie der Kerl außer sich. »Der wollte mich umbringen! Ich werde ihn anzeigen!«

Quint war augenscheinlich immer noch nicht ganz er selbst. Sie musste diese Sache sofort in die Hand nehmen und regeln. Falls die Polizei auftauchte, würde das sicher schlecht für ihn ausgehen. Vielleicht gelang es ihr ja, diese Männer bei ihrem Stolz zu packen und mit ihrer eigenen Machoart zu schlagen.

»Körperverletzung?«, spottete sie in gespielter Überheblichkeit. »Du hast gerade mal einen läppischen Kratzer! Und wie hast du vorhin so schön gesagt: ›Wer dieses Battlefield betritt, darf keine Pussy sein und muss was einstecken können.‹ Das hat er doch gesagt, oder Jungs?« Die Männer nickten, wenn auch widerwillig, und ihre Taktik schien aufzugehen. Der Anführer wurde angesichts der Reaktion seiner Leute unsicher, er scheute wohl eine Blamage.

»Mein Partner ist eben Bodyguard und hat antrainierte Schutzreflexe«, spielte sie die Sache mit aufgesetzter Lässigkeit herunter. »Das ist nur ein Spiel, schon vergessen?« Sie zögerten, also gab sie ihnen – um Quints willen – noch eine Genugtuung, auch wenn es ihr schwerfiel: »Hey, ihr wart besser und ich hab verloren. Dafür geb ich jetzt jedem von euch ein Bier aus. Okay?«

»Ja, komm, lass uns alle einen trinken«, sagte endlich einer der Männer und klopfte dem Anführer der Truppe auf die Schulter.

So schnell wie möglich bugsierte Jo Quint nach vorn, um die Ausrüstung und den Overall abzugeben, und dann nach draußen. Sie hatte Angst, dass der Typ es sich doch noch anders überlegte und die Polizei rief. Zum Glück sagte Quint kein Wort, sie auch nur das Notwendigste, obwohl sie innerlich total aufgewühlt war. Als sie endlich draußen an ihrem Bulli und seiner Kawasaki ankamen, brach es schließlich aus ihr heraus. Sie baute sich vor Quint auf und funkelte ihn wütend an.

»Du hättest da drin um ein Haar einen Menschen getötet, Quint!«

Er wäre ins Gefängnis marschiert und sie hätten sich nie wieder gesehen!

Quint stand nur da, den Blick ins Nirgendwo gerichtet. Er verteidigte sich mit keinem Wort – von einer Entschuldigung ganz zu schweigen – und seine Miene zeigte nicht die kleinste Regung. Vor allem Letzteres brachte sie zur Weißglut.

»Quint, so kann das mit dir nicht weitergehen! Verstehst du das nicht?«

Er schaute sie nicht mal an, zog einfach den Motorradschlüssel aus seiner Jackentasche und wollte davonfahren.

»So nicht, Quint! So nicht!«

Merkte er nicht, was mit ihm los war?

Oder wusste er es und sah keinen Ausweg, keine Hoffnung mehr?

Er reagierte wieder nicht.

Am liebsten hätte sie ihm einen Kinnhaken verpasst, um ihn aufzurütteln.

Quint hatte sich um sie gekümmert, war für sie da gewesen und gerade eben hatte er sich vor einen vermeintlichen Todesschützen geworfen, um sie zu retten! Sie konnte ihn nicht einfach so gehen lassen. Mittlerweile bedeutete Quint ihr zu viel. Endlich hatte sie jemanden gefunden und nun sollte sie zusehen, wie er unaufhaltsam in den Abgrund rutschte?

Warum nur musste sie um alles in ihrem Leben so hart kämpfen?

Sie fühlte sich innerlich so müde und war all diese Kämpfe so unsagbar leid.

Schon oft war ihr der Gedanke gekommen, einfach zu kapitulieren, aufzugeben, sich allein an einem einsamen Ort zu verkriechen. Bisher hatte die Tatsache, dass es Sami gab, sie immer davon abgehalten. Sie war eine Mutter und ihr Sohn brauchte sie – noch.

Quints Kiefer mahlten, aber er sagte kein Wort und würdigte sie keines Blickes, streifte sich nur den Helm über den Kopf.

Ja, sie würde wieder einmal kämpfen müssen, und auch noch mit so einem harten Brocken. Aber Quint war es wert.

Mit körperlicher Gewalt könnte sie ihn jedoch nie im Leben aufhalten, also wählte sie einen anderen Weg.

»Quint! Morgen Abend kommst du zu mir und wir werden darüber reden, was passiert ist, oder ich erzähle eurem Agnus von deiner Aktion vorhin. Er scheint sowieso nicht so gut auf dich zu sprechen zu sein und vielleicht schmeißt er dich dann raus.«

Quint warf ihr einen eiskalten Blick zu.

»Das ist Erpressung.«

Dass er sie wieder anschaute wie einen verhassten Feind, tat ihr weh, aber sie biss die Zähne zusammen. Bei ihm musste sie mit harten Bandagen kämpfen.

Hoffentlich war sie dafür stark genug.

Er steckte den Schlüssel in die Maschine und startete den Motor.

»Nenn es, wie du willst, Quint, aber ich versuche, dir den Hintern zu retten, so wie vorhin da drin. So kann es mit dir nicht weitergehen, das muss dir doch klar sein.«

Anstelle einer Antwort ließ er die Kawasaki aufheulen und brauste davon.

Später, als sie mit Sami im Bulli saß, sagte ihr Sohn: »Mama, sag mal, hast du gesehen, wie schnell sich Quint bewegt hat, um zu dir zu kommen?«

»Nein. Um ehrlich zu sein, ich war abgelenkt. Erst habe ich nur noch die Mündung des Gewehrs gesehen, dann hatte ich so was wie einen Flashback. Aber ich habe heute gesehen, wie schnell er war, als er Oskar eingefangen hat, und schon da dachte ich …«

»Er ist zu schnell«, beendete Sami ihren Satz. »Zu schnell, um ein Mensch zu sein. Nicht wahr, Mama?«

»Ja, das glaube ich langsam auch.«

Sie schluckte und ihre Kehle wurde auf einmal staubtrocken, als ihr klar wurde, was das hieß.

»Wir können es aber nicht mit Sicherheit sagen, Sami.«

»Mach die Augen auf, Mama! Wir haben ihn kein einziges Mal essen gesehen und bisher war er immer nur nachts bei uns oder draußen.«

»Das kann auch ein Zufall sein, Sami. Wahrscheinlich geht er tagsüber arbeiten, wie andere Menschen auch.«

»Wenn er ein Mensch ist«, meinte Sami skeptisch.

Sie seufzte. »Ach, ich weiß auch nicht, Sami. Bestimmt dürfen Vampire ihre Identität niemals preisgeben. Da sie immer noch als Mythos und nicht als Tatsache gelten, gibt es entweder abschreckende Strafen falls ein Vampir sich outet oder sie bringen jeden Menschen um, der ihre wahre Natur entdeckt.«

»Aber du sagst doch immer, sie könnten Erinnerungen löschen. Dann brauchen sie ja nicht jeden umzubringen, oder?«

So viele Fragen und keine Antworten. Sie waren vor ihrem Haus angekommen und auf einmal fühlte sich Jo unendlich müde und abgekämpft. Eine Frage nagte besonders an ihr.

»Was würde Quint wohl tun, wenn er herausfindet, dass wir es wissen?«, murmelte sie.

Würde sie irgendwann wieder ohne Erinnerung aufwachen? Wie viele Tage würden dann wohl in ihrem Kopf fehlen?

Noch heute würde sie anfangen, wieder ein Tagebuch zu führen und es verstecken. Das hatte sie vor Samis Geburt auch schon getan. Aber das letzte Tagebuch mit den fünf Monaten vor dem Verschwinden ihres Mannes fehlte. Vermutlich hatte sie es an einem neuen Ort versteckt, an den sie sich nicht mehr erinnerte, weil man ein halbes Jahr aus ihrer Erinnerung ausradiert hatte. Zum Glück gab es heutzutage Smartphones! Sie würde sich für die jeweils kommende Woche einen Kalendereintrag machen, der sie an den Aufbewahrungsort des Tagebuches erinnerte.

»Aber wie verrät man dem anderen, was man ist, wenn man es nicht verraten darf?«, murmelte ihr Sohn nachdenklich.

»Gar nicht. Wir müssen es selbst herausfinden, und zwar ohne dass Quint es merkt. Und dann ist da noch etwas: Vielleicht ist er auch ein Monster und reißt sich bis jetzt nur zusammen. Wir müssen wissen, auf welcher Seite er steht und ob wir ihm unser Leben und unser Geheimnis anvertrauen können. Lass uns zur Sicherheit alles im Haus wegräumen, was uns irgendwie verraten könnte.«

Als sie aus dem Bulli ausstieg und die Tür zuschlug, fühlten sich ihre Glieder an wie Blei und jede Bewegung war ein Kraftakt.

»Außerdem sollte ich, so schnell es geht, Bargeld und falsche Papiere für uns besorgen, damit es uns möglich ist, jederzeit unterzutauchen.« Sie seufzte. »Aber woher soll ich nur das Geld dafür nehmen? Ich musste für diesen Auftrag so viel Material kaufen, dann die Rate vom Haus. Vielleicht wäre es besser für uns, wenn Quint nur ein reaktionsschneller Bodyguard wäre. Dann hätten wir die Möglichkeit, mit ihm ein ganz normales Leben zu führen.«

Sami grinste und schüttelte den Kopf. »Wir? Ein normales Leben? Niemals. Apropos normales Leben: Machen dir die Typen immer noch Schwierigkeiten, von denen du mir erzählt hast? Ich hätte Lust, da mal vorbeizugehen und den ganzen Laden aufzumischen.«

»Halt dich bloß zurück, Sami! Du darfst auf keinen Fall in die Schusslinie geraten, das habe ich dir schon tausend Mal gesagt. Mit denen muss ich allein fertigwerden.«

»Ich habe vor, richtig Schießen zu lernen, Mama«, sagte Sami, als sie die Haustür hinter sich schlossen. »Ich will in der Lage sein, uns zu verteidigen, wenn's drauf ankommt.«

»Ja, Sami, mach das, aber fahr dazu in den Wald. Ach so, der Lärm, nein, das geht ja auch nicht.«

»Doch, das geht«, Sami grinste verschwörerisch. »Quint hat mir nämlich seine Pistole mit Schalldämpfer dagelassen und gesagt, ich solle üben, wenn du nicht da bist.«

»Jetzt verbündet ihr euch also schon gegen mich?«

Sie versuchte, verärgert zu sein, doch ihr rutschte stattdessen ein Lächeln heraus.

»Zwei gegen einen, du hast keine Chance, Mama.«

»Ihr beiden versteht euch wohl. Du kannst ihn gut leiden, was?«

»Klar! Der ist so was von cool. Außer ihm fliegt mal wieder die Sicherung raus.«

Kapitel 23

Am nächsten Tag ging Jo wieder auf das Grundstück der Bodyguardagentur, um zu arbeiten, und erlebte eine Überraschung: Die geplanten Wege aus Granitplatten waren alle fertig verlegt. Sie musste zwar hier und da ein bisschen nachbessern, aber im Grunde eine ordentliche Arbeit.

Als Sarah wie jeden Tag mit einem wunderbaren Essen auftauchte, diesmal mit einem französischen Hähnchengericht, Coq au vin, fragte sie sie, ob ein weiterer Gärtner eingestellt worden war.

Sarah lächelte. »Das war Quint. Er macht sich Sorgen wegen deines Rückens. Ich glaube, er m…« Leider brach Sarah den Satz ab, wurde rot und schaute verlegen auf ihre Hände. »Nein, ich sollte über so was nicht reden. Entschuldige bitte, das ich überhaupt davon angefangen habe.«

»Schon gut, Sarah. Ich kann mir denken, was du sagen wolltest, also hab keine Angst. Schließlich sind Quint und ich erwachsen und es ist ja nicht so, als ob er sich strafbar machen würde, wenn wir zwei etwas miteinander anfangen.«

Plötzlich schossen ihr unliebsame Gedanken durch den Kopf und ihr wurde bewusst, dass sie eigentlich gar nichts über Quint wusste.

»Er hat doch nicht etwa Aids? Oder irgendwo eine feste Freundin? Frau und Kinder? Ich würde nie jemanden den Ehemann oder Vater wegnehmen wollen.«

»Oh je, was hab ich da nur in Gang gebracht?«, fragte Sarah. »Quint ist natürlich gesund und er hat auch keine Freundin oder Frau oder Kinder.«

»Wäre auch schlecht vorstellbar, so wie er sich normalerweise benimmt«, antwortete Jo und ihr Mund verzog sich zu einem freudlosen Lächeln.

»So, wie du ihn kennengelernt hast, war Quint nicht immer. Er, er …« Sarah stand auf. »Ich sollte besser gehen.«

Jo stellte das Tablett mit dem Essen zur Seite und griff nach Sarahs Hand.

»Warte, Sarah«, und jetzt flüsterte sie, unsicher, ob die allgegenwärtigen Überwachungskameras nicht sogar den Ton aufnahmen. »Ich will Quint helfen, deshalb sag mir bitte wenigstens das eine: Hat er sich nach dem Tod seines Bruders so verändert?«

Ein zaghaftes Nicken war die einzige Antwort, die sie bekam. Immerhin ein Anfang. Sie ließ die Hand der zarten, blonden Frau los, die sofort das Weite suchte.

Mit Sarah hatte sie über Quint gesprochen, als wäre er ein normaler Mensch. Und das war vermutlich klug, oder? Aber ob Mensch oder nicht: Das änderte im Grunde nichts an seinem Problem.

Während sie sich setzte und das leckere Hühnchen mit der köstlichen Soße aß, wurde ihr Kopf mit unzähligen Gedanken rund um das Thema Vampir geflutet ...

Teilweise waren es die gleichen Gedanken wie gestern. Aber das war ja auch kein Wunder, denn Antworten hatte sie immer noch nicht ...

Waren alle Bewohner hier Vampire? Vampire als Bodyguards? Oder war Quint der einzige und arbeitete getarnt als Mensch?

Doch die Frauen hatte sie auch schon tagsüber gesehen – waren das dann normale Menschen oder vertrugen weibliche Vampire Sonnenlicht? Die Männer hatte sie hingegen nur bei Nacht gesehen. Nein, das stimmte nicht. Dieser grauhaarige Walter war auch tagsüber aufgetaucht. Hatte sie vielleicht schon herausgefunden, dass es in der Agentur Vampire gab, und man hatte ihr Gedächtnis inzwischen bereits einmal gelöscht?

In Panik rief sie sich die letzten Tage ins Gedächtnis und forschte nach einer Lücke ...

Schluss damit, Jo! Hör auf! Du machst dich verrückt!

Sie stellte den leeren Teller so heftig beiseite, dass das Besteck darauf schepperte.

Verzweifelt grub sie ihre Hände in die Erde.

Wenigstens etwas, das ganz und gar real war!

Sie atmete ein paarmal tief durch, dann stieg sie mit grimmiger Entschlossenheit wieder auf die Leiter, um weiter die Bäume zu beschneiden. Die Handschuhe ließ sie nun extra weg, um die Äste und die Rinde zu spüren. Sie brauchte etwas spürbar Reales, damit sie nicht irre wurde, wegen der vielen Dinge, die sein könnten – oder doch nur in ihrer Vorstellung existierten.

Die frische Luft und die anstrengende Arbeit, in die sie sich vertiefte, halfen genau wie früher, und langsam wurde sie wieder ruhiger.

Weder am Tag noch am frühen Abend ließ Quint sich draußen bei ihr blicken. Sie erwischte sich dabei, wie sie ab und zu in die Kamera sah und sich fragte, ob er ihr gerade zuschaute. Als sie Feierabend machte und nach Hause fuhr, zweifelte sie daran, dass Quint wie verlangt bei ihr auftauchen würde.

Quint beobachtete Jo fast die ganze Zeit.

Was hatte sie da mit Sarah geflüstert?

Und überhaupt, sie schuftete den ganzen Tag mit der Motorsäge und der Astschere, kletterte ständig auf Bäume! Was, wenn sie dabei herunterfiel und sich das Genick brach?

Außerdem hätte sie bei dieser Schwerstarbeit heute Abend bestimmt wieder völlig verspannte Muskeln und das wäre gar nicht gut für ihren Rücken. Ohne Vampirblut schadete ihr diese Knochenarbeit auf Dauer!

Wenigstens hatte er sie heute noch keine einzige Tablette schlucken sehen und hoffte daher, dass sie zumindest keine neuen Schmerzen plagten.

Während er Jo im Grün der Bäume betrachtete, konnte er sich vorstellen, mit ihr zusammen in einem Wald zu sein, gemeinsam ein Blockhaus zu bauen, irgendwo an einem schönen See, und sie würde ihm immer wieder mal zulächeln ...

»Hey, träumst du?«, fragte Elia und stieß ihn mit dem Ellenbogen an.

Verlegen rieb er sich den Nacken.

»Mir gingen nur ein paar Sachen durch den Kopf, mehr nicht.«

»Und? Wollen wir jetzt durchziehen, was wir vorher besprochen haben, Quint?«

»Ja.«

Die Suche nach diesem Vampir, die Agnus ihm befohlen hatte, war schlimmer als die nach einer Nadel im Heuhaufen. Nach der ersten Begegnung hatte er keinen Erfolg mehr gehabt, noch nicht mal einen brauchbaren Hinweis. Also hatte er mit Elia einen Plan ausgeheckt: Sie würden alle Dealer, bei denen man K.-o.-Tropfen bekam, an die Polizei verpfeifen. Alle, bis auf einen, den sie ab heute mit einer versteckten Kamera überwachten. Elia und er hatten die dafür nötigen Informationen zusammengetragen. Damit erschwerten sie den Zugang zu K.-o.-Tropfen hoffentlich so sehr, dass der Gesuchte entweder einen Fehler beging oder genau bei dem Dealer auftauchte, den sie aus der Ferne observierten.

War es dieser junge Vampir, der ihm neulich begegnet war, so könnten sie ihm womöglich doch noch helfen. Falls es ein erwachsener Vampir war, würden sie ihn sofort aus dem Verkehr ziehen, bei einem Menschen mit Vampirzähnen war die Lage jedoch kompliziert.

Das war zwar kein wasserdichter Plan, aber zumindest vielversprechender, als erfolglos jede Nacht auf die Suche zu gehen.

Elia initiierte für ihn eine nicht zurückverfolgbare Telefonverbindung zur Polizeistation, schaltete einen Stimmverzerrer zu und er legte los.

Es klappte, man leitete ihn an die zuständige Stelle weiter und hörte ihm zu. Außerdem schickte Elia während des Anrufs zusätzlich eine anonyme Mail an seinen Gesprächspartner mit den Daten, die die Polizei für die Festnahmen brauchte.

Als er das Telefonat schließlich beendete, rief Elia begeistert: »Klasse, Quint! Das ist super gelaufen!«

Elia und er gaben sich »High five«, klatschten die Handflächen aufeinander.

»Ich muss jetzt los, Elia.«

»Aber willst du jetzt denn nicht die Kamera bei dem Dealer im Auge behalten?«

»Mach du das, Elia, und ruf mich an, wenn wir einen Treffer haben.«

»Aha, verstehe«, sagte Elia und zwinkerte ihm zu.

»Du verstehst gar nichts.«

Mürrisch marschierte Quint davon.

Er wollte zu Jo, aber er wollte auch nicht.

Sie sollte nicht denken, dass sie ihn in der Hand hatte!

Er würde sich doch von ihr nicht erpressen lassen!

Erst ging er schnurstracks zur Tiefgarage, wo die Kawasaki stand. Dann bog er ab und ging in Richtung Schießstand. Dort angekommen konnte er sich aber nicht überwinden, Schießübungen zu machen. Stattdessen schnappte er sich unauffällig Munition – für Sami.

Am besten brachte er die heute noch vorbei, der Junge sollte schließlich schießen üben.

Und Jos Rücken sollte er auch massieren, unbedingt sogar.

Was mache ich mir eigentlich vor?, sagte er sich, als er auf der Kawasaki Ninja ZX 12 R saß und wie von selbst zu Jos Haus fuhr. Sein Inneres zog ihn geradezu magisch dort hin.

Darüber hinaus gab es noch andere Gründe, warum er zu ihr wollte ...

Mit dem Tod seines Bruders hatte es bei ihm angefangen, doch es wurde ständig schlimmer. In letzter Zeit neigte er immer häufiger dazu, sofort rot zu sehen und vom schlimmsten Fall auszugehen. Und seit er Johns Position als Sicherheitsbeauftragter ausfüllen musste, eskalierte die Sache. Er hatte Angst, diesem Auftrag nicht gerecht zu werden, Angst, dass andere durch eine kleine Nachlässigkeit oder Unachtsamkeit von ihm zu Schaden kommen oder sogar ihr Leben verlieren würden – wie sein jüngerer Bruder damals.

Wäre ich doch nur früher da gewesen ...

Hätte ich doch nur ...

Er war nur absichtlich zu spät gekommen, eigentlich eine kleine Sache, aber diese Kleinigkeit hatte gereicht, um Samuel das Leben zu kosten. Und als wäre der Tod seines Bruders nicht genug, war auch sein Vater als Folge seines Fehlers in die Sonne gegangen und nun wollte auch noch seine Mutter alt werden und sterben.

An wie viel Tod und Leid wäre er am Ende schuld?

Wie oft hatte er Gott angeschrien, ihn endlich dafür zu bestrafen! Mit dieser Schuld zu leben, war viel schwerer als jede Strafe ...

Jo hatte geduscht und sich einen bequemen Jogginganzug angezogen. Als sie gerade ihre langen Haare in ein Handtuch wickelte, überraschte sie ein Klingeln an der Haustür.

Dass Quint tatsächlich gekommen war, glaubte sie erst, als sie die Tür öffnete und er in Motorradjacke vor ihr stand – mit einem grimmigen Gesichtsausdruck.

War sie wieder mal sein erklärter Feind?

»Ich wollte Sami das nur vorbeibringen«, sagte er knapp.

Mit einer harschen Bewegung drückte er ihr drei kleine, aber schwere Schachteln in die Hände.

Sie schaute hinein.

»Munition?«

»Sami muss üben.«

Sie rechnete mit einem schnellen Abgang von Quint, doch er verharrte einen Moment zu lange und verriet sich damit. Das war ihre Chance.

»Willst du nicht reinkommen, wo du schon mal da bist?«

»Ja, aber nicht zum Reden, falls du das denkst.« Mit diesen Worten schob er sie von der Tür weg und trat ein. »Ich bin nicht erpressbar.«

Aha, harte Bandagen. Alles klar.

Seufzend schloss sie die Tür und folgte Quint in die Küche. Dort sprang Oskar sofort von der Fensterbank und begrüßte ihn stürmisch. Schnurrend streifte die Norwegische Waldkatze mit ihrem weichen, rauchgrauen Fell an seinen Beinen entlang und rieb den Kopf daran. Quint ignorierte den Kater jedoch, musterte dafür allerdings ihren gut 1,60 Meter langen, massiven Esstisch und stützte sich kurz mit beiden Händen darauf.

»Das wird gehen. – Los, zieh dich aus.«

Los, zieh dich aus?

Einfach so?

Und dabei schaute er sie noch nicht mal an!

Jo schluckte trocken und nahm zwei Schritte Abstand von ihm. Sie mochte ja keine Jungfrau mehr sein, aber das? Einfach so, ohne … Dagegen wäre ein One-Night-Stand ja geradezu eine Langspielplatte!

»Das meinst du nicht ernst, oder Quint? Du und ich auf meinem Esstisch?«

»Nur du, ich werde stehen. Die Höhe passt.«

Ihre Kehle wurde staubtrocken und Panik überfiel sie von einer Sekunde auf die andere.

Quint hatte ja seine sanften Momente – dann wäre ihr jetzt vermutlich heiß und kalt geworden –, aber das war bestimmt keiner davon. In seiner jetzigen Stimmung wollte sie ganz sicher nicht …

Sie wich einen weiteren Schritt zurück.

»Sami! Komm sofort zu mir!«, schrie sie.

Quint drehte den Kopf zu ihr.

Sein Blick war undurchdringlich.

Die Sekunden dehnten sich in die Länge, als Quint völlig ungerührt erst die Jacke, dann sein Flanellhemd auszog und beides über einen der Küchenstühle legte.

Erst als ihr Sohn endlich neben sie trat, fühlte sie sich sicherer. Mit einem Stirnrunzeln registrierte Sami ihren alarmierten Gesichtsausdruck, schaute dann zum mittlerweile halb nackten Quint.

»Hol eine Decke für deine Ma. Ich glaube, der Tisch ist ihr zu hart.«

Samis Augen weiteten sich.

»Du, meine Mama und ein Tisch? Und Oskar als Zuschauer?«

Ja, Sami dachte genau das Gleiche wie sie!

Ohne im Geringsten darauf einzugehen, holte Quint eine Flasche aus der Innentasche seiner Lederjacke.

Sie las die Aufschrift, ohne es zu wollen, leise vor: »Massageöl?«

»Wird nicht ohne gehen.«

Sami und sie sahen sich fassungslos an. Dann hob ihr Sohn Gott sei Dank eine Hand und begann: »Jetzt mach mal halblang, Quint. Meine Mutter …«

»Wieso halblang? Deine Mutter hat heute geschuftet wie ein Ackergaul. Ihre Muskeln sind bestimmt völlig verspannt. Ich werde sie lockern, sonst bekommt sie wieder Rückenprobleme und ich muss mich womöglich mit einem anderen Gärtner rumschlagen«, erklärte er ungeduldig, wich ihrem Blick jedoch wieder aus.

Massieren, Quint will nur meinen Rücken massieren!

Sie atmete tief durch.

»Ich glaube es ist okay, Sami. Hol die Decke.«

Ihre Angst löste sich auf, und sobald das geschah, wurde ihr etwas klar: Quint wollte zwar mit ihr reden, würde sich aber keine Blöße geben und das eingestehen. Also würde sie darauf eingehen und sich zunächst von ihm massieren lassen.

Männer sind manchmal echt stur! Gut, dass Frauen flexibler sind.

Sie ließ die Rollos am Küchenfenster herunter, denn das lag zur Straße hinaus. Quint faltete währenddessen die von Sami geholte Decke und legte sie auf den Tisch.

Als es ans Ausziehen ging, war ihr das doch etwas unangenehm. Im Bett, unter einer Decke oder wenn Quint ebenfalls nackt gewesen wäre, dann wäre es anders gewesen. Aber so?

»Bitte, dreh dich um, Quint«, bat sie schließlich. Vermutlich hielt er sie jetzt für verklemmt, aber das war ihr egal. Zumindest tat er es ohne Widerrede oder dummen Kommentar.

Sie zog sich rasch aus und legte sich – nur noch mit einem Slip bekleidet, aber immerhin auf den Bauch – auf den gepolsterten Küchentisch.

Zum Glück hatte sie gerade geduscht!

»Du kannst dich umdrehen.«

Sie war nun ziemlich nervös und schaute ihm lieber nicht ins Gesicht. Schließlich war sie keine Modelschönheit.

Sie hörte, dass er sich umdrehte, dann ein Räuspern.

»Darf ich das Handtuch haben?«, fragte er mit heiserer Stimme, wickelte es ihr aber schon vom Kopf und legte es über ihren Po. Ihre Hände wurden feucht, sie schloss die Augen und versuchte krampfhaft, nicht daran zu denken, was er von ihrem Körper hielt.

Dem Geräusch nach wusch er sich die Hände in ihrer Küchenspüle und säuberte seine Fingernägel mit der kleinen Bürste dort, so wie sie es stets tat, um die Reste von Erde loszuwerden.

Langsam wurde ihr mulmig. Denn Quints Händen traute sie zu, ein Genick brechen zu können.

»Massierst du öfters Leute?«, fragte sie und nun war es ihre Stimme, die heiser klang.

»Unsere Männer, nach dem Training.« Er merkte wohl, dass sie unsicher war, und ergänzte: »Lara und Arabella habe ich auch schon massiert.«

Und die schienen es ja überlebt zu haben – na dann.

Sie hörte, wie er den Verschluss der Flasche öffnete und sie kurz danach auf der Küchentheke abstellte, doch dann zögerte er anscheinend.

»Ich werde dich nicht so hart anfassen wie unsere Männer«, erklärte er und sie hörte seine Unsicherheit heraus.

Am liebsten hätte sie gebettelt: »Ja! Bitte mach ganz, ganz vorsichtig!« Doch er war bereits jetzt unsicher, also schluckte sie es tapfer hinunter und erwiderte: »Schon gut. Du wirst mich nicht kaputt machen.«

Habe ich Rindvieh das wirklich gerade gesagt?

Hoffentlich brauche ich morgen nicht gleich wieder eine Spritze von Alva!

Am besten, ich beiße die Zähne zusammen und versuche, den harten Brocken so schnell wie möglich zum Reden zu kriegen. Über die Sache von gestern werde ich auf alle Fälle kein Gras wachsen lassen!

Unerwartet sanft spürte sie Quints Finger am unteren Ende ihres Rückens. Langsam, kreisend, arbeitete er sich hoch.

»Das ist zum Aufwärmen«, erklärte er.

Oh ja, und ob ihr warm wurde, aber nicht nur am Rücken!

Lag es nur daran, dass sie in den letzten zwanzig Jahren von keinem Mann berührt worden war?

Oder lag es an Quint?

Hör auf zu denken und genieß es einfach, Jo!

Quints Hände waren warm und sanft, bewegten sich nach einigen Momenten auf ihrem Körper, als wären sie dort zu Hause.

War das für Quint auch schön? Genoss er es ebenso wie sie?

Oder war es für ihn nur Arbeit?

Aber ob es nun für Quint mehr war als nur eine bloße Massage oder nicht: Es war ein wunderbares Gefühl. Seine starken und dennoch sanften Männerhände auf ihrer nackten Haut zu spüren, saugte sie in sich auf wie ein trockener Schwamm. Vom unteren Rücken bis zu den Schultern wurden ihre Muskeln wohltuend warm, aber ihr Inneres ebenso. Sie vergaß alles um sich herum und spürte nur noch seine warmen Hände auf ihrer Haut. Das Öl verströmte einen herrlichen Duft, der durch die Massage sicher in jede ihrer Poren drang.

»Wo bekomme ich dieses fantastische Öl her, Quint?«

»Von mir. Eigenes Rezept. Mit Johanniskraut und Thymian. Habe für dich extra Rosenöl zugesetzt. Frauen mögen doch Blumen, oder?«

Sie lächelte.

»Ja, Frauen mögen Blumen. Wo hast du eigentlich so gut massieren gelernt? Ich dachte, du seist Bodyguard.«

»Wird das ein Verhör?«

Schon wieder dieses Misstrauen!

»Nein. Hör mal, Quint. Ich habe begriffen, dass es eine Menge gibt, über das du nicht reden willst oder darfst. Und ich habe dir bereits gesagt, dass ich einsehe, damit leben zu müssen. Aber da ich leider keine Ahnung habe, was du erzählen kannst und was nicht, werde ich eben weiter Fragen stellen und du wirst damit klarkommen müssen zu schweigen. Oder hast du etwa Probleme damit zu schweigen?«

»Nein.«

Ihr Mund verzog sich zu einem Lächeln.

»Das dachte ich mir.«

»Während meiner Ausbildung gab es einen Chinesen, der uns nach dem Training die schmerzenden Muskeln massiert hat. Ich war neugierig und er war zu faul zum Aufräumen und Putzen, also haben wir einen Deal gemacht. Er hat mir gezeigt, wie man massiert, die Öle dafür herstellt und heilende Kräuter zum Einsatz bringt. Sogar Alva war das eine oder andere neu, als ich ihr davon erzählt habe. Dafür musste ich allerdings immer sein ganzes Zeug aufräumen und die Bude sauber halten.«

»Siehst du, Quint, das war doch jetzt nicht so schwer und du musstest kein Geheimnis verraten. Wir konnten reden, ohne dass du das Gespräch gleich im Keim erstickst, und ich habe etwas über dich erfahren. Es spielt keine Rolle, dass du die Namen und Orte weggelassen hast.«

»Du hast es also gemerkt.«

Sie seufzte. »Sehe ich etwa blöd aus?«

»Nein. Ich finde – du siehst hübsch aus.«

Seine Stimme war weich geworden und sie meinte, ein Lächeln darin zu hören.

Hatte Quint ihr wirklich gerade ein Kompliment gemacht?

Oje, ihre Wangen wurden gerade kochend heiß, sicher wurde sie knallrot! Schnell versuchte sie, das Gesicht in ihren Haaren zu verbergen, spähte aber zwischen ihren Wellen hindurch. Quint grinste.

Mist! Der Kerl merkte auch alles!

Es klingelte an der Tür.

»Sami, gehst du mal?«

»Ist eh für mich!«, rief er von unten.

Bald darauf stand ihr Sohn mit drei Pizzakartons bei ihnen in der Küche. Samis Blick verharrte auf der Szene, die Quint und sie ihm boten.

»Sag mal, Quint, stehen die Mädels auf so was? Dann musst du mir das unbedingt auch beibringen. Ich meine, wann kriegt man schon mal eine nackte Frau …«

»Sami!«, fiel sie ihm rügend ins Wort.

Aber der grinste nur von einem Ohr bis zum anderen.

»Man darf doch wohl noch Tipps unter Männern austauschen. – Ich hab übrigens für uns alle Pizzen bestellt. Für dich die mit Rucola, Mama, und für uns Männer mit extra viel Knoblauch.« Sami schaute zu Quint und sein Grinsen wurde geradezu diabolisch. »Falls du Vegetarier bist, eine ist ohne Fleisch.«

Sami öffnete den obersten Pizzakarton und hielt Quint das stark riechende Teil unter die Nase.

War Sami denn verrückt geworden, so mit dem Feuer zu spielen? Falls Quint wirklich ein Vampir war, würde er vielleicht einen Bissen herunterbringen, aber sicher keine ganze Pizza!

Quints Augen verengten sich. Er fixierte Sami mit seinem Blick und der hielt dagegen. In der geradezu tödlichen Ruhe, die sich im Raum ausbreitete, lieferten sich die beiden ein Duell der Blicke.

Was, um Himmels willen, sollte sie nur tun, um diese Situation zu entschärfen?

Jo spürte, dass ihr Herz zu rasen begann, und wusste, dass diese Tatsache sie verraten könnte, dennoch war sie machtlos dagegen.

»Quint!«, rief sie schließlich, und nun wandte er seinen undurchdringlichen Blick ihr zu.

Sie sollte jetzt etwas sagen, aber was?

Ihr Gehirn war wie leer gefegt.

Kapitel 24

Quint wandte sich wieder dem Jungen zu und hob eine Augenbraue. »Du siehst aus, als bräuchtest du ein bisschen mehr auf den Rippen. Iss meine mit. Ich bin schon satt. Oder verträgst du etwa keinen Knoblauch?«

Mit einem machetenscharfen Lächeln grinste Quint ihren Sohn herausfordernd an. Es schien beinahe, als hätte er den Spieß umgedreht und wollte Sami jetzt testen.

»Mann, Quint, denkst du, ich könnte einer so leckeren Pizza widerstehen?«

Voller Begeisterung nahm er sich ein Achtel der vorgeschnittenen Pizza und stopfte sich das ganze Stück auf einmal hinein, brabbelte dann mit vollem Mund: »Du weißt ja gar nicht, was dir entgeht.«

Sami legte den Pizzakarton für sie auf die Küchentheke und verschwand mit den anderen beiden.

Ihr fiel ein Stein vom Herzen.

Das hätte auch schiefgehen können.

»Hast du heute schon was gegessen, Josephine?«

»Nein.«

Dann setz dich auf und iss, ich massiere inzwischen deine Beine und Schultern.

Sie griff mit einer Hand hinter sich und wickelte das Handtuch, das auf ihrem Po gelegen hatte, um ihren Oberkörper. Das Tuch war nicht sonderlich groß, aber es reichte gerade so.

Quint reichte ihr den Karton, den sie neben sich auf den Tisch stellte. Sie holte sich das erste Stück heraus und biss mit knurrendem Magen hinein.

»Mhm«, seufzte sie zufrieden.

»Die Pizza mit dem komischen Blätterzeug drauf schmeckt dir so gut?«, fragte er skeptisch.

»Nicht nur die Pizza ist gut. Das da könntest du jeden Tag mit mir machen, ich würde mich sicher nie beschweren.«

»Gut. Das hatte ich sowieso vor.«

Er sagte das einfach so, seine Stimme verriet nichts. Sie schaute von ihrem Pizzastück auf und erhaschte es: sein kleines Lächeln.

Ein paar Minuten und eine unglaubliche Wohltat später rief Sami ihr aus dem Flur zu: »Ich bin dann weg, Mama. Ihr habt sturmfreie Bude. Ich werde klingeln, wenn ich komme.«

Ihr Gesicht wurde wieder heiß wie ein Hochofen. Und Quint merkte natürlich schon wieder, dass sie knallrot wurde, und grinste.

»Dein Sami ist ganz schön frech, was?«

Versuchte Quint tatsächlich, ein Gespräch zu beginnen?

»Ich glaube, das ist das Alter. Aber Sami ist trotzdem in Ordnung.«

»Meine Mutter hatte es auch nicht leicht mit uns. Ständig haben wir Blödsinn angestellt. Aber wenn wir es zu bunt trieben, hat uns unser Vater die Leviten gelesen.«

»Das hätte ich mir all die Jahre auch gewünscht.«

Einen Mann, einen Vater.

»War sicher nicht leicht, allein mit dem Jungen.«

»Nein. Es ist schon schlimm genug, wenn du den wichtigsten Menschen in deinem Leben verlierst, aber dann auch noch ein Kind allein aufzuziehen? Ich war froh, dass meine Großeltern mich bei sich aufnahmen und uns die ersten Jahre so unterstützt haben.«

»Wo war das?«

»Verhörst du jetzt mich?«

»Hast du etwas zu verbergen?«

Sie antwortete nicht sofort, überlegte, wägte ab.

Konnte sie es wagen, ihre Zuflucht preiszugeben?

»Auf den Kanalinseln.«

»Da war ich noch nie.«

»Es ist sehr schön dort. Durch den Golfstrom ist das Klima sehr mild. Auf diesen Inseln wachsen Palmen, Drachenbäume und wilde Orchideen.«

»Weißt du, was ich nicht begreife?«

Quint klang, als quälte ihn eine Frage schon die ganze Zeit. Als er ihre Arme massierte, hob er eine ihrer Hände und betrachtete sie.

»Diese Hände – mit solchen Händen sollte man Klavier spielen oder Harfe oder ...«

Sie lachte auf, jedoch ohne echte Freude zu empfinden.

»Früher habe ich wirklich Klavier gespielt. Ich war sogar im Ballett.«

»Und warum suchst du dir dann mit so zarten Händen einen so harten Job? Wurdest du gezwungen?«

»Das ist eine lange Geschichte.«

Sein bohrender Blick traf sie.

»Ich hab Zeit.«

»Na schön. Als mein Mann starb, war ich noch sehr jung und gerade schwanger geworden. Mir ist der Boden unter den Füßen weggerutscht.«

... Bei strahlendem Sonnenschein war sie mittags im Krankenhaus aufgewacht. Die Schwestern erzählten ihr, dass ein Unbekannter sie ins Krankenhaus gebracht und erklärt habe, sie wäre Opfer eines Raubüberfalls gewesen. Sie selbst erinnerte sich noch nicht einmal mehr daran, dass sie ihren Freund geheiratet hatte. Nur der Ring an ihrem Finger – mit Namen und Datum auf der Innenseite – hatte ihr das verraten. Der zweite Schock war, als der Arzt an ihr Bett kam und erklärte, dass sie im dritten Monat schwanger wäre. Sie zog sich sofort das Krankenhaushemd hoch und schaute nach: eine kleine Wölbung, mehr nicht. Kein Außenstehender hätte auf eine Schwangerschaft schließen können. Der Arzt meinte, ihre Verletzungen hätten sich nicht als so schlimm herausgestellt, wie es bei ihrer Einlieferung den Anschein hatte. Sie fragte nach ihrem Mann, fragte, ob sie noch jemanden gefunden hätten, aber der Arzt schüttelte den Kopf.

Ihr war sofort klar, dass die Vergangenheit ihren Mann eingeholt hatte und Vampire dahinterstecken mussten. Der Arzt sagte, ihre Amnesie wäre durch einen Schlag auf den Kopf entstanden, und meinte, die Erinnerungen würden sicher bald wiederkehren.

Doch die Erinnerungen kamen nie wieder.

Bis zu diesem blitzlichtartigen Flashback in der Paintballarena gestern.

Sobald der Arzt aus ihrem Zimmer ging, zog sie sich an und schlich aus dem Krankenhaus. In ihrer Handtasche fand sie zum Glück einen Hotelschlüssel mit Aufschrift und ließ sich von einem Taxi dorthin fahren. Genug Geld dafür war im Geldbeutel ihrer Handtasche, was ebenfalls der

Theorie eines Raubüberfalls widersprach. Im Hotelzimmer entdeckte sie dann beim hastigen Packen eine große Summe Bargeld und falsche Pässe. Sie hielt sich an den Notfallplan, den *er* ihr nach dem Tod ihrer Eltern unzählige Male eingeschärft hatte. Sie flog über Umwege nach London und ließ sich dort von ihrer Großmutter mütterlicherseits abholen. Dass ihre Oma mit dem eigenen Auto kam und sie mit einer Fähre zur Insel fuhren – dazu noch mit ihrem falschen Pass –, machte eine Rückverfolgung ihres Fluchtweges nämlich fast unmöglich. Auf dem Weg erfuhr sie, dass sie mit ihrem Mann dort sogar ein Haus neben dem ihrer Großeltern gekauft hatte: ein altes Steincottage, an dem sich Kletterrosen emporrankten, mit einem hübschen Garten, innen komplett modernisiert.

An jedem der darauffolgenden Tage hatte sie gehofft, dass *er* wiederkam, auch wenn sie in ihrem Inneren spürte, dass er tot war ...

Von der ganzen Geschichte erzählte sie Quint nichts, sondern fuhr lediglich fort: »Ich war total fertig und ich fühlte mich nicht nur völlig einsam, sondern auch überfordert. Ich musste mich zum Essen zwingen, bekam kaum etwas herunter und saß stundenlang im Zimmer, weinte und starrte vor mich hin. Irgendwann konnte mein Großvater, ein Landschaftsgärtner, es nicht mehr mitansehen und drängte mich unter einem Vorwand dazu, ihm zu helfen. Leichte Arbeit natürlich. So kam ich wieder raus an die Sonne. Die frische Luft und das Gefühl, Erde in den Händen zu haben, mit etwas Realem umzugehen, halfen mir ins Leben zurück.

Du pflanzt, du gießt, es wächst: Alles folgt einem Rhythmus. Frühling, Sommer, Herbst und Winter: ein Rhythmus für mein Leben. Kein Nachdenken über Gestern oder was in zehn Jahren sein wird. Ich konzentrierte mich auf die Arbeit, und das ewige ›Was wäre wenn?‹ oder ›Hätte ich nur?‹, diese Endlosschleife an Gedanken trat in den Hintergrund, quälte mich immer weniger. Außerdem liebe ich die Natur, liebe es, etwas zu pflanzen und wachsen zu sehen. Weißt du, mein größter Wunsch wäre es, eine Eiche nur mit einer kleinen Eichel zu pflanzen und ihr beim Wachsen zuzusehen, bis sie hundert Jahre alt ist.«

Quint lächelte.

»Du lachst mich aus.«

»Nein, Josephine. Ganz und gar nicht.« Er schob ihr eine feuchte Haarsträhne aus dem Gesicht und sah sie für einen Moment schweigend an. »Könnte es dir gefallen, in einer Blockhütte im Wald zu leben, an einem schönen See?«

»Das wäre traumhaft. Wenn ich mit einem Allrad da hinkäme und es nicht zu weit von der Stadt weg wäre, wegen meiner Arbeit. Aber ...«

»Was aber?«

»Um ehrlich zu sein, würde ich auf Dauer nicht ohne Strom und fließend Warmwasser für eine Dusche auskommen. Nenn mich ein Weichei.«

Er grinste sie an. »Weichei.«

Sie boxte ihn mit einem Grinsen in die Schulter und zu ihrer Überraschung ließ er das zu.

»Keine Sorge. Heute gibt es Mittel und Wege, auch mitten in der Natur Strom und warmes Wasser zu haben: Solarenergie, Dieselgeneratoren.«

Ihre Pizza war aufgegessen und Quint schien mit dem Massieren auch fertig zu sein.

»Quint, ich bin froh, dass du heute gekommen bist. Ich will dir helfen. Und ich habe auch schon eine Idee, wie.«

»Wenn du denkst, ich lege mich auf eine Couch und erzähle dir mein Leben in allen Einzelheiten, hast du dich geschnitten.«

Und wieder diese Kälte in seinen Worten. Das tat ihr weh, stets aufs Neue.

»Dann werde ich eben reden und du hörst zu.«

Sie hielt das Handtuch fest und sprang vom Tisch.

»Wir treffen uns im Garten. Ich ziehe mich nur an und trinke ein Glas Wasser.«

Quint stand breitbeinig hinten in ihrem Garten, die Arme vor der Brust verschränkt. Ein Granitblock hätte auch nicht mehr Härte und Unnachgiebigkeit ausstrahlen können. Im Gegensatz dazu war der Sommerabend mild und lau, der Mond stand riesengroß und vanillegelb am sternenklaren Himmel.

In Jogginghose und T-Shirt ging sie auf ihn zu und ließ die Decke fallen, die sie unter dem Arm eingeklemmt hatte. Ohne eine Miene zu verziehen, holte sie ein wenig aus, um ihn mit der Faust freundschaftlich in die Schulter zu boxen.

Mit einem grimmigen Gesichtsausdruck fing Quint ihre Faust mit seiner linken Hand ab.

»Das war ein Test«, sagte sie.

»Nur ein Test?«, fragte er feindselig. »Und? Habe ich bestanden?«

»Du hast versagt, genau wie ich dachte. Aber jetzt weiß ich, wo wir bei dir ansetzen sollten. Du schätzt Situationen falsch ein und das setzt bei dir einen Mechanismus in Gang, den du nicht mehr bewusst steuerst. Du verlierst die Kontrolle.«

»Ach ja?«, fragte er skeptisch.

»Ja.«

Wie zum Beweis ließ sie ihren Blick zu seiner rechten Hand gleiten, in der er sein fast vierzig Zentimeter langes Kampfmesser hielt.

»Wie knapp warst du davor, mir wegen eines freundschaftlichen Schulterboxens mit diesem Rambomesser an die Gurgel zu gehen?«

Er starrte sichtlich erschrocken auf das Messer in seiner Hand und ließ ihre Faust los. Sie schüttelte ihre Hand aus. Die Finger hatten in seinem eisernen Griff bereits geschmerzt. Falls Quint wirklich ein Vampir war, hätte er ihr ohne Weiteres jeden Knochen dieser Hand brechen können. In Zukunft musste sie vorsichtiger sein.

Quint steckte sein Messer ein und kehrte ihr den Rücken zu, war im Begriff zu gehen.

Es schien, als wollte er einfach aufgeben.

Sie musste das unbedingt verhindern und ihn aufhalten!

»Wann wirst du den ersten Unschuldigen umbringen, Quint?«

Mit dem Rücken zu ihr hielt er abrupt inne.

»Wie willst du mir denn helfen, Josephine? Wie du siehst, bringe ich sogar dich in Gefahr.«

Sie seufzte.

»Ja, vermutlich bin ich verrückt. Aber ich habe mir in den Kopf gesetzt, dir zu helfen, und ich glaube, gemeinsam können wir das auch schaffen.«

»Wir?«

Sie hörte den Widerstand in seiner Stimme.

»Ja genau: du und ich. Vorhin, in meiner Küche, hast du von einer Blockhütte im Wald gesprochen, dir das in diesem Moment vermutlich auch vorgestellt und es hat dich entspannt. Als ich dich in dieser Situation in die Schulter geboxt habe, hast du mich und meine Aktion richtig eingeschätzt, erkannt, dass es kein echter Angriff ist und es zugelassen. Diese Kontrolle brauchst du zurück! Und ich denke, der Schlüssel dazu ist unter anderem, dass du lernst, wieder zu fühlen und dich zu entspannen, zumindest in deiner Freizeit.«

Er verharrte – immer noch mit dem Rücken zu ihr.

Musste sie schon wieder mit harten Bandagen kämpfen?

Wer weiß? Vielleicht sollte sie auch mal so harte Sprüche vom Stapel lassen, wie er in der Küche, bei seinem Eintreffen.

»Los, zieh dein Shirt aus, Quint! Und deine Schuhe! Dann legst du dich hier auf die Wiese. Ich habe nicht die ganze Nacht lang Zeit.«

Ohne seine Reaktion abzuwarten, faltete sie die große Decke einmal, sodass sie für eine Person eine Unterlage auf dem feuchten Gras bot.

Und dann zog Quint tatsächlich sein Shirt aus und wollte sich anschließend auf die Decke legen.

»Stopp. Die ist für mich, du wirst im Gras liegen. Oder soll ich dich Weichei nennen?«

Er hob nur eine Augenbraue, sein Blick sagte alles.

Innerlich grinste Jo. Sie würde also im Kommandoton mit ihm umspringen müssen und ihn am besten noch bei seinem männlichen Stolz packen. Fielen Männer immer auf diese Masche mit dem Stolz herein?

»Die Schuhe, Quint!«, ermahnte sie ihn streng.

Er setzte sich und zog widerstrebend – und mit misstrauischem Blick auf sie – seine Dockerstiefel aus.

Bald war ihr klar, warum: In dem einen Stiefel steckte ein kleines Messer, unter der Socke seines anderen Beins war eine flache Pistole in einem Lederholster verborgen.

Sie schüttelte den Kopf.

»Hast du eine kleine Armee in meinem Haus erwartet, die dich überfällt und gefangen nimmt?«

Er sagte nicht Nein.

Sie seufzte.

»Jetzt leg dich endlich ins Gras und schließ die Augen.«

»Ich werde auf keinen Fall meine Augen schließen.«

»Dann lass sie eben offen!«

»Und was wirst du tun?«, fragte er und verengte seine Augen.

»Ich werde hier neben dir liegen und dir sagen, was du tun sollst.«

Er musterte sie von oben bis unten.

»Denkst du etwa, ich habe wie du Waffen an meinem Körper versteckt? Womöglich ein Messer, das ich dir gleich an die Kehle lege, so wie du es gern bei anderen machst?«

Er spießte sie mit seinem Blick förmlich auf, seine Augen wurden zu Schlitzen.

»Immerhin hast du eine Pistole unter deinem Kopfkissen im Schlafzimmer.«

»Woher weißt du das?«

Für einen Moment huschte ein Ausdruck über sein Gesicht, als ob er ertappt worden wäre, doch dann meinte er ruhig: »Ich hab dich zweimal ins Bett gebracht, schon vergessen?«

»Stimmt. Und jetzt? Willst du mich jetzt etwa nach Waffen absuchen?«

Quint stand in der Tat auf und tastete sie ab.

Sie schüttelte den Kopf.

»Ich fasse es nicht. Ich stehe in meinem eigenen Garten und lasse mich auf Waffen abtasten.«

Zum Glück war ihr Garten von anderen nicht einsehbar und die Häuser standen hier im Villenviertel nicht so dicht, dass man ihre Worte gehört hätte.

Wenn Quint es wenigstens getan hätte, um sie zu befummeln, aber nein, er erledigte das mit professioneller Präzision.

»Du hast keinen BH an«, bemerkte er lediglich trocken.

»Nein, ich wollte nachher gleich schlafen gehen. Es ist schon mitten in der Nacht und ich bin hundemüde.«

Sie legte sich mit dem Rücken auf die Decke und er tat es ihr im Gras gleich. Kopfschüttelnd sah sie zu, wie er seine abgelegten Waffen schnappte – die jetzt zwischen ihnen lagen – und sie auf seiner anderen Seite deponierte, außerhalb ihrer Reichweite.

»Versuch dich auf das Ein- und Ausatmen zu konzentrieren«, begann sie und ließ sich zwischen ihren nächsten Aufforderungen immer Zeit.

»Jetzt versuch, das feuchte Gras in deinem Rücken wahrzunehmen.«
»Versuch deine Zehen zu spüren. Jeden einzelnen.«
»Lege deine Hände ins Gras. Fühl das Gras unter deinen Fingerspitzen.«
Quint atmete geräuschvoll aus.
»Das bringt doch alles nichts. Ich fühle mich wie eine Bogenseite, die so gespannt ist, dass sie gleich reißt.«
Jo lächelte.
»Du hast gerade darüber gesprochen, wie du dich fühlst, weil du es endlich wahrnimmst.«
»Ich glaube, ich kann das nicht. Ich zerreiße und reiße womöglich alle um mich herum mit in den Abgrund.«
»Du nimmst dein Verhalten wahr und schätzt die Risiken ein, das ist gut.«
»Nein, das ist nicht gut! Es ist besser, wenn ich gehe, Josephine, bevor du zum Kollateralschaden wirst.«
»Nein!«
Endlich hatte sie jemanden gefunden und sie würde ihn nicht einfach in den Abgrund schlittern lassen!
Sie richtete sich abrupt auf und drückte ihm reflexartig ihre Hand auf die nackte Brust, als er aufstehen wollte.
Rasend schnell packte er ihre Hand am Handgelenk und sah ihr dabei mit kaltem Blick in die Augen.
Sie war schon wieder zu unvorsichtig gewesen!
Würde sie gleich das Splittern ihrer Knochen spüren?
»Du solltest dich niemals mit mir anlegen, Jo. Niemals, hörst du? Ich bin gefährlich. Du hast es in der Paintballarena erlebt. Werde mein Feind und ich töte dich.«
»Du machst mir Angst, Quint.«
Ihr Herz raste. Alles in ihr schrie, sie solle sich von ihm losreißen und weglaufen, so schnell und so weit sie nur konnte. Doch seine Hand lag wie eine eiserne Klammer um ihre.
Quint blinzelte, dann wurde sein Gesichtsausdruck weicher. Er ließ ihre Hand los und strich mit dem Daumen unerwartet sanft über ihre Wange.
Diese ständigen Gegensätze zehrten an ihren Nerven!

»Tut mir leid, Josephine. Aber es ist nur fair, wenn ich dich warne, oder?«

Sie rieb sich das Handgelenk. Ihr Herz schlug immer noch wild, doch sie wollte nicht davonlaufen und Quint aufgeben.

»Gib mir wenigstens eine Chance, Quint. Lass mich versuchen, deine Spannung abzubauen.«

Ihre Hände zitterten, doch sie biss ihre Zähne zusammen. Vielleicht wäre das ihre einzige Chance, ihn davon zu überzeugen, dass sein Zustand nicht so bleiben musste.

»Weißt du, innere Anspannung manifestiert sich auch körperlich, zum Beispiel in Muskelanspannung oder – ach, lass mich mal was versuchen.«

Kapitel 25

Erst als Josephines Augen wieder diesen Trick vollführten, die goldenen Strahlen in ihren Iris hell aufleuchteten, wurde Quint ruhiger.

Er hörte Jos Herz rasen, sah ihre Hände zittern – und hasste sich dafür.

Wie in Zeitlupe beobachtete er, dass sie ihre Fingerspitzen in einer hauchzarten Berührung über seine nackte Brust gleiten ließ. Dort, wo sie ihn berührte, erzitterten seine Muskeln. Er versuchte, das zu unterdrücken, doch sie sagte ihm, er solle es zulassen.

Vorhin, als er sie nach Waffen abgesucht hatte, waren ihm seine Hände vorgekommen, als wären sie aus Stein, unfähig etwas zu spüren, weder ihre Wärme noch die Weichheit, die er so an ihr liebte. Aber sein Körper hatte sich auch im Alarmzustand befunden, alles in ihm war auf Kampf ausgerichtet gewesen.

Hatte Jo recht und er schätzte Situationen falsch ein, weil er im Alarmzustand war?

Oder lag es daran, dass er ihr immer noch nicht traute? Dass er nach wie vor die Möglichkeit in Betracht zog, dass der Feind sie benutzte, um alles zu zerstören?

Schon einmal hatte eine Frau Zerstörung über ihn gebracht, ihm seinen Bruder genommen und seine ganze Familie zerschlagen.

Er legte sich wieder ins Gras und je länger Jo ihn berührte, desto ruhiger wurde er und seine Gedanken lösten sich auf.

Endlich fühlte er wieder etwas.

Dort, wo sie ihn berührte, spürte er nicht nur ihre Fingerspitzen, er fühlte auch seinen eigenen Körper.

Dieser Körper hatte ihm in den letzten Jahren ausschließlich als Waffe gedient und als harte Schale für das, was nicht nach draußen durfte: seine Trauer und dieses Gefühl der Schuld, das in ihm brannte, auch wenn er sich immer wieder einredete, es sei die Schuld dieser einen Frau gewesen.

Hier und jetzt mit Josephine war ihm, als würde sein Körper wieder zu neuem Leben erwachen. Und es dauerte nicht lange, bis noch etwas ganz anderes an ihm lebendig wurde. Denn dabei zuzusehen, wie Josephine ihn berührte, sich über ihn beugte, das Kitzeln ihrer wunderschönen Haare, wenn sie über seine bloße Haut strichen, entfesselte seine männliche Seite. Und im Gegensatz zu seinem restlichen Körper, der sich mehr und mehr entspannte, wurde eine Stelle steinhart.

Jos Fingerspitzen wanderten von seiner Brust zu seinem Bauch und umkreisten spielerisch den Bauchnabel. Dann strich sie federleicht von seinen Fingern über den Arm, bis zu seinem Hals. Als Jo in dieser Weise bei seinem zweiten Arm oben ankam und sein Schlüsselbein nachfuhr, blieben ihre Augen an seinen Lippen hängen.

Er registrierte, dass ihr Herzschlag sich wieder beschleunigte, aber diesmal nicht aus Furcht. Er roch den berauschenden Duft, den die Feuchtigkeit zwischen ihren Beinen verströmte und der stetig intensiver wurde.

Sie schien ihren Blick förmlich von seinem Mund losreißen zu müssen und sagte dann heiser: »Ich denke, für heute haben wir genug erreicht.«

»Wirklich?«, fragte er neugierig und versuchte ihren Blick einzufangen, aber sie schaute nervös zur Seite.

»Ich würde gern einen kleinen Test machen, um es dir zu beweisen.«

»Nur zu«, sagte er.

»Ich werde jetzt nach deinem Messer greifen. Was wirst du tun?«

»Probier es aus.«

Es gefiel ihm, dass seine Stimme wie eine spielerische Herausforderung klang und nicht wie eine Warnung. Dennoch schluckte Josephine und biss sich nervös auf die Lippe. Sie hatte Angst und das gefiel ihm gar nicht, denn im Gegensatz zu ihr konnte er nur noch daran denken, wie es wäre, ihre Lippen mit seinem Mund zu erobern, seine Fangzähne in ihren Hals zu versenken und sein hartes Teil in ihren weichen, nassen Körper.

Langsam beugte sich Jo über ihn und streckte ihren Arm weit aus, um sein kleines Messer auf der anderen Seite zu erreichen.

Er wartete, bis sie das Messer richtig in der Hand hielt. Schnell, aber für einen Vampir beinahe gemächlich schloss er seine Hand über ihrer – und zwar vorsichtig, um ihr nicht wehzutun – und staunte über sich selbst. Hätte sie das vor einer Stunde getan, wäre sie nicht ohne blaue Flecke und vielleicht einem gebrochenen Handgelenk davongekommen.

»Würdest du dich damit wohlfühlen, wenn du meine Hand mit dem Messer loslässt?«

Messer? Wohlfühlen?

Seine Gedanken gingen in eine ganz andere Richtung.

Er umfasste auch ihr anderes Handgelenk und drehte sich mit ihr nach rechts, sodass sie auf der Decke lag und er auf ihr. Die Hände hielt er über ihrem Kopf gefangen.

Er spürte ihre weichen Brüste unter dem dünnen T-Shirt, ihr Becken, in das seines wie maßgeschneidert passte, dazwischen lag sein hartes Glied auf ihrem nachgiebigen, anschmiegsamen Fleisch.

Mit einem Mal loderte ein Feuer in seinem Inneren auf, so plötzlich und so heftig, dass er keuchte. Ohne dass Jo es ahnte, brannte sie gerade eine Barriere in ihm nieder. Ihm wurde dermaßen heiß, dass er glaubte, sein Körper hätte Feuer gefangen und allein sie hätte die Macht, dieses Feuer wieder zu löschen.

Ganz anders Josephine: Leichte Panik flackerte in ihren Augen, denn sein plötzliches Manöver hatte sie erschreckt.

»Deine Übung war erfolgreich«, presste er mühsam hervor, kaum in der Lage, sein Verlangen noch zu zügeln.

»Tatsächlich?«, fragte sie zweifelnd.

Er nickte und um sie zu beruhigen, versuchte er zu lächeln – das musste er wohl noch üben, denn es zeigte nicht viel Erfolg. Also versuchte er es mit Worten, seiner schlechtesten Disziplin.

»Ja, tatsächlich. Denn wie du siehst, schneide ich dir nicht die Kehle durch und erschieße dich auch nicht. Zumindest nicht heute Nacht.«

»Man freut sich über kleine Erfolge, nicht wahr?«, sagte sie und versuchte ebenfalls zu lächeln. Es gelang ihr allerdings nicht richtig – obwohl sie sicher Übung darin hatte – und das leichte Zittern in ihrer Stimme hatte er auch registriert. Er spürte, wie sie den Griff um das kleine Messer verstärkte.

»Hab keine Angst, Josephine.«

Er wollte in ihre Augen sehen, wenn er mit seinem Verlangen auch ihres befriedigte, und darin durfte keine Angst stehen. Aus einem Impuls heraus legte er seine Lippen sanft auf ihre, doch lange hätte er nicht mehr die Kraft, sanft zu sein, nicht heute, vielleicht nie.

Ihr Mund öffnete sich wie von selbst und er drang mit seiner Zunge in sie ein.

»Lass meine Hände los«, keuchte sie, als er kurz von ihrem Mund abließ, damit sie zu Atem kam.

»Wenn du das Messer loslässt«, erwiderte er und senkte seine Lippen erneut auf sie herab.

Sie tat es und vergrub ihre Hände in seinen Locken. Ohne sich von dem immer wilderen Kuss zu lösen, schleuderte er das Messer weg. Dann hob er seinen Oberkörper, griff mit beiden Händen in den Ausschnitt ihres T-Shirts und riss es in zwei Teile. Er rückte ein Stück nach unten und fiel mit seinem Mund über eine ihrer Brüste her. Ihre kurzen Fingernägel, die sich währenddessen durch seine Haare bis in die Kopfhaut gruben, feuerten ihn an.

Er spürte ihre Brustwarze hart werden, hörte sie stöhnen und griff mit einer Hand nach ihrer anderen Brust. Ihr Griff in seinen Haaren verstärkte sich. Das gefiel ihm und spornte ihn noch mehr an. Ihr Atmen wurde zum Keuchen und das Feuer in ihm immer heißer. Er musste dieses Feuer löschen oder er würde verbrennen.

»Das reicht nicht. Ich brauche mehr«, stieß er ebenfalls keuchend hervor und erhob sich zwischen ihren Beinen auf die Knie. In einem Ruck zog er ihr mit beiden Händen die Jogginghose und den Slip ein Stück herunter. Aber das reichte nicht, um ihre Schenkel weit genug zu spreizen, also riss er auch diese Kleidungsstücke entzwei. Einen Wimpernschlag später hatte er seine Jeans weit genug geöffnet, lag erneut auf ihr und steuerte sein bestes Teil mit der Hand an ihren nassen Eingang. Ihm war, als stünde er komplett in Flammen und wäre endlich kurz davor, sein Feuer zu löschen.

»Quint, mach langsam, es ist eine Ewigkeit her, dass ich …«

Er hörte Josephines Worte, nahm ihren Sinn aber nicht mehr wahr. Noch während sie sprach, hielt er mit einer Hand ihr Becken fest und drang mit einem einzigen, heftigen Stoß so tief in sie ein, wie es nur möglich war.

Jo schrie auf, ihr Inneres verkrampfte sich und ihm war, als könnte er ihren Schmerz selbst spüren.

Nein! Nein!

Er hatte ihr doch nicht wehtun wollen!

Ohne zu zögern, biss er ihr instinktiv in den Hals.

Seine Fangzähne waren von selbst ausgefahren und gaben sofort das Serum ab, das ihren Schmerz auslöschen und ihre Muskeln entspannen würde. Der Geschmack ihres Blutes zog ihn jedoch wie beim ersten Mal mit ungeheurer Macht in seinen Bann. Eine weitere Barriere in ihm brach und er labte sich hemmungslos an ihrem Blut, schmeckte wieder diesen Hauch von Paradies. Er meinte, den blühenden Garten beinahe riechen und den goldenen Sonnenschein wohltuend spüren zu können. Pure Freude und ersehnter Friede flutete ihn ...

»Ich wusste, dass du einer von ihnen bist«, flüsterte Jo.

Erst jetzt wurde ihm die Tragweite seiner instinktiven Aktion bewusst. Rasch legte er seine Hand auf ihre Stirn, um sie kurz einschlafen zu lassen und ihr die Erinnerung zu rauben. Zum Glück hatte er das Talent seines Vaters geerbt, Erinnerungen sekundengenau zu löschen und die Übergänge konturlos verschwimmen zu lassen.

Nichtsdestotrotz wüteten immer noch zwei Begierden in ihm wie verzehrende Feuersbrünste. Außerstande beide gleichzeitig zu beherrschen, gestattete er sich, in ihrem Blut zu schwelgen und wenigstens eines der Feuer zu löschen. Dafür hielt er seine Hüften still und gab ihrem Körper so die Möglichkeit, sich zu dehnen und an seine Größe anzupassen.

Die Zeit blieb stehen, während er mit geschlossenen Augen an ihrem Hals verharrte und Schluck um Schluck in ihrem Paradies verweilte ...

Irgendwann sandte ihm sein Verstand schließlich die stetige Warnung seines Vaters aus Jugendzeiten: *Du darfst nicht zu viel Blut trinken! Sonst raubst du einem Menschen das Leben!*

Doch die Warnung kam zu spät.

Sein Verstand musste sich beim Trinken abgeschaltet haben und das Raubtier mit seinem Hunger – nicht nur nach Blut, sondern auch nach ihrem Paradies und diesem Frieden – hatte wohl die Führung übernommen.

Ein Vampir durfte beim Trinken aber niemals die Kontrolle verlieren! Viel zu lange hatte er an ihrer köstlichen Quelle verharrt!

In Panik lauschte er ihrem Herzschlag.

Der war zwar schwächer, aber nicht bedrohlich schwach, was ihn wunderte, denn nach so langer Zeit hätte er eigentlich schon aussetzen müssen.

Erst jetzt realisierte er, dass – obwohl seine Fangzähne Josephines Hals immer noch in einem tödlichen Griff hielten – er längst aufgehört hatte, ihren kostbaren Lebenssaft auszusaugen. Wie in einem Echo hallte nur noch der Geschmack ihres Blut auf seiner Zunge nach. Das Raubtier in ihm, sein Instinkt jenseits des Verstandes, hatte tatsächlich die Herrschaft übernommen, aber sein Trinken auch von allein beendet – und das war äußerst seltsam.

Jo hatte das Gefühl, Quint wäre ein Inferno und sie selbst hatte ihn entzündet! Keuchend lag sie unter ihm. Das Saugen an ihrer Brust hatte sie schier um den Verstand gebracht. Seinen muskelbepackten, männlichen Körper spürte sie überdeutlich auf ihrer nackten Haut und das erregte sie noch mehr. Wildes, heißes Verlangen tobte in ihr ebenso wie in ihm.

Doch sosehr sie Quint auch in sich spüren wollte, ihr Körper war so etwas nach über zwanzig Jahren nicht mehr gewohnt.

»Quint, mach langsam«, keuchte sie noch, doch er war nicht mehr zu stoppen. Sein Stoß kam erwartet, ersehnt und doch glühend heiß, mit dem Gefühl, sie zu zerreißen. Dann wurde ihr schwarz vor Augen ...

Als Nächstes spürte sie seine Zunge, die wieder und wieder an ihrem Hals entlangleckte, als wäre sie eine unwiderstehliche Süßigkeit.

»Das kitzelt«, kicherte sie und öffnete die Augen.

Quint lag auf ihr und hielt sie in seinen Armen, stützte sein Gewicht dabei jedoch geschickt mit den Unterarmen ab.

»Alles okay? Was ist passiert, Jo?«

Forschend schaute er in ihre Augen, suchte darin nach einer Antwort.

»Ich glaube, du hast mich umgehauen, Quint. Mir ist auf einmal schwarz geworden.«

Sichtbares Bedauern zeigte sich in seiner Miene.

»Meine Schuld. Ich hab dir wehgetan. Geht es wieder?«

Erst jetzt merkte sie, dass ein Teil von Quint – ein sehr harter Teil – immer noch in ihr ruhte.

»Beweg dich mal.«

Quint zog sich zurück und stieß zu, ihr blieb fast die Luft weg.

»Oh, wow! Ich glaube, fürs erste Mal übernehme ich lieber die Führung. Ich denke, du bist der Robustere von uns beiden.«

»Mit Sicherheit«, sagte Quint und grinste. Doch als sie sich von ihm löste, lag pures Begehren in seinen Augen. Lange würde er sich nicht zurückhalten können. Immerhin ließ er sich die Hose von ihr ausziehen und legte sich wie gewünscht auf den Rücken. Als Quint ganz nackt unter ihr lag und sein hungriger Blick sie traf, fühlte sie ihre Brustwarzen wieder hart werden. Ihr Unterleib zog sich zusammen und Nässe sammelte sich in ihr. Quints Nasenflügel bebten und er knurrte leise.

»Jetzt, Josephine«, befahl er, und bevor sie der Mut verließ, senkte sie sich langsam auf ihn herab.

Ein heißkalter Schauer lief ihr über den Rücken und ihr Atem stockte, als sein Glied sie wie stahlharte Seide bis zum Maximum ausfüllte. Schweiß brach überall auf ihrem Körper aus und pure Lust flutete sie.

»Kannst du mich stützen, Quint?«

Er streckte ihr seine Hände entgegen und sie verschränkte ihre Finger mit seinen. Eine Ahnung streifte ihr Bewusstsein, eine Ahnung von ungeheurer Stärke, die in ihm verborgen war. Aber nicht nur physisch hätte Quint die Kraft, sie zu halten: Falls sie fiel, würde er sie auffangen. Warum war sie sich dessen auf einmal so sicher?

Langsam hob und senkte sie sich auf ihn, ihr Unterleib erzitterte jedes Mal in einem erotischen Schauer. Ihr wurde noch heißer, als sie in seine Augen sah. Dort stand pures Begehren und sie schwelgte darin. Sie hatte ganz vergessen, wie wunderbar es sich anfühlte, so begehrt zu werden. Der Blick seiner rotbraunen Augen mit den wilden, schwarzen Sprenkeln war hungrig und schien jede ihrer Emotionen gierig zu verschlingen.

Beim vierten Mal setzte sich Quint plötzlich mit ihr auf.

»Zu langsam«, knurrte er.

Es klang beinahe animalisch, doch es störte sie nicht im Geringsten. Auch sie fühlte dieses quälende Verlangen in sich, seit Quint mit seinem Kuss über sie hergefallen war.

Mit beiden Händen fasste er ihre Hüften und bewegte sie in einem ebenso lustvollen wie unbarmherzigen Rhythmus, reizte dabei jedes Mal ihre sensibelste Stelle.

Wie ein ausgehungertes Tier fiel er mit seinem Mund wieder über ihre Brust her. Ihr blieb nichts anderes übrig, als sich an seine Schultern zu klammern und seiner Wildheit zu ergeben.

Ihr Inneres zog sich unter dem erotischen Ansturm zusammen und explodierte. Ihren Schrei schluckte er mit einem alles verschlingenden Kuss.

Sie glaubte, nicht mehr ertragen zu können, doch der Sturm war längst nicht vorüber. Quint stieß weiter in sie, sorgte dafür, dass ihr Orgasmus nicht abebbte, sondern sich in Wellen fortsetzte. Ihr ganzer Körper war schweißgebadet und wollte trotzdem noch mehr.

»Halt mich fest, Quint«, bettelte sie, als sich die Wellen in ihr ins Unerträgliche steigerten, und dann katapultierte sie ein letzter Stoß von ihm in die reinste Ekstase.

Quint hielt sie fest, legte einen Arm um ihre Hüfte, einen um ihren Oberkörper und presste sie eng an sich.

Während sie spürte, dass seine heiße Flüssigkeit sie flutete, überschwemmte sie pure Lust.

Alles um sie herum hörte auf zu existieren.

Mit bebendem Brustkorb und völlig durchgeschwitzt war sie in Quints Armen gefangen – und es fühlte sich gut an, fühlte sich nach Geborgenheit und Schutz an.

So hielt er sie, bis sie wieder zu Atem kam, und währenddessen leckte er sie – wie eine satte, zufriedene Raubkatze – unter ihrem Ohrläppchen, an ihrem Hals, ihrer Schulter und ihrem Schlüsselbein.

Kapitel 26

Sie lagen oben, in ihrem Bambus-Wasserbett. Quint hatte sie in die Decke gewickelt und hochgetragen, weil ihr im Garten kalt geworden war. »Noch nicht«, hatte er gesagt, als sie duschen wollte. Ganz offensichtlich hatte er noch nicht genug von ihr und sie mochte seine Nähe ebenfalls noch nicht missen. Möglicherweise war es auch die Angst, ihre im Moment so wunderbare Verbindung würde dann zerreißen ...

Die Gesichter einander zugewandt, ruhte ihr Kopf nun auf seinem beeindruckend muskulösen Oberarm. In diesem Moment diente er nicht stählern angespannt zum Kämpfen, sondern nur als ihr Kissen. Mit der freien Hand streichelte Quint jeden Quadratzentimeter von ihr, den er aus seiner Position erreichte.

Dabei sah er sie an, als sähe er sie zum allerersten Mal und als wäre sie eine kostbare Entdeckung, die er niemandem zeigen und nie wieder hergeben würde. Diese Nähe – in der nur sie beide zählten, die Welt um sie herum unwichtig war und in der nichts zwischen ihnen stand – fühlte sich besonders an und so kostbar, dass sie sich wünschte, sie würde endlos andauern. In diesem Augenblick gab es keine Barriere zwischen ihnen und kein Misstrauen. Sie war nicht sein Feind, sondern restlos und vollständig geliebt und geschützt.

Sein Daumen begann, sanft um ihre Brustwarzen zu kreisen.

»Ich mag sie, sie sind weich und auch hart und schmecken unwiderstehlich«, sagte er ganz leise und seine Stimme klang fast wie das Schnurren einer Katze.

Mit seiner Zunge fuhr er über eine ihrer Brustwarzen und sie richtete sich augenblicklich auf.

»Quint, ich glaube, ich bin schon ziemlich müde.«

»Du darfst noch nicht einschlafen, ich hab noch nicht genug von dir. Und ich will wissen, wie du da unten schmeckst.«

Quint hörte sich an wie ein neugieriges Kind, und kaum dass er es ausgesprochen hatte, verschwand er unter der Decke.

»Quint!«, rief sie noch, aber da spürte sie schon seine Locken zwischen ihren Beinen, seine Bartstoppeln an den Innenseiten ihrer Oberschenkel und dann seine Zunge.

Es gab kein Entkommen, denn er hielt sie fest und leckte sie ohne jegliche Scham und so heftig, dass sie ihre Finger ins Laken krallte und aufstöhnte.

Keine Minute, und sie stand in Flammen.

»Quint!«

Gleich würde sie noch ohne ihn kommen!

Quint ließ von ihr ab und kroch wieder unter der Decke hervor. Er legte sich auf die Seite und drehte sie zu ihm, sodass sie Gesicht an Gesicht lagen. Dann hob er ihren Oberschenkel an und sagte wie ein braver Schüler: »Langsam. Ich weiß.« Und dabei leckte er ihr mit sichtlichem Genuss über eine Brust. Langsam, als wollte er jeden Zentimeter auskosten, drang er in sie ein.

Eigentlich hätte sie durch seine wilde Art beim ersten Mal im Garten wund sein müssen, die erneute Invasion sollte zumindest sehr unangenehm brennen, doch nichts tat ihr weh. Im Gegenteil: Das Gefühl, von ihm unaufhaltsam, ganz und gar ausgefüllt zu werden war ebenso erotisch wie durch und durch befriedigend. Ihr Herz klopfte bis zum Hals und sie klammerte sich an seine Schulter. Die Sekunden dehnten sich und der Wunsch, sich nie mehr von ihm zu lösen, ihm immer so nah zu sein, überwältigte sie mit ungeahnter Macht. Das Bedürfnis, mit ihm eins zu sein, nicht nur mit seinem Körper, sondern auch mit seiner Seele, schien bis in ihre letzte Zelle vorzudringen.

Quint hielt mit einer Hand ihre Hüfte fest und stieß diesmal langsam und vorsichtig in sie hinein. Dabei rieb er wieder genau über ihren sensibelsten Punkt und sie gab sich keine Mühe, ihr Stöhnen zu unterdrücken. Lange würde sie seinem Ansturm auch dieses Mal nicht standhalten.

Sie wanderte mit ihrer Hand über seinen unteren Rücken, bis sie bei seinen knackigen, muskulösen Pobacken ankam. Zu spüren, wie sie sich bewegten, um in sie zu stoßen, war ein lüsternes Vergnügen. Ihr Unterleib zog sich bereits erwartungsvoll zusammen.

»Vergiss langsam!«, befahl sie keuchend, denn sie war kurz davor und wollte mit ihm gemeinsam kommen.

»Sieh mich an, Josephine. Ich will, dass du mir dabei in die Augen schaust.«

Sie tat es, sah wieder diesen Hunger darin, als wollte er sie bei lebendigem Leib verschlingen.

Quint hielt ihre Hüfte weiter fest, seine Stöße wurden wild und heftig. Zufrieden hörte sie sein Stöhnen, während die lustvolle Spannung in ihrem Inneren übermächtig wurde und sie ihre Finger in seine angespannten Muskeln grub.

Der Höhepunkt riss sie mit sich, als wäre er ein Tornado, ein Tornado, der sie geradewegs in Quints Augen aus rotem Jaspis zog und sie dort für immer gefangen halten wollte.

Was auch immer in den nächsten Minuten oder Tagen geschehen mochte, Quint würde nie wieder derselbe für sie sein. Sie würde sich immer nach dieser tiefen Verbindung sehnen, auch wenn er sie nie wieder an sich heranlassen und ihr die kalte Schulter zeigen würde. Ohne es zu wollen, hatte sie Quint heute die Macht gegeben, ihr Herz zu zerreißen, wenn er sich von ihr trennte. Ausgerechnet einem Mann, der so viele Geheimnisse hatte und sich ihr kaum öffnete. Vermutlich hatte sie gerade einen großen Fehler begangen, aber noch weigerte sie sich, darüber nachzudenken.

Ineinander verschlungen lagen sie noch lange Seite an Seite. Mit seiner unteren Hand hielt er ihren Hinterkopf, streichelte mit dem Daumen über ihre Wange. Und obwohl sie müde war, konnte sie nicht widerstehen, mit ihren Fingern durch seine wilden, feuerroten Locken zu fahren. Sie rochen heute gut und fühlten sich seidig an. Kaum zu glauben, aber er musste tatsächlich diese Spülung verwendet haben.

»Schneid sie ja nie ab«, flüsterte sie.

Er drehte eine ihrer Locken um seinen Finger.

»Und du deine auch nicht. Ich mag sie. Sie sind wunderschön«, sagte er und küsste sanft ihre Stirn.

»Ich muss gleich los, Josephine.«

»Quint. Ich möchte dir noch etwas erzählen. Mein Mann – er ist tot, ich bin mir jetzt sicher. In der Paintballhalle, als du mit dieser roten Farbe besudelt warst, weil der durchgeknallte Typ sein Magazin an dir geleert hatte, bekam ich so was wie einen Flashback. Ich sah auf einmal meinen Mann, über und über mit Blut bedeckt. Zum ersten Mal ist ein Fetzen meiner Erinnerung zurückgekehrt. Das Blut, es war sein eigenes Blut und ich wusste und spürte, dass er starb. Eines dieser Monster beugte sich über ihn und ...«

Plötzlich lag Quints Hand auf ihrem Mund. Sein ganzer Körper war schlagartig hart und angespannt.

»Stopp! Sprich nicht weiter, Josephine!«

Verwirrt schaut sie ihn an.

»Bitte rede niemals, zu niemandem darüber, hörst du?«

Sie versuchte, seine Hand von ihrem Mund wegzuschieben und jetzt ließ er es zu.

»Noch nicht mal mit dir?«

Dabei hatte sie irgendwann an diesem Abend das Gefühl bekommen, ihm genau das anvertrauen zu können. Warum, wusste sie auch nicht. Etwas in ihrem Inneren sagte ihr, dass er der Richtige war.

»Auch nicht mit mir«, sagte Quint und in seinem Gesicht zeichnete sich ein Ausdruck des Bedauerns ab.

»Aber warum?«

»Bitte vertrau mir in diesem Punkt einfach. Es könnte dein Leben ruinieren. Es ist gefährlich, für dich, für uns – und für deinen Sohn.«

Entsetzt starrte sie ihn an, doch er sagte nichts, um seine Worte irgendwie abzumildern oder ihr die aufkeimende Angst wieder auszureden.

»Josephine, wenn du dich bedroht fühlst, wenn du denkst, jemand sei hinter dir her, jemand beobachte dich im Dunklen, auch wenn du ihn nicht sehen kannst, dann zögere nicht und ruf mich sofort an. Aber bitte sprich nie, nie über diese Nacht, in der dein Mann starb. Das könnte Dinge ins Rollen bringen, gegen die sogar ich machtlos bin.«

Wusste Quint, dass es Vampire gab? Wusste er, dass er als Mensch keine Chance gegen sie hatte? War er ihnen auch schon begegnet?

Auf einmal kam ihr ein Geistesblitz.

»Haben sie deinen Bruder auch ermordet? Genau wie meinen Mann?«

Quints Augen weiteten sich und sie hätte schwören können, seine Antwort wäre ein Ja gewesen, wenn er geantwortet hätte. In diesem Augenblick war sie sich sicher, dass er um die Existenz von Vampiren wusste. Anscheinend hatte er viel mehr Informationen als sie. Warnte er sie deshalb? Aber warum teilte er sein Wissen dann nicht mit ihr?

Er löste sich von ihr, sein Blick war undurchdringlich geworden. Er stand vom Bett auf, sein Körper war wieder angespannt wie der eines Kämpfers, der zu allem bereit war. Er griff nach seiner Kleidung und begann sich anzuziehen, wich ihrem Blick aus.

Auf dem Nachtkästchen neben ihm hatte er alle seine Waffen abgelegt, inklusive ihrer Pistole, die er unter ihrem Kissen hervorgeholt hatte. Nun legte er seine Waffen wieder an. Bei der kleinen Pistole, die in dem Lederhalfter für seinen Fußknöchel steckte, zögerte er.

»Gib mir deinen rechten Fuß«, forderte er unvermittelt.

Mit einem Stirnrunzeln streckte sie ihren Fuß unter der Bettdecke hervor. Prüfend beäugte er ihren Fuß und seine flache Pistole und legte die Waffe dann zurück auf ihr Nachtkästchen.

»Behalte die. Du musst dir nur ein neues Loch stechen und die Riemen kürzen, damit das Halfter passt.«

Wortlos starrte sie ihn an, nicht wegen der Pistole, sondern weil sie Antworten suchte.

Er vermied den Augenkontakt, rieb sich aber den Nacken, als würde ihr Blick ihn wortwörtlich durchbohren und sagte schließlich: »Ich schätze, du hast nie wieder etwas von deinem Mann gehört. Es gab keine Leiche und kein Grab.«

Er hatte das nicht als Frage formuliert, aber sie nickte trotzdem. Nun fixierte er sie mit seinem Blick und fügte mit einer tödlichen Ruhe hinzu: »Und du hast nicht den leisesten Schimmer, mit wem du dich anlegst.«

»Du machst mir Angst, Quint.«

»Du solltest auch Angst haben, Josephine.«

Quint wusste, dass es unfair war, ihren Sohn mit ins Spiel zu bringen. Er sah die Angst und den Schmerz wegen seiner drohenden Worte in ihren Augen und es quälte ihn schon jetzt. Aber seine Warnung musste bleibenden Eindruck hinterlassen, auch wenn sie ihn dafür hassen würde. Immer noch besser, als dass das Tribunal auf sie aufmerksam wurde, ihr unzählige Jahre aus dem Gedächtnis herausstanzte und sie deswegen am Ende in einer Psychiatrie vor sich hinvegetieren würde.

»Ich wusste, dass du einer von ihnen bist«, hatte ihm Jo zugeflüstert, als er sie gebissen hatte. Sie war weder zurückgewichen noch erschrocken – also kannte sie den Biss eines Vampirs, und war ihnen bereits begegnet. Er hatte seinen Fauxpas im Garten zwar sanft aus ihrem Gedächtnis verschwinden lassen, aber sie wusste trotzdem viel mehr, als sie wissen durfte.

Nachdem er in der letzten Stunde völlig entspannt mit Jo umgegangen war und das auch genossen hatte, registrierte er die Anspannung und den Alarmzustand seines Körpers nun überdeutlich. Sie hatte ihm diese Tatsache erst so richtig vor Augen geführt, aber gleich einer eng sitzenden Zwangsjacke war es ihm unmöglich, sich daraus zu befreien. Als er sich von Jo verabschiedete, fühlte sich sein Gesicht versteinert an und seine Glieder kamen ihm steif und taub vor, während er die Treppe hinunterstieg.

Nach dem Tod seines Bruders hatte er hart werden wollen, um alles zu ertragen.

War seine Schale so hart geworden, dass er sie selbst nicht mehr aufbrechen konnte?

War er sein eigener Gefangener geworden?

Auf dem Weg nach Hause ging ihm vieles durch den Kopf.

Es hieß, Vampire könnten zu normalen Frauen keine tiefe Beziehung aufbauen. Aber das, was er mit Jo heute Abend erlebt hatte, war für ihn nie und nimmer oberflächlich. Es war viel mehr ein Schnappschuss von dem, was er sich mit einer Gefährtin wünschte, auch wenn er bisher nie darüber nachgedacht hatte.

Und doch verurteilte ihn das Gesetz der Vampire dazu, die Beziehung mit Jo, einer normalen Frau, oberflächlich zu halten. Wenn ein Vampir eine Symbiontin zur Gefährtin hatte, würde er durch die symbiotische Verbindung zu ihr – anders als bei einer normalen Frau, mit der keine Symbiose möglich war – nämlich spüren, wenn sie ihn belog oder vorhatte, seine wahre Natur anderen zu verraten.

Dieses Gesetz hatte es nicht von Anfang an gegeben. Es war aus der Angst vor der Entdeckung ihrer Art entstanden, denn wegen der rasanten und weltweiten Verbreitung von Nachrichten war diese Gefahr erheblich gestiegen. Die Behauptung eines Einzelnen, es gäbe ein blutsaugendes Nachtwesen, war im Mittelalter ein paar Dörfer weiter schnell als Geschwätz und Mythos im Sande verlaufen. Schlimmstenfalls kamen die Dörfler mit Fackeln und Mistgabeln, brannten die Heimstatt eines Vampirs nieder und zwangen ihn zur Flucht. Doch mit der Weiterentwicklung der Waffen, den ersten Telegrafen, Fotografien und landesweiten Zeitungen hatte sich das geändert. Die Aussage eines Einzelnen konnte heutzutage das Aussterben ihrer ganzen Art bedeuten.

Während Quint zum Hauptquartier fuhr, wurde ihm klar, dass eine oberflächliche Beziehung mit Jo für ihn nicht funktionieren würde. Entweder hielt er sich in Zukunft von Jo fern oder er überschritt die Grenze, genau wie sein Bruder vor ihm.

Zum ersten Mal verstand er, was Samuel für seine Freundin empfunden haben musste und warum er lieber die Familie verlassen hatte und mit ihr untergetaucht war. Wobei ihm sein Vater – durch seine Stellung als Mitglied im Tribunal der Vampire – auch keine Wahl gelassen hatte. Jedes Mitglied trug einen Siegelring, der mit dem Schwur verbunden war, jeden Gesetzesverstoß ungeachtet der Person zu verurteilen.

Vielleicht sollte dieses eine Gesetz abgeschafft werden.

Vielleicht war diese Symbiose zwischen einem Vampir und einer Symbiontin – das tiefe Empfinden des anderen, das Fühlen seiner Schmerzen und Emotionen – ja nur ein Mythos oder etwas, das auch bei ganz normalen, menschlichen Paaren vorkam. Denn die Art, wie er auf Josephine reagierte und was er für sie und mit ihr empfand, war keinesfalls oberflächlich. Sie hatte sein Inneres auf eine Weise berührt, die er nicht in Worte fassen konnte.

Und wenn sie doch eine Sirene ist?, protestierte eine Stimme in seinem Kopf, doch er ignorierte sie.

Kapitel 27

Elia trat in Agnus' Büro und schloss die Tür.

Obwohl eine Wand aus Glas bestand und eine galerieartige Aussicht auf den riesigen Trainingsraum der Wächter unter ihnen bot, war dieser Raum schalldicht. Genau das Richtige, für das, was er seinem Chef zu sagen hatte.

Er legte einen Stapel Ausdrucke auf dem Schreibtisch vor Agnus ab, denn der war immer noch auf Papier fixiert, stand teils auf Kriegsfuß mit der modernen Technik.

»Geht es schon wieder um Machtgerangel oder Intrigen?«, fragte Agnus und stieß genervt die Luft aus. »Dann verschon mich damit und lass die feinen Herren vom Tribunal ihre Spielchen unter sich ausmachen. Ich bin fürs Kämpfen zuständig und gerade jetzt habe ich große Lust, da unten mit meinen Männern zu trainieren.«

Agnus knallte den Kugelschreiber auf den Tisch und stand auf.

Jetzt musste er ganz schnell das Richtige sagen, sonst wäre sein Chef weg.

»Agnus, diese Sache ist ernst. Jemand versucht uns anzugreifen.«

»Wer will uns angreifen? Schieß los, Elia!«

Es war das richtige Stichwort gewesen. Der Anführer der Wächter war zwar ein harter Kerl – teilte schon mal ordentliche Kinnhaken an seine Wächter aus –, aber er hielt auch immer eine schützende Hand über die Seinen und stand bedingungslos für sie ein. Agnus war der Typ von Mann, hinter dem jeder Unschuldige instinktiv Schutz suchen würde, aber mit dem keiner wagte, einen Streit anzufangen. Das lag zum größten Teil an seiner Ausstrahlung und nicht an den fast zwei Metern Größe und den gut 120 Kilo fettfreiem Kampfgewicht.

»Ich glaube, jemand versucht, uns zu zerstören. Nicht nur einen einzelnen Wächter, sondern alle, das Tribunal, unser Gesetz – das ganze System.«

»Nichts Neues. Derjenige kann sich in der Reihe hinten anstellen, direkt nach den Blutfürsten. Die wollen uns auch alle loswerden, damit sie ihr mörderisches Wesen ungestraft ausleben können.«

»Das hier ist aber was anderes, Agnus. Dieser Mann versucht das von innen heraus, indem er die Mitglieder im Tribunal und jeden Wächter einzeln demontiert.«

»Was meinst du mit *demontiert*? Und wer ist dieses Arschloch? Ich werde ihm in seinen intriganten Hintern treten und die Gurgel umdrehen!«

»Das wird wohl ein Problem«, erklärte Elia und seufzte. Er zog ein aktuelles Foto des Mannes aus dem Stapel der Unterlagen und legte es oben drauf. »Denn dieses Arschloch gehört zum Tribunal. Es ist Cesare Torricelli.«

»Dem würde ich sowieso am liebsten alle Knochen brechen! Der war schuld, dass John überhaupt verurteilt worden ist. Wir mussten ihn in den Turm sperren und hätten ihn beinahe verbrannt.«

Die Moral der Wächter war damals auf einen Tiefpunkt gesunken, denn sie hatten bei der Vollstreckung anwesend sein müssen. Einen der Ihren, mit dem sie jahrelang gekämpft hatten und mit dem sie befreundet waren, in der Sonne brennen zu sehen, hätte den Zusammenhalt zwischen Agnus und den Wächtern und ihre Loyalität zum Gesetz vielleicht für immer zerstört. Gott sei Dank war das Urteil in letzter Sekunde abgewendet worden.

»Richtig, Agnus. Torricelli war damals die treibende Kraft hinter Johns Verurteilung. Und an den jungen Vampiren, die wir immer mit Nachsicht behandelt und nur ziemlich abschreckend verwarnt haben, will er in Zukunft Exempel statuieren. Er steckt auch dahinter, dass du und Alva seit Kurzem unter Beobachtung steht, was ich euch gar nicht verraten dürfte.« Er stieß frustriert die Luft aus.

Agnus verengte seine Augen zu Schlitzen und schaute sich im Raum um. »Hier drin?«

»Nein, das habe ich bisher verhindern können. Aber unser Gelände ist riesig und eine winzige Kamera ist schnell versteckt. Außerdem traue ich ihm auch zu, Spione einzusetzen. Ich denke, er wartet nur darauf, dass ihr in dieses Krankenhaus marschiert und du der Tochter von Manuel Sánchez verbotenerweise dein Blut gibst. Dann würde er dafür sorgen, dass man dich sofort deines Amtes enthebt und verurteilt. Damit hätte er den Anführer der Wächter ausgeschaltet.«

Agnus runzelte die Stirn.

»Torricelli – war der nicht auch hinter Bens Schwester her und wollte sie zu einer Symbiose zwingen?«

Eine Symbiose, die stets eine tiefe Beziehung zwischen Vampir und Frau voraussetzte und zugleich verstärkte.

»Ganz genau. Aber Torricelli hat es legal und geschickt angestellt, sodass es unmöglich war, ihn dafür dranzukriegen. Ohne selbst in Erscheinung zu treten, hat er zunächst unter den Vampiren bekannt gemacht, dass Lissi eine Symbiontin ist und wo sie genau wohnt. Natürlich fielen sofort reihenweise Vampire bei ihnen zu Hause ein, einer hat sogar Lissis Vater getötet, um sie anschließend gegen ihren Willen zu einer symbiotischen Beziehung zu zwingen. Und genau nachdem das passierte, kam Torricelli an und hat Lissi seinen Schutz versprochen, falls sie zustimmte, seine Frau zu werden.«

»Gut, dass Ben mit Lissi bei mir Schutz gesucht hat. Dieses miese Arschloch!«

Agnus' Faust donnerte in eine der Betonwände.

Elia zuckte noch nicht mal mit der Wimper. Nach über 600 Jahren als Schreiber in Agnus' Diensten hatte er das unzählige Male erlebt. Ihm tat nur Walter leid, der erst gestern die Löcher seiner letzten Kraftausbrüche verputzt hatte.

»Ja, er ist ein Arschloch, Agnus, aber ein raffiniertes und gefährliches. Unterschätz ihn nicht, er weiß genau, wie er die Fäden ziehen muss. Du hast es hier nicht mit einem Feind zu tun, den du mit deinem Schwert bekämpfen kannst.«

Wie ein Tiger im Käfig begann Agnus, durch den Raum zu schreiten.

»Aber wenn er seinen Kopf nicht mehr auf dem Hals hat, sind wir das Problem auch los, oder nicht?«

»Agnus, wenn du ein Mitglied des Tribunals tötest, werden sie dich absetzen und das Vertrauen in die Wächter verlieren. Auch das würde unsere Grundfesten erschüttern.«

»Und wie können wir dann gegen ihn kämpfen?«

»Ich erzähle dir erst mal mehr über seinen Hintergrund und mit diesem Wissen werden wir uns eine Taktik ausdenken. Es wird sicher komplizierter als ein Kampf Mann gegen Mann und so schnell wird es auch nicht gehen.«

Verärgert donnerte Agnus seine Faust abermals in die Wand.

»Dann schieß endlich los, Elia!«

»Ich denke, die Wurzel allen Übels liegt bei Torricelli in seiner tragischen Vergangenheit: Er verliebte sich in eine normale Frau und das Tribunal schickte ihn deswegen in die Verbannung. Seiner Geliebten wurde die Erinnerung an ihn gelöscht und leider wurde sie kurz darauf von Straßenräubern überfallen und brutal vergewaltigt. Zwei Tage später erlag sie ihren Verletzungen. Ich glaube, er hat das nie überwunden und hegt bereits seit Jahrhunderten einen Hass auf das Tribunal, die Wächter und die Gesetze. Seit damals sucht er auch verzweifelt einen Ersatz für seine Geliebte, doch keine Symbiontin scheint ihn bisher glücklich gemacht zu haben.«

»Liebe kann man nicht erzwingen«, presste Agnus wütend hervor.

»Ja, das ist wahr. Entweder hat er kein Glück in der Liebe oder er sucht im Grunde nur eine Kopie seiner ersten Liebe und wird deswegen jedes Mal enttäuscht. Jede Frau mit einer Blüte der Ewigkeit, der er seitdem den Hof gemacht hat, ist auf rätselhafte Weise verschwunden.«

»Verschwunden? Für mich klingt das eher wie getötet und verscharrt. Gut, dass Ben seine Schwester damals hierher gebracht hat.«

»Wir haben dafür leider keine Beweise – auch nicht dafür, dass er Leonardos Frau umbringen ließ.«

»Was? Ambrosius' Mutter wurde ermordet?«

»Behalt es für dich. Ich habe nur Indizien, dass Torricelli damals dafür gesorgt hat, dass Leonardos Frau von einer sechsspännigen Kutsche überrollt wurde. Und zwar genau zu einem Zeitpunkt, an dem Leonardo selbst zu weit weg war, um sie zu schützen oder mit seinem Blut zu heilen. Ähnlich wie Torricelli selbst, der seine Geliebte damals nicht retten konnte, weil er nicht bei ihr war.«

Tragischerweise hegte Ambrosius – ihr Biochemieexperte hier im Hauptquartier – seit seiner Kindheit deswegen einen tiefen Groll gegen seinen Vater Leonardo. Ambi hatte als Kind mit eigenen Augen gesehen, wie sechs Pferde im Galopp über seine Mutter getrampelt waren und hatte ihren blutigen, verunstalteten Körper gehalten und verzweifelt nach seinem Vater geschrien.

Elia zählte noch einige Begebenheiten auf, von denen er glaubte, dass Torricelli dahintersteckte.

»Fatalerweise hat es dieser Mann vor Kurzem geschafft, ins Tribunal gewählt zu werden. Das ist ihm nur gelungen, weil er Jahrzehnte lang äußerst ehrgeizig dieses Ziel verfolgt und sich dafür ein Netzwerk mächtiger Unterstützer zugelegt hat. Er wird versuchen, jeden Fehler, den du oder deine Wächter begehen, auszuschlachten und euch abzusägen, einen nach dem anderen.«

»Und was zum Donnerwetter kann ich dagegen tun? Du hast doch von einer Taktik gesprochen, oder nicht?«

Agnus' Hände hatten sich zu Fäusten geballt. Es schien, als müsste er sich selbst in Ketten legen, um nicht direkt zu Torricelli zu marschieren und ihm mit bloßen Händen den Kopf abzureißen.

»Wir werden den Spieß umdrehen, ihn genauestens unter die Lupe nehmen und versuchen, ihn aus dem Tribunal zu kicken. Dann kann er hoffentlich nicht mehr so großen Schaden anrichten. Mit etwas Glück haben wir schon bald etwas gegen ihn in der Hand. Ich habe Hinweise, dass Torricelli vor geraumer Zeit den berüchtigten Headhunter Snake beauftragt hat, eine Symbiontin für ihn zu finden. Seitdem habe ich ein wachsames Auge auf ihn.«

Er zog ein paar der Papiere aus dem Stapel und Agnus setzte sich schließlich und warf jeweils einen Blick darauf.

»Torricelli hat einen alten Landsitz mit Reiterhof gekauft. Er taucht immer wieder bei einem bestimmten Makler auf, wobei dessen Frau stets mit dabei ist, was sonst bei keinem der Klienten dieses Maklers der Fall ist. Ich vermute, sie ist eine Symbiontin, aber sie hat zwei Kinder und scheint ihrem Mann treu zu sein. Ansonsten hätte Torricelli sie längst rumgekriegt. Immerhin ist er sehr reich, sieht gut aus und kann charmant sein, wenn er will. Dieser Makler hat sich urplötzlich und ohne Vorgeschichte in illegale Glücksspiele verstrickt – oder besser gesagt: ist verstrickt worden. Im Handumdrehen hatte er hohe Schulden. Um seine Sucht weiter zu finanzieren, hat er sich inzwischen eine große Summe von einem üblen Geldhai geliehen, der seine Kunden rigoros umbringt, wenn sie nicht zahlen. Ich glaube, dass Torricelli das alles geschickt eingefädelt hat, um ihn loszuwerden, ohne sich selbst die Hände schmutzig zu machen. Wenn wir die Schulden von diesem Makler unauffällig begleichen und ihn finanziell unterstützen, verhindern wir, dass ihn dieser Geldhai umbringt. Dann verliert Torricelli womöglich die Geduld und tötet ihn eigenhändig, damit er an seine Frau herankommt. Als Witwe, die zwei kleine Kinder durchfüttern muss und wegen der Spielsucht ihres Mannes keine Rücklagen mehr hat, wäre er eine ziemlich gute Partie. Selbst wenn diese Frau ihn nicht mag, würde sie ihn wahrscheinlich als Ehemann akzeptieren, damit ihre Kinder versorgt sind.«

Agnus hatte seine Hände erneut zu Fäusten geballt und sah Elia grimmig an.

»Das ist also der Preis, damit wir Torricelli loswerden? Der Mord an einem Unschuldigen, eine Witwe und zwei Waisen?«

Mit einem Ruck stand Agnus auf und fegte sämtliche Papiere vom Tisch.

»Das geht gegen alles, wofür ich stehe!«

»Agnus, hör mir zu! Die Wächter sind dazu da, Menschen vor Vampiren zu schützen, und genau das tun wir doch in diesem Fall. Wir haben Torricelli ja nicht dazu angestiftet und natürlich versuchen wir, diesen Mord zu verhindern. Wir müssen ihn nur bei dem Versuch ertappen.«

»Ich habe ein ganz mieses Bauchgefühl bei dieser Sache.«

»Aber das ist im Moment die einzige Möglichkeit, wie wir Torricelli zu Fall bringen können. Und vielleicht retten wir dabei ein Leben. Denn wenn wir nichts tun, wird Torricelli ohnehin dafür sorgen, dass dieser Makler früher oder später beseitigt wird.«

Agnus' Kieferknochen mahlten, während er sich im Stehen über den Tisch beugte, die Fäuste auf dem Tisch abstützte und die Fotos der Familie betrachtete.

»Also gut, Elia. Du hast meinen Segen. Nimm alle Mittel, Mann oder Geld, und mach dein Ding. Überwach den Kerl, zahl seine Schulden, mir egal.«

»Diese Sache muss unter uns bleiben, Agnus, und den Fluss unserer Gelder werde ich tarnen. Ich bin der offizielle Schreiber des Tribunals und womöglich würde Torricelli mich deswegen des Hochverrats anklagen, bevor ich die Beweise gegen ihn habe. Den Wächtern solltest du diesbezüglich so wenig wie möglich preisgeben. Aber hab ein Auge auf sie, denn der kleinste Verstoß gegen die Regeln, und Torricelli wird sie absägen und mit Freuden dabei zusehen, wie sie im Turm in der Sonne brennen.«

»Und das, wo wir so wenig Wächter wie noch nie haben«, knurrte Agnus.

»Du sagst es. Ich habe gehört, Alva reist nach Zürich?«

»Ja, sie will auf diese Ärztekonferenz, um mit ein paar Experten über die Krankheit von Manuel Sánchez' Tochter zu sprechen. Susi begleitet sie, um ein paar Freunde wiederzusehen.«

»Du solltest ihr rund um die Uhr zwei Bodyguards von Rose' alter Firma mitgeben«, riet er Agnus.

»So weit ist es schon gekommen?«

Agnus sah aus, als würde er gleich platzen. Kein Wunder, es war für ihn schier unerträglich, keinen Gegner zu haben, den er körperlich bekämpfen konnte.

»Wir sind besser vorsichtig. Oder willst du deine Frau einem Risiko aussetzen?«

Ein Blick von Agnus reichte. Natürlich würde er Alva nie einem unnötigen Risiko aussetzen.

»Und noch was, Agnus: Leonardo und Therese sind im Tribunal zurzeit das Zünglein an der Waage. Wenn Torricelli die beiden aus dem Weg räumt, verändert sich das Gleichgewicht zu seinen Gunsten und er hat freie Bahn.«

»Ich geh jetzt in die Halle. Kämpfen. Sonst schlag ich diese Bude hier gleich kurz und klein!«

»Nicht schon wieder«, murmelte Elia. »Der Schreibtisch ist der letzte.«

Vor zwei Jahren hatte er für seinen Chef fünf identische Schreibtische aus massiver Eiche gekauft, die stabilste Ausführung, die er bisher gefunden hatte. Marmorplatten hatten sich zuvor schon als untauglich erwiesen, die brachen sofort, wenn sie das erste Mal gegen die Wand geschleudert wurden.

Er hatte spaßeshalber schon mal über einen Tisch ganz aus Stein nachgedacht, aber wenn Agnus den gegen die Wand warf, müssten sie gleich die Wand neu mauern.

Dieses Mal ließ sein Chef den Tisch Gott sei Dank in Ruhe, als er dahinter hervortrat und zu ihm kam. Und obwohl man dem Hünen

– der zur Hälfte Wikinger war – deutlich ansah, dass er innerlich am Explodieren war, beherrschte sich der Mann. In all den Jahrhunderten, die er für Agnus arbeitete, hatte der Anführer der Wächter ihm gegenüber noch nie die Beherrschung verloren. Er musste nur aufpassen, wenn mal wieder Mobiliar durch die Gegend flog. Ducken und Ausweichen half aber meist.

Auf dem Weg zur Tür legte der Anführer ihm eine schwere Hand auf die Schulter.

»Elia, du bist für mich, für uns alle hier, viel mehr als nur ein Schreiber. Das weißt du hoffentlich.«

Kapitel 28

Jo blickte auf die kleine, schlanke Pistole, die Quint ihr dagelassen hatte, und schüttelte den Kopf.

Die Sache mit ihm gestaltete sich wie ein Wechselbad zwischen Sauna und Eiswasser. Eine Pistole als Geschenk, und das, obwohl er sie zuvor mit unverhohlenem Misstrauen nach Waffen abgetastet hatte? Und nach dem kaltschnäuzigen Abtasten war er später ihr wilder, leidenschaftlicher und gleichzeitig überaus sanfter Liebhaber gewesen. Anschließend hatte er ihr jedoch mit seinen Worten absichtlich Angst eingejagt und war mit versteinertem Gesicht und in einer Laune, als lauerte der Feind direkt draußen vor ihrer Tür, gegangen.

Würde sein Misstrauen jemals versiegen?

Und wenn ja – würde sie dieses Wechselbad von Heiß und Kalt bis dahin durchhalten? Oder würde er immer eine unberechenbare Gefahr für sie darstellen?

Während sie unter die dringend notwendige Dusche ging, hallten seine letzten Sätze immer wieder in ihrem Kopf nach.

Erst gestern hatten Sami und sie spekuliert, dass Quint ein Vampir war. Heute Nacht hatte er sie jedoch genau vor diesen Wesen mit Nachdruck gewarnt und gewirkt, als müsste sogar er sich vor ihnen in Acht nehmen. Dabei konnte sie sich nicht vorstellen, dass Quint vor diesen Monstern zurückweichen würde, ganz im Gegenteil: Alles in ihm und an ihm war auf gnadenlosen Kampf ausgerichtet. Was die Frage aufwarf, auf welcher Seite Quint eigentlich stand und ob sie selbst – ohne es zu wissen – womöglich auf der Seite stand, die er so erbittert bekämpfte.

Nach der Dusche fiel sie wie eine Tote ins Bett und war heilfroh, als der Schlaf sie von der Grübelei erlöste.

Sie verschlief fast den ganzen Tag und vertilgte dann einen Berg an Essen, der sie selbst erstaunte.

»Quint hat mich wohl nicht nur mit seinen Augen ausgesaugt«, murmelte sie unvermittelt. – Wie kam sie nur auf diesen Gedanken?

Nach dem Essen fuhr sie mit ihrem Bulli samt Anhänger zum Großhändler und holte das bestellte Teehäuschen ab.

Es gehörte zum Service, dass die Mitarbeiter dort die einzelnen Pakete für sie auf- und einluden. Immerhin waren die Seitenteile aus Hartholz und die Dachsegmente – typisch englisch – aus Blei. Das jetzt noch silberfarbene Metall würde sich später farblich verändern, ähnlich wie Kupfer, allerdings in ein schönes Blaugrau. Wie sie diese schweren Teile ohne Hilfe wieder ausladen sollte, bereitete ihr schon jetzt Kopfzerbrechen, zusätzlich zu der Frage, wie Quint sich heute ihr gegenüber wohl verhalten würde.

Was sie in der Nacht mit ihm erlebt hatte, war für sie weit mehr als eine Affäre auf Zeit, um der sexuellen Anziehung nachzugeben und die angestaute Lust auszuleben – aber was war es für Quint gewesen? Nur ein Ventil? Etwas, bei dem er Dampf ablassen konnte, um für eine kurze Weile zu entspannen?

Sie kam sich vor, als würde sie über Eis gehen, das immer wieder knackte, und sich ständig fragen, wie stabil die Eisfläche tatsächlich war, auf der sie sich bewegte.

Die Sonne war gerade untergegangen, als sie mit dem Bulli am Tor eintraf. Sie stieg aus, trat vor die Kamera und klingelte.

Elia antwortete und sie erklärte ihm, dass sie ziemlich schwere Teile geladen hätte, und bat darum, ausnahmsweise mit dem Bulli eingelassen zu werden.

Das Tor wurde geöffnet und sie fuhr langsam über das Gelände bis zum Fundament des alten Gartenhäuschens. Die ganze Zeit hatte sie jedoch wieder so ein ungutes Gefühl von knackendem Eis.

Und tatsächlich: Sie hatte den Motor noch nicht abgestellt, da sah sie Quint bereits quer über die Wiese spurten.

Wenn das nicht ihre Frage nach dem Misstrauen beantwortete! Wenigstens hatte er diesmal nicht gleich seine Pistole gezogen.

Sie schnaubte genervt und stieg aus. Vor seinen Augen löste sie die Plane vom Anhänger und schlug sie zornig zurück, dann ging sie zur Schiebetür des Bullis.

»Jemand drin? Dein Sohn?«, fragte Quint mit angespannter Miene und sie bemerkte, dass seine Hand auf dem Pistolengriff am Gürtelhalfter lag.

»Nein, niemand«, antwortete sie und öffnete mit zusammengepressten Lippen.

Erst nach einem Blick in das Innere entspannte sich Quints Haltung. Nichtsdestotrotz rechnete sie damit, wieder auf Waffen abgetastet zu werden.

Weil sie nach dem Aufstehen ziemlich nervös gewesen war, wie Quint sich wohl nach der gestrigen Nacht verhalten würde, hatte sie heute ihr kleines Maskottchen mitgenommen. Das hatte schon oft ihre Nerven beruhigt, genau wie am ersten Tag hier. Da hatte Walter das Stück natürlich herausgenommen, als er sie durchsuchte. Beim Anblick des kleinen, handgeschnitzten Grizzlybären hatte er gelächelt. Es war ein Geschenk ihres Mannes, eines ihrer wenigen Erinnerungsstücke. Sie trug den kleinen Bären gern in der Hosentasche ihrer Jeans und steckte dann – wenn Unsicherheit oder Angst in ihr aufkeimten – eine Hand hinein und hielt ihn fest oder streichelte ihn, genau wie jetzt.

Sie registrierte, dass Quint in der Tat sofort auf die Hand in ihrer Hosentasche blickte.

Etwas in ihr begehrte auf, und ehe sie darüber nachdachte, blaffte sie ihn an: »Ich könnte da eine kleine Pistole drin haben oder eine Handgranate. Willst du etwa nicht nachsehen, Quint?«

Innerhalb eines Wimpernschlages stand er vor ihr, presste sie mit einer Hand auf ihren Po an sich, packte mit der anderen ihren Hinterkopf und überrumpelte sie mit einem wilden, ungezügelten Kuss. Sie zog ihre Hand aus der Hosentasche, krallte sich mit ihren Fingern in seinen feuerroten Locken fest und erwiderte den Kuss. Wenn er ihren Körper einfach so in Besitz nahm, würde sie das Gleiche mit ihm tun. Von einem Moment auf den anderen entfachte seine Wildheit in ihr ein ebenso ungezügeltes Verlangen. Aber kurz darauf nahm er zu ihrer Enttäuschung wieder Abstand, ließ sie atemlos zurück und grinste.

»Für eine Granate fühlte es sich zu klein an und die Form ist für eine Pistole untypisch. Es wird das Andenken aus Holz sein, von dem mir Walter erzählt hat.«

Dieser Mistkerl!

Sie hatte große Lust, ihm eine Ohrfeige zu geben, dass es nur so schepperte. Einzig die Angst, dass er ihre Hand abfangen und dabei womöglich all ihre Knochen brechen würde, hielt sie zurück.

»War's das jetzt Quint?«, fauchte sie wütend. »Bist du jetzt zufrieden und verschwindest endlich?«

»Nein«, antwortete er grimmig. Sein Grinsen verschwand und seine Miene verfinsterte sich. »Wenn du denkst, ich lasse dich dieses schwere Zeug allein abladen, dann hast du dich geschnitten!«

Für einen Moment starrte sie Quint verwirrt an.

Würde sie jemals wissen, woran sie bei ihm war?

Als sie kurz darauf ihre Hände nach einem kleineren, leichten Holzpaket ausstreckte, knurrte Quint sie böse an.

»Wenn du noch mal versuchst, etwas Schweres auszuladen, dann fessle ich dich an den nächsten Baum«, drohte er mit finsterer Miene und zog ihr das Paket unter den Händen weg.

Ihr war klar, dass er das wortwörtlich meinte, und sie musste angesichts seiner ganz eigenen Art von Fürsorge lächeln, verbarg es jedoch, indem sie ihr Gesicht abwandte.

Neben der Aufbauanleitung durfte sie gerade mal die Plastikbeutel mit Schrauben und Zubehör abladen, mehr nicht.

Die Art und Weise, wie Quint diese Aufgabe erledigte, zeigte ihr mehr von seiner Persönlichkeit. Er war nicht nur der tödliche Kämpfer, der im Adrenalinrausch schon mal kopflos sein Messer an jemandes Kehle legte. Nein, hier verschaffte er sich zuerst einen Überblick über die Einzelteile und räumte die Sachen dann mit viel Verstand aus, sodass sie der Reihenfolge des Aufbaus entsprechend platziert und gestapelt waren. Und das alles, ohne einen Blick auf die Bauanleitung geworfen zu haben. Sie müsste später kein einziges Teil anheben, um an eines zu kommen, das früher gebraucht wurde.

Auf ihre Nachfrage, ob er schon mal ein solches Teehaus zusammengebaut hätte, meinte er: »Nein, noch keinen Teepavillon, aber ein paar Blockhäuser aus Baumstämmen, Scheunen aus gesägten Brettern und so was.«

Er sagte das ganz nebenbei, als wäre es das Selbstverständlichste im Leben. In der heutigen Zeit war das jedoch absolut nicht so und es brachte sie zum Nachdenken. Um ehrlich zu sein, konnte sie sich das bei Quint nämlich tatsächlich vorstellen. Unvermittelt verspürte sie den kindischen Wunsch, sie wäre dabei gewesen und hätte mit ihm ein Blockhaus irgendwo mitten im Wald gebaut. Sie ertappte sich bei einem verträumten Lächeln.

Ganz am Ende waren nur noch die Dachsegmente im Bulli übrig. Anstatt Quint zu warnen, dass sie aus Blei und daher sehr schwer waren, folgte sie einem Impuls und sagte nichts. Er nahm von den insgesamt acht Teilen vier auf einmal und zögerte dann sichtlich, als ob er am liebsten alle auf einmal tragen wollte. Als er sich mit der enormen Last mühelos aufrichtete, wagte sie einen Test.

Sie trat ihm in den Weg und stellte ihm eine Frage, um ihn daran zu hindern, die Segmente sofort am Fundament abzulegen.

»Die Stadt will die uralte Linde am Rathaus fällen, die mindestens 400 Jahre alt ist. Sie heißt unter anderem Gerichtslinde, weil man früher an ihr Leute aufgehängt hat. Den Bürgermeister ärgert der Baum, weil die Wurzeln die Versorgungsleitungen und das Fundament vom Rathaus schädigen und die ständigen Reparaturen ärgerlich sind und viel Geld kosten. Man könnte die Linde auch versetzen, aber er scheut die außerordentlich hohen Kosten und deshalb hat er einfach behauptet, der Baum sei verfault und müsse gefällt werden. Aber das ist eine Lüge und das habe ich ihm auch ins Gesicht gesagt. Man munkelt, die Stadtkasse sei leer, weil er Geld veruntreut hätte, und dass er jetzt heimlich versuche, diese Löcher wieder zu stopfen. Wie auch immer: Ich wollte fragen, ob ihr der Linde hier bei euch eine neue Heimat geben würdet. Das wäre bestimmt gute PR für eure Bodyguardagentur und vielleicht übernehmen Umweltschützer sogar einen Teil der Kosten oder man könnte einen Spendenaufruf machen. Allerdings müssten einige Leute mit schwerem Gerät auf euer Gelände.«

In aller Seelenruhe stand Quint da und hatte keine einzige Schweißperle auf der Stirn. Dabei hatten die zwei Mitarbeiter des Großhandels lauthals geschimpft, weil der Gabelstapler kaputt war. Nach dem Einladen von Hand hatten sie gestöhnt und waren schweißgebadet gewesen – und zwar, ohne vier Platten auf einmal zu tragen.

Quint musste ein Vampir sein.

Es gab keine andere Erklärung.

Dass Quint inzwischen auf ihre Frage antwortete, registrierte sie angesichts dieser Erkenntnis nur am Rande.

»Glaube kaum, dass unser Chef einverstanden sein wird. Ich werd aber unserem Schreiber Bescheid geben, der managt für ihn Organisatorisches und den Papierkram.«

»Schreiber?« – Das seltsame Wort riss Jo aus ihren Gedanken.

»Ja, Sarahs Mann, Elia. Ach, schau mal, da kommt sie gerade. Erzähl es ihr doch gleich selbst.«

Die gute Sarah kam wieder mal mit einem abgedeckten Tablett zu ihr heraus. Jo lief schon beim Anblick das Wasser im Mund zusammen, ihr Magen knurrte laut und vernehmlich. Kein Wunder, denn Sarah war eine erstklassige Köchin, selbst im Restaurant hatte sie nie so gut gegessen wie hier. Das war ein echter Bonus, dazu noch beste, ärztliche Versorgung. Ohne dieses ganze Sicherheitstheater wäre dieser Auftrag ein Traumjob und sie wäre versucht, nach einer Festanstellung zu fragen. Aber einen eigenen Gärtner in Vollzeit rechtfertigte das Gelände, wenngleich außergewöhnlich groß, leider nicht. Zudem würde sie um keinen Preis ihre Selbstständigkeit aufgeben und mit einem mickrigen Lohn zufrieden sein. Aber vielleicht könnte sie diesem Agnus ja einen Servicevertrag aufschwatzen, denn das Gelände gefiel ihr und es wäre schön, Sarah und ein paar von den anderen wiederzusehen.

»Setz dich endlich hin und iss, Josephine!«, befahl ihr Quint in rauem Ton, was sie in diesem Fall aber durchgehen ließ. »Ich lade dir noch die restlichen Dachteile und das Werkzeug ab und fahr deinen Wagen dann raus. Aber wehe, du fängst den Aufbau ohne mich an! Verstanden?«

Wieder mal eine scharfe Warnung von ihm und ein grimmiger Ausdruck im Gesicht, aber der Grund dafür war anscheinend seine Sorge um sie. Am allerersten Tag hatte er natürlich noch viel grimmiger ausgesehen – aber war das im Grunde nicht auch nur Sorge gewesen? Um die kleine Alice und ihre Ersatzmutter? Aber wehe denen, die er verdächtigte, die Seinen in Gefahr zu bringen – so wie sie am ersten Tag oder den Mann in der Paintballarena.

In ihr wurde der Verdacht immer stärker, dass der Schlüssel für Quints haltloses Misstrauen, das übertriebene Sicherheitsdenken und seine extremen Reaktionen der Mord an seinem Bruder war. Nach allem, was sie bisher von ihm wusste, schien er seitdem Freund und Feind nur schwer auseinanderzuhalten und ständig mit neuer Gefahr aus dem Hinterhalt zu rechnen.

Kapitel 29

Jo saß auf dem Betonfundament des Teehäuschens, zu dem zwei Stufen hinaufführten und genoss Sarahs Mahl. Ihr Essen war wieder einmal köstlich: mit Maronen gefüllte Wachteln, als Beilage Kräutergnocchi, dazu eine Rotweinsoße mit Orangennote. Jeden Tag in dieser Weise mit warmem Essen verwöhnt zu werden, war für Jo etwas ganz Besonderes und tat richtig gut, nicht nur dem Leib, sondern auch der Seele. Doch während ihr Gaumen jubilierte, liefen ihre Gedanken schon wieder auf Hochtouren ...

War nur Quint ein Vampir oder die anderen Männer hier auch? Wen hatte sie bisher auch bei Tageslicht gesehen? Eigentlich nur Walter, aber vielleicht gingen die anderen tagsüber ja nur schlicht und ergreifend ihrem Job als Bodyguard nach. Was würde passieren, wenn sie selbst Quint als Vampir »outete«?

Noch während sie über Letzteres nachdachte, sah sie Quint mit einem Puma näher kommen. Sie war satt und stellte ihren Teller neben sich. Sie liebte wilde Raubtiere, doch selbst im Zoo hatte sie nie die Möglichkeit gehabt, eines wortwörtlich hautnah zu erleben – ohne Gitter und Glasscheibe –, geschweige denn, es zu berühren.

Quint blieb fünf Meter vor ihr stehen.

»Das also ist deine Wildheart.«

Er nickte, ging in die Hocke und kraulte das Tier im Nacken. Sie wurde beinahe neidisch.

»Sie ist atemberaubend. Und das einzige, weibliche Wesen, auf das ich je eifersüchtig sein müsste, wenn Sarah recht hat.«

Er strahlte über das ganze Gesicht und war wohl einen Moment abgelenkt, denn Wildheart entwischte ihm und steuerte direkt auf sie zu. Na ja, nicht auf sie, der Teller mit den Knochen erregte wohl mehr ihr Interesse.

Quint wollte den Puma mit einem Griff in den Nacken daran hindern, aber Jo protestierte: »Nein, lass sie doch. Solange ich nicht auf ihrem Speiseplan stehe, ist das okay.«

»Könnte ich ihr nicht verdenken. Ich finde dich ja auch lecker«, sagte er grinsend. »Aber keine Sorge, sie hat vorhin extra ein ganzes Kaninchen von mir bekommen.«

Quint nahm die Geflügelknöchelchen von ihrem Teller weg, die nicht gut für das Tier wären, und ging dann neben dem Puma in die Hocke. Erst leckte Wildheart genüsslich den Teller ab, dann schnupperte das Tier in ihre Richtung. Da sie die Wachtelknochen zum Abnagen in der Hand gehabt hatte, rochen ihre Finger bestimmt nach dem leckeren Geflügel. Quint griff energisch in Wildhearts Nackenfell, als die Pumaschnauze sich ihr näherte.

Er hatte etwas von Kratzern gesagt, aber die würde sie gern in Kauf nehmen, um diesen Puma wenigstens ein einziges Mal anzufassen.

»Lass sie, Quint. Solange sie meine Finger nicht abkaut.«

Quints Ausdruck wurde ernst. »Meine sind auch alle noch dran, aber sie ist kein Hauskätzchen, sondern wild.«

Sie musste lächeln, denn das Gleiche galt auch für Quint. Er war ein Mann – vielleicht sogar noch mehr – und darüber hinaus hatte sein Wesen eine ganz eigene Wildheit. Doch das gefiel ihr, sie konnte und wollte ihn sich nicht als »zahm« vorstellen.

»Sie ist wild, Quint. Ich weiß das. So ist ihre Natur und ich erwarte nichts anderes von ihr. Solange du dafür sorgst, dass mein Leben in ihrer Gegenwart sicher ist, reicht mir das vollkommen. Ich bin es gewohnt, Kratzer und Schrammen abzubekommen. Wenn ich ihr dafür nahe sein darf, ist das ein kleiner Preis, den ich gern in Kauf nehme.«

Dabei sah sie ihm direkt in die Augen und ließ ihre Worte wirken. Ihre Antwort galt gleichermaßen für den Puma wie für Quint und sein Gesichtsausdruck verriet ihr, dass er die Botschaft verstand.

Er ließ das Raubtier los und sie streckte dem Pumaweibchen langsam ihre Hände entgegen. Genüsslich leckte Wildheart mit ihrer rauen Zunge ihre Finger ab.

»Darf ich sie streicheln?«

»Wenn sie dich lässt«, antwortete er und schenkte ihr einen herausfordernden Blick. Er wollte wohl wissen, ob sie ihre Aussage von eben ernst gemeint hatte und auch blutige Kratzer in Kauf nehmen würde.

»Wildheart ist schreckhaft, also mach keine plötzlichen Bewegungen«, fügte er hinzu.

Sie saß auf der Stufe des Betonfundaments und bewegte eine Hand in Richtung ihres Kopfes. Quint verfolgte die Szene mit Argusaugen und schien angespannter zu sein als sie selbst. Um sich weiter nach vorn beugen zu können, stützte sie ihre andere Hand auf der Stufe ab und stieß dabei gegen den Teller, der samt Besteck klappernd herunterfiel. Wildheart schrak zusammen, fauchte Jo an und schlug mit der Tatze nach ihrer Hand. Sie zog ihre Hand zwar instinktiv zurück, doch sie wusste, dass sie den ausgefahrenen Krallen nicht mehr entgehen würde. Aber Quint fing in unglaublich schneller Reaktion die Tatze ab, schlang einen Arm um das Raubtier und wich gleich einen ganzen Meter zurück.

»Sie ist schreckhaft, wie ich schon sagte«, erklärte Quint. »Ich werde ein bisschen mit ihr spielen, bis sie sich beruhigt hat, und sie dann wieder einsperren.«

»Nein! Ich will es noch mal versuchen.«

»Das ist im Moment keine gute Idee«, knurrte er.

Josephine hätte sich beinahe tiefe, blutige Furchen in ihrem Unterarm und ihrer Hand zugezogen. Quint spürte, wie angespannt Wildhearts Muskeln waren, sie wand sich in seinem Griff und fauchte abermals. Er sah zu, wie Jo von ihrer sitzenden Position auf dem Betonfundament langsam zu einer Hocke unten an den Stufen überging. Dann näherte Jo sich Wildheart, wenn auch mit ängstlich pochendem Herzen, wie er deutlich hören konnte. Dabei sah sie dem Puma direkt in die Augen. Gar keine gute Idee bei einem Raubtier, schon gar nicht, wenn es sich gerade erschrocken hat und gefangen war.

»Hey, das war nur der blöde Teller«, sagte sie in beruhigendem Ton. »Gib mir noch eine Chance, Wildheart.«

Er beobachtete Jo ganz genau und sah, dass die goldenen Strahlen in ihrer Iris wieder aufleuchteten. Er hätte schwören können, dass sie sich des Effektes in diesem Moment gar nicht bewusst war. Und dann passierte direkt vor ihm ein kleines Wunder. Wildheart entspannte sich in seinem Griff, obwohl die Wildkatze es hasste, wenn er sie so festhielt und ihr aggressives Verhalten war mit einem Mal wie weggeblasen.

»Bitte, lass sie los, Quint. Ihr gefällt es nicht, wie du sie gefangen hältst.«

Verblüfft und neugierig, was passieren würde, ließ er Wildheart los, war aber bereit, jederzeit einzugreifen.

Nun ging sein Pumaweibchen von sich aus auf Jo zu, die Haltung jedoch keineswegs angriffslustig, und leckte ihr mit der rauen Zunge quer übers Gesicht, mehrmals.

Jo lächelte. »Hat dir schon mal jemand gesagt, dass du ganz schön stinkst, Wildheart?«

Quint musste grinsen. »Kennst du nicht den Spruch: Er stinkt wie ein Puma? Der Gestank von Pumas ist berüchtigt.«

»Besten Dank für die Vorwarnung. – Igitt, jetzt habe ich den Geschmack sogar auf meinen Lippen. Bist du sicher, dass sie Kaninchen und nicht verwesten Fisch gegessen hat?«

Quint konnte sich die Schadenfreude nicht verkneifen.

»Du wolltest mit einem Puma auf Tuchfühlung gehen, also beschwer dich jetzt nicht.«

Vorsichtig streckte Jo ihre Hand abermals aus, berührte das Nackenfell von Wildheart und strahlte übers ganze Gesicht.

»Das wollte ich schon immer mal machen.«

Es dauerte keine Minute, da lag Wildheart sogar auf dem Rücken und ließ sich das weiche Bauchfell von ihr kraulen. Josephine wirkte fasziniert und glücklich. Sie so zu sehen, gefiel ihm sehr. Er wollte sie öfter so erleben. Ab heute würde er Wildheart jeden Tag herausholen und zu ihr bringen.

Als er viel später wieder ins Innere des Hauptquartiers ging, zog ihn Elia besorgt in Agnus' leeres Büro und schloss die Tür.

Der Schreiber hatte über eine der Kameras gesehen, wie er Jo am Bulli geküsst hatte. Elia warnte ihn eindringlich, so etwas nie wieder auf dem Gelände des Hauptquartiers zu tun. Außerdem sollte er mit keinem darüber reden, was er für Jo empfand.

Als er dazu schwieg, schüttelte Elia frustriert den Kopf und meinte: »Diesen Ausdruck kenne ich von deinem Bruder. Dann sei wenigstens so schlau wie Samuel und halte es geheim. Warte, bis du dir ganz sicher bist, dass Jo den Preis wert ist, den du dafür bezahlen musst, wenn sie dich erwischen, und dass sie deine Liebe auch in der gleichen Weise erwidert.«

Jo fand, dass dieser Abend voller Highlights gewesen war: zuerst der wilde Kuss von Quint, dann Sarahs fantastisches Essen, einen echten Puma zu streicheln und dann die Arbeiten zum Aufbau des Teehauses. Das Zusammenspiel mit Quint funktionierte nicht nur im Bett, sondern auch bei einer praktischen Aufgabe. Quint war mit Ruhe und Geduld ans Werk gegangen und sie hatten Hand in Hand gearbeitet. Er war außergewöhnlich geschickt mit Material und Werkzeug umgegangen, als hätte er bereits ein Jahrhundert Erfahrung in solchen Dingen – was vielleicht tatsächlich der Fall war. Außerdem hatte Quint zu ihrer großen Überraschung angefangen, ihr während der Arbeit etwas zu erzählen, nämlich wie er Wildheart aufgezogen hatte. Es machte ihr Freude, ihm zuzuhören, und immer wieder blinzelte sein Humor hindurch. Zudem war sie froh, dass er endlich einmal etwas von seinem Leben preisgab. Vielleicht müsste sie ja nur das Thema stets mit Bedacht wählen.

An diesem Abend war der Umgang mit ihm so leicht und unkompliziert gewesen, dass die Hoffnung in ihr wuchs, auch seine gefährlichen Ausbrüche in den Griff zu bekommen.

Dass sie mit ihm bis Mitternacht am Teehaus gearbeitet hatte, kam ihm anscheinend weder ungewöhnlich vor noch schien es ihn zu stören. Für sie ein weiteres Indiz dafür, dass er ein Vampir sein musste. Oder aber er war nur besonders stark und durchtrainiert und hatte vor seiner Karriere als Bodyguard mal als Handwerker gearbeitet.

Sie würde wohl warten müssen, bis Quint sich ihr selbst als Vampir offenbarte. Möglicherweise brauchte er einfach mehr Zeit, um ihr das anzuvertrauen.

Aber was, wenn er nie damit herausrückte?

Vielleicht durften Vampire ihre wahre Natur nie preisgeben. Vielleicht war es ein Tabu, so strikt wie er ihr verboten hatte, irgendetwas über die Monster preiszugeben, die ihren Mann ermordet hatten. Oder brachten sie alle Zeugen um, die Vampire als solche entdeckt hatten? Waren sie deshalb in jener Nacht angegriffen worden und sie, eine Zeugin, hatte nur mit Glück überlebt oder weil der nahende Tagesanbruch die Monster verjagt hatte?

Dann würde sie ihr Leben und vermutlich auch das von Sami aufs Spiel setzen, falls sie Quint mit seiner wahren Natur konfrontierte! Das durfte sie auf keinen Fall riskieren, also sollte sie sich lieber die Zunge abbeißen, als ihn direkt darauf anzusprechen.

Dabei hatte sie schon genug Probleme am Hals.

Dieser mächtige Kerl saß ihr immer noch im Nacken. Er bedrohte sie, obwohl sie den Auftrag doch fast erledigt hatte und sie wollte endlich das restliche Geld haben, das ihr dafür zustand.

Würde sie wieder flüchten müssen?

Sie sollte besser auf alles vorbereitet sein …

Wie verabredet kam Quint später noch bei ihr zu Hause vorbei und sie gingen wieder in den Garten. Er schien echte Fortschritte zu machen. Sie freute sich insgeheim, auf den »Abschlusstest« mit dem Messer und hoffte, er würde auf die gleiche Weise enden wie das letzte Mal. Kurz bevor es so weit war, bekam er jedoch einen Anruf und musste weg.

Sami tauchte dafür erst kurz vor Morgengrauen wieder auf und sah nicht mehr so gut aus. Dabei war es ihm doch in den letzten Tagen schon besser gegangen. Sie wünschte, sie wäre in der Lage, ihm mehr zu helfen, und wollte wenigstens mit ihm darüber reden. Aber er knallte ihr die Tür vor der Nase zu – eine Reaktion, die man von einem normalen Teenager wohl erwarten konnte, aber sollte Sami diese Phase nicht längst überwunden haben? Na ja, Sami war eben anders und eine Gebrauchsanleitung hatte sie leider bei seiner Geburt nicht bekommen.

In letzter Zeit lehnte er ihre Hilfe stur ab und schloss sie immer mehr aus seinem Leben aus, sagte, er müsste allein mit dem Leben klarkommen und seine Probleme selbst meistern. Eigentlich sollte sie als Mutter froh über seinen Wunsch nach Selbstständigkeit sein, aber sie verfolgte mit großer Sorge, wie er sich entwickelte.

Würde er zu Drogen greifen?

Was, wenn er auf die schiefe Bahn geriet?

Bis vor ein paar Monaten hätte sie bei Sami nie so einen Gedanken gehegt, aber ihr Sohn veränderte sich. In dieser Situation vermisste sie seinen Vater am meisten, denn Sami hätte ihn jetzt dringend gebraucht. Aber Sami hatte nur sie und sie hatte schon längst das Gefühl, dem nicht mehr allein gewachsen zu sein.

Der irrationale Wunsch wegzulaufen, sich an einem geheimen Ort vor den Problemen zu verkriechen, stieg wieder in ihr auf. Doch noch mehr wünschte sie sich, dass das, was zwischen ihr und Quint geschah, ihr nicht nur die Kraft zum Durchhalten, sondern auch ein inneres Zuhause und damit einen Ort geben würde, an den sie sich flüchten könnte, wenn ihr alles zu viel wurde.

Kapitel 30

Zum ersten Mal hasste Quint es, ein Wächter zu sein. Die Nacht mit Jo hätte so schön enden können, aber dann kam dieser Anruf vom Hauptquartier!

Bei dem einzig verbliebenen Dealer, der K.-o.-Tropfen vertickte, waren zwei Männer aufgetaucht, um genau dieses Zeug zu kaufen.

Er war sofort mit dem Motorrad losgefahren.

Die versteckte Kamera hatte vom Ersten das Gesicht und das Autokennzeichen eingefangen, von dem Zweiten, der zu Fuß auftauchte, aber gerade mal einen Kapuzenpulli von hinten. Der junge Vampir hatte auch so etwas getragen, deshalb durchkämmte Quint zunächst die Gegend um den Dealer nach einem jungen Mann mit Kapuzenpulli.

Einen Versuch war es wert gewesen, doch die Jagd war leider – wie erwartet – ergebnislos verlaufen, schließlich war ein Vampir übermenschlich schnell. Und bis er mit dem Motorrad am Ort des Deals eingetroffen war, war der junge Vampir, wenn er es denn war, vermutlich längst über alle Berge gewesen. Nur mit einem Kapuzenpulli als Hinweis alle Diskotheken abzusuchen, war aussichtslos. Also fuhr er zur Adresse, die Elia nach dem vergnüglichen Durchbrechen einer Firewall zu dem Kennzeichen des Wagens ermittelt hatte.

Einmal kurz dagegenlehnen und die Wohnungstür gab nach. Er traf leider niemand dort an. Dem Anschein nach lebte der Mann allein. Quint fand unter anderem Essensreste im Mülleimer und eine Gehaltsabrechnung für eine Arbeit während des Tages – also kein Vampir und damit eine Sackgasse.

Er fuhr noch ein paar Runden durch die nächtlichen Straßen. Zwei harmlose Teenager in Kapuzenpullis erschreckte er dabei fast zu Tode, weil er sie von Kopf bis Fuß durchsuchte und intensiv verhörte – woran sie sich allerdings nicht erinnern würden. Ohne Erfolg kehrte er schließlich kurz vor dem Morgengrauen ins Hauptquartier zurück.

Er hatte Jo verboten, ohne ihn am Pavillon weiterzuarbeiten. Am nächsten Tag tauchte sie stattdessen überraschend mit einem kleinen Bagger und einem Anhänger voller Kies und Sand auf. Beides hatte Walter leider nur mit flüchtigen Blicken überprüft, bevor sie auf das Gelände fuhr. Mit dem Material und dem Gerät wollte sie den Untergrund für Alice' Indianerzelt präparieren.

Er war sauer, dass Walter Sand und Kies nicht gründlich durchsucht hatte, doch der hielt das für unnötig. Dabei ließ sich unter einer so großen Ladung einiges verstecken, zum Beispiel genug Sprengstoff um das Hauptquartier zweimal in die Luft zu jagen. Er würde den Anhänger deshalb genau im Auge behalten müssen.

Kurz nach Jos Eintreffen fielen alle Kameras in einem weiten Umkreis ihres Arbeitsbereichs aus. Er wurde sofort misstrauisch. Mit mahlenden Kiefern tigerte er im Büro von Elia auf und ab, weil ihn das Tageslicht – wie alle anderen Vampire auch – im Gebäude einsperrte.

Elia meinte, der Kameraausfall war höchstwahrscheinlich von Mardern verursacht worden, weil diese Tiere leider immer mal wieder an den Verbindungskabeln knabberten. Die Außenkameras hatten sie vor vielen Jahren nämlich noch mit Erdkabeln angeschlossen. Aber um das tatsächlich zu bestätigen, hätte Quint sämtliche Kabel ausbuddeln und nachsehen müssen. Er erzählte Elia von seiner Befürchtung, Jo könnte inzwischen im Sand oder Kies verborgene Sprengladungen auf dem Gelände verstecken. Der Schreiber schüttelte jedoch den Kopf und redete auf ihn ein, bis er nachgab und sich dazu überwand, Jo ausnahmsweise zu vertrauen. Trotzdem schickte er Walter sofort los, um moderne Funkkameras zu besorgen, die der gute Mann auf sein Drängen hin auch gleich montieren musste. Das nahm allerdings ein paar Stunden in Anspruch, da keiner Walter half, weil Quint, wie alle anderen Vampire auch, durch das Tageslicht gezwungenermaßen im Gebäude festsaß.

Gleich nach Sonnenuntergang holte er Wildheart aus dem Käfig und ging mit gemischten Gefühlen zu Jo.

Anstatt sie sofort zu verhören – wovon Elia ihm dringend abgeraten hatte –, hielt er sich zurück und fragte stattdessen nur, was sie getan hätte. Dabei achtete er jedoch akribisch auf Zeichen von Nervosität, wie

Schwitzen oder erhöhten Puls. Doch Jo blieb völlig gelassen. Sie erzählte von ihrer Arbeit und erklärte ihm, dass es durch diesen Untergrund auch bei Regen im Indianerzelt weder Matsch noch Staunässe geben würde. Alice könnte dort also auch bei schlechtem Wetter im Trockenen spielen.

Er fragte sich im Stillen, ob den Indianern das damals nicht auch gut gefallen hätte. Im Keller des Hauptquartiers lagerten zwei seiner Büffelfelle von früher, die würde er Alice als Unterlage für das Zeltinnere schenken.

Als er mit Josephine den Teepavillon aufbaute, entspannte er sich mehr und mehr. Mit seinen eigenen Händen etwas aufzubauen, das viele Jahre bestehen würde, das hatte ihm schon immer gefallen. Umso mehr heute, wo er das gemeinsam mit Josephine tat. Auf einmal war es gar nicht mehr schwer, ihr so weit zu vertrauen, dass sie heute keine Sprengladungen angebracht hatte.

Als sie mit dem Aufbau fertig waren, sah Jo restlos erschöpft und hundemüde aus. Ein Blick auf seine Uhr verriet ihm, dass es bereits Mitternacht war. Susi hatte ihn eindringlich darauf hingewiesen, auf die Tageszeiten zu achten, aber er hatte es wieder einmal versäumt. Er musste endlich lernen, mehr auf Josephine zu achten! Sie war ein Mensch, hatte wesentlich weniger Kraft als er und brauchte erheblich mehr Schlaf. Andere Gärtner lagen längst im Bett.

»Kommst du heute Abend noch zu mir?«, fragte sie gähnend.

»Nein«, gab er mit mehr Schärfe zurück als gewollt, denn es fiel ihm schwer, sich mit diesem Nein ihrer Nähe zu berauben.

»Schon gut«, antwortete Jo.

Etwas in ihrer Stimme ließ ihn aufmerken und er musterte sie. Josephine hatte ihre Lippen zusammengepresst und wich seinem Blick aus, gerade schob sie ihre Hand in die Hosentasche mit dem Andenken. Alles in allem wirkte sie ein wenig wie Wildheart, wenn sie den Schwanz zwischen die Beine klemmte und einen Abgang machte, weil er sie gerügt hatte. War es möglich, dass Jo seinen Ton oder seine Worte als eine Art Rüge oder gar Abweisung verstanden hatte?

Schon traurig, dass ich mit einem Puma besser umgehen kann als mit einer Frau.

»Warte, Josephine.«

»Du musst dich nicht rechtfertigen!«, presste sie hervor, drehte ihm den Rücken zu und ging in Richtung Tor.

Für einen Moment fragte er sich, ob es besser wäre, sie einfach gehen zu lassen und diese Beziehung lieber oberflächlich zu halten. Doch sein Inneres begehrte vehement dagegen auf, und ohne darüber nachzudenken, stellte er sich ihr knurrend in den Weg und hielt sie an den Schultern fest. Sie gehen zu lassen, kam nicht infrage!

Aber jetzt stand er vor ihr und wusste nicht, was er sagen sollte. Ihrer wütenden Miene nach zu urteilen, sollte er jedoch schleunigst etwas über die Lippen bekommen.

»Ich kann nicht gut mit Frauen, okay?«, sagte er ebenso wütend wie Jo gerade eben, allerdings weil ihm die richtigen Worte für sie schlichtweg nicht in den Sinn kamen.

»Schon klar! Ich gehe doch!«, fauchte sie, beinahe wie Wildheart, wenn ihr etwas nicht passte. Und da erst begriff er, dass Jo tatsächlich sauer war, weil sie dachte, er wollte nicht mit ihr zusammen sein.

Sie versuchte, sich aus seinem Griff zu winden. Das konnte sie bei einem Raubtier wie ihm gern die ganze Nacht versuchen, es würde nie im Leben klappen. Er hatte nicht vor, sie in dem Glauben gehen zu lassen, er würde sie nicht wollen.

»Hör mir zu, Josephine! Du pennst schon im Stehen ein. Du musst unbedingt ins Bett und schlafen, deshalb komme ich heute nicht mehr.«

Seine Worte klangen sicher nicht so, wie man mit einer verletzten Frau reden sollte. Es drängte ihn, sie in seine Arme zu nehmen und ihr so zu zeigen, dass er sehr gern in ihrer Nähe war. Aber überall wurden sie von diesen verflixten Kameras beobachtet und Elia hatte ihn bereits eindringlich davor gewarnt, offen zu zeigen, was er für Jo empfand. Also hielt er sich – entgegen seinem starken Drang – eisern zurück und flüsterte ihr stattdessen nur zu: »Ich hatte vor, dich morgen auf einen Ausflug mitzunehmen.«

Susi hatte ihm geraten, er sollte einfach eine Menge mit Jo unternehmen, dann würden sie sich auch ohne viele Worte besser kennenlernen. Und im Laufe der Zeit würden sie sich entweder aufeinander zubewegen oder eben feststellen, dass sie nicht zueinander passten.

»Mit dem Motorrad, in den Naturpark«, ergänzte er. »Ich kenne da ein schönes Plätzchen.«

Jos Gesicht hellte sich auf.

»Das klingt gut, aber sag mir bitte, dass du zwei Motorräder hast. Als mein Mann mit mir nämlich zusammen auf einem Motorrad die Route 66 gefahren ist, hatte ich nach drei Tagen Nackenschmerzen und für immer die Nase voll davon, hinten zu sitzen.«

»Und was habt ihr dann getan?«

»Er hat eine zweite Maschine gemietet und ich habe auf einer coolen Harley das Motorradfahren gelernt.«

Trotz ihrer Müdigkeit lächelte sie. Und jedes Mal, wenn sie lächelte und sich freute, gefiel ihm das, ja, es wärmte sogar sein Inneres auf seltsame Weise. Er wagte einen Versuch und erzählte: »Ich fahre eigentlich meistens eine Kawasaki Ninja ZX-12 R, aber mein Bruder hatte eine Harley. Nachdem sie lange nur herumgestanden hat, habe ich probiert, sie wieder in Schuss zu kriegen.«

»Eine Harley? Das ist nicht dein Ernst! Ich würde sterben, um wieder mit einer zu fahren!«

Nun strahlte Jo übers ganze Gesicht. Vielleicht würde er das mit den Worten doch noch irgendwann hinbekommen.

Auf einmal hatte er den unbändigen Wunsch, sie weiter so glücklich zu sehen, und erzählte deshalb: »Ich würde dich gern damit fahren lassen, aber dazu müsste ich erst rausfinden, warum sie nicht mehr fährt, obwohl sie früher perfekt lief.«

»Zeig sie mir! Vielleicht finde ich raus, was ihr fehlt.«

Er zögerte und kratzte sich am Nacken.

»Sie steht in unserer Tiefgarage, da ...« – *darf ich dich nicht reinlassen*, hatte er sagen wollen.

Jo erriet es vermutlich, denn ihr Lächeln versiegte und das gefiel ihm gar nicht.

»Was soll's? Komm mit und sieh dir die Maschine an.«

Er führte sie aber nicht den kürzeren Weg durch das Haus in die Tiefgarage, sondern extra erst nach draußen und von der Straßenseite aus durch das große Rolltor. Sicher war sicher, so sah sie nichts vom Rest des Hauptquartiers.

Als das Tor hochfuhr und Jo eintrat, blieb sie mit offenem Mund stehen. Ihr Blick schweifte über die beiden Ferraris von Vinz und Ara, den Maserati von Ambi, den Hummer für Lara, den Krankenwagen ...

»Komm schon und stell ja keine Fragen«, flüsterte er ihr ins Ohr. »Du dürftest eigentlich gar nicht hier sein.«

Er legte einen Arm um ihre Taille und zog sie mit sich, bis sie vor der Harley standen, um die verstreut Werkzeuge lagen.

»Das Modell kenne ich, das ist eine FLH Electra Glide. Baujahr?«

»1977.«

»Das ist, das ist ...«

Sie strich gedankenverloren über die Harley. Er sah, dass Josephine Tränen in die Augen stiegen. Hilflos, ob und was er deswegen nun tun sollte, wartete er zunächst ab.

»... mit so einer bin ich auf der Route 66 gefahren«, erzählte Jo schließlich und wischte sich mit dem Handrücken über die Augen. »Siehst du, das hier ist quasi ein doppelter Sitz. Der hintere ist etwas erhöht und hat eine Rückenlehne, gut für den Beifahrer.«

Kapitel 31

Josephine strich mit ihren Finger über den Tank, die Sitze, die seitliche Satteltasche. Erinnerungen wurden lebendig, ungefragt, aber nicht unerwünscht …

Die Beerdigung ihrer Eltern war vier Wochen her gewesen. Vier Wochen, in denen *er* sie gehalten, gestreichelt und getröstet hatte. Nach der Beerdigung hatte sie nicht mehr weinen können und sich wie in Trance gefühlt. Ohne Geschwister oder enge Verwandte in der Nähe war sie ganz allein gewesen – bis auf *ihn*. Sie hatte sich in sich selbst zurückgezogen wie eine Schnecke in ihr Haus, wollte nicht mehr essen und auch nicht mehr vor die Tür. Alle seine Versuche, sie ein wenig aufzumuntern und wieder unter Leute zu bringen, perlten an ihr ab wie Wasser an einem Regenschirm. An diesem Tag, nach vier Wochen, sagte er schließlich: »Du musst aus dem Haus deiner Eltern heraus, wo dich alles an sie erinnert. Du musst wieder leben, Josephine.«

»Lass mich«, hatte sie lethargisch geantwortet und sich – wie so oft seit der Beerdigung – einfach wieder die Bettdecke über den Kopf gezogen.

»Nein, das werde ich nicht! Ich liebe dich und lasse nicht zu, dass du nur noch wie ein Schatten deiner selbst vor dich hinvegetierst. Ich werde dir die Welt zeigen, werde dir zeigen, wie viel Schönes und wie viel Wunderbares es da draußen gibt. Und wir werden nicht eher zurückkehren, bis du dein Lachen wiedergefunden hast und dein Leben wieder lebst.«

Danach hatte er einfach ihre Koffer gepackt, ihr Hose und Schuhe angezogen. Sie brachte nicht mal mehr genug innere Energie auf, um sich dagegen zu wehren. Schließlich saß sie mit ihm in einem Flieger, wo sie sich einfach nur wieder eine Decke über das Gesicht zog und die Augen schloss.

Nach der Ankunft in Chicago brachte sie ein Taxi in irgendein Hotel und er ließ sie erst mal schlafen. Als sie aufwachte, hatte er schon eine komplette Motorradausrüstung besorgt: einen Helm für sie in altem Stil, ohne Kinnpartie oder Visier – und natürlich in Schwarz, wie alles andere auch –, eine Lederjacke, an deren Armen lange Fransen herunterhingen und eine Lederhose, die man seitlich schnüren konnte. Aber das alles interessierte sie nicht.

Nach ein paar schwachen Versuchen gab sie es jedoch auf, sich gegen ihn zu wehren, und ließ sich von ihm wie eine Puppe damit anziehen. Sie fuhren zu einem Harley-Verleih, wo sie teilnahmslos zuschaute, was er tat, als würde sie nur einen Film ansehen und wäre nicht wirklich ein Teil davon.

Waschzeug und das Nötigste verstaute er in den Seitentaschen der Harley. Er sagte, die Koffer mit dem restlichen Zeug würde das Hotel für sie zum Endpunkt der Tour, nach Los Angeles, schicken.

Dann hob er sie an den Hüften hoch, setzte sie hinten auf die Harley und erklärte: »Du wirst dich an mir festhalten, sonst fällst du runter und dann werde ich richtig böse auf dich, hörst du?«

Er war noch nie böse auf sie gewesen und sie hätte das auch nicht ertragen, denn er war alles, was ihr noch geblieben war. Also nickte sie, und als er aufgestiegen war, legte sie die Arme um seine Taille. Er startete den Motor, die Maschine vibrierte unter ihr und sie fuhren los.

Es tat gut, ihn zu umarmen und seine Wärme zu spüren, zu wissen, dass er sie niemals verlassen würde, denn genau das hatte er ihr am Tag der Beerdigung ihrer Eltern geschworen.

Die ganze Bestattungszeremonie spulte sich wie ein Film noch einmal vor ihrem inneren Auge ab: Sie sah die Erde, die auf die beiden Särge ihrer Eltern fiel. Ihre Eltern durften aber nicht unter der Erde sein, sie brauchte sie doch! Gerade erst hatte sie die Schule abgeschlossen und mit dem Studium begonnen!

Sie presste sich an ihn, mit aller Kraft, die sie hatte.

Und dann kamen die Tränen.

»Wenn du reden willst, dann machen wir einen Halt, okay?«, bot er an.

Aber was sollte Reden bringen? Worte würden ihre Eltern nicht von den Toten zurückholen. Also fuhren sie weiter.

Der Fahrtwind trocknete ihre Tränen und er reichte ihr immer wieder frische Taschentücher nach hinten, um sich zu schnäuzen.

So ging das die ersten drei Etappen.

Drei Tage und Nächte, in der ihre Tränen langsam weniger wurden und sie von der Landschaft allmählich mehr mitbekam.

Während der vierten Etappe durchbrach sie ihre Lethargie, aß zum ersten Mal wieder mit richtigem Hunger und verlangte ein eigenes Motorrad. Er überließ ihr die Harley und mietete einen zweiten Cruiser.

Ihr gefiel die Vibration der Harley, das Gefühl der Straße unter ihr und der Fahrtwind im Gesicht. Und in dem rassigen, schwarzen Lederoutfit einen lässigen, freiheitsliebenden Harleyfahrer abzugeben, war eine ganz neue Erfahrung – sie fand sich wirklich cool.

Die Route 66 dehnte sich – oft schnurgerade – schier endlos vor ihr aus. Die Landschaft war so unglaublich weit, dass sie sich ohne *ihn*, auf dem Motorrad neben ihr, verloren vorgekommen wäre.

Der ehemalige Highway, den man auch »die Mutter der Straßen« nannte, führte sie von Chicago in Illinois, an der Ostküste, quer über den amerikanischen Kontinent bis zur Westküste nach Los Angeles.

Die Route 66 führte sie durch unterschiedliche und atemberaubende Landschaften. Diese Strecke zu fahren, war bis dahin eine der großartigsten Erfahrungen ihres Lebens. Zu den schönsten Erlebnissen auf dem alten Highway gehörten jedoch ihre Lagerfeuer unterm Sternenhimmel in der Weite der Prärie.

In Los Angeles angekommen gönnte er ihr ein paar Tage zum Verschnaufen und Sightseeing. Danach setzte er sie wieder in den Flieger, zeigte ihr den Dschungel Südamerikas und anschließend die Nordlichter des Polarkreises, wo sie lernte, einen Hundeschlitten zu lenken.

Obwohl ihr Lachen längst wiedergekehrt war, reisten sie noch lange weiter. Er sorgte dafür, dass sie mit Delfinen schwimmen, auf Kamelen reiten und am Great Barrier Reef in Australien tauchen konnte. Im Orient handelte er mit ihr zusammen in den Souks, einfach nur aus Spaß, und in Japan lernten sie gemeinsam die Zubereitung von Sushi.

Er war so reich, dass sie noch lange als Globetrotter hätten unterwegs sein können, doch sie sehnte sich irgendwann nach einem festen Zuhause und Familie. Allerdings kehrten sie nicht in ihr Elternhaus zurück – die

Erinnerungen wogen noch zu schwer –, sondern zogen in das Cottage ihrer Großeltern auf den Kanalinseln. Die zwei waren allein und kurz vor ihrem Ruhestand, sie als Ärztin, er als Landschaftsgärtner. Von ihnen wurden sie mit viel Herzenswärme aufgenommen und bekamen damit ein Stück von dem, was nicht nur ihr, sondern inzwischen auch ihm fehlte: eine Familie …

»Und? Was meinst du? Irgendeine Idee?«, fragte Quint, nachdem er für sie den Motor der Harley angelassen hatte.

Sie brauchte einen Moment, um wieder im Hier und Jetzt zu landen, und sagte dann: »Ich tippe auf den Belt.«

»Belt?«, fragte Quint mit einem Stirnrunzeln.

»Ja, so nennt man den Zahnriemen bei der Harley. Mit dem könnte ich dir helfen, den mussten wir auf der Route 66 auch mal austauschen, aber das ist eine Menge Arbeit. Wie lange steht die Maschine denn schon?«

»Einige Jahre.«

»Dann musst du die Reifen leider auch auswechseln, denn nach so langer Zeit sind sie bestimmt spröde geworden. Schade um die schönen Weißbandreifen, aber da geht kein Weg dran vorbei. Und den Vergaser solltest du zur Sicherheit auch mal überprüfen, der macht öfters mal Theater.«

Quint hatte natürlich keinen Ersatzzahnriemen parat, aber er versprach, bis zum nächsten Tag alles zu besorgen. Wie er das so schnell schaffen wollte, war ihr ein Rätsel.

Als sie fragte, wann sie sich treffen sollten, sagte er doch tatsächlich: »Morgen, gleich nach Sonnenuntergang. Dann ist Vollmond und der Himmel soll sternenklar sein.«

»Prima«, sagte sie, denn bei Vollmond würde sie auch etwas von der Landschaft sehen. Quint war vermutlich nicht klar, dass jedem anderen ein Ausflug bei Dunkelheit äußerst seltsam vorgekommen wäre. Ihr allerdings nicht und sie hoffte, dass er bei dieser Gelegenheit sein Geheimnis lüften würde.

Der Gedanke, wieder Harley zu fahren, hatte sie beflügelt, aber als sie zu Hause ankam, wartete leider eine böse Überraschung auf sie.

Sami sah sehr schlecht aus und wollte wieder Geld von ihr haben, mehr Geld als sonst.

»Du siehst gar nicht gut aus. Du musst etwas essen, Sami. Bleib bitte hier und …«

»Nein, Mama! So geht das nicht. Und du siehst auch scheiße aus, schau mal in den Spiegel! Ich muss lernen, selbst zurechtzukommen, und ich muss auch endlich mein eigenes Geld verdienen. Ich kann dir nicht ewig auf der Tasche liegen.«

»Sami …«

Ein wütendes Pochen an der Tür ließ sie innehalten.

»Sami, bitte sieh unauffällig nach.«

Ihr Sohn verstand den Ernst der Lage und tat sofort, worum sie ihn bat. Dann kam er zurück und flüsterte: »Wieder der Kerl von neulich. Ich würde ihm am liebsten die Kehle rausreißen.«

Das Pochen wurde lauter, die Tür wackelte.

»Mach endlich auf, du Schlampe! Ich weiß, dass du da bist, und gehe nicht weg!«

»Sag nur ein Wort, Mama, und ich …«

»Nein«, befahl sie mit leiser Stimme. »Ich will nicht, dass sie auch noch dich als Druckmittel einsetzen. Dem Scheißkerl, der diese Typen schickt, traue ich alles zu. Du hältst dich bedeckt und machst genau das, was wir beim letzten Mal besprochen haben.«

Gott sei Dank gehorchte Sami. Nahezu lautlos verschwand er durch den Hinterausgang. Sie wartete noch einen Moment, dann öffnete sie die Vordertür.

»Du hast meinen Chef richtig sauer gemacht, du Miststück! Du hast nicht rechtzeitig geliefert und deshalb musst du auch mit den Konsequenzen leben. Du machst ihm Ärger und er mag keinen Ärger. Wenn du nicht endlich tust, was er verlangt hat, dann …«

Kapitel 32

Kaum dass Josephine die Tiefgarage durch das Rolltor nach draußen verlassen hatte, kam Elia durch die Tür vom Gebäudeinneren herein.

»Hast du einen Knall, Quint?«

Quint drehte ihm stur den Rücken zu, beschäftigte sich mit der Harley und murrte: »Sie hatte weder Sprengstoff noch Waffen bei sich und ich hatte die ganze Zeit ein Auge auf sie«, murrte er.

»Agnus kam gerade ins Büro, während der Monitor neben mir zeigte, wie du sie mir nichts, dir nichts in die Tiefgarage der Wächtervampire führst! Du kannst von Glück sagen, dass ich Agnus ablenken konnte.«

Er schwieg und begann, die Reifen abzumontieren.

»Das Hauptquartier ist tabu für Außenstehende. Zum Henker, das weißt du doch, Quint!«

Klar wusste er das. Am besten hielt er die Klappe, Elia würde irgendwann schon wieder gehen. Aus den Augenwinkeln registrierte er, wie der Schreiber kurz darauf frustriert den Kopf schüttelte.

»Frag Vinz, ob er dir mit der Harley hilft. Der kennt sich mit Motorrädern aus. Ich besorg dir die Teile«, sagte Elia schließlich und wandte sich zur Tür.

»Woher weißt du ...«

Elia wies im Hinausgehen auf eine der Kameras.

»Hast du vergessen, dass bei uns überall Kameras sind? Und hier drin nehmen sie auch den Ton auf. Mensch Quint! Erst gestern die hammermäßige Kussszene mit ihr vor dem Bulli und jetzt das.«

Die Überwachungskameras! Schon wieder war ihm dieser Fehler unterlaufen. Das durfte ihm nicht noch einmal passieren, denn es brachte letztendlich auch Josephine in Gefahr und das war das Letzte, was er wollte.

Am nächsten Abend, kurz vor Sonnenuntergang, riss jemand schwungvoll die Tür zu seinem Wohnquartier auf, als er gerade aus der Dusche kam. Er öffnete die Tür des Badezimmers ein Stück und seine Vermutung bestätigte sich.

»Ara, dachte ich's mir doch. Du klopfst ja nie.«

Ungerührt trocknete er sich weiter ab, während Aras amüsierter Blick ihn durch den Türspalt musterte.

»Du würdest ein klasse Körpermodel abgeben, Quint.«

Während er sich seine Jeans überzog, erzählte sie: »Wie ich von Vinz gehört habe, läuft die Harley wieder – und du hast gerade *geduscht.*«

Sie lächelte und ihre Augen funkelten geradezu vor Neugier.

»Ich hab's eilig, also komm zum Punkt, Ara.«

»Auf welchen Punkt? Darf ich nicht einfach so hereinschneien und Hallo sagen?«

»Ich kenne dich seit über zwanzig Jahren, Arabella.«

Sie wollte mit Sicherheit nur ihre Neugierde befriedigen und er wusste auch, weshalb. Falls er schwieg, würde sie leider keine Ruhe geben, aber dafür ließ er sie jetzt wenigstens ein bisschen zappeln.

Er kam mit freiem Oberkörper aus dem Bad und sie stellte sich ihm in den Weg. Netter Versuch. Er zog an einem ihrer Zöpfchen und hob das Fliegengewicht kurzerhand auf die Seite.

»Ich hab gehört, du machst mit Jo einen Motorradausflug.«

Sie platzte bestimmt fast vor Neugier, aber er verkniff sich ein Grinsen und gab lediglich preis: »Wollte nur mal sehen, wie die alte Harley so läuft.«

Damit ließ er sie stehen und ging zum Kleiderschrank, um sich fertig anzuziehen und seine Waffen zu holen.

»Ach, komm schon, Quint!«, rief sie ungeduldig und lief ihm hinterher, doch er sagte nur: »Und? Sonst noch was?«

»Ja, ich wollte *nur mal sehen*, ob deine Finger eine Maniküre brauchen.«

Ihr Blick fiel auf seine Hände.

»Nein, eher einen Hufschmied. Los, husch! Bring mir deine Nagelschere, Knipser, Feile oder was immer du hast. So kann man dich ja nicht aus dem Haus lassen.«

Als Arabella seine von ihr geschnittenen und gefeilten Nägel auch noch polieren und ein Pflegefinish auftragen wollte – was immer das auch sein sollte –, war seine Geduld am Ende.

»Jetzt reicht es, Ara! Ich bin kein Model.«

»Jo wäre mir bestimmt dankbar dafür.«

»Jo ist auch kein Model, sondern Gärtnerin. Und ihre Fingernägel sind auch meistens dreckig.«

Ara seufzte. »Okay, okay! Ich geh ja schon. Wenigstens hast du deinen Locken mal eine Spülung gegönnt. Ich hoffe, deine Neandertaler-Phase geht jetzt endlich vorbei.«

Auf dem Weg zur Tür fragte sie noch: »Was nimmst du denn mit auf den Ausflug?«

»Nichts, wieso?«

»Ihr wollt doch in den Wald, richtig?«

»Ja. Woher weißt du denn das schon wieder?«

»Ist doch egal. Aber dann nimm wenigstens eine dicke Wolldecke mit, besser zwei.«

Wozu denn eine Wolldecke zum Motorradfahren?

Sanft schob er Ara zur Tür hinaus, bevor sie ihm noch eine Liste machte und er einen Anhänger fürs Motorrad brauchte.

Aus dem Schlafzimmer holte er seine abgelegten Waffen und ging dann in den Flur, um die Lederjacke vom Haken zu nehmen. Im Spiegel sah er den üblichen Stapel Waffen in seiner Hand, den er gleich verstauen wollte. Das würde Josephine bestimmt nicht gefallen. Sie hatte gekränkt gewirkt, als er neulich in ihrem Schlafzimmer ein Teil nach dem anderen auf ihrem Nachtkästchen deponiert hatte. »Willst du mich erstechen und erschießen und das mehr als zehnmal?«, hatte sie ihn gefragt. In diesem Moment hatte er sich geschämt, wenngleich sein Verstand das anders sah.

Obwohl – vom Verstand her betrachtet bräuchte er nur seine bloßen Hände, sogar eine würde reichen, um sie zu töten. Er könnte sich ja – natürlich nur ausnahmsweise – mit seinem kleinen Messer begnügen, das er unsichtbar in den Stiefel steckte, und einer Pistole, für die es in seiner Lederjacke eine verborgene Innentasche gab. Er hatte ja sowieso nicht vor, Josephine zu töten, aber sicher war sicher.

Als er seine Caterpillar Boots anzog und sich auf den Ausflug mit Jo freute, ging ihm doch noch ein Licht auf, warum Ara Decken erwähnt hatte. Statt einer Wolldecke klemmte er sich allerdings kurzerhand die Decke aus Waschbärfell und die aus Rotfuchsfell unter den Arm.

Er hatte die Tiere für diese Decken mit seinem Vater selbst erlegt, damals in der neuen Welt. Wärmende Felldecken waren zu dieser Zeit kein modischer Luxus für Superreiche, sondern überlebenswichtig für Indianer und Siedler in den kalten Winternächten.

Walter hatte die Kawasaki Ninja und die Harley für ihn schon vor dem Haupteingang der Bodyguardagentur abgestellt. Vermutlich war Walter von Elia dazu beauftragt worden, damit er nicht wieder in Versuchung kam, Jo in die Tiefgarage mitzunehmen. Als er bei den Motorrädern ankam, wartete sie bereits auf ihn.

Für einen Moment blieb er wie gebannt stehen.

In den schwarzen Lederklamotten samt Stiefeln sah sie zum Anbeißen aus! Die Lederhose war seitlich geschnürt und ihr wie auf den Leib geschneidert, betonte ihre weiblichen Hüften und ihren hübschen Po. Unter der offenen Lederjacke, die an den Ärmeln lange Fransen hatte, trug sie ein Tanktop. Sein Blick blieb unweigerlich an ihren Brüsten hängen, die er am liebsten gleich vom lästigen Stoff befreit hätte und ... Stopp! Hier waren überall Kameras! Besser, er fuhr sofort mit ihr los, bevor er seine lüsternen Gedanken in die Tat umsetzte. Und die Klappe sollte er auch halten, schließlich könnte jeder in Elias Büro mithören.

Jo hatte seinen intensiven Blick wohl bemerkt und drehte sich vor ihm im Kreis.

»Meine alten Sachen passen alle noch. Na? Gehe ich als würdige Biker-Braut durch oder muss ich mir noch schnell ein paar Tattoos stechen lassen?«

So neutral wie möglich sagte er: »Bleib, wie du bist.«

Du siehst klasse aus!

Und jedem, der versucht, dich mit irgendetwas zu stechen, dem werde ich den Arm brechen. Mindestens. Wenn überhaupt etwas deine Haut durchstechen darf, dann nur meine eigenen Fangzähne!

Freudestrahlend kam Josephine auf ihn zu und es fiel ihm schwer, ihr auszuweichen und sich der Harley zuzuwenden. Doch er dachte an die Kameras, verstaute – mit dem Rücken zu ihr – die Felldecken in den

Seitentaschen und sagte ungerührt: »Lass uns losfahren, Josephine, und sehen, ob wir die alte Mühle in Schwung bekommen haben.«

Mit undurchdringlicher Miene ging er zu seiner Kawasaki und ließ den Motor an. Aus den Augenwinkeln sah er, wie Jos Lächeln erlosch. Sie zögerte sogar, überhaupt auf die Harley zu steigen. Er hätte der Kamera am liebsten eine Kugel verpasst! Stattdessen gab er energisch Gas und fuhr davon.

Hoffentlich würde sie ihm folgen.

An der nächsten Ampel, die rot war, schloss sie – zu seiner großen Erleichterung – zu ihm auf. Ihre Augen waren hinter einer Motorradbrille mit Gummiband verborgen, dennoch war nicht zu übersehen, dass ihre anfängliche Freude komplett verschwunden war. Dem Gesichtsausdruck nach zu urteilen, verwandelte sich ihre Enttäuschung gerade in Ärger.

»Du hättest einfach fragen können, ob ich für dich eine Probefahrt mit der Harley mache! Einen Ausflug vorzutäuschen, hättest du dir sparen können!«, fauchte sie zornig und erinnerte ihn wieder an seine Wildheart.

»Die Kameras. Da sind überall Kameras, Josephine.«

»Na und?« Sie fauchte erneut.

Dachte sie etwa schon wieder, er würde nicht mit ihr zusammen sein wollen, so wie gestern?

Die Ampel wurde grün, aber das war ihm egal.

Er stieg ab, riss sich seinen Helm herunter und ging zu Jo. Den hupenden Autofahrern hinter ihm zeigte er mit mörderischem Blick seinen Mittelfinger.

Ihr mattschwarzer Helm ohne Kinnpartie kam ihm gerade recht. Er beugte sich zu ihr herunter, legte seine Hände um ihren Kopf samt Helm und küsste sie.

Zunächst schien Jo perplex zu sein, doch dann zog sie ihn mit festem Griff an seinen Haaren noch näher zu sich heran und öffnete ihren Mund für seine Zunge. Ihm gefiel es ungemein, dass sie besitzergreifend in seine Locken packte und ihm damit deutlich zeigte, dass auch sie ihn wollte. Er mochte es, dass sie beide Seiten hatte: die zarte, sanfte und die wilde, besitzergreifende.

Ein Kuss von ihr reichte aus und er war Feuer und Flamme, hätte sie am liebsten dort an der Ampel aus ihrem schwarzen Leder geschält. Als die Harley samt ihr zu kippen drohte, löste er sich schweren Herzens, stabilisierte zunächst die Maschine und erklärte dann mit bebendem Brustkorb: »Lass uns erst aus der Stadt rausfahren.«

Er riss seinen Blick von ihr los und stieg wieder auf seine Kawasaki. Sie schaute ihm nach und meinte: »Du kannst wirklich nicht gut mit Frauen, oder?«

»Sagte ich doch.«

Er setzte seinen Helm wieder auf, ließ das Visier jedoch offen und ergänzte: »Schon mein Vater sagte immer, dass ich in praktischen Dingen einfach besser bin als mit Worten.«

»Das stimmt allerdings«, hörte er Jo murmeln, während sie mit einem Finger über ihre Lippen strich.

Als sie weiterfuhren, ließ er Josephine zunächst nicht aus den Augen. Die Harley hatte ein beachtliches Gewicht und der Gedanke, dass ihr zerbrechlicher Körper davon zerquetscht werden könnte, drehte ihm den Magen um.

Doch nach einigen Minuten der Unsicherheit, lenkte sie die Harley mit gelassener Souveränität und er entspannte sich. Ihr glückliches Lächeln half dabei, es wärmte ihn geradezu. Außerdem sah Jo auf der Harley richtig sexy aus.

Bald fiel ihm auf, dass viel zu viele Männer begehrliche Blicke auf Josephine warfen, und das schien sie nicht nur zu bemerken, nein, es gefiel ihr allem Anschein nach auch!

Er warf den Männern tödliche Blicke zu und ein tiefes, warnendes Knurren drang aus seiner Kehle. Nicht lange, und ihm wäre egal, ob es noch im Sound der Motoren unterging.

Als sie an der nächsten roten Ampel hielten, hörte er darüber hinaus etwas anderes laut und vernehmlich knurren – nämlich Jos Magen.

Wie hatte er das nur wieder vergessen können?

Menschen mussten regelmäßig essen, das hatte ihm Susi extra noch eingeschärft!

Sogar seinen Puma versorgte er besser als Jo. Er hätte sich am liebsten selbst einen Kinnhaken verpasst, so sauer war er darüber.

Mittlerweile waren sie am Rand der Stadt angekommen, die in einem Tal lag. Vor ihnen erhob sich – so weit das Auge reichte – das grandiose Waldgebiet, das durch Naturschutz zu seiner ursprünglichen Wildheit und der Vielfalt an Tieren und Pflanzen zurückgefunden hatte. Neben der historischen Eisenbahnlinie gab es dort nur wenige Straßen, sondern meist befestigte Waldwege und Trampelpfade. Ein riesiges Stück Wildnis, in das er sich gern flüchtete, weil es ihm ein Gefühl von Freiheit schenkte. Freiheit, die in der modernen Welt kaum noch möglich war.

Einige Meter vor ihnen war die letzte Möglichkeit, noch etwas zu Essen zu bekommen, bevor sie in der Natur waren: ein Schnellrestaurant.

Er hätte auch selbst für Jo jagen und das Fleisch anschließend über einem Feuer braten können, aber sie hatte jetzt Hunger und das würde schlichtweg zu lange dauern. Kurz entschlossen bog er deshalb auf den Parkplatz des Restaurants ab.

Kapitel 33

»Warum halten wir?«, fragte Jo verunsichert, als Quint den Motor abstellte. Sie war zwar dankbar, denn sie musste dringend auf die Toilette, aber das konnte er ja nicht wissen. Und seiner Miene nach zu urteilen, war er ziemlich verärgert.

Dieses ständige Wechselbad an Emotionen bei Quint warf sie immer wieder aus der Bahn. Bei ihrem Aufbruch war er völlig unterkühlt gewesen und hatte sie kaum eines Blickes gewürdigt. Sie hätte durchaus verstanden, wenn ein so attraktiver Mann nicht auf eine Durchschnittsfrau wie sie abfuhr, aber kurz darauf, an der Ampel, hatte er wieder das Gegenteil bewiesen und sie fast um den Verstand geküsst. Sie brauchte endlich Klarheit, woran sie bei Quint war, sonst würde sie noch verrückt werden!

Im Moment war der Druck von dem Mann, der ihr im Nacken saß, und auch die Entwicklung bei Sami zu belastend, als dass sie diese ständige Achterbahnfahrt ihrer Nerven zusätzlich aushalten könnte.

Sie stemmte die Hände in die Hüften und sah Quint herausfordernd an. Endlich schien er zu bemerken, dass er ihr noch eine Antwort schuldig war.

»Dein Magen hat geknurrt wie ein hungriger Löwe. Wann hast du zuletzt was gegessen?«

»Heute Morgen«, antwortete sie verdutzt.

Machte er sich etwa Sorgen um sie?

»Ich wollte eigentlich dann essen, wenn Sami nach Hause kommt, aber er kam nicht. Ich glaube, er steckt gerade in einer sehr schwierigen Phase.«

Jetzt sah er noch grimmiger drein.

Sie hatte echt die Nase voll!

»Quint, schau mich nicht so an, als ob du mich gleich auffrisst! Das macht mich fertig!«, platzte es aus ihr heraus. »Nie weiß ich, ob du mich im nächsten Moment erschießt oder fast besinnungslos küsst!«

»Ich kann eben nicht gut mit Worten!«

»Dann lern es, zum Donnerwetter noch mal! Oder sag mir klipp und klar, woran ich bei dir bin!«

Er schien außer sich zu sein, kam geradewegs auf sie zu.

Sie rechnete mit allem.

»Ich will dich, Josephine! Ist dir das klar genug?«

Ja, klar! Ein schneller Fick für zwischendurch, dafür bin ich gut genug!

Wütend presste sie ihre Lippen zusammen.

Quint legte den Kopf schief und musterte ihr Gesicht. Was er daraus las, schien ihn ganz offensichtlich zu verunsichern. Hatte er auch verdient!

Unerwartet fasste er mit einer Hand ihr Kinn und strich mit seinem Daumen über ihre Unterlippe. Sein Geruch nach Moschus und wilder Minze hüllte sie ein.

»Ich liebe deine weichen Lippen, Josephine, und deine wunderschönen Haare. Ich mag es, in deiner Nähe zu sein und Zeit mit dir zu verbringen. Aber auf unserem Gelände sind überall Kameras und ...«

Verärgert zog sie ruckartig ihr Kinn aus seiner Hand und wandte das Gesicht ab.

»Prima, du schämst dich also meinetwegen! Das hat mein angeknackstes Selbstbewusstsein gerade noch gebraucht.«

»Nein!«, stieß er zornig aus.

Von seinem Ausbruch überrascht, schaute sie wieder in sein Gesicht, erkannte die Wahrheit darin und da ging ihr ein Licht auf.

»Die sollen nicht merken, dass zwischen uns was läuft?«

Volltreffer!

Der Ausdruck in seinem Gesicht bestätigte ihren Verdacht. Sie musste ihn mit ihrer Aussage so eiskalt erwischt haben, dass seine undurchdringliche Fassade für einen Moment gebröckelt war.

Er schämte sich also nicht wegen seiner Gefühle für sie.

Aber was war dann der Grund?

Ihr Gehirn lief auf Hochtouren ...

»Haben diese Leute dich in der Hand, Quint? Setzen sie dich unter Druck?« Die vielen Luxuskarossen in der Tiefgarage sprachen gegen eine Regierungsbehörde. »Quint, läuft da etwas Illegales und die haben Angst, dass du mir gegenüber etwas ausplauderst oder ich etwas herausbekomme oder ...«

»Du stellst zu viele Fragen, Josephine«, unterbrach Quint sie, doch sein Ärger war seltsamerweise verflogen. Stattdessen sah er ihr mit einem Ausdruck des Bedauerns in die Augen, strich zärtlich mit dem Daumen über ihre Wange und sagte beinahe sanft: »Bitte, hör auf mit solchen Fragen.«

In seinen Augen suchte sie nach dem Warum, suchte nach dem, was er nicht aussprechen durfte. Anscheinend war sie gerade an eine Grenze geraten, die zu überschreiten sehr gefährlich wäre. Und noch etwas sehr Wichtiges spürte sie überdeutlich: Es wäre dann nicht Quint, der ihr im Zweifelsfalle gefährlich werden würde.

Mit einem Zittern breitete sich eine Gänsehaut auf ihrem ganzen Körper aus. In ihrem Kopf tobte ein Sturm mit tausend möglichen Szenarien und Fragen.

Der Ansturm war zu heftig. Sie schloss die Augen, spürte aber sofort, dass sie zu schwanken begann. Starke Hände fassten sie sanft an der Schulter und hielten sie im Sturm fest.

»Josephine?«, fragte Quint besorgt.

Keine Fragen, sie sollte ihm keine Fragen mehr stellen, hatte er gesagt. Aber eine letzte, entscheidende Frage musste sie ihm unbedingt stellen.

»Nur noch eine Frage, Quint: Würdest du alles hinter dir lassen und mit mir kommen, wenn ich von heute auf morgen verschwinden müsste?« Sie öffnete ihre Augen und sah direkt in seine. »Vertrau mir, sie würden uns nicht finden, Quint.«

Seine rotbraunen Augen, mit den wilden, schwarzen Sprenkeln, wirkten auf einmal so warm und gleichzeitig schienen sie ihr Inneres ganz und gar durchdringen zu wollen.

»Du würdest auf der Flucht sein wollen, Josephine? Für den Rest deines Lebens?«

Was war es nur, das er nicht aussprechen durfte? Es musste mehr sein als das, was sie ohnehin bereits vermutete.

»Nein, nicht für den Rest meines Lebens, Quint. Glaub mir, ich bin ein Profi darin, von der Bildfläche zu verschwinden, meine Spuren zu verwischen und irgendwo weit weg ein neues Leben anzufangen.«

Sie hatte nicht geplant, ihm das zu offenbaren. Es war einfach über sie gekommen.

»Zum Beispiel auf die Kanalinseln?«, fragte er.

Sie nickte, ohne nachzudenken. Nun sah er sie so intensiv an, als wollte er jedes Geheimnis in ihr ergründen, als wollte er eine Entscheidung zwischen Tod und Leben darin finden. Vielleicht hatte sie gerade einen großen Fehler begangen.

Ein Schauer lief ihr über den Rücken.

Es war ihr unmöglich, seinem Blick weiter standzuhalten. Sie wandte den Kopf zur Seite und erklärte hastig: »Vergiss, was ich gesagt habe. Und bitte lass mich jetzt los. Ich muss wirklich dringend auf die Toilette.«

Zum Glück gab er sie frei und sie flüchtete ins Innere des Restaurants. Als sie das Nötige erledigt hatte und die Tür des Toilettenraums öffnete, stand er direkt davor. Für einen Moment durchbohrte sie sein fragender Blick erneut.

Da waren so viele Geheimnisse zwischen ihnen und es war wie der Druck eines Gewichtes, der stetig zunahm. Selbst die Luft zum Atmen schien auf einmal schwer zu sein.

»Ich kann jetzt nicht darüber reden, okay?«, stammelte sie. »Lass uns was essen.«

Nach einem viel zu langen Augenblick trat er endlich zur Seite. Sie gingen an die Theke und bestellten etwas zum Mitnehmen, wobei Quint für sich nur einen Kaffee orderte, weil er angeblich schon wieder mal satt war. Als sie einen Geldbeutel aus ihrer Jacke zog, um zu bezahlen, sah er sie aufs Neue in seiner grimmigen Art an.

Dieses Mal stemmte sie demonstrativ die Hände in die Hüften und fauchte: »Was ist denn nun schon wieder?«

Die verärgerten Blicke der ungeduldigen Kassiererin und der Leute hinter ihnen waren ihr egal. Wenn nötig, würde sie hier Wurzeln schlagen und Moos ansetzen, bis er die Zähne auseinanderbekam!

»Ich war ein Idiot. Lade dich auf einen Ausflug ein und sorge nicht für Essen. Lass mich wenigstens dafür bezahlen«, knurrte er.

»Geht doch«, sagte sie und freute sich über den kleinen Erfolg. »Und danke für die Einladung. Muss ja nicht immer ein Fünf-Sterne-Restaurant sein.«

Eigentlich hatte sie bei den Motorrädern essen wollen, aber draußen angekommen fuhr gerade eine Horde von etwa zwanzig Bikern auf den Parkplatz. Keine normalen Freizeitfahrer, die nur ihren Fahrspaß im Sinn hatten, nein, es waren die »Hellboys«. Diese üble Gang war erst vor Kurzem in der Stadt aufgetaucht, aber seitdem regelmäßig wegen Gewalt und Randale in den Schlagzeilen. Man vermutete, dass sie ihre Finger auch in Glücksspiel, Drogengeschäften und Prostitution hatten, doch die Polizei hatte sie noch nicht dingfest machen können.

»Hallo, heiße Braut«, rief der offenkundige Anführer ihr zu. »Von dir würde ich gern ein Stück probieren.«

Sein Blick und wie er obszöne Bewegungen mit seiner Zunge dazu vollführte, waren ekelhaft. Quint hatte seine Hände bereits zu Fäusten geballt und warf ihm einen mörderischen Blick zu. Besser sie verschwanden sofort, bevor das hier wie in der Paintballhalle endete. Quints Blick nach zu urteilen, würde es möglicherweise nicht bei einem oberflächlichen Schnitt bleiben.

»Komm, lass uns verschwinden, Quint. Ich kenne einen netten Waldparkplatz ein paar Hundert Meter weiter, da sind wir ungestört.«

Sie platzierte die Papiertüte mit dem Essen und Trinken auf dem Tank der Harley, zwischen ihren Beinen, und fuhr los.

Quint würde nichts anderes übrig bleiben, als ihr zu folgen, und das tat er auch.

»Ja, fahr schon mal voraus und mach dich nackig! Ich finde dich schon!«, grölte der Anführer ihr hinterher.

Sie fühlte sich schmutzig, allein durch seine Worte und Blicke, und war heilfroh, als sie kurz danach von der Straße auf den idyllischen Waldparkplatz einbogen. Abgesehen von vereinzelt vorbeifahrenden Autos, war es hier ruhig. Die Wanderer und Tagesausflügler, die hier üblicherweise parkten, waren jetzt nach Sonnenuntergang längst verschwunden. Gut für sie, dass die Beleuchtung hier trotzdem die ganze Nacht an war.

Sie stieg vom Motorrad und nahm Helm und Brille ab. Während sie die Jacke auszog, sagte sie zu Quint: »Du hast ausgesehen, als ob du dich gleich auf den Typen stürzen würdest.«

»Sein Glück, dass du weggefahren bist.«

Sie öffnete die Tüte und begann zu essen.

»Das waren an die zwanzig Kerle, Quint. Wenn du einen angreifst, hättest du alle am Hals gehabt.«

Sie biss in ihren Burger und versuchte, in seinem Gesicht zu lesen, während er abstieg und auf sie zukam. Genau wie eben, vor dem Schnellrestaurant, war kein bisschen Angst darin zu erkennen, aber eine Mordslaune – im wahrsten Sinne des Wortes.

Sie schüttelte den Kopf.

»Mensch Quint, entspann dich mal.«

Kapitel 34

Entspannen? Am liebsten hätte er diesem Kerl erst seine Zunge und dann die Kehle herausgerissen! Und mit den anderen hätte er gleich weitergemacht!

Als könnte Jo seine Gedanken lesen, sagte sie: »Hey, du kannst nicht einfach zwanzig Leute umbringen, bloß weil einer blöde Sprüche ablässt. Was würde wohl dein Chef zu so einem Leichenberg sagen?«

Sie zwinkerte ihm zu. Erst da begriff er, dass sie das als Scherz gemeint hatte.

Sie wusste ja gar nicht, wie richtig sie damit lag!

Leider durfte er wegen den Gesetzen des Tribunals nur in absoluter Notwehr einen Menschen umbringen – und zwanzig auf einmal wären Agnus sicher schwer zu erklären.

»Bitte, Quint. Lass uns diese Kerle einfach vergessen und unseren gemeinsamen Ausflug genießen.«

Er stand inzwischen direkt vor Jo. Sie stellte ihren Becher ab und legte die nun freie Hand an seine Wange. Als er in ihre Augen sah, leuchteten die goldenen Strahlen wieder auf.

Ruhe flutete sein Inneres, seine Fäuste öffneten sich und die Spannung verließ seinen Körper. Jo hatte nicht den leisesten Schimmer, was sie bei ihm bewirkte!

»Schau nicht so grimmig drein, Quint, ich habe dir viel Ärger erspart«, erklärte sie währenddessen weiter. »Statt einem schönen Ausflug mit mir hättest du sonst nämlich eine riesige Sauerei mit viel Blut wegmachen und die Leichen verbuddeln müssen.« Sie zwinkerte ihm erneut zu. »Und das, wo wir keinen Spaten mitgenommen haben.«

Angesichts ihrer Worte musste er lächeln, denn Jo hatte keine Ahnung, wie nah sie der Wahrheit damit kam.

»Richtig und meine Maniküre wäre ruiniert«, erwiderte er und sein Lächeln wurde breiter.

»Das ist schon viel besser, Quint. Dein Lächeln gefällt mir und ich habe nicht mehr das Gefühl, dass du mich gleich auffrisst.«

»Das werden wir ja noch sehen«, sagte er augenzwinkernd und drehte seinen Kopf in ihrer Hand, um die Innenseite ihrer Handfläche zu küssen. »Aber jetzt iss erst mal auf, bevor alles kalt wird.«

Kaltes Essen schmeckte bestimmt ebenso schlecht wie kaltes Blut.

»Hast du eigentlich eine Waffe dabei, Josephine?«

»Nein, wieso?«

Er schüttelte den Kopf. *Was für eine Frage!*

»Zur Sicherheit natürlich.«

Er holte die einzige Pistole, die er dabeihatte, aus dem geheimen Innenfach seiner Lederjacke. Dann nahm er ihre Jacke, die auf dem Sitz der Harley lag, steckte seine Waffe in ihre rechte, vordere Jackentasche und zog den Reißverschluss zu.

Ihre Stirn legte sich in Falten.

»Quint, sag mir bitte, dass du kein Arsenal an Waffen dabeihast.«

»Nein, nur noch ein Messer.« Sie wirkte enttäuscht, deshalb ergänzte er schnell: »Aber ein ganz kleines!«

»Du hast dein Rambomesser tatsächlich zu Hause gelassen?«

Stolz nickte er.

»Und in den beiden Seitentaschen dieser Harley hast du auch keine Armbrust versteckt?«

Warum bin ich nicht selbst auf diese geniale Idee gekommen?

»Eine Armbrust ist unpraktisch«, belehrte er sie jedoch.

Aber eine abgesägte Shotgun hätte da locker reingepasst und außerdem noch ...

Ihr finsterer Blick stoppte seine Gedanken und er beteuerte sofort: »Nein, da sind wirklich nur Decken drin.«

Ihr Lächeln kehrte zurück und auf einmal war er froh, doch nicht diesen Einfall gehabt zu haben.

Nachdem Josephine aufgegessen hatte, schaute sie enttäuscht auf ihren Trinkbecher.

»Das Zeug ist ziemlich salzig gewesen. Ich hätte eine XL-Limo nehmen sollen.«

»Wir können zurückfahren.«

»Nein, auf keinen Fall! Diesen Typen will ich nicht noch mal begegnen.«

»Reicht dir auch Wasser?«

Sie nickte und er streckte die Hand nach ihrem Becher aus.

»Da hinten ist ein Bach mit sauberem Wasser.«

Er wusste, dass in etwa zwei Kilometern Entfernung ein klarer Bach aus den Bergen vorbeifloss. Wildheart stillte dort auch ihren Durst, wenn er mit ihr in den Wald ging.

»Ich füll dir den Becher. Bring du inzwischen den Müll weg und zieh dich an. Bin gleich wieder zurück.«

Sie lächelte dankbar und er verschwand für einen kleinen Sprint zwischen den Bäumen. Während er lief, sorgte ein quietschender Güterzug auf seinem langen Bremsweg in die Stadt dafür, dass seine feinen Ohren schmerzten und er regelrecht taub war.

An dem sauberen Bergbach füllte er den Becher und presste den Plastikdeckel wieder darauf. Auf dem Rückweg verstummte endlich das ohrenbetäubende Quietschen, aber im gleichen Moment hörte er die Motorräder der Hellboys. Nichts Gutes ahnend rannte er den Rest der Strecke in Höchstgeschwindigkeit.

Seine Ahnung bestätigte sich.

Und er kam zu spät.

Die Gang war bereits dort.

Der idyllische Waldparkplatz hatte sich in einen Hexenkessel aus röhrenden Motorrädern verwandelt, die im Kreis fuhren.

Und mitten im Kreis stand Josephine.

Offensichtlich hatte sie nicht mehr fliehen können. Die Hellboys mussten sie zwischen dem Mülleimer und ihrer Harley abgefangen haben, wo immer noch ihre Jacke mit seiner Pistole lag – also war sie auch noch unbewaffnet.

Der Anführer stand im Kreis bei Josephine, hatte sie grob am Nacken gepackt und war dabei, sie unter den johlenden Zurufen seiner Gangmitglieder mit seiner Zunge abzulecken.

Er konnte Jos Angst förmlich selbst spüren.

Sein Denken setzte aus, gleich einem Tunnelblick fokussierte sich seine ganze Aufmerksamkeit nur noch auf einen Punkt: Josephine.

Er war schon einmal zu spät gekommen.

Die blutüberströmte Leiche seines abgeschlachteten Bruders tauchte vor seinem inneren Auge auf.

Rot, er sah nur noch Rot.

Am Rande seines Bewusstseins streifte ihn der flüchtige Gedanke, dass er die Kontrolle verlor und dass ihn das sein Leben kosten könnte.

Davor hatte man ihn gewarnt.

Aber er war außerstande, es aufzuhalten.

Blind für alles um ihn herum rannte er direkt auf den gleich toten Anführer zu. Er kam nur ein paar Schritte weit, da rammte ihn eine Maschine mit Beiwagen in voller Fahrt. Er hörte zwei Rippen knacksen und wurde zu Boden geschleudert. Ohne auf den stechenden Schmerz zu achten, richtete er sich sofort wieder auf, nur um im gleichen Augenblick – von einem fahrenden Motorrad aus – mit brachialer Härte von einem Baseballschläger am Kopf getroffen zu werden.

Diesmal war das Knacken ohrenbetäubend.

Ihm wurde schwarz vor Augen.

Er fühlte, dass ihm die Sinne schwanden, und sackte in sich zusammen.

Er würde bewusstlos werden, aber nicht sterben. Sein Körper würde wieder heilen. Es brauchte nur ein bisschen Zeit.

»Oh Gott, Quint!«, hörte er Josephine voller Panik schreien.

Jo! Er durfte Jo jetzt nicht allein lassen! Keine einzige Minute!

Mit aller Macht rang er die Dunkelheit nieder, die ihn wie ein zähes, schwarzes Moor unaufhaltsam in sich hineinziehen wollte. Der Boden unter ihm schwankte, als er sich mit eisernem Willen auf die Füße kämpfte.

Mit wackligen Beinen und vernebelter Sicht taumelte er zur Kreismitte. Auf dem Weg dorthin traf ihn der Baseballschläger ein zweites Mal am Kopf.

Etwas Warmes lief an seiner Schläfe herunter.

Wieder wurde alles schwarz.

»Quint!«

Josephine …

Ich muss bei Bewusstsein bleiben!

Ich muss auf den Beinen bleiben!

Das zähe, schwarze Moor hatte ihn bis zum Hals in sich hineingezogen.

Er kämpfte.

Nichts in seinem langen Leben hatte ihn bisher so viel Kraft gekostet, doch er blieb bei Sinnen.

Dann setzte er einen Fuß vor den anderen.

»Keinen Schritt näher oder ihr Blut spritzt bis zu dir!«, schrie der Anführer.

Wie angewurzelt blieb er schwankend stehen.

Als seine Sicht endlich etwas klarer wurde, sah er eine lange Messerklinge direkt an Josephines Hals.

Und dann spürte er einen Lauf, den man ihm an die Schläfe drückte.

Aus schreckgeweiteten Augen starrte Josephine ihn an, eine Träne lief an ihrer Wange herunter.

»Lasst ihn gehen, dann komme ich freiwillig mit«, sagte sie.

»Nein, das wirst du nicht!«, brüllte er.

»Und was willst du dagegen tun?«, verhöhnte ihn der Anführer. »Du kannst ja kaum noch stehen.«

Das stimmte allerdings.

Außerdem funktionierte sein Kopf nicht mehr richtig. Ihm war schwindelig, seine Sicht war verschwommen und ein paar seiner Gliedmaßen waren taub, als hätte er keine Kontrolle mehr darüber, vielleicht waren sie auch nur zu schwer verletzt. Aber er hatte immer noch den Körper eines Vampirs mit einem jahrelangen Training. Die Waffe an seinem Kopf: Diese und ähnliche Kampfsituationen hatten sie so oft geübt, bis er sie im Schlaf beherrschte. Er hoffte um Josephines willen, dass sein Körper den Bewegungsablauf automatisch abspulen würde ...

In einer blitzschnellen Aktion schob er mit seiner flachen Hand die Hand des Angreifers mit dem Revolver von seinem Körper weg, während er gleichzeitig eine Drehung zur Seite machte. Für einen Sekundenbruchteil zeigte der Lauf nun ins Leere und er griff die Hand samt Waffe, verbog sie unnatürlich und entwand dem Typen so den Revolver. Einen Wimpernschlag später hatte er den Bewegungsablauf beendet und den Angreifer im Schwitzkasten. Nun hielt Quint ihm seinerseits den Lauf an die Schläfe.

»Ich erschieße den hier, wenn du die Frau nicht freilässt«, drohte er dem Anführer.

Inzwischen hatten aber leider auch vier andere Gangmitglieder die Waffe auf ihn gerichtet.

»Weißt du, der, den du da hast, ist ziemlich hässlich im Gegensatz zu deiner geilen Braut hier, und sobald du seinen Kopf wegpustest, wirst du von uns durchlöchert. Und weil wir dann sehr traurig wegen unseres Kameraden sind, wird sich jeder Einzelne mit deiner Tussi trösten. Natürlich erst, wenn ich selbst mit ihr fertig bin.«

Er hätte dem Arschloch am liebsten sein dreckiges Grinsen aus dem Gesicht geschlagen, vor oder nachdem er ihm eine Kugel in den Kopf gejagt hätte!

In seinem Zustand würde er den Schüssen der Gang vermutlich nicht ausweichen können, doch das war seine kleinste Sorge. Das Problem bestand darin, dass er immer noch ein wenig benebelt und seine Sicht trübe war. Falls er in dieser Verfassung auf den Kopf des Anführers schoss, würde er womöglich Jo erwischen, und selbst wenn er ins Ziel traf, würde der Typ zwangsläufig nach hinten gerissen werden. Das Messer des Anführers würde Jos Kehle durchtrennen, so fest, wie es an ihrem Hals lag. Selbst sein Vampirblut wäre dann nicht schnell genug in der Lage, ihre Wunde zu heilen, damit sie überlebte.

Schachmatt!

Es half ihm gar nichts, dass er ein Vampir war und jeden einzelnen dieser Typen – einen nach dem anderen – zu töten vermochte, denn Jo würde höchstwahrscheinlich ihr Leben dabei verlieren.

Nein, das darf ich nicht zulassen!

Denk nach, Quint!

John hat dir so viel über Taktik beigebracht!

Sein Schädel dröhnte. Nur eine Erinnerung drang zu ihm durch: »Greif dir den Alpha der Gruppe und schalte ihn zuerst aus!«, hatte ihm John einmal in einem anderen Zusammenhang geraten.

Aber wie sollte das funktionieren, ohne Jo zu gefährden?

Ora et labora – bete und arbeite, sagte Benedikt stets.

Wieso ihm jetzt gerade das einfiel, wusste er auch nicht. Aber am Ende seiner Möglichkeiten angekommen, würde er sogar Benedikts Rat ausprobieren …

Einem Geistesblitz folgend rief er dem Anführer zu: »Bist du so feige, dass du dich hinter einer Frau verstecken musst, oder hast du genug Eier in der Hose und kämpfst um sie?«

Der Anführer musterte ihn spöttisch grinsend. Die Meute grölte bereits, lechzte förmlich nach Blutvergießen.

»Etwa mit dir?«, entgegnete der Boss der Hellboys. »Da muss ich ja nur einmal pusten!«

Schallendes Gelächter.

Er hielt ihn für leichte Beute, sollte er nur!

»Dann hol schon mal Luft, oder hast du Schiss vor mir?«

Damit hatte er ihn. Denn ein Anführer durfte vor seinen Leuten keine Schwäche zeigen und die Gangmitglieder waren heiß auf einen Kampf.

Der Boss winkte einen Glatzkopf mit brutaler Miene herbei, der seinen Platz einnahm und Jo die Klinge nun ebenso an die Kehle drückte. Quint hätte den Anführer der Gang am liebsten sofort getötet – ein Leichtes –, aber dann würde Chaos in der Meute ausbrechen und Josephine vielleicht aus Rache mit aufgeschlitzter Kehle enden.

Sie war so verletzlich. Es reichte ein Messerstich an der richtigen Stelle oder ein einziger Schuss und ihr Leben wäre ausgelöscht.

Ora et labora – Ersteres hatte er gerade getan, jetzt kam wohl der zweite Teil: Arbeite. Eine harte Arbeit, denn er durfte den Anführer noch nicht mal schwer verletzen, sondern musste ihm sogar einen Kampf liefern, bei dem der Typ trotz einer Niederlage sein Gesicht wahren konnte. Andernfalls würde der Boss der Gang den Respekt seiner Leute verlieren und sie würden ihm nicht mehr gehorchen und sie anschließend auch nicht ziehen lassen. Quint durfte also nicht überlegen wirken, müsste einstecken und freiwillig sein Blut vergießen – in seinem momentanen Zustand sowieso wahrscheinlich.

Die Hellboys bildeten auf Anweisung ihres Chefs einen Kreis, einige prosteten sich mit Bierdosen zu.

»Los, weg mit der Waffe!«, forderte der Boss jetzt von ihm. »Und versteck dich nicht wie eine Memme hinter meinem Mann.«

Ohne hinzusehen, öffnete Quint die Revolvertrommel, ließ die Patronen zu Boden fallen und warf das Ding außer Reichweite. Dann entließ er den Mann aus seinem Griff und stieß ihn weg. Ohne die Stütze dieses Kerls schwankte er sofort. So langsam kamen ihm Zweifel, ob er am Ende tatsächlich siegen würde. Er hatte damit gerechnet, dass sein Kopf schneller heilen würde, und hoffte inständig, das würde rechtzeitig passieren, bevor er den Kampf durch einen K. o. verlor.

Der Anführer steckte sich einen Schlagring an die rechte Hand. Quint hatte damit gerechnet, dass der Typ nicht fair kämpfte, und dummerweise durfte er einen seiner größten Vorteile – seine Schnelligkeit als Vampir – ebenfalls nicht einsetzen. Zum einen war er dazu noch nicht wieder in der Lage, zum anderen reichte ein einziger Zeuge, der davonkam, damit seine ganze Art verraten wurde.

Der narbenübersäte Anführer vermittelte einen kampferprobten Eindruck und versuchte es mit einem schnellen Sieg, indem er sich ohne jegliche Vorwarnung direkt auf ihn stürzte. Das kontinuierliche Kampftraining war Quint in Fleisch und Blut übergegangen, deshalb wich er den Angriffen zunächst zweimal aus, ohne sich in seinem miesen Zustand groß zu bewegen.

Es fiel ihm nicht leicht, den dritten Schlag mit Absicht einzustecken. Und sein Gegner wusste genau, was er tat: Mit brutaler Härte traf ihn der Schlagring direkt am Kinn, die typische Stelle, um jemanden k. o. zu schlagen. Ihm wurde kurz schwarz vor Augen und wegen seiner ohnehin unsicheren Beine beförderte ihn der direkt darauf folgende, brachiale Schlag endgültig zu Boden.

Die größtenteils angetrunkenen Männer jubelten.

Er schmeckte Blut und Erde in seinem Mund, vermutlich war sein Kiefer gebrochen. Wenigstens brauchte er den nicht zum Kämpfen. Um etwas Zeit zu schinden, blieb er zunächst liegen. Dumme Idee, denn der Typ trat mit seinen Kampfstiefeln, die Stahlspitzen besaßen, mit voller Wucht auf ihn ein.

Die Gang feuerte ihren Boss eifrig an. Nach ein paar schmerzhaften Tritten hatte Quint die Schnauze gestrichen voll. Beim nächsten Tritt griff er nach dem Knöchel des Anführers und zog ihm das Bein mit einem Ruck weg. Der Kerl sollte auch mal Dreck schmecken.

Langsam wurden sein Kopf und seine Sicht klarer.

Sein Blick schweifte, bis er Jo entdeckte. Den Hellboys traute er nicht und wollte sie während des Kampfes im Auge behalten. Er musterte Jo kurz, zum Glück war ihr rein äußerlich noch nichts geschehen. Von der anderen Seite näherte sich aber gerade ein Kerl mit einer Bierdose, wollte offensichtlich ihren Hintern betatschten. Ohne vernünftig nachzudenken, opferte er sein letztes Ass – das kleine Messer in seinem Stiefel. Er zog es heraus und warf. Leider traf er mit der Klinge nur die Bierdose, nicht die Hand und schickte deshalb eine Drohung hinterher: »Pfoten weg! Oder ich kastriere dich damit!«

Sichtlich abgeschreckt wich der Mann zurück.

Quints übernatürliche Selbstheilungskräfte waren zwar aktiv, aber es brauchte noch etwas Zeit, bis sein Körper repariert wäre. Sich in seinem Zustand nur wieder vom Boden aufzurappeln, kostete ihn schon größte Mühe. Das nutzte der Anführer sofort aus und lief wie ein Rammbock in ihn hinein.

Jetzt kam ihm zugute, dass er aufgepasst hatte, wenn Rose ihnen Kampftricks beibrachte, zum Beispiel mit dem Schwung des Gegners zu arbeiten. Bevor Quint rücklings auf den Boden donnerte, hielt er den Anführer zunächst fest und stieß ihn dann mit seinen Füßen weiter, sodass sein Gegner sich zwangsläufig überschlug und hinter ihm ebenfalls auf den Rücken knallte. Der Anführer war offenbar gewohnt, etwas einzustecken, denn mit zusammengebissenen Zähnen stand der Kerl schneller wieder auf den Beinen als er selbst.

Eines der Gangmitglieder warf dem Anführer ein Kampfmesser zu. Die schwarze Klinge war etwa zwanzig Zentimeter lang, auf der einen Seite glatt, auf der anderen Seite besaß sie eine Sägezahnung. Ein nettes Spielzeug, auf das er achtgeben musste, denn Schnittwunden, die wegen seiner Vampirnatur zu schnell verheilten, würden ihn verraten.

Sein Gegner ging nun leicht in die Knie, breitete die Arme aus und winkte ihn zu sich. Doch er war nicht dumm und registrierte die kleine Bewegung seiner Füße. Der Anführer war ein Straßenkämpfer, der alle schmutzigen Tricks kannte, und gleich würde der Kerl ihm mit dem Stiefel Sand in die Augen stieben.

Quint täuschte einen direkten Angriff vor, wie sein Gegenüber es erwartete, und schloss die Lider fast vollständig. Wie erwartet traf ihn Sand im Gesicht und der Anführer versuchte, ihm mit aller Kraft einen Stich in den Bauch zu versetzen. In einer einzigen, geschmeidigen Bewegung drehte Quint sich jedoch zur Seite und klemmte dabei den Arm des Angreifers samt Messer zwischen seinem eigenen Körper und Oberarm ein. Jetzt konnte er dem Anführer die Waffe mit einem geübten Griff leicht entwenden. Mit einem Zug an dessen Oberarm brachte er seinen Gegner sofort danach aus dem Gleichgewicht und drückte mit einem seiner Beine schließlich beide Beine des Anführers weg.

Der Kerl landete mit dem Gesicht auf dem Boden. Quint drückte ihm das Knie ins Kreuz, hielt mit einer Hand den Oberarm des Anführers verdreht nach hinten und mit der anderen die Messerklinge an dessen Kehle.

»Quint! Nicht!«, schrie Jo.

Ja, ja – der Ärger mit der Leiche, kein Spaten, ein versauter Ausflug ...

Quint knurrte widerwillig, doch er brachte seinen Mund ans Ohr des Gangchefs und flüsterte ihm nur zu: »Heute ist dein Glückstag. Ich mache nämlich einen Ausflug und habe keinen Spaten dabei, um dich zu verbuddeln. Aber wenn dein Mann nicht sofort das Messer von meiner Freundin nimmt, schneid ich dir die Kehle durch. Du wirst uns jetzt in Ruhe ziehen lassen. Wenn auch nur einer deiner Leute aus der Reihe tanzt, dann bringe ich als Erstes dich um und dann einen nach dem anderen hier. Kapiert?«

»Kapiert«, keuchte der Kerl.

Kapitel 35

Wie eine unverrückbare Felswand stand Quint mit dem Rücken vor ihr, als die Hellboys sich mit röhrenden Maschinen in Bewegung setzten und einer nach dem anderen vom Waldparkplatz wegfuhren. Mit einem tiefen Grollen in der Kehle und dem Messer des Anführers in der Hand, schirmte er sie komplett ab, sogar vor deren Blicken. Und tief in ihrem Inneren wusste sie, dass er bis zum letzten Blutstropfen kämpfen würde, bevor einer dieser Kerle noch mal an sie herankäme.

Sie hatte solche Angst um ihn gehabt! Starr vor Furcht hatte sie das Geschehen verfolgt …

Ihr Mann hatte sie damals auch gegen eine ganze Horde verteidigt – so viel wusste sie seit dem Flashback – und mit seinem Leben dafür bezahlt. Wie eine Momentaufnahme stand ihr dieses eine Bild vor Augen: ihr Mann, in der Lache seines eigenen Blutes, am Ende seiner Kraft. Eines der Monster ist über ihm und reißt sein Maul mit den spitzen Fangzähnen auf. Er wird es nicht schaffen. Er wird sterben …

Ihr Körper begann, unkontrolliert zu zittern. Ihre Beine wollten sie nicht mehr tragen Und ihre Wangen waren nass von den Tränen, die herunterliefen.

Halt, sie brauchte jetzt unbedingt Halt und musste spüren, dass Quint immer noch lebte!

Sie presste sich an seinen Rücken, schlang ihre Arme um seine Taille und hielt ihn, so fest es nur ging. Mit zitternder Stimme flüsterte sie: »Ich hatte solche Angst, dich zu verlieren.«

Quint behielt seine Position, doch sein freier Arm griff nach hinten, legte sich wie ein Stahlband um sie – und es tat so gut. Mit bebendem Brustkorb holte sie tief Luft.

Quint lebte und würde sie nicht fallen lassen. Niemals.

In dieser Position verharrte Quint, bis der leise gewordene Lärm der Motorräder ihr sagte, dass auch der letzte Hellboy inzwischen außer

Sichtweite sein musste. Dann, in einer unglaublich schnellen Bewegung, drehte Quint sich um und trug sie ein paar Meter weiter zum nächsten Baum. Gegen den lehnte er sie mit dem Rücken und stabilisierte sie zusätzlich mit seinen Händen an ihrer Hüfte.

»Du zitterst am ganzen Leib, Josephine. Bist du verletzt? Kann ich etwas für dich tun?«

Sie schüttelte den Kopf, dennoch glitt sein suchender Blick hektisch über ihren ganzen Körper. Damit fertig, sah er sie hilflos und beinahe verzweifelt an. Kein Wunder, sie musste erbärmlich aussehen, aber dagegen würde kein Verband helfen.

»Lass mich dich einfach spüren, Quint, damit ich weiß, dass du lebst und dass ich dich nicht auch noch verloren habe.«

Sie legte eine Hand auf seine linke Brust, um seinen Herzschlag zu spüren, und ließ ihren Tränen freien Lauf.

Sichtlich froh, etwas tun zu können, kam er ihrer Bitte wortwörtlich nach und presste seinen Körper mit der ganzen Länge an ihren, angenehm fest und ohne ihr wehzutun. Sie legte ihren Kopf an seine Schulter und er schlang einen Arm um ihre Taille und einen um ihre Schultern. Seine Wärme umhüllte sie und schien nach und nach in jede ihrer Zellen zu dringen.

Ihr Zittern ließ nach und sie machte einen tiefen Atemzug.

»Glaub mir, Josephine, ich hätte sie am liebsten alle umgebracht, einen nach dem anderen. Aber mit dem Messer an deiner Kehle war das viel zu gefährlich.« Und dann ergänzte er murmelnd: »Ich bin schon wieder zu spät gekommen, habe wieder versagt.«

Sie versuchte, ein wenig Abstand von Quint zu nehmen, um ihm in die Augen zu sehen, und nach einem Moment des Zögerns ließ er es zu.

»Nein, das hast du nicht Quint«, sagte sie mit Nachdruck. »Du warst da, hast alles getan, was in deiner Macht steht, und mich gerettet.«

Ihre Finger strichen über das Blut an seiner Schläfe und in seinem Mundwinkel.

»Oh mein Gott, was haben die nur mit dir angestellt? Ich dachte, sie schlagen dir mit dem Baseballschläger den Schädel ein. Wir sollten mit dir sofort ins nächste Krankenhaus fahren.«

»Ich bin nicht das erste Mal hart rangenommen worden und glaub mir, mehr als Kopfschmerzen und ein Ziehen in den Rippen wird morgen nicht mehr übrig sein. Man sagt mir nach, ich habe einen Dickschädel.«

Bei den letzten Worten zwinkerte er ihr doch tatsächlich zu. Dann strich er sanft mit dem Daumen über ihre Wange und sagte mit mehr Ernst: »Hör mal, wenn du willst, fahre ich dich auf der Harley nach Hause, aber hier sollten wir nicht länger bleiben. Wer weiß, ob diese Dreckskerle nicht zurückkommen.«

»Nein, nicht nach Hause. Ich will mit dir zusammen sein. Nur wir beide. Weit weg von allem anderen.« Und leiser fuhr sie fort: »Nach allem, was passiert ist, brauche ich jetzt einfach deine Nähe. Ich weiß, das klingt armselig.«

Quint schloss die Augen und zog sie wieder eng an sich. Er legte seinen Kopf auf ihren und murmelte in ihre Haare: »Mir geht's genauso. Aber es würde ganz schön armselig klingen, wenn ich das sage, also halte ich die Klappe.«

Sie hörte ein Lächeln in seiner Stimme. Es gefiel ihr, dass Quint immer öfter lächelte und mit Humor reagierte. Es kam ihr so vor, als würde sich langsam ein anderer – lebenslustiger, humorvoller – Quint aus der harten Schale des alten befreien.

Wie war er wohl früher gewesen?

Vielleicht würde sie sich irgendwann trauen, diese Frage zu stellen.

Nach einigen Augenblicken fühlten sich ihre Beine stabiler an und sie lösten sich voneinander. Fürsorglich wie eine Mutter zog Quint ihr ihre Lederjacke wieder an, damit sie nicht fror. Sie beschlossen, die Fahrt etwas abzukürzen und auf direktem Weg zu Quints ausgesuchtem Ziel zu fahren.

Die frische Luft und die kleine Weile bis dorthin halfen, damit ihre letzten Tränen versiegten und das Zittern in ihren Armen und Beinen ganz verschwand.

Quint fuhr mit einer Sicherheit und Leichtigkeit, als würde er die Waldwege wie seine Westentasche kennen, und das, obwohl nur der Vollmond sie erhellte. Wieder ein kleines Indiz für … Wie auch immer, sie war froh, dass er vorausfuhr und seine Scheinwerfer zusätzlich zum Mond die nur mäßig befestigten Forst- und Wanderwege beleuchtete.

Sie erreichten eine einfache Schranke mit einem aufgenagelten Schild: *Privatgrundstück, Zutritt verboten!*

Er hob den Holzbalken nach oben und hielt ihn für sie auf.

Sie zögerte.

»Quint. Ich respektiere den Privatgrund anderer Leute.«

»Das würde ich dir auch raten«, sagte er mit einem verschmitzten Lächeln. »Das ist das Grundstück meiner Familie.«

»Euer Grund und Boden? Ich dachte, das hier wäre alles Naturschutzgebiet und es gäbe hier ein generelles Bauverbot und keinerlei private Grundstücke.«

»Ja«, entgegnete er und schien sichtlich froh über diese Tatsache. »Bis auf dieses eine Stück Land. Es ...«. Er hielt kurz inne, suchte wohl nach den richtigen Worten. »Es war schon im Besitz meiner Familie, lange bevor diese Region zum Naturschutzgebiet erklärt wurde.«

»Wow! Da hat deine Familie über Generationen einen wahren Schatz gehütet.«

»Ja, so ungefähr.«

Vielleicht irrte sie sich, aber der Wald wirkte ab hier anders, vielfältiger. Mit ihrem Fachwissen erkannte sie im Mondlicht die Baumsorten, die im restlichen Wald nicht vorkamen und dazu unterschiedlichste Büsche, beide teils mit essbaren Beeren oder Früchten. Sie entdeckte auch kleine, grasbewachsene Lichtungen mit vereinzelten Obstbäumen, die sicher dem Rotwild als Fressplatz dienten. Das hier war kein Zufall, sondern bewusste und umsichtige Bepflanzung, die sowohl allerlei Tiere, als auch Menschen mit Nahrung versorgte. Waren seine Vorfahren hier vielleicht einmal Selbstversorger gewesen?

Dies hier war ein traumhaftes Stück Natur, das ihre Seele als Landschaftsgärtnerin jubilieren ließ.

Vor ihren Augen lockerte sich der Wald nun auf und öffnete sich auf eine Lichtung mit einem kleinen Waldsee mit sandigem Ufer, in dem sich der Mond spiegelte – in ihren Augen das Juwel dieses Stück Lands.

Unweit des Sees stand ein eingefallenes, aber nicht gerade kleines Blockhaus mit breiter Veranda zum Wasser hin. Der gemauerte Kamin ragte noch geradezu stur und völlig intakt in den Himmel.

Während sie die Motorräder abstellten, erinnerte sie sich an Quints Frage, ob es ihr gefallen würde, in einer Blockhütte im Wald an einem schönen See zu leben. Sie hatte das als bloßes Wunschdenken abgehakt, aber er musste genau diesen Ort hier im Sinne gehabt haben.

Staunend schaute sie sich um. Ihr Blick blieb schließlich im vom Mond beschienenen See hängen.

»Dieser Ort ist ein wahrer Schatz, Quint. Er ist wunderschön. Hier zu leben, wäre ein Traum.«

Er trat hinter sie, legte seine Arme um ihren Bauch und küsste ihre Schläfe.

»Pflanz deine Eiche hier. Niemand wird sie stören, auch nicht in hundert Jahren.«

Sie hörte das Ungesagte.

»Wir können hier nicht zusammen leben, selbst wenn ich auf warme Duschen verzichte, oder?«

Sie spürte, wie sein Körper sich versteifte.

»Das wäre mein größter Wunsch«, antwortete er.

Wieder hörte sie die unausgesprochene Botschaft, drehte sich in seinen Armen um und suchte seinen Blick.

»Aber?«

Wortlos blickte er in ihre Augen. Sie sahen aus, als tobte in seinem Inneren ein Kampf. Schließlich hob er eine Hand, um ihr über die Wange zu streichen, hielt jedoch mit einem Stirnrunzeln inne.

»Der Dreck und das Blut dieses Kerls hängen noch an mir und es stinkt. Ich will dich so nicht anfassen.« Er löste sich von ihr. »Ich werde uns ein Feuer anzünden und mich dann im Teich waschen.«

Er wich ihr aus – ohne Frage –, aber fürs Erste würde sie es zulassen. Stattdessen verzog sie den Mund zu einem schiefen Grinsen, während er zur Veranda ging, und als er sich darunter bückte, rief sie ihm hinterher: »Du bist wohl kein Warmduscher, was?«

Er blickte über seine Schulter zurück und ein breites Grinsen eroberte sein Gesicht.

»Kein Warmduscher, kein Weichei.« Und mit einem Zwinkern fuhr er fort: »Aber um ehrlich zu sein: Wenn man mit einer Spitzhacke erst das Eis aufbrechen muss, um zu baden, wasche ich mich ziemlich schnell.«

Dieser andere Quint schien wieder mal unter der harten Schale hindurchzuschimmern und das gefiel ihr ungemein.

Er hatte trockenes Holz unter der Veranda hervorgeholt und kam mit einem riesigen Stapel auf den Armen wieder zurück.

»Bei eisigen Temperaturen ins grausam kalte Wasser steigen«, murmelte sie kopfschüttelnd.

Allein der Gedanke ließ sie frösteln und sie rieb sich die Arme.

»Bist ein Weichei, was?«, neckte er sie. »Aber keine Angst, im Moment dürfte es noch angenehm lauwarm sein.«

Als er an ihr vorbei zum Ufer des Teichs ging, schlug sie ihm spielerisch auf die Schulter und er lachte. Er lachte!

»Ich würde im Winter mit Vergnügen zusehen, wie du das dicke Eis aufschlägst und dir bei der Gelegenheit deine edelsten Teile abfrierst, während ich *Weichei* in einer Daunenjacke und mit einem dampfenden Kaffee dabeistehe. Und wehe, du wäschst dich nicht gründlich!«

Jetzt grinste sie zur Abwechslung mal ihn an.

»Ich sehe, du kämpfst mit harten Bandagen, Josephine.«

»Ich hatte auch einen guten Lehrer.«

Er hob fragend eine Augenbraue.

»Na dich«, klärte sie ihn auf.

»Touché! Aber nach dem Baden würde ich mich dann, eiskalt wie ich bin, natürlich von *dir* aufwärmen lassen.«

»Träum weiter.«

Sie scherzten tatsächlich miteinander. Es schien, als taute er geradezu auf und das wäre nur der Anfang. Sie würde nicht zulassen, dass Quint immer mehr die Kontrolle verlor und dadurch in den Abgrund schlitterte, der ihn zu verschlingen drohte.

Am breiten, sandigen Ufer gab es bereits eine Feuerstelle aus Steinen und Quint entzündete dort mit geübten Handgriffen ein Feuer. Währenddessen holte sie aus den Satteltaschen der Harley die Decken. Sie waren dick und unglaublich weich.

»Aus was sind die, Quint?«

»Die schwarz-weiße ist aus Waschbärfell, leg die am besten nach unten, das andere ist Rotfuchsfell.«

Echte Felle? »Wow!«

Als sie die Felle am Feuer ausbreiten wollte, hielt er sie davon ab.

»Nicht hier, Josephine, sondern auf der anderen Seite. Sonst haben wir Rauch in den Augen.«

Er legte ein paar getrocknete Zweige mit Blättern ins Feuer, die er ebenfalls unter der Veranda hervorgezaubert hatte. Sie warf ihm einen fragenden Blick zu.

»Altes Indianermittel gegen Mücken.«

Ach so, ja klar! Als ob er öfters mit denen abgehangen hätte. Wobei, wäre das so undenkbar? Wieder ein Indiz oder vielleicht doch nur ein Tipp aus dem Internet?

Lange würde sie diese Ungewissheit nicht mehr aushalten.

Sie musste ihm die Wahrheit entlocken, und zwar bald!

Das Feuer brannte und Quint ging zum Wasser. Mit dem Rücken zu ihr, aber ohne jegliche Scheu, zog er sich aus.

Sie merkte, dass ihr der Mund offen stand, aber sein Anblick war schlichtweg atemberaubend: breite Schultern, ein beeindruckend muskulöser Rücken, der sich zur Hüfte hin verjüngte. Jetzt sah sie auch wieder den fauchenden Puma auf seinem Rücken, der drohend seine Tatze hob. Sie hatte zwar bei verschiedenen Gelegenheiten schon mal kurze Blicke darauf geworfen, aber bisher keine Gelegenheit gehabt, das Tattoo, das seinen kompletten Rücken zierte, in seiner ganzen Schönheit zu bewundern. Und nicht nur das Tattoo, sondern auch seine unbändigen, feuerroten Locken betonten die ursprüngliche Wildheit, die er ausstrahlte. Ein gut einen Meter neunzig großer Mann ohne Schnickschnack. Stark, hart und wild. Quint passte genau an diesen Ort mitten in der Natur. Es fehlte nur eine Axt über seinen Schultern und sie würde ihn für einen Holzfäller aus dem 18. Jahrhundert halten. Zu seiner üblichen Kleidung passte das allemal. Hatte er hier etwa schon vor 100 Jahren gelebt? Oder vor 200?

Jeder weitere Gedanke in dieser Richtung löste sich auf, als Quint seine Jeans samt Slip herunterzog.

Oh wow! Diese langen, kräftigen Beine, aber vor allem sein knackiges Hinterteil ... Ihr wurde plötzlich ganz schön heiß. Schamlos lüstern zog sich ihr Unterleib zusammen und ließ sie zwischen ihren Beinen geradezu unanständig feucht werden.

Kapitel 36

Quint hatte gesagt, das Wasser wäre lauwarm. Für ihren momentan heiß laufenden Körper genau richtig. Sie wollte ihn, hier und jetzt.

Mit hastigen Bewegungen zog sie sich die Stiefel aus und die Motorradkleidung vom Leib. Quint war, immer noch mit dem Rücken zu ihr, unter Wasser getaucht. Als sein Oberkörper wieder die Wasseroberfläche durchbrach und er sich die langen Locken nach hinten streifte, war ihr die Wassertemperatur bereits egal. Sie band sich nur noch rasch mit einem Gummi aus ihrer Hosentasche die Haare hoch, damit sie trocken blieben.

Sie lief ins Wasser und Quint drehte sich zu ihr um. Der Mondschein tauchte ihn in ein wunderschönes Spiel aus Licht und Schatten und ließ ihn wie einen Helden aus einer griechischen Sage wirken. Sein Anblick hätte sie beinahe die Wassertemperatur vergessen lassen, aber ihr Bauch tauchte gerade in das *ziemliche frische*, lauwarme Wasser und ihre Brustwarzen wurden noch härter, als sie es bereits vorher gewesen waren.

Sie schlang die Arme um ihre Brust, verlor plötzlich ihren Mut und murmelte: »Brrr. Doch kälter, als ich dachte.«

Quint war in tieferem Wasser und noch einige Schritte von ihr entfernt. Bei dem spärlichen Mondlicht war es nur eine Ahnung, doch sie hätte schwören können, seine Augen sahen sie verlangend an, während sein Gesicht gleichzeitig hart wurde, ebenso wie seine Stimme.

»Du musst wissen, was du willst, Josephine.«

Alles klar, wieder mal die harten Bandagen.

Würde das nie aufhören?

Sie war es so leid, immer wieder auf die harte Tour mit ihm kämpfen zu müssen!

»Seit heute weiß ich genau, was ich will«, sagte er betont langsam und legte Gewicht in seine Worte. »Ich habe mich entschieden. Aber die Entscheidung liegt auch bei dir.«

Hier ging es nicht um das kalte Wasser oder ob sie gleich miteinander schlafen würden, das war ihr klar.

Sie fröstelte mit einem Mal noch mehr, aber sie schaute nicht zum Ufer zurück, sondern nur nach vorn.

Ihre Entscheidung war längst gefallen.

Josephine hätte gezögert, wäre wieder zum Ufer gegangen. Doch sie war zu Jo geworden, der Jo, die hart genug war.

»Ich komme mit wesentlich mehr klar als mit kaltem Wasser«, sagte sie energisch und schritt zähneklappernd auf ihn zu.

Hier war sie, die zähneklappernde Josephine und die Jo, die nicht im Traum daran dachte umzukehren, nur weil es schwer wurde. Vielleicht durfte sie ja irgendwann bei Quint beides sein: Josephine und Jo.

»Achtung, Jo, da ist ein ...«

Sie schnitt ihm den Satz gereizt ab. »Was? Denkst du etwa, die pieksenden Steinchen halten mich ...«

Weiter kam sie nicht, denn auf einmal war kein Grund mehr unter ihren Füßen, sie tauchte komplett in das kalte Wasser und schluckte sogar noch was davon.

Das zuvor stille Wasser geriet in Aufruhr, sofort legten sich zwei starke Arme um ihre Taille und zogen sie wieder hoch.

»Loch, meinte ich. Dort ist ein tiefes Loch«, erklärte Quint mit einer Spur Amüsement.

Während er sie ein paar Schritte weiter wegtrug, spuckte und hustete sie auf ziemlich unromantische Weise das Wasser wieder aus.

Perfekte Dates gab es wohl nur in Romanen.

»Erst wird dir fast die Kehle durchgeschnitten und dann ersäufst du mir.«

»Ich ... kann ... schwimmen!«, keuchte sie stur, während sie die letzten Reste des Teichwassers aushustete.

Er stellte sie wieder ab, wo das Wasser ihr gerade bis unter die Brust ging, ließ ihre Taille aber nicht los.

Als sie wieder in der Lage war, normal zu atmen, wurde Quint erneut auf grimmige Weise ernst und fragte: »Du willst also bei mir bleiben? Egal was kommt? Auch wenn es kein Zurück mehr gibt?«

Sie sahen sich direkt in die Augen und eine geradezu feierliche Ernsthaftigkeit ergriff beide.

Sie nickte.

Seine Miene verlor die grimmige Härte und seine Augen strahlten mit einem Mal eine unglaubliche Wärme aus. Quint ließ ihre Taille los und seine starken, tödlichen Hände legten sich unglaublich zart um ihr Gesicht.

»Ich weiß, welche Fragen du hast, auch zum Tod deines Mannes, und ich werde sie dir beantworten. Ich werde dir sagen, wer ich bin und was du über mich wissen willst – aber nicht heute. Vertrau mir noch ein paar Tage. Ich brauche Zeit, um alles vorzubereiten.«

Also steckte er wohl ziemlich tief in der Scheiße und musste seine Flucht planen. Sie würde das Haus ihrer Eltern erneut aufgeben müssen und alles, was sie sich hier inzwischen aufgebaut hatte. Mit so etwas hatte sie fast gerechnet, die falschen Pässe bereits in Auftrag gegeben. Quint war ein Vampir, dessen war sie sich jetzt sicher – na ja, nicht ganz, aber ... Sie setzte an zu fragen, doch er legte seinen Finger auf ihren Mund.

»Kein einziges Wort über Monster und keine Fragen – noch nicht. Vertrau mir. Bitte, Josephine.«

Seine Worte klangen unnachgiebig und zugleich flehend.

Die Scheiße, in der er steckte, musste in der Tat ziemlich tief sein!

Sie nickte zustimmend und er nahm seinen Finger wieder von ihren Lippen.

»Aber wenn du mir schon alles abverlangst, dann gib mir wenigstens etwas, Quint. Irgendwas, bitte!«

Immer noch hielt er zärtlich ihr Gesicht in seinen großen, rauen Händen. Er atmete tief durch und schloss die Augen.

»Das sollte ich. Du hast recht, Josephine.« Nach einem langen Moment öffnete er die Augen. »Ich werde dich meiner Mutter vorstellen, so wie es sich gehört.« Er schien einen Moment zu überlegen. »Hast du morgen Zeit?«

»Ähm, ja, da ist Sonntag.«

»Gut, dann morgen.«

»Aber woher willst du wissen, ob deine Mutter Zeit hat?«

»Sie ist in der Stadt. Hat mich eine Ewigkeit nicht gesehen. Glaub mir, sie wird Zeit haben.«

Langsam senkte sich sein Mund auf ihren herab. Lüstern leckte seine raue Zunge über ihre Lippen, um Einlass zu begehren. Sie öffnete ihre Lippen, ihren Mund und er drang unerwartet sanft ein, so als wäre ein großer innerer Knoten gelöst und seine Härte ihr gegenüber damit auch … An einer ganz bestimmten Stelle war er jedoch deutlich hart, und das ganz mit ihrer Zustimmung.

Sie löste ihre verschränkten Arme, legte sie um ihn und drängte sich an ihn. Die Wärme, die sein Körper im kühlen Nass an ihren abgab, saugte sie förmlich auf. Dieses Mal drängte es ihre Zungen nicht zu einem wilden Tanz, sie konkurrierten nicht mehr um die Vorherrschaft beim Liebesspiel. Nein, streichelnd verwöhnten sie sich, verloren sich im Spiel der Liebkosung.

Als sein Mund sich schließlich von ihrem löste, küsste er sich seinen Weg zu ihrem Ohrläppchen, das er zärtlich ansaugte und biss, dann weiter, an ihrem Hals hinunter, bis zu ihren Brüsten.

Wenn sie ehrlich war, sehnte sie sich danach, dort von ihm berührt zu werden. Als sein Mund sich über eine ihrer Brustwarzen schloss und begierig daran saugte, warf sie den Kopf zurück und stöhnte. Von purer Lust gepackt, krallte sie ihre Hände in seine nassen, seidigen Locken und hielt ihn genau dort an ihrer Brust. Mit einem Arm um ihre Taille stützte er sie und das war gut so. Denn als er eines ihrer Beine um seinen Körper legte und seine Finger sie zwischen den Beinen streichelten, wurden ihre Knie weich und sie hätte jeden Halt verloren.

Quint würde sie nicht fallen lassen. Niemals.

Er widmete sich ihrer anderen Brust, saugte und leckte sie förmlich um den Verstand – und ließ sich dabei Zeit, wie eine Katze, die ein Schälchen Milch ausleckt. Selbst das sagenhaft erotische Streicheln an ihrer empfindsamsten Stelle dosierte er so, dass sie schier in Lust ertrank, ohne jedoch Erlösung zu finden. Eine süße Qual …

»Ich brauche dich«, knurrte Quint schließlich mit unverkennbarem Hunger in den Augen, legte ihr anderes Bein ebenfalls um seine Hüfte und richtete sich mit ihr auf.

»Ich brauche dich auch«, sagte sie atemlos und verschränkte ihre Arme um seinen Hals.

Viel zu lange war sie allein gewesen, ohne Mann, der sie streichelte und ihr Inneres auf mehr als eine Weise ausfüllte.

Quints Hände lagen auf ihren Hüften und er leckte noch einmal genüsslich über ihren Hals.

»Langsam«, knurrte er – anscheinend zur eigenen Erinnerung – und es war ein wunderbares Gefühl, wie sein Brustkorb dabei an ihrem vibrierte.

Sie spürte, wie er zärtlich seine Eichel an ihrem Eingang auf und ab bewegte und sich so auf sanfte Art Einlass verschaffte. Es fühlte sich herrlich an, als sie den Kopf seiner seidigen Härte in sich spürte. Sie wollte mehr und schob ihr Becken fordernd an seines. Ein tiefes, erotisches Stöhnen drang aus Quints Kehle, als seine Hände kräftiger zupackten und ihr willig halfen. Sie sah es unter Wasser natürlich nicht, aber spürte die imposante Größe, die sich wie seidiger Stahl unaufhaltsam in sie hineinschob, immer weiter, und sie dehnte, bis sie ganz und gar ausgefüllt war. Sie rang nach Luft, so überwältigend erotisch war dieses Gefühl. Ihre Füße verschränkten sich in seinem Rücken, sie konnte ihm jetzt nicht nah genug sein. Hitze stieg in ihr auf, erfasste sie völlig, sodass sie das kühle Wasser kaum mehr störte.

Dann begann er, sich in ihr zu bewegen, veränderte dabei mit seinem unnachgiebigen Griff so lange die Neigung ihrer Hüfte, bis jede seiner Bewegungen ihre sensibelste Stelle erregte.

Stöhnend überließ sie ihm den Rhythmus, gefangen in einem erotischen Rausch, der ihre Nerven bis zum Äußersten reizte und gleich zum Explodieren bringen würde.

Sie wollte durchhalten, bis auch er so weit wäre, doch sie hatte keine Chance. Alles in ihr zog sich zusammen, ihr Rücken bäumte sich auf und ihr Höhepunkt traf sie wie ein Blitzschlag, schoss durch ihre Nervenenden und setzte sich immer weiter fort. Ihr Inneres krampfte sich um Quints Männlichkeit zusammen und da war es auch um ihn geschehen. Sein Körper spannte sich an und verharrte kurz, dann drang ein triumphales Knurren aus seiner Kehle, das weit über den See tönte. Sie fühlte, wie seine flüssige Hitze sich mit einem rhythmischen Pumpen in sie ergoss, sie förmlich eroberte, während im gleichen Rhythmus ihr Orgasmus pulsierte. Schwer atmend legte sie ihren Kopf auf seine Schulter und klammerte sich an ihn, während die Wellen ihres Höhepunktes langsam abebbten.

Eine Zeit lang verharrten sie so. Diese innige Nähe, in der nichts sie zu trennen schien, hätte sie am liebsten mit aller Kraft für immer festgehalten.

Irgendwann wurde ihre Atmung ruhiger und sie fühlte sich schwer und müde. Quint küsste ihre Wange, leckte an ihrem Ohrläppchen und flüsterte: »Wollen wir noch eine Runde schwimmen? Oder willst du dich waschen?«

»Würde ich beides, aber ich bin restlos ausgepowert.«

»Ich habe Kraft für uns beide.«

Sein Lächeln kitzelte an ihrem Ohr.

»Das kitzelt«, murmelte sie.

Hätte sie das nur nicht verraten!

Jetzt kitzelte er sie noch mehr, indem er ihr seinen warmen Atem ans Ohr blies und spielerisch an ihrem Ohrläppchen leckte. Sie spürte sein Lächeln, er schien so entspannt zu sein und das zauberte auch ihr ein Lächeln auf die Lippen.

Quint löste sich aus ihr und schob sie behutsam auf seinen Rücken, als wollte er sie huckepack nehmen.

»Halt dich einfach an meinen Schultern fest«, sagte er und damit schwamm er auch schon los. Scheinbar mühelos glitt er samt ihrem Gewicht durch den kleinen See.

»Das Wasser ist sauber, falls du Durst hast.«

»Habe ich in der Tat.«

Daraufhin hielt er sie im tiefen Wasser so, dass sie trinken konnte, bis ihr Durst gestillt war. Dann legte sie sich wieder auf seinen Rücken, denn sie genoss es sehr, auf ihm durchs Wasser zu gleiten. Sie legte ihren Kopf zwischen seine kraftvoll arbeitenden Schulterblätter und murmelte: »Ich liebe dich, Quint. Bitte lass mich das nie bereuen.«

Sie hatte nichts dagegen, als er sie wie ein Gentleman auf seinen Armen aus dem Wasser trug. Er stellte sie nur kurz auf die Füße, um sich und ihr das Wasser aus den Haaren zu wringen. Ihr Haarband war längst irgendwo verloren gegangen. Dann trug er sie zur Feuerstelle, legte sie auf das Waschbärfell und deckte sie mit dem Rotfuchsfell zu. Sie drehte sich auf die Seite, um ins Feuer und den See direkt dahinter zu sehen, während er noch Holz nachlegte. Quint war eine Augenweide, wie er so splitterfasernackt herumlief und dabei das Spiel seiner Muskeln zeigte, und das ohne die Absicht, sie beeindrucken zu wollen.

Als er zu ihr unter die Decke kroch und sich hinter sie legte, murmelte sie: »Warum ausgerechnet ich? Du könntest jede haben, so wie du aussiehst.«

Schweigend nahm er sie zunächst von hinten in die Arme. Sein Bizeps diente ihr als Kopfkissen und mit seiner freien Hand streichelte er ihren Bauch. Er leckte ihr Ohrläppchen – natürlich genau da, wo sie so kitzelig war – und küsste die Stelle direkt darunter.

»Ich kann nicht so gut mit Worten«, sagte er schließlich.

Ja, aber dafür konnte er andere Dinge hervorragend!

»Ich weiß nur, dass ich keine andere mehr will.«

Mehr sagte er nicht und vermutlich wären ihr gleich die Augen zugefallen, stattdessen begann ihr Herz wieder schneller zu schlagen. Schuld daran war Quints durch und durch männlicher Körper, hautnah an ihrem, das Gefühl seines harten Glieds und seine streichelnde Hand, die bei ihr eine Sehnsucht nach mehr auslösten. So als wäre der Hunger vieler einsamer Jahre noch lange nicht gestillt, obwohl ihre Kraft für heute schon verbraucht war. Sie war üblicherweise keine unersättliche Frau, doch hier mit Quint war das auf einmal anders. Sie sehnte sich danach, weiter und mehr von seinen rauen Händen berührt zu werden, sehnte sich nach diesem schönen Gefühl – so sehr, dass sie sich beinahe dafür schämte. Aber es war ja niemand hier außer dem Mann, den es deutlich spürbar ebenfalls nach mehr verlangte.

»Quint«, flüsterte sie, »ich will dich noch mal spüren – überall –, aber ich …« Habe nicht deine Kondition? Würde mich von dir verwöhnen lassen, ohne selbst was zu tun? Mach du die Hauptarbeit?

Oje, was sollte sie nur sagen? Sie seufzte.

Doch Quint schien sie auch so zu verstehen.

»Kein Problem. Ich habe noch Kraft für uns beide.«

Dann bewegte er seine Hüften an ihrem Hinterteil und fragte nur: »Überall?«

Sie hörte sein Lächeln und musste kurz kichern wie ein Teenager, wurde aber mutig und drückte sich ein wenig gegen sein bestes Stück.

»Ja, überall.«

Ohne ihre Position zu verändern, begann er, ihren Nacken mit feuchten Küssen zu überziehen und ihre Brüste zu streicheln. Ihre Brustwarzen reagierten sofort darauf und wurden hart, zärtlich rollte er sie zwischen Daumen und Zeigefinger. Wellen heißer Lust ließen ihren Körper erschauern. Als seine freie Hand bald darauf zwischen ihren Beinen weiterstreichelte, war sie dort bereits nass. Voller Verlangen bog sie sich ihm entgegen. Sie wollte alles von ihm, wollte ihn erneut in sich spüren und er schien ihre Gedanken lesen zu können. Er hob ihr oberes Bein an und drang in sie ein. Sie stöhnte voller Lust, so wunderbar fühlte es sich an, erneut von ihm ausgefüllt zu werden. Doch es war nicht genug, sie schob sich enger an ihn und Quint drückte mit seiner Hand von vorn sanft gegen sie. Als er anfing, sich in ihr zu bewegen, und gleichzeitig mit seinem Finger ihren sensibelsten Punkt umkreiste, gab sie sich ganz der Lust hin und stöhnte bei jedem Stoß, ohne sich dafür zu schämen. Als sie gemeinsam den Höhepunkt erreichten, stießen sie beide einen Schrei des Triumphes aus und schienen sich noch näher gekommen zu sein als je zuvor.

Quint wollte sich aus ihr zurückziehen, doch das Gefühl, so tief mit ihm verbunden zu sein, war einfach zu schön. Auf ihre Bitte hin murmelte er nur: »Auf deine Gefahr.« Und küsste sie lächelnd. Warum, das verstand sie erst später in der Nacht. Sie erwachte im Käfig seiner Arme vom erotischsten Streicheln, das sie je erlebt hatte. Ihr Körper stand in Flammen, ehe sie überhaupt richtig wach war. Und sie genoss jeden Augenblick davon, bis sie mit den letzten Wellen ihres Orgasmus in seinen starken Armen wieder einschlief.

Kapitel 37

»Hast du endlich etwas gegen diese Wächter in der Hand?«, brüllte Torricelli ins Telefon.

»Die Zugangsdaten von ihnen waren hilfreich. Damit konnten wir uns ins Netzwerk des Hauptquartiers hacken, allerdings nur kurz.«

»Warum nur kurz?«

»Unser Eindringen wurde bemerkt. Sie haben sofort ihre Firewall modifiziert und uns auch noch einen Virus geschickt. Ohne unser Backup hätten wir jetzt nur noch Datenmüll. Aber ich war trotzdem in der Lage, etwas für Ihre Zwecke zu finden.«

»Was, denn? Sprich endlich!«

»Es ist uns gelungen, einige der gespeicherten Dateien der Überwachungskameras herunterzuladen.«

»Und?«

»Einer der Wächter scheint mit einer normalen Frau, einer Gärtnerin, angebändelt zu haben. Heiße Kussszene.«

»Treffer! Verfolg das weiter, sammle Beweise oder fälsche welche, die belegen, dass dieser Wächter eine verbotene Beziehung führt. Damit können wir schon einen von denen in der Sonne brutzeln lassen. Welcher ist es denn?«

»Quintus Greenwood.«

»Perfekt! Sein Vater William war damals Mitglied im Tribunal, als ich verbannt wurde. Seine Familie ist daher sowieso Teil meiner Vendetta. Vor vielen Jahren habe ich einen Tipp bekommen und meine Rache so bereits an einem seiner Söhne, Samuel, vollziehen können. Das hat William dann von allein unter die Erde gebracht. Wenn wir auch seinen zweiten Sohn, Quintus, drankriegen, werde ich dir sogar einen üppigen Bonus zahlen!

Jeder Einzelne, der damals im Tribunal saß und mich verurteilt hat, ist für den Tod meiner geliebten Francesca verantwortlich und wird nicht nur mit seinem Leben, sondern auch dem seiner Lieben dafür bezahlen. Sie sollen meinen Schmerz am eigenen Leib spüren! Hätten sie mich nicht in die Verbannung geschickt, wäre meine Francesca nicht überfallen und vergewaltigt worden. Und selbst nach dem Überfall hätte ich sie retten können, wenn man mir erlaubt hätte, dass ich ihr mein Blut gebe!

Ich habe Beobachter in diesem einen Krankenhaus und warte nur darauf, dass diese Ärztin, Alva, ihren Gefährten Agnus dazu bringt, dem sterbenskranken Mädchen sein Blut zu geben. Dann werde ich mit größtem Vergnügen dafür sorgen, dass der Anführer aller Wächter höchstpersönlich verurteilt wird. Ich durfte meine Francesca nicht retten, also darf auch keiner von denen jemanden retten! Sie sollen an ihren eigenen Gesetzen zu Grunde gehen! Die ganze Härte und Erbarmungslosigkeit der Gesetze am eigenen Leib spüren, wenn die Sonne sie verbrennt!«

Quint hatte sie vor Sonnenaufgang geweckt, sagte er müsse zurück und wolle sie nicht allein im Wald lassen.

Zu Hause hatte sie sich dann erst mal richtig ausgeschlafen und anschließend ihren Haushalt auf Vordermann gebracht. Ihr Kühlschrank war so gut wie leer, deshalb war sie anschließend in ihrem Lieblings-Lebensmittelgeschäft einkaufen gegangen, das ausnahmsweise an diesem Sonntag geöffnet hatte. Erst nach dem Einkauf hatte sie entdeckt, dass auf ihrem Handy eine Nachricht von Quint eingegangen war. Kurz und knapp stand dort eine Uhrzeit, der Name eines Restaurants und die Bemerkung: »Reichen auch drei Sterne?«

Mit einem mulmigen Gefühl erinnerte sie sich an ihren gestrigen Kommentar: »Muss ja nicht immer ein Fünf-Sterne-Restaurant sein«, und googelte sofort das Restaurant. Es befand sich im Hotel Vier Jahreszeiten und war tatsächlich mit drei Michelin-Sternen ausgezeichnet! Und auf den Bildern der Webseite waren die Restaurantgäste ausschließlich in teurer Abendgarderobe zu sehen.

Da hatte sie sich ja ein Ei gelegt!

Sofort sandte sie eine Nachricht an Quint: »Du kommst nicht in Jeans, oder?«, und hatte nur ein schlichtes »Nein« zurückbekommen.

Männer schrieben wohl nie lange Erklärungen, oder?

Mit leichter Panik war sie ins Schlafzimmer gerannt und hatte die Türen ihres Kleiderschranks aufgerissen. Seine Mutter zu treffen, hätte sie sowieso schon nervös gemacht, aber noch dazu in einem Edelrestaurant? Und als Landschaftsgärtnerin besaß sie weiß Gott keine exklusive Abendgarderobe!

Sie hatte bereits eine gefühlte Ewigkeit vor dem Spiegel ihres Schranks verbracht und beäugte gerade ihre letzte Kleiderwahl. Auf dem Bett lag inzwischen ein kleiner Berg durchwühlter und anprobierter Klamotten. Sie seufzte, denn die Zeit wurde langsam knapp.

»Wenn er selbst immer nur im Holzfällerlook rumläuft und ich in Arbeitsklamotten, kann er nicht von mir erwarten, dass ich mit Haute Couture aufwarte!«, stieß sie genervt aus.

Das wadenlange, schwarze Kleid floss angenehm und körperbetont, aber nicht eng an ihr herunter. Ihr gefiel der großzügige, offene Rücken und der V-Ausschnitt vorn. Der lange, seitliche Schlitz im Kleid ging recht hoch – war aber noch anständig – und verlief nur auf der Seite ihres Beins, das am Oberschenkel nicht diese große, hässliche Narbe hatte.

Als Schmuck wählte sie das Ensemble aus rotorangefarbenen Feueropalen, das ihr Freund und späterer Mann einmal aus Mexiko mitgebracht hatte. Es bestand aus langen, in Gold gefassten Ohrringen und einer Goldkette mit einem großen Anhänger aus Opal, der perfekt in den Ausschnitt ihres Kleides passte. Ihr Freund hatte damals behauptet, der Feueropal spiegle die Farben ihrer Augen wider. Beinahe hätte sie diese Erinnerungsstücke auch versetzen müssen, um Nahrungsmittel zu kaufen.

Quint mochte ihre Haare, deswegen ließ sie sie offen und hielt sie nur mit zwei Klammern aus dem Gesicht. Noch ein bisschen Make-up, für mehr war keine Zeit.

Auf dem Weg zu ihrem alten VW-Bulli knickte sie mit ihren schwarzen High Heels auf der Kieseinfahrt einmal um.

»Mist!«

Sie war ewig nicht mehr in diesen Dingern gelaufen, und gedrückt hatten die früher auch nicht! Wobei früher wirklich schon lange her war – vor Sami. Aber für einen Abend würde es gehen müssen.

Am Hotel Vier Jahreszeiten angekommen, klapperte sie alle umliegenden Straßen nach einem Parkplatz ab. Keine Chance. Es war ihr peinlich, aber weil die Zeit langsam knapp wurde, fuhr sie schließlich doch mit ihrem bunten Bus – samt Friedenstaube, Regenbogen und Blumenwiese – die mondäne Zufahrt des Luxushotels hoch. Dort hielt sie vor dem roten Teppich, der hineinführte, und kurbelte mühsam das Fenster herunter. Sofort kam ein grauhaariger Hotelangestellter in Livree herangeeilt. Sein Blick blieb natürlich zuerst auf der bunten Bemalung und der Aufschrift »make love not war« hängen. Ihre Wangen wurden glühend heiß.

»Entschuldigen sie bitte, haben sie einen Tipp, wo ich hier einen Parkplatz finde? Ich bin gleich da drin verabredet.«

»Tischreservierung im Restaurant?«, fragte der ältere Herr freundlich nach.

»Ja.«

»Dann geben sie mir beruhigt ihren Wagenschlüssel. Der Parkservice ist inklusive.«

»Im Ernst? Ich meine ...«

Sie schaute aus dem Seitenfenster und deutete mit dem Kinn auf das hippiemäßige Aussehen des Bullis. Aber der Mann schmunzelte und sein ganzes Gesicht hellte sich auf.

»Ich würde mit Vergnügen Ihr altes Schätzchen fahren. Es erinnert mich an meine stürmische Zeit, wenn Sie verstehen.« Und dabei zwinkerte er ihr zu.

Klar, ihre Eltern hatten das Ding ja auch als Liebesnest benutzt. Dankbar lächelnd stieg sie aus und überreichte ihm den Schlüssel. Der alte Mann verschwand mit dem Bus und ein anderer trat an dessen Position am roten Teppich. Nun stand sie da wie bestellt und nicht abgeholt. Der neue Angestellte warf ihr auch schon einen abschätzigen Blick zu.

Aber was sollte sie denn tun? Im Restaurant herumrennen, obwohl Quint vielleicht noch gar nicht dort war? Nur mit seinem Vornamen nach der Platzreservierung fragen? Sie kannte ja nicht mal Quints Nachnamen, wie peinlich war das denn!

Ihre Hände wurden feucht.

Gerade als der Hotelpage sie ansprechen wollte, rauschte ein Motorrad heran. Ein Mann im Smoking und teuren Lederschuhen saß darauf.

Das konnte nicht Quint sein, oder?

Doch! Er zog den Helm ab und ihr blieb wieder mal der Mund offen stehen. Quint hatte sich rasiert und seine feuerroten, glänzenden Haare mit einem Samtband im Nacken zusammengefasst.

Er warf dem Angestellten seinen Helm zu und rief: »Der Schlüssel steckt.« Dann kam er grinsend auf sie zu, hauchte ihr einen Kuss auf die Wange und flüsterte: »Mach den Mund zu.«

Dieser Quint heute hatte kaum mehr Ähnlichkeit mit dem Quint vom ersten Tag, an dem sie ihn getroffen hatte. Er roch herrlich nach wilder Minze und einem Hauch Moschus und wirkte sehr gepflegt. Alles in allem wirkte er wie ein steinreicher Junggeselle. – Wie würde dann erst seine Mutter sein? Jo verkehrte normalerweise nicht in Kreisen, die Smokings trugen.

Sie zupfte an ihrem Kleid herum und stammelte: »Ich wusste nicht, wo ich dich treffen sollte, und ich, ich ...«

»Hey«, flüsterte er in ihr Ohr. »Deine Hände sind ja schweißnass und deine Stimme zittert. Bist du etwa nervös?«

Sie griff nach seiner Hand und verschränkte ihre Finger mit seinen.

»Und wie«, flüsterte sie zurück. »Sollen wir reingehen oder ...«

»Nein, ich habe Mutters Wagen im Vorbeifahren gesehen. Sie wird gleich hier sein. Ah, da ist sie schon.«

Es gab keinen Zweifel, nur ein Wagen fuhr vor: ein schwarzer Maybach samt Chauffeur. Das Gefährt kostete sicher so viel wie ein Eigenheim. Sie sah erneut an ihrem Kleid herunter und glättete Falten, die gar nicht vorhanden waren.

Sie spürte, dass Quints Griff ebenfalls stärker wurde.

»Bist du etwa auch aufgeregt?«, flüsterte sie.

»Wir haben viele Jahre nicht miteinander gesprochen«, sagte er mit grimmig ernstem Ton.

Auch das noch. Würde sie etwa gleich einen Familienstreit erleben? Für einen Rückzieher war es jetzt leider zu spät.

Der Hotelbedienstete hatte die hintere Wagentür geöffnet und eine Frau um die sechzig in einem schlichten, aber exklusiven Abendkleid stieg aus. Ihre langen, wenn auch grauen Locken, die mit edlen Kämmen nach hinten gesteckt waren, erinnerten Jo sofort an die von Quint. Mit einer eleganten Bewegung stieg eine Frau aus, deren charakterstarkes

Gesicht wirkte, als würde sie im Alltag mit eiserner Härte einen Großkonzern leiten.

Jo rang sich ein Lächeln ab, nach dem ihr im Moment eigentlich gar nicht war. Der Blick der grauhaarigen Frau heftete sich jedoch sofort auf Quint und ihre Gesichtszüge wurden weich. Ein Lächeln breitete sich aus und die Frau stürmte zu ihm, als hätte sie gar kein Abendkleid an.

»Quintus!«

Quint löste seine Hand aus ihrer, kurz bevor seine Mutter ihn herzlich umarmte.

»Mein Sohn, endlich! Es ist so lange her.«

Jo beobachtete Quint. Er schien ziemlich steif auf die Umarmung seiner Mutter zu reagieren.

»Mutter, bevor wir reingehen, versprich mir, dass wir nicht über ihn reden. Ich ertrage es nicht, okay?«

Quints Worte waren so hart, dass es Jo für seine Mutter leidtat. Aber was wusste sie schon von dieser Familie? Offensichtlich hatten sie große Probleme.

Seine Mutter löste sich von ihm. Ihre Augen glänzten, als hielte sie Tränen zurück.

»Wenn das deine Bedingung ist.«

»Ist es.«

»Nun gut«, antwortete seine Mutter und nahm wieder Haltung an. Erst jetzt wandte sich die Frau ihr zu und musterte sie sogleich von oben bis unten, wenn auch mit einem freundlichen Gesichtsausdruck. Am liebsten hätte sie sich ein Loch gegraben und wäre darin versunken.

Jetzt nur nicht rumzappeln! Zeig Rückgrat! Immerhin bist du erwachsen und keine sechzehn Jahre mehr.

Aber genau so fühlte sie sich gerade.

»Ich sollte mich vorstellen«, begann Jo.

»Nein«, unterbrach die ältere Frau sie. »Eigentlich wäre das die Aufgabe meines Sohnes gewesen, wenn er seine gute Erziehung nicht vergessen hätte.«

Die Mutter warf ihrem Sohn einen strafenden Blick zu und Jo musste lächeln. Nichtsdestotrotz streckte sie der Frau ihre Hand entgegen.

»Ich bin Josephine von der Linde«, sagte sie mit fester Stimme und fügte schnell noch hinzu: »Ich führe eine Landschaftsgärtnerei.« – *Wenn auch gerade hoch verschuldet und ohne Angestellte.*

»Von der Linde«, überlegte die Frau. »Sie haben die Umbauten im städtischen Zoo geleitet, richtig?«

Jo nickte.

»Schöne Arbeit, für die Sie viel Lob erhalten haben.«

Erleichterung über die kleine Anerkennung ließ Jo nun mit echter Freude lächeln.

»Ich bin Therese …«

Sofort unterbrach Quint seine Mutter in harschem Ton.

»Das reicht, Mutter. Keine Namen, keine Daten. Sicher ist sicher. Ich will kein Risiko eingehen. Weder für dich noch für uns.«

Josephines Magen krampfte sich zusammen. In was war sie da nur hineingeraten? Und mit welchen Mächten legten sie sich hier an? Gehörte seine Familie zur Mafia? Oder waren es Waffenhändler?

Quints Mutter sah ihn scharf an.

»Mein Sohn, siehst du meine grauen Haare? Ich bin in dieser Stadt alt geworden und alle Kellner in diesem Restaurant kennen meinen Namen.« Dann wandte Quints Mutter sich erneut an sie. »Ich heiße Therese Greenwood, aber nennen Sie mich bitte Therese. Wenn mein Sohn mich nach einer Ewigkeit wiedersehen will, um mir eine Frau vorzustellen, müssen Sie sehr wichtig für ihn sein.«

Jos Wangen wurden glühend heiß bei diesen Worten.

»Gern. Dann nennen Sie mich bitte Josephine.«

Gemeinsam gingen sie durch die Lobby ins Restaurant, nahmen Platz und bestellten. Nachdem die erste Hürde draußen genommen war, wurde Jo ruhiger. In exklusiven Restaurants mit edler Abendgarderobe hatte sie früher mit ihrem Freund auch schon gesessen und versuchte, sich die Unbeschwertheit von damals wieder anzueignen – bis ihr Blick auf ihre Finger fiel. Das hartnäckige Schwarz von Erde war einfach nicht restlos wegzubekommen. Außerdem hielt sie ihre Nägel wegen der Arbeit stets kurz und zudem zierten ein paar kleine Schrammen und Schnitte ihre Hände. Ihr Blick schweifte zu Quints Händen, selbst seine waren tadellos. Rasch versuchte sie, ihre Hände so zu verschränken, dass zumindest die Fingernägel nicht sichtbar waren.

Aber auch das bemerkte diese äußerst aufmerksame Therese sofort, die sie genauestens unter die Lupe zu nehmen schien. Statt eines rügenden Blicks legte Therese jedoch die Hand auf ihre und tätschelte sie mütterlich.

»Deine Hände zeigen, dass du eine Frau bist, die hart arbeitet, das muss dir nicht peinlich sein. Ich schätze so etwas. Als ich früher Pferde gezüchtet habe, sahen meine Hände ähnlich aus. Tagsüber bin ich in ausgelatschten Stiefeln und verschwitzten Hemden herumgelaufen.«

»Harte Arbeit ist eben schweißtreibend«, kommentierte Jo und war erleichtert.

Das Essen verlief angenehm und Quint aß zum ersten Mal vor ihren Augen, wenn auch sehr wenig. Seine Mutter hatte fast die ganze Zeit eine Hand auf seiner liegen. Das schien ihm zwar peinlich zu sein, doch er wehrte sich nicht dagegen. Therese erzählte von ihrer früheren Pferdezucht und sie von ihrer Arbeit als Landschaftsgärtnerin, wobei Quint nicht mit Lob über ihren aktuellen Auftrag sparte. Allerdings war es ein seltsamer Tanz, denn sie vermied es, über Sami mehr als nur das Nötigste zu erzählen und Therese erwähnte weder Jahreszahlen noch Namen oder Orte. Dennoch fand sie Quints Mutter liebenswürdig und die Frau wurde ihr immer sympathischer. Darüber hinaus spürte sie aber eine Willensstärke und Härte bei Therese, die sie davor warnte, sich diese Frau jemals zum Feind zu machen. Zudem war es sehr lustig, zu erfahren, was für ein Lausebengel ihr harter Quint früher gewesen war, stets zu Scherzen und Streichen aufgelegt. Der Tod seines Bruders, der hier mit keinem Wort erwähnt wurde, musste alles verändert haben.

Nachdem die Kellner das Dessert abgeräumt hatten, atmete Therese tief durch, sah ihr in die Augen und legte eine Hand auf ihre. Es schien, als würde jetzt das dicke Ende kommen. Der Haken. Was auch immer.

Ihr Herz begann, schneller zu schlagen.

»Josephine, verzeih mir bitte, wenn ich jetzt sehr direkt werden muss, aber es steht mehr auf dem Spiel, als du denkst.« Therese wandte ihren Blick zu Quint. »Mein Sohn, wie ernst ist es dir mit Josephine und was empfindest du für sie?«

Jo hätte sich beinahe an ihrem Wein verschluckt.

»Ich – ich glaube, ich sollte mich kurz entschuldigen«, stammelte sie und wollte zu den Toiletten verschwinden.

Therese legte jedoch mehr Gewicht auf ihre Hand.

»Nein, bitte bleib, Josephine. Und sei gewiss, ich will dich nicht in Verlegenheit bringen. Aber ich bin von Natur aus schon immer sehr direkt gewesen, auch wenn es mich öfter fast Kopf und Kragen gekostet hätte.«

»Dann spielen wir jetzt mit offenen Karten?«, fragte Jo vorsichtig und hoffte auf eine Gelegenheit, Quint das Wichtigste zu fragen.

Therese lächelte. »Nein, das dürfen wir leider nicht. Aber wir werden ehrlich sein.«

Quint schloss kurz die Augen und stieß die Luft aus.

Dann wies er mit dem Kinn auf den antiken Ring an der Hand seiner Mutter. Der wirkte wie ein echter Siegelring – die Gravur darauf zeigte ein Schwert auf einem Buch. Es kam ihr so vor, als hätte sie diesen Ring schon irgendwo gesehen, aber ihr wollte einfach nicht einfallen, wo.

»Josephine ist nicht das, was ihr akzeptieren würdet.«

Jo krümmte sich innerlich. Würde er jetzt vor seiner Mutter einknicken? Hatte sie Macht über ihn? Ging es hier vielleicht um ein Erbe, dessen sie nicht würdig wäre?

Tausend Gedanken kreisten in ihrem Kopf …

»Aber mir ist es nie ernster gewesen, Mutter. Ich würde mein Leben für sie geben. Auch wenn es eigentlich nicht sein kann, spüre ich sie in meinem Herzen und will nicht mehr ohne sie sein.«

Jos Herz sprang vor Freude beinahe aus ihrer Brust. Sie griff nach Quints Hand und er verschränkte seine Finger mit ihren. Therese warf einen Blick auf ihre Hände, auch diese Geste war ihr nicht entgangen.

»Mein Sohn tut sich mit Worten schwer, Josephine. Was er eigentlich sagen wollte, ist dass er dich von ganzem Herzen liebt. – Und zwar mehr als sein eigenes Leben.«

Therese berührte nachdenklich den Siegelring.

Plötzlich verstärkten Quints Finger ihren Griff, sodass es fast wehtat, und er sah seiner Mutter alarmiert in die Augen.

»Mutter, bitte!«

Jo erschrak, denn Quint schaute seine Mutter gerade an, als hätte sie die Macht, ihn hier und jetzt zum Tode zu verurteilen. Ihr Herz schlug so heftig, dass sie glaubte, es wäre durch ihr Kleid zu sehen.

Kapitel 38

Jo konnte den Blick nicht von Quints Mutter abwenden. Erneut blickte Therese auf die Hand ihres Sohnes, die mit Jos verschränkt war, und seufzte. Dann lächelte die grauhaarige Frau – doch es sah durch und durch traurig aus – und streifte sich in einer deutlichen Geste den antiken Siegelring vom Finger.

»Quintus, du weißt, es wird mir das Herz brechen, auch dich noch zu verlieren.« Tränen traten in Thereses Augen und sie streifte einen zweiten Ring vom Finger. Der war schlicht und aus Gold, wirkte wie ein Ehering. »Aber mehr als alles andere will ich dich wieder glücklich sehen.« Mit diesen Worten reichte Quints Mutter ihm den goldenen Ring. »Sei ein ehrenhafter Mann und gib ihn Josephine.« Quints Mutter machte einen tiefen Atemzug und streckte ihren Rücken durch, bevor sie in feierlichem Ton fortfuhr: »Ich, Therese Greenwood, gebe dir – Quintus, Sohn des William – meinen Segen und werde schweigen über das, was du mir offenbart hast.« Seine Mutter stieß in sichtbarer Erleichterung die Luft aus und tätschelte die Hand ihres Sohnes. »Ich werde noch heute den Schreiber informieren, dass ich mein Amt niederlege. Vor allem anderen bin ich deine Mutter, Quintus. Schon einmal habe ich gegen meinen Instinkt als Mutter gehandelt und habe es schwer bereut. Ich werde das kein zweites Mal tun.«

Aus den Augenwinkeln meinte Jo zu sehen, wie sie von der Lobby aus fotografiert wurden. Sie wandte sich in diese Richtung, entdeckte jedoch niemanden mehr. Ein unangenehmes Gefühl beschlich sie.

»Was beunruhigt dich, Josephine?«, fragte Therese.

»Ich glaube, jemand hat uns fotografiert.«

»Dann ist es besser, ich verabschiede mich sofort.«

Therese rief ihren Chauffeur an, damit er die Limousine vorfuhr. Zum Abschied reichte Therese ihr eine goldgeprägte Visitenkarte mit geschwungener Schrift.

»Du hast mir erzählt, dass du deine Eltern verloren hast, und es quält meine Seele, dass ich dir aus Gründen, die dir mein Sohn sicher irgendwann nennen wird, nie eine zweite Mutter sein kann. Aber sei gewiss, wenn einer von euch in Not gerät, steht meine Tür immer für euch offen und alle Ressourcen, die mir zur Verfügung stehen – und das sind mehr, als du vielleicht denkst. Diese Karte sollte aber nicht bei dir gefunden und wir nicht mehr zusammen gesehen werden.« Therese wandte ihren Blick zu Quint. »Danke für deinen Abschied.«

»Es wird noch nicht heute sein.«

»Beeile dich besser, Quintus.«

Mit diesen Worten stand sie auf und ging durch die Lobby zum Ausgang, wo die Limousine wartete. Nach einigen Augenblicken stand Quint abrupt auf und folgte seiner Mutter mit raschen Schritten. Da die Rechnung bereits von Therese beglichen war, stand Jo ebenfalls auf und folgte ihm. Mit ihren High Heels kam sie aber nicht so schnell hinterher. Direkt hinter der prunkvollen Eingangstür, am obersten Treppenabsatz, holte sie Quint ein. Dort war er verharrt, während seine Mutter bereits unten am Ende des roten Teppichs, kurz vor der Limousine stand.

»Mutter?«, rief Quint.

Therese drehte sich um. »Ja?«

»Kannst du mir vergeben?«

Jo beobachtete die beiden. Therese wirkte völlig überrascht, ja sogar verwirrt und Quint war zu einem Bild tiefsten Schmerzes geworden. Sie spürte instinktiv, es hier mit einem Teil des großen, ungelösten Knotens zu tun zu haben, der Quints Leben und seine Persönlichkeit verändert hatte.

»Wovon sprichst du? Ich habe dir nicht das Geringste zu vergeben, mein Sohn.«

Die umstehenden Menschen schienen für Quint gar keine Rolle mehr zu spielen, als er die Distanz zu seiner Mutter überbrückte, vor ihr auf ein Knie fiel und seinen Kopf beugte. Einem inneren Gefühl folgend, ging Jo ihm zwar nach, wahrte aber Abstand.

»Wäre ich nicht zu spät gekommen, wäre mein Bruder noch am Leben. Und auch Vater wäre nicht von uns gegangen. Du müsstest nicht trauern. Ich brachte es nicht mehr fertig, dir in die Augen zu sehen, deshalb bin ich von zu Hause weggegangen. Du hast es nie ausgesprochen, aber ich bin mir meiner Schuld bewusst. Ich werde mir selbst nie vergeben können, aber …«

Seiner Mutter liefen die Tränen über die Wangen, sie legte ihre Hände an seinen Kopf und drückte ihn an sich.

»Erst jetzt begreife ich, welche Last du all die Jahre mit dir herumgetragen hast. Wie konnte ich so blind sein? Nie, nie habe ich dir die Schuld an diesem Unglück gegeben. Schlimme Dinge passieren, Quint. Es waren mörderische Bestien, die deinen Bruder getötet haben, nicht du. Und dein Vater hat sich nie vergeben, deinem Bruder keine Wahl gelassen zu haben, als zu flüchten und damit überhaupt erst in diese entsetzliche Situation geraten zu sein. Quintus, mein Sohn, höre auf, diese Last auf deinen Schultern zu tragen. Falls es an mir läge, würde ich dich von dieser Last freisprechen, doch ich spüre, dass du dir selbst vergeben musst. Dein Bruder hätte das gewollt, glaube mir.«

Immer mehr Leute starrten die beiden an. Der Chauffeur hielt schon geraume Zeit die Wagentür des Maybach offen.

»Wir erregen zu viel Aufsehen«, sagte seine Mutter leise und zog Quint hoch, dann stieg sie in die Limousine.

Erst jetzt fand Jo es an der Zeit, zu Quint zu treten und legte ihm eine Hand auf den Arm.

Die Scheibe des Wagens senkte sich und Therese schenkte ihr einen freundlichen, wenn auch traurigen Blick.

»Nach dem heutigen Abend ist es leider besser, wenn wir nicht mehr zusammen gesehen werden, Josephine. Werdet glücklich. Gott möge euch behüten.«

Als die Fensterscheibe wieder hochfuhr, sah Jo Tränen in Thereses Augen.

»Steig mit ein, Quint. Du solltest dich mit deiner Mutter aussprechen. Ich komme allein nach Hause, mach dir keine Sorgen.«

Quint blieb jedoch wie versteinert stehen. Er nahm nur ihre Hand in seine, verschränkte die Finger mit ihren und sah stumm dem Maybach hinterher.

»Ich muss das jetzt erst mal verdauen, Josephine.«

»Mir scheint, ich habe das Familientreffen ruiniert. Ich will nicht dafür verantwortlich sein, dass sich deine Familie meinetwegen spaltet. Das musste ich schon einmal erleben und es hinterlässt einen sehr bitteren Nachgeschmack.«

Quint riss seinen Blick von der Limousine, die gerade um eine Ecke verschwand. Er stellte sich vor sie und hob ihr Kinn an, damit sie ihm in die Augen schauen musste.

»Ohne dich hätte ich gar nicht den Mut zu diesem Treffen gehabt, Josephine. Und dank dir bin ich um eine Last leichter, die mich seit Jahren gequält hat.«

Sie konnte es kaum glauben. Vor ihr stand ein Muskelpaket von Mann, ein Meter neunzig groß, dessen Griff mit Leichtigkeit ihr Genick brechen würde – und *sie* hatte *ihm* Mut verliehen? Sie musste wohl einfach lernen, die harte Schale zu durchschauen, hinter der sich seine verletzliche Seele verbarg, die den Tod des Bruders nie verarbeitet hatte und sich deswegen mit Schuldgefühlen quälte.

Einem Bauchgefühl folgend streckte Jo ihre Hand aus und legte sie an Quints Wange. Er schloss die Augen und atmete tief durch. Es klang geradezu, als wollte er erlöst werden.

»Du bist damit nicht mehr allein, Quint. Du kannst deine Last mit mir teilen, das wird dir helfen. Und was deine Familie angeht: meinetwegen solltet ihr nicht ...«

Quint legte ihr sanft einen Finger auf die Lippen.

»Wenn man einen Schatz gefunden hat, den man nicht mehr hergeben will, dann muss man auch den Preis dafür bezahlen. Für mich bist du dieser Schatz und ich habe nicht vor, dich jemals wieder herzugeben.«

Er zog sie zu sich heran und schloss seine Arme um sie.

Der grauhaarige Hotelangestellte, der ihren Bulli weggefahren hatte, räusperte sich, ohne in ihre Richtung zu sehen, und sagte: »Dort vorn am Springbrunnen hätten Sie etwas mehr Privatsphäre, wenn ich das vorschlagen dürfte. – Oder in ihrem VW-Bulli.«

Der Humor im letzten Satz war unüberhörbar und brachte sie zum Lächeln. Sie beherzigten den Rat und gingen die paar Schritte zu dem Springbrunnen nach römischem Vorbild. Ihre Füße brachten sie fast um und so setzte sie sich auf die breite Kante, zog ihre High Heels aus und ließ ihre Füße ins kühle Wasser baumeln.

»Habe ich dir schon gesagt, dass du sexy aussiehst? In diesem Kleid und diesen Schuhen, in denen ich nicht laufen könnte, selbst wenn mein Leben davon abhinge?«

Er stellte sich hinter sie und streichelte mit seinen Fingerspitzen über die nackte Haut an ihrem Rückenausschnitt. Dann küsste er sanft ihren Nacken.

»Nein, hast du noch nicht.«

Und es klang wie ein echtes Kompliment und dazu hatte er sogar einen Scherz gemacht, aber seine Stimme passte nicht dazu. Zudem wirkte er sehr ernst und mit den Gedanken woanders. Dort in dem Restaurant war etwas Entscheidendes geschehen, auch wenn sie nicht ganz hinter den Sinn der rätselhaften Aussagen kam.

»Wir sollten reden, Quint. Es ist an der Zeit, dass ich dir alles beichte und du mir sagst, was hinter den Kulissen vorgeht.«

Beim Wort »beichten« richtete Quint sich kerzengerade auf und sah ihr forschend in die Augen.

»Ja, keine Geheimnisse mehr zwischen uns. Lass uns reden. Aber nicht hier. Dass wir fotografiert wurden, war vielleicht kein Zufall und es ist notwendig, dass ich schneller handle als geplant. Sicher ist sicher.«

»Müssen wir ...« *Flüchten?*, wollte sie fragen, doch ihr Handy klingelte und nach dem Klingelton war es Sami, niemand sonst.

Ihr Magen krampfte sich zusammen. Zuletzt hatte er so schlecht ausgesehen wie noch nie. Zu Hause ließ er sich kaum noch blicken und helfen lassen wollte er sich auch nicht mehr von ihr. Wenn Sami sie jetzt dennoch von selbst anrief ...

»Quint, ich muss da ran. Das ist Sami. Da stimmt was nicht.«

»Bin zu Hause«, sagte Sami mit gepresster Stimme. »Kannst du kommen?«

»Ich bin in der Innenstadt, aber ich komme, so schnell ich kann. Halte durch.«

Sie legte auf, zog sofort ihre Füße aus dem Wasser und griff nach ihren Schuhen.

»Was ist mit deinem Sohn?«, fragte Quint besorgt.

»Etwas, über das wir ebenfalls in Ruhe reden müssen. Aber nicht hier, wie du schon sagtest.«

»Da sich die Situation so rasant entwickelt hat, müsste ich heute Nacht dringend ein paar wichtige Dinge erledigen. Aber wenn du mich brauchst, fahre ich mit, Josephine.«

Sie konnte die Träne nicht aufhalten, die bei seinem Angebot aus ihrem Auge entwischte. Wie lange hatte sie sich danach gesehnt, mit ihren Problemen nicht mehr allein dazustehen? Und nun hatte sie endlich jemand gefunden, der ihr beistand.

»Danke«, sagte sie mit bebenden Lippen und spürte mehr Tränen aufsteigen. »Allein dein Angebot tut mir schon unglaublich gut. Zudem hast du einen guten Draht zu Sami und kannst dir vermutlich gar nicht vorstellen, wie viel mir das bedeutet. Aber ich glaube, was du zu erledigen hast, ist äußerst wichtig, also zögere nicht. Ich werde inzwischen versuchen, Sami allein zu helfen.«

»Aber ruf an, wenn ich kommen soll.«

In aller Eile schlüpfte sie in ihre High Heels und stand auf.

»Eines noch«, sagte Quint. »Komm morgen nicht bei uns arbeiten. Es ist zu gefährlich. Ich erkläre dir alles später.«

»Ich bin dort sowieso fast fertig. Außer ein paar Kleinigkeiten muss ich nur noch das Indianerzelt für Alice aufstellen.«

»Ich werde dich entschuldigen und mich selbst um das Zelt kümmern.«

»Du bist also auch Experte, was Tipis angeht?«, versuchte sie zu scherzen, obwohl ihr gar nicht danach war.

So vieles, was heute Abend gesagt oder angedeutet worden war, versetzte sie in Alarmbereitschaft – und vermutlich nicht zu Unrecht. Aber hatte sie nicht längst geahnt, dass Quint in etwas Gefährliches verwickelt war?

»Die wahren Experten sind die Indianer«, riss Quint sie aus ihren Gedanken. »Aber ein paar Dinge habe ich mir von ihnen abgeschaut. Und vermutlich wird eine Aufbauanleitung dabei sein, oder?«

»Ähm – ja, richtig. Aber ich will nicht, dass du für mich lügst. Ich habe sowieso noch etwas im städtischen Zoo zu erledigen. Ein paar Steine am Wasserfall, im Gehege der Kodiakbären, haben sich gelöst. Die werde ich dann morgen neu einbetonieren.«

»Du lässt dich mit ganz schön gefährlichen Raubtieren ein, Josephine.«

»Ja, das Gefühl habe ich auch«, sagte sie und schenkte ihm einen durchdringenden Blick.

Quint hob eine Augenbraue. »Ach ja?«

»Wie du schon sagtest: keine Geheimnisse mehr«, erklärte sie. »Aber jetzt muss ich wirklich weg.«

Sie wollte gerade losstürmen, aber Quint hielt sie noch für einen Moment fest und küsste sie, nur auf die Lippen, aber unendlich sanft. Das sagte so viel mehr als tausend Worte.

Kapitel 39

Quint verschwendete keine Zeit mehr. In einem Affentempo raste er im Smoking auf der Kawasaki durch die Stadt und holte – gegen eine exorbitante Summe – die falschen Pässe für Jo, Sami und sich selbst ab. Die Qualität war schlecht, weil es so schnell hatte gehen müssen und er nur mit Fotos aus dem Internet dienen konnte. Aber besser das, als unter echtem Namen zu flüchten, wodurch man sie im Handumdrehen finden würde.

Bevor die Nacht vorbei war, musste er auch noch Flugtickets besorgen. Wohin, das würde sich gleich herausstellen.

Mit quietschenden Reifen hielt er vor der Privatadresse des Immobilienmaklers Manuel Sánchez. Da er nie etwas mit Maklern zu tun hatte, war dieser der einzige, der ihm in den Sinn kam. Er hatte nämlich Elia und Vinz davon sprechen hören, dass sie von diesem Mann ein Feriendomizil kaufen wollten.

Er klingelte Sturm, bis dem Makler nichts anderes übrig blieb, als – noch dazu im Pyjama – die Tür zu öffnen. Dann drängte er Sánchez ins Haus. Der Mann sah abgemagert aus und als hätte er nächtelang nicht geschlafen.

»Ich brauche von Ihnen ein oder zwei Häuser, irgendwo auf der Welt, nur weit weg von hier. Ich bezahle jeden Preis, aber die Transaktion darf nicht zu mir zurückverfolgt werden.«

Er drückte dem Makler einen Rucksack in die Hand.

Verdutzt öffnete Sánchez den Reißverschluss ein kleines Stück.

»Bargeld, was sonst?«, sagte Sánchez leise.

Mit einem Seufzen sank der Makler in einen Sessel und ließ den Rucksack daneben fallen, ohne ihn weiter zu beachten. Quint hatte noch nie einen Menschen getroffen, der so wenig an Geld interessiert war.

»Meine Antwort ist nein.«

»Ich kann die Summe verdoppeln.«

Der Mann schüttelte resigniert den Kopf.

»Ich brauche kein Geld. Geld hilft mir auch nicht mehr. Aber meine Tochter braucht mich jetzt. Sie ist todkrank und hat nur noch wenige Tage zu leben. Und wenn ich tue, was Sie von mir verlangen, lande ich womöglich im Gefängnis, bevor meine Kleine zu ihrer Mama und ihrem kleinen Brüderchen in den Himmel geht.«

»Ich gehöre nicht zur Mafia. Ich bin auch kein Krimineller.«

Der Makler hob skeptisch eine Augenbraue und nickte zu dem Rucksack.

»Ich glaube Ihnen nicht und es wird Ihnen nicht gelingen, mich zu überzeugen.«

Quint überlegte für einen Moment, ob er seine Waffe ziehen sollte, aber der Mann schien seine Gedanken lesen zu können.

»Versuchen Sie erst gar nicht, mir zu drohen. Ich habe keine Angst vor Leuten wie Ihnen. Nicht mehr«, sagte Sánchez. »Die Angst um meine Tochter und ihrem Leiden Tag für Tag hilflos zuzusehen, ist schlimmer als alles, was Sie mir antun könnten, glauben Sie mir.«

Quint rieb sich den Nacken. Sicher gäbe es andere Makler, die ihm gern zum Kauf einer nicht zu ihm nachverfolgbaren Immobilie verhelfen würden, wenn der Preis stimmte – aber nicht mehr heute Nacht.

»Ihre Tochter ist todkrank?«

»Ja. Ich bin nur zu Hause, weil die Krankenschwestern meinten, ich sollte wenigstens mal eine Nacht wieder in meinem eigenen Bett schlafen. Aber könnten Sie an meiner Stelle ruhig schlafen?« Der Mann schüttelte resigniert den Kopf. »Ich spendiere Ihnen einen Whisky, wenn Sie wollen. Sie sehen aus, als bräuchten Sie einen.«

»Ich könnte Ihre Tochter gesund machen. Noch heute Nacht.«

Natürlich glaubte Sánchez ihm nicht, doch er gab ihm eine Demonstration, schnitt sich selbst in die Hand und ließ ihn zusehen, wie es heilte.

»Ich gebe Ihrer Tochter mein Blut zu trinken und sie wird gesund, das schwöre ich Ihnen.«

Der Mann war im Grunde zu verzweifelt, um sein Angebot abzulehnen, daher war nur wenig Überredungskunst nötig und Quint präsentierte ihm sogar seine Fangzähne. Danach brauchte der arme Mann ein Glas Whisky, stimmte aber schließlich zu.

Quint wusste, dass er damit Kopf und Kragen riskierte, aber wer würde schon davon erfahren? Und es gab schlimmere Gesetzesverstöße, als ein kleines Mädchen vor dem Tod zu retten – um ehrlich zu sein, tat er es sogar gern.

»Ich werde später alles, was Sie von mir gehört und gesehen haben, aus Ihrem Gedächtnis löschen, denn von unserer Existenz darf niemand etwas erfahren, doch Ihre Tochter wird gesund sein.«

»Aber ich muss mitkommen!«, protestierte der Mann. »Allein wird man Sie nicht zu meiner Tochter lassen. Ich darf inzwischen aber Tag und Nacht bei ihr sein, jetzt, wo sie …«

Die Stimme des Mannes brach. »Außerdem will ich nicht, dass mein kleines Mädchen sich vor Ihnen fürchtet. *Ich* werde ihr zu trinken geben, was sie trinken soll. – Und sie wird ganz sicher nicht zum Vampir?«

»Nein. Das ist ein Märchen.«

»Aber manche Märchen sind wahr, das weiß ich seit heute Nacht.«

»Wir hätten bald keine Nahrung mehr, wenn man durch einen Biss zu einem Vampir werden würde, denn Vampirblut können wir nicht trinken. Zudem gibt es nur männliche Vampire und die werden geboren, als Nachkommen zwischen einem Vampirmann und einer besonderen Menschenfrau, einer Symbiontin. Die Frau und auch die Töchter, die geboren werden, sind und bleiben Menschen.«

Alles Weitere lief völlig reibungslos ab, auch wenn eine lustlose, männliche Putzkraft und ein Mann am Kaffeeautomaten sie skeptisch beäugten. Die Kleine lag allein in einem Krankenzimmer, und sobald sie drinnen waren, verschloss Quint die Tür mit der Lehne eines Stuhls. Er biss sich ins Handgelenk und ließ sein Blut in einen Becher laufen. Der Vater mischte es mit Himbeersirup, dann weckte er seine kleine Tochter und gab es ihr zu trinken. Als das Mädchen gleich darauf wieder erschöpft einschlief, löschte Quint ihre Erinnerung an den seltsamen Saft.

Sánchez gab sich damit allerdings nicht zufrieden, sondern wartete über zwei Stunden mit ihm am Bett seiner Tochter, um sicherzugehen. Wer wollte es ihm verdenken?

In dieser Zeit wickelte der Makler über einen Laptop und einen kleinen mobilen Drucker bereits alles Nötige für den Immobilienkauf ab.

Quint ließ ihn nicht aus den Augen, auch nicht, was er tippte, um zu vermeiden, dass er das Geheimnis seiner Art per Mail oder über das Internet preisgab.

Sánchez war sogar so nett, ihm Flugtickets nach Neuseeland und nach Paraguay für die kommende Nacht zu besorgen und auszudrucken. In beiden Ländern gehörte ihm nun – im wahrsten Sinne des Wortes – über Nacht ein nettes Anwesen in herrlicher Natur, in Neuseeland sogar am Meer.

Der Mann riet ihm noch zu Haarfärbemittel und einem Rollstuhl zur Tarnung. Am Ende sah Quint zu, wie der Immobilienmakler alle entsprechenden E-Mails und Daten zum Kauf wieder aus seinem Laptop löschte.

Bevor er dem Mann die Erinnerungen nahm, bat ihn Sánchez: »Ich will nicht wissen, warum Sie davonlaufen, aber bitte sagen Sie mir, dass Sie keine unschuldigen Menschen umgebracht haben. Ich will ruhig schlafen können.«

»Ich bin weder ein Verbrecher noch habe ich jemals Unschuldige getötet und Sie werden gleich sehr gut schlafen.«

Als Quint das Wichtigste für sein Untertauchen mit Jo erledigt hatte, war bereits Sonnenaufgang. Zum Glück brauchte er nicht auf die Jagd gehen. In der vorigen Nacht hatte er nämlich wieder von Josephine getrunken, und zwar während sie schlief. Er hatte sie einfach nur in einen Tiefschlaf fallen lassen, damit sie nichts davon spürte. Ihn plagte deswegen allerdings ein schlechtes Gewissen, denn er hätte dieser Versuchung nicht nachgegeben dürfen, ihr Gesicht war in den letzten Tagen immer blasser geworden.

Als Josephine die Haustür aufriss, fand sie Sami zusammengekrümmt im Flur liegen. Er wand sich in Krämpfen – Hungerkrämpfen.

»Oh mein Gott, Sami! Warum hast du nicht schon früher angerufen.«

»Mein Hunger – er ist einfach zu groß«, keuchte er. »Das wissen wir beide, Mama. Dein Blut allein reicht nicht mehr, um mich satt zu kriegen. Du bist ständig müde und blass, neulich bist du sogar neben mir zusammengeklappt, weil dein Kreislauf versagt hat.«

Jo kniete sich neben ihren Sohn, nahm seinen Kopf in ihren Schoß und hielt ihm ihr Handgelenk hin. Anscheinend machte er so was wie eine Wachstumsphase durch. Und obwohl sie das Gefühl hatte, ihm immer größere Mengen Blut zu geben, war sein Hunger in der Tat schier unstillbar. Es überstieg schon länger ihre Kräfte, aber sie würde ihren Sohn ganz sicher nicht dieser Qual überlassen.

Leider gab es kein Nachschlagewerk und keine Wikipediaseite über das Großziehen und die Ernährung eines jungen Vampirs. Und wen sollte sie auch fragen, seit ihr Mann nicht mehr da war? Am Ende der 183 Tage, die sie vergessen hatte, war sie bereits schwanger gewesen und sie hatten sicher darüber gesprochen. Aber seitdem hatte sie – bis auf Quint, bei dem sie sich ziemlich sicher war – keinen Vampir mehr getroffen. Außerdem wäre es lebensgefährlich gewesen, einen zu kontaktieren, denn schließlich war sie mit ihrem Freund und späteren Mann jahrelang mit falscher Identität vor genau diesen Kreaturen auf der Flucht gewesen. Und seit ihrem Flashback in der Paintballarena wusste sie, dass es Vampire waren, die sie angegriffen und ihren Mann regelrecht abgeschlachtet hatten.

Er hatte ihr nie ein Sterbenswörtchen über Vampire erzählt, sagte, er müsste das Geheimnis seiner Art wahren. Manches hatte sie allein herausgefunden, anderes blieb ihr ein Rätsel. Ihr Sohn und sie hatten irgendwann entdeckt, dass Vampirspeichel Wunden verschloss. Aber sie hatten nie gewagt, die Wirkung von Vampirblut an ihr zu testen, denn falls es sie zum Vampir machte, wie sollte sie dann ihre Arbeit als Landschaftsgärtnerin und ihren Alltag bewältigen?

Sami hätte so gern den Führerschein gemacht. Er war schon 22 Jahre alt und konnte längst Autofahren, doch das mit dem Führerschein war ein Problem. Seine Entwicklung ging zwar nicht geistig, aber körperlich langsamer voran und er sah entsprechend jünger aus. Zudem musste Jo in der Lage sein, alles für ihren Sohn zu unterschreiben und zu regeln, was nur tagsüber möglich war und weil er offiziell noch nicht volljährig war. Aus diesen Gründen hatte sie auch seine Geburtsurkunde gefälscht, sodass er laut seinem daraus resultierenden, legalen Pass gerade mal 16 Jahre alt war – was ihn verständlicherweise enorm wurmte.

Sami hatte natürlich nie auf eine normale Schule gehen können. Auf den Kanalinseln hatte sie ihn zu Hause unterrichtet, Homeschooling nannte sich das. Später hatte ihr Sohn sich immer wieder um eine Arbeit in den Nachtstunden bemüht. Leider sollte er sich dafür stets tagsüber bei irgendwelchen Leuten im Büro vorstellen, also ging das auch nicht. Mittlerweile absolvierte er ein Fernstudium, aber wie er die Abschlussprüfung – tagsüber – ablegen sollte, war ihnen bislang ein Rätsel.

Das größte Problem war allerdings die Nahrung. Anders als sein Vater, der mit viel Appetit ganz normale Dinge gegessen hatte, vertrug Sami das nicht – besser gesagt, nicht mehr. Als ihr Sohn älter wurde, hatte er menschliche Nahrung immer weniger verdauen können und schließlich sofort ausgebrochen, wenn es mehr als ein Schluck oder ein Bissen war. Das mit der Pizza vor Quints Augen war eine Täuschung gewesen. Sami hatte ihr diesen Trick mal zum Spaß gezeigt: Er stopfte sich enthusiastisch den ganzen Mund voll, kaute und dann – sobald er außer Sicht war – leerte er seine Backentaschen wie ein Hamster.

Anscheinend waren andere Vampire fähig, von Menschen zu trinken und deren Erinnerung anschließend zu löschen. Aber Sami hatte nie herausgefunden, wie das vonstattenging, und sie selbst hatte davon sowieso keine Ahnung. Ihre Großmutter, die Landärztin, hatte es schon früh mit Blutkonserven für ihn versucht, aber das funktionierte leider nicht.

Jo hatte in ihrem Leben nur einen guten Vampir getroffen, die anderen trachteten danach, ihr Gedächtnis zu löschen oder sie gleich zu zerfleischen. Vielleicht waren Vampire ja alle Mörder und brachten die Menschen um, deren Blut sie tranken. Würde ihr Sohn auch zu einem Mörder werden?

Falls Quint ein Vampir war, war er hoffentlich eine Ausnahme, einer der Guten, und konnte endlich Licht in diese ganze Vampirsache bringen. Andererseits hatte der heutige Abend mit all seinen Andeutungen ihr bewiesen, dass Quint wohl weit und breit der Einzige war, der sie akzeptieren würde, und womöglich wären sie schon morgen auf der Flucht.

Sie hoffte inständig, dass Quint in der Lage war, Sami zu helfen, denn sie selbst war am Ende ihrer Kräfte und machte sich große Sorgen darüber, was aus Sami werden würde.

Sami – sie musste ihm unbedingt von den heutigen Entwicklungen erzählen. Und dann sollten sie schleunigst packen!

Doch noch während Sami von ihr trank und bevor sie ihm etwas sagen konnte, wurde ihr mit einem Mal schwarz vor Augen und ihr Oberkörper sackte zu Boden.

»Ma? Mama!«, hörte sie wie von Weitem ihren Sohn erschreckt rufen. »Scheiße, Mama! Du klappst schon wieder zusammen. Das kann nicht so weitergehen! Ich muss weg, gleich heute, sonst bringe ich dich noch um.«

Als Jo wieder aufwachte, blinzelte die Sonne von Westen in ihr Schlafzimmer. Ein Blick auf den Wecker bewies, dass es bereits spät am Nachmittag war. Sie hatte eine Ewigkeit geschlafen! Sami hatte sie wohl ins Bett getragen. Außerdem war er mal wieder so lieb gewesen, über die kleinen Schnitte und Schrammen ihrer Hände zu lecken, denn sie waren verschwunden, genau wie sein Biss an ihrem Handgelenk. Sami war schon immer sanft und rücksichtsvoll gewesen, genau wie sein Vater.

»Sami? Sami!«

Keine Antwort, nur Stille im Haus.

Sie schlug die Decke zurück und stand auf. Ihr wurde sofort schwarz vor Augen und sie sank wieder aufs Bett zurück. Beim dritten Anlauf klappte es schließlich und sie ging hinunter in sein liebevoll ausgebautes Kellerzimmer.

Sein Bett war unberührt. Er war tatsächlich noch in der Nacht gegangen. Ihr wurde schlecht vor Sorge, denn draußen schien seit Stunden die Sonne.

Wo hatte Sami Unterschlupf gefunden? Hatte er überhaupt rechtzeitig Schutz vor dem Sonnenlicht gefunden?

Sofort rief sie an – nur die Mailbox.

Sie schickte ihm eine SMS.

»Bin okay«, schrieb er zurück, das war alles!

Nach weiteren drei Anrufen, die nur auf seiner Mailbox landeten, schrieb sie noch eine SMS mit der Bitte, doch bei Sonnenuntergang nach Hause zu kommen. Als Antwort erhielt sie die SMS: »Ich muss das jetzt endlich allein schaffen, Mama.«

Mit Tränen in den Augen machte sie sich Kaffee. Wegen ihrer neuerlichen Blutspende sollte sie unbedingt gut essen. Sie musste sich jedoch dazu zwingen, denn durch die Angst um Sami war ihr der Appetit vergangen.

Da Sami beharrlich ihre Anrufe und SMS ignorierte, fuhr sie schließlich in den städtischen Zoo, um die Ausbesserungen vorzunehmen. Es war zwar schon spät am Nachmittag, aber da sie keinen festen Termin für die Reparatur vereinbart hatte und ihr eigener Herr war, stellte das kein Problem dar. Allerdings musste sie ihren Arbeiten wie jeder andere auch nachkommen, wenngleich sie sich die Zeit selbst einteilte. Und die Arbeit nahm leider keine Rücksicht auf ihre eigenen Sorgen.

Herbert, der Zoowärter, der sie hereinließ, war ein schludriger Faulenzer, der wieder mal an seinem Tablet zockte. Später musste er eigentlich die letzte Runde durch den Zoo laufen, aber sie vermutete, dass er die zwar in die Liste eintrug, aber mal wieder ausfallen lassen würde.

»Sind die Kodiakbären im Stall eingesperrt?«

»Weiß ich doch nicht. Das ist Aufgabe der Pfleger in der Tagesschicht.«

»Hey! Ich werde dort gleich Reparaturarbeiten am Wasserfall durchführen, also sieh gefälligst nach! Die haben Junge und werden sicher sauer, wenn ich ohne Einladung bei ihnen hereinspaziere!«

»Jetzt hab ich deinetwegen ein Leben verloren«, knurrte Herbert und fummelte an einem Monitor rum, bis ein Bild vom Bärenstall zu sehen war.

»Siehst du? Sie sind drin. Zufrieden?«

»Letztes Mal hat der Schließmechanismus nicht funktioniert, das Schloss ist nicht richtig eingerastet und später wieder aufgesprungen. Wurde das inzwischen repariert?«

»Woher soll ich das wissen? Da musst du tagsüber anrufen, wenn die Pfleger da sind und das Büro besetzt ist.«

»Könntest du das mal überprüfen?«

»Spinnst du? Ich rüttle doch nicht am Gitter, jetzt, wo die mit ihrem Nachwuchs so aggressiv sind! Wenn einer von denen mit seiner Pranke durchs Gitter schlägt, ist meine Hand Hackfleisch. Nein, nein. Das ist Sache der Pfleger, dafür werde ich nicht bezahlt. Und ich werde eh schon schlecht bezahlt.«

»Und was ist mit dem Bärenmännchen? Diesem Prachtexemplar mit über 500 Kilo, das sie nachts immer rauslassen, wenn die anderen drin sind?«

»Du meinst unseren potenten Samenspender, den wir ausgeliehen haben? Der sollte heute zurücktransportiert worden sein.«

»Sollte?«

Gleich würde sie Herbert an die Gurgel springen!

Mürrisch schaltete Herbert auf ein anderes Kamerabild. Der Käfig war leer, das Stroh sah unbenutzt aus.

»Da, siehst du? Der ist weg.«

Sie kritzelte ihm ihre Handynummer auf einen Zettel.

»Bitte überprüf das nochmal und melde dich, wenn der Bär doch noch da ist, ja? Hier ist meine Nummer. Ich mische inzwischen schon mal den Beton an.«

»Ja, mach ich gleich«, sagte Herbert schlecht gelaunt. »Mann! Jetzt bin ich deinetwegen schon wieder abgeschossen worden.«

Jo biss die Zähne zusammen, denn wäre das ihr Angestellter, wäre er schon längst rausgeflogen. Aber so schnappte sie sich nur eines der Schlüsselpaare für das Bärengehege und machte sich auf den Weg.

Kapitel 40

Nachdem sie den Beton angemischt und die beiden Eimer samt Werkzeug in eine Schubkarre geladen hatte, ging sie zum Bärengehege. Dort angekommen, zählte sie zunächst die Bären im Stall. Mutter und Jungtiere waren vollzählig, also trat sie ein.

Eigentlich reagierte die Bärin mit ihren Jungen aggressiv, wenn jemand ihr und den Jungen zu nah kam. Jo baute jedoch – entgegen jeder Logik – immer Blickkontakt zu ihr auf und dadurch beruhigte sich das Tier, ja mehr noch, es schien ihr auf merkwürdige Art zugetan zu sein. So war es auch bei den Eisbären und bei dem bengalischen Tiger. Die Bärenmutter kam sogar friedlich an das Tor zum Außengehege getrottet, als ob sie gestreichelt oder gefüttert werden wollte.

Es hatte sie schon immer gereizt, diese Bärin mal zu streicheln, ebenso wie den Puma von Quint, aber auch jetzt hörte sie auf ihren Verstand.

Leider war das Muttertier nun auch zu nah an den Stäben aus Stahl, als dass sie noch am Tor hätte rütteln können, um zu überprüfen, ob es nicht wieder aufsprang. Die Bärin würde sie ohne Weiteres durch die Gitter mit einer Pranke erwischen, also ging sie lieber kein Risiko ein. ›Sicher ist sicher‹, sagte Quint doch immer und bei diesem Gedanken musste sie lächeln. Sie freute sich darauf, endlich reinen Tisch zu machen und keine Geheimnisse mehr vor ihm haben zu müssen. Und vielleicht wäre Samis Problem ja dadurch auch bald gelöst.

Mittlerweile war die Sonne untergegangen. Sie schaltete das Flutlicht ein und betrat mit einem Lächeln das Juwel ihrer Umbauarbeiten. Hier hatte man sie die meisten ihrer Ideen umsetzen lassen und all ihr Herzblut lag darin: Sie hatte ein Waldgelände mit Laub- und Nadelbäumen, Unterholz und einigen »umgestürzten« Baumstämmen geschaffen. Mit einem Bagger hatte sie das ehemals ebene Gelände hügeliger gestaltet und sogar eine Höhle aus echten Felsblöcken angelegt. Jetzt sah das

Außengehege authentisch aus und zudem boten das Unterholz und die Höhle den Tieren einen Sichtschutz vor den Besuchern. Sie liebte Raubtiere und hatte hier immer besonders gerne gearbeitet. Die Krönung der Bärenanlage war der von ihr angelegte Wasserfall mit dem dazugehörigen Wasserlauf. Den Pflegern hatte das so gut gefallen, dass sie – zur Begeisterung der Besucher – im Bachlauf sogar Fische zur Fütterung deponierten. Die mächtigen Kodiaks, die zu den größten Landraubtieren der Erde zählten und bis zu drei Meter groß wurden, »fischten« mit Vergnügen im Wasserlauf und kletterten – ungeplanterweise – auch auf den Steinhügel, von dem der Wasserfall sich ergoss. Dabei wirkten jedoch enorme Kräfte auf die natürlichen Steine und Steinplatten, aus denen sie dort alles konstruiert hatte. Einige hatten sich gelockert, andere waren sogar aus ihrem Betonbett herausgebrochen. Die musste sie heute neu einbetonieren und zwar so gründlich, dass sie einer Kletterpartie der Bären standhielten.

In dem Bärengehege kam es ihr so vor, als würde sie in einem echten Wald stehen, und diese Umgebung tat ihrer Seele gut. Sie vertiefte sich in ihre Arbeit und merkte gar nicht, wie schnell die Zeit verging. Sie war fast fertig, als Quint vor dem Außenzaun stand, dort, wo ein öffentlicher Radweg einige Meter ohne Sichtschutz am Gelände des Zoos vorbeiführte.

Sie arbeitete gerade oben am Wasserfall und winkte ihm zu.

»Brauchst du noch lange?«, rief er.

»Ich bin fast fertig. Wenn du mir hilfst, die Eimer und das Werkzeug auszuspülen, geht es noch schneller und wir können endlich miteinander reden – wirklich reden.«

»Wie komme ich zu dir rein?«

Sie stemmte die Hände in die Hüften und hob eine Augenbraue.

»Du könntest ganz außen herumgehen und Herbert, den Wächter fragen, ob er dich hereinlässt und zu mir bringt. Ob er das tut, ist fraglich. Oder du sparst dir die Mühe und springst einfach über den Zaun. Schluss mit den Geheimnissen, Quint.«

Zwischen dem Gehege und Quint lag der Außenzaun mit über zwei Metern, dann ein stabiles Innengitter und noch ein für Bären unüberwindlicher Graben. Mit einem Grinsen fügte sie hinzu. »Du landest direkt in einem Raubtierkäfig, das wäre doch passend, oder?«

Sie war so gut wie sicher, dass Quint ein Vampir war, doch sie wollte endlich einen unumstößlichen Beweis. Ihr Magen kribbelte vor Aufregung, als sie seine Reaktion abwartete. Sie zwang ihn ja, sich zu offenbaren, und im Grunde rechnete sie mit allem, von aggressiv misstrauisch bis amüsiert ...

Quints Mundwinkel zuckten, zumindest wirkte es aus der Entfernung so, dann wurde ein breites Grinsen daraus.

»Wenn ich reinkomme, dann wirst du meine Beute sein und ich lasse dich nicht mehr gehen.«

Herausgefordert hob sie eine Augenbraue.

»Wer sagt dir, dass das keine Falle ist und du nicht meine Beute wirst? Ich fange dich in einem Raubtierkäfig und lasse dich erst wieder frei, wenn du mir aus der Hand frisst und alle Geheimnisse preisgibst.«

»Das werden wir ja sehen!«

Es machte Spaß, mit ihm so unbeschwert zu scherzen, trotz all der Probleme, die ihnen im Nacken saßen.

Sie grinste ihn an und rief: »Sprücheklopfer!«

Quint beäugte die Zäune und den Graben, dann wich er einige Schritte zurück und nahm Anlauf.

Sein Sprung war gewaltig!

Kein Mensch würde das schaffen.

Sie ließ ihre Kelle mit dem kleinen Batzen Beton in den Eimer neben ihr fallen.

Bei der Landung federte Quint sich ab, in dem er in die Knie ging, das war schon alles. Dann kam er mit geschmeidigen kleinen Sprüngen seitlich am Wasserfall hoch, der während ihrer Reparatur trocken war.

»Ich bin also jetzt deine Beute, Vampir?«, fragte sie mit einem Lächeln.

»Jep.« Und wie zum Beweis zeigte er seine Fangzähne und hob eine Augenbraue. »Keine Angst?«

»Ich bin die Beute eines tödlichen Monsters mit übernatürlichen Kräften. Ich sollte Angst haben, aber du hast mir gesagt, du bist einer der Guten.«

Ihr Herz pochte wild in ihrer Brust.

Bitte, bitte, lieber Gott, lass ihn einen der Guten sein.

Er lege seine starken Hände sanft an ihre Wangen und schaute ihr tief in die Augen. »Ich bin einer der Guten, Josephine und vielleicht bin ich ja auch deine Beute. Weißt du eigentlich, zu was deine Augen in der Lage sind?«

Unsicher schüttelte sie den Kopf. »Nicht wirklich. Manchmal, wenn ich Tiere – Raubtiere – ansehe, dann verändert sich ihr Verhalten.«

»Die goldenen Strahlen in deiner Iris leuchten auf, so wie jetzt, und sie besänftigen jedes Raubtier, mich eingeschlossen.«

»Wirklich?«

»Wirklich. Egal wie wütend oder aggressiv ich bin, wenn deine Augen aufleuchten, wird alles in mir ruhig und will dich beschützen.«

»Und ist das gut?«

»Um ehrlich zu sein, hatte ich am Anfang Angst vor dir und dem, was du mit mir anstellst, ohne dass ich mich dagegen wehren konnte. Aber …«

»Aber?«

»Es tut gut. Über die Jahre sind Hass, Schuld und Misstrauen zu einem brennenden Feuer geworden, dass mich innerlich auffrisst. Du bist im Stande, dieses Feuer zu löschen, wie auch immer du das anstellst.«

»Ich weiß nicht, wie, glaub mir. Aber vielleicht ist es ja einfach nur – Liebe?«

»Vielleicht«, sagte er nachdenklich. »Zumindest habe ich durch dich erfahren, zu was man aus Liebe bereit sein kann. Heute verstehe ich meinen Bruder.«

»Und das ist gut?«

»Ja. Weißt du, ich stand meinem Bruder sehr nahe, aber wegen einer Frau hat er unsere Familie verlassen und ist untergetaucht. Mein Bruder könnte heute noch leben, wäre er geflohen und hätte nicht sein Leben für das seiner Freundin geopfert. Das war der Grund, warum ich nicht nur diese, sondern alle Frauen dafür gehasst habe.«

»Und deswegen bist du auch so misstrauisch geworden?«

»Vermutlich. – Es war damals so leicht, einfach dieser Frau die Schuld am Tod meines Bruders zu geben, obwohl es genauso meine eigene war. Aber heute weiß ich, dass ich ebenso gehandelt hätte. Mein Hass war falsch und ungerecht, ich versuche, ihn loszulassen, aber das ist schwer. Mit dir zusammen zu sein, hilft mir dabei.«

Er neigte seinen Kopf zu ihr hinunter, strich mit seiner Zunge über ihre Lippen und küsste sie sanft.

Quint hatte soeben seine harte Schale für sie aufgebrochen und das Vertrauen, dass er ihr damit entgegenbrachte, wärmte ihr Herz und band sie noch stärker an ihn. Nach diesem innigen Band zwischen ihnen hatte sie sich gesehnt und wie zur Antwort schloss sie ihre Arme um seine Taille und schmiegte sich eng an ihn. Sein warmer, männlicher Körper versprach ihr Geborgenheit und Schutz. Sie wünschte sich, die ganze Welt mit all ihren Problemen bliebe stehen, um diesen Moment andauern zu lassen.

Doch leider wurde der letzte Eimer Beton, den sie vorher angerührt hatte, langsam hart.

Sie löste sich ein Stück von ihm.

»Ich muss die letzten Steine hier oben einbetonieren, dann bin ich fertig. Und ich sollte unbedingt Sami anrufen. Das wird eine Überraschung für dich.«

»Eine Überraschung?«

Sogleich sprach Skepsis aus seinen Augen, aber irgendwann würde er schon noch lernen, ihr zu vertrauen.

»Wird nicht verraten, sonst wäre es ja keine.«

Quint hob eine Augenbraue und drohte mit einem amüsierten Grinsen: »Ich könnte dich foltern, um es herauszubekommen.«

»Oder du könntest mein Zeug da unten auswaschen.« Sie schüttelte lächelnd den Kopf. »Du warst bestimmt eines dieser ungezogenen Kinder, die ihre Weihnachtsgeschenke schon heimlich früher ausgepackt haben, oder?«

Quint lächelte schief. »Ich hab's zumindest versucht.«

Dann sprang er mit einem gewaltigen Satz nach unten. Sie erklärte ihm, wo außerhalb des Geheges der Wasserschlauch hing, und warf ihm den Schlüssel zu.

Durch das lange Stehen wurde ihr schon wieder schwarz vor Augen, so ging das schon seit sie wach war. Sie kniete sich hin, stützte sich mit den Armen ab und atmete ein paarmal tief durch, dann arbeitete sie weiter. Bald war sie fertig und kletterte mit dem kleinen Eimer und der Kelle rückwärts den Wasserfall hinunter. In ihrem Rücken hörte sie Schritte, nein, ein dumpfes Tapsen, Schnaufen, Knurren. Nichts Gutes ahnend blickte sie über ihre Schulter. Zwischen ihr und dem Ausgang stand die Bärenmutter mit ihren drei Jungen. Langsam, ganz langsam drehte sie sich um.

Eines der Jungtiere war schon nah an ihren Wasserfall gelaufen. Die Bärin überholte ihr Junges, brachte sich damit schützend zwischen Jo und ihren Nachwuchs. Das Tier ging auf die Hinterbeine und brüllte eine Drohung.

Gab es etwas Gefährlicheres als eine Bärenmutter, die ihre Jungen in Gefahr sah?

Wieder nach oben auf den Wasserfall zu klettern, würde ihr leider nicht helfen, denn die Bärin wäre darin sogar besser als sie. Deshalb verharrte Jo, als wäre sie versteinert, und versuchte, Blickkontakt mit dem Muttertier aufzubauen. Hoffentlich hatte Quint recht mit ihrer Wirkung auf Raubtiere. – Waren Bären überhaupt Raubtiere?

Es funktionierte tatsächlich! Die Bärenmutter plumpste auf alle viere zurück und schwankte zunächst unsicher mit dem Kopf hin und her. Dann entspannte sich die Bärin jedoch und suchte den Boden nach Futterresten ab.

Ganz langsam kletterte Jo mit dem Gesicht zur Bärin den Wasserfall hinunter. Um sich in Sicherheit zu bringen, müsste sie jetzt nur noch langsam und unbedrohlich zum Ausgang gehen – vorbei an einer Bärin, die bestimmt dreimal schwerer war als sie und vermutlich sogar schneller. Ausgerechnet jetzt wurde ihr wieder schwarz vor Augen ...

Quint war fertig mit Auswaschen und hatte das Werkzeug und die Bottiche bereits in Jos VW-Bulli geräumt. Er schloss gerade das Bärengehege wieder auf und hoffte, dass Jo mit ihrer Arbeit inzwischen auch fertig war.

Er hatte tagsüber alles gepackt, was ihm wichtig war, und Agnus um Urlaub gebeten. Der schien sogar froh darüber. Direkt nach Sonnenuntergang hatte er noch schnell das Tipi für Alice aufgebaut. Anschließend hatte er sein Zeug, die Flugtickets, eine große Summe Bargeld und die gefälschten Pässe unter falschem Namen in einem Motel deponiert.

Der Lärm, den die Affen im Gehege nebenan schon die ganze Zeit veranstalteten, war ohrenbetäubend. Vermutlich spürten sie das Raubtier in ihm und drehten deshalb so durch. Ein Schwerhöriger würde im Moment wahrscheinlich besser hören als er und seine feine Vampirnase war durch den Gestank des Misthaufens am Eingang des Bärengeheges völlig blockiert.

Kaum war er ein paar Schritte im Gehege gegangen, da gefror ihm das Blut in seinen Adern.

Am Fuß des trockenen Wasserfalls lag Jo, leichenblass, und rührte sich nicht. Über ihr stand eine ausgewachsene Kodiakbärin und leckte über ihr Gesicht, während drei Jungtiere um sie herumtollten. Eine Bärenmutter, die ihre Jungen verteidigte, davor hatte ihn sein Vater schon als Kind gewarnt, und das, obwohl sie Vampire waren.

Durch den Lärm konnte er noch nicht mal Jos Herzschlag hören, aber ihr Brustkorb hob und senkte sich – wenigstens war sie am Leben. Doch die Bärin mit ihrem kräftigen Kiefer bräuchte nur einmal in Jos Genick beißen und sie wäre tot. Dann würde kein Vampirblut der Welt mehr helfen.

Ohne nachzudenken, schnappte er sich einen Eimer und die Mistgabel, die an der Wand zum Stall standen, und machte Lärm. Erschrocken wandte sich die Bärin der mutmaßlichen Gefahr zu. Das Muttertier lief einige Schritte auf ihn zu, wahrte aber einen gewissen Abstand zu ihm und erhob sich dann auf ihre Hinterläufe. Die Weibchen waren zwar kleiner als die Männchen, aber stattliche 200 Kilo würde dieser Kodiak trotzdem auf die Waage bringen. Quint blickte zu Jo, musterte ihren Körper. Sie sah unverletzt aus. Und er roch auch kein Blut von ihr, aber seine Nase war ohnehin blockiert.

Was war nur passiert?

Er zog seine Pistole und wartete. Eine erschossene Bärin im Zoo war schlecht zu erklären und erregte Aufmerksamkeit. Aufmerksamkeit, die ein Vampir nicht riskieren durfte, aber Josephines Leben wäre ihm viel wichtiger.

Unerwartet ging die Bärin vor ihm wieder auf alle viere, sie sah verunsichert aus, schaute zu ihren Jungen, dann wieder zu ihm. Mit der Mistgabel und dem Eimer wirkte er vielleicht wie ein Pfleger. Sobald er aber versuchte, um sie herum zu Jo zu gehen, stellte sich ihm die Bärenmutter erneut in den Weg.

Wollte sie Jo etwa beschützen?

Hatte das mit der Wirkung von Jos Augen zu tun?

Falls dem so wäre und er seine Geschwindigkeit nutzte, um an dem Tier vorbei zu Jo zu laufen, dann würde sie ihn wahrscheinlich angreifen und er müsste das Muttertier erschießen. Also entschied er sich, die Bärin in den hinteren Teil des Geheges zu treiben und Jo dann rauszubringen.

Ein bisschen Lärm mit dem Eimer, aber nicht zu viel, das schien zu wirken. In der freien Natur wäre das sicher unmöglich gewesen, doch dieses Tier war bestimmt mit Pflegern aufgewachsen und deshalb so zu händeln.

Als die Bärengruppe am Ende des Geheges angelangt war, zog er sich, sein Gesicht der Bärin zugewandt, zurück. Das Kreischen der Affen erreichte einen neuen Höhepunkt und machte ihn taub, deshalb hörte er nichts und erkannte die Gefahr zu spät, die in der Höhle lauerte, an der er gerade rückwärts vorbeiging.

Wie ein Vorschlaghammer traf ihn die mächtige Pranke eines Bären und er verlor sofort das Bewusstsein.

Kapitel 41

Josephine wurde vom zornigen Brüllen eines Bären geweckt. Das musste das Bärenmännchen sein! Es war doch noch da, und zwar im Außengehege!

Alarmiert rappelte sie sich auf und ging mit wackligen Beinen in Richtung Ausgang.

»Quint! Bist du hier drin? Falls ja, musst du sofort raus! Das Bärenmännchen ist frei! Quint?«

Er hätte sie hören müssen. Warum antwortete er nicht?

Einer bösen Ahnung folgend und entgegen jeder Vernunft rannte sie dem tierischen Gebrüll entgegen.

Quint lag wie tot im Gras. Blutende Furchen von Krallen zogen sich quer über seinen Rücken. Das Kodiakmännchen mit gut einer halben Tonne Gewicht stand direkt neben ihm und hatte sich auf seinen Hinterläufen zu einer Größe von mehr als drei Metern aufgerichtet.

Da, Quints Hände regten sich, als wollte er aufstehen. Im gleichen Moment plumpste das Männchen jedoch auf alle viere, biss ihm mit seinem kräftigen Kiefer ins Genick und schüttelte ihn. Blut lief Quint aus dem Nacken, färbte seine Haare rot und lief ihm über den Rücken. Es sah so aus, als wäre er nur noch eine leblose Puppe, die durchgeschüttelt wurde.

Jo schrie auf.

Ohne es zu wollen, hatte sie sofort wieder das eine Bild aus ihrer zurückgekehrten Erinnerung vor Augen: *Er*, wie er blutüberströmt am Boden lag, und ein Monster mit Fangzähnen dabei war, ihn zu zerfleischen.

»Nein!«

Nie wieder wollte sie auf diese Art einen geliebten Mann verlieren! Nicht, solange noch ein Tropfen Blut in ihren Adern floss!

»Lass ihn los, du Biest!«, brüllte sie und warf einen Stein nach dem Bären.

Der Bär ließ abrupt von Quint ab und rannte auf sie zu, richtete sich vor ihr wieder auf die Hinterbeine auf.

Das Tier war riesig! Eine zornige Masse aus braunem Fell und ein Brüllen, das ihr durch Mark und Bein ging.

Hatte sie gerade den größten Fehler ihres Lebens begangen?

Schweiß brach in Sekundenschnelle auf ihrem ganzen Körper aus. Ihr Herz schlug wie eine Trommel. Erstarrt stand sie da und blickte verzweifelt in die wilden, braunen Augen des Kodiak.

Sekunden dehnten sich zu einer Ewigkeit.

Mit einem Donnern fielen die Vorderfüße des Bären auf den Boden. Sie zuckte zusammen, versuchte aber weiter, ihm direkt in die Augen zu sehen.

Das mächtige Tier wiegte den Oberkörper hin und her, als ob es nicht wüsste, was es tun sollte. Dann endlich trottete der Bär zurück in die Höhle.

Jo rannte zu Quint. Er lag wie tot auf dem Bauch, sein Flanellhemd und sein Rippenshirt waren von Klauen zerrissen. Die Furchen waren tief, aber wenigstens hörten sie auf zu bluten. Mit zitternden Händen strich sie ihm vorsichtig die blutverklebten Locken im Nacken zur Seite. Die tiefe Bisswunde im Nacken war dort, wo die Wirbelsäule verlief. Blut sickerte heraus, immerhin kein arterielles, es sei denn, er war schon fast ausgeblutet. Ihre zitternden Finger fühlten nach seinem Puls am Hals. Er war da. Gott sei Dank!

»Quint?«, flüsterte sie, um den Bären nicht erneut aufzuscheuchen. »Quint, kannst du dich bewegen?«

Keine Antwort und nicht die kleinste Regung.

Was, um Himmels willen, sollte sie jetzt nur tun? Jederzeit konnte das Bärenmännchen oder das Muttertier wieder auftauchen. Aber wie sollte sie einen Mann transportieren, der an die hundert Kilo schwer war, dazu vermutlich eine Verletzung an der Wirbelsäule hatte und ohne entsprechende Stabilisierung bestimmt nicht bewegt werden durfte? Sie traute sich ja noch nicht mal, ihn auf den Rücken zu drehen! Verzweifelt schickte sie ein Stoßgebet zum Himmel, während Tränen in Strömen ihre Wangen herabliefen.

»Quint, bitte, stirb mir hier nicht«, flehte sie mit leiser Stimme. »Endlich haben wir zueinandergefunden, und jetzt das. Bitte, lass mich nicht allein. Nicht schon wieder.«

»Ma? Ma, wo bist du?«, hörte sie plötzlich Sami von irgendwoher rufen.

»Hier hinten bei der Höhle im Bärengehege. Bitte komm schnell, Sami, Quint ist schwer verletzt. Aber sei leise, die Bären sind frei.«

»Scheiße!«, hörte sie ihn schimpfen. Sekunden später war er bei ihr.

»Er ist ein Vampir, Sami. Alles andere erkläre ich dir später. Jetzt müssen wir ihn schleunigst hier rausbringen. Aber er hat vermutlich eine Verletzung im Genick, am Wirbel, keine Ahnung.«

»Wenn er ein Vampir ist, brauchst du dir keine Sorgen machen, Mama.«

»Aber wenn sein Genick bricht, während wir ihn wie einen Sack Kartoffeln rausschleppen, heilt das dann auch?«

Sami fasste sich an den Nacken.

»Ausprobieren würde ich es lieber nicht.«

»Wie kommt es überhaupt, dass du hier bist, Sami? Ich wollte dich anrufen und dir sagen, dass Quint ein Vampir ist, aber es war besetzt.«

»Ja, das war, weil Quint mich vorhin selbst angerufen hat. Er sagte, ihr seid im Zoo und wärt beide gleich fertig. Ich sollte herkommen, weil er mir etwas Wichtiges zu sagen hat. Dann ist die Katze also aus dem Sack?«

»Ja, und jetzt lass uns überlegen, wie wir ihn wegtransportieren.«

Nach kurzer Überlegung stabilisierte sie Quints Nacken, so gut es eben ging, während Sami ihn trug. Für Sami als Vampir war Quints Gewicht zum Glück kein Problem. Bis sie an ihrem VW-Bulli ankamen, war sie schweißgebadet aus lauter Angst, jeden Moment könnte ein Halswirbel brechen. Auch als ihr Sohn Quint hinten in den Bulli legte, wagte sie nicht, seinen Nacken auch nur für eine Sekunde loszulassen.

»Sami, du fährst.«

»Endlich mal. Wohin?«

»Ins Krankenhaus können wir nicht, er ist ein Vampir. Bei sich haben sie auch eine Ärztin, aber Quint wollte noch nicht mal, dass ich da heute arbeiten gehe. Also fahren wir zu uns nach Hause. Aber halte an der nächsten Apotheke, die Nachtdienst hat. Wir kaufen so ein Ding, mit der Sanitäter die Halswirbelsäule für den Transport stabilisieren.«

»Du meinst einen Stifneck?«

»Wie auch immer das heißt.«

Quint schlug die Augen auf und starrte an eine fremde Decke. Noch einmal aufzuwachen – damit hatte er eigentlich gar nicht gerechnet. Denn das Letzte, an das er sich erinnerte, war das Knacken gewesen, als der mächtige Kiefer des Bären sich um seinen Nacken geschlossen hatte.

Sein Kopf fühlte sich an, als ob er jeden Moment explodieren würde. Er versuchte sich aufzusetzen und stellte mit Entsetzen fest, dass er nicht in der Lage war, sich zu bewegen.

Was war mit Josephine geschehen? War sie unversehrt aus dem Bärengehege entkommen? Dieser Bär, der ihn angegriffen hatte, was, wenn er Jo gefunden hatte, ohnmächtig mit geschlossenen Augen?

»Jo!«, wollte er schreien, aber aus seiner Kehle drang kein Laut. Er probierte, seinen Kopf zu drehen, sich umzusehen, ob sie vielleicht in der Nähe war oder irgendjemand – aber auch das gelang ihm nicht.

Wo immer er auch war, er war völlig hilflos!

Und mit Jo konnte alles Mögliche geschehen sein.

Grenzenlose Panik stieg in ihm auf.

Furcht und Sorge ließen ihn beinahe irre werden. Immer wieder versuchte er aufzustehen und zu schreien.

Nichts geschah.

Er war in seinem eigenen, völlig gefühllosen Körper gefangen, nur in der Lage, seine Augen zu öffnen und zu schließen.

Schritte. Jemand näherte sich.

Wenigstens konnte er etwas hören.

Jos Gesicht tauchte vor ihm auf. Sie war am Leben!

Am liebsten hätte er vor Freude gejubelt!

Und um ehrlich zu sein, war er heilfroh, mit seiner Panik in dieser hilflosen Lage nicht mehr allein zu sein.

»Quint! Gott sei Dank, du bist wach!«

Sie beugte sich zu ihm hinunter und küsste ihn auf die Lippen. Er spürte nichts. Doch allein die Tatsache ließ ihn ruhiger werden. Erleichtert schloss er kurz die Augen.

»Du warst stundenlang bewusstlos. Wie geht es dir?«

Er war nur in der Lage, sie anzusehen und ihre Worte zu hören, mehr nicht. Also musterte er wenigstens ihren Körper mit seinen Augen, soweit das überhaupt ging, denn sein Kopf ließ sich ja nicht bewegen. Sie schien tatsächlich unverletzt aus dem Gehege herausgekommen zu sein. Gott sei Dank!

Wenn er Jo doch nur fragen könnte, was geschehen war! Aber Jo war nicht dumm und merkte schnell, was mit ihm los war. Sie begann zu erzählen, in welcher Situation sie ihn gefunden hatte.

»... Er hat dich an der Wirbelsäule erwischt, das ist vermutlich der Grund ...«

Sie stockte mitten im Satz. Tränen stiegen ihr in die Augen, doch sie kämpfte sie tapfer zurück.

»Okay, einmal Zwinkern für Ja, zweimal Zwinkern für Nein.«

Sie griff nach seiner Hand, was er nicht spürte, und hielt sie mit beiden von ihren fest, küsste sie und hielt sie an ihre Wange.

»Erinnerst du dich daran, wer du bist und wer ich bin?«

Er zwinkerte einmal. Ein Ausdruck der Erleichterung spiegelte sich in ihrem Gesicht, während ihr eine Träne die Wange herunterlief.

»Hast du Schmerzen?«

Zweimal Zwinkern.

»Gut, das ist gut«, sagte sie und küsste erneut seine Hand.

Jo erklärte ihm, was danach passierte und vermutlich sah sie die Besorgnis in seinen Augen, denn sie ergänzte: »Ich bin völlig unverletzt, Quint. Mach dir keine Sorgen um mich. Die Bärin hat mich nicht angegriffen, ich bin nur in Ohnmacht gefallen. Mir ist gestern ständig schwarz vor Augen geworden. Sami ist vielleicht in einer Art Wachstumsschub und trinkt wohl zu viel Blut von mir. Leider reicht es ihm trotzdem nicht.«

Was? Sami trank ihr Blut?

Sie erahnte seine Frage wohl.

»Ja, Sami ist ein Vampir, wie du. Das ist mein Geheimnis. Ich konnte es dir nicht sagen, bis ich mir ganz sicher war, dass ich dir das Leben meines Sohnes anvertrauen kann. Das kann ich doch, oder?«

Er schloss die Augen einmal für ein Ja.

»Ich war auf der Flucht, habe mich versteckt, meine Identität geändert, alles getan, damit seine Vampirnatur und ich selbst unentdeckt bleiben.«

Auf der Flucht vor wem? War Raúl hinter ihr her?

Jetzt ergab es auch einen Sinn, dass Snake sie in die Finger bekommen wollte. Raúl hatte vielleicht ein Kopfgeld für Jo ausgesetzt, wenn sie vor ihm auf der Flucht war. War Sami der Sohn dieses Blutfürsten? Aber Jo hatte doch keine Blüte der Ewigkeit an sich wie jede Symbiontin! Und Snake hatte bestimmt gründlich nachgesehen, schließlich ging es dabei ums Geschäft und hohe Summen.

Aber nur Symbiontinnen waren in der Lage, mit Vampiren Nachwuchs zu zeugen. War er dann vielleicht der Sohn einer Verwandten? Hatte sie ihn als Waisen großgezogen?

»Ich glaube, neben Sami bist du der einzig gute Vampir«, unterbrach sie seine Gedanken. »Und da wir gerade beim Beichten sind: Ich habe mich mit einem sehr mächtigen Mann angelegt. Aber ich habe meinen Auftrag erfüllt und bekomme dafür hoffentlich heute noch mein Geld, viel Geld. Damit können wir untertauchen, denn sie werden hinter uns her sein, auch hinter dir, wenn ich alles richtig verstanden habe. Ich muss gleich los, um die Beweise vorzulegen. Und, ach ja, ich brauche auch noch ein Foto von dir.«

Sie zückte ihr Handy und schoss ein Bild von ihm.

»Hab keine Angst, ich halte dich aus allem raus. Hier drin bist du sicher. Das ist Samis Zimmer im Keller, hier kommt kein Tageslicht herein. Und im restlichen Haus habe ich alle Sonnenschutzrollos heruntergelassen und die Vorhänge zugezogen. Das wenige UV-Licht, das noch durchkommt, ist ungefährlich für Sami und dich.«

Sie streichelte ihm über die Wange, küsste ihn auf die Stirn. Letzteres spürte er und schloss dankbar für dieses kleine Gefühl die Augen.

»Brauchst du Blut, Quint?«, fragte sie besorgt.

Er war noch nicht mal im Stande seine Kiefer zu bewegen oder zu schlucken, also war seine Antwort nein. Außerdem würde er keinesfalls von ihr trinken, so schlecht, wie sie aussah: blass wie ein Leichentuch. Hätte er gewusst, dass sie einem heranwachsenden Vampir Nahrung gab, hätte er in den vergangenen Tagen nie von ihr getrunken! Kein Wunder, dass sie zusammengebrochen war.

»Quint, ich muss dich noch etwas fragen.«

Ihrem Gesichtsausdruck nach zu urteilen, quälte sie diese Frage. – Worauf man auf einmal achtete, wenn man nichts mehr tun konnte, außer zu sehen und zu hören!

Um sie zu ermutigen, bejahte er mit einem Zwinkern.

»Muss ein Vampir töten, um zu überleben?« Bei diesem Satz traten erneut Tränen in ihre Augen. »Ich will nicht ...« Sie stockte und schluckte. »Ich kann Sami einfach nicht mehr genug geben und ich will nicht – will nicht, dass mein Sohn ein kaltblütiger Mörder werden muss, um zu überleben. Das wäre schrecklich.«

Um Gottes willen, nein! Er schloss zur Antwort zweimal die Augen. Kein Mensch musste sterben, wenn ein Vampir von ihm trank.

»Das ist gut. Das ist wirklich gut«, sagte sie mit Tränen in den Augen und rang sich ein Lächeln ab.

Es musste hart für Jo sein, ganz allein mit einem Vampirjungen dazustehen und ihn großzuziehen. Hätte er das doch nur früher gewusst! Anscheinend hatte Sami keinen Vater, der ihm alles beigebracht hatte, zum Beispiel, wie man die Erinnerung eines Menschen löschte. Oder war Sami bei den Gesetzlosen aufgewachsen, die ihre menschliche Beute oft bis zum allerletzten Blutstropfen aussaugten? Kein Wunder, dass Jo fliehen wollte, wenn sie mit denen zu tun hatte!

»Sami hat den Tag heute wieder nicht hier zu Hause verbracht. Stell dir vor, er hatte Angst, dass er mich umbringt. Das würde er nie tun, ich kenne ihn. Aber ich mache mir große Sorgen um ihn. Er hat furchtbare Krämpfe. Ich habe Angst, dass er etwas Dummes tut. Ich hoffe so sehr, du kannst ihm helfen.«

Jo verlor den Kampf gegen ihre Tränen.

Kein Wunder, diese Krämpfe waren furchtbar. Schon dabei zuzusehen, musste eine Qual für Jo sein. Und sie hatten schon manchen Vampir die Kontrolle verlieren und einen Menschen töten lassen. Sami schien sehr verantwortungsvoll zu sein, wenn er den Schutz vor dem Sonnenlicht im eigenen Haus aufgab, nur um seine Mutter nicht zu gefährden. Falls Jos Sohn sich weiterhin tapfer beherrschte, aber keinen Spender fand, würde er einen grausamen Tod sterben. Und ausgerechnet jetzt, wo Jo und Sami ihn so dringend brauchten, konnte er nichts für sie tun! Warum jetzt?

Wenn er Jo doch wenigstens in den Arm nehmen und sie trösten könnte, ihr sagen, dass er Sami helfen würde.

Und dann ging ihm ein Licht auf. Sami – war er womöglich der junge Vampir, nach dem er die ganze Zeit gesucht hatte?

Bei ihrer ersten Begegnung hatte Sami ihn vermutlich nicht erkannt, weil durch den Motorradhelm sein Gesicht nicht zu erkennen und seine Stimme verfremdet gewesen war. Und er hatte den jungen Vampir nicht identifiziert, weil der über die Gabe verfügte, sein Gesicht zu tarnen. Sami durfte aber auf keinen Fall einen Menschen töten, sonst wäre das Tribunal hinter ihm her! Aber wenn er schon so schlimme Krämpfe hatte und in diesem Zustand über jemanden herfiel ...

Während er noch in Gedanken war, erklärte Jo ihm: »Ich habe mit meiner Großmutter auf den Kanalinseln telefoniert, sie ist pensionierte Ärztin und meint, ich habe alles getan, was man ohne Operation für dich tun kann. Wir haben deine Wirbelsäule vorsichtig gerade ausgerichtet und mit diesem Stifneck stabilisiert. Ich hoffe, dass deine Vampirnatur in der Lage ist, dich zu heilen. Oder soll ich dich lieber in ein Krankenhaus bringen?«

Er verneinte sofort.

»Ich weiß, die Gefahr, als Vampir entdeckt zu werden und in einem Versuchslabor zu enden, ist einfach zu groß. Wegen Sami bin ich deswegen auch immer sehr vorsichtig gewesen. Aber es macht einsam. Mit niemandem kann man seine Sorgen teilen, nicht mit anderen Müttern tagsüber auf den Spielplatz gehen und Freunde hat Sami auch kaum gehabt. Dafür haben ihn seine Urgroßeltern von ganzem Herzen geliebt.«

Jo wischte sich die Tränen vom Gesicht und versuchte wieder, stark zu sein. Arme Jo, musste immer stark sein. Sobald er wieder fit war, würde er für sie stark sein.

»Deine Wunden am Rücken haben sich ziemlich schnell geschlossen. Zuvor hatten wir sie aber ausgewaschen und desinfiziert, obwohl Letzteres vermutlich überflüssig war. Aber sicher ist sicher, sagst du ja immer selbst.«

Jo zwang sich zu einem Lächeln. Tapfere Jo – dabei sah er ihr genau an, welche großen Sorgen sie sich nicht nur um Sami, sondern auch um ihn machte.

»Quint, ich habe hier eine Nadel und werde dich piksen. Nicht gern, damit du es weißt, aber ich möchte wissen, ob du etwas spürst.«

Er zwinkerte einmal sein Einverständnis.

Anscheinend pikste sie ihn immer wieder und sah ihn danach jedes Mal an, doch er verneinte stets, denn er spürte nichts. Plötzlich pikste etwas seinen kleinen Finger. Er hätte vor Freude am liebsten getanzt – wäre es ihm denn möglich gewesen.

Als sie ihn fragend anschaute, bejahte er mit einem Schließen seiner Augen und sie strahlte vor Freude. Sie wischte sich die neuerlichen Tränen von ihrer Wange.

»Das ist doch ein Anfang«, sagte sie und versuchte ihn zu ermutigen, doch ein Blick in Jos Augen reichte, um ihre Angst förmlich zu spüren.

»Ich tue das sehr ungern, aber ich muss dich leider allein lassen, Quint. Ich bin schon spät dran. Ich muss alles bringen, was ich an Informationen habe, und den Beweis, sonst bekomme ich kein Geld. Bitte bleib hier und warte auf mich, auch wenn du wieder laufen kannst, ja?«

Er bejahte und sie küsste ihn auf die Stirn.

»Ich lege dir dein Handy in deine Hand und stelle dir den Nachrichtensender an, damit es für dich nicht so still im Haus ist.«

Und dann blieb er allein zurück, mit so vielen Fragen, die alle unbeantwortet blieben.

Völlig unbeweglich dazuliegen, machte ihn schier verrückt.

Jo hatte recht mit dem Nachrichtenkanal. Wenigstens etwas, das ihn ablenkte – bis, ja, bis der Sprecher von dem Mord an einer jungen Frau berichtete. Die zweite in dieser Woche, die an einer Überdosis von K.-o.-Tropfen gestorben war. Nähere Umstände des Todes wollte man aus Rücksicht auf die laufenden Ermittlungen nicht preisgeben.

Quint erinnerte sich an die beiden Typen, die bei dem letzten verbleibenden Dealer K.-o.-Tropfen gekauft hatten: Einer der beiden hatte einen jungen Eindruck gemacht und einen Kapuzenpulli getragen, so wie Sami auch schon mal. Wenn er es sich recht überlegte, könnte es von der Statur her Jos Sohn gewesen sein. Und weil Sami anscheinend nicht wusste, wie man Erinnerungen löschte oder Menschen in Tiefschlaf versetzte, wäre es zumindest denkbar, dass Sami mit K.-o.-Tropfen sein Problem löste.

Hätte Jo ihm doch nur früher ihr Geheimnis anvertraut! Und wie hatte er nur die ganze Zeit so blind sein können?

Aber war er nicht selbst daran schuld? Hätte er Jo nur früher anvertraut, ein Vampir zu sein, dann … Aber sie hatte recht, man musste jemandem sein Leben anvertrauen können, bevor man ihm dieses Geheimnis erzählte. Und er hatte ihr immer wieder misstraut. Andererseits gab es leider auch die Gesetze der Vampire, die zu halten er geschworen hatte. Und wenn er seine Vampirnatur preisgegeben hätte, dann wäre Jo schnell darauf gekommen, dass die anderen im Hauptquartier auch Vampire waren. Nicht nur sein Leben hatte auf dem Spiel gestanden.

Der Nachrichtensprecher verkündete die Uhrzeit. Noch würde die Sonne eine lange Zeit scheinen, aber er saß beziehungsweise lag hier ja sowieso fest.

Irgendwann begannen seine Finger zu kribbeln, dann war er in der Lage, wieder zu sprechen. Sobald er die Finger wieder bewegen konnte, rief er sofort Jo an, doch ihr Handy sprang direkt auf die Mailbox. Von Sami hatte er leider keine Nummer. Er hinterließ ihr mehrere Nachrichten, doch falls ihr Akku leer war, würde sie die vorerst nicht abhören können.

Nach einer gefühlten Ewigkeit war er wieder in der Lage, seinen Oberkörper zu bewegen, und setzte sich auf. Nun begannen auch die Zehen zu kribbeln.

Sein Handy klingelte und er ging ran.

Ohne auf das Display zu schauen, rief er: »Jo?«

»Nein, hier ist Elia. Aber es geht um Jo. Wir haben ein Sicherheitsleck und einige Indizien sprechen dafür, dass Jo etwas damit zu tun haben könnte. Vor Kurzem wurde unsere Firewall geknackt und Daten heruntergeladen, noch bevor ich in der Lage war, dem einen Riegel vorzuschieben. Und heute …«

Elia wurde unterbrochen, denn im Hintergrund brüllte Agnus: »Gib mir den verflixten Hörer!«

»Du brauchst hier keinen Hörer mehr, Agnus«, erklärte Elia. »Der Lautsprecher ist an. Sprich einfach, er hört dich. Selbst wenn er keine Vampirohren hätte, wärst du laut genug.«

»Quint, hörst du mich?«

»Ja.«

»Beweg sofort deinen Arsch hierher!«

»Das geht nicht. Ich wurde von einem Kodiakbären angefallen und kann noch nicht wieder laufen.«

»Ein Kodiak? Zum Donnerwetter! Hat dir dein Vater denn nicht beigebracht, dass man sich von denen fernhält! Wo treibst du dich rum? In Alaska?«

»Agnus, draußen scheint noch die Sonne«, versuchte Elia, seinen Boss zu besänftigen.

Agnus knurrte. Ein Rums und das Bröckeln von Beton – vermutlich Agnus' Faust, die mal wieder in eine Wand schlug.

»Quint!«, brüllte sein Chef. »Du warst dafür zuständig, auf unsere Gärtnerin aufzupassen. Stattdessen lässt du dir den Kopf von ihr verdrehen. Heute hat deine feine Gärtnerin ein Treffen gehabt, in dem sie Fotos und Unterlagen gegen eine riesige Summe Geld getauscht hat. Wie groß ist das Problem, das wir jetzt ihretwegen haben, Quint? Kannst du mir das sagen? Müssen wir das Hauptquartier evakuieren? Sitzen wir schon auf TNT, ohne dass wir es wissen?«

»Nicht Jo, das kann nicht sein. Nicht jetzt«, stammelte Quint.

»Ach ja?«, stieß Agnus aus. »Hast du mir nicht ständig in den Ohren gelegen, dass sie ein Sicherheitsrisiko ist? Quetsch zum Donnerwetter diese Gärtnerin aus und bring in Erfahrung, was und an wen sie uns verraten hat! Du bist für unsere Sicherheit zuständig! Muss ich dich daran erinnern, dass hier auch unsere Frauen und ein Kind leben?«

Wieder war ein Schlag auf Beton zu hören.

Elia sprach als Nächstes: »Wir haben einen Anruf von Jo abgehört, dass sie sich treffen und Beweise übergeben würde, wenn man sie bezahlte. Das kam mir verdächtig vor und ich habe Agnus die Sache mit Snake erzählt. Wir haben in aller Eile zwei Bodyguards von Rose' alter Firma hinterhergeschickt, um Jo vorhin bei Tageslicht während dieser Übergabe zu beschatten. Sie haben auch Fotos gemacht. Ich schicke sie dir auf dein Handy. Du siehst darauf, dass Jo einen großen braunen Umschlag übergeben hat, in dem Fotos und ein Haufen Unterlagen waren. Es ist nicht zu erkennen, was auf den Fotos ist, aber es besteht die Möglichkeit, dass es Bilder von uns und unserem Hauptquartier sind.«

»Wo ist Jo jetzt?«, fragte Quint.

»Laut dem Sender an ihrem Wagen könnte sie auf dem Weg in ihr Haus sein. Wo bist du?«

»Genau da.«

»Hör mal, Quint«, sagte Elia. »Heute bei Sonnenuntergang wird diese über 400 Jahre alte Linde vom Rathaus hier auf unser Gelände verpflanzt, auch das hat Jo in die Wege geleitet. Fremde mit großem Gerät werden herkommen und wir befürchten, dass das womöglich mit zu einem ausgeklügelten Plan gehört, um das Hauptquartier zu überfallen. Auch deshalb ist Agnus so nervös.«

Quint rieb sich den Nacken und seufzte.

»Jo hat möglicherweise ihren Namen geändert«, verriet er Elia angesichts der erdrückenden Beweise. »Wahrscheinlich hat unsere Sicherheitsüberprüfung deshalb nichts bei ihr ergeben. Sie hat mir erzählt, dass ihre Großmutter pensionierte Landärztin auf den Kanalinseln sei und ihr Großvater Landschaftsgärtner, vermutlich ebenfalls pensioniert. Damit bekommst du vielleicht ihren richtigen Namen heraus.«

»Jo hat eine falsche Identität? Ist das dein Ernst? Mann, Quint, kann es sein, dass sie uns die ganze Zeit an der Nase herumgeführt hat? Ich werde mit deinen Infos sofort im Internet nach ihrer wahren Identität forschen. Und noch ein Tipp, Quint: Wenn du sie befragst, dann schau ihr ja nicht in die Augen. Wer weiß, ob sie dich dann nicht doch manipuliert, so wie du es von Anfang an vermutet hast ...«

Als Elia auflegte, schaute Quint sich die Fotos an, die der Schreiber ihm auf das Handy geschickt hatte. Eindeutig eine Übergabe. Jo war zu sehen, wie sie ein braunes Kuvert an zwei Männer in Anzug übergab. Auf dem nächsten Bild betrachteten die Anzugträger sorgfältig den Inhalt: Fotos, einen Stapel von Papieren und sogar einen USB-Stick. Die nächsten Schnappschüsse wirkten wie eine Verhandlung. Am Ende überreichte man Jo einen schwarzen Koffer, den sie kurz öffnete. Bargeld war zu erkennen.

Quint rieb sich den Nacken und schüttelte den Kopf.

»Nein! Das darf nicht wahr sein!«

Wieder und wieder schaute er sich die Bilder an. Er konnte es nicht glauben, wollte es nicht glauben.

Dann ging er in Gedanken durch, was sie gestern und heute zu ihm gesagt hatte ...

»Wer sagt dir, dass das keine Falle ist und du nicht meine Beute wirst? Ich fange dich in einem Raubtierkäfig und lasse dich erst wieder frei, wenn du mir aus der Hand frisst und alle Geheimnisse preisgibst.« – Aber das mit dem Bärenangriff konnte sie nicht geplant haben, das war unmöglich! Hatte das ihren Plan nur verändert? Was hatte sie sonst noch erzählt?

»Ich glaube, neben Sami bist du der einzige gute Vampir. Ich habe mich mit einem sehr mächtigen Mann angelegt. Aber ich habe meinen Auftrag jetzt erfüllt und bekomme dafür hoffentlich heute noch mein Geld, viel Geld. Ich muss gleich los, um die Beweise vorzulegen. Und, ach ja, ich brauche noch ein Foto von dir.« – Der einzige gute Vampir. Vielleicht hatte Raúl ihr ja eingetrichtert, die Wächter seien die Bösen? Oder sie hatte bisher nur mit gesetzlosen Vampiren zu tun gehabt? In diesem Fall wäre es kein Wunder, dass sie so lange gezögert hatte, bevor sie ihm vertraute. Dann hatte sie heute sogar noch ein Foto von ihm gemacht und außerdem hatte sie von Beweisen gesprochen. – Warum hatte er keinen Verdacht geschöpft? Waren es ihre Augen gewesen? Sie hatten wieder aufgeleuchtet und zumindest seine Panik verschwinden lassen. Das war inzwischen für ihn schon so normal, dass er kaum mehr darauf achtete.

»Hab keine Angst«, hatte sie auch gesagt. »Ich halte dich aus allem raus. Hier drin bist du sicher.« – Wollte sie ihn raushalten, wenn man das Hauptquartier überfallen würde oder in die Luft jagte? Sollte er deshalb hierbleiben?

Selbst wenn sie unschuldig in irgendetwas verstrickt war, saß sie ganz tief drin. Und sollte dieser mächtige Mann, von dem Jo gesprochen hatte, Raúl sein – ein Blutfürst und damit erklärter Erzfeind der Wächter –, dann war es schlecht um sie bestellt. Seines Wissens entließ Raúl Leute in seinen Diensten nur auf eine Weise – nämlich tot.

Wollte sie deshalb mit ihm fliehen? Einen letzten Auftrag erfüllen und mit dem Geld Raúl ein für alle Mal entkommen? Aber warum hatte sie nie etwas gesagt? Agnus und die Wächter hätten sie vor diesem skrupellosen Blutfürsten beschützt!

Lieferte Jo alle im Hauptquartier ans Messer, nur um selbst davonzukommen? Sarah, die ihr immer Essen gekocht hatte? Ara, die ihr Kaffee gebracht und mit ihr gequatscht hatte? Und die kleine Alice, mit der sie im Regen getanzt hatte?

Er wollte es nicht glauben, wollte so sehr glauben, dass Jo unschuldig war. Doch als der erste Zweifel seinen Frieden durchbrach, brannte mit einem Mal wieder dieses alte Feuer in ihm. Wie eine böse, gehässige Kreatur, die sich durch seine Eingeweide fraß, wüteten erneut Schuld, Hass und Misstrauen in ihm.

Was, wenn er wieder versagt hatte, so wie bei seinem Bruder? Was, wenn diesmal noch mehr Menschen und Vampire abgeschlachtet wurden – und alles nur seinetwegen?

Das Bild seines abgeschlachteten Bruders stand ihm wie eine immerwährende Mahnung vor Augen. Seine Hände ballten sich zu Fäusten und ein mörderisches Knurren drang aus seiner Kehle.

Kapitel 42

Josephine fühlte sich, als wäre ihr eine zentnerschwere Last von den Schultern genommen worden.

Endlich, der Auftrag war abgeschlossen!

Und mit dem Geld könnten sie irgendwo von vorne anfangen – Quint, Sami und sie.

Hoffentlich war Quints Vampirnatur in der Lage, seine Wirbel und Nervenbahnen zu heilen. Ansonsten würde sie ihn eben im Rollstuhl durch die Gegend fahren! Quint bedeutete ihr mehr als Muskeln und Stärke, auch wenn der Schutz, den er ihr damit bot, ihren lang gehegten Wunsch nach Sicherheit erfüllte. Wenn es ihm wenigstens möglich wäre, wieder zu sprechen, damit er Sami helfen konnte!

Sie sperrte ihre Haustür auf und das letzte Sonnenlicht des Tages schien in den Flur. Dann schloss sie die Tür hinter sich und trat ein paar Schritte hinein. Gerade wollte sie nach Quint rufen, da stand er schon vor ihr.

Dem Himmel sei Dank, er war wieder auf den Beinen!

Sie hätte vor Freude geweint, doch ein Blick in sein Gesicht ließ ihr einen kalten Schauer den Rücken hinunterlaufen. Seine Gesichtszüge waren zornig und wie versteinert, außerdem mied er es, in ihre Augen zu sehen. Bevor es ihr möglich war, auch nur ein Wort zu sagen, riss er ihr den Aktenkoffer grob aus der Hand. Er öffnete ihn, und nach einem Blick hinein schleudert er ihn weg, als wäre es Säure.

Geldscheine und Papiere flogen durch den Flur.

»Ist das dein Judaslohn? Deine dreißig Silberlinge, mit denen du uns alle verrätst?«

»Wovon redest du, Quint? Ich habe einen Auftrag erledigt und dieses Geld steht mir dafür zu!«

»Das war also nur ein Auftrag für dich, mehr nicht?«

»Natürlich.«

Quint packte ihre Schultern in stahlhartem Griff und donnerte sie gegen die Wand im Flur. Schmerz explodierte in ihrem Schädel, als ihr Kopf mit Wucht gegen die Wand knallte. Für einen Moment wurde ihr schwarz vor Augen.

Sie erkannte Quint kaum wieder. Was auch immer mit ihm geschehen war, er war völlig außer sich und gefährlich.

»Jetzt rede endlich!«, schrie er sie an.

Noch einmal flog ihr Kopf dabei heftig gegen die Wand, ihre Zähne schlugen aufeinander, starker Schmerz pulsierte an ihrem Hinterkopf. Vielleicht würde er ihr beim nächsten Mal den Schädel brechen! In Panik rammte sie ihm mit aller Kraft ihr Knie zwischen die Beine. Quint stöhnte, krümmte sich und sein Griff wurde lockerer. Darauf hatte sie gehofft und riss sich sofort von ihm los. Sie rannte zur Haustür und wollte nach draußen ins rettende Sonnenlicht. Sie streckte ihre Hand zur Klinke aus und hatte sie fast erreicht, da warf sich Quint mit seinem ganzen Gewicht von hinten auf sie.

Der Aufprall auf den Boden war so hart, dass ihr für einen Moment die Luft wegblieb. Dann drehte Quint sie so schnell auf den Rücken, dass ihr schwindlig wurde. Und einen Wimpernschlag später lag er wieder auf ihr.

Sein Unterarm lag zwischen ihrer Brust und ihrem Hals und drückte sie zu Boden. In ihrer rasenden Angst wehrte sie sich nach Leibeskräften, dabei rutschte sein Unterarm bis zu ihrem Hals.

Er schien überhaupt nicht zu merken, dass er ihr die Luft abdrückte und sie gar nicht mehr sprechen, geschweige denn atmen konnte. Ungeachtet dessen fragte er sie Dinge, die überhaupt keinen Sinn ergaben, sprach von einem gewissen Raúl und einem Überfall auf ihr Hauptquartier, um alle Wächtervampire auszulöschen.

Luft! Sie bekam keine Luft mehr!

In einem Akt der Verzweiflung krallte sie sich in seinen Arm, versuchte ihn mit letzter Kraft von ihrer Kehle zu schieben. Doch als Vampir war er einfach zu stark für sie.

Sie war bereit gewesen, alles hinter sich zu lassen und mit ihm irgendwo neu anzufangen, hatte ihm ihr Leben anvertraut und das ihres Sohnes!

Wie hatte sie sich nur so in ihm täuschen können? Er war ein Vampir, ein Monster wie alle anderen auch.

Was würde jetzt nur aus Sami werden?

Durch ihren Fehler würde ihr Sohn jetzt ganz allein dastehen.

Ein letzter Blick in Quints Augen, und sie verlor das Bewusstsein.

»Jo! Warum antwortest du mir nicht? Jo, sag mir endlich, dass du unschuldig bist! Bitte!«

Jos Augen leuchteten kurz auf, nun hatte er doch hineingesehen, obwohl er es die ganze Zeit vermieden hatte. Plötzlich wirkten ihre Augen starr und leer, völlig leer.

»Jo?«

Er atmete heftig. Erst jetzt verflüchtigte sich der Adrenalinrausch, in den er geraten war.

»Jo, sag was! Sprich mit mir!«

Entsetzt stellte er fest, dass sein Unterarm bis zu ihrer Kehle gerutscht war. Er hatte seinen Blick zuvor starr auf ihre eine Hand gerichtet, die er festgehalten hatte, damit er ja nicht in ihre Augen sah. Sofort nahm er seinen Arm weg und sprang von ihr herunter. Ihr Kopf rollte leblos zur Seite.

»Scheiße! Was habe ich getan?«

Er kniete sich neben sie, nahm ihren Kopf in seine Hände – und fühlte Feuchtigkeit. Als er seine Hand hervorzog, war sie rot, rot von Josephines Blut.

»Um Himmels willen, Josephine! Das wollte ich nicht! Ich dachte … ich wollte doch nur wissen …«

Die Worte blieben ihm im Hals stecken, als er sein Ohr auf ihren Brustkorb legte.

Ihr Herz schlug, Gott sei Dank!

Und sie atmete noch.

Um ein Haar hätte er sie getötet! Seine Josephine!

Wie hatte er nur derart die Kontrolle verlieren können?

Ihm war, als bliebe die Zeit auf einmal stehen. Alles wurde unwichtig, alles außer Josephine.

Er zog sie auf seinen Schoß und wiegte ihren Oberkörper.

»Tut mir leid, es tut mir so leid«, wiederholte er murmelnd.

Seine Wangen fühlten sich nass an, er heulte, es war ihm egal.

Sein verdammter Hass! Warum schaffte er es nicht, die Vergangenheit einfach ruhen lassen! Warum hing dieses Misstrauen an ihm, wie ein Mühlstein um seinen Hals?

Ihm war klar, dass er Jo trotz allem befragen musste, und ihm graute davor, wie sie ihn ansehen würde, nach dem, was er gerade getan hatte. Sie würde nie wieder etwas mit ihm zu tun haben wollen. Die Zukunft, die er sich mit ihr ersehnt hatte, würde wie eine Seifenblase zerplatzen. Und wer würde es ihr übel nehmen?

Nein! Nein, das durfte nicht geschehen!

»Vergib mir, bitte, Josephine. Ich will dich nicht verlieren. Ich habe dich doch gerade erst gefunden«, flüsterte er und küsste mit nassen Augen ihre Stirn, während er sie immer noch in seinem Schoß wiegte.

Dann legte er seine Hand an ihre Schläfe und löschte die Erinnerung an seine Attacke, löschte, was geschehen war, nachdem sie die Haustür geschlossen hatte, und versetzte sie in Tiefschlaf. Doch im gleichen Moment wusste er, dass es falsch war. Sein Vater hatte ihm stets eingeschärft: »Man kann das Gedächtnis eines anderen löschen, aber nicht das eigene schlechte Gewissen.« – Und sein schlechtes Gewissen durchbohrte sein Herz gerade wie eine glühende Pfeilspitze.

Er trug Jo ins Bad, wusch ihre Platzwunde am Hinterkopf aus und die blutigen Haare. Anschließend leckte er mit seiner Zunge über die Wunde, um sie zu verschließen und legte Jo auf das Sofa. Danach wischte er auch den Blutfleck auf dem Boden im Flur weg, den Rest würde er später aufräumen.

Er setzte sich zu Jo aufs Sofa und nahm ihren Oberkörper in seine Arme. Erst dann weckte er sie wieder auf.

»Hallo, Jo, wie geht es dir?«

Seine verlogenen Worte schmeckten bitter.

Sie verzog schmerzhaft das Gesicht und fasste sich an den Hinterkopf.

»Mein Schädel tut höllisch weh. Was ist passiert?«

»Ich habe gehört, wie du hereingekommen bist, und dich dann auf dem Fußboden im Flur gefunden. Vielleicht ist dir wieder schwindlig geworden wie gestern.«

Die sorgfältig ausgedachte Lüge ging ihm glatt von der Zunge, doch sie fühlte sich wie Säure an. Auch davor hatte sein Vater ihn gewarnt: Niemals lügen, irgendwann kommt immer alles heraus.

»Ja, wäre möglich. Ich weiß von gar nichts mehr«, sagte Jo mit dünner Stimme.

Sie wollte aufstehen, doch er hielt sie fest.

»Du solltest dich jetzt erst einmal ausruhen. Deinen Kopf scheint es schlimm erwischt zu haben.« – Er musste doch noch das Durcheinander im Flur beseitigen.

Sie legte eine Hand an seine Wange und strahlte vor Freude.

»Ich bin so froh, dass du wieder auf den Beinen bist. Ich habe mir solche Sorgen um dich gemacht.«

Und ich Scheißkerl hätte dich beinahe umgebracht.

Er schluckte die bittere Wahrheit herunter und sagte: »Erzähl mir doch, wo du warst. Ich habe gesehen, du hast einen Koffer mitgebracht.«

»Ja, endlich habe ich mein Geld für die Umbauarbeiten im Zoo bekommen!«

Das Geld war ihr Lohn für die Arbeiten im Zoo!

Nichts! Jo hatte nichts getan! Niemanden verraten!

Aber sein Misstrauen und sein Hass hätten sie fast das Leben gekostet! Und dabei hätte er sie einfach nur fragen müssen! Nie würde er sich verzeihen, dass er das nicht getan und stattdessen wie ein wild gewordener Stier auf sie losgegangen war. Und selbst ein Stier reagierte nur so, wenn man ihn reizte.

Jo redete inzwischen weiter ...

»Das war ein echter Kampf, Quint, das kann ich dir sagen! Weißt du, ich habe mich mit einem mächtigen Mann angelegt, dem Bürgermeister.«

Dem Bürgermeister? Er hatte gedacht, Raúl, der mächtige Blutfürst hätte sie in der Hand.

»Er hatte Geld aus der Stadtkasse hinterzogen und versuchte, es damit zu kompensieren, dass er mich nicht ausbezahlt. Der Bürgermeister hat einen Lieferanten mit wichtigen, exklusiven Materialien bestochen, damit er mich immer wieder vertröstet und erst viele Wochen später beliefert. Deshalb bin ich mit dem Fertigstellungstermin in Verzug geraten und er hat es als Konventionalstrafe deklariert, sodass ich über die Hälfte meines Geldes nicht bekommen sollte. Und dann war da noch die Sache mit der alten Linde am Rathaus, damit habe ich ihn auf die Palme gebracht. Der geschichtsträchtige Baum war entgegen seiner öffentlichen Behauptung gar nicht faul und müsste somit auch nicht gefällt werden. Ich drohte ihm, das publik zu machen, falls er den Baum absägen ließ. Aus diesen beiden Gründen wollte er mich unbedingt mundtot machen, deswegen hat er zweimal einen Schläger bei mir vorbeigeschickt.«

»Warum hast du mir nichts davon gesagt? Ich hätte diesem Kerl alle Knochen gebrochen!«

»Quint, der Bürgermeister ist ein mächtiger Mann. Ich hatte mir vorgenommen, dich da nicht mit hineinzuziehen, weil ich vermutet habe, dass du entweder inkognito bleiben musst oder eine falsche Identität hast, und beides wäre dann gefährdet gewesen. Aus diesem Grund habe ich auch Sami aus dieser Sache herausgehalten. Ich wollte euch beide keinem Risiko aussetzen, verstehst du?«

Jo dachte an *seine* Sicherheit – obwohl sie ihre eigene damit aufs Spiel setzte –, aber er hatte immer nur das Schlimmste von ihr gedacht. Sein Misstrauen, dieser Mühlstein, er wurde immer schwerer ...

Josephine fuhr inzwischen fort: »Als der Schläger das zweite Mal bei mir aufgetaucht ist, hat Sami die Sache heimlich gefilmt, ohne dass er dabei gesehen wurde. Ich habe den Schläger geschickt dazu verleitet, die Namen und Zusammenhänge auszusprechen, als er mir drohte. Später haben Sami und ich die Aufnahme auf einem USB-Stick gespeichert.«

Das hatte es also mit dem Stick auf sich!

»Und heute haben sich der Anwalt des Bürgermeisters, mein eigener und ich getroffen. Ich habe schon im Vorfeld darauf bestanden, dass ich mein Geld sofort in bar mitnehmen will, falls ich über seine Machenschaften schweigen soll. Ich hätte ihn zwar lieber ans Messer geliefert, aber ich brauche das Geld jetzt, damit wir drei verschwinden und neu anfangen können. Es hat geklappt und mit dem Geld habe ich auf dem Rückweg gleich noch unsere neuen, falschen Pässe abgeholt. Nur das Bild von dir hatte noch gefehlt, deshalb habe ich das Foto von dir gemacht.«

Das Foto war für seinen Pass! Nicht, damit Raúl einen Steckbrief von ihm machen und ein Kopfgeld auf ihn aussetzen konnte.

Stirnrunzelnd sah sie ihn an.

»Quint, was ist los? Du weinst ja.«

Zärtlich berührten ihre Finger sein Gesicht.

Er ertrug es nicht mehr, in ihre unschuldigen Augen zu sehen, ihre Zärtlichkeit zu spüren, und berührte ihre Stirn.

Ihre Augen fielen sofort zu. Sie würde schlafen, tief schlafen und er würde inzwischen alles tun, um diese Sache wieder geradezubiegen – irgendwie.

Im Flur angekommen, sah er die Beweise für ihre Aussage liegen. Doch er hatte ihr auch so geglaubt.

Draußen in der Einfahrt heulte eine Kawasaki auf. Quint öffnete die Tür einen Spalt und entdeckte Raven. Sofort trat er vor die Tür und schloss sie hinter sich. Wenn Raven mitbekam, dass er Jo unschuldig hatte bluten lassen, würde der Wächter Hackfleisch aus ihm machen.

»Hast du mit Jo gesprochen?«, fragte Raven.

»Ja. Und sie ist keine Verräterin.«

»Ich soll dich auf Befehl von Agnus sofort ins Hauptquartier bringen, sobald du mit ihr gesprochen hast. Auch gegen deinen Willen.« Raven blickte ihn finster an und ließ seine Fingerknöchel knacken. »Wie hättest du's gern?«

Quint blickte über seine Schulter zurück zur Tür.

»Sofort, hat der Boss gesagt. Also schwing deinen Hintern auf die Maschine! Du hast Elia gesagt, dass die Kawasaki am Zoo steht. Ich hab sie gerade da eingesammelt. War eine ganz schöne Sucherei, der Peilsender war kaputt.«

Nicht kaputt. Quint hatte den Peilsender wegen seiner geplanten Flucht absichtlich zerstört.

Kapitel 43

»Mama! Mama, wach endlich auf! Herrje, so fest kann man doch gar nicht schlafen!«

Jo wurde vom Rufen ihres Sohnes wach. Das Gesicht von Sami war über ihr, er hielt ihren Kopf mit beiden Händen.

»Mensch, Mama, was ist nur mit dir los?«

»Ich, ich weiß nicht. Quint war da und ...«

»Hat er dich irgendwie manipuliert?«

»Wieso?«

»Im Flur liegt ein Chaos an Papieren und Bargeld und dein Blut, ich rieche dort dein Blut! – Und es macht mich ungeheuer hungrig.«

Die Gesichtszüge ihres Sohnes verkrampften sich, ein dunkles Grollen drang aus seiner Kehle. Hätte sie ihn nicht gekannt, hätte sie Angst vor ihm bekommen.

»Ich, ich weiß nichts davon, Sami.«

»Mensch Mama! Erinnere dich!«

Halb zornig, halb verzweifelt sah er ihr in die Augen, hatte seine Hände immer noch an ihrem Kopf.

Eine Erinnerung gleich einem Blitzlicht tauchte für einen Moment vor ihrem inneren Auge auf: Quint, wie er sie an die Wand donnerte.

Schockiert forderte sie Sami auf: »Mach das noch mal!«

»Was?«

»Das, was du gerade getan hast. Sag mir, ich soll mich erinnern! Los!«

Nach drei weiteren Versuchen von Sami war die Erinnerung nach ihrer Heimkehr wieder da.

»Oh, Gott, das darf nicht sein! Quint, er – er ...«

Sie taumelte in den Flur.

»Was denn? Was war los, Mama?«

»Quint hat mich fast umgebracht. Er hat mich erst mit dem Kopf gegen die Wand geschlagen und mir dann hier auf dem Boden die

Luft abgedrückt. Er dachte, ich hätte das Geld bekommen, weil ich sie verraten hätte.«

Ihr wurde kalt, eiskalt. »Wen verraten, Mama? Du sprichst in Rätseln und ich habe gerade gar keine Geduld für so was.«

»Sie alle sind Vampire, Sami. Alle, die da wohnen, wo ich gearbeitet habe, sind Vampire. Es ist sogar eine Art Hauptquartier. Und Quint dachte, ich verrate sie alle an irgendeinen Raúl. Er glaubte, ich würde sogar die kleine Alice ans Messer liefern – gegen das Geld, das hier liegt.«

Sie sank im Flur auf die Knie.

»Wie konnte ich mich nur so in Quint täuschen?

Aber er hat mir etwas gesagt, Sami. Vampire müssen keine Menschen töten, um zu überleben.«

»Klar, wenn man stattdessen so meisterhaft wie er die Erinnerungen von Menschen manipulieren kann, dann ist alles ganz einfach.«

»Sami, ich habe einen schrecklichen Fehler begangen, was Quint betrifft. Er wollte nicht mehr, dass ich mich auf dem Gelände der Vampire blicken lasse. Vermutlich ist das für mich aus irgendeinem Grund jetzt gefährlich geworden. Ich muss irgendwie zwischen die Fronten geraten sein. Da ist dieser Feind, Raúl, dann ihr Hauptquartier, das sie als Bodyguardagentur tarnen, von der ich als Gärtnerin ja engagiert und bezahlt wurde. Und dann gibt es auch noch Leute, die einen Siegelring tragen und irgendeine Macht ausüben. Wir sind hier nicht mehr sicher, Sami!«

Von plötzlicher Panik gepackt schaute sie sich hektisch um. Da! Da war das weiße Kuvert, das sie extra zugeklebt hatte! Es war noch verschlossen.

»Zum Glück hat Quint unsere falschen Pässe nicht zu Gesicht bekommen! Sie öffnete den großen Umschlag und blätterte einen der Pässe auf.«

»Hier, schau, Sami! Unser neuer Name lautet Oaklet – junge Eiche –, ich fand das lustig. Du heißt Sascha Oaklet und ich habe dich auf 18 Jahre datiert, du dürftest also endlich Autofahren und in vielen Ländern bereits Alkohol trinken. Mein Name lautet jetzt Jenny Oaklet und Quint wäre zu John Oaklet geworden.«

Sie fing an zu schluchzen, Tränen liefen ihr über die Wangen.

»Mama, wir haben für so was keine Zeit! Und die Pässe brauchen wir dringend. Die Polizei ist nämlich hinter mir her. Ich hab Mist gebaut. Wir sollten sofort abhauen.«

»Was ist los, Sami? Und wie geht es dir?«, fragte sie besorgt und musterte ihn.

»Ich habe jemanden gefunden, von dem ich trinken wollte. Aber ich hatte erst ein bisschen Blut von ihr getrunken, da ist die nette Studentin schon wieder aufgewacht, weil …«

»Eine junge Frau? Aber ich dachte, du trinkst nur von Obdachlosen, die einen Vollrausch haben. Du darfst dich doch nicht zu erkennen geben, Sami!«

»Mama, das hat nicht mehr funktioniert. Außerdem hat seit vielen Tagen irgendjemand regelrecht Jagd auf mich gemacht. Aber ich bin nicht dumm und schnell bin ich auch. Mama, ich erkläre dir alles später, ja? Ich hab Angst, dass die Polizei jeden Moment hier auftaucht. Ich wollte dich da nicht mit reinziehen, glaub mir, aber ich wusste nicht, wohin.«

»Sami, du bist mein Sohn! Du kannst immer zu mir kommen, egal was los ist. Hörst du? Ich werde immer für dich da sein.«

In aller Eile packten sie das Geld und die Pässe zurück in den Koffer, rissen Taschen aus dem Schränken und begannen, das Wichtigste hineinzustopfen. Sami hatte gerade sein Zeug in einem großen Rucksack verstaut und nach oben in den Flur getragen, wo sie sich begegneten. Direkt vor ihr brach er mit einem schlimmen Hungerkrampf zusammen, zu nichts mehr in der Lage, als sich auf dem Boden zu krümmen.

Ausgerechnet in diesem Moment klingelte es an der Haustür.

»Polizei! Aufmachen! Wir hören, dass Sie da sind! Öffnen Sie die Tür oder wir brechen sie auf!«

Sami durfte als Vampir nicht in die Hände der Polizei gelangen. Sie mussten flüchten! Sofort!

Sie griff ihrem Sohn unter die Arme und schleifte ihn vom Flur die Treppe zum Keller hinunter, wo es einen Seitenausgang zum Garten gab. Sie hatte den Nebenausgang noch nicht erreicht, da wurde ihre Tür aufgebrochen. Sie hätte auch eine Waffe gezogen, hätte alles getan, um ihren Sohn davor zu schützen, von der Polizei mitgenommen zu werden. Doch ihre Pistole lag unter ihrem Kopfkissen und die Kleine von Quint im Nachtkästchen daneben.

Drei Polizisten stürmten in den Keller. Sie stellte sich vor ihren Sohn, argumentierte, schrie, warf sich den Männern entgegen, nichts half. Einer der Polizisten hielt sie schließlich mit einem Knie in ihrem Rücken auf den Boden gepresst, die Arme nach hinten verdreht. Hilflos musste sie mit ansehen, wie die zwei anderen Männer ihrem von Krämpfen geschüttelten Sohn Handschellen anlegten und ihn fortschleiften. Angeblich wäre Sami gefährlich und bewaffnet, hätte bereits zwei Frauen getötet und die dritte wäre nur knapp entkommen. Ihr Sohn hatte das vehement bestritten und sie glaubte ihm.

Sobald der Polizist sie aus seinem Griff entließ, sammelte sie die beiden Rucksäcke und den Aktenkoffer ein, rannte zu ihrem VW-Bulli und warf die Sachen hinein. Sie fuhr direkt hinter dem Polizeiwagen her, denn sie hoffte, Sami würde sich von seinem Krampfanfall erholen und aus dem Polizeiwagen ausbrechen. Doch es musste ihm wirklich schlecht gehen, denn als man ihn vor dem Polizeirevier aus dem Wagen hievte, war sein Gesicht schmerzverzerrt. Sami war nicht in der Lage zu laufen, deshalb schleiften ihn die Polizisten geradezu über den Boden. Sie hörte die Männer außerdem schimpfen, weil sie dachten, ihr Sohn wäre ein Junkie im Drogenentzug und hatten keinerlei Mitleid.

Vor dem Polizeirevier rief sie sofort den erstbesten Anwalt aus dem Branchenverzeichnis im Internet an. Der sagte, er käme gleich morgen früh. Aber morgen schien die Sonne, dann wäre es für ihren Sohn zu spät! Sie rief zwei weitere Anwälte an, die mehr oder weniger das Gleiche sagten.

Verzweifelt stürmte sie danach förmlich die Polizeiwache, flehte, bettelte, bis man sie hinauswarf und damit drohte, sie ebenfalls einzusperren.

Sie zitterte am ganzen Körper, zählte im Geiste die Stunden bis zum Sonnenaufgang. Fieberhaft überlegte sie, wer ihr helfen könnte. Eigentlich hätte sie Quint angerufen, aber der hatte sie fast umgebracht. Dann kam ihr Quints Mutter in den Sinn. Was auch immer Therese sonst war, sie war eine Mutter und wusste, wie es war, einen Sohn zu verlieren. Therese würde ihr helfen, musste ihr helfen!

Die Nummer hatte sie auswendig gelernt, die Adresse ebenso. Diese Frau hatte ein Herz in ihrer Brust, sie bräuchte ihr die Lage nur von Mutter zu Mutter erklären und ihr dabei in die Augen sehen.

Mit zitternden Händen holte sie ihr Handy heraus und tippte die Nummer ein.

»Therese Greenwood.«

»Hier ist Jo – ähm Josephine – von der Linde«, stammelte sie und versuchte, ein Schluchzen zu unterdrücken, aber es gelang ihr nicht.

»Was ist passiert, mein Kind? Du kannst es mir sagen.«

»Ich muss Sie treffen.«

»Es ist also ein Notfall?«

»Ja.« – Ihr Sohn würde bei Sonnenaufgang verbrennen oder letztendlich in einem Versuchslabor enden, wenn sie entdeckten, was er war.

»Kannst du zu mir kommen? Weißt du meine Adresse noch?«

»Ja. Ich komme sofort.«

Mit tränenverschleierten Augen raste sie durch die Stadt, jegliches Tempolimit war ihr egal.

Vor dem großen, schmiedeeisernen Tor einer eleganten Villa hielt sie an. Sie ließ den Motor laufen und die Wagentür offen stehen, als sie zur Klingel rannte und Sturm klingelte.

Therese kam mit schnellen Schritten die lange Einfahrt zum Tor hinuntergelaufen, neben ihr war ein blendend aussehender Mann mit schwarzen, lockigen Haaren, der ihr einen Schauer über den Rücken jagte. Er sah aus wie eine tödliche, finstere Version von diesem Witzbold Ambrosius, der mal im Garten aufgetaucht war und sie zu einer Wette überredet hatte.

Angst kroch in ihr hoch und schnürte ihr die Kehle zu, aber sie würde sogar mit dem Tod Poker spielen, wenn sie ihren Sohn damit retten könnte.

Doch bevor die beiden das Tor erreichten, grapschte plötzlich ein Fremder nach ihrem Oberarm.

»Au! Lassen sie mich los!«

Sie drehte sich zu dem Mann um und versuchte, sich aus seinem Griff herauszuwinden. Der hielt sie jedoch mit eiserner Kraft fest, einer Kraft, die kein Mensch besaß. – Sein Gesicht, irgendetwas in seinem Gesicht kam ihr bekannt vor und auch der Ring, den er trug. Es war der gleiche Siegelring wie der, den Therese in einer deutlichen Geste bei ihrem Abendessen abgelegt hatte.

Die tödliche Version von Ambrosius griff sich nach hinten an den Rücken und zog ein riesiges Schwert hervor. Ein Schwert! Ihr blieb fast das Herz stehen.

»Torricelli! Lass die Finger von ihr oder ich schlage dir den Arm ab!«

Und das sagte er mit dem Ausdruck eines Vollstreckers, der niemals leere Drohungen ausstieß.

Ihr wurde schlecht vor lauter Angst.

»Leonardo!«, spie Torricelli aus und begann zu knurren. Ja, er knurrte tatsächlich! Aber er ließ sie widerwillig los.

Dieses Knurren! Sie hatte dieses Knurren schon mal gehört. Sie starrte Torricelli an und taumelte instinktiv von ihm weg. Urplötzlich hatte sie den gleichen Flashback wie in der Paintballhalle. Gleich einem Aufblitzen am Gewitterhimmel sah sie die Momentaufnahme von der Nacht, in der ihr Mann ermordet worden war ...

Entsetzt schaute sie in Torricellis Gesicht. Sie erkannte die Einzelheiten daraus zwar nicht, denn damals war es dunkel gewesen und ihre Sicht war immer wieder verschwommen. Aber diese Züge, die Umrisse seines Gesichts, zusammen mit seiner ganzen Gestalt – tief in ihrem Inneren wusste sie, dass er es gewesen war, der mit ausgefahrenen Fangzähnen triumphierend über ihrem schwer verletzten Mann gestanden hatte und dazu ansetzte, ihm gleich die Kehle herauszureißen.

Torricelli war eines der Monster, die ihren Mann regelrecht zerfleischt hatten!

In blankem Horror taumelte sie von ihm weg.

Das schwere Eisentor öffnete sich langsam, während die Männer einen verbalen Schlagabtausch in einer anderen Sprache hatten. Sie schnappte italienische Wörter auf, verstand aber so gut wie nichts. Ihr Blick fiel jedoch auf die Ringe, den von Torricelli und den des Schwertträgers, Leonardo. Diese Ringe! Jetzt erinnerte sie sich: Ein Mann mit einem solchen Ring – nicht Torricelli – hatte sich in jener tragischen Nacht über sie gebeugt, ihre Stirn berührt und geflüstert, dass sie überleben und alles vergessen würde.

183 Tage waren ihr damals herausgerissen worden!

Und heute hatte Quint ihr erneut Erinnerungen geraubt. Wie viel würden sie diesmal aus ihrem Gedächtnis löschen? Monate, Jahre?

Aller Mut, den sie gerade noch gehabt hatte, verließ sie augenblicklich und unbeschreibliche Panik erfasste sie. Hals über Kopf stolperte sie zu ihrem Bulli und raste davon. Im Rückspiegel sah sie, wie Torricelli mit dem Schwert an der Kehle und einem Dolch über seinem Herzen von Leonardo daran gehindert wurde, ihr zu folgen.

Wie in Trance fuhr sie ein paar Minuten durch den grünen Villengürtel der Stadt, dann trat sie auf die Bremse und übergab sich in eine Wiese. Mit zitternden Beinen stieg sie wieder in den Wagen. Therese hatte inzwischen mehrmals angerufen.

Weinend schwebten ihre zitternden Finger über der Nummer von Therese. Monster, dort waren Monster und Vampire, die ihr Gedächtnis löschten! Und dieser Leonardo machte den Eindruck eines Vollstreckers, auch wenn er ihr gerade geholfen hatte, würde er sicher nicht zögern, ihre gesamte Vergangenheit seit Samis Geburt auszulöschen, um ihre Art zu schützen. Da war sie sich absolut sicher.

Sie brachte es nicht über sich, dort anzurufen.

Aber sie musste Sami doch irgendwie helfen!

Was sollte sie nur tun?

Am Ende ihrer Nerven angelangt, entschied sie sich, dem Monster die Stirn zu bieten, dass sie bereits kannte.

»Josephine?«, fragte Quint hörbar verblüfft. »Du bist wach?«

»Ja, ich bin wach! Und ich erinnere mich sehr gut daran, dass du mich fast umgebracht hättest!«

Heiß glühender Zorn, ein ganz neues Gefühl, breitete sich in ihr aus. Aber Sami zuliebe würde sie die Zähne zusammenbeißen.

»Scheiße«, murmelte Quint.

»Scheiße, weil ich dich ertappt habe? Wie oft hast du das schon mit mir durchgezogen, Quint? Was hast du mir alles angetan und hinterher mir nichts, dir nichts aus meinem Gedächtnis radiert?«

Inzwischen schrie sie und Tränen liefen ihr herunter. Dabei ging es hier doch nur noch um Sami, sie hatte nicht vorgehabt, mit Quint zu streiten. Und was sollte das auch bringen? Schließlich hatte er mit voller Absicht ihre Erinnerungen manipuliert, anstatt sich ehrlich mit seinem eigenen Verhalten auseinanderzusetzen und sich zu entschuldigen.

»Lass mich das erklären, bitte, Josephine.«

»Nein, Quint! Du hast gesagt, ich soll dir vertrauen. Aber was ist mit dir? Hast du mir vertraut? Jemals? Nein, Quint, ich habe dir jede Chance gegeben und du hast es versaut, indem du mich hintergangen hast, anstatt ehrlich zu sein. Ich will dich nicht wiedersehen, Quint. Nie mehr. Aber ich rufe nicht meinetwegen an, sondern wegen Sami.«

Mist! Wie sollte sie ihn jetzt nur dazu bekommen, etwas für sie beziehungsweise für Sami zu tun, nachdem sie ihm gerade klargemacht hatte, dass es aus war? Aber ihre Nerven lagen blank, sie hatte nicht nachgedacht. Sie müsste ihm wohl drohen. Entschlossen wischte sie sich mit dem Ärmel ihres Flanellhemdes die Tränen ab und versuchte, ihrer Stimme Festigkeit zu verleihen.

»Sami ist verhaftet worden. Ich bekomme ihn nicht vor morgen nach Sonnenaufgang aus der Zelle. Ich will, dass du, ihr alle, egal wer in eurem sogenannten Hauptquartier, dafür sorgt, dass Sami freigelassen wird, bevor die Sonne aufgeht. Wenn ihr mir nicht helft, dann gehe ich an die Öffentlichkeit und mache publik, dass es Vampire gibt. Wenn es sein muss, verkünde ich eure Namen und eure Adresse übers Internet, das Fernsehen, egal. Ich tue, was immer nötig ist, um das Leben meines Sohnes zu retten.«

»Uns zu drohen, ist eine ganz schlechte Idee, damit bringst du dich in Teufels Küche. Außerdem ist es überflüssig.«

Seine Stimme jagte ihr eine Heidenangst ein. Eine Gänsehaut lief ihr über den Rücken. Sie war froh, jetzt nicht leibhaftig vor Quint zu stehen. Wer weiß, was er dafür mit ihr anstellen würde? Aber sie durfte jetzt nicht klein beigeben, sondern musste Quint um ihres Sohnes willen eiskalt die Stirn bieten. Sie schluckte die aufsteigende Magensäure wieder herunter, ihre Hand verkrampfte sich um das Handy.

»Mir Angst zu machen, kannst du dir sparen, Quint! Vor 22 Jahren wollten eure Monster mich schon einmal abschlachten. Meinen Freund haben sie vor meinen Augen zerfleischt und eure feinen Siegelringträger haben mir 183 Tage meines Gedächtnisses gelöscht! Ich habe überlebt und bin untergetaucht und genau das werde ich heute wieder tun. Niemand von euch wird mich aufspüren. Niemand! Also nimm meine Drohung lieber ernst!«

Sie sagte natürlich nicht, dass ihre größte Angst darin bestand, dass man auch noch den Rest ihrer Erinnerungen ausradierte. Die Zeit mit ihrem Freund, bevor sie heirateten: Paris, wo sie sich kennengelernt hatten, ihre Reise um die Welt und später die Geburt von Sami, die Erinnerungen, wie er aufgewachsen war. Das fürchtete sie viel mehr als ihren Tod, aber das würde sie Quint nicht auf die Nase binden.

»Du hättest mir bloß von Anfang an sagen müssen, dass Sami ein Vampir ist. Wir hätten ihm geholfen.«

»Ach ja? Und woher sollte ich das wissen? Ich dachte, ihr seid normale Menschen! Du kennst das Risiko, Quint. Würdest du jemandem sagen, dass du ein Vampir bist? Du hast es ja noch nicht einmal mir anvertraut. Und Sami ist mein Sohn! Ich bin seine Mutter und für seine Sicherheit verantwortlich, genau wie du für dein Hauptquartier!«

»Lass uns aufhören zu streiten, Jo. Die Sonne wird unbarmherzig aufgehen und jede Minute bis dahin ist kostbar. Also: Was genau ist mit Sami? Und wo ist er? Hat er jemanden umgebracht? Hat er Krämpfe?«

Jo riss sich zusammen und berichtete ihm die Fakten. Am Ende fügte sie leise hinzu: »Warum, Quint? Warum hast du nicht früher gesagt, dass du ein Vampir bist? Du hättest uns so viel Leid erspart.«

Nach diesem Satz legte sie einfach auf, obwohl Quint, der bereits hörbar in Aktion war, noch mit ihr reden wollte. Sie brachte das nicht fertig, denn es tat so höllisch weh, ihm vertraut zu haben und dann so enttäuscht worden zu sein.

Minutenlang saß sie wie erstarrt in ihrem Bulli, immer wieder liefen ihr stille Tränen herunter.

Ihr Leben lag in Trümmern und sie überlegte verzweifelt, wie sie überhaupt weitermachen sollte ...

Eigentlich wollte sie – sobald ihr Sohn frei war – mit ihm untertauchen und damit Quint, diesem Torricelli und den anderen Siegelringträgern entwischen. Das Problem war nur, dass ausgerechnet Quint mit all diesen für sie extrem gefährlichen Personen zu tun hatte. Quint, der Sami helfen konnte, als Vampir zu überleben, ohne zum Mörder zu werden.

Es fiel ihr schon sehr schwer, ihr Elternhaus und ihre Heimat zu verlassen. Würde sie sich auch noch von Sami trennen müssen? Würde er bald in dieser eigenen, geheimen Welt leben, in der es für sie als Mensch keinen Platz gab?

Sie hatte das Gefühl, neben sich zu stehen und alles wie einen Film zu sehen, als sie nach Hause fuhr, den Bulli vollpackte und auf den erlösenden Anruf von Quint oder Sami wartete.

Kapitel 44

Noch während des Gesprächs mit Jo war Quint in Windeseile in Elias Büro gerannt.

»Elia, ist deine Zulassung als Anwalt noch gültig?«, fragte er, sofort nachdem Jo aufgelegt hatte.

Elia hatte dafür gesorgt, dass die gerade beendete Baumpflanzung bei ihnen glatt über die Bühne gegangen war. Der Schreiber hatte Presse, Reporter des regionalen Fernsehsenders, Umweltschutzvertreter und Helfer der Feuerwehr aufs Gelände geholt. Und Arabella hatte dafür sogar noch ein nettes Catering in Form von Häppchen und Sekt auf die Beine gestellt. Was äußerlich wie eine gut eingefädelte PR-Aktion für die örtliche Bodyguardagentur wirkte, war eine reine Sicherheitsmaßnahme gewesen. Bei so viel Öffentlichkeit hätte selbst Raúl nie einen Vampirangriff gewagt, falls er den Standort des Hauptquartiers entdeckt hätte. Denn die Existenz von Vampiren musste verborgen bleiben, nur das sicherte das Überleben ihrer ganzen Art. Selbst einem Blutfürsten war das bewusst. Zusätzlich zu diesen Maßnahmen hatte Agnus natürlich alle Wächter – Quint eingeschlossen – ins Hauptquartier bestellt. Vinz war als Scharfschütze unsichtbar auf dem Dach platziert worden und die anderen hatten, gespickt mit versteckten Waffen, jeden Besucher genau im Auge behalten. Walter hatte Alice und die Frauen zuvor unauffällig in Rose' alte Bodyguardagentur gefahren. Immerhin war Rose noch stille Teilhaberin, das hatte seine Vorteile.

»Na ja, Quint, ich bräuchte wohl ein paar graue Haare, weil die Zulassung schon etwas älter ist, aber im Prinzip …«

Quint unterbrach Elia an dieser Stelle und erklärte ihm die Lage mit Sami.

»Ihn ruckzuck rauszuholen, wird bei Mord aber nicht so einfach sein, Quint.«

»Was wäre, wenn wir diesen anderen Typen auftreiben, diesen

Menschen, der ebenfalls K.-o.-Tropfen von dem Dealer gekauft hat? Den hatten wir doch schon verdächtigt, vielleicht ist das ja tatsächlich der Mörder.«

»Wenn der richtige Mörder bei der Polizei ein Geständnis ablegt, wäre das unsere beste Chance«, meinte Elia und seufzte. »Torricelli schaut uns gerade genau auf die Finger und würde uns alle vors Tribunal bringen, wenn wir eine komplette Polizeistation maskiert überfallen und einen Gefangenen befreien. Weißt du die Adresse von dem anderen Käufer noch?« Quint nickte. »Gut, dann nimm Raven mit. Seine Gabe, die Erinnerungen von Menschen zu sehen, wenn sie daran denken, wird den Mörder für uns identifizieren. Was jedoch das Geständnis bei der Polizei angeht …«

»Da mache ich mir wenig Sorgen«, meinte Quint grimmig. »Du kennst Raven. Wenn der erfährt, dass der Typ junge Frauen umgebracht hat, dann wird dieser Mann darum betteln, lieber bei der Polizei ein Geständnis ablegen zu dürfen, als in Ravens Hände zu fallen.« Vor allem, wenn er Raven stecken würde, dass sogar Susi vielleicht eines seiner Opfer geworden wäre. Schließlich war sie auch mit K.-o.-Tropfen betäubt worden und steckte schon im Kofferraum des mutmaßlichen Täters.

»Stimmt, da hast du recht«, pflichtete ihm Elia bei und sah auf seine Uhr. »Dann bete nur, dass ihr diesen Mann schnell findet. Der Papierkram auf einer Polizeistation dauert ewig und die Sonne wartet nicht.«

Elia griff zum Telefon.

»Was soll das, Elia? Beeil dich, fahr schon mal voraus zur Polizeistation.«

»Wenn es Sami so schlecht geht, brauche ich vorher noch zwei Dinge«, erklärte Elia und sagte ins Telefon: »Alva, bist du das?«

»Ja.«

»Ich benötige dringend ein Attest von dir, ausgestellt auf Samuel von der Linde, das auf Urticaria solaris lautet. Ja, du vermutest richtig, er ist ein Vampir. Ja, bitte sofort, per Mail.«

Elia beendete den Anruf.

»Was ist Urticaria solaris?«, fragte Quint.

»Der lateinische Fachbegriff für eine Krankheit – extreme Sonnenallergie.« Dabei zwinkerte ihm Elia zu. »Glaub mir, die gibt es wirklich.« Nun wählte Elia die Kurzwahl für Walter und erklärte Quint: »Der

Anwalt braucht einen Assistenten.« Als Quint ihn fragend ansah, erklärte der Schreiber: »Wenn Sami solche Krämpfe hat, schwebt er bereits in Lebensgefahr und braucht dringend einen menschlichen Blutspender, dafür nehme ich Walter mit.« Kaum war dieser Anruf erledigt, sagte Elia in ernstem Ton: »Es wird kein Problem, Walter als meinen Assistenten auszugeben, aber es wird nicht leicht, Sami unbemerkt von ihm trinken zu lassen. Zudem braucht der Junge mehr als ein Mensch ihm ohne Schaden geben kann. Und ohne den echten Mörder wird es sehr schwierig, ihn da rauszuholen.«

»Ich kriege Sami da raus, egal wie.«

»Egal wie? Mensch Quint, behalt einen kühlen Kopf!«

»Dafür ist es längst zu spät.«

»Hat das was mit deinem Urlaub zu tun?«

»Wir sind Freunde, Elia, aber du bist der Schreiber des Tribunals, also frag lieber nicht.«

Ein akustisches Signal ertönte – die Klingel am Eingangstor des Hauptquartiers.

»Ist das Josephine?«, fragte Quint sofort.

Elia schaltete die Außenkamera am Tor auf einen seiner Bildschirme.

»Nein, so wie es aussieht, ist es Torricelli. Er hat bereits gestern nach dir gefragt.«

»Ich habe Urlaub, Elia. Einen langen Urlaub und niemand weiß, wo ich bin, verstanden?«

Elia schüttelte den Kopf.

»Sag mir, dass du keine Dummheit begangen hast, Quint.«

»Wenn alles gut geht, fahre ich in einen sehr langen Urlaub, wie mein Bruder Samuel damals.«

»Scheiße, bist du dir sicher?«

»Ja, aber ich habe bei Jo Mist gebaut und weiß noch nicht, ob ich das wieder geradebiegen kann.«

»Wenn ich dir helfen kann ...«

»Nein, aber danke. Ich muss das selbst hinbekommen. – Falls sich die Ereignisse vor Sonnenaufgang überschlagen und ich keine Zeit mehr habe, dann sag Ben, er soll sich um Wildheart kümmern. Und bis er aus den Flitterwochen zurück ist, bitte Walter darum. Und er soll sich auch um die Katze von Jo kümmern.«

Elia nickte.

»Du kannst dich auf mich verlassen. Hat deine Mutter aus diesem Grund ihren Sitz im Tribunal aufgegeben?«

»Ja.«

»Verstehe. Ich muss Torricelli jetzt leider reinlassen, das weißt du. Aber du solltest ihm auf keinen Fall über den Weg laufen. Er wartet nur auf eine Gelegenheit, einen von uns ans Messer zu liefern. Aber was mich angeht: Du hast seit gestern Urlaub, Reiseziel unbekannt. Und ich werde Agnus und die anderen auch daran erinnern.«

»Woran willst du mich erinnern?«, knurrte Agnus.

Mal wieder war Angus völlig lautlos in das Büro gekommen.

»Dass Quint seit gestern Urlaub hat. Torricelli ist übrigens auf dem Weg zu dir, Agnus. Er hatte dir eine Mail geschickt: eine kurzfristig anberaumte Tribunalsitzung. Es geht angeblich um einen Gesetzesverstoß in unseren eigenen Reihen, mehr Infos hat er nicht reingeschrieben.«

»Torricelli? Scheiße! – Los, hau ab, Quint!«, sagte Agnus. »Alaska ist schön um diese Jahreszeit, aber geh gefälligst den Bären aus dem Weg. Los, lauf über die Kapelle raus. Benedikt wollte dich sowieso dort treffen, deshalb habe ich dich auch gesucht.«

Benedikt war wohl der Einzige, für den Agnus den Laufburschen machen würde. Obwohl der mysteriöse Mönch eigentlich auf einer Insel in der Irischen See sein Kloster hatte, war er seit den Anfängen der Wächter ein stiller Begleiter. Ja, eigentlich war er selbst sogar der Anfang gewesen. Es kursierten viele Mythen, wie durch Benedikt die Wächter zum Schutz der Menschen ins Leben gerufen wurden, aber dennoch blieben die Anfänge im Verborgenen. In den letzten Jahrhunderten war Benedikt zu einem Beobachter geworden, einer, der auf seine Art eingriff. Dass er es tat und was es bewirkte, merkte man oft erst hinterher …

»Ich schicke dir Raven in die Kapelle«, rief Elia Quint hinterher. »Und pass auf, Torricelli ist schon im Hauptflur!«

Quint rannte in Höchstgeschwindigkeit durch die Nebenflure. Am geheimen Zugang zur öffentlichen Kapelle, die auch die Mönche vom neuen Kloster nebenan benutzten, hielt er sein Gesicht über den Augenscanner. Die schwere Tür, die einem Tresorraum alle Ehre gemacht hätte, öffnete sich. Er entdeckte Benedikt in der vordersten Kirchenbank. Der hob die riesige Kapuze der braunen Kutte von seinem Kopf und winkte ihn zu sich. Beinahe verschmolzen mit dem Schatten einer Säule stand Hassan, der Überläufer von Raúl, etwas abseits.

»Hassan«, sagte Benedikt freundlich. »Ich warte hier auf eine junge Frau. Bitte stell dich draußen an die Tür und sorg dafür, dass uns niemand sonst stört.«

Hassan wich in das Dunkel an der Wand zurück und verließ nahezu lautlos und unsichtbar die Kapelle. Der Mönch wies mit der Hand auf den Platz neben sich. Quint rieb sich den Nacken.

»Muss das sein, Benedikt? Ich bin in Eile.«

»Und auf der Flucht, nicht wahr?«

Woher wusste Benedikt nun das schon wieder?

»Ein Leben steht auf dem Spiel«, knurrte Quint.

Benedikt war sanft und freundlich, dennoch sagte man ihm nach, schon die brutalsten Vampire in die Knie gezwungen zu haben, und zwar ohne den kleinsten Finger dabei zu rühren. Zahllose Geschichten rankten sich um den jahrhundertealten Mönch. Benedikt besaß seit jeher den Respekt aller Wächter und man tat, worum er einen bat. Das schien ein ungeschriebenes Gesetz zu sein.

»Du irrst dich, Quintus. Es steht nicht nur ein Leben auf dem Spiel, sondern drei.«

»Scheiße«, murmelte Quint.

Leicht zu raten, wessen Leben das wären, und Benedikt behielt leider stets recht. Er stieß die Luft aus und ließ sich auf die hölzerne Kirchenbank fallen.

»Was fühlst du, tief in dir, Quintus?«

»Wie ich mich fühle?«, er sprang wie von der Tarantel gestochen von der Kirchenbank. »Es geht hier um Leben und Tod! Es spielt keine Rolle, wie ich mich fühle!«

»Da irrst du dich, mein Sohn. Das eine bewirkt das andere. Also, was fühlst du da drinnen?«

Benedikt berührte mit der Handfläche die Mitte seiner Brust und es kam ihm so vor, als ob ...

»Dort drin tobt eine böse, gehässige Kreatur, die sich durch meine Eingeweide frisst.«

Quint erschrak über seine eigene, spontane Aussage und wollte sofort zurückrudern, doch Benedikt meinte: »Ja, die kenne ich. Sie ernährt sich von Schuld und Hass und sät Misstrauen. Sie vergiftet unsere Beziehungen und lässt uns Mauern errichten, die wir selbst nicht mehr überwinden können.«

Woher wusste Benedikt das nur? Es war, als wäre sein Inneres ein offenes Buch, das der Mönch las. Oder ging es anderen auch so?

»Du hast einen schlimmen Verlust erlitten, Quintus.«

»Wovon redest du?«

»Von deinem Bruder Samuel.«

»Das ist über 22 Jahre her«, wiegelte Quint ab.

»Ach ja? Fühlt es sich nicht genauso schlimm an, als wäre es erst gestern geschehen?«

»Ja, verdammt!«

Benedikt traf mitten ins Schwarze, genau dorthin, wo es am meisten wehtat.

»Nicht fluchen, Quintus!«

Der Mönch strafte ihn mit einem Blick und Quint zog unwillkürlich den Kopf ein wie ein kleiner Junge, der bei einem schlimmen Unfug ertappt worden war.

»Du hättest trauern sollen, Quintus. Aber tief in deiner Seele hast du dich schuldig gefühlt und mit Hass reagiert: Hass auf dich selbst, auf alle Gesetzlosen und ...«

»Und?«, fragte er, doch Benedikt hatte den Satz wohl absichtlich nicht weitergeführt, denn der Mönch sah ihn erwartungsvoll an und würde wohl so lange weiterbohren, bis er es ausspuckte. Knurrend gab er deswegen zu: »Und auf Samuels Freundin.«

»Du hast nur diese eine Frau gehasst?«

»Nein! Irgendwann habe ich sie alle gehasst!«

Quint legte seine Unterarme auf die Oberschenkel und senkte den Kopf.

»Aber heute kann ich meinen Bruder verstehen.«

»Ein guter Anfang. Diese böse, gehässige Kreatur würde sich nur allzu sehr freuen, wenn sie dein Misstrauen in etwas Tödliches verwandeln könnte.«

»Hat sie schon – beinahe. Mein Hass, diese Schuld – ich werde sie einfach nicht los, obwohl ich es will. Plötzlich steigt es in mir auf, ich sehe nur noch rot und drehe durch.«

Benedikt seufzte.

»Hat sich der Hass erst einmal bei dir eingenistet, will er nicht mehr gehen. Und du hast es ihm ja auch schön gemütlich gemacht über die Jahre, ihm alles gegeben, was er wollte.«

»Ich kann nicht aus meiner Haut heraus! Was soll ich denn tun?«

»Ich dachte schon, du fragst nie.«

Benedikt wirkte erleichtert, wie ein Lehrer, dessen Schüler endlich die Lösung gefunden hat, auf die er ihn schon die ganze Zeit mit der Nase stößt.

»Du sollst auch gar nicht aus deiner Haut heraus, Quintus. Aber das, was dort nicht hineingehört, muss hinaus.«

»Du sprichst in Rätseln.«

»Du musst diese Kreatur zum Teufel jagen, dort wo sie hingehört, sonst bist du verloren und ziehst die anderen um dich herum mit in den Abgrund.«

»Ach ja?«, entfuhr es ihm rebellisch. Doch kaum hatte er es ausgesprochen, dachte er daran, dass er Jo beinahe getötet hatte – war das nicht Abgrund genug? Und wäre sie gestorben, hätte ihm das endgültig den Boden unter den Füßen weggezogen. Vielleicht hätten ihn dann sogar seine eigenen Leute eliminiert.

Kleinlaut gab Quint deshalb zurück: »Und wie soll das gehen? Immerhin sprichst du von einer imaginären Figur in mir, einem Gefühl.«

»Du musst vergeben, Quintus, dir selbst und den anderen. Erst dann wirst du frei sein.«

»Das ist mir zu hoch. Ich kapier das alles nicht.«

»Du willst wohl eher nicht«, sagte Benedikt nun streng. »Aber wenn du deine Kontrolle zurückhaben möchtest, wenn deine Beziehungen heil werden sollen, dann musst du etwas tun.«

»Aber ich bin machtlos dagegen! Ich kann nicht!«, rief Quint stur und sprang abermals von der Kirchenbank auf.

»Du nicht, aber er.«

Quint schaute zu Benedikt. Der wies mit der Hand auf die Jesusfigur am großen Holzkreuz, das über dem kleinen Altarraum in der Kapelle hing. Das Kreuz, in dem unter Jesu Füßen Vinzenz' Dolchklinge steckte.

Angeblich hatte Vinz hier seinen Hass geopfert als Gegenleistung für Arabellas Rettung. Den legendären Dolch – mit dem Vinzenz im Lauf der Jahrhunderte einen Strom von Blut vergossen hatte – versenkte der Wächter dort bis zum Heft im Holz und brach den Griff danach ab. Die Klinge würde für immer in dem Kreuz stecken bleiben.

»Soll ich etwa auch mein Messer da reinstecken? Ist es das, was du willst?«

Benedikt lächelte milde.

»Nein, Quintus. Du musst vergeben, dir selbst und den anderen. Erst dann wirst du frei.«

»Einfach vergeben?«

Benedikt erhob sich und klopfte ihm auf die Schulter.

»Dass es einfach ist, habe ich nicht gesagt. Diese alte Wunde wird bluten, bevor sie heilt. Du wirst weinen und trauern, das, was du von Anfang an hättest tun sollen.«

Quints Kiefer mahlten, während er einen Seitenblick auf das Kreuz warf, dorthin, wo Vinzenz' Klinge steckte. Der Vorgeschmack heute hatte ihm gereicht, er wollte niemanden in den Abgrund reißen, ganz besonders nicht Jo oder Sami.

Dass sein Bruder ihn wegen einer Frau verlassen hatte, würde er ihm vergeben können. Das fiel ihm nicht mehr so schwer, denn inzwischen verstand er, was Samuel empfunden hatte. Logischerweise müsste er dann auch seiner Freundin vergeben, wer auch immer sie war. Das wiederum fiel ihm schon schwerer, denn die hatte seine Familie auseinandergerissen, letztendlich seinen Vater in den Tod getrieben. Allerdings hatte sein Bruder, bevor er sich spurlos aus dem Staub gemacht hatte, monatelang überglücklich ausgesehen und diese Frau hatte das bewirkt. Sie musste Samuel also sehr geliebt haben. – Aber seine eigene Schuld? Die wog zu schwer. Und heulen würde er auch nicht, wie Benedikt sagte, er war schließlich kein Weichei. Eine Geste mit Messern war eher seine Sache.

Vergebung war unsichtbar, nicht zu greifen, aber er hatte das Bedürfnis, etwas Sichtbares, Greifbares zu tun. Kurz entschlossen zog er aus seinen beiden Stiefeln die zwei kleinen, flachen Messer – für seinen Bruder und dessen Freundin – und schleuderte sie mit voller Wucht rechts und links von Vinzenz' Klinge in das Holzkreuz.

Sein großes Messer würde er behalten. »Rambomesser« hatte Johns Frau Lara stets dazu gesagt. Er wusste durch Susi jetzt endlich, wer dieser Rambo war, aber sein Messer hatte er bestimmt nicht gestohlen!

Quint hörte, dass die schwere Verbindungstür zwischen Kapelle und Hauptquartier sich erneut öffnete. Blitzschnell hatte er sein großes Messer und seine Pistole in den Händen.

Zum Glück war es nur Raven.

Quint wollte dem Mönch gerade sagen, dass sie nun dringend losmüssten, doch der legte einen Finger auf seine Lippen.

»Pst!«

Im gleichen Moment quietschte die Vordertür der Kapelle.

Für Menschen unhörbar flüsterten Benedikt und er nun miteinander.

»Jetzt kommt sie, Quint. Ihretwegen bin ich hier.«

Eine zarte Frau in der Blüte ihres Lebens trat durch die Tür. Ihre langen Haare hatten einen faszinierenden Farbton oder besser gesagt eine faszinierende Struktur. Sie waren nicht wirklich blond, sondern hell wie Perlmutt und schimmerten auch in dieser Weise. Allein die weiche Art, wie sie einen Fuß vor den anderen setzte, strahlte Ruhe aus und eine Sanftheit, als hätte sie in ihrem ganzen Leben noch keiner Fliege etwas zuleide getan. In der einen Hand hielt sie einen dünnen, weißen Stock, in der anderen eine Art Geschirr, in der ein Golden Retriever steckte.

Quint runzelte die Stirn und blickte den Mönch fragend an.

»Sie verliert ihr Augenlicht, von Tag zu Tag ist es weniger geworden. Inzwischen ist sie fast blind. Aber darüber hinaus ist sie etwas ganz Besonderes und deshalb soll Hassan gut auf sie aufpassen.«

Quint schüttelte irritiert den Kopf und flüsterte: »Man hat Hassan mit brachialer Gewalt dazu gezwungen, einen Teufel vor anderen Mördern zu beschützen. Denkst du wirklich, er ist die richtige Wahl für so eine zerbrechliche Frau? Schick ihn lieber aus, um Mörder umzubringen.«

»Nein. Hassan war lange genug in der Dunkelheit. Er braucht Licht für seine geschundene Seele, ein sanftes Wesen, das ihn die Brutalität seiner Vergangenheit überwinden lässt.«

Quint schüttelte abermals den Kopf.

»Wie auch immer. Raven und ich müssen jetzt los, Benedikt.«

Kapitel 45

Die ganze Nacht über hatte Jo gepackt. Ihr VW-Bulli war bis unters Dach voll. Den Inhalt des Aktenkoffers und die Pässe hatte sie zuvor schon in einem Schließfach am Bahnhof deponiert, falls irgendwas schiefging und sie den Oldtimer zurücklassen musste. Gerade hatte sie noch ein neues Schloss für die Vordertür eingebaut, das die Polizei zerstört hatte. Über anonyme Mittelsmänner würde sie ihr Elternhaus in einigen Wochen verkaufen.

Bestimmt tausendmal hatte sie inzwischen überprüft, ob ein Anruf von Sami oder Quint eingegangen war und ob ihr Handy auch ja noch genug Akkulaufzeit hatte. Bei jedem Fahrzeug, das langsam an ihrem Haus vorbeifuhr, geriet sie in Panik und schaute nach, ob es diese Siegelringträger waren. Sie hatte ihre Klamotten komplett durchgeschwitzt und deshalb ein frisches Top angezogen und ihre robuste Jeans gegen eine Cargohose aus dünnem Baumwollmaterial eingetauscht.

Ihr Handy klingelte. Endlich!

»Mama?«

»Sami! Oh Gott, Sami! Bist du frei?«

»Ja! Stell dir vor, Quint und seine Leute haben den Typen geschnappt, der meine Freundin kidnappen wollte.«

»Du hast eine Freundin? Wann wolltest du mir das erzählen?«

»Jetzt weißt du's ja.« Sie hörte das freche Grinsen ihres Sohnes heraus und schüttelte den Kopf. »Auf alle Fälle steckt dieser Kerl wohl auch hinter den Frauenmorden, die sie mir anhängen wollten. Der Typ hat sich auf dem Weg zur Polizei sogar in die Hose gepisst. Kein Wunder, bei dem Furcht einflößenden Kerl, der ihn angeschleppt hat. Dem würde ich in meinen Albträumen nicht begegnen wollen. Der hat ein Schlangentattoo im Gesicht, stell dir das mal vor ...«

»Stopp, Sami! Alles der Reihe nach. Du bist also frei. Wo genau bist du jetzt? Wir müssen schnellstens das Land verlassen ...«

Sami unterbrach sie mitten im Satz: »Auf gar keinen Fall, Mama! Ich bin hier in einer superedlen Stadtvilla, die Quints Mutter gehört. Die sind voll reich und das Größte ist, meine Freundin wohnt auch hier.«

»Sami, ich habe Therese kennengelernt, sie ist nett, aber ich glaube nicht, dass du dort sicher bist.«

»Ach, Mama, du siehst wieder Gespenster. Endlich bin ich unter Vampiren. Die sind echt cool. Und wir waren schon auf der Jagd.«

Auf der Jagd? Unwillkürlich sah sie ausgeweidete Menschen in einem einsamen Waldstück vor sich.

»Sami, um Himmels willen! Bitte sag mir, dass du keine unschuldigen Menschen umgebracht hast!«

»Ach Mama, jetzt reg dich mal ab. Quint hat mir gezeigt, wie man Erinnerungen löscht, aber ich muss das halt noch üben, so lange begleitet er mich.«

»Also ist kein Mensch zu Schaden gekommen?«

»Nee. Quint hat extra aufgepasst, dass ich von keinem zu viel trinke, und ich bin endlich wieder mal richtig satt geworden. Quint hat mir schon einiges über das Vampirleben erzählt. Das ist so geil! Ich bin so happy, dass ich endlich Leute habe, mit denen ich offen reden kann und die mir alles erklären. Jetzt bin ich kein Einzelgänger mehr und fühl mich nicht mehr wie ein Freak. Du, Mama, Quint sagt, er muss ein paar Dinge mit dir klären und in Ruhe mit dir quatschen. Ich soll dich bitten, dass du ihn ausreden lässt. Aber nur, dass du's weißt, obwohl ich Quint meine Rettung verdanke, habe ich ihm ordentlich eine reingehauen. Keiner verletzt meine Mama und kommt ungeschoren davon!«

»Das ist so lieb von dir.«

Tränen liefen ihr übers Gesicht.

»Quint ist übrigens schon unterwegs zu dir, Mama.«

»Oh nein!«

Sofort zog Jo die nagelneue Spezialwaffe hinten aus ihrem Hosenbund.

»Bist du dir wirklich sicher, dass Therese und die anderen sich gut um dich kümmern werden, Sami?«

»Klar, ich gehöre doch jetzt zu denen und die sind voll okay.«

»Ich kann dich da jederzeit rausholen«, versicherte sie Sami.

»Nein, bloß nicht! Ich will hier um keinen Preis weg. Therese hat mir schon ein riesiges Zimmer mit eigenem Bad angeboten, direkt neben dem von Susi.«

Es hörte sich so an, als grinste er von einem Ohr bis zum anderen.

»So, wie es aussieht, hast du endlich deinen Platz in der Welt gefunden. Und ich wünsche dir, dass du glücklich wirst, aber ...« – Für sie selbst gab es dort keinen Platz.

Sie überlegte, ob sie ihrem Sohn das erklären sollte, entschied sich jedoch dagegen. Sami war heute seinem Tod und der Entdeckung so nahe gekommen. Er hatte ein wenig Glück verdient. Sie sollte ihn jetzt nicht mit ihren Sorgen belasten. Sobald sie in Sicherheit war, würde sie ihm eine Nachricht zukommen lassen und sich darin richtig verabschieden. Sie schluckte den Kloß in ihrem Hals herunter. Sami war alles, was ihr noch geblieben war. Nun würde sie auch ihn noch verlieren. Aber eigentlich war er ja schon erwachsen und hatte das Recht auf ein eigenes Leben.

»Ich liebe dich, Sami«, sagte sie und zwang ihre Stimme, neutral zu klingen, obwohl ihr zum Heulen war. »Ich melde mich wieder. Ich muss jetzt Schluss machen.«

Sie beendete das Gespräch und versuchte sich zusammenzureißen. Sami würde glücklich werden. Nur sie musste jetzt ihre eigene Haut retten, bevor die Vampire kamen. Sie hatte gedroht, ihre ganze Art auffliegen zu lassen, und deshalb würde man sie nicht ungeschoren davonkommen lassen. Diese Lektion hatte sie damals bitter erfahren: Nicht ohne Grund waren ihr Freund und sie jahrelang auf der Flucht gewesen. Und der Ernst, mit dem ihr Freund diese Flucht betrieben hatte, war ein Indiz dafür, wie gefährlich diese Vampire werden konnten, wenn man zu viel über sie wusste – besser gesagt, überhaupt etwas über sie wusste.

Rasch wischte sie sich die Tränen aus dem Gesicht und schnäuzte sich, da hörte sie bereits Quints Kawasaki in ihrer Kieseinfahrt.

Sie hatte inzwischen oft genug erlebt, wie gnadenlos und gefährlich Quint ihr gegenüber werden konnte, und war diesmal vorbereitet. Doch sie musste schnell sein und durfte keinen Moment zögern. Um sich ein wenig zu beruhigen, steckte sie ihre Hand in die rechte Hosentasche, zu dem kleinen Bären dort, und strich über das geliebte Andenken. Dann verlor sie keine Zeit mehr, entsicherte ihre Spezialpistole und schob sich zusätzlich noch ihre kleine Walter PPK vorn in den Hosenbund. Ein tiefer Atemzug, und sie riss die Haustür auf, schoss dem sichtbar überraschten Quint direkt in die Brust und schlug die Tür sofort wieder zu.

Sie hörte Quint auf ihre Haustür zutorkeln.

Sie hatte getroffen, es sollte nur Sekunden dauern, bis Quint keine Gefahr mehr darstellte. Hoffentlich war das nicht zu lang! Die Haustür war zwar aus massivem Holz, aber das Schloss würde keinem wütenden Vampir standhalten.

In Todesfurcht lehnte sie sich mit dem Rücken gegen die Tür, zog hastig die zweite Ladung aus ihrer linken Hosentasche und lud die Spezialpistole nach.

»Bleib, wo du bist, oder ich schieße ein zweites Mal!«

Der Rums eines schweren, fallenden Körpers ließ die Tür erzittern. Ihr Herz blieb fast stehen. Doch zum Glück brach Quint anscheinend nur auf der anderen Seite ihrer Haustür zusammen und hatte keine Kraft mehr, sie einzutreten.

Zur Sicherheit verharrte sie noch ein paar Sekunden. Doch wie erwartet, rührte er sich nicht mehr.

»Ich komme jetzt raus, Quint. Keine Bewegung oder ich schieße dir mit meiner anderen Pistole in den Kopf.«

Mit hämmerndem Herzen öffnete sie die Tür und richtete beide Waffen auf Quint.

»Keine einzige, kleine Bewegung, Quint!«, warnte sie und zielte mit ihrer Walter PPK auf seinen Kopf.

»Was war in dem Pfeil, Josephine?«, presste Quint mühsam hervor.

»Curare. Es lähmt dich. Du hast Sami gerettet, ich wollte dich nicht erschießen müssen. Du solltest mir nur nicht folgen können, also bleib einfach liegen. Ich sag Sami Bescheid, damit er dich nach Hause bringt, falls du es bis zum Sonnenaufgang nicht selbst schaffst. Ich bin kein Mörder.«

»Ich auch nicht«, stammelte Quint, sichtlich angestrengt wegen des Giftes.

»Ach ja? Du hättest mich beinahe erwürgt!«

»Josephine, bitte lass uns reden.«

»In Ruhe reden? So wie das letzte Mal, als du meinen Kopf gegen die Wand geschlagen hast? Nein, danke! Außerdem weiß ich ganz genau, dass du nicht zum Reden gekommen bist! Du willst meine Erinnerungen löschen.«

»Jo, hör mir zu. Sami ist Samuels Sohn«, sagte er mühsam, in abgehackten Worten.

»Natürlich, ich habe ihn ja nach seinem Vater benannt.«

»Und dieser Samuel war mein Bruder.«

»Was?«

Einen Giftpfeil zur Begrüßung, als wäre er ein tollwütiges Tier! Damit hatte Quint wirklich nicht gerechnet. Trotz seiner schnellen Reaktion als Vampir hatte die Pfeilspitze seine oberste Hautschicht durchbrochen, ehe er sie wegschlagen konnte. Wenigstens hatte ihn nicht die volle Dosis erwischt. Leider reichte es jedoch, um ihn nach ein paar Schritten erst mal zusammensacken zu lassen.

Dabei war er gekommen, um Josephine eine gute Nachricht zu bringen, ihr alles zu erzählen, was sie in dieser Nacht herausgefunden hatten. Elia hatte fleißig recherchiert, Sami hatte nach seiner Freilassung erzählt, was er wusste, und zusammen mit seiner eigenen Erinnerung ergab alles ein stimmiges Bild:

Nach jahrelanger Flucht hatte Jo sich mit seinem Bruder Samuel auf den Kanalinseln bei ihren Großeltern niedergelassen und deren Namen – den Mädchennamen ihrer Mutter – angenommen: von der Linde.

Sie heirateten und Josephine wurde mit Sami schwanger. Samuel muss geglaubt haben, die Schwangerschaft wäre Beweis genug, dass Jo eine Symbiontin war, auch wenn die Blüte der Ewigkeit seltsamerweise fehlte. Auf Grund der Schwangerschaft hätte sein Vater William das Tribunal womöglich überzeugen können, dass Samuel tatsächlich keine verbotene Beziehung führte. Dann wären Jo und Samuel nicht mehr verfolgt worden und Quints Familie wäre wieder vereint gewesen.

Aus diesem Grund war Samuel höchstwahrscheinlich vor 22½ Jahren mit der schwangeren Jo zurückgekehrt: Er wollte mit seinem Vater William reden und herausfinden, wie seine Chancen beim Tribunal standen. Aus Vorsicht hatte Samuel für das erste Treffen extra einen belebten, öffentlichen Ort mit mehreren Ausgängen gewählt. Doch auch wegen

Quints Schuld war bei dem Treffen einiges schiefgegangen und Samuel starb, bevor es zu diesem Gespräch kommen konnte. Josephine selbst hatte seinem Vater William in dieser Nacht nichts von ihrer Schwangerschaft erzählen können, weil sie aufgrund einer Kopfverletzung nicht mehr ansprechbar war. Das entnahmen sie den Unterlagen des Krankenhauses, in das William sie kurz vor Sonnenaufgang gebracht hatte. Und da Jo erst im dritten Schwangerschaftsmonat war, hatte sein Vater noch nicht den Herzschlag des ungeborenen Kindes hören und so von dem Baby wissen können. In dieser Nacht, kurz vor Sonnenaufgang, hatte alles schnell gehen müssen, deshalb hatte William in aller Eile einfach nur die letzten Monate aus Jos Erinnerungen gelöscht. Er hatte vorgehabt, sie am nächsten Abend aufzusuchen, ihr die Erinnerung wiederzugeben und die Dinge dann erst Mal in Ruhe zu klären, und auf die eine oder andere Weise hätte er sich um Jo gekümmert. Aber bei Sonnenuntergang war Jo bereits spurlos verschwunden. Die jahrelange Recherche seines Vaters hatte stets in der gleichen Sackgasse geendet: am Londoner Flughafen. Der Name aus den Papieren in Jos Handtasche, auf die sein Vater in jener Nacht einen Blick geworfen hatte, war falsch gewesen. Detektive hatten jeden einzelnen Mietwagen dieser Nacht, den eine Frau gemietet hatte, jeden Flug, jedes Hotel überprüft – nichts hatte sie zu Josephine geführt. Kein Wunder, denn nach dem, was Sami von Erzählungen wusste, war Jos Großmutter auf ihren Wunsch hin extra von den Kanalinseln angereist und hatte sie mit dem eigenen Wagen vom Flughafen abgeholt. Jo war schlau gewesen und wusste, wie sie ihre Spuren verwischen musste. Und da sie in der verhängnisvollen Nacht unter dem Namen Jane Green aufgetreten war, hatten bei dem Namen Josephine von der Linde weder bei Quint noch bei seiner Mutter die Alarmglocken geläutet.

Ja, Sami war sein Neffe und Josephine die Witwe seines Bruders. Auch für ihn war das ein Schock gewesen, ebenso wie für Jo, denn bei dieser Offenbarung wurde sie gerade leichenblass und schwankte. Dennoch blieb ihre Waffe stur auf seine Stirn gerichtet und in seinem Zustand würde er nicht schnell genug ausweichen können, falls sie tatsächlich abdrückte. Das Gift zeigte Wirkung, auch wenn es dank seiner Vampirnatur schon wieder nachließ.

Er hörte Jos Herz hämmern. Sie hatte Todesangst und reine Panik spiegelte sich in ihren Augen wider. Es wäre vielleicht das Beste, wenn er erst mal unbedrohlich am Boden liegen blieb.

Es gab so vieles, was er ihr sagen wollte und was er fragen wollte – über seinen Bruder, ihr gemeinsames Leben, seine letzten Stunden.

»Dann sind Samuel und ich die ganzen Jahre vor seinem eigenen Vater, dir und deinesgleichen auf der Flucht gewesen!«, rief Jo und schüttelte den Kopf, während Tränen ihre Wange herunterrannen. »Wie konntet ihr Samuel das nur antun? Ihr habt ihm gefehlt, aber er hatte immer furchtbare Angst um mich und was mit mir passieren würde, wenn sie ihn schnappen und uns trennen. Was ja auch passiert ist.«

Das verstand Quint gut. Elia hatte ihm ja erklärt, dass sie rücksichtslos Monate oder Jahre aus Jos Gedächtnis gelöscht hätten und sie am Ende vielleicht nur noch eine leere Hülle gewesen wäre. Er selbst hatte ja auch alles in die Wege geleitet, um mit Jo wegzulaufen.

»Deine Flucht – ist zu Ende, Jo«, stammelte er, seine Zunge gehorchte ihm nicht ganz.

»Ja, klar! Weil ihr mir auch noch den Rest meiner Erinnerungen ausradieren wollt, bis ich am Ende noch nicht einmal mehr weiß, dass Sami existiert hat!«

»Nein, Jo.«

Er würde das verhindern! Er würde vor das Tribunal treten und mit Samis Geburt argumentieren.

Jo hatte solche Angst, er fühlte sie förmlich selbst. Was nur möglich war, wenn zwischen ihnen bereits eine Symbiose begonnen hatte. Auch etwas, das er ihr erklären würde. Josephines Gesicht war tränennass. Wie gern hätte er sie jetzt einfach in den Arm genommen, getröstet und ihr all diese Angst genommen. Er konnte es kaum erwarten, bis seine Vampirnatur die Reste des Giftes vernichtet hatte.

»Wie kann ich euch noch trauen? Immerhin war es doch einer von euch, der Samuel die Kehle herausgerissen hat! Und wofür? Er hat mir nie eines eurer Geheimnisse verraten, nie! Ich weiß gar nichts über euch! Und das hat mein Leben sehr schwer gemacht, als ich entdeckte, dass Sami ein Vampir ist. Und das, was Sami ohne all die wichtigen Informationen durchmachen musste, ist auch eure Schuld. Heute wäre er deswegen beinahe umgekommen! Aber vielleicht bringt ihr ihn ja auch noch um, wie seinen Vater.«

»Niemals, das schwöre ich.«

Er spürte, dass die Angst in ihr geradezu explodierte, diesmal wegen ihres Sohns. Sie legte ihm den Lauf der Walter PPK direkt an die Schläfe.

»Schwöre mir, dass du ihn mit deinem Leben beschützt!«

Jo war so tapfer wie eine Bärenmutter, die ihre Jungen verteidigte. Er war stolz auf sie.

»Das werde ich.«

Dazu war ihre Waffe gar nicht nötig. Wegen seiner Schuld war Sami ohne Vater aufgewachsen und das würde er sich nie verzeihen. Das wenigste, was er tun konnte, war, jetzt und in Zukunft für Sami wie ein Vater da zu sein.

Eine schwarze Limousine fuhr am Haus vorbei und Jo drehte sich ruckartig in diese Richtung.

»Das sind sie, oder?«, schrie Jo und rannte zum Bulli.

Dann blieb sie abrupt stehen und wandte den Kopf zu ihm.

»Du hast meinen Bulli verwanzt und mein Handy vermutlich auch, oder?«

Eine Antwort war überflüssig, denn sie zog ihr Handy aus der hinteren Hosentasche, warf es auf den Boden und trat darauf. Dann stürmte sie zu seiner Kawasaki und schwang sich auf den Sitz. Unglücklicherweise hatte er den Schlüssel stecken lassen.

»Warte! Jo!«

Sie schien ihn gar nicht mehr wahrzunehmen, warf den Motor an und gab Gas. Die Maschine schwankte gefährlich, als Jo aus der Einfahrt in die Straße bog, sie war wohl nur die Harley gewohnt. Beinahe wäre sie auch noch mit einem vorbeifahrenden Wagen zusammengestoßen. Das konnte nicht gut enden.

Mit zusammengebissenen Zähnen stützte sich Quint am Türrahmen ab, um auf die Beine zu kommen. Dank seiner extrem beschleunigten Heilung als Vampir verflüchtigten sich die Lähmungserscheinungen des Curare mit jeder Minute mehr. Doch er hatte keine Minuten. Halb taumelnd, halb auf allen vieren bewegte er sich zu Jos altem VW-Bulli. Sie hatte ebenfalls die Schlüssel stecken lassen, was für ein Glück.

Während er wegen des Giftes ziemlich grobmotorisch den Bus auf die Straße lenkte, konnte er Jo schon nicht mehr sehen. Die Kawasaki war einfach zu schnell und den Peilsender hatte er wegen seiner bevorstehenden Flucht leider entfernt. Aber er würde ihr auf andere Weise folgen können. Ihm war vorhin nämlich klar geworden, warum er so intensiv für Jo empfand und ihre Emotionen wie ein Echo selbst spürte: Zwischen ihnen hatte längst eine Symbiose begonnen, eine tiefe Verbindung war entstanden. Und das war nur möglich, weil Jo eine der äußerst seltenen Symbiontinnen war und ihre beiden Körper bestimmte Hormone und Botenstoffe ausgesandt hatten, eine Chemie, die nur entstand, wenn man sich liebte. Weil er während dieses Prozesses bereits ihr Blut getrunken hatte, spürte er Jo in seinem Inneren. Sobald er Jo sein Blut schenkte, wäre es auch ihr möglich, seine Emotionen und Schmerzen zu spüren. Dadurch war er nun auch in der Lage, ihr quasi aus dem Bauch heraus zu folgen – zumindest theoretisch, denn das war für ihn völliges Neuland. Die Symbiose mit einer Frau war ein unschätzbares Geschenk für einen Vampir, und die meisten erlebten das nie.

Um Jo so deutlich zu spüren, dass er ihr folgen konnte, musste er sich ganz für ihre Gefühle öffnen. Allerdings hatte er nicht die Gabe von Vinzenz, der seine entführte Gefährtin Arabella über den halben Erdball hinweg gefunden hatte. Je weiter sich Jo von ihm entfernte, desto mehr würde dieses Gespür verblassen und schließlich ganz verschwinden. Und Jo hatte bereits bewiesen, dass sie ein Profi darin war, für immer von der Bildfläche zu verschwinden. Das war seine letzte Chance.

Er versuchte, sich für Jo ganz zu öffnen, tief in sich hineinzuhören – und es funktionierte tatsächlich. Er hatte schon vorher ab und zu den Eindruck gehabt, ihre Gefühle auf gewisse Weise zu spüren, aber jetzt traf ihn die volle Intensität: Verzweiflung, Todesangst, Enttäuschung und Einsamkeit. All das tobte gerade in Josephines Innerem und er war nicht bei ihr. Sie war allein und sein Instinkt schrie danach, in ihrer Nähe zu sein, um ihr beizustehen und sie zu trösten. Außerdem machte er sich größte Sorgen, dass ihr etwas zustoßen könnte, bevor er sie erreichte. Immerhin saß sie ohne Helm und schützende Lederkleidung auf einem Motorrad, das sie nicht ganz beherrschte, und raste bestimmt mit Höchstgeschwindigkeit durch die Stadt. Ein einziges Auto würde genügen, um ihr Todesurteil zu fällen.

Er drückte aufs Gas, gelangte schließlich an die Straße, die stadtauswärts führte. Die Serpentinen, die folgten, führten durch den Wald hoch zum Bergkamm, der die Stadt zum Teil umgab. Danach verlief die Straße auf der anderen Seite in verflixt engen Schleifen wieder steil den Berg hinunter.

Aus der Ferne entdeckte er unten am Berg zwischen den Bäumen Josephine.

Auf der kurvenreichen Strecke nach oben konnte er mit dem Bulli schneller fahren als sie und holte auf. Aber wenn sie den Fuß des Berges auf der anderen Seite erreichte, müsste sie nur einen der unzähligen Wanderwege durch das Naturschutzgebiet nutzen, die zu schmal für den Bulli waren, und sie würde ihm endgültig entkommen.

Er wollte doch nur eine Chance! Eine Chance, ihr alles zu erklären und sie in die Arme zu schließen. Jo würde sinnlos untertauchen und für den Rest ihres Lebens allein sein. – Und das, obwohl er sie liebte.

In purer Verzweiflung schickte er ein Stoßgebet zum Himmel. *Eine letzte Chance! Bitte, eine letzte Chance!*

Als er den Bergkamm erreichte, war Jo direkt vor ihm. Der Nachtwind spielte stürmisch mit ihren wunderschönen Haaren. Ihre nackten Arme, mit dieser unbeschreiblich weichen Haut, hielten krampfhaft den Lenker der Kawasaki. Sie fuhr zu schnell und hatte dabei sichtbare Mühe, die Maschine in den Kurven sicher zu halten. Sie war so zerbrechlich! Sein Herz krampfte sich vor Sorge zusammen.

Jetzt wandte sich Jo auch noch in voller Fahrt zu ihm um, gerade als sie ein behelfsmäßig aufgestelltes Schild am Straßenrand passierte. Mit Entsetzen registrierte Quint die Warnung vor Rollsplitt auf dem Schild und dass die Straße in kurzer Entfernung wegen eines Erdrutschs gesperrt war.

Jo ging nicht vom Gas, hatte das Schild vermutlich nicht gesehen. Er rief ihr zu, stehen zu bleiben, hupte und trat schließlich auf die Bremse, um Josephine nicht weiter zu bedrängen.

Kapitel 46

Jo sah Quint im Rückspiegel, konnte es nicht glauben und wandte ihren Kopf nach hinten. Tatsächlich! Quint saß hinter dem Steuer ihres VW-Bullis, hupte und brüllte etwas, das sie im Lärm der Motoren nicht verstand. Sicher wollte er, dass sie brav stehen blieb, aber das würde sie auf keinen Fall tun! 183 Tage, die aus ihrem Gedächtnis gelöscht waren, waren mehr als genug! Nachdem sie in den letzten Stunden alles verloren hatte, blieben ihr doch nur noch ihre Erinnerungen.

Die Kawasaki schwankte gefährlich, während sie zurückblickte, aber sie bekam das Ding gerade noch so in den Griff. Dann gab sie Gas und registrierte mit Erleichterung, dass Quint mit dem Bulli zurückfiel.

Die nächsten zwei Serpentinen waren gefährlich eng und verlangten ihr alles ab, aber der Bulli war endlich außer Sichtweite. Die hohen, dichten Bäume am steilen Berghang begrenzten allerdings auch ihre Sicht nach vorne. Vor ihr tauchte die nächste Linkskurve auf und plötzlich änderte sich der Straßenbelag: frischer Asphalt mit einer dicken Schicht scharfkantigem Splitt. Sie hatte die Geschwindigkeitsbegrenzung zuvor natürlich ignoriert und bereute es jetzt zutiefst. Sie bremste ab, zu stark, das Hinterrad blockierte und schlitterte unkontrolliert. Dennoch musste sie sich nun in die Kurve legen, wenn sie nicht in voller Fahrt in die Leitplanke donnern wollte, die das Einzige war, was sie vor dem steilen Abgrund dahinter trennte.

Auf einmal nahm sie alles wie in Zeitlupe wahr ...

Sie legte sich in die Kurve. Die Reifen der Kawasaki verloren den Halt. Die Maschine rutschte weg. Die Kawasaki drückte sie mit ihrem Gewicht auf den mit scharfkantigem Splitt bedeckten Asphalt. In ihrem Oberschenkel und ihrem Unterarm explodierte brutaler Schmerz. Sie schrie. Gefangen zwischen der Straße und dem Motorrad wurde sie mit grausamer Gewalt über den Boden geschleift, der sich anfühlte wie ein gigantisches Reibeisen, unter dem ein Höllenfeuer loderte. Unvorstellbarer Schmerz entflammte ihre ganze linke Seite. Dann krachte die schwere Maschine samt ihr in eine Leitplanke, drehte sich weiter und durchbrach eine Absperrung. In ihrem ganzen Leben hatte sie nie solche Schmerzen erlitten und war dankbar, als tiefe Schwärze sie endlich davon erlöste.

Quint war bewusst außerhalb von Jos Sicht geblieben, damit sie aufhörte, so zu rasen. Inzwischen war er körperlich auch wieder fit, wenngleich Reste des Giftes womöglich noch in seinem Körper waren.

Er hatte zuvor die Scheibe heruntergekurbelt, um Jo eine Warnung zuzurufen. So entging ihm mit seinem feinen Gehör nicht, dass sich das Fahrgeräusch der Kawasaki plötzlich veränderte. Er hörte ein Schlittern, einen Aufprall, erst gegen Metall, dann gegen Holz. Aber er hätte seine Ohren gar nicht gebraucht, das Echo von Jos Schmerz überrollte ihn wie eine Feuersbrunst. Und dann war da auf einmal gar nichts mehr, als hätte jemand einen Ausschalter betätigt.

Aus den Augenwinkeln registrierte er den beinahe senkrechten Abgrund neben dem Rand der Straße. Wenn sie in diese Tiefe gestürzt war, käme jede Hilfe vielleicht schon zu spät. Menschen waren so zerbrechlich!

Er drückte wieder aufs Gas, seine Knöchel umklammerten das Lenkrad so fest, dass das Material Geräusche von sich gab.

Durch die Serpentinen und den dichten Wald sah er vor sich nur ein paar Meter weit. Und jeder Meter, jede Sekunde der Ungewissheit waren eine unerträgliche Qual.

Dann roch er plötzlich Blut – Josephines Blut. Eine Kurve folgte, danach eine durchbrochene Straßensperrung, hinter der es keine Leitplanken mehr gab. Es war stockdunkel, doch das Mondlicht und seine Nachtsicht reichten, um die furchtbare Szene zu erfassen, die sich ihm bot: Josephine lag leblos unter der Kawasaki, deren Hinterrad sich über dem gähnenden Abgrund drehte. Die Haare verdeckten ihr Gesicht. Ein Arm ragte blutig und verdreckt unter der Maschine hervor.

Er sprang aus dem Bulli.

»Halte durch, Josephine! Ich bin da!«, rief er, obwohl sie ihn vermutlich nicht hörte.

So vorsichtig wie nur möglich hob er das schwere Motorrad von ihrem Körper. Währenddessen spürte er ein leichtes Vibrieren in seinen Füßen und hörte, wie unterhalb der Straße Gestein in die Tiefe fiel. Josephine lag immer noch auf der Seite, die über den Asphalt geschleift worden war, und stöhnte gequält auf. Das Echo ihres Schmerzes fühlte sich an wie ein flammendes Inferno und es zerriss ihm fast das Herz. Normalerweise hätte er sie sofort vom Rand des Abgrunds weggebracht, doch für den Augenblick schien dieser noch stabil zu sein. Auf keinen Fall wollte er riskieren, Jo noch schlimmer zu verletzen.

Er kniete sich neben sie und schnitt mit seinem Messer zunächst die Reste ihres Tops am Rücken auf. Dann fuhr er mit seinen Fingern tastend über ihre Wirbelsäule bis hin zum Nacken. Wie durch ein Wunder schien sie dort keine Verletzungen zu haben. Ganz vorsichtig drehte er sie nun auf den Rücken.

»Oh Gott, Josephine«, hauchte er in blankem Entsetzen.

Nichts hätte ihn auf diesen Anblick vorbereiten können.

Auf ihrer gesamten linken Seite, die Kontakt mit der Straße gehabt hatte, war die Haut vollständig abgeschürft. Von der Wange bis zum Fuß war blutiges Fleisch, in dem Straßendreck und Hunderte scharfe Steinchen steckten. Seine Sicht war mit einem Mal verschwommen, weil seine Augen so nass waren. Rasch wischte er sie mit dem Ärmel seines Hemdes trocken, um sich einen Überblick über ihre Verletzungen zu verschaffen. Es war ein Kampf, bei Josephines Anblick weiterhin klar zu denken, doch das musste er, wenn er ihr eine Hilfe sein wollte.

Gott sei Dank war ihr Puls regelmäßig, wenn auch schwach, und sie atmete. Bei näherem Hinsehen war ihre linke Gesichtshälfte zwar blutig, aber zum Glück nur mit oberflächlichen Kratzern übersät. Ihr linker Arm hingegen sah entsetzlich aus, der blutüberströmte Unterarm war sichtbar gebrochen. Zwei Gefäße bluteten stärker, schnell leckte er darüber, um sie zu verschließen. Den Oberschenkel hatte es am schlimmsten erwischt, offenes Fleisch bis zum gebrochenen Knochen. Er verschloss die Blutgefäße an der Oberfläche mit seinem Speichel, doch eines, das tiefer im Fleisch saß, blutete immer noch stark. Was auch immer er für Josephine tun konnte, sie durfte vorher trotzdem nicht zu viel eigenes Blut verlieren! Also zog er sein Flanellhemd aus, riss einen Streifen Stoff heraus und band ihren Oberschenkel oberhalb der Wunde ab. Während er das tat, wurde Josephine wach und stöhnte gequält auf.

»Es tut mir so leid, Josephine. Du blutest zu stark. Ich musste etwas unternehmen. Ich werde dir helfen, gleich wirst du nichts mehr spüren.«

Sie hatte viel zu viel Haut verloren. Es wäre ein Wunder, wenn ein Krankenhaus ihr helfen könnte, und selbst wenn, würde sie großflächige Hauttransplantationen benötigen, hätte unsägliche Schmerzen, furchtbare Narben und wäre monatelang ans Bett gefesselt.

Niemals würde er Josephine so leiden lassen, egal welche Konsequenzen es für ihn hätte! Auch wenn die Gesetze es verboten, er würde Jo sein heilendes Vampirblut geben, und wenn es das Letzte wäre, was er in seinem Leben tat! Er würde nicht abwarten, ob oder bis das Tribunal ihren Status als Symbiontin anerkannte und es für ihn damit offiziell erlaubt war.

Vorsichtig schob er eine Hand unter ihren Kopf und hob ihn an. Dann biss er sich ins Handgelenk, um ihr sein heilendes Blut zu schenken. Und damit nahm er die Konsequenzen für sich in Kauf, wenn er als Vampir mit seinem Blut jetzt die Symbiose zwischen ihnen besiegelte und damit das ewige Band zwischen ihnen schloss. Anders als für Josephine würde es für ihn nun kein Zurück mehr geben und keine andere Wahl als sie, für den Rest seines Lebens.

»Josephine! Bitte! Mach die Augen auf. Sieh mich an.«

Es tat ihm unsagbar leid, sie wieder ins schmerzvolle Bewusstsein zu zwingen, aber sie musste wach sein, sonst funktionierte es nicht. In bewusstlosem Zustand würde sie nicht schlucken und da er hier keinen Schlauch hatte, den er ihr bis in den Magen legen konnte, war das die einzige Möglichkeit, damit sein heilendes Blut von ihren Körper aufgenommen wurde. Er hatte keine Ahnung, wie lange ihr Puls noch stabil bleiben würde, wie hoch ihr Blutverlust war und ob sie schwerwiegende, innere Verletzungen hatte. Ihr sofort sein Vampirblut zu geben war vielleicht ihre allerletzte Chance.

»Josephine! Werde wach, bitte!«

Er achtete nur auf ihre Augen, spürte den Moment, als sie wach wurde und das Echo ihrer Schmerzen ihn wie ein Vorschlaghammer traf. Den Blick auf ihr Gesicht gerichtet, streckte er seine blutende Hand nach ihr aus und achtete nicht auf die Bewegungen ihres unversehrten Arms.

»Nicht meine Erinnerungen«, stammelte Jo mit schmerzverzerrtem Gesicht.

Dann hörte er einen Schuss und spürte zeitgleich ein Stechen in seinem Bauch. Erst jetzt sah er an sich hinunter. Ein Pfeil steckte in seinem Bauch. Sie hatte ihm einen zweiten Giftpfeil verpasst! Diesmal eine volle Dosis.

Die Waffe glitt gerade aus Jos erschlaffter Hand.

»Jo!«

Aber es half nichts, ihre Augen schlossen sich wieder und die Muskellähmung durch das Curare erfasste seinen Körper in Windeseile. Er sank direkt neben ihr zusammen, ausgerechnet jetzt, wo er ihr sein Blut zur Heilung hatte geben wollen! Selbst wenn ihn das Gift nicht lähmen würde, könnte er ihr sein Blut nun nicht mehr zu trinken zu geben. Denn sie war nur ein Mensch und mit der unbekannten Menge an Curare in seinem Körper wäre sein Blut womöglich ihr Tod.

Wenigstens sein Gehör und seine Augen funktionierten trotz der Lähmung einwandfrei. So war er zumindest in der Lage zu hören, dass ihr Herz schlug – aber wie lange noch?

Vielleicht hatte Josephine innere Verletzungen.

Und hier würde niemand nach ihnen suchen. Die Straße war gesperrt, kein anderer Wagen käme hier vorbei, und irgendwann würde gnadenlos die Sonne aufgehen. Immer wieder hörte er unterhalb der Straße Steine und Erde den Abhang hinunterfallen. Lagen sie auf einem Überhang, dessen Basis allmählich wegbrach? Er als Vampir würde einen Sturz höchstwahrscheinlich überleben, aber Jo in ihrem Zustand?

Es war furchtbar, direkt neben Josephine zu liegen, ihren blutigen Körper zu sehen und ihr doch nicht helfen zu können.

War es seinem Bruder ebenso gegangen in den letzten Momenten seines Lebens? Hatte er Jo sehen können und in der Furcht sterben müssen, dass die mörderischen Vampire sie jeden Moment ebenfalls zerfleischen würden?

Während er eine gefühlte Ewigkeit handlungsunfähig neben Jo lag, dachte er an jene Nacht vor über 22 Jahren …

Als sein Vater und er eintrafen, war für Samuel bereits jede Hilfe zu spät gekommen. Sie schafften es nur noch, die mörderischen Vampire daran zu hindern, über Samuels Freundin herzufallen, von der er nun wusste, dass es Jo war. Quint hatte die Frau, also Josephine, damals gar nicht angesehen, sondern sich sofort in rasender Wut auf die Mörder seines Bruders gestürzt. Diese Gesetzlosen zu besiegen, hatte ihm alles abverlangt, denn er war noch kein Wächter gewesen und hatte keine echte Kampferfahrung besessen. Nur eine Gestalt war seinem Zorn entgangen, weil sie im Dunkel der Nacht verschwunden war, als sie auftauchten. Alle anderen hatten für das Blutbad an seinem Bruder mit dem Leben bezahlt.

Nach dem Kampf hatte er in dieser schmutzigen Sackgasse seinen abgeschlachteten, blutüberströmten Bruder in den Armen gehalten, seinen Zorn und seinen Hass in die Nacht hinausgebrüllt und später die Leichen weggeschafft.

Sein Vater hatte in der Zwischenzeit die Vampirbisse der Frau mit seinem Speichel geheilt, sie in eine Decke gewickelt und ins Krankenhaus gefahren.

Quint verlor jedes Zeitgefühl. Immer wieder musterte er Jos Körper, zumindest soweit das aus seinem fixierten Blickwinkel möglich war. Sie hatte so viel Haut verloren! Und er hasste jedes einzelne Steinchen, das sich in Jos blutiges Fleisch gegraben hatte. Sobald sie wach war, würde sie unbeschreibliche Schmerzen leiden.

Endlich ließ die Lähmung nach.

Zuerst nur im Gesicht, den Händen und Armen. Sofort griff er mit einer Hand nach ihrem unverletzten Arm und hielt sie fest. Er lag ein kleines bisschen weiter vom Abgrund entfernt als Jo. Falls also ein Teil der Straße wegbrach ... Er würde sie nicht fallen lassen.

Dann riss er sich den Pfeil aus dem Bauch und tat, zu was er in der Lage war: Er benetzte den Zeigefinger seiner anderen Hand immer wieder mit Speichel, wischte damit den Dreck von ihren Schürfwunden im Gesicht und heilte so auch die Haut dort.

»Josephine, du musst durchhalten, hörst du? Ich werde mich um dich kümmern, sobald ich mich wieder bewegen kann. Bis dahin musst du stark sein. – Warum bist du nur vor mir davon gerannt? Ich liebe dich doch. Bitte, hab keine Angst mehr vor mir.«

Die letzten beiden Sätze hatten einen bitteren Nachgeschmack, denn er wusste, dass er ihr Vertrauen durch sein Handeln selbst zerstört hatte.

Würde sie ihm je wieder vertrauen?

Jos Körper fing an zu zittern. Es war zwar Spätsommer, aber der Boden war im Laufe der Nacht kalt geworden.

Er sah zum Himmel. Der Sonnenaufgang würde nicht mehr lange auf sich warten lassen.

Sobald in seine Oberschenkel kribbelnd das Gefühl zurückkehrte, kroch er zum Bulli. Dort angekommen, hievte er sich auf alle viere hoch und holte aus dem Verbandskasten eine dieser dünnen Folien, die den Körper vor Auskühlung schützen sollten.

Zurück bei Jo, traute er sich kaum, sie anzufassen – so viel rohes, blutiges Fleisch! Seine Hände zitterten, als er sie ganz vorsichtig auf die wärmeisolierende Folie hob.

Sie wurde erneut wach und schrie in purer Qual auf.

Er streckte die Hand nach ihrer Wange aus, um sie sanft zu streicheln und in Tiefschlaf zu versetzen, damit sie keine Schmerzen mehr hatte.

»Nicht! Bitte nicht!«, keuchte Jo und stöhnte zwischendurch vor Schmerz.

Es zerriss ihn innerlich, sie dermaßen voller Furcht und Schmerz zu sehen.

»Hab keine Angst, Josephine. Ich werde mich um dich kümmern.«

»Nicht meine Erinnerungen! Töte mich lieber.«

»Ich werde dir keine Erinnerung mehr nehmen, nie mehr. Ich schwöre es.«

»Und die anderen?«

Er hoffte, dass das nicht geschehen würde. Dazu musste er das Tribunal aber davon überzeugen, dass sie eine Symbiontin war. Aber falls sie nicht mit ihm leben wollte, stellte ihr Wissen über seine Art dennoch eine zu große Bedrohung für die Vampirgesellschaft dar, also vermied er die Antwort auf ihre Frage.

»Ich werde dich jetzt in Tiefschaf versetzen, damit du den Transport überstehst.«

Die Schmerzen würden sie irrewerden lassen.

»Wohin bringst du mich?« Sie schrie erneut auf.

»Konzentrier dich darauf, durchzuhalten und zu überleben, Jo!«, rief er verzweifelt. »Um alles andere werde ich mir Sorgen machen.«

Er streichelte zärtlich über ihre Wange und versetzte sie damit in Tiefschlaf.

Tja, wohin sollte er mit Jo fahren?

Darüber dachte er nach, während er sie in die Folie einschlug und auf noch unsicheren Beinen zum Bulli trug.

Vielleicht war Torricelli ihm längst auf den Fersen wegen seiner Beziehung zu Jo, vielleicht hatte Agnus inzwischen sogar schon den Befehl erhalten, ihn für eine Befragung vor dem Tribunal festzunehmen. Abgesehen davon war Alva seines Wissens nach immer noch in der Schweiz.

Im VW-Bus fand er noch eine Decke, die er zusätzlich um Jo wickelte. Dann legte er sie auf die lange Beifahrerbank und ihren Kopf auf seinen Schoß.

Die Sonne würde gleich aufgehen, also gab er Gas und fuhr erst mal zurück in Richtung Stadt.

Aber wohin, wenn er dort war?

Seine Mutter!

Sie hatte den Siegelring für ihn abgelegt, war also nicht länger durch ihren Treueschwur an das Tribunal gebunden, der ihr abverlangte, jeden Gesetzesverstoß zu melden. Zudem hatte sie deutlich gemacht, dass sie sein Glück über die Gesetze stellen würde.

Er rief sie von seinem Handy an.

»Mutter, ich habe Josephine gefunden. Aber sie hatte einen Unfall und ist schwer verletzt.«

»Meine Tür steht ihr offen.«

»Ihre Verletzungen sind zu schwer, Mutter. Sie hat einen großen Teil ihrer Haut verloren. Ich werde ihr mein Blut geben, weil sie sonst vielleicht nicht überlebt. Das solltest du vorher wissen.«

»Komm nach Hause und kümmere dich um Josephine. Alles andere werden wir später mit dem Tribunal klären.«

»Mutter, kannst du die anderen von uns fernhalten, bis ich Josephine mein Blut gegeben habe? Samuel ist gestorben, damit Josephine am Leben bleibt, und ich will sichergehen, dass sie mich nicht schnappen, bevor ich ihr mein Blut geben kann, egal was es mich hinterher kostet.«

»Ich werde tun, was ich kann, und werde ein paar Anrufe machen. Wenn es sein muss, verwandle ich meine Stadtvilla in eine Festung. Du musst es nur bis zu mir schaffen. In welchem Fahrzeug bist du unterwegs?«

»In einem bunt bemalten Oldtimer, einem VW-Bulli.«

Mit einem Mal gelang es ihm nicht mehr, sachlich zu bleiben.

»Mutter, Josephine – sie sieht furchtbar aus. Ihre Haut ist weg, da ist so viel offenes Fleisch und überall stecken diese schmutzigen, kleinen Steinchen. Sie hat gebrochene Knochen und ich weiß nicht, ob sie innere Verletzungen hat. Ich habe wahnsinnige Angst um sie.«

»Wir sorgen dafür, dass sie überlebt, Quintus. Wir sind eine Familie und kein Gesetz der Welt wird mich daran hindern, euch zu helfen. Zurzeit ist ein alter Freund und guter Arzt in der Stadt, er wird kommen, wenn ich ihn anrufe.«

Die Fahrt kam Quint unendlich lange vor und immer wieder sah er zu Jo, sagte ihr, sie solle durchhalten, obwohl sie ihn nicht hören konnte, und streichelte ihre Wange.

Als er das Haus seiner Mutter fast erreicht hatte, stand der Sonnenaufgang unmittelbar bevor. Bis dahin war die Fahrt reibungslos verlaufen, doch plötzlich tauchte erst eine, dann noch eine schwarze Limousine mit getönten Scheiben auf. Sie versuchten, ihn an den Straßenrand zu drängen. Beim ersten Mal gelang es Quint noch, über den Bürgersteig auszuweichen, beim zweiten Mal keilten sie ihn an einer Grundstücksmauer ein. Torricelli stieg aus einem der Fahrzeuge, gefolgt von zwei Kerlen mit Maschinenpistolen. Torricelli wollte ihn offensichtlich mit Waffengewalt vor das Tribunal schleifen, also musste er einen handfesten Beweis gegen ihn haben, sonst hätte er sicher nicht so einen Aufwand betrieben.

Sofort zog Quint seine Pistole und sein Messer, doch bevor er dazu kam auszusteigen, tauchten noch zwei Hummer auf, diese riesigen Geländewagen. Sechs vermummte Männer in Tarnkleidung, mit Helm und schusssicherer Weste, zwei davon sogar mit einer Panzerfaust über der Schulter, sprangen heraus.

Er war aufgeschmissen. Dagegen würde er nicht ankommen. Und in seiner Vampirgeschwindigkeit allein zu Fuß zu fliehen kam nicht infrage, denn er würde Jo nicht allein lassen. Also legte er seine Waffen nieder und hob die Hände, damit sie das Feuer nicht eröffneten und Jo gleich hier im Wagen starb.

Kapitel 47

Seltsamerweise blieben Torricellis Männer vor ihrer Limousine stehen und näherten sich ihm nicht.

Einer der vermummten Männer lief inzwischen zur Fahrerseite des Bullis. In einer beschwichtigenden Geste schob der Mann seine Maschinenpistole am Gurt auf den Rücken.

»Sind Sie Quintus?«

Er nickte.

War das etwa Torricellis Privatarmee, von der er schon Gerüchte gehört hatte?

»Ihre Mutter hat mich angerufen, schöne Grüße von ihr.«

Quint runzelte fragend die Stirn.

»Sie hat mir und meinen Männern mal aus einer brenzligen Situation geholfen. Wir werden den Weg für Sie freimachen.«

Der Mann sprach in ein Mikro an seinem Helm und einer der Hummer schob die vordere Limousine durch pure Motorkraft kurzerhand zur Seite. Dann stellten sich die Männer hinter dem Bulli wie eine schützende Mauer auf und feuerten auf die Reifen der beiden Limousinen.

Quint gab Gas und sah Letzteres nur noch im Rückspiegel, denn die ersten Sonnenstrahlen drohten ihn gleich mit tödlicher Kraft zu verbrennen.

Das schwere Eingangstor zur Stadtvilla stand weit offen. Rechts und links davon befanden sich wieder vermummte Männer in Tarnanzug und MP, wie sie ihm gerade eben begegnet waren. Sie winkten ihn hinein und er fragte nicht lange. Er fuhr direkt um das Haus herum zum Haupteingang, während sich das Tor hinter ihm wieder schloss.

Das antike, reich verzierte Holzportal wurde von innen geöffnet, als er mit Jo auf den Armen darauf zulief.

Doch es war Leonardo, Mitglied des Tribunals samt Schwert, der die Tür öffnete und neben seiner Mutter Therese stand. Wie angewurzelt blieb Quint vor der offenen Tür stehen und starrte auf den Siegelring in Leonardos Schwerthand, dann wandte er kurz den Kopf. Die ersten Sonnenstrahlen kamen hervor, sein Nacken begann bereits zu brennen.

»Wie ich sagte, er ist mein Sohn, Leonardo!«, hörte er seine Mutter mit eiserner Härte sagen. »Wenn du mein Gefährte sein willst, muss dir mein Sohn wichtiger sein als das Gesetz. Entscheide dich.«

Die Worte glichen einer Kampfansage. Seine Mutter war schon immer eine streitbare Frau mit eisernem Willen gewesen.

Quint blickte zu Leonardo und hielt den Atem an.

Leonardo musterte ihn mit finsterem Blick.

»Es liegen schwere Anklagen gegen dich vor. Sag mir, dass du kein unschuldiges Blut vergossen hast, Quintus, Sohn des William«, forderte Leonardo mit finsterem Blick.

»Das habe ich nicht und das werde ich nie. Das schwöre ich.«

»Ich werde den Schreiber informieren«, sagte Leonardo, zog den Siegelring des Tribunals von seinem Finger und trat zur Seite.

Dann ging alles ganz schnell. Seine Mutter eilte voraus in eines der Gästezimmer, das sie anscheinend vorbereitet hatte. Ein Bett mit weißen Laken, daneben ein Tisch mit einem großen Metalltablett medizinischer Instrumente, dazu weiße, flexible Plastikflaschen mit einem Ausgießer, der an einen Strohhalm erinnerte.

So vorsichtig wie möglich legte er Jo auf das Bett.

Dann trat ein langjähriger Freund der Familie ein: Albert, der – neben vielen anderen Begabungen – Philosoph und auch ein ausgezeichneter Arzt war.

Einerseits war Quint froh, Albert zu sehen, denn Jo war bei ihm in allerbesten Händen, doch der Arzt war leider ebenfalls Mitglied des Tribunals.

»Ich werde ihr mein Blut geben, Albert, sobald ich mir sicher bin, dass das Curare nicht mehr in meinem Körper ist.«

Albert schlug die Decke und die Folie zurück und musterte Jo.

»Curare? Sehr interessant«, sagte Albert, ohne seine Aufmerksamkeit von Josephine zu nehmen. »Deine Mutter hat mir alles erzählt. Ich weiß Bescheid. Wir werden das beim Tribunal schon durchbekommen, Junge. Es ist gut, dass du ihr noch nicht dein Blut gegeben hast.«

»Wieso, willst du mich daran hindern?«

Albert sah ihn kurz an und schmunzelte.

»Aha, also hat Thereses Sohn eine Gefährtin gefunden. Aber nein, ich werde dich nicht daran hindern. Ich bin in erster Linie Arzt und an dem Wohl meiner Patienten interessiert.« Er zwinkerte Quint zu. »Abgesehen davon halte ich mich natürlich an die ärztliche Schweigepflicht. Aber wenn die Haut dieser Frau sich durch die beschleunigte Heilung deines Blutes jetzt schon bilden würde, dann würde der ganze Dreck und die Steinchen darunter eingeschlossen werden. Unter ihrer neuen Haut würde es bald furchtbar eitern, hässliche Narben und Verfärbungen durch den Schmutz und die Steinchen wären die Folge. Das willst du doch nicht, oder? Also geh zur Seite, Junge, und lass uns arbeiten.«

Junge – so hatte ihn Albert schon immer genannt und vermutlich würde sich das nie ändern.

Seine Mutter hatte mittlerweile auch einen OP-Kittel an, wie Albert, der bereits Jos Blutdruck maß. Therese nahm sich eine der weißen Flaschen und drückte darauf.

»Wir reinigen Josephines Wunden zunächst mit Kochsalzlösung«, erklärte ihm seine Mutter. »Albert überprüft, ob sie stabil genug ist. Wir haben zur Sicherheit auch Blut der Blutgruppe 0 besorgt.«

Von draußen nahmen seine feinen Ohren wütendes Gebrüll wahr. Er trat ans Fenster, das wie alle anderen im Haus die tödlichen UV-Strahlen nicht durchließ, und sah hinaus.

Draußen vor dem Tor standen zwei schwarze Limousinen. Auf dem Grundstück seiner Mutter parkten inzwischen die zwei Hummer von vorhin und mehrere vermummte Männer richteten ihre Waffen auf die Limousinen und die zwei Kerle in Anzug, die gerade daraus ausgestiegen.

»Mutter«, fragte Quint in einer bösen Vorahnung. »Wo ist Sami?«

Therese seufzte.

»Es gab Probleme«, antwortete Leonardo mit dunkler Stimme vom Türrahmen her.

»Geh mit Leonardo«, sagte seine Mutter. »Wir rufen dich, wenn wir mit Jo so weit sind.«

Quint ging vor die Tür und schloss sie.

»Welche Probleme? Und wo ist Sami?«

»Es wurde Anklage gegen ihn erhoben. Sami wurde kurz vor deinem Eintreffen zur Befragung durch das Tribunal abgeholt.«

»Sag mir, dass er nicht von Torricelli geholt wurde?«, rief er in böser Vorahnung.

»Torricelli wollte das, aber Therese und Elia haben es verhindert und dafür gesorgt, dass Agnus höchstpersönlich kam, Vinz und Ambi haben ihn begleitet. Sami ist jetzt im Hauptquartier. Aber ...«

»Was aber?«

»Das Tribunal geht mit den Jungen nicht mehr nachsichtig um, so wie früher. Jetzt müssen sie sogar bei der Vollstreckung des Urteils anwesend sein, wenn Victima vicaria ausgerufen wurde, das war bei meinem Sohn noch nicht so. Es würde zu lange dauern, dir die Zusammenhänge zu erklären, aber es ist Torricelli, der dahintersteckt.«

Besorgt rieb Quint sich den Nacken. Bisher wurden die Jungen, also Vampire unter fünfzig Jahren, in der Regel nur verwarnt, auch wenn die Warnung sehr deutlich war und den Delinquenten dabei mit Absicht Todesangst eingeflößt wurde.

»Leider hat Sami für öffentliches Aufsehen gesorgt, weil es zu einer Verhaftung gekommen ist. Zudem will Torricelli ihm noch den Mord an den beiden jungen Frauen anhängen.«

»Aber Sami ist unschuldig! Wir haben den wahren Mörder der Polizei ausgeliefert.«

»Das wird in der Verhandlung vor dem Tribunal berücksichtigt.«

»Du wirst doch für Sami stimmen, oder?«

»Das hätte ich, aber gerade eben habe ich dem Schreiber des Tribunals meinen Rücktritt erklärt. Elia hat zwei Zeugen im Hauptquartier hinzugerufen, die das mit ihrem Blut bestätigt haben.«

Gemäß seinem Schwur hätte Leonardo Quint sonst sofort dem Tribunal ausliefern und natürlich verhindern müssen, dass Josephine sein Blut bekam. Schlagartig wurde Quint klar, dass auch seine Mutter im Tribunal nicht mehr für Sami stimmen konnte. Auch sie hatte ihren Siegelring und damit ihren Sitz im Tribunal niedergelegt.

Selbst wenn Josephines Sohn nur ausgepeitscht würde, wäre Samis Vertrauen in ihr System zerstört und Jo würde ihm das nie verzeihen.

Er hatte Jo geschworen, Sami zu beschützen.

»Josephines Sohn ist mein Neffe, Leonardo. Ich werde nicht zulassen, dass ihm etwas geschieht.«

»Dann weißt du, was du zu tun hast, Quintus.«

»Victima vicaria?«

Leonardo nickte und zog ein Handy heraus.

»Wir werden sofort Elia informieren.«

Victima vicaria – das stellvertretende Opfer. Das Gesetz besagte, dass die Eltern der Jungen unter bestimmten Umständen das Recht hatten, als stellvertretendes Opfer das Urteil zu verbüßen.

Leonardo hatte dieses Gesetz selbst auch sehr oft in Anspruch genommen. Ambrosius, sein Sohn, hatte als junger Vampir aus Rebellion gegen seinen Vater immer wieder Unfug angestellt und Leonardo hatte jedes Mal für ihn die Strafe erduldet. Ambrosius hatte das nie erfahren, dachte bis heute, er wäre mit allem durchgekommen, weil sein Vater im Tribunal saß. Ambrosius hatte seinen Vater damit einfach nur bis aufs Blut ärgern wollen, weil er ihm die Schuld am Tod seiner Mutter gab.

Leonardo hatte inzwischen den Schreiber des Tribunals am Handy und übergab es ihm.

»Hier ist Elia. Was gibt es, Leonardo?«

»Ich bin's, Quint.«

»Scheiße! Weißt du, was hier gerade deinetwegen los ist? Torricelli hetzt alle Mitglieder des Tribunals gegen dich auf!«

»Ist mir im Moment völlig egal. Du weißt nicht, wo ich bin, verstanden? Du musst für mich als Schreiber des Tribunals eine Urkunde aufsetzen und eine Nachricht überbringen.«

»Lass mich raten, Victima vicaria? Tue das nicht, Quint! Sie könnten dich für zwei Verbrechen an einem Tag verurteilen. Je nachdem, was für ein Urteil es ist, würdest du beide direkt hintereinander womöglich nicht überleben!«

»Mein Entschluss steht fest, das bin ich meinem Bruder und Josephine schuldig.«

Elia seufzte am anderen Ende.

»Wie du willst, aber zuerst musst du Sami adoptieren.«

»Ja, das ist mir klar. Hiermit erkläre ich vor dem Schreiber des Tribunals Samuel von der Linde offiziell zu meinem Sohn. Mein Zeuge bist du und Leonardo.«

Leonardo sagte: »Ich bestätige, dass Quintus, Sohn des William, Samuel von der Linde an Sohnes statt annimmt.«

»Meine Unterschrift hast du ja irgendwo gespeichert«, ergänzte Quint. »Pack sie irgendwie drunter. Und sobald das Dokument fertig ist, beantrage für mich vor dem Tribunal Victima vicaria. Ich trete als Beschuldigter an Samis Stelle.«

Egal, welches Urteil sie nun über Sami fällen würden, es würde Quint treffen. Sami musste zwar noch an der Verhandlung teilnehmen, aber das war schon alles.

»Bitte sorg dafür, dass Sami sofort freikommt, Elia. Aber schick ihn nicht ohne Begleitschutz zurück zu Therese. Er ist in Gefahr, wegen Torricelli.«

»Quint, wir müssen dringend über die Scheiße sprechen, in der du steckst.«

»Nein. Müssen wir nicht. Josephine ist schwer verletzt und ich werde mich zuerst um sie kümmern. Sag mir nur, ob es Sami gut geht.«

»Susi ist seine Freundin. Wusstest du das?«

»Nein.« – Dann war das der geheimnisvolle Freund, dessen Name Susi nicht hatte preisgeben wollen!

»Susi sitzt schon die ganze Zeit bei Sami in der Zelle und hält mit ihm Händchen. Vinz hat fast einen Herzinfarkt bekommen, als Susi ihm sagte, sie möchte Samis Gefährtin sein. Sarah hat für alle gekocht und nun sitzen Arabella, Vinzenz und Susi gemeinsam in der Zelle, essen und fragen Sami Löcher in den Bauch.«

Wenigstens etwas verlief gut.

»Richte Vinz von mir aus, dass Sami ein guter Kerl ist. Er soll ihm eine Chance geben.«

Quint legte auf, obwohl Elia ihn dringend bat, mit ihm alles bezüglich seiner Anklagen zu klären und ihm zuzuhören. Aber er wollte nur noch so schnell wie möglich an Josephines Seite, alles andere musste warten.

Kapitel 48

Zwei Tage lang saß Quint an Josephines Bett, während sie im Tiefschlag lag und heilte. Nur die Verhandlungen vor dem Tribunal hatten die Macht, ihn von ihrem Bett fernzuhalten. Und an denen durfte er ausnahmsweise per Videokonferenz aus Thereses Haus teilnehmen. Nur das hatten seine Mutter und Leonardo noch heraushandeln können, und das auch nur, indem beide sich mit ihrem Leben dafür verbürgten, dass er sich dem Urteil am Ende stellen würde. Doch die Urteilsverkündung stand kurz bevor und dann würde er gehen müssen, vielleicht für immer. Von der bloßen Auspeitschung über Verbannung oder Verbrennung im Turm war alles möglich. Falls sie Sami die Morde anhängten, wäre es sogar denkbar, dass sein Kopf rollte.

Er hielt Josephines Hand und streichelte über ihren Handrücken. Die Erleichterung, dass es ihr gut gehen würde und sie keinen dauerhaften Schaden davongetragen hatte, gab ihm Trost für das, was ihm bevorstand. Nachdem ihre Wunden gereinigt und die Brüche geschient worden waren, hatte er sie kurz geweckt und ihr sein Blut gegeben. Zuvor hatte er Jo jedoch gebissen und sein schmerzlinderndes Vampirserum in ihren Körper injiziert. Außerdem hatte er sie zusätzlich für das kurze Erwachen in Trance versetzt. Daher hatte sie wenig Schmerzen gehabt und vermutlich auch kaum mitbekommen, dass sie sein Blut getrunken hatte.

Dadurch war zwangsläufig die Symbiose zwischen ihnen vollendet worden. Vielleicht würde sie ihn dafür ebenfalls hassen, die Liste wurde stetig länger.

»Ich liebe dich, Josephine, und ich werde es immer tun.«

Er küsste ihre Stirn und weckte sie aus dem Tiefschlaf.

Josephine öffnete die Augen, fühlte sich völlig orientierungslos und schloss sie wieder.

Wo war sie und was war passiert?

Das Letzte, an das sie sich erinnerte, waren diese unvorstellbaren Schmerzen gewesen. Sie wäre lieber tot gewesen, als sie länger zu ertragen. Nun schmerzte nichts mehr, ein leichtes Ziehen in ihrem Oberschenkel und in ihrem Arm war alles.

Sie fühlte ein Streicheln auf ihrer Hand und ein Gefühl von wunderbarer Wärme in ihrem Inneren.

»Du bist bei mir zu Hause«, hörte sie Quint sagen.

Quint! Sofort riss sie die Augen auf und zog ihre Hand zurück. Ihr Gedächtnis! Was hatte er mit ihrem Gedächtnis angestellt? Oder würde er es erst jetzt tun?

In Panik rückte sie von ihm ab und richtete sich am Kopfende des Bettes in eine sitzende Position auf.

»Deine Verletzungen waren zu schwer. Ich habe dir mein Blut gegeben, damit du wieder vollkommen heilst. Aber das hatte auch noch andere Effekte.«

»Welche?«, rief sie. »Werde ich jetzt auch zum Vampir? Bin ich schon einer?«

»Nein. Weißt du nicht, was Vampirblut bewirkt? Du warst doch mit meinem Bruder zusammen.«

Ärger stieg in Jo auf.

»Er war immer loyal euch gegenüber, hat mir nie etwas über Vampire oder sein Blut verraten, das habe ich dir schon gesagt!«

»Aber als du schwanger wurdest, hat er dir doch bestimmt verraten ...«

»Was auch immer er mir in meiner Schwangerschaft offenbart hat, weiß ich nicht mehr, weil es aus meinem Gedächtnis gestohlen wurde! Ich habe sogar meine eigene Hochzeit mit ihm vergessen! Ich weiß nur das, was in meinen Tagebüchern stand. Und das Letzte dieser Bücher, wo unter anderem das mit der Schwangerschaft drinstehen müsste, habe ich bis heute nicht gefunden. Man hat mich nämlich vergessen lassen, wo ich es versteckt habe!«

»Das tut mir leid, Josephine.«

»Aber das hilft mir nicht!«

Schuldbewusst sah Quint auf seine Hände.

»Während du geschlafen hast, habe ich bereits versucht, dir diese Erinnerungen wiederzugeben, aber es hat leider nicht funktioniert. Mein Vater hat einen Schlüssel verwendet, den ich nicht sehen kann.«

»Dein Vater? Dein eigener Vater hat mir das angetan?«

»Ja. Und er hat es bereut.«

»Dann soll er mir meine Erinnerung auch wiedergeben!«

Quint starrte wieder auf seine Hände.

»Er ist tot, Josephine. Ich dachte immer, er wäre wegen Samuels Tod in die Sonne gegangen. Aber ich habe ein langes Gespräch mit meiner Mutter geführt und weiß nun, dass es an seiner Vergangenheit lag und es auch deinetwegen geschah. Er hat sich nie verziehen, Samuel quasi aus dem Haus gejagt zu haben und daher an seinem Tod mitschuldig gewesen zu sein. Mutter sagt, die Vergangenheit habe ihn eingeholt. Du musst wissen, weil er ein Vampir war, wurden im Mittelalter seine erste Frau und sein erstes Kind auf dem Scheiterhaufen verbrannt. Das hat ihn innerlich bereits brechen lassen. Jetzt starb auch noch sein jüngerer Sohn wegen ihm und dich konnte er nicht finden, obwohl er dich jahrelang gesucht hat. So war es ihm noch nicht einmal möglich, dir und deinem Kind zu helfen, obwohl du schon Samuel verloren hast. Mein Vater hat nämlich im Krankenhaus nachgeforscht und erfahren, dass du schwanger warst. Das alles hat er letztendlich nicht verkraftet.«

Etwas in Jo wollte vergeben, aber etwas anderes wollte verbittert an ihrem eigenen Schmerz und Leid festhalten – und das war stärker. Deshalb verschloss sie ihr Herz vor dem, was Quint erzählt hatte, und fragte nur: »Bin ich deine Gefangene oder kann ich gehen?«

Kapitel 49

»Es tut mir leid, Josephine, du musst noch für kurze Zeit Thereses Gast bleiben. Das Tribunal will dich sehen, sozusagen als Beweis, da sind auch mir leider die Hände gebunden.«

»Die Monster mit den Siegelringen?«

Quint wich ihrem Blick aus und schwieg – das sagte doch schon alles! Als sich die Stille zwischen ihnen ausdehnte, sagte er: »Es wäre gut, wenn du noch für ein paar Stunden diesen Rollstuhl benutzt. Deine Knochen, unter anderem dein Oberschenkelknochen, sind gerade erst wieder zusammengewachsen.« Quint atmete noch mal tief durch und fuhr dann fort: »Was dein Gedächtnis betrifft ...«

»Einer dieser Siegelringträger wird es mir nehmen, oder?«, klagte sie ihn wütend an und versuchte gleichzeitig, mit Gewalt ihre Tränen zurückzuhalten. »Erst nehmt ihr mir meinen Mann, dann meinen Sohn und jetzt auch noch die Erinnerungen an beide!«

»Vielleicht kann Leonardo deine Erinnerung zurückbringen. Er wartet draußen mit Albert, dem Arzt, der dich zusammen mit Therese versorgt hat.«

»Lass mich nicht mit ihnen allein!«, rief sie in erneuter Panik. Aus irgendeinem völlig unvernünftigen Grund fühlte sie sich mit Quint sicherer. Sie traute ihm immer noch zu, dass er sie im Affekt umbringen würde, doch andererseits wusste sie tief in ihrem Inneren, dass er sie auch mit seinem Leben beschützen würde – hoffentlich auch vor seinen eigenen Leuten.

Quint nickte.

»Dann lasse ich jetzt erst mal Albert herein, okay?«

»Warte.«

Sie blickte kurz an sich herunter. Erleichtert stellte sie fest, dass sie ein keusches, blütenweißes Nachthemd trug.

»Ja, in Ordnung.«

Nachdem Albert, dieser Arzt, sie gründlich untersucht und nach Beschwerden und Schmerzen gefragt hatte, sagte sie: »Ich habe das Gefühl, ihr Gesicht zu kennen.«

Er schmunzelte. »Vielleicht aus einem Schulbuch? Ich war auch lange in Afrika.«

Mehr gab der Arzt nicht preis, und als er fertig war, kam Leonardo herein. Leonardo besaß feine, italienische Gesichtszüge und tiefbraune, glänzende Locken, die im Nacken durch ein schwarzes Samtband gezähmt wurden. Doch trotz seiner äußerlichen Attraktivität war der Mann mit der finsteren Miene Furcht einflößend, Macht und Stärke schienen aus jeder seiner Poren zu strömen. Unwillkürlich drängte sie sich ans Kopfende des Bettes und sah sich nach einem Fluchtweg um.

Aus Quints Kehle drang ein mörderisches Knurren und er stellte sich vor sie.

»Ich spüre, dass du ihr Angst einjagst, Leonardo.«

Offensichtlich machte Quint sich Sorgen um sie und wollte sie beschützen. Vielleicht war das ganz gut, denn Leonardos Auftreten wirkte wie … »Richter und Henker in einer Person«, murmelte sie und bemerkte zu spät, dass sie ihren Gedanken ausgesprochen hatte. Aber was sie viel mehr aufwühlte, war Quints Verhalten. Sie spürte, dass er kurz davorstand, sein großes Rambomesser zu ziehen, und ihr Verstand mahnte sie zur Flucht. Ihr Inneres war jedoch wieder mal anderer Meinung und wiegte sie in Sicherheit.

»Das ist wahr«, gab Leonardo nicht gerade erfreut zu. »Ich war ein Richter und auch ein Henker, aber Sie haben nichts von mir zu befürchten. Sie stehen unter Thereses Schutz und ihr Wohlergehen hat sie zur Bedingung für mich gemacht. Und jetzt tritt zur Seite, Quintus, ich will mit ihr von Angesicht zu Angesicht reden. Dann soll Sie selbst entscheiden, so würde Therese es wollen.«

Als wäre Quint von einer Sturmbö erfasst worden, taumelte er zwei Schritte zurück. Das musste dieser Leonardo bewirkt haben.

»Wenn ich imstande bin, Ihre Erinnerungen wachzurufen, könnte das ein Schock für Sie sein«, erklärte Leonardo. »Denn soviel ich weiß, würden Sie den Tod ihres Geliebten sehen.«

»Versuchen Sie es. Die Ungewissheit ist schlimmer, glauben Sie mir.«

»Ich glaube Ihnen. Leider hatte ich diese Wahl nie.«

Als Leonardo näher trat und seine Hand nach ihrer Stirn ausstreckte, brach ihr der Schweiß aus und Quint knurrte lauter. Es fiel ihr wirklich schwer, nicht aus dem Bett zu springen und stattdessen Leonardos Berührung zuzulassen. Zum Glück dauerte es nicht lange, bevor sie etwas vor ihrem inneren Auge sah. Doch sie war sich sicher, dass dieses Bild nicht zu ihren Erinnerungen gehörte.

»Ich sehe nur eine große, reich verzierte Holztür vor mir, mehr nicht.«

»Das ist der Schlüssel. Beschreiben Sie die Tür«, befahl Leonardo und das tat sie.

»Das ist unsere Tür!«, rief Therese, die auf einmal auch mit im Zimmer war. »Ich hab nie verstanden, warum ich William versprechen musste, diese antike Tür niemals ersetzen zu lassen, obwohl sie völlig verzogen ist und ständig klemmt.«

»Was hat das alles mit meinen Erinnerungen zu tun?«, fragte Jo und Quint antwortete: »Mein Vater hat deine Erinnerungen nicht einfach ausradiert. So etwas Folgenschweres hätte er nie in aller Eile getan und nicht, ohne alle Fakten zu kennen. Vater hat diesen Teil deines Gedächtnisses nur vor deinem Zugriff verschlossen und der Schlüssel dazu ist unsere eigene Haustür, hier, in dieser Villa. Sie liegt auf der Rückseite und ist von der Straße aus nicht zu sehen. Du hättest dich also nicht versehentlich erinnert, wohl aber – selbst nach seinem Tod –, wenn wir dich in unser Haus eingeladen hätten. Und das wäre der Fall gewesen, wenn einer von uns dich gefunden und sich alles aufgeklärt hätte. Mein Vater hat diese Tür vor langer Zeit einmal selbst geschnitzt; er sagte, so sehe der Wimpernschlag aus dem Paradies aus.«

»Wo ist diese Tür?«

Quint setzte sie in den Rollstuhl, legte ihr eine Decke über die Beine und schob sie hinaus, damit sie die Außenansicht der zweiteiligen Eingangstür vor Augen hatte.

»Bitte«, bat Therese, »erzähl mir später, was in dieser Nacht geschehen ist, als mein Sohn ums Leben kam. Ich bin genauso im Ungewissen wie du.«

Josephine betrachtete die wunderschönen Motive auf der Holztür: ein von der Sonne beschienener Garten, in dem ein großer Baum stand, üppig blühende Blumen und Schmetterlinge. Urplötzlich öffnete sich ihre Erinnerung, als hätte man eine Tür dazu aufgestoßen oder auf einem Standbild endlich den Playbutton gedrückt. Wie einen Film sah Jo die Ereignisse in ihrem Geist …

Sechs Monate vor seinem Tod hatte sie Samuel mal wieder gedankenverloren und traurig im Garten ihres Hauses auf den Kanalinseln entdeckt.

»Was kann ich nur gegen deine Traurigkeit tun, Samuel? Ich sehe dich und leide mit dir.«

»Ich liebe dich, Josephine, du bist meine Gefährtin, aber sie glauben mir nicht. Ich weiß, du wolltest erst später Kinder haben, aber falls du von mir schwanger werden würdest, hätten wir einen Beweis. Vielleicht ändert sich dann alles und ich kann meine Familie wiedersehen«, hatte Samuel ihr anvertraut. Seine Familie, besonders sein Bruder, hatte ihm gefehlt, auch wenn er nicht darüber sprach und auch nie Namen erwähnte.

Sie beschlossen, es zu versuchen. In dem Dorf auf ihrer Insel heirateten sie und kurz darauf wurde sie schwanger. Nach dem ersten Ultraschallbild hatte Samuel nicht mehr aufgehört, ihr alles über ihre Familie und über die Vampirwelt zu erzählen. Er hatte versucht, sie auf seine Welt vorzubereiten. Nachdem er ihr dann zum ersten Mal sein Blut gegeben hatte, konnte sie stets auch seine Gefühle spüren. Nach drei Monaten und einem neuen Ultraschallbild hatte Samuel es nicht mehr ausgehalten. Er kontaktierte Quint, um sich mit ihn zu treffen. Samuel verriet aber nichts von ihrer Schwangerschaft und nahm seinem Bruder das Versprechen ab, niemandem von seinem Eintreffen zu erzählen. Samuel wollte sich mit seinem Bruder an einem öffentlichen Ort treffen, der genügend Menschen und Fluchtmöglichkeiten bot, falls das Tribunal doch dahinterkam. Samuel wollte Quint persönlich die gute Nachricht überbringen, ihm das Ultraschallbild geben und ihn bitten, seinen Vater davon zu überzeugen, dass er ihn und Josephine bei freiem Geleit und ohne Wissen des Tribunals am selben Abend in ihre Stadtvilla ließ. Dort hätte er seinem Vater alles in Ruhe erklärt und Josephine endlich der Familie vorgestellt. Es wäre sicherer gewesen zu warten, bis man das kleine Herz ihres Babys gehört hätte, aber Samuel hatte keine Geduld mehr.

Mit falscher Identität waren sie angereist, Jo hatte sich sogar noch ihre Haare abgeschnitten und gefärbt. In einer Diskothek im stillgelegten Industrieviertel hatten sie sich mit Quint treffen wollen. Dort hätte es genug Menschen und Ausgänge gegeben, falls Quint ohne sein Wissen verfolgt würde und das Tribunal ihnen so auf den Fersen wäre. Sie hatten über eine halbe Stunde auf Quint gewartet, aber er war nicht aufgetaucht.

»Er ist sauer, weil ich ohne ein Wort gegangen bin«, hatte Samuel ihr erklärt. »Deshalb lässt er uns hier erst mal schmoren. Du wirst sehen, in ein paar Minuten ist er da, haut mir zuerst eine rein und dann heult er vor Freude. Er wird dich lieben, Josephine, und meine Mutter auch«, hatte er ergänzt, weil sie so nervös gewesen war.

Kurz danach hatten sie das Gefühl, beobachtet zu werden, dann hatte Samuel geflüstert, er spüre Vampire in der Diskothek. Ohne das geringste Anzeichen von Rauch wurde Feueralarm ausgelöst, und als Samuel mit ihr zum Notausgang rannte, waren bereits Vampire hinter ihnen her. Man hatte sie mit diesem Feueralarm, dem eine Räumung der Disko folgte, aus dem sicheren Treffpunkt hinaus in die dunklen, menschenleeren Straßen des ehemaligen Industriegebiets getrieben.

»Quint, wo bist du? Sie sind uns auf den Fersen!«, hatte Samuel noch ins Handy gerufen, dann hatte der Kampf in der dunklen Gasse schon seinen Lauf genommen. Mehrmals hatten die Vampire versucht, ihr Blut zu trinken, aber Samuel hatte sie immer wieder von ihr weggerissen. Er wurde von den Vampiren regelrecht zerfleischt. Als er schwer verletzt am Boden lag, hatte sie ihm verzweifelt helfen wollen, war aber weggestoßen worden und hart mit dem Kopf auf der Straße aufgeschlagen. Ihr war schwindelig gewesen und ihr wurde immer wieder schwarz vor Augen, doch sie wurde Zeuge, wie ein Vampir sich über Samuel beugte und ihm die Kehle herausriss. Sie hatte geschrien wie am Spieß und der Typ war danach direkt auf sie zugekommen ...

Jo erzählte das Geschehen in groben Zügen, dann sah sie Quint vorwurfsvoll an und sagte: »Ich habe dich kämpfen sehen, Quint. Du hättest Samuel in dieser Nacht retten können. Aber vielleicht haben du und dein Vater uns ja diese Vampire auf den Hals gehetzt!«

»Das waren mit Sicherheit keine Wächter, Josephine. Die töten schnell und hätten niemals so ein Blutbad veranstaltet und Samuel außerdem lebend gefangen«, erklärte Leonardo mit gefühlloser Sachlichkeit. »Immerhin ist er der Sohn eines Mitglieds des Tribunals.«

»Mein Vater hat nichts von diesem Angriff gewusst«, beteuerte Quint. »Ich habe ihm von Samuels Wiederkehr erst erzählt, nachdem mein Bruder mich angerufen hatte und bereits von den Vampiren verfolgt wurde. Er hat mit mir nach euch gesucht. Bis auf einen habe ich sie alle umgebracht und seinen Tod gerächt.«

»Seinen Tod gerächt? Du warst der Grund, warum wir überhaupt in dieser Lage waren! Ohne dich wäre Samuel noch am Leben! Geh, ich will dich nicht sehen, Quint, nie mehr!«

Quint schluckte, aber anscheinend war er darauf gefasst gewesen und verließ sie schweigend.

Sie blickte zu Therese.

»Ich habe nie um Samuel trauern können, weil ich bis vor Kurzem nicht einmal sicher war, dass er tatsächlich tot ist. Hat er ein Grab? Ich will endlich Abschied von ihm nehmen, dazu habe ich ein Recht.«

Therese ging zu ihr und fasste nach den Griffen ihres Rollstuhls.

»Wir haben ihn hier auf unserem Anwesen beerdigt. Ich bringe dich hin.« Unter dem Licht des Mondes schob Therese sie auf dem uneinsehbaren Anwesen einen gewundenen Pflasterweg entlang. »Es tut mir sehr leid, dass du nie an Samuels Grab trauern konntest. Das alles ist eine schreckliche Tragödie.«

Unter einer ausladenden Weide stand ein weißer Marmorgrabstein: ein Engel, der sich an ein großes Herz lehnte. Darauf stand: »Samuel Greenwood«, und darunter: »Aus Liebe gab er sein Leben.«

»Ich habe diesen Stein und den Spruch ausgewählt, Quint hat die Inschrift gehasst und meinte: ›Ohne diese Frau wäre Samuel noch am Leben.‹ Und nun kommst du und beschuldigst ihn auch noch. Nimmt das nie ein Ende? Können wir nicht einfach gemeinsam um seinen Tod trauern?«

»Bitte lass mich allein, Therese. Ich muss jetzt allein sein.«

Therese legte ihr ein mit Stickereien verziertes Taschentuch in den Schoß und zog sich zurück.

Augenblicklich füllten sich ihre Augen mit ungeweinten Tränen. Sie ließ sich aus dem Rollstuhl auf den Rasen fallen und weinte bitterlich.

Irgendwann stand Quint neben ihr.

»Hau ab!«

Er kniete sich zu ihr auf den Rasen.

»Nach unseren Gesetzen hat ein Gefährte das Recht, mit einem Rachedolch das Leben dessen zu nehmen, der seinen Gefährten angegriffen oder getötet hat. Ich habe dich in deiner Wohnung angegriffen, auch wenn es nicht meine Absicht war, dir wehzutun. Und ich bin schuld am Tod meines Bruders und deines Gefährten.«

Er reichte ihr sein riesiges Rambomesser mit dem Griff voraus.

»Das ist zwar kein Rachedolch, aber es schneidet ebenso gut. Ich kann mir selbst nicht vergeben, also zögere nicht und beende mein Leben, dann hast du wenigstens Rache.«

Sanft legte er das Messer in ihre Hand. Mit seiner Hand schloss er ihre Finger um den Griff und brachte es an seine Kehle.

»Es ist ganz leicht, Josephine. Das Messer ist sehr scharf. Ein kräftiger Schnitt, mehr nicht.«

Sie riss ihre Hand zurück und warf das Messer ins Gras.

»Ich bin keine Mörderin! Und du wirst mit dieser Schuld ebenso leben müssen wie ich mit der Leere, die Samuel in mir zurückgelassen hat!«

Sie wusste im gleichen Moment, dass ihre Worte falsch waren und böse. Quint hatte Samuel und sie damals doch nur schmoren lassen wollen. Aber bei all dem Verlust musste ihr Schmerz irgendwohin und suchte ein Ziel.

Quint biss die Kiefer zusammen, schnappte sich erst sein Messer und dann die heruntergefallene Decke. Ohne sie zu fragen, wickelte Quint die Decke um sie und setzte sie wieder in den Rollstuhl.

»Was tust du da?«

»Du zitterst am ganzen Leib. Auch wenn du mich hasst, werde ich nicht zulassen, dass du hier draußen frierst. Und sicher hast du eine Menge Fragen über uns und Samuel. Ich bringe dich in sein altes Zimmer, hier im Haus, und beantworte dir, was du wissen willst. Das ist das Mindeste, was ich noch für dich tun kann.«

Noch? Sie wurde aus Quint nicht schlau, würde aber nicht nachfragen. Eigentlich hatte sie die erste Gelegenheit zur Flucht nutzen wollen, denn diesen Siegelringträgern würde sie nicht freiwillig gegenübertreten. Aber Quint hatte recht, sie wollte unbedingt mehr über Samuel wissen.

Dann fiel ihr etwas ein: »Ich erinnere mich auf einmal daran, dass du eines Nachts in meinem Schlafzimmer gestanden hast.«

»Das war eine der Erinnerungen, die ich selbst gelöscht habe. Ich wusste nicht mit Sicherheit, ob es mir gelungen war, sie dir wiederzubringen.«

»Du bist bei mir eingebrochen!«

»Ja, und du hast eine Kugel auf mein Herz abgefeuert.«

»Denkst du etwa wir sind jetzt quitt?«

Quint seufzte.

»Was hast du in dieser Nacht noch mit mir gemacht! Raus mit der Sprache!«

»Ich habe Proben von dir genommen, Haut- und Speichelproben«, bekannte Quint.

»Und?«

»Und nichts, ich habe noch nicht mal unter deine Bettdecke geschaut.«

Sie musterte Quints Gesicht. Da war noch mehr.

»Was ist noch in dieser Nacht geschehen, Quint?«

Er sagte zunächst nur einen Satz, erst nach mehrmaligem Nachhaken erzählte er die ganze Sache mit Snake.

»Das ist also mein Preis? 200 000?«

»Ich hätte jeden Preis für dich bezahlt. Glaub mir, Josephine.«

Er sah gequält aus und sie hätte das ändern können, hätte sich auch über sein Handeln freuen können. Doch ihr Inneres tat weh und irgendetwas in ihr wollte um sich schlagen und so erwiderte sie bitter »Ich bin aber nicht käuflich, Quint.«

Quint presste die Kiefer aufeinander und sie schwiegen erst mal.

Zurück im Haus öffnete er eine zweiflüglige Tür aus dunklem Edelholz zu einer Art Suite. Mit dem Unterschied, dass alles recht rustikal und gemütlich eingerichtet war. Unzählige Fotos hingen an der Wand. Teilweise schwarz-weiß, von Blockhütten und erlegten Tieren. Bilder von Samuel und Quint, wie sie zusammen lachten. Quint nannte ihr Jahreszahlen dazu und erklärte die Zusammenhänge. Eines zeigte die Brüder auf allen vieren und ein kleines Mädchen auf dem Rücken von Samuel.

»Das ist übrigens Susi, die Löwenkönigin. Sie ist Arabellas Tochter.«

Sie entdeckte ein langes Regal mit unzähligen Holztieren.

»Die habe ich für Samuel geschnitzt, als er klein war. Er hat alle aufgehoben und hier draufgestellt, bis auf eines.«

Auf dem Regal war eine Lücke zwischen einem großen Bären und zwei Bärenkindern.

»Die Bärenmutter fehlt«, sagte sie nachdenklich. »Das muss die Figur sein, die Samuel mir geschenkt hat. Eines der wenigen Erinnerungsstücke, die ich von ihm habe. Vermutlich ist es bei dem Unfall nun auch verloren gegangen.«

»Nein, es war in deiner Hosentasche. Ich habe es für dich aufgehoben. Es passt zu dir, du bist Sami gegenüber wie eine Bärenmutter, die ihre Jungen verteidigt.«

Er zog das Holztier aus seiner Jeans und legte es in ihre Hand. Sofort traten wieder Tränen in ihre Augen. Quint sah gequält aus und wusste offensichtlich nicht, wo er hinsehen sollte. Eine Stille entstand, die immer schwerer wog.

Schließlich durchbrach Quint das Schweigen.

»Du sagtest, mein Bruder wäre mit dir die Route 66 gefahren? Allein diese Tatsache hatte mich schon völlig von dem Gedanken abgebracht, du hättest je einen Vampir zum Freund gehabt.«

»Ja, obwohl er ein Vampir war, sind wir die ganze Route 66 gefahren.« Bei dieser wundervollen Erinnerung musste sie lächeln. »Natürlich sind wir nur bei Nacht gefahren. Aber er hat mich immer ermutigt, mir während des Tages die Orte unserer Etappenziele allein anzusehen. Und die Harley, auf der ich Fahren gelernt habe, hat er am Ende der Reise sogar für mich gekauft. Leider war uns dein Vater einmal dicht auf den Fersen und wir mussten Hals über Kopf flüchten. Dabei blieben mein Motorrad und auch die ganzen Erinnerungen von unserer Weltreise zurück. Nur die Fotos haben wir mitgenommen, um euch keine Hinweise zu geben.«

»Vater hat mich mit in eure verlassene Wohnung genommen und ich habe alles, was dort war, für Samuel aufgehoben. Die Frauenklamotten nicht, denn ich habe mich geärgert, dass er uns deinetwegen verlassen hatte.«

Quint zog eine Truhe unter dem Bett hervor und öffnete sie. Tränen liefen ihr über die Wangen, als sie mit ihren Fingerspitzen ehrfürchtig über die vielen Andenken fuhr.

»Der Rest ist im Keller. Die Harley habe ich auch aufbewahrt und neu lackiert. Es war die, auf der du den Ausflug mit mir gemacht hast.«

Wieder traten Tränen in Jos Augen.

»Weißt du, Samuel hat mir darauf das Fahren beigebracht. Er hat mich sogar mal dazu überredet, Hundeschlittenfahren auszuprobieren und ein paar andere Sachen, die ich dann tagsüber ohne ihn gemacht habe. Er war ein wundervoller Mann.«

»Warum ist Samuel überhaupt verschwunden?«, fragte Quint. »Er hatte eure Beziehung zu Beginn doch lange geheim und eher locker gehalten. Vielleicht hätte nie einer von uns etwas gemerkt oder ihn wegen einer lockeren Verbindung beim Tribunal angezeigt.«

»Es ist etwas passiert, das alles verändert hat. Dazu musst du wissen, dass meine Eltern neben Samuel mein ein und alles waren, und ich war ihr geliebtes, gut behütetes Kind. Samuel hat sich meinen Eltern vorgestellt, sie kannten ihn, aber keiner von uns wusste, dass er ein Vampir war. Ich war noch mitten im Studium, hatte noch nie irgendwelche Herausforderungen im Leben bestehen müssen, als ich an einem einzigen Tag meinen Papa und meine Mama durch einen Autounfall verloren habe. Ich stand plötzlich ganz allein da und hatte keine wirkliche Ahnung vom Leben. Ohne Samuel hätte ich die Beerdigung und alles Drumherum weder organisieren noch durchstehen können. Aber Beerdigungen sind immer tagsüber, im Sonnenlicht. Er brachte es nicht übers Herz, mich zu belügen oder mir zu verschweigen, warum er mir am schlimmsten Tag meines Lebens nicht zur Seite stehen konnte. Erst da offenbarte er mir, dass er ein Vampir war. Er könnte deshalb zwar nicht zur Beerdigung, aber zum Leichenschmaus danach, wenn wir die Fenster in unserem Elternhaus bis dahin austauschten. Und er versprach mir, dass er ab jetzt immer für mich da sein wollte, wir zusammenziehen und er für mich sorgen würde. Und das war diese Art von Beziehung, die die anderen Vampire und seine Eltern nicht akzeptieren würden. Die Gefahr, dass man ihn schnappte und für immer von mir trennte, ich dann ganz allein daständе, war ihm zu groß. Er riskierte nur für eine kurze Zeit in der gleichen Stadt wie ihr, in dem Haus meiner Eltern zu wohnen, und auch nur mir zuliebe. Dann gingen wir auf Weltreise und sind danach ganz untergetaucht. Meine Eltern haben Samuel geliebt, genau wie ich. – Wir haben uns übrigens in Paris kennengelernt, er hatte mich vor ein paar Angetrunkenen beschützt.«

»Paris«, wiederholte Quint nachdenklich. »Ich erinnere mich, dass mein Bruder nach seiner Parisreise immer dieses dämlich glückliche Grinsen im Gesicht hatte.«

»Samuel war ein wunderbarer Freund und Ehemann. Er war meine erste große Liebe und blieb es, auch nach seinem Tod, bis …«

Sie ließ den Satz unvollendet, schenkte ihm nur einen flüchtigen Seitenblick.

Sie fragte Quint einiges und auch er stellte Fragen, doch sie wahrte Distanz zu ihm, wollte sich nie wieder auf ihn einlassen. Der Gedanke, dass Samuel noch leben könnte, wäre Quint rechtzeitig gekommen, schmerzte zu sehr und ließ das einfach nicht zu. Schließlich fuhr Quint sie in ihr Zimmer und seine Mutter trat ein.

»Quint, es bleibt nicht mehr viel Zeit«, sagte Therese bedrückt. »Ich habe unten ein Essen für uns vorbereitet.« Dann wandte sich Therese direkt an sie: »Ich kann mir vorstellen, dass dir nicht nach essen zumute ist, doch dein Körper braucht dringend Nahrung. Du hast in den letzten zwei Tagen zwar Blutkonserven und Zuckerlösung bekommen, doch die Heilung hat sicher alle deine Reserven aufgezehrt. Wenn nicht, wird es dieser Tag noch tun. Ich werde dir gern beim Anziehen helfen, wenn du möchtest. Sami hat Kleidung von dir gebracht.«

Stumm nickte sie und Quint verschwand.

»Bevor du in den Spiegel siehst, denk daran, dass mein Sohn dir viel von seinem Blut gegeben hat. Nicht nur deine Wunden sind geheilt, auch deine Zellen haben sich erneuert.«

»Würdest du mir bitte erst mal auf die Beine helfen?«

Therese griff ihr unter die Arme und half ihr hoch.

»Mein linkes Bein zieht noch ein wenig, aber ich stehe sicher. Ich glaube, den Rest bekomme ich selbst hin.«

»Wie du willst. Wir warten im großen Speisesaal auf dich.«

Über dem Standspiegel im Zimmer hing ein weißes Leintuch. Würden all die Alterserscheinungen ausradiert sein und sie aussehen wie ein unreifes Barbiepüppchen?

Im Augenblick kam ihr die Realität, mit der sie sich anfreunden musste, noch völlig unwirklich vor: wieder jung auszusehen, überall Vampire zu treffen, geheime Welt, geheime Gesetze.

Ihr Herz begann, schneller zu schlagen, als sie hastig das langärmlige Nachthemd über den Kopf hob und dann rasch das Leintuch vom Spiegel zog, bevor sie der Mut verließ.

Sie drehte sich und betrachtete ihren gesamten Körper. Die kleinen Cellulitis-Grübchen am Po und an den Oberschenkeln waren verschwunden sowie alle Fältchen. Ihre Brüste waren etwas voller und standen perfekt, als ob die Erdanziehungskraft nie ihren Tribut eingefordert hätte. Vor sich im Spiegel sah sie einen perfekten Frauenkörper. Ein Geschenk, um das sie zwar nicht gebeten hatte, das sie aber durchaus zu schätzen wusste. Ihr Rücken würde bei der Arbeit nun keine Probleme mehr machen und in ihrem Gesicht spiegelte sich trotz der Makellosigkeit Erfahrung und Reife – kein Barbiegesicht also. Und natürlich war sie überglücklich, dass sie keine langwierigen und schmerzhaften Hauttransplantationen benötigte, denn ihre Haut war ebenfalls ohne den kleinsten Makel. Auf ihren linken Oberschenkel hatte sie vorhin gar nicht geachtet, den Blick auf die riesige Narbe dort mied sie seit der Kindheit. Nun nahm sie diese Stelle genau in Augenschein. Dort war zwar kein Narbengewebe mehr, aber etwas anderes.

Sie schaltete alle Lichter im Raum ein und betrachtete den Bereich. Etwas, das wie ein Branding aussah, befand sich dort. Fasziniert erkannte sie, dass es sich dabei um einen Eichenbaum handelte: wunderschön bis ins kleinste Detail und äußerst filigran. Sie liebte die Natur und die Bäume; der Eichenbaum war sogar einer ihrer Lieblingsbäume. Aber wie kam das dort hin?

Fasziniert fuhr sie vorsichtig mit ihrem Zeigefinger darüber. Im gleichen Moment entstand vor ihrem inneren Auge das Bild von Quint, wie er ihr zulächelte. Erschrocken zog sie ihren Finger zurück. Anscheinend hatte die Welt der Vampire noch mehr Wunder auf Lager.

Dann fiel es ihr plötzlich ein: Die Blüte der Ewigkeit, das musste es sein! Samuel hatte ihr kurz vor seinem Tod davon erzählt. Es war das Zeichen der Symbiose, das sie nie besessen hatte! Aber ebendas hätte bewiesen, dass sie eine Symbiontin war, und eine Beziehung zu einem Vampir wäre nach deren Gesetzen dann mit ihr erlaubt gewesen. Die großflächige

Narbe aus ihrer Kindheit musste die Blüte der Ewigkeit überdeckt oder ihre Sichtbarkeit auf andere Art verhindert haben!

Je nachdem, wie weit die Blüte fortgeschritten war, könnte ein Vampirauge darin sogar Farben erkennen. Aber die Blüte verblasste mit dem Tod des Gefährten. Ihr Mann Samuel war tot. Und gerade hatte sie Quints Gesicht vor Augen gehabt. Oh nein!

»Sami! Sami, bist du hier irgendwo?«

Kurz darauf stürmten ihr Sami und die blutjunge Frau aus dem Café – Susi, die Löwenkönigin – ins Zimmer.

»Sie sieht klasse aus, Sami!«, stieß Susi aus.

»Ähm, Mama – du bist nackt. Ich dachte, dir wäre was passiert, sonst hätten wir geklopft.«

»Das weiß ich, Sami! Aber du musst mir sagen, ob du hier Farben sehen kannst. Das ist wichtig. Nur Vampire können das und es hat eine Bedeutung.«

»Susi hast du so was nicht auch? Auf deinem rechten Schulterblatt?«

»Die Blüte der Ewigkeit entsteht immer aus den zwei Blättchen, die man von Geburt an hat«, erklärte Susi. »Aber dann, wenn es zur Symbiose kommt, wird bei jedem etwas anderes draus. Deine Blüte sieht wirklich superschön aus, Jo. Oder soll ich dich lieber Josephine nennen?«, fragte Susi und schien irgendwie ablenken zu wollen.

»Kein Problem. Sag Jo.«

»Das klingt sowieso viel cooler«, meinte Susi.

»Jetzt sag schon, Sami!«

»Es sieht wunderschön aus, Mama. Da sind verschlungene Grün- und Rottöne und die leuchten wie Neonlichter. Kannst du das denn nicht sehen?«

»Nein! Und danke, das war erst mal alles.«

Schnell scheuchte sie die beiden aus dem Zimmer, und während sie hinausgingen, hörte sie Sami noch sagen: »Susi, du trägst in letzter Zeit immer T-Shirts statt Tops. Haben sich die zwei Blättchen auf deiner rechten Schulter etwa auch verändert. Los, zeig schon!«

Jo schloss die Tür hinter den beiden und lehnte sich mit dem Rücken dagegen.

Sie saß in der Tinte.

Quint hatte die Symbiose mit ihr vollendet – und zwar, ohne sie zu fragen!

In Höchstgeschwindigkeit duschte Jo. Danach öffnete sie den Koffer, den sie vor zwei Tagen in den Bulli gepackt hatte und der nun in diesem Zimmer stand. Sie zog sich Jeans, Top, Flanellhemd und Schuhe an und schloss den Koffer dann wieder. Schnell rannte sie noch mal zurück ins Bad, um ihren kleinen Bären zu holen, den sie dort vor dem Duschen abgelegt hatte. Als sie zurückkam, saß Susi recht demonstrativ auf ihrem Koffer und blickte sie böse an.

»Runter von meinem Koffer!«, befahl Jo.

»Nein!«, verkündete Susi stur.

Die junge Frau zog eine kleine Schusswaffe unter ihrem Hosenbein aus einem Halfter am Knöchel und zielte auf sie.

»Du wirst mich erst anhören!«

Kapitel 50

»Seid ihr alle von Waffen besessen?«, fragte Jo sauer, ließ sich aber aufs Bett plumpsen.

»Mein Vater ist unter anderem Scharfschütze und hat die Waffenkammer der Wächter unter sich. Zur Einschulung habe ich meine erste Waffe bekommen und nach den Hausaufgaben mit ihm schießen geübt. Vielleicht hast du ja noch einige alte Gummienten mit Loch aus dem Teich gezogen.«

Hatte sie, in der Tat.

Jo lachte freudlos auf.

»Dann hat mein Sohn wenigstens eine wehrhafte Freundin. Ich hatte in deinem Alter keine Ahnung von den Monstern, die da draußen herumlaufen, geschweige denn, dass ich mich gegen sie hätte wehren können.«

»Ich bin nicht nur wehrhaft, sondern ich liebe Sami auch!« Susi hob ihr Kinn. »Er war in einem erbärmlichen Zustand, als wir uns kennenlernten. Ich habe ihm gern mein Blut gegeben, bis ich nach Zürich gefahren bin, und ich musste ihm schwören, dass ich es niemandem erzähle. Hätte ich gewusst, wie schlimm es in Wahrheit um ihn steht und dass er überhaupt nicht Bescheid wusste, wie das mit dem Jagen geht, dann hätte ich sofort mit meinem Vater geredet. Aber so wollte ich erst mit Mama reden, damit sie Papa vorher für mich weichkocht. Nicht, dass mein Überübervater Sami gleich erschießt, wenn ich ihm erzähle, dass wir schon – ähm –, also, dass Sami eben mein fester Freund ist. Ich bin Papas einzige Tochter und er flippt schon mal aus, wenn es um mich geht.« Bei Letzterem schnaubte Susi.

»Sei froh. Das heißt, dass dein Vater dich von ganzem Herzen liebt, so wie ich Sami liebe. Ich würde mein Leben für ihn geben.«

»Ach ja? Warum willst du Sami dann verlassen und gibst Quint nicht eine zweite Chance? Quint war happy und so aufgeregt, als er mir das erste Mal von dir erzählt hat. War sogar bereit, eine Spülung für dich zu verwenden. Kannst du dir das vorstellen?«

»Nein, das ist kaum vorstellbar«, antwortete Jo und musste bei der Vorstellung daran unvermittelt lachen, dann wurde sie wieder ernst. »Aber weißt du, Susi, ich habe Quint mein Leben anvertraut. Ich wollte sogar alles für ihn aufgeben und mit ihm fliehen, dennoch hat er mich fast umgebracht. Würdest du dich bei so jemandem sicher fühlen?«

»Quint hat es mir erzählt, Jo – na ja, ich hab es eher aus ihm herausgequetscht –, und es war ein Versehen! Seit Samuel tot ist, rastet er eben manchmal aus und er war zu diesem Zeitpunkt völlig außer sich. Quint dachte, das Hauptquartier mit allen drin würde jeden Moment in die Luft fliegen. Er hat bisher wenig mit Menschen zu tun gehabt in den letzten Jahren und war sich seiner Kraft nicht bewusst. Er wollte dich auch nicht erwürgen, sondern nur ausfragen. Es war ein Missgeschick, dass sein Arm …«

»Auch wenn man durch ein Missgeschick stirbt, ist man tot, Susi! Samis Vater ist schon gestorben, weil Quint Mist gebaut hat! Reicht das nicht?«

»Du bist echt ungerecht! Hast du überhaupt eine Ahnung, was Quint für dich riskiert? Und weißt du, wie lange er sich wegen Samuels Tod schon das Leben schwer macht? Nachdem Samuel gestorben war, war Quint ein anderer. Vorher war Quint total lieb, hat immer gelacht und jeden Blödsinn mitgemacht. Du, Jo, du warst dabei, ihn aus seinem Loch herauszuholen. Sami hat mir das von der Paintballhalle erzählt. Du kannst ihm helfen, wieder der Alte zu werden.«

»Wir beide werden nie wieder die Alten, Susi! Sein Bruder, mein Mann, ist aus unserem Leben gerissen worden. Nichts wird je wieder wie früher sein!«

Trauer und Ärger stiegen erneut in Jo auf. Es tat weh, so weh! Sie hatte nicht nur Samuel verloren, sondern auch Quint, mit dem eine glückliche Zukunft in greifbarer Nähe gewesen wäre.

Susi sah nicht aus, als ob sie auch nur einen Millimeter von ihrer Meinung abrücken würde. Sie schien eine echte Kämpfernatur zu sein. Für Sami würde Susi wohl genauso kämpfen, ihr Sohn war ein Glückspilz.

»Du weißt schon«, fuhr Susi fort, »Was das grüne und rote Leuchten bedeutet? Die Symbiose zwischen dir und Quint ist geschlossen. Wenn du jetzt abhaust und ihn verlässt, geht Quint ein wie eine Primel. Wenn er nicht schon früher ins Gras beißt.«

Es klopfte an der Tür und Sami kam herein.

»Das Essen wird kalt, Mama. Komm endlich, ich hab Hunger.«

»Du wirst essen, Sami, richtiges Essen?«

Er grinste bis über beide Ohren und warf Susi einen anzüglichen Blick zu.

»Ich habe genug Hautkontakt mit einer gewissen Symbiontin, um mich richtig vollschlagen zu können. Komm, Susi!«

»Huckepack!«, rief Susi und Sami drehte sich um.

Susi nahm Anlauf und sprang ihm von hinten auf den Rücken und er rannte mit ihr los.

Die beiden so ausgelassen zu sehen, zauberte Jo ein Lächeln aufs Gesicht. Sie blickte zu ihrem Koffer. Na ja, zum Essen könnte sie ja noch bleiben.

Sie ging den Stimmen nach und stand schnell im Türrahmen eines großen Esszimmers – besser gesagt eines Saals – samt offenem Steinkamin. Die edle Tafel mit Brokattischtuch war reich gedeckt und es duftete köstlich. Leonardo, Quint und dieser Arzt, Albert, waren offensichtlich in ein sehr ernstes Gespräch vertieft. Sie wollte sich von Quint fernhalten und sich ohne zu stören leise an den Tisch setzen, doch kaum setzte sie einen Fuß in den Saal, sprangen zwei Hunde in der Größe von Kälbern auf und knurrten sie an.

»Ich rette dich vor den Höllenhunden«, rief Sami und stürzte sich mit ausgefahrenen Fangzähnen auf die Tiere.

Erschrocken wollte sie schon dazwischengehen, aber alle am Tisch fingen an zu lachen.

»Mach dir keine Sorgen«, erklärte Therese. »Die spielen nur.«

»Und warum hat er sie Höllenhunde genannt?«

»Ich habe Sami die Geschichte erzählt, wie ich zur Zeit der großen Pest auf Williams Burg war und zum ersten Mal diesen Irischen Wolfshunden begegnet bin«, sagte Therese. »Ich dachte damals, es wären Höllenhunde, die mich bei lebendigem Leib auffressen. Und William wollte meine Angst ausnutzten, um mich mit den Hunden an der Flucht zu hindern. Aber Cäsar und Brutus durchkreuzten Williams Pläne, denn die Irischen Wolfshunde kamen bald zu mir und drängten mich, sie zu kraulen. Am Ende habe ich sogar mit ihnen vor dem Kamin geschlafen.«

Thereses Augen wurden nass und Jo sah, dass Leonardo seine Hand auf ihre legte.

Während Sami sich spielerisch mit den Hunden am Boden wälzte, setzte Jo sich an den Tisch, ein Stück weg von den anderen und neben Susi, denn dort würde bestimmt auch ihr Sohn gleich Platz nehmen.

»Leonardo war schon immer in Therese verliebt«, flüsterte Susi ihr ins Ohr. »Doch sie heiratete William und Leonardo tröstete sich mit seiner Lisa. Jetzt sind sie beide wieder Single und er wartet nur darauf, dass Therese seinem Werben nachgibt und er ihr endlich sein Blut schenken darf. Dann wird sie auch wieder jung.«

»Du weißt schon, dass alle Vampire am Tisch dich hören können?«, bemerkte Quint.

Susi zwinkerte ihm zu und flüsterte so leise, dass auch Jo es kaum gehört hätte: »Klar weiß ich das, aber Therese hört mich ja nicht.«

»Wir müssen jetzt essen«, mahnte Therese so ernst, als ob sie gleich noch einen Staatsbesuch zu absolvieren hätten.

Das Essen war wunderbar, aber die Stimmung am Tisch todernst. Sogar Quint schien nervös zu sein. Außerdem mied Quint ihren Blick und sein Schuldgefühl war ihm regelrecht ins Gesicht geschrieben.

Kurz darauf beugte Jo sich verblüfft zu Susi und flüsterte ihr ins Ohr: »Mein Sohn isst deinetwegen, aber warum kann Quint jetzt auf einmal auch essen?«

Susi flüsterte: »Hautkontakt zu einer Symbiontin. Du bist ja eine und Quint hat zwei Tage an deinem Bett gesessen und deine Hand gehalten. Das war echt süß.«

Therese hatte das Flüstern bestimmt nicht gehört, aber Jos erstaunte Miene war der Frau wohl nicht entgangen.

»Das ist der Grund, warum unsere Söhne im Teenageralter keine normale Nahrung mehr vertragen«, erklärte Therese. »Solange sie klein sind und von ihrer Mutter, die ja immer eine Symbiontin ist, gestreichelt und gehalten werden, besteht ausreichend Hautkontakt, damit sie Menschennahrung verdauen können. Aber dann werden sie älter und möchten nicht mehr, dass ihre Mutter mit ihnen kuschelt. Bei Quintus und Samuel war das auch so.«

Therese war gerade dabei, ihnen eine Schale mit Nachtisch zu reichen, da sagte Leonardo: »Ich höre sie kommen.«

Therese fiel beinahe die Schüssel aus der Hand. Alle am Tisch standen schlagartig auf.

Leonardo nahm Therese die Schüssel ab und stellte sie hin, dann legte er eine Hand auf die Schulter von Quints Mutter und sagte überraschend sanft: »Wir wussten, dass es so kommt, Therese. Ich werde an deiner Seite bleiben.«

»Ja«, sagte Therese. »Elia hat es lange genug für uns hinausgezögert und die Sonne wird bald aufgehen. Sag den Wachen draußen Bescheid, sie sollen sie hereinlassen.«

Leonardo verließ den Speisesaal.

»Was ist hier los? Ist Sami in Gefahr? Quint, sag was!«, rief Jo.

»Ich habe dir geschworen, dass Sami nichts passiert. Und das wird es auch nicht, vertrau mir. Wir wollten dich nicht vorher damit belasten. Susi?«

Susi hob einen Daumen und verkündete: »Ja, wie vereinbart. Ich werde Jo alles schonend erzählen.«

»Was muss man mir schonend beibringen? Sami! Was geht hier vor?«

Leonardo musste die Haustür geöffnet haben. Nun trat er wieder in den Saal und hinter ihm Quints Chef Agnus und zwei weitere Männer. Die drei trugen wadenlange, schwarze Umhänge und waren auch sonst mittelalterlich gekleidet.

»Mama, mach dir keine Sorgen«, sagte Sami im Vorbeigehen und trat wie Quint in die Mitte der Umhangträger. »Ich krieg nur eine Verwarnung. Susi, du erklärst es ihr, ja?«

Nur eine Verwarnung? Die drei Ankömmlinge wirkten eher, als würden sie Quint und Sami zu ihrer Hinrichtung führen!

Sie schnappte sich das Bratenmesser vom Tisch und wollte zu Sami stürmen. Doch sie kam keine zwei Schritte weit, da hatte Leonardo ihr das Messer bereits aus der Hand genommen und hielt sie an den Schultern fest. Sie wehrte sich mit Händen und Füßen, bis Leonardo ihr geradezu hypnotisch in die Augen blickte. Wie fremdgesteuert gaben ihre Arme und Beine den Widerstand auf.

»Deinem Sohn wird nichts geschehen. Aber du wirst uns zu dieser Verhandlung begleiten, um Quint zu entlasten. Entweder reißt du dich jetzt zusammen oder ich werde dich einschlafen lassen, bis alles vorbei ist. Entscheide dich.«

Wer wusste, was sie dort mit ihr anstellen würden, oder mit Sami? Vielleicht würde sie ohne Gedächtnis wieder aufwachen. Sie musste unbedingt bei Bewusstsein bleiben!

»Ich reiße mich zusammen«, presste sie hervor.

Leonardo ließ ihre Schultern los und sie schwankte. Susi war sofort an ihrer Seite und legte stützend einen Arm um sie.

»Ja, Leonardo kann ziemlich umwerfend sein«, meinte Susi sarkastisch. »Leg dich nicht mit ihm an, es hat keinen Sinn. Ich spreche da aus Erfahrung, Jo.«

Dann setzten sich alle in Bewegung. Jo blickte starr vor Angst auf die drei in schwarzem Umhang, die ihren Sohn und Quint regelrecht abführten.

Susi zog sie mit sich und flüsterte in ihr Ohr: »Also, ich erkläre dir erst mal, wer die Leute hier sind: Agnus kennst du ja. Der mit dem gruseligen Schlangentattoo ist Alice' Stiefvater, Raven, der tut keiner Frau was, und der andere ist Vinzenz, mein Papa, also entspann dich wieder, ja?«

Draußen angekommen stiegen sie in verschiedene Fahrzeuge. Susi steuerte eine Limousine an, vor der dieser Ambrosius stand und die hintere Tür mit einem charmanten Lächeln aufhielt. Er war in dasselbe mittelalterliche Zeug gekleidet und neben dem modernen Luxusautomobil wirkte das reichlich surreal. Hier prallten zwei völlig verschiedene Welten aufeinander.

»Hallo, Ambi! Bist du unser Chauffeur?«, rief Susi erfreut und küsste ihn auf die Wange, bevor sie im Inneren Platz nahm. Jo setzte sich ebenfalls hinein und ein ganzer Korso an Fahrzeugen, inklusive zweier Hummer vor und hinter ihnen, setzte sich in Bewegung.

»Wo fange ich nur an?«, fragte Susi und zupfte nervös an ihrem Ohrläppchen.

»Trink den Schampus aus der Minibar, der ist spitze und du wirst es brauchen«, schlug Ambi Susi vor, aber diesmal wirkte sein Lächeln angestrengt.

»Danke, Ambi, aber ich krieg jetzt nichts runter.«

»Erklär von Anfang an, würde ich vorschlagen«, sagte Jo, um Susi zum Reden zu bekommen.

»Dafür ist der Weg zum Hauptquartier zu kurz.«

»Welches Hauptquartier?«

»Und da sind wir schon beim Thema: Quint ist nicht nur ein Vampir, sondern auch ein Wächter«, erklärte Susi und fügte leise hinzu: »Deshalb wird er womöglich auch strenger bestraft.«

»Ja, und wie du siehst, haben wir Wächter uns heute extra in Schale geschmissen«, schaltete sich Ambi von vorn ein.

Sein sonst so unbeschwerter Humor wirkte heute gezwungen. Wollte er Susi vom Thema ablenken oder aufmuntern?

»Unser traditionelles Wächtergewand«, fuhr er fort. »Edler Zwirn, sieht abgefahren aus und hält im Winter schön warm. Darunter tragen wir dieses schicke Wams, mit dem Buch drauf, auf dem ein Schwert liegt. Das symbolisiert das Buch unserer Gesetze und das Schwert der Wächter, die für ihre Einhaltung sorgen, indem sie die Gesetzesbrecher bestrafen.«

»Ja, ja, und dein hübsches Schwert liegt vermutlich hinten im Kofferraum. Hör endlich auf anzugeben, Ambi. Du wirst zu ausschweifend und wir sind bald da. Ich geb Jo besser eine Kurzfassung. Die Wächter sind sozusagen die Polizei unter den Vampiren ...«

Jo wurde beinahe schwindelig, so schnell redete Susi.

Am Ende sagte Susi: »Wir fahren jetzt also zum letzten Teil der Verhandlung und zur Urteilsverkündung des Tribunals ins Hauptquartier. Und Sami wird nichts passieren, weil Quint ihn adoptiert hat.«

»Was? Ohne mich zu fragen?«

»Ganz cool bleiben. Quint musste Sami adoptieren, um für ihn beim Tribunal Victima vicaria zu beantragen.«

Auch das erklärte ihr Susi und Jo hatte den Eindruck, dass ihr Kopf gleich platzen würde.

»Und dann ist da noch Quints eigene Verhandlung.«

»Wird er bestraft, weil wir eine Beziehung hatten?«, riet Jo auf Grund der Dinge, die sie bereits mit Samuel erlebt hatte.

»Wenn du ihnen die Blüte der Ewigkeit zeigst, wird er in diesem Punkt freigesprochen und auch darin, dass er dir sein Vampirblut gegeben hat. Das wäre sonst streng verboten. Aber ...«

Susi brach mitten im Satz ab und wurde sehr ernst, was so gar nicht zu ihr passte.

»Was aber? Rück schon raus, Susi!«

»Er hat einem kleinen Mädchen, das im Sterben lag, sein Blut gegeben. Es ist gesund geworden und Torricelli hat es leider herausgefunden. Der hatte wohl Spione im Krankenhaus platziert.«

»Aber das ist doch etwas Gutes.«

»Ja, klar, aber nach unseren Gesetzen ist es verboten, damit die Vampire nicht geoutet werden. Quint hat das nur getan, um von ihrem Vater, einem Immobilienmakler, für eure geplante Flucht auf die Schnelle zwei Häuser zu kaufen, deren Kauf nicht zu ihm zurückverfolgt werden kann. Eines in Neuseeland und eines in – ach hab ich vergessen, ist ja nicht so wichtig. Aber ich hoffe, Quint lässt mich mit Sami mal da in Neuseeland Urlaub machen, das Häuschen liegt nämlich am Meer.«

»Quint hat also Kopf und Kragen riskiert, um uns eine Bleibe zu beschaffen, in der wir sicher sind?«

»Ja, und das mit dem Kopf und Kragen ist leider echt wahr«, sagte Susi und drehte ihr Gesicht zum Fenster. Draußen fielen gerade wieder Regentropfen an die Scheibe. Seit sie losgefahren waren, gab es zwei heftige Regenschauer. Ambi meinte nebenbei, es würde tagsüber einen Wechsel von Regen und Sonnenschein geben. Als ob das Wetter heute wichtig wäre.

»Wie schlimm steht es um Quint, Susi?«, hakte Jo nach.

Susi wandte ihr das Gesicht zu, ihre Wangen waren nass.

»Sogar Benedikt hat sich eingemischt. Ich hoffe, es hat was gebracht. Aber weil Therese und Leonardo nicht mehr im Tribunal sitzen und für Quint stimmen können, weiß ich nicht, ob …« Sie brach mitten im Satz ab, frische Tränen liefen ihr über die Wange. »Dieser Torricelli ist ein gemeiner, fieser …«

Verzweifelt und wütend schimpfte Susi wie ein Kesselflicker.

»Ich glaube, ich habe Torricelli schon mal gesehen«, sagte Jo nachdenklich. »Sein Gesicht habe ich zwar nicht erkannt, aber ich bin mir sicher, dass er es war, der Samuel die Kehle herausgerissen hat.«

»Was?«, schrie Ambrosius und trat so stark auf die Bremse, dass ihr Hintermann beinahe aufgefahren wäre.

»Jo, bist du dir ganz und gar sicher? Ohne jeden Zweifel?«

»Eigentlich schon, aber wie gesagt: Ich habe sein Gesicht nicht sehen können.«

»Scheiße! Das reicht nicht, um das Tribunal zu überzeugen und Torricelli abzusägen oder besser gleich einen Kopf kürzer zu machen! Zu deiner eigenen Sicherheit solltest du nur mit Agnus oder Elia über deinen Verdacht reden, aber zu keinem anderen. Verstehst du?«

Susi warf ihr einen besorgten Blick zu.

»Ambi hat recht. Therese und Leonardo kannst du auch vertrauen. Aber Torricelli ist nicht nur ein fieser Kerl, sondern hat auch viel zu viel Macht und Geld. Man munkelt sogar, er habe eine geheime Privatarmee.«

Kapitel 51

Sie fuhren in die Tiefgarage, in der Quint ihr die Harley gezeigt hatte. Alle stiegen aus und liefen schweigend im Gänsemarsch durch endlose Gänge, dann ging es steinerne Stufen hinunter. Sie kamen an einigen Zellen vorbei, der Bereich sah aus wie ein mittelalterlicher Kerker. Schließlich gelangten sie durch ein schweres Holzportal in ein riesiges Steingewölbe, das von seinem Aussehen her wohl den Gerichtssaal beherbergte.

Hier waren noch mehr Männer in schwarzem Umhang und etwas erhöht vor Kopf, hinter einer Tischreihe, Leute, die neben demselben mittelalterlichen Outfit auch Siegelringe trugen. Die bildeten gemäß Susi das Tribunal, waren also die Richter. Im Kontrast zur mittelalterlichen Möblierung hingen vorn drei große Flachbildschirme von der Decke, durch die anscheinend andere Mitglieder des Tribunals aus aller Welt zugeschaltet wurden.

Da die Verhandlung in Latein geführt wurde, verstand Jo nichts, stattdessen starrte sie öfters zu Torricelli.

Sami saß mit Quint in der vordersten Reihe. Ihr Sohn musste einmal aufstehen und wurde von Raven nach vorne geführt. Als sie sah, dass Sami dicke Metallfesseln an den Händen trug, wäre sie beinahe ausgerastet und zu ihm gestürmt, doch Susi hielt sie zurück.

»Sei still und warte ab«, beschwor Susi sie leise.

Sami schaute zu Boden und machte ein schuldbewusstes Gesicht, während mehrere Mitglieder des Tribunals ihn scharf rügten, allen voran Torricelli. Elia hatte sich neben ihren Sohn gestellt und übersetzte das Lateinische für Sami. Dann stand Quint auf und proklamierte dieses Victima vicaria. Jemand kam und nahm ihrem Sohn die Fesseln ab. Sami durfte sich wieder setzen und ihr fiel ein Stein vom Herzen.

Quint stand immer noch. Der Mann vorn in der Mitte schlug mit einem Gerichtshammer auf den Tisch.

Alle im Raum waren mucksmäuschenstill.

Dann verkündete der mit dem Hammer: »Quinquaginta ictus flagellorum.«

Therese stand entrüstet auf und rief erbost: »Fünfzig Peitschenhiebe?«

Peitschenhiebe? Wie im Mittelalter?

Jo wurde eiskalt, sie fühlte sich wie erstarrt. Sie blickte nach vorn zu Quint, konnte aber nur seinen Rücken sehen, seinen Rücken, der an Stelle ihres Sohnes gleich ...

Wie in Trance nahm sie wahr, dass Quints Mutter wieder ins Latein wechselte und schimpfte, was das Zeug hielt, was sie auch ohne Sprachkenntnis einwandfrei begriff. Man fuhr Therese herrisch an, danach wurde die Verhandlung fortgeführt.

Plötzlich sagte Susi zu ihr: »Jetzt bist du dran. Deine Blüte der Ewigkeit wird Quint entlasten.«

Raven, der Mann mit dem Schlangentattoo im Gesicht, kam auf sie zu. Aus nächster Nähe sah er nicht nur gefährlich, sondern regelrecht Furcht einflößend aus. Hätte Susi ihr nicht zuvor verraten, dass Raven Frauen niemals Gewalt antat, hätte sie sich vor Angst in die Hose gemacht, als er sie mit ausdrucksloser Miene am Arm fasste und nach vorn führte.

Kaum stand sie vor dem Tribunal, rief Torricelli, der ebenfalls vorne saß, zornig in ihrer Sprache: »Los zieh dich aus! Wir wollen sehen, ob das Tribunal nicht belogen wurde!«

Was? Ihre Hose ausziehen, vor all den Leuten?

Torricelli sprang auf, weil sie nicht sofort reagierte und kam wütend auf sie zu. Im gleichen Moment stand Quint abrupt von seinem Platz in der vordersten Reihe auf. Doch die Ketten, die seine Handgelenke mit Metallmanschetten verbanden und im Boden verankert waren, hielten ihn davon ab, zu ihr zu gelangen. Als Torricelli sie fast erreicht hatte, ging Raven urplötzlich dazwischen und stellte sich vor sie.

»Ich regle das, Torricelli. Ihr könnt Euch wieder setzen.«

Obwohl die Worte höflich gewählt waren, knurrte dieser Raven dabei dermaßen, dass der Boden unter ihren Füßen erzitterte. Und als sich Raven zu ihr umdrehte, erhaschte sie einen Blick auf Torricelli: Er war leichenblass und die Angst stand ihm ins Gesicht geschrieben.

Raven betrachtete ihre Jeans.

»Die Blüte ist am linken Oberschenkel, richtig?«

Sie nickte.

»Hättest du etwas dagegen, wenn ich dir die Hosenbeine abschneide?«

»Nein, natürlich nicht.«

Alles, nur nicht nackt vor diesen fremden Leuten stehen!

»Ich verspreche dir, dich nicht zu verletzen.«

Raven zog ein Messer hervor, das nicht viel kleiner war als das von Quint. Sie schluckte und kniff die Augen zu.

»Fertig«, sagte Raven nur ein paar Sekunden später und reichte ihr die abgeschnittenen Hosenbeine.

»Danke«, flüsterte sie mit heiserer Stimme.

»Dreh dich zur Seite, damit die Mitglieder des Tribunals dein linkes Bein sehen.«

»Das ist nur ein Trick mit Farbe und Chemikalien!«, schrie Torricelli und stand erneut auf, wagte mit Raven an ihrer Seite aber wohl nicht mehr, ihr nahezutreten.

»Ich bestätige die Echtheit«, sagte jemand in ihrer Sprache und wiederholte das dann offensichtlich in Latein.

Sie blickte zu der Stimme und entdeckte vorn Albert unter den Mitgliedern des Tribunals. Die anderen Mitglieder nickten nun auch zufrieden und entließen sie mit einer eindeutigen Handbewegung. Raven führte sie zu ihrem Platz zurück und danach ging alles in Latein weiter.

Am Ende klopfte der Mann in der Mitte wieder auf den Tisch, anscheinend ohne ein Urteil zu verkünden.

»Sie beraten sich für das zweite Urteil. Das erste ist ja schon gesprochen«, erklärte Susi, als die Mitglieder des Tribunals sich in ein Hinterzimmer zurückzogen. Direkt danach verließen alle anderen den Saal.

»Ach ja? Du hast mir vom ersten Urteil aber gar nichts übersetzt.«

»Ich dachte, das wäre besser, sorry.«

Susi hatte Tränen in den Augen und lief zu ihrem Vater.

Jo blieb nichts anderes übrig, als dem Strom zu folgen, bis sie einen Turm erreichten.

Quint wurde in das Innere geführt, sozusagen ein Raum im Raum, der mit einer zweiten Wand abgetrennt war, die größtenteils aus einer dicken, getönten Scheibe bestand. Sie standen nun mit den anderen zwischen der fensterlosen Außenmauer des Turms und der Scheibe und konnten Quint so im Inneren sehen.

Plötzlich sauste Alice zwischen ihnen durch zu Elia, der vor einem Pult mit aufgeschlagenem Buch, samt Tinte und Feder stand. Das kleine Mädchen drückte Elia etwas in die Hand.

»Elia, Elia! Die musst du unbedingt, unbedingt haben! In meinem Traum ist deine Sanduhr verbrannt und heute brauchst du eine. Deshalb leihe ich dir meine, ja? Aber nicht verlieren, sonst schimpft Mama!«, rief die Kleine.

Dann tauchte auch schon Rose auf, nahm Alice an der Hand und zog sie hastig zum nächsten Ausgang.

Jo beobachtete Elia, der auf seine Hand starrte und angestrengt nachzudenken schien. Sie schob sich an zwei Leuten vorbei, bis sie bei Agnus und Elia stand. Jetzt sah sie, was sich in Elias Hand befand: eine kleine Sanduhr, so wie man sie Kindern zum Zähneputzen gab. Zwei bis drei Minuten würde der Sand wohl brauchen um durchzurieseln.

Im Inneren des Turms geschah etwas. Quint zog sein Hemd aus. An den martialisch aussehenden Metallmanschetten seiner Handgelenke wurde rechts und links eine starke Kette angebracht, die vermutlich auch einen voll beladenen Güterwaggon gehalten hätte. Dann zog man die Ketten durch Ringe in der Wand und spannte Quints Arme so rechts und links zur Seite. Als Nächstes schritt dieser Torricelli zu Agnus. In der Hand hielt der Mann eine Peitsche.

Beim Anblick dieses mittelalterlichen Folterinstruments wurde ihr schlecht. Sie blickte zu Quint und wieder zurück zu Torricelli, hätte es dem Mann am liebsten aus der Hand gerissen.

Das also war das Urteil, dem Sami durch Quint entgangen war? Sami stand auf einmal neben ihr, gefolgt von Susi, und sagte mit gesenktem Blick ganz kleinlaut zu ihr: »Ich fühl mich so mies, wie noch nie in meinem Leben, Mama.«

Sie handelte instinktiv und nahm ihren Sohn in den Arm. Dass er das zuließ, sprach Bände. Währenddessen fuhr dieser Torricelli in ihrer Sprache Agnus an: »Hier, Anführer der Wächter! Schlag ihn, bis sein Rücken eine blutige Masse ist! Los!«

»Lass dich nicht provozieren, Agnus«, sagte Elia beschwichtigend. Doch Jo registrierte, dass Agnus seine Hände zu Fäusten ballte.

»Wir haben mit den Jungen immer Nachsicht geübt«, gab Agnus zurück. »Zwar müssen wir uns dem Urteil des Tribunals beugen, aber weder ich noch einer meiner Wächter wird Quints Blut vergießen! Macht eure Drecksarbeit selbst!«

»Agnus, nein!«, stieß Elia aus.

»Halt dich zurück, du bist lediglich der Schreiber!«, fuhr Torricelli nun auch Elia an. Mit einem diabolischen Grinsen und der Peitsche ging Torricelli durch eine Tür, die ins Innere führte, wo Quint war.

»Um Gottes willen«, murmelte Jo in blankem Entsetzen. Ihre Beine wollten nachgeben, doch sie biss die Zähne zusammen, um für ihren Sohn stark zu sein.

Elia redete inzwischen weiter mit Agnus: »Er hat dich absichtlich provoziert. Genau das wollte er. Hast du vergessen, dass an Quint gleich danach das zweite Urteil vollstreckt wird? Auch wenn ich hoffe, dass es nicht das sein wird, was ich befürchte.«

Agnus fuhr sich durch seine langen, rotbraunen Locken, dann blickte er mit sichtbarem Bedauern zu Sami und kam auf sie beide zu. Ihr Sohn löste sich von ihr und nahm Haltung an, doch er tastete nach Susis Hand, die neben ihm stand, und drückte sie.

Agnus legte seine schwere Hand auf die Schulter ihres Sohnes und sagte in väterlichem Ton: »Unser Gesetz schreibt seit Neustem zwar vor, dass du anwesend sein musst, mein Junge, aber es ist keine Schande, wenn du den Blick abwendest.«

Jo schaute zu Quint; der schien genau zu beobachten, was bei ihnen vor sich ging, und er rief: »Du kannst mich später kratzen, wenn es beim Heilen juckt, Sami. Aber jetzt dreh dich zu Susi um, die ist viel hübscher als ich, verstanden?«

Quint war nur über einen Lautsprecher zu hören. Die getönten Scheiben mussten ziemlich dick und schalldicht sein. Neben ihr redete Susi auf Sami ein und plötzlich knallte der erste Peitschenhieb. Jo zuckte zusammen und schrie auf, als ein unerklärlicher Schmerz auf ihrem Rücken explodierte.

Mit einem Mal stand ein Mönch in einer braunen Kutte auf ihrer anderen Seite und griff sanft nach ihrer Hand. Sofort verschwand der Schmerz.

»Ich werde deine Hand halten, sonst spürst du durch die Symbiose seinen Schmerz, Josephine.« Dann schaute er zu Elia und befahl: »Schalte sofort die Lautsprecher aus.«

»Wer sind Sie?«

»Ich heiße Benedikt, mein Kind.«

Vom Inneren des Turms drang nun kein Geräusch mehr zu ihnen. Jo sah lediglich Quints Vorderseite, nicht seinen Rücken. Aber jeder erkannte, dass dieser Torricelli wie ein Irrer mit der Peitsche auf ihn eindrosch, und er hatte die Kraft eines Vampirs. Ihr Sohn wandte sich nach den ersten drei Schlägen ab und Susi, die selber bereits rot verweinte Augen hatte, nahm Sami in den Arm.

Doch Jo schaute weiter zu Quint, denn wenn er diese Strafe stellvertretend für ihren Sohn ertrug, wollte sie als Mutter ihren Blick nicht abwenden.

»Dieser Torricelli ist ein Sadist und ein Mörder«, sagte sie.

»Seine Frau wurde ermordet«, erklärte dieser Benedikt. »Und sein Hass hat ihn so werden lassen. Das sollte uns allen eine Mahnung sein.«

»Mein Mann wurde auch ermordet, aber deshalb quäle ich noch lange keine anderen Leute.«

»Er hat seinen Hass über Jahrhunderte genährt«, sagte Benedikt und seufzte.

Sie blickte zu Quint und zuckte bei jedem Hieb dieses Wahnsinnigen unwillkürlich selbst zusammen. Quints Muskeln verkrampften sich, sein ganzer Körper erzitterte jedes Mal. Er presste die Kiefer aufeinander, um nicht zu schreien, doch der Schmerz war ihm anzusehen.

Im Geiste sagte sie sich ständig, dass Quint als Vampir nicht daran sterben würde. Dann bemerkte sie mit Erschrecken die immer größer werdende Blutlache, die sich hinter Quint auf dem Boden bildete. Beim nächsten Schlag konnte sich Quint nicht mehr aufrecht halten, sondern hing in den Ketten.

»Die Liebe deckt eine Menge Sünden zu, heißt es in der Bibel. Was denkst du, Josephine?«

Sie konnte und wollte nicht darauf antworten.

Nach einer Ewigkeit der Qual hielt Torricelli endlich inne. Die Peitsche war blutig bis zum Griff.

Ihr ganzer Mageninhalt kam hoch.

»Ist es endlich vorbei? Ich muss raus.«

Susi merkte, was los war, legte ihr einen Arm um die Schultern und brachte sie zur nächsten Tür. Während sie ging, hörte sie Elia noch zu Agnus sagen: »Genau das habe ich befürchtet, Agnus. Quint hat zu viel Blut verloren, zu viel für das, was ihm bevorsteht. Genau das wollte Torricelli, deshalb hat er dich provoziert. Du hättest nie mit solcher Wucht zugeschlagen.«

Jo schaffte es gerade noch so auf die Toilette, dann leerte sich ihr Magen, bis nur noch Galle kam. Nachdem sie sich am Waschbecken den Mund ausgespült hatte, blieb sie eine Zeit lang auf dem Boden sitzen, um ihre Fassung wiederzuerlangen.

»Bist du etwa mit diesen mittelalterlichen Methoden einverstanden, Susi?«, fragt sie voller Zorn, bereute es jedoch sofort. Was konnte denn Susi dafür? Die heulte sich sowieso schon die Augen aus.

»Tut mir leid, Susi.«

»Normalerweise verwarnen sie die jungen Vampire doch nur!«, rief Susi unter Tränen. »Die schlimmen Strafen sind für die anderen.«

Jo sah sie entsetzt an, deshalb erklärte Susi weiter: »Versteh doch, wenn ein Vampir sich zum Beispiel beim Trinken nicht beherrscht oder beherrschen will, dann bringt er jedes Mal unschuldige Menschen um. Das darf man nicht durchgehen lassen, denn Vampire leben Jahrhunderte und das würde unzählige Leben kosten. Genau wegen solcher Vampire gibt es ja die Wächter und diese abschreckenden Strafen.«

»Susi, Elia hat von einem zweiten Urteil gesprochen«, fiel ihr plötzlich ein. »Ich dachte vorhin, Quint hätte es mit dieser Strafe überstanden.« Sie hoffte so sehr, etwas falsch verstanden zu haben.

Susi schüttelte weinend den Kopf.

»Nein, er hat es noch nicht überstanden. Sein eigenes Urteil erwartet ihn noch und das wird womöglich schlimmer ausfallen.«

»Noch schlimmer? Aber ich habe ihnen doch mein Bein gezeigt.«

»Ich weiß es nicht, Jo! Wir müssen das zweite Urteil abwarten. Lass uns wieder reingehen, sie werden es sicher gleich verkünden.«

Sie ging mit Susi wieder zurück in den Turm. Quint kniete dort am Boden, die Ketten waren nur gelockert worden. Auf einem Monitor an der Wand hämmerte wieder einer in einem schwarzen Umhang und verkündetes etwas in Latein. Therese schrie auf und weinte.

Susi weinte ebenfalls.

»Was hat er gesagt, Susi?«

»Sie haben alle Punkte der Anklage fallen gelassen, bis auf den, dass er diesem todkranken Mädchen sein Vampirblut gegeben hat. Sie werden gleich ...«, Susi stockte, wandte den Kopf und rief über die Köpfe hinweg: »Papa, bitte! Mach doch was!«

Jo folgte Susis Blick und entdeckte deren Vater Vinzenz zwischen den anderen Wächtern im schwarzen Umhang. Er war bei Thereses Haus gewesen und hatte Sami hierher begleitet. Erst jetzt fiel ihr auf, dass er ein durch und durch italienisches Aussehen hatte. Vinz kam und nahm seine Tochter in den Arm, dann sagte er zu Sami, der auch dazugekommen war: »Als Wächter muss ich hier anwesend sein, aber du nicht mehr, Sami. Wenn du meine Tochter liebst, dann bringst du sie hier schleunigst raus, ob sie will oder nicht.«

»Nein! Papa, ich will hierbleiben!«

Sami trat von hinten an Susi heran und küsste ihre Schläfe. Die junge Frau sank ohnmächtig zusammen und ihr Vater legte sie Sami in die Arme.

»Ich kümmere mich um sie, Vinzenz«, sagte Sami entschlossen und verließ den Turm.

»Das ist auch für Ihren Sohn besser«, meinte Vinzenz, die Anspannung in seinem Gesicht sprach Bände.

»Vinzenz, ich kann kein Latein. Erklären Sie mir bitte, was mit Quint passieren wird?«

»Gleich wird das Dach des Turms sich öffnen und das Sonnenlicht hereinlassen. Man wartet, bis seine Haut komplett verbrannt ist, dann ist die Strafe vollzogen und das Dach wird wieder geschlossen. Es tut mir leid, Josephine, aber ich muss Ihnen sagen, dass Quint viel Blut verloren hat und deshalb vielleicht nicht überleben wird.«

Kaum hatte Vinzenz zu Ende gesprochen, hörte sie Benedikt zu Torricelli sagen: »Es gibt das Gesetz, um uns die richtige Richtung vorzugeben, doch darüber hinaus glaube ich an die Barmherzigkeit.«

Torricelli brüllte zurück: »Aber Barmherzigkeit ist im Gesetz nicht vorgesehen! Das war auch damals so, als ich auf Knien darum gebettelt habe, bei meiner Frau bleiben zu dürfen!«

»Bei Gott gibt es Barmherzigkeit über das Gesetz hinaus.«

»Dann bete doch, dass es eine Sonnenfinsternis gibt! Aber ich glaube, die ist für heute nicht vorgesehen. Aber wenn euch das alles nicht passt, dann schafft diese Gesetze doch endlich ab und die Wächter gleich dazu!«

Die anderen Mitglieder des Tribunals, teils im Raum, teils auf den Monitoren, sahen Torricelli verärgert an und begannen zu tuscheln.

Jo schaute mit Grauen ins Innere des Turms zu Quint.

Die Ketten wurden gerade wieder angezogen, sodass Quint stramm ausgestreckt in der Mitte des Turmes hing. Die Schuhe wurden ihm ausgezogen und Raven schnitt ihm die Hosenbeine ab.

»Ich weiß, das ist viel verlangt«, sagte Benedikt sanft. »Aber es würde Quint helfen, wenn du ihm vergeben könntest – und bei ihm wärst.«

Sie sollte einfach daneben stehen und zusehen, wie ein Vampir von der Sonne verbrannt wurde und vermutlich elend daran zugrunde ging?

»Und was wirst du tun?«, fragte sie zornig.

»Ich werde dich begleiten und für Quint beten.«

»Mehr nicht?«, fuhr sie ihn an, bereute es aber im gleichen Moment. Er konnte schließlich auch nichts dafür.

Sie wandte sich an Agnus und die Wächter.

»Und ihr wollt auch nichts unternehmen?«

Die Mienen von Agnus und den anderen waren wie versteinert.

»Wenn sie als Wächter, die für die Einhaltung der Gesetze zuständig sind, dieses Urteil verhindern«, erklärte Benedikt, »dann lösen sie das Gesetz faktisch auf. Die Vampire hätten nichts mehr, an das sie sich halten müssten und was ihr Gewissen formt.«

Benedikt ging. Aus irgendeinem Grund konnte sie nicht anders und folgte ihm. Am Eingang zum Inneren des Turms stand Torricelli und warnte: »Quint ist bereits im Turm, die Strafe hat begonnen, sie darf ihm nicht mehr ihr Blut geben!«

»Mörder!«, stieß Jo aus und ohne nachzudenken, rammte sie Torricelli, so fest es ging, ihr Knie zwischen die Beine. Während Torricelli sich am Boden krümmte, trat sie ins Innere des Turms. Sie trat zu Quint und als sie vor ihm stand war ihr alles andere auf einmal egal. Aus dem Augenwinkel bekam sie mit, dass Torricelli ins Innere stürmen wollte, doch Ravens Messer lag an seiner Kehle.

»Bring Josephine sofort hier raus, Benedikt! Und versetz sie in Tiefschlaf, bis alles vorbei ist, damit sie nichts spürt.«

»Sie wird nichts spüren, dafür werde ich sorgen«, sagte Benedikt und legte seine Hand zwischen ihren Nacken und ihre Schulter auf die bloße Haut. »Aber Josephine ist, wo sie sein will, bei dir.«

War sie das wirklich?

Quint sah sie gequält an.

»Bitte glaub mir, Josephine. Wenn ich könnte, würde ich mein Leben gegen das von Samuel eintauschen und ihn dir wiedergeben, aber das kann ich nicht.«

Quint würde womöglich gleich qualvoll sterben und das bewegte jetzt seine Gedanken? Die Last seiner Schuld trug er tatsächlich seit über 22 Jahren mit sich herum, sogar noch am letzten Tag seines Lebens.

Sie hatte Samuel verloren und bis heute tat es manchmal noch weh. Aber nichts könnte diesen Verlust ungeschehen machen oder ihr Samuel wiederbringen. Da hatte Quint vollkommen recht.

Sie blickte auf die Blutlache am Boden. Quint hatte schon genug erduldet und schleppte seine Schuld schon zu lange mit sich herum. Samuel hätte niemals gewollt, dass sein Bruder sich so quälte.

Sie streckte ihre Hand aus und legte sie auf Quints Wange. Er schmiegte sein Gesicht hinein.

»Ich vergebe dir, Quint, aber unter einer Bedingung.«

»Welche?«

»Du musst dir auch selbst vergeben. Du hast Samuel nicht umgebracht.« Mehr hatte sie eigentlich nicht sagen wollen, aber mit einem Mal liefen ihr Tränen herunter und mehr Worte sprudelten aus ihr heraus. »Ich will dich nicht mehr hassen, Quint. Dich zu lieben und deine Liebe zu spüren, war das Schönste, was mir seit Samuel passiert ist. Ich wollte ein neues Leben mit dir beginnen. Vielleicht haben wir ja noch eine Chance, falls du das hier überlebst.«

»Danke, das bedeutet mir sehr viel«, sagte Quint und weinte tatsächlich.

Er drehte sein Gesicht und küsste ihre Handinnenfläche. Sie sah ihn an und spürte, dass er nicht glaubte, diesen Tag zu überleben.

Benedikt nahm seine Kette mit dem Metallkreuz ab und hängte sie Quint um den Hals. Jemand kam und stülpte Quint einen Sack über den Kopf. Sie wollte den Sack herunterziehen, doch Benedikt hinderte sie daran.

»Seine Augen und sein Gesicht verbrennen sonst ebenfalls in der Sonne, Josephine.«

Verbrennen – allein dieses Wort …

Ohne etwas zu sehen, sprach Quint in ihre Richtung: »Sami und du, ihr werdet mein Vermögen erben. Für euch wird gesorgt sein und Therese wird dich in unsere Familie aufnehmen, das hat sie mir versprochen. Du wirst also nicht mehr allein dastehen. Ich liebe dich, Josephine.«

»Ich liebe dich auch, Quint«, flüsterte sie.

Über sich hörte sie ein Quietschen. Der Mönch fing an, in Latein zu murmeln, es hörte sich wie ein Gebet an.

Sie hatte einmal erlebt, wie Sami von einem Streifen Sonnenlicht an der Hand erwischt wurde. Er hatte geschrien wie am Spieß. Das hier würde für Quint furchtbar werden, deshalb schluckte sie ihre eigenen Tränen herunter und versuchte, für ihn stark zu sein.

»Ich bin hier, Quint und werde bei dir bleiben, so wie ich bei Samuel war«, flüsterte sie.

Noch einmal jemanden sterben zu sehen, den sie liebte, würde ihr das Herz zerreißen. Aber so war das, wenn man liebte. Sie nahm sich vor, mit Quint zu reden, bis er es auf die eine oder andere Art überstanden hatte.

Jedes Gesicht, an dem sie gerade eben auf dem Weg ins Turminnere vorbeigegangen war, hatte ihr das Gleiche vermittelt: Quint würde nicht überleben, sondern einen grausamen Tod sterben.

Kapitel 52

Elia starrte in die Runde.

Leonardo hielt Therese in den Armen. Quints Mutter weinte und schimpfte abwechselnd. Ihr zweiter Sohn würde heute sterben, damit wäre ihre Familie ausgelöscht. Agnus schaute – wie alle anwesenden Wächter – zu Quint. Jeder war drauf und dran, den Turm zu stürmen und Quint loszumachen.

Wenigstens Jos Tritt hatte gesessen, denn statt sadistisch zu grinsen, kam Torricelli gekrümmt und mit schmerzverzerrtem Gesicht heran, um als Vertreter des Tribunals auf den Knopf für den Mechanismus zu drücken. Auch das hatte Agnus nämlich abgelehnt. Das Dach des Turms öffnete sich und Elia sah, dass heftiger Regen hereinfiel, aber gleichzeitig auch strahlender Sonnenschein. Regen und Sonne!

In Elia keimte ein Funken Hoffnung. Er blickte zu Quint, dessen Oberkörper noch nicht feuerrot geworden war. Sekunden später begann Quints Haut immer noch nicht zu verbrennen. Ein Raunen ging durch die Anwesenden.

»Das muss eine Manipulation sein!«, brüllte Torricelli. »Das ist nicht möglich!«

Rasch ließ Elia sich auf dem mitgebrachten Laptop die Aufnahmen der Außenkamera anzeigen.

»Tatsächlich, ein Regenbogen!«, stieß Elia begeistert aus und stellte sofort die kleine Sanduhr von Alice neben den Knopf für die Dachluke.

»Ein Gottesurteil«, hörte er jemanden murmeln. »Ein Wunder«, hauchte Therese.

»Es steht in unseren Legenden!«, rief Elia. »Wenn der Regenbogen am Himmel steht, dann wird auch uns ein Blick auf das Licht gewährt.«

»Was soll die alberne Sanduhr?«, fragte Torricelli irritiert.

»Wenn diese Zeit abgelaufen ist, gilt die Strafe als verbüßt und die Dachluke wird geschlossen.«

»Davon habe ich noch nie gehört!«

»Es stand in den Aufzeichnungen, die verbrannt sind, als die Wächterburg mit all den Pergamenten in Flammen aufging. Ich hatte es nur vergessen.«

Die Sanduhr war in Vergessenheit geraten, weil die Haut des Vampirs stets vor der abgelaufenen Zeit vollständig verbrannt und damit die Strafe auch erfüllt war. Nur eine Sonnenfinsternis, ein durch Unwetter völlig verdunkelter Himmel oder eben ein Regenbogen machten die Sanduhr überhaupt erst sinnvoll und nötig. Seit er das Schreiberamt innehatte, war so etwas noch nicht vorgekommen.

»Das ist nicht wahr! Du lügst!«, brüllte Torricelli und wollte nach der Sanduhr greifen, doch Leonardo war schneller, packte ihn mit eisernem Griff und zerrte ihn weg.

»Elia hat recht! Es ist wahr«, bestätigte Leonardo.

»Du gehörst nicht mehr zum Tribunal!«, tobte Torricelli.

Leonardo schaute zu den anderen Mitgliedern des Tribunals. Einer nach dem anderen nickte ihm zu, bis der Letzte es aussprach: »Wenn der Sand durchgelaufen ist, gilt die Strafe als verbüßt. Und Ihr, Torricelli, solltet über einen sofortigen Rücktritt aus dem Tribunal nachdenken.«

Elias Funken Hoffnung war soeben ein Silberstreif am Horizont geworden. Leider stand ein Regenbogen nie lange am Himmel.

Benedikt wandte sich kurz mit fragendem Blick zu ihm um. Vermutlich war der Regenbogen nicht durch die Öffnung der Dachluke zu sehen und der Mönch wunderte sich ebenso wie er zu vor, warum Quints Haut noch nicht verbrannt war. Schnell drehte er den Bildschirm zu Benedikt und zeigte auf den Bogen, dann auf die kleine Sanduhr. Der uralte Mönch lächelte, denn er verstand sofort.

Wie alle anderen sah Elia nun abwechselnd auf das Bild der Außenkamera, das er den Versammelten präsentierte, und dann wieder auf die kleine Sanduhr von Alice, in der glitzernd pinkfarbener Sand viel zu langsam herunterrieselte.

Es war so still, man hätte eine Stecknadel fallen gehört.

Quint sah nichts mehr. Der dicke, schwarze Sack über seinem Kopf sollte wenigstens den vor dem Sonnenlicht schützen.

Er sprach Jo ein paar letzte Worte zu, damit sie wusste, dass sie und Sami versorgt sein würden.

Josephine hatte ihm vorhin vergeben und war sogar bereit, es noch einmal mit ihm zu versuchen. Als Benedikt ihm das Kreuz umgelegt hatte, fühlte es sich so an, als wäre die gehässige Kreatur in seinem Inneren mit einem Aufschrei verschwunden. Quint hatte plötzlich den Eindruck, dass Samuel ihm vergeben würde, wenn er vor ihm stünde und da gelang es ihm endlich, sich auch selbst zu vergeben. Auch wenn die gehässige Kreatur wiederkehren sollte, würde sie bei ihm keine Nahrung mehr finden. Endlich war in seinem Innern Frieden und es tat so unbeschreiblich gut. Wäre sein von Torricelli zerfleischter Rücken nicht gewesen – er hätte selig gelächelt.

Leider würde das hier dennoch ein Abschied von Jo werden und kein Neuanfang. Er war schon bei Verbrennungen dabei gewesen. Eine gute Überlebenschance hatten nur starke Vampire, die vorher entsprechend viel Blut getrunken hatten. Manche Vampire hatten sogar den Freitod vorgezogen. Die Schmerzen während und nach der Bestrafung waren die reinste Hölle. Die gellenden Schreie der Verurteilten blieben jedem im Gedächtnis. Auch er würde schreien und wie ein Wahnsinniger an den Ketten zerren, da machte er sich nichts vor. Jeden Moment wäre es so weit, er spürte, wie sein Brustkorb sich hob und senkte, als würde er einen Lkw anschieben.

»Ich liebe dich auch, Quint«, flüsterte Jo gerade und durch die symbiotische Verbindung spürte er einen wärmenden Strom von Liebe. Dann hörte er bereits das Quietschen der Dachluke, die hoch über ihm geöffnet wurde.

Benedikt fing an, in Latein zu beten.

»Ich werde bei dir bleiben, Quint, so wie ich bei Samuel war«, flüsterte Jo.

Sie stand ganz nah bei ihm und er hörte aus ihrer Stimme heraus, dass auch ihr klar war, dass er keine Chance hatte.

Er spürte Regen und eine angenehme Wärme auf seiner Haut.

»Benedikt, was ist los? Klemmt die Dachluke?«

Er hörte, dass Benedikt sich bewegte.

»Nein, das Dach des Turms ins ganz offen. Es regnet sogar herein und die Sonne strahlt bis zu dir. Spürst du denn nichts?«

»Nein.«

Benedikts Mönchskutte bewegte sich erneut.

»Elia zeigt mir auf einem Bildschirm, dass draußen ein Regenbogen am Himmel steht. Er zeigt auf eine Sanduhr neben sich und auf den Knopf für die Dachluke. Es sind wohl zwei bis drei Minuten, dann ist der Sand durchgelaufen und das Dach wird wieder geschlossen.«

Leider würde eine Minute Sonnenlicht in seinem Zustand immer noch genügen, um sein Todesurteil zu fällen. Vampire heilten normalerweise übernatürlich schnell. Aber sie waren extrem empfindlich, was Verbrennungen anging, und die zu heilen, verlangte ihrem Organismus mehr ab als jede andere Art von Verletzung.

»Der Regenbogen«, fuhr Benedikt fort. »Das Zeichen des neuen Bundes zwischen Gott und allem Fleisch auf Erden. Ein Zeichen von Gottes Treue und Barmherzigkeit.«

Benedikt vertiefte sich wieder ins Gebet.

»Quint, es gibt Hoffnung für uns. Halte durch«, ermutigte ihn Jo und fuhr dann fort: »Wenn wir nicht mehr verfolgt werden, will ich dieses Blockhaus im Wald haben, hörst du? Wirst du mir eines bauen, dort am Wasser? Meinetwegen werde ich mir im Winter auch mit einem Pickel das Eis aufbrechen, um mich zu waschen.«

Quint war klar, dass sie nur versuchte, ihn abzulenken, aber dafür war er ihr sehr dankbar. Sein Rücken war schon die reinste Qual. Und jeden Augenblick auch noch mit den schlimmsten Schmerzen seines Lebens und seinem Tod zu rechnen, diese Ungewissheit brachte ihn schier um den Verstand!

»Ich pflanze dir dort eine kleine Eiche«, erwiderte er. »Und du kannst zusehen, wie sie hundert Jahre alt wird. Mit meinem Blut wirst du nicht mehr altern, Josephine.«

Und selbst wenn er tot wäre, es gäbe unzählige Vampire, die ihr, einer Symbiontin den Hof machen würden. Er hatte Vinz beauftragt, jeden abzuschießen, der Jo gegen ihren Willen bedrängte oder nicht gut für sie wäre.

»Glaub ja nicht, ich geb mich mit einer Eiche zufrieden! Ich möchte zum See hinaus außerdem eine breite Holzveranda, so wie bei dem Haus der Waltons, in dieser alten Fernsehserie. Und ich will in diesem gemauerten Kamin ein schönes Feuer, wenn es kalt wird. Dann legen wir uns davor, auf einem deiner schönen Felle, und machen – ähm, ein Mönch steht neben mir, ich überlasse das also lieber deiner Fantasie.«

»Wusstest du, dass man vom Haus aus den Sonnenuntergang am See beobachten kann?«, keuchte Quint, denn die Schmerzen in seinem Rücken forderten ihren Tribut.

»Das hört sich wunderbar an. Sobald die Veranda steht, stellst du mir einen Schaukelstuhl darauf. Und zur Einweihung wünsche ich mir ein großes Barbecue.«

»Agnus liebt Wildschwein am Spieß. Verdammt, ich kriege Hunger!«, brüllte Quint, jetzt bekam er durch den Blutverlust auch noch Hungerkrämpfe.

Plötzlich spürte er eine Hand, sanft, aber mit Schwielen, die unter den Sack fuhr und sich auf seine Wange legte.

»Ich bin da, Quint. Wir stehen das zusammen durch. Du bist für mich da und ich für dich. Wir werden nicht mehr allein sein, nie mehr, hörst du?«

Ja, das hörte er und er hörte auch ihre Tränen heraus. Jo litt gerade mit ihm, wenn auch nicht körperlich, weil Benedikt das anscheinend verhinderte.

»Quint, der Regenbogen verblasst langsam, aber der Sand ist fast durchgelaufen«, ließ Jo ihn wissen und zog die Hand zurück, weil Torricelli draußen rumbrüllte, sie dürfe Quint nicht anfassen und solle zurücktreten. Das war selbst durch das dicke Glas zu hören.

Benedikt betete leise weiter und Quint spürte das schwere Metallkreuz auf seiner Brust auf einmal sehr deutlich.

»Quint, der Regenbogen ist fast verschwunden, aber es ziehen dunkle Wolken auf. Der Sand! Gleich ist es so weit.«

Quint hörte das ersehnte Quietschen, aber dann begann es, auf einem Teil seiner Brust zu brennen.

»Gleich hast du's geschafft, Quint!«, rief ihm Jo hörbar alarmiert zu.

»Was passiert mit mir, Benedikt?«

»Gott ist barmherziger als wir, als unser Gesetz, das ist dir passiert, Quintus. Und anscheinend will er dich daran erinnern.«

»Was? Wie? Ich verstehe dich nicht!«

Die Deckenluke rastete in ihrem Verschluss ein. Eine Tür wurde geöffnet. Der Sack wurde ihm vom Kopf gezogen.

»Sieh selbst«, sagte Benedikt mit dem Sack in der Hand und wies auf seine Brust, dort, wo das schwere Metallkreuz hing.

Die letzten Sonnenstrahlen hatten ein kleines Areal auf seiner Brust, direkt um das große Kreuz, verbrannt. Nicht schlimm, die Haut war nicht verkohlt, sondern nur dunkelrot, außerdem fühlte es sich an, als würde sie bereits wieder heilen.

Jo streckte ihre zitternde Hand nach dem Kreuz aus. Er zischte, als sie es hochhob. Die Haut unter dem Kreuz war natürlich heil geblieben, aber drumherum bildete sich gerade feines Narbengewebe und das war seltsam. Narben gab es sonst nie bei Vampiren. In Zukunft würde er wohl mit dem Zeichen des Kreuzes auf seiner Brust leben, es sei denn, er würde sich die vernarbte Haut großzügig herausschneiden, und das hatte er nicht vor.

Jo fuhr mit ihrem Zeigefinger auf seiner Brust federleicht das Innere des Kreuzes nach. Dort tat es nicht weh.

»Da, wo das Kreuz ist, ist alles heil«, stellte sie fest.

»Ja«, meinte Benedikt nachdenklich und tätschelte seine Wange. »Dort, wo Gottes Liebe ist, ist Leben und Heilung, ohne ihn regiert Schmerz und Leid.« Benedikt hob sich die große Kapuze über den Kopf und meinte dann noch: »Jo fehlt ein Ring am Finger, Quintus. Sag mir Bescheid, wenn du mich brauchst.«

Die Ketten wurden gelöst und Jo musste ihn regelrecht auffangen.

»Ich liebe dich, Josephine. Ich liebe dich«, stammelte er.

»Ich liebe dich auch, Quint.«

Sie knieten eine Zeit lang auf dem Steinboden. Jo hielt ihm ihr Handgelenk hin und gab ihm ihr Blut. Er nahm nur ganz wenig, nur so viel, dass seine Hungerkrämpfe nachließen, denn auch Jos Körper hatte einiges durchgemacht. Sie beachteten das Treiben um sie herum gar nicht, sondern umarmten sich nur und weinten, beide. Ja, er weinte tatsächlich, Benedikt hatte also mal wieder recht gehabt. Aber das war ihm jetzt auch egal. Er war einfach nur froh, am Leben zu sein und dass Jo ihm eine zweite Chance auf ein gemeinsames Leben gab.

Kapitel 53

Es waren einige Wochen vergangen, in denen Josephine und er – vor allem er – an sich hatten arbeiten müssen. Auch im Umgang mit Menschen, besonders mit Jo, hatte er noch einiges dazuzulernen gehabt. Sich ein gemeinsames, neues Leben aufzubauen, war nicht ohne kleinere Reibereien abgelaufen. Jo hatte um ihre persönliche Freiheit gekämpft wie eine Bärin und sogar weiter arbeiten wollen, obwohl er genug Geld besaß, um sie zu versorgen. Und er war Tag und Nacht um ihre Sicherheit besorgt, zumal Torricelli nach der Sache im Turm spurlos untergetaucht war, und hatte sie deshalb nicht gern allein aus dem Haus gelassen.

Sami brauchte schon bald keine Hilfe mehr beim Jagen, wobei der Junge sowieso nicht mehr auf die Jagd ging, denn Susi gab ihm alles, was er brauchte, und außerdem deckte er einen großen Teil seines Bedarfs durch normale Nahrung, was er ebenfalls Susi zu verdanken hatte. Sami hatte nur noch Susi im Kopf, das brachte Quint immer wieder zum Schmunzeln. Vinz hatte darauf bestanden, Sami an Schusswaffen auszubilden, wenn er schon mit seiner Tochter ausgehen wollte. Außerdem verlangte Vinz, dass Quints Neffe, der nun gleichzeitig sein Sohn war, auch noch bei Raven Kampfsport lernte – alles zum Schutz von Susi, der Ärmste. Aber Vinz würde seine Tochter niemandem anvertrauen, der sie nicht beschützen konnte. Sami war 22 und Susi Ende zwanzig, die beiden lebten im Moment gemeinsam in Thereses Haus. Die ersten Tage hatten Josephine und er auch bei seiner Mutter gewohnt, dann hatten sie sich in Jos Haus zurückgezogen.

Heute war nun der Tag, besser gesagt die Nacht, in der sie heiraten würden. Benedikt war extra angereist und ebenso Jos Großeltern. Alle aus dem Hauptquartier würden da sein und auch andere Freunde, Vampire und Menschen.

Zusammen mit seiner Mutter, Arabella und den anderen Wächtern hatten sie in letzter Zeit viel hinter Jos Rücken organisiert und gearbeitet.

»Es wird eine Motto-Hochzeit«, hatte Arabella Jo nur verraten, mehr nicht. Heute, direkt vor der Abfahrt, hatte Ara Jo die Augen verbunden und ihr dann erst das Hochzeitskleid angezogen sowie die passenden Schuhe dazu, beides selbstverständlich maßgeschneidert.

In diesem Moment saß er neben Josephine, die immer noch ihre Augen verbunden hatte, und hielt ihre Hand. Sie saßen hinten im Hummer, den John Lara nach der Hochzeit geschenkt hatte, die beiden saßen vor ihnen und Lara fuhr. Alle anderen waren schon vor Ort.

»Ich bin völlig nervös, und nichts zu sehen, macht mich irre! Sind wir bald da, Quint?«, fragte sie.

Er küsste ihre Schläfe und streichelte mit dem Daumen über ihren Handrücken.

»Gleich, Josephine. Jetzt weißt du, wie ich mich mit dem Sack über dem Kopf gefühlt habe. Zumindest kannst du sicher sein, dass dich eine schöne Überraschung erwartet.«

»Sind meine Großeltern gut angekommen?«

»Ja, alle Gäste sind schon kurz nach Sonnenuntergang da gewesen, Walter, Alice und die Frauen schon viel früher. Jeder hat mitgeholfen, damit es eine schöne Überraschung für dich wird.«

»Okay, jetzt sind wir da«, verkündete Lara.

»Lass die Augenbinde noch dran. Ich trag dich raus, Josephine.«

Er stieg aus, hob sie in seine Arme und trug sie auf die Veranda.

Josephine war furchtbar aufgeregt. Ihr Bauch flatterte und ihr Herz hämmerte in ihrer Brust. Endlich stellte Quint sie auf den Boden und löste das Band vor ihren Augen. Sie musste nach der langen Zeit zunächst blinzeln und sah dann den kleinen Waldsee, zu dem sie den Motorradausflug gemacht hatten. Hinter dem See zeigte der Himmel noch letzte, tiefrote Streifen von Abendrot.

Als Nächstes blickte Jo an sich herunter, um zu sehen, was Ara ihr bereits vor der Abfahrt mit verbundenen Augen angezogen hatte:

geschnürte Lederstiefel mit Absätzen und ein augenscheinlich historisches Kleid.

»Der Schnitt ist aus dem Ende des 19. Jahrhunderts, ein Kleid, wie es die amerikanischen Siedlerfrauen an Festtagen trugen«, erklärte Arabella.

Das Oberteil zierte eine hübsche Brosche, lief V-förmig zur Taille hinunter und lag dort miederähnlich an. Die zweilagigen Ärmel waren nur dreiviertellang und am Ende mit weißer Spitze verziert. Das Rockteil bestand aus abgestuften Lagen, darunter eine Art Petticoat, der dem Rock Volumen verlieh. Das Kleid war aus natürlichem, cremefarbenen Baumwollstoff mit einem bezaubernden, dezenten Blümchenmuster.

Danach schaute Jo sich um. Sie waren alle hier: Sami mit Susi, ihre Großeltern, jeder aus dem Hauptquartier, dazu Therese, Leonardo und Albert und noch viele andere Gäste, die sie nicht kannte. Jeder, auch Quint, war entweder in einer Art edlem Holzfäller- oder Westernlook samt Westernstiefeln und Hut gekleidet. Die Frauen trugen ähnliche Kleider wie sie. Alice und ein anderes Mädchen rannten in ledernen Indianerkleidern und Mokassins herum. Nur Arabellas schwarz-weiß gestreiftes Kleid, inklusive ausgefallenem Hut und schwarzen, hohen Schnürstiefeln, erinnerte ein wenig mehr an Steampunk. Agnus trug schwarze Westernklamotten und bekam von Alice gerade einen Sheriffstern auf die Brust; er drehte einen großen Spieß mit einem Ferkel über dem offenen Feuer.

Schöne Holztische mit langen, weißen Tischtüchern waren über und über mit Essen beladen. Daneben war ein Tanzboden aus Holz errichtet worden. In den Bäumen waren überall kleine, bunte Lampions aufgehängt worden, sodass die Waldlichtung in wunderschönem Licht erhellt war.

Jo realisierte, dass sie auf einer überdachten Holzveranda stand. Neben ihr war ein Schaukelstuhl, dahinter lag, wie ein friedlicher Wächter, der riesige Irische Wolfshund von Therese.

Quint lächelte sie an.

»Dreh dich um. Du stehst vor unserem neuen Zuhause oder zumindest unserem Wochenendhäuschen. Das ist unser aller Hochzeitsgeschenk für dich. Jeder hat daran auf irgendeine Weise mitgearbeitet. Sarah hat zum Beispiel die Küche eingerichtet und dafür sogar ein paar Geräte mit dem Hubschrauber eingeflogen.«

»Häus*chen*?«

Die Frontseite des aus massiven Holzstämmen gebauten Blockhauses war bestimmt zehn Meter breit. Die Fenster waren mit getönten Scheiben ausgestattet und würden vermutlich das UV-Licht filtern, dahinter entdeckte sie hübsche Gardinen.

»Aber bevor du reingehst, habe ich erst noch ein Geschenk für dich«, sagte Ambi grinsend, der mit klackernden Sporen die Holztreppe hochsprang.

Einige Gäste lächelten, als Ambi ihr einen Eisenpickel mit einem etwa anderthalb Meter langen Holzgriff in die Hand drückte, inklusive roter Schleife versteht sich.

Sie musste wohl ziemlich verdutzt ausgesehen haben, denn Quint erklärte ihr: »Damit du im Winter das Eis aufschlagen kannst, um dich im See zu waschen.«.

Sie sah zum Waldsee hinaus und musste schlucken. Man hatte einen kleinen Holzsteg ins Wasser gebaut.

»Hey, du wirst ja auf einmal ganz blass, Jo«, meinte Ambi. »Kipp uns jetzt nur nicht um. Ein bisschen kaltes Wasser macht dir doch nichts aus, oder?«

Mit einem Mal merkte sie, dass sich die anderen Wächter mit ihren Frauen kaum das Lachen verkneifen konnten. Sie drückte Quint den Pickel an die Brust und stemmte die Hände in die Hüften.

»Wie viel hat Ambi mit dir gewettet, dass ich darauf reinfalle?«

»'ne Menge«, rief Ara lachend.

Jo blickte zu Agnus.

»Was meinst du, Agnus? Dafür, dass die beiden mir an meinem Hochzeitstag so einen Streich gespielt haben, sollten sie zur Strafe hier zusammen baden, sobald der See mit Eis bedeckt ist, oder?«

Agnus grinste. »Ich schlepp dir die zwei an und pass auf, dass sie auch gründlich sauber sind, bevor sie wieder rauskommen.«

Jo lachte Ambi an, dem sein Lachen nun vergangen war.

»Wer zuletzt lacht, lacht am besten, Ambi. Und ich werde hier im Schaukelstuhl sitzen, warm in eine Decke eingewickelt, und euch mit einem heißen Kakao beim Baden zusehen.«

Alle brachen in schallendes Gelächter aus. Dann drehte sie sich wieder zum Eingang um und Quint trug sie über die Türschwelle.

Quint betätigte einen verdeckten Schalter und überall erhellten sich Öllampen, aber das war ja nicht möglich, oder?

Hinter ihr meldete sich Ara zu Wort: »Wir haben es im alten Stil gebaut und eingerichtet, aber alles ist elektrisch. Im Schlafzimmer sind sogar Lampen, die aussehen wie Fackeln. Die Felle sind natürlich echt, die kamen von Quint und Therese.«

»Wir haben Solarpaneele auf dem Dach, die man von unten nicht sieht, und einen Generator im Nebenhaus, außerdem Gasflaschen für den Kühlschrank und den Herd. Und selbstverständlich gibt es auch warmes Wasser zum Duschen, schließlich bist du ja ein Warmduscher.«

Sie stieß Quint warnend ihren Ellenbogen in die Seite.

»Denk an den zugefrorenen See, da lässt sich bestimmt öfter drin baden.«

Der offene, steinerne Kamin im Wohn-Esszimmer gefiel ihr am besten, davor lag ein riesiges Fell.

»Das ist ein Bärenfell, hat mein Vater selbst erlegt. Die Patchworkdecken im Wohnzimmer und auf dem Bett sind von meiner Mutter, handgenäht.«

Die gesamte Einrichtung war überwiegend aus Holz und strahlte eine urige Gemütlichkeit aus. Die Küche war dem Anschein nach antik, jedoch bei genauerem Hinsehen ebenfalls modern, genau wie die Badewanne mit Bärenfüßen und die Dusche. Daneben gab es sogar noch ein paar zusätzliche Zimmer. Hier hätten sicher auch fünf Personen und mehr Platz.

»Wir sollten wieder raus, Josephine. Die anderen können die Hochzeitszeremonie oder besser gesagt, das Essen danach, nicht erwarten.«

Jo lächelte und Quint lief ihr voraus nach draußen. Warum, das begriff sie auf der Türschwelle. Ihr Großvater wartete dort und von irgendwoher erklang das typische Hochzeitslied zum Einzug in die Kirche. Anstelle ihres verstorbenen Vaters fasste Großvater ihre Hand und stieg mit ihr die Holzstufen hinunter und zu Quint, der ein paar Schritte weiter auf sie wartete. Ihr Großvater übergab sie an den Bräutigam.

Vor ihnen lag ein einfacher Weg zum kleinen Sandstrand des Sees, gesäumt mit Eichenlaubzweigen, weißen Margeriten und purpurnem Sonnenhut. Die gleichen Blüten und Zweige zierten auch die Tische. Alice ging ihnen mit einem Körbchen voraus und streute enthusiastisch Blüten. Im Sand lagen zwei Kissen und Benedikt wartete mit einer aufgeschlagenen Bibel in der Hand. Die Zeremonie war schlicht, aber Benedikts Worte zutiefst ergreifend.

»Darum wird ein Mann seinen Vater und seine Mutter verlassen und seiner Frau anhangen, und sie werden ein Fleisch sein …«, las der Mönch zu Beginn und bezog auch Samuel in seine Traupredigt mit ein. Das Eheversprechen, das Benedikt vorsagte, klang jedoch ein wenig anders als üblich: »… verbunden durch Liebe und Blut, in Gedanken und Gefühlen vereint … In guten und in schlechten Zeitaltern, bis dass der Tod euch scheidet …«

Sie gaben sich das Jawort und Quint steckte ihr den goldenen Ring seiner Mutter an den Finger, der in seiner schnörkellosen Schlichtheit zu ihrem Leben und ihrer Art passte. Dann knieten sie beide nieder und empfingen Benedikts Segen. Unter den Jubelrufen der Gäste küssten sie sich schließlich.

Hinterher kamen alle, um zu gratulieren. Vorneweg ihre Großmutter und ihr Großvater, der ihr einen Blumentopf übergab.

»Wie du mit deinem fachmännischen Auge siehst«, sagte ihr Großvater, »ist das nur ein kleiner Eichenbaum. Aber Quint meinte, darüber würdest du dich sehr freuen.«

Mit Tränen in den Augen sah sie Quint an.

»Du hast es nicht vergessen.«

Er legte einen Arm um ihre Taille und zog sie an sich.

»Nein. Daran musste ich immer wieder denken. Wir werden ihn später zusammen hier einpflanzen und du wirst die Stelle dafür aussuchen.« In ihr Ohr flüsterte er: »Und du wirst zusehen, wie er wächst und über hundert Jahre alt wird.«

Einer nach dem anderen gratulierte und überreichte Geschenke. Als ein spanisch aussehender Mann und seine kleine Tochter im Indianerkleid vor ihnen standen, erklärte Quint ihr: »Das sind Manuel Sánchez und seine Tochter Rafaela. Er ist der Immobilienmakler von Elia und Vinz. Seine Tochter war bis vor Kurzem schwer krank und wir dachten, sie würde nach dem langen Krankenhausaufenthalt Spaß daran haben, sich mit Alice als Indianermädchen zu verkleiden und hier in der Natur zu spielen. Meine Mutter hat die beiden Lederkleidchen von Hand genäht und mit Perlen verziert. Sogar die Mokassins hat sie selbst angefertigt.«

Manuel Sánchez wirkte verlegen.

»Herr Greenwood, meine Tochter hat hier wirklich viel Spaß, aber Sie haben mir gar nicht gesagt, dass es Ihre Hochzeit ist, zu der ich eingeladen bin. Ich habe deshalb leider gar kein Geschenk für Sie.«

Das also war das kleine Mädchen, das Quint mit seinem Blut gerettet hatte. Jo standen die Tränen in den Augen.

»Dass Sie gekommen sind und wir das Lachen ihrer Tochter sehen dürfen, ist für uns beide Geschenk genug«, sagte sie. »Gönnen Sie sich und Ihrer Tochter einfach eine schöne Zeit hier.«

Manuel Sánchez machte den nächsten Gratulanten Platz und ging weiter. Dann hielt er aber noch mal inne und blickte zurück. »Sie sind keiner meiner Kunden, Herr Greenwood, und trotzdem habe ich die ganze Zeit das Gefühl, dass wir uns schon mal begegnet sind.«

»Vielleicht? Wer weiß?«, erwiderte Quint lächelnd.

Der Immobilienmakler ging kopfschüttelnd weiter und Quint flüsterte ihr ins Ohr: »Von ihm habe ich die beiden Häuser für unsere Flucht gekauft, eines in Neuseeland, direkt am Meer, und eines in Paraguay, mitten in der Natur. Ich wusste nicht, was für ein Klima dir besser gefallen würde. In unseren Flitterwochen könnten wir dorthin reisen.«

»Oder zu meinen Großeltern, die haben uns auch eingeladen.«

»Du musst dich nicht auf einen Ort festlegen, Josephine. John bot beispielsweise an, uns den Westflügel seines Schlosses in Nordostengland zu überlassen, wir könnten also auch eine Tour machen. Elia und Vinz haben seit Kurzem ja ebenfalls neue Ferienhäuschen von Sánchez und Benjamin hat sogar eine Insel auf den Malediven zur Hochzeit geschenkt bekommen, die wir auch nutzen dürfen.«

»Zumindest bräuchte ich auf den Malediven keinen Eispickel, wenn ich mich baden will«, scherzte sie augenzwinkernd.

»Ich werde es genießen, endlich einmal zu reisen, ohne auf der Flucht zu sein.«

Nach dem Gratulieren folgte das Essen, ein edles Barbecue mit zig anderen erlesenen Speisen, samt Whisky und Wein, das vorzüglich schmeckte. Agnus schnitt sein Ferkel am Spieß auf. Der traditionelle Apple Pie durfte beim Nachtisch natürlich nicht fehlen. Nachdem jeder satt war, begann Agnus auf seinem Dudelsack zu spielen, und das hörte sich fantastisch an.

Später wechselte die Musik und sie alle tanzten gemeinsam Squaredance auf der errichteten Holzbühne. In den Verkleidungen sah das einerseits umwerfend aus, andererseits machte es wirklich Spaß und passte natürlich hervorragend zum Motto der Hochzeit.

Irgendwann, zwischen zwei Liedern, stupste Jo Quint an, woraufhin der zu Vinzenz ging und ihn um seinen stilechten Revolver bat, der selbstverständlich voll funktionsfähig und geladen war. Vinz dachte wohl, sein Freund wollte das antike Stück bewundern, doch Quint holte lediglich wie verabredet die Patronen aus der Trommel. Auf Vinzenz' Nachfrage sagte Quint nur augenzwinkernd: »Wirst du gleich erfahren.« Dann wandte Quint sich an die Gäste und bat: »Macht alle mal ein bisschen Platz für Sami. Er hat euch was zu sagen.«

Quint klopfte ihrem Sohn auf die Schulter und meinte: »Jetzt bist du dran.«

Sami ergriff Susis Hand und zog die junge Frau auf den freien Platz in der Mitte. Quint und Jo stellten sich inzwischen neben Susis Vater, den Waffenexperten und Scharfschützen.

»Oh nein«, hörte sie Vinzenz murmeln, weil sie so nah bei ihm stand. »Oh, nein! Das wird er schön bleiben lassen«, protestierte Vinz nun lauter und griff zu seinem Revolver.

Jo wurde nervös, doch Arabella legte beruhigend ihre Hand auf die von Vinzenz.

»Spar dir das«, meinte Ara zu Vinz. »Was denkst du, warum Quint gerade die Patronen herausgeholt hat? Außerdem willst du doch nicht wirklich auf Sami schießen, oder?«

»Bist du dir da sicher?«, knurrte Vinz.

Jo verschränkte ihre Finger fester mit denen von Quint. Der legte ihr einen Arm um die Schulter und flüsterte in ihr Ohr: »Das wird schon.«

Sami strahlte indes Susi an und die schenkte ihm ein überglückliches Lächeln.

Jo wusste, was folgen würde. Doch es zu sehen und zu erleben, war noch mal etwas ganz anderes. Sie rückte enger an Quint und er küsste sie auf die Schläfe. »Jetzt musst du tapfer sein, Josephine.«

»Ich – wir haben euch etwas mitzuteilen«, verkündete Sami feierlich und das Paar sah sich verliebt in die Augen. »Susi und ich möchten unsere Verlobung bekannt geben.«

Sami zog aus seiner Hosentasche einen Diamantring und Susi ließ ihn sich begeistert anstecken.

Jo flüsterte zu Quint: »Woher hat Sami denn den Ring? Sein Geld würde gerade mal für einen aus dem Kaugummiautomaten reichen.«

Quint flüsterte zurück: »Da irrst du dich. Sami ist offiziell mein Sohn und Erbe. Ich habe ihm schon vor der Verhandlung des Tribunals ein Konto eingerichtet, das sich nach Abhebungen oder Überweisungen stets automatisch bis zu einer gewissen Summe auffüllt. Außerdem habe ich ihm einen Teil meiner Aktienfonds überschrieben und zur Verlobung bekommt er ein schickes Loft in England, da wo Susi studiert. Das hat er sich gewünscht, weil er dort mit ihr zusammen leben und selbst auch studieren will. Damit das bei dieser Eliteuniversität auch klappt, habe ich zur Sicherheit noch eine großzügige Spende veranlasst und dafür gesorgt, dass ein paar Fensterscheiben wegen seiner Urticaria solaris ausgetauscht werden. Einige andere werden in nächster Zeit wohl leider noch durch Randalierer zu Bruch gehen und ich werde netterweise mit meiner Spende für neue sorgen. Susi wird von Arabella zur Verlobung übrigens ein Loft in New York bekommen, da sie es liebt, dort öfter mal mit ihrer Mutter zusammen shoppen zu gehen und weil sie Sami in den Semesterferien für die Stadt begeistern will, die nie schläft.«

Jo drehte sich zu Vinz, der gerade halblaut protestierte: »Das kann er nicht! Das ist mein kleines Mädchen.«

Schniefend vor Rührung nahm ihn Arabella in den Arm.

»Sie wird immer unser kleines Mädchen bleiben, Vinz, aber sie ist eben auch eine junge Frau geworden. Komm schon, gib dir einen Ruck.«

Jo sah, wie Ara und Vinz auf das junge Pärchen zugingen.

Sami schaute besorgt zu Quint, der ihm zurief: »Keine Angst, er wird dich nicht erschießen. Zumindest nicht heute, ich habe ihm die Patronen abgenommen.«

Dann flüsterte Quint ihr zu: »Vinz wird deinen Sohn gleich in den Arm nehmen, aber vorher wird er ihm sicher drohen, ihn zu durchlöchern, falls er Susi auch nur ein Haar krümmt.«

»Sami würde sich eher die Hand abhacken, als Susi etwas anzutun«, stellte sie klar. »Mein Sohn ist genauso sanft wie Samuel.«

Vinz musste das wohl gehört haben, denn er drehte sich zu ihr um, atmete tief durch und nickte ihr zu. Dann wandte er sich wieder zu Sami und nahm ihren Sohn väterlich in die Arme – ohne bleihaltige Drohung.

»Komm, Josephine, jetzt sind wir dran mit Gratulieren.«

Plötzlich rannen ihr Tränen übers Gesicht, denn ihr Sohn hatte sozusagen das Nest verlassen, war gerade ein zukünftiger Ehemann geworden, und die ganze Tragweite dessen sank nun in ihr Bewusstsein.

»Hey, keine Angst«, versuchte Quint sie zu beruhigen. »Sami ist mein Sohn. Ich pass schon auf, dass Vinz ihn nicht doch noch erschießt.«

»Das ist es nicht, Quint. Aber danke.«

Sie drückte seine Hand fester und ging mit weichen Knien zu Susi.

»Ich gratuliere dir, Susi. Willst du dir angesichts deiner Verlobung und deines Alters nicht mal Gedanken über einen Beruf machen?«

»Typisch Mutter«, murmelte Sami amüsiert seiner Susi ins Ohr.

»Im Moment studiere ich Kunstgeschichte, genau wie du früher, Jo«, konterte Susi geschickt.

»Verstehe, aber wenn Sami schon bei deinem Vater schießen lernen musste, dann möchte ich, dass du mit mir mal drei Wochen in meinem Job arbeitest.«

»Darf ich mir das Projekt aussuchen?«, fragte Susi mit verblüffender Begeisterung. »John besitzt nämlich eine bombastische Burg im Nordosten von England und es wäre abgefahren, da einen Schlossgarten nach historischem Vorbild zu gestalten.«

»Deine Susi gefällt mir immer mehr«, erklärte sie schmunzelnd ihrem Sohn.

»Und Susi bekommt eine ordentliche Mitgift«, warf Vinz noch ein.

Sie tanzten noch eine kleine Weile, dann fuhr man ihre Großeltern in Thereses Villa. Die Cateringfirma räumte das Geschirr und die Essensreste ab. Die Gäste, die nicht um das Geheimnis der Vampire wussten, verstanden den Wink und verabschiedeten sich. Arabella entließ inzwischen unzählige, schwimmende Kerzen auf den See und bestreute anschließend mit Alice den gesamten Tanzboden mit Blütenblättern und Eichenlaub.

Dann waren nur noch Eingeweihte anwesend und Jo ging zum sandigen Ufer, ließ den Blick über den See und den Wald schweifen. Das Lied »The Rose«, von Harfe und Geige begleitet, erklang aus versteckten Lautsprechern über den See. Arabella hatte ihr erzählt, dass Sarah und

Quint in den Tagen zuvor einige Stücke aufgenommen hatten, unter anderem auch »What a wonderful world« und Pachebels »Canon«. Die Musik und die Lichter verzauberten die Atmosphäre im wahrsten Sinne des Wortes ...

Quint trat neben sie und legte einen Arm um ihre Taille. Gemeinsam blickten sie über den idyllischen Waldsee mit den vielen kleinen Lichtern und zutiefst berührt ließ sie sich von der traumhaft schönen Musik davontragen.

Quint und die anderen – die mehr und mehr wie eine große Familie für sie wurden – hatten ihr diese wunderbare Hochzeit beschert und um nichts in der Welt hätte sie sie an einem anderen Ort feiern wollen.

Irgendwann küsste Quint sanft ihre Schläfe und sagte leise: »Komm mit, das Schönste wartet noch auf dich.«

Quint führte sie zum Tanzboden. Dort betrat jeder Vampir, der in Symbiose mit einer Gefährtin lebte, also auch Quint und sie, die Holzbühne. Alle bildeten einen großen Kreis um sie.

In feierlicher Ernsthaftigkeit knöpfte Quint – wie jeder der anwesenden Vampirmänner – nun sein Hemd auf und legte es an den äußersten Rand der Holzbühne. Dann nahm Quint ein paar Schritte Abstand zu ihr und streckte seine Hand nach ihr aus. Wie ein Zeremonienmeister erklärte Elia: »Das ist der Tanz der Verführung, unser Hochzeitsritual. Es wird vor den versammelten Vampiren kundgetan, was ihr im Verborgenen bereits vollzogen habt. Der Vampir streckt die Hand nach seiner Geliebten aus, darf die Auserwählte aber weder einfangen noch gegen ihren Willen festhalten. Sie selbst muss den ersten Schritt auf ihn zugehen und damit in die Symbiose einwilligen. Erst dann darf der Vampir, der sie begehrt, seine Geliebte im Tanz verführen.«

Auf Quints nacktem Oberkörper hatte sich ein Film gebildet, als hätte er geschwitzt, doch es schimmerte und ein betörender Duft nach Moschus und Minze ging davon aus. Mit seinen ebenso schimmernd-feuchten Händen strich Quint federleicht über die nackte Haut an ihren Armen, den Händen, ihren Wangen und dem Hals. Dort, wo er ihre Haut berührte, entstand ein feiner, herrlich prickelnder Nebel, der schwach leuchtete.

Quint begann nun, um sie herumzutanzen, drehte sie von Zeit zu Zeit wie in einer Pirouette. Durch die Drehungen hüllte dieser Nebel sie beide mehr und mehr ein. Im Nebel erschienen kleine, schwebende Lichter wie Glühwürmchen, aber das war nicht alles, denn der märchenhafte Nebel schien ihren ganzen Körper zu liebkosen. Ein Wohlgefühl wie ein Rausch erfasste sie und fühlte sich an wie pure Liebe, die durch ihre Haut in jede einzelne Zelle drang.

Auch die anderen Paare tanzten mittlerweile in einem zauberhaft anmutenden Nebel.

»Josephine, mach mein Glück vollkommen und schenke mir dein kostbares Blut«, sagte Quint feierlich.

»Durch das Blut wird das ewige Band geknüpft«, hörte sie Elia verkünden.

Sie neigte einladend ihren Kopf zur Seite. Quint zog sie begehrend in seine Arme, legte seine Hand in ihren Nacken und flüsterte in ihr Ohr: »Von dem, was wir gleich erleben, behauptet man, es wäre wie ein Wimpernschlag aus dem Paradies. Aber jedes Mal, wenn ich dein Blut getrunken habe, hast du mich bereits in dein Paradies entführt. Ich sah einen blühenden Garten, erfüllt von goldenem Sonnenschein, zwitschernden Vögeln und farbenprächtigen Schmetterlingen. Ein Ort, an dem Frieden und Ruhe meine Seele durchdringt.«

Sie schloss die Augen. Quints leises, begehrendes Knurren vibrierte an ihrer Brust. Sie spürte, wie seine rasiermesserscharfen Fangzähne sich tief in ihr versenkten. Im selben Augenblick erlebte sie eine Art Feuerwerk puren Wohlgefühls und absoluten Glücks, das nicht nur ihren Körper, sondern auch ihre Seele erfasste. Gleichzeitig leuchtete der Nebel in allen Regenbogenfarben auf.

Für einen langen Moment sah sie einen Garten, wie Quint ihn ihr beschrieben hatte. Der Duft, die Üppigkeit und Farbenpracht waren unvorstellbar. Sie wurde ganz und gar von einem übernatürlichen Frieden und einer Ruhe durchdrungen, die jeden Schmerz, alle Trauer und auch den Hass auslöschten. Sie wäre zu Boden gesunken, hätte Quint sie nicht fest in seinen starken Armen gehalten. Ein langer Moment – dann verschwand das Bild und das Gefühl. Es war tatsächlich wie ein Wimpernschlag aus dem Paradies und sie hoffte, dass Samuel nach seinem Tod in diesem Paradies sein Zuhause gefunden hatte.

Eine Zeit lang hielten sie sich einfach nur in den Armen. Ihre kleine Bisswunde hatte Quint längst verschlossen.

Dann rückte Quint ein paar Zentimeter von ihr ab und wurde wieder ein bisschen förmlich.

»Josephine, ich schenke dir mein Blut und teile damit meine Kraft und mein Leben mit dir.«

Elia fügte hinzu: »Der Vampir schenkt seiner Gefährtin sein Blut und teilt seine Lebenskraft mit ihr, damit sie ihn durch die Jahrhunderte begleiten kann. Nun sind sie nicht mehr zwei, sondern eins. Das Band ist vollkommen, die Symbiose ist besiegelt.«

Quint hatte sich ins Handgelenk gebissen und hielt es ihr an die Lippen. Sie kannte den Ablauf bereits und war nicht überrascht. Weil es ihm sehr wichtig war, versorgte Quint sie regelmäßig mit seinem Blut, daher leckte sie nur symbolisch über seine blutende Wunde. Seine Lebenskraft und Liebe pulsierten förmlich auf ihrer Zunge.

Das Ende der Hochzeitszeremonie bildeten wie immer die Erzählungen von den Legenden der Vampire, alte wie neue.

Die Männer stellten Bänke um das Feuer, über dem Walter und Agnus Stunden zuvor das Ferkel gegrillt hatten.

»Da du die Braut bist, darfst du dir die erste Legende aussuchen, egal ob sie schon sehr alt oder noch ganz jung ist«, verkündete Elia.

Sie blickte zu Vinzenz und Arabella.

»Da unsere Familien durch Sami und Susi näher zusammenrücken, würde ich gern eure Geschichte hören.«

»Erzähl am besten zuerst von einem der dramatischsten Momente eures Kennenlernens, ja?«, bat eine Frau mit langen, rotbraunen Locken.

»Das ist Lara, Johns Gefährtin«, flüsterte Quint ihr zu. »Ich habe sie dir bei der Gratulation vorgestellt. John und sie sind extra aus ihren verlängerten Flitterwochen in England angereist, um heute dabei zu sein. Sie ist Schriftstellerin und hieß früher Livingstone. Sie kann es einfach nicht lassen, all unsere Legenden aufzuschreiben.«

»Aber ist das nicht verboten?«, fragte sie leise in sein Ohr.

»Eigentlich schon. Aber sie ändert wohl die Namen und nennt es dann Fantasy.«

Josephine musste schmunzeln und hörte aufmerksam zu, wie Arabella erzählte: »Also, ich war hochschwanger mit Susi, in dieser dunklen, kalten und dreckigen Zelle. Mein Make-up war völlig verschmiert, zwei meiner Fingernägel waren hoffnungslos abgebrochen, meine Haare waren fettig und standen in allen Richtungen ab. Aber das Schlimmste war diese ständige, grauenhafte Angst, vor allem um mein ungeborenes Baby. Als die Metalltür meiner Zelle aufgeschlossen wurde, drückte ich mich in die hinterste Ecke und legte die Hände schützend auf meinen Bauch. Ich hatte Todesangst und fragte mich, was sie mit mir anstellen würden. Dann kam Vinzenz herein. Er sah, wie ich zitterte, und zog als Erstes seinen irre teuren Kaschmirmantel aus und legte ihn mir um die Schultern, obwohl ich ganz schmutzig war und ihn versauen würde …«

Über den Autor ...

Geboren wurde ich 1969 in Lindau am malerischen Bodensee.

Nach vielen Umzügen und neun Jahren Ausland lebe ich heute mit meinem Mann und zwei Söhnen in der Nähe von Düsseldorf.

Auf das frische, weiße Blatt einer neuen Seite zu schreiben, war für mich schon immer etwas unerklärlich Schönes.

Eines Tages hatte ich eine tragisch-romantische Szene vor Augen, die mich so gepackt hat, dass ich sie sofort niedergeschrieben habe und nie mehr aufhören wollte. Daraus ist schließlich eine ganze Fantasyreihe entstanden.

Die Inspiration dazu und meine Fantasie empfinde ich als Geschenk Gottes, der in jeden von uns Schätze gelegt hat, die es zu entdecken gilt.

Hilfreich bei Kampftechniken, Waffen und Ausrüstungen
war mein Mann, der u.a. für die EU im Nahen Osten tätig war.

Schutzwesten selbst anzulegen und in gepanzerten Wagen mitzufahren, hat manche Szenen sehr authentisch gemacht.

Ein einprägsamer Aufenthalt im Königreich Saudi-Arabien hat mich zudem für »Sanft berührte Narben«, den dritten Band dieser Serie, inspiriert.

Alles rund um meine Bücher, inkl. »Interviews« mit den Helden und Veranstaltungen/Lesungen, auf denen Sie mich auch persönlich treffen können, finden Sie auf meiner Homepage:

www.LaraGreystone.de

Oder besuchen Sie meine Seite auf Facebook:

www.facebook.com/lara.greystone.2

oder meinen Blog:

http://laragreystone.myblog.de/

Auf Youtube finden Sie Buchtrailer zu meinen Romanen:

www.tinyurl.com/YoutubeGreystone

Und falls Sie mir gern schreiben möchten, können Sie das unter:

Post@LaraGreystone.de

Danksagung

Mein erster Dank gilt auch dieses Mal wieder Ihnen, meinen Lesern!

Sie haben meine Bücher zum Erfolg werden lassen und sich diesen Band von Quint sogar ausdrücklich gewünscht, deshalb habe ich ihn, den »Bad Boy« sogar den anderen Geschichten vorgezogen.

Ich werde stets mein Bestes geben und möchte jeden Tag dazulernen, um Ihnen wunderschöne Lesestunden zu bescheren!

Den Weg zur Veröffentlichung bin ich nicht allein gegangen und möchte an dieser Stelle wieder allen ungenannten Helfern, Begleitern und Ermutigern danken, nicht zuletzt den vielen netten Lesern auf Facebook und den Mailschreibern, deren Kommentare mir Einblicke gewähren, mich ermutigen und mir ganz oft ein glückliches Lächeln auf mein Gesicht zaubern.

Meinen Mann möchte ich hier besonders erwähnen – und nein, er ist weder ein Vampir, noch perfekt, das sind nur Romanhelden. Seine Begleitung und Unterstützung, besonders in der Endphase eines Romans und auf den Buchmessen bedeuten mir sehr viel und sind unerlässlich. – Danke, Schatz!

Meinen beiden Jungs danke ich, dass sie sich ohne Murren eine Pizza in den Ofen schieben, wenn ich mal wieder auf einer Lesung bin. Und ja: Wenn der Roman veröffentlicht wird, gibt es wieder ein Festessen als Belohnung!

Mein herzlicher Dank geht auch wieder an meine liebe Monika: Du bist mir sehr ans Herz gewachsen, bist mehr als eine Freundin, manchmal wie eine Mutter, die ich so nie hatte – schön, dass es Dich gibt!

Auf keinen Fall unerwähnt lasse ich meine großartige Lektorin Mona Gabriel! Du siehst, was ich nicht sehe und daraus möchte ich lernen; verleihe auch weiterhin meinen Sätzen Eleganz und hilf mir, meinen Stil wie einen Edelstein zu schleifen. Auch meinem Korrektoren sei gedankt! Manchmal habe ich gezweifelt, dass ich deutsche Muttersprachlerin bin.

Falls meine Leser dennoch »Stolpersteine« finden, liegt das allein an der Sturheit der Autorin, die sich nicht belehren ließ ;)

An der Entstehung des Cover waren auch bei diesem Band einige Leute beteiligt, denen ich zurufen möchte: Ich liebe dieses Cover und ohne Euch wäre es nicht entstanden! Da wäre Jenny mit ihrer natürlichen Schönheit und Steven, mit seinem männlichen Traumbody, dazu meine Lieblingsfotografin Daniela, die beide wunderbar in Szene setzte.

Außerdem möchte ich noch Sabine danken, deren Hände meinen Rücken vor dem Schlimmsten bewahren und deren Humor und Herzlichkeit mir einfach gut tun.

Dem Team des Eisermann-Verlags danke ich für das neu gestaltete Cover mit den alten »Zutaten« und die prima »Rundumbetreuung«.

Über allem und aus tiefstem Herzen bin ich jedoch Gott dankbar, der mir durch alle Höhen und Tiefen hindurchgeholfen hat, seien es Inspirationslöcher, Schmerzen, Stress, oder schreibtechnische »Knoten«. Mit ihm kann ich jubeln und mit ihm kann ich weinen. Auch ihm ist dieses Buch gewidmet, denn die Inspiration dazu, meine Fantasie, die Leidenschaft und Freude am Schreiben, empfinde ich als wunderbares Geschenk Gottes, der in jeden von uns Schätze gelegt hat, die es zu entdecken gilt ...

Sarah Neumann

Auch Engel dürfen träumen

Yumi erwacht im Himmel. Doch ein dunkles Meer versucht, sie zu verschlingen und in unergründliche Tiefen zu ziehen. Auf Geheiß von Erzengel Gabriel muss Yumi ihre Ausbildung abbrechen, auf die Erde zurückkehren und fortan unter den Menschen leben. Verzweifelt sucht sie einen Weg zurück.

Taen, ungehorsam und wild, bringt nicht nur die Bewohner der Hölle, sondern auch Luzifer selbst zur Weißglut. Nach einem aus dem Ruder gelaufenen Streich verbannt der zornige Höllenfürst ihn auf die Erde. Taen muss sich als Luzifers Augen und Ohren beweisen, wenn er nicht bis zum Jüngsten Tag als entmachteter Mensch sein Dasein fristen will.

Erzfeinde seit Anbeginn der Zeit, treffen Engel und Teufel in Menschengestalt aufeinander ... und verlieben sich.

Erzürnt stellt sich Gabriel mit all seiner himmlischen Macht zwischen die Liebenden.

ISBN: 978-3-946172-52-9 (Taschenbuch)
ISBN: 978-3-946172-28-4 (E-Book)

Emma Smith

Second Chance

Die erste Liebe vergisst du nicht, die zweite lässt du nie wieder gehen

Elly hat in ihrem Leben schon so einiges erlebt. Gezeichnet durch schwere Schicksalsschläge meidet sie seit Jahren jedes Gefühl. Hass, Wut oder Liebe hat sie schon lang nicht mehr gespürt.

Doch als der attraktive Devon neben ihr einzieht, ändert sich alles. Ellys Gefühle drängen immer mehr an die Oberfläche. Devon ist alles, was sie nicht will, und doch kann sie ihn nicht einfach ignorieren.

Langsam, aber sicher fühlt sie sich zu diesem arroganten und fiesen Untergrund-Boxer hingezogen. Wäre da nicht seine Freundin, die ständige Geheimniskrämerei und vor allem die Frage:

Kann man sein Herz verschenken, obwohl es eigentlich schon immer jemand anderem gehört hat?

ISBN: 978-3-946172-78-9 (Taschenbuch)
ISBN: 978-3-946172-88-8 (E-Book)